LA VITRE BRISÉE

JEFFERY DEAVER

LA VITRE BRISÉE

Une enquête de Lincoln Rhyme

roman

TRADUIT DE L'ANGLAIS (ÉTATS-UNIS)
PAR PIERRE GIRARD

ÉDITIONS DES 2 TERRES

Titre original :
THE BROKEN WINDOW
Éditeur original : Simon & Schuster, New York

ISBN original : 978-1-4165-4997-0

ISBN : 978-2-84893-080-0

www.les-deux-terres.com

À un ami cher,
le mot écrit

I

QUELQUE CHOSE EN COMMUN

La plupart des violations de la vie privée n'auront pas pour cause la révélation de lourds secrets personnels mais la publication de nombreux petits faits… De même qu'avec les abeilles tueuses, une seule provoque un désagrément mais un essaim peut être mortel.

Robert O'Harrow Jr.,
No Place to Hide (*Nulle part où se cacher*)

CHAPITRE 1

Quelque chose la tracassait, mais quoi ?

C'était une impression diffuse.

Comme une douleur légère et récurrente, quelque part dans le corps.

Comme une présence derrière vous au moment où vous vous approchez de votre porte… Serait-ce l'homme dont vous avez surpris le regard un instant plus tôt dans le métro ?

Ou une tache sombre qui semblait s'avancer vers votre lit et disparaît soudain. Une tarentule ?

Mais le visiteur installé dans le canapé du salon lui lança un regard et sourit, et Alice Sanderson oublia son inquiétude – si inquiétude il y avait. Arthur avait un corps bien découplé, et un bon esprit à n'en pas douter. Mais il avait aussi un beau sourire, et ça comptait encore plus.

– Un peu de vin ? demanda-t-elle en se dirigeant vers sa petite cuisine.

– Volontiers. Ce que vous avez.

– Voilà qui est drôle : l'école buissonnière un jour de semaine. Deux grandes personnes comme nous ! Mais ça me plaît bien…

– De vrais voyous, plaisanta-t-il.

On apercevait de l'autre côté de la rue un alignement d'immeubles en grès brun, peint ou naturel. Et aussi une partie de la ligne de toits de Manhattan dans la brume légère de ce week-end ensoleillé. L'air qui entrait par la fenêtre – assez frais pour la ville – apportait des odeurs d'ail et d'origan en provenance du restaurant italien situé un peu plus haut dans la rue. C'était la cuisine qu'ils préféraient – et l'un des nombreux points communs qu'ils s'étaient découverts depuis qu'ils avaient fait connaissance, quelques semaines auparavant, lors d'une dégustation de vin dans SoHo. Avril touchait alors à sa fin. Alice écoutait, au sein d'un groupe d'une quarantaine de personnes, la conférence d'un sommelier sur les crus européens. Une voix masculine s'était élevée pour demander au conférencier son avis sur un certain vin rouge espagnol.

Elle avait laissé échapper un petit rire : il restait chez elle une caisse du vin en question (enfin, presque une caisse désormais). On le produisait dans un vignoble peu connu et ce n'était peut-être pas le meilleur des rioja, mais il gardait pour elle un bouquet particulier : elle en avait consommé une quantité au cours d'une semaine de vacances avec un amant français – une liaison parfaite, exactement ce qu'il fallait pour une femme proche de la trentaine ayant rompu depuis peu avec son petit ami. Une escapade passionnée, intense, et bien entendu sans lendemain, ce qui ne faisait qu'ajouter à son charme.

Alice s'était penchée en avant pour voir qui venait de lancer le nom de ce vin : un type quelconque en complet-cravate. Après quelques verres de la sélection du jour elle s'était enhardie, et, s'emparant d'une assiette d'amuse-gueules, avait traversé la salle pour lui demander d'où venait son intérêt pour ce cépage particulier.

Il lui avait parlé du voyage qu'il avait fait en Espagne quelques années plus tôt en compagnie d'une ancienne petite amie. Et de sa découverte du vin. Après quoi ils s'étaient assis à une table pour continuer à discuter. Arthur, apparemment, avait les mêmes goûts qu'elle en matière culinaire, et ils aimaient les mêmes sports. Tous deux pratiquaient le jogging et passaient chaque jour une heure dans un club de gym hors de prix. « Mais, avait-il dit, pour ce qui est des vêtements, je mets ce que je trouve de moins cher. Pas question pour moi de frimer dans des trucs de marque… » Puis il s'était tu en rougissant, craignant de l'avoir froissée.

Mais elle avait ri. Pour ses tenues d'entraînement, elle avait exactement la même approche (elle les achetait dans une grande surface du Jersey quand elle se rendait chez ses parents). Elle s'était cependant retenue de le lui dire, parce que ça devenait vraiment trop… Ils avaient tout de même continué à jouer au petit jeu du « Qu'avons-nous en commun ? » et avaient parlé de restaurants, comparé des épisodes de la série *Larry et son nombril*, et s'étaient plaints de leurs psys respectifs.

Un rendez-vous avait suivi, puis un autre. Art était drôle et attentionné. Un peu raide, parfois timide et renfermé, toutes choses qu'elle attribuait à ce qu'il avait lui-même qualifié de « sortie de l'enfer » après sa longue liaison avec une fille appartenant au milieu de la mode. Et il avait aussi des horaires de travail épuisants – il était dans les affaires, à Manhattan. Et très peu de temps libre.

Devait-elle en attendre quelque chose ?

Il n'était pas son amant, pas encore. Mais s'il s'agissait de trouver un compagnon avec qui passer du temps, elle aurait pu tomber plus mal. Et quand ils s'étaient embrassés à leur dernière rencontre, elle avait senti un battement de cœur qui disait : ah, oui, la chimie opère ! Ce soir, cette nuit, elle saurait ou ne saurait pas jusqu'où. Elle avait surpris Art en train d'examiner furtivement – du moins le croyait-il – la petite robe rose et moulante qu'elle avait achetée chez Bergdorf spécialement pour cette soirée. Et elle avait fait quelques préparatifs dans la chambre, pour le cas où les baisers conduiraient à autre chose.

Puis la vague inquiétude de tout à l'heure, cette histoire d'araignée, revint.

Qu'y avait-il, pour la tracasser ainsi ?

Alice se dit que c'était probablement un reste du malaise qu'elle avait ressenti face au livreur qui lui avait apporté un colis un peu plus tôt. Le type avait le crâne rasé, des sourcils broussailleux et une désagréable odeur de cigarette. Il parlait avec un fort accent d'Europe de l'Est. Pendant qu'elle signait les papiers, il la regardait – d'un air nettement concupiscent – puis il avait demandé un verre d'eau. Elle le lui avait apporté à contrecœur et, de retour dans le salon, l'avait trouvé en train d'examiner sa chaîne hi-fi.

Elle lui avait dit qu'elle attendait quelqu'un et il était parti en fronçant les sourcils, comme furieux d'être éconduit. Alice s'était approchée de la fenêtre et avait remarqué qu'il s'était écoulé dix bonnes minutes avant qu'il sorte pour reprendre sa camionnette garée en double file et s'en aille.

Qu'avait-il fait dans l'immeuble pendant tout ce temps ? Étudié les lieux…

– La Terre appelle Alice, la Terre…

– Pardon !

Elle rit en se dirigeant vers le canapé et s'assit à côté d'Arthur, leurs genoux se touchant. La pensée du livreur se dissipa. Ils trinquèrent en faisant tinter leurs verres, comme deux amis, deux complices qui partageaient tant de choses ; opinions politiques (ils soutenaient tous deux le parti démocrate et répondaient aux campagnes de souscription du réseau de radios culturelles NPR), films, cuisine, voyages… Et ils étaient l'un comme l'autre protestants non pratiquants.

Leur genoux se touchèrent à nouveau, et il n'écarta pas le sien. Puis il sourit et dit :

– Cette toile que vous avez achetée, le Prescott ? Vous l'avez ?

Elle hocha la tête, les yeux brillants.

– Eh, oui. Me voici propriétaire d'un Prescott.

Alice Sanderson n'était pas une femme riche au sens où on l'entend à Manhattan, mais après avoir fait de bons investissements elle avait finalement cédé à sa passion : elle suivait depuis longtemps la carrière de Prescott, un peintre de l'Oregon spécialisé dans des portraits de famille qui, pour être hyperréalistes, n'en représentaient pas moins des personnages de son imagination. Ses œuvres cotaient beaucoup trop cher pour Alice, mais elle figurait dans les fichiers de plusieurs galeries qui en vendaient de temps à autre. Elle avait ainsi appris, le mois précédent, qu'une petite toile de Prescott allait être mise en vente pour 150 000 dollars. Elle avait puisé dans son compte épargne pour réunir cette somme, et l'affaire s'était faite.

C'était cette livraison qu'elle avait reçue le matin même. Mais le livreur lui avait en partie gâché le plaisir de posséder cette œuvre. Elle se rappelait son odeur, son regard insistant...

Elle se leva, sous prétexte d'écarter les rideaux, et jeta un coup d'œil à la rue. Pas de véhicule de livraison ni de crâne rasé en vue. Et personne sur le trottoir en train d'épier ses fenêtres. Elle songea une seconde à les refermer et à verrouiller la porte d'entrée, mais ça semblerait un peu paranoïaque et il lui faudrait donner une explication.

Elle revint vers Arthur et lui dit, en parcourant les murs du regard, qu'elle se demandait où placer le tableau dans ce petit appartement. Elle se prit brièvement à rêver : Arthur restant un samedi soir et le dimanche, après le brunch, l'aidant à trouver le meilleur emplacement pour la toile...

– Vous voulez la voir ? demanda-t-elle, la voix vibrante de plaisir et de fierté.

– Et comment !

Ils se levèrent et comme ils se dirigeaient vers la chambre, Alice eut l'impression d'avoir entendu des pas au-dehors, dans le corridor. Les autres locataires devaient tous être au travail à ce moment de la journée.

Était-ce le livreur ?

Cette fois, elle n'était pas seule, au moins.

Ils arrivaient à la porte de la chambre.

Et c'est alors que la tarentule frappa.

Alice comprit en un éclair ce qui la tracassait, et ça n'avait rien à voir avec le livreur. Non, c'était à propos d'Arthur. Il lui avait demandé, la veille, quand le Prescott devait lui être livré.

Or, elle lui avait dit qu'elle venait d'acheter une toile, mais n'avait pas mentionné le nom de l'artiste. Elle s'approcha encore de la porte, mais ses gestes étaient ralentis. Elle avait les mains moites. S'il avait découvert le nom du peintre sans qu'elle le lui dise, il avait peut-être appris d'autres détails sur elle et sur sa vie ? Et toutes ces choses qu'ils avaient en commun, étaient-ce des mensonges ? Connaissait-il avant qu'ils se rencontrent son goût pour le vin espagnol ? Se pouvait-il qu'il ne soit venu à cette dégustation que dans le but de l'approcher ? Tous ces restaurants qu'ils avaient évoqués, les voyages, les séries télé…

Et voici qu'elle ouvrait sa chambre à un homme qu'elle ne connaissait que depuis quelques semaines. Elle se livrait à lui sans défense…

Sa respiration, soudain, était saccadée. Elle frissonna.

– Ah, le tableau… murmura-t-il en regardant par-dessus son épaule. Qu'il est beau !

En entendant cette voix calme, agréable, elle se moqua d'elle-même. Tu n'es pas folle ? Elle avait *forcément* parlé de Prescott à Arthur. Elle chassa le malaise, le repoussa dans un coin de son esprit. Calme-toi, ma vieille. Voilà trop longtemps que tu vis seule. Rappelle-toi ses sourires, ses plaisanteries. Il pense comme toi, il aime les mêmes choses que toi.

Du calme.

Un petit rire. Alice regardait fixement la toile de soixante centimètres sur soixante : Peintes dans des tons sourds, six personnes attablées, certaines l'air amusé, d'autres pensives, d'autres encore soucieuses.

– Incroyable…

– La composition est superbe, mais ce sont les expressions qu'il sait rendre comme personne. Qu'en pensez-vous ? demanda Alice en se tournant vers lui.

Son sourire disparut.

– Qu'est-ce que c'est Arthur ? Que faites-vous ?

Il avait enfilé des gants beiges et plongeait une main dans sa poche. Puis elle regarda ses yeux, qui n'étaient plus que deux points noirs sous les épais sourcils dans un visage qu'elle reconnaissait à peine.

II

TRANSACTIONS

Dimanche 22 mai

On entend souvent répéter cette fausse idée d'après laquelle notre corps en pièces détachées vaut 4,50 dollars. Notre identité numérique vaut beaucoup plus.

Robert O'Harrow Jr.,
No Place to Hide (*Nulle part où se cacher*)

CHAPITRE 2

La piste les avait conduits de Scottsdale à San Antonio et à une aire de repos en bordure de l'Interstate 95 dans le Delaware, pleine de camions et de familles désœuvrées, et pour finir, quelque part à proximité de Londres.

Qui suivaient-ils ? Un tueur professionnel que Lincoln Rhyme traquait depuis un certain temps et qu'il avait pu empêcher de commettre un crime épouvantable, mais qui était parvenu à échapper de justesse à la police en « s'éclipsant hors de la ville », disait Rhyme avec amertume, « comme un putain de touriste qui doit reprendre son boulot le lundi matin ».

La piste s'était perdue comme une trace dans la poussière et ni les flics ni le FBI n'avaient pu recueillir la moindre information sur l'endroit où l'homme se cachait et sur ce qu'il avait l'intention de faire. Mais quelques semaines auparavant, des contacts en Arizona avaient prévenu Rhyme qu'il était probablement l'auteur du meurtre d'un soldat de l'armée de terre à Scottsdale. Certains indices semblaient indiquer qu'il était ensuite parti vers l'est, au Texas, puis dans le Delaware.

Le nom de cet homme – véritable ou emprunté – était Richard Logan. Il semblait originaire de l'ouest des États-Unis ou du Canada. Des recherches intensives avaient permis de localiser un certain nombre de Richard Logan, mais aucun ne correspondait au profil du tueur.

Puis, à la suite d'une série de hasards, Lincoln Rhyme (qui n'employait jamais le mot « chance ») avait appris de ses collègues européens d'Interpol qu'un tueur professionnel américain venait d'être embauché pour exécuter un contrat en Angleterre. Il avait tué quelqu'un en Arizona afin d'avoir accès à des dossiers militaires, avait rencontré des acolytes au Texas et avait reçu un acompte lors d'un rendez-vous sur une aire de repos pour camions de la côte est. Il avait ensuite pris un avion pour Heathrow et se trouvait maintenant au Royaume-Uni, sans qu'on sache exactement où.

La cible de l'opération « confortablement financée et décidée en très haut lieu » (Rhyme ne pouvait s'empêcher de sourire en lisant les termes policés d'Interpol) était un pasteur protestant africain qui avait dirigé un camp de réfugiés et était tombé sur un vaste trafic incluant le vol et la revente de médicaments contre le sida et l'utilisation de l'argent pour des achats d'armements. Le pasteur avait été ramené à Londres par les services de sécurité après avoir échappé à trois attentats au Libéria, au Nigeria, et même dans une salle de transit de l'aéroport Malpensa de Milan, où la Polizia di State, armée de lourds fusils-mitrailleurs, exerce une surveillance pointilleuse et manque rarement ses cibles.

Le révérend Samuel Goodlight était désormais en sécurité à Londres, gardé par des agents de Scotland Yard, et aidait les services de renseignement à reconstituer le puzzle de l'opération « armes-contre-médicaments ».

Via des communications satellitaires codées et des échanges de mails, Rhyme et l'inspecteur Longhurst de Scotland Yard avaient échafaudé un plan pour piéger l'homme qu'ils recherchaient. Digne des plans imaginés par Logan lui-même, celui-ci faisait appel à des sosies et à l'aide précieuse – pour ne pas dire cruciale – d'un ancien trafiquant d'armes d'Afrique du Sud doté d'un riche réseau d'informateurs. Danny Krueger avait gagné des fortunes en vendant des armes avec l'efficacité et le détachement que d'autres mettent à vendre des sirops contre la toux ou du matériel de climatisation. Mais il était revenu bouleversé, un an plus tôt, d'un voyage au Darfour au cours duquel il avait vu le carnage provoqué par ses jouets. Il avait mis fin à son commerce d'armements et avait quitté l'Afrique pour s'installer en Angleterre. Le commando constitué pour la capture de Logan comprenait aussi des agents du MI5, le principal service de renseignement britannique, ainsi que des membres de l'antenne londonienne du FBI et un agent de la version française de la CIA : la Direction générale de la sécurité extérieure.

Ils ne connaissaient même pas la région de l'Angleterre dans laquelle Logan se cachait pour préparer son opération, mais l'énergique Danny Krueger avait appris que le tueur devait entrer en action dans les prochains jours. Le Sud-Africain conservait de nombreux contacts dans les milieux interlopes internationaux et avait parlé d'un lieu « secret » où Goodlight rencontrerait les autorités. L'immeuble disposait d'un jardin dans lequel le pasteur offrirait au tueur une cible parfaite à son assassin.

C'était aussi un endroit idéal pour repérer et arrêter Logan. La surveillance était en place, la police armée, les agents du MI5 et du FBI en alerte vingt-quatre heures sur vingt-quatre.

Rhyme était présentement dans son fauteuil roulant rouge à propulsion électrique au rez-de-chaussée de sa maison de Central Park West. La pièce n'avait plus grand-chose du salon vieillot de style victorien qu'elle avait été à l'origine : c'était désormais un laboratoire bien équipé, de plus grandes dimensions que la plupart de ceux qu'on trouvait dans une ville de taille moyenne. Comme il le faisait souvent depuis quelques jours, le criminologue regardait le téléphone, sur lequel le bouton 2 mettait directement en liaison avec un numéro en Grande-Bretagne.

– Le téléphone marche ? demanda-t-il.

– Pourquoi ne marcherait-il pas ? répondit Thom, le jeune homme qui cumulait auprès de lui les fonctions d'aide-soignant, de cuisinier et de majordome.

Rhyme crut entendre, sous le ton trop mesuré de Thom, un soupir refoulé.

– Je ne sais pas, moi… Le réseau peut être saturé. Les fils frappés par la foudre…

– Je ne vois qu'une chose à faire, dit Thom. Essayer. Pour en avoir le cœur net.

– *Commande !* lança Rhyme à l'adresse du dispositif de reconnaissance vocale de l'unité de contrôle environnemental informatisé qui s'acquittait à sa place d'un certain nombre de fonctions physiques.

Lincoln Rhyme était tétraplégique ; ses mouvements étaient limités au-dessous de l'endroit où son cou s'était brisé au cours d'un accident sur une scène de crime plusieurs années auparavant – la quatrième vertèbre cervicale, à la base du crâne. Il ordonna d'une voix forte :

– Appel ! Deux !

Le bruit des chiffres qui se succédaient emplit les haut-parleurs, suivi par un *bip bip bip…* C'était encore plus énervant pour Rhyme qu'un téléphone détraqué. Pourquoi l'inspecteur Longhurst n'avait-elle pas appelé ?

– *Commande*, dit-il sèchement. *Raccrocher.*

– Ça a l'air de marcher.

Thom posa une tasse de café dans le porte-verre du fauteuil roulant et le criminologue aspira le breuvage odorant au moyen d'un chalumeau. Il regarda la bouteille de Glenmorangie pur malt de dix-huit ans d'âge posée sur une étagère – à proximité mais, bien sûr, hors de portée pour lui.

– C'est le matin, dit Thom.

– Bien sûr que c'est le matin ! Je vois bien que c'est le matin ! Je n'en veux pas… C'est seulement que…

Il attendait l'occasion d'attaquer le jeune homme sur ce sujet.

– J'ai eu la portion congrue hier soir. Deux petits verres. Autant dire rien du tout.

– Trois.

– Je parle du contenu, en centimètres cubes. Ça revenait à deux petits verres.

La mesquinerie, comme l'alcool, peut être grisante en elle-même.

– En tout cas, pas de scotch le matin.

– Ça m'éclaircit les idées.

– Certainement pas.

– Si. Dans un sens plus créatif.

– Ça non plus.

Thom portait un pantalon et une chemise impeccablement repassée, avec une cravate. Depuis quelque temps, ses vêtements étaient moins froissés. Le travail d'un aide-soignant auprès d'un tétraplégique est en grande partie physique. Mais le nouveau fauteuil de Rhyme, un Invocare TDX dernier cri, pouvait se transformer en lit de repos, et la tâche de Thom en avait été grandement facilitée. L'engin pouvait aussi grimper des marches et rouler à la vitesse d'un homme courant à petite foulée.

– Je viens de dire que je veux du scotch. Voilà. J'ai exprimé un désir. Alors ?

– Alors, non.

Rhyme lui jeta un regard méprisant avant de se tourner à nouveau vers le téléphone.

– S'il file… (Baissant la voix.) Alors, vous n'allez pas faire comme tout le monde ?

– Que voulez-vous dire, Lincoln ?

Le mince jeune homme était au service de Rhyme depuis des années. Celui-ci lui avait donné plusieurs fois son congé, et vice-versa. Mais Thom était toujours là. Véritable incarnation de l'entêtement, ou de la perversion, des deux en fait.

– Je dis « s'il file », et vous dites : « Oh, mais non, il ne va pas filer. Ne vous en faites pas. » Et c'est censé me rassurer. Les gens font toujours ça, voyez-vous. Ils vous rassurent, même quand ils ne savent pas de quoi ils parlent.

– Mais je n'ai pas dit ça ! Vous voulez qu'on se dispute au sujet de quelque chose que je n'ai pas dit mais que j'aurais pu dire ? Un peu comme la femme qui voit une jolie fille dans la rue et en veut à son mari parce qu'elle pense qu'il l'aurait regardée s'il avait été là.

– Je ne vois pas ce que vous voulez dire, répondit Rhyme, absent.

Il pensait au plan destiné à arrêter Logan. Comportait-il des failles ? Était-il vraiment sûr ? Pouvait-on faire confiance aux informateurs pour ne pas laisser échapper un renseignement utile au tueur ?

Le téléphone sonna et l'identité de la personne qui appelait apparut sur l'écran plat à côté de Rhyme. Il fut déçu. L'appel ne venait pas de Londres mais de beaucoup plus près, de la Maison, comme les policiers appelaient le One Police Plaza, leur siège de Manhattan.

– Décrocher ! ordonna Rhyme.

Clic. Puis :

– Quoi ?

À cinq kilomètres de là, une voix murmura :

– Tu es de mauvais poil ?

– Toujours pas de nouvelles d'Angleterre.

– Et alors ? Tu es de garde, ou quoi ?

– Logan s'est volatilisé. Il peut entrer en action d'un instant à l'autre.

– C'est comme ça quand on attend un bébé.

– Tu parles… Qu'est-ce que tu veux ? Je ne tiens pas à occuper la ligne trop longtemps.

– Avec tout ton supermatériel, tu n'as pas un système pour mettre les communications en attente ?

– Lon !

– D'accord. Je voulais te dire une chose. Il y a eu un cambriolage avec assassinat mardi dernier. La victime est une femme qui habitait dans le Village. Elle a été poignardée et on lui a volé un tableau. On tient le type qui a fait le coup.

Pourquoi Sellitto l'appelait-il pour lui raconter ça ? Un crime banal, le coupable sous les verrous… Avaient-ils un problème de preuves ?

– Non.

– Alors, en *quoi* veux-tu que ça m'intéresse ?

– Le détective chargé de suivre l'enquête a reçu un coup de fil y a une demi-heure…

– La traque, Lon. La traque.

Rhyme regardait le tableau blanc avec tous les détails du plan destiné à capturer le tueur en Angleterre. C'était assez compliqué.

Et fragile.

Sellitto le tira de ses réflexions.

– Écoute, Linc, je suis désolé, mais il fallait que je t'en parle. Le type qui a fait ça, c'est ton cousin. Arthur Rhyme. Il s'agit d'un homicide aggravé. Il risque vingt-cinq ans, et le procureur dit que le dossier est déjà ficelé.

CHAPITRE 3

– Ça faisait longtemps…

Judy Rhyme était assise dans le laboratoire. Les mains serrées l'une contre l'autre, elle s'efforçait de ne rien regarder hormis les yeux du criminologue.

Parmi toutes les façons de réagir à son infirmité, il y en avait deux qui rendaient Rhyme furieux : quand les gens qui le voyaient pour la première fois s'efforçaient de faire comme si de rien n'était, et quand ils se comportaient comme s'ils étaient ses meilleurs amis, plaisantant et lançant des vannes comme s'ils avaient fait la guerre ensemble. Judy appartenait à la première catégorie. Elle pesait ses mots avec soin avant de les poser devant Rhyme. Mais elle faisait partie de sa famille, tout de même, et il s'efforçait de rester patient tout en se retenant de regarder le téléphone.

– Une paye, en effet… acquiesça le criminologue.

Thom s'acquittait des devoirs mondains que Rhyme négligeait toujours. Il avait offert un café à Judy, un petit réconfort auquel elle n'avait pas touché. Rhyme avait à nouveau posé sur la bouteille de scotch un regard insistant que Thom n'avait eu aucun mal à ignorer.

Judy était une jolie brune qui lui paraissait en meilleure forme que la dernière fois qu'il l'avait vue – environ deux ans avant son accident. Elle risqua un coup d'œil à son visage.

– On n'est pas venus te voir et je m'en veux pour ça. Vraiment. Je voulais le faire.

En fait, elle ne parlait pas d'une visite en bonne et due forme, mais plutôt d'un appel téléphonique pour prendre des nouvelles et manifester sa sympathie. Les rescapés des catastrophes ont une sensibilité particulière pour entendre les pensées sous le bruit des mots.

– Tu as bien reçu nos fleurs ?

À ce moment-là, après l'accident, Rhyme était hors jeu, assommé par les médicaments, le traumatisme physique et le combat psychologique qu'il lui fallait livrer face à une réalité inconcevable : il ne pourrait plus jamais marcher. Il ne se rappelait pas la moindre fleur venant d'eux, mais il était certain que la famille en avait envoyé. Un tas de gens avaient envoyé des fleurs. Les fleurs, c'est facile, les visites c'est plus dur.

– Oui. Merci.

Silence. Bref coup d'œil – involontaire – à ses jambes. Quand on ne peut pas marcher, les gens pensent que ça vient des jambes. Non, elles vont très bien. Le problème, c'est de leur dire ce qu'elles doivent faire.

– Tu as bonne mine, dit-elle.

Rhyme n'en savait rien. Il ne se posait pas vraiment la question.

– Et tu as divorcé, on m'a dit.

– C'est exact.

– Désolée.

Pourquoi ? se demanda-t-il. Mais c'était une pensée cynique et il se borna à hocher la tête pour répondre à sa sympathie.

– Que devient Blaine ?

– Elle vit à Long Island. Remariée. On n'a plus guère de contacts. C'est ce qui se passe en général, quand il n'y a pas d'enfants.

– Je me rappelle la fois où vous étiez venus pour un long week-end à Boston. C'était bien.

Un sourire qui n'en était pas un. Comme peint sur un masque.

– Oui, c'était bien.

Un week-end en Nouvelle-Angleterre. Descente dans les boutiques, ballade en voiture jusqu'à Cape Cod, pique-nique au bord de l'eau… Rhyme se souvenait d'avoir trouvé l'endroit ravissant. En voyant les rochers verts sur le rivage, il avait eu l'idée de commencer une collection d'algues des environs de New York City pour la banque de données de la police. Il avait ensuite passé une semaine à circuler en voiture pour collecter des échantillons.

Et pendant le trajet qui les conduisait chez Arthur et Judy, Blaine et lui ne s'étaient pas disputés une seule fois. Même le retour, avec une étape dans une auberge du Connecticut, avait été agréable. Ils avaient fait l'amour sur la terrasse de leur chambre, dans des effluves de chèvrefeuille.

Cette visite avait été l'occasion de son dernier contact avec son cousin. Ils avaient eu ensuite une brève conversation, mais au téléphone. Puis il y avait eu l'accident, et le silence.

– Arthur est tombé de très haut, tu sais. (Elle eut un petit rire gêné.) Tu as appris que nous étions partis dans le New Jersey ?

– Ah, bon ?

– Oui. Il enseignait à Princeton. Mais ils l'ont viré.

– Comment ça ?

– Il était assistant et chargé de recherche. Ils ont décidé de ne pas lui offrir un poste de professeur. Art dit que c'était politique. Tu sais comment ça se passe, dans ces facs.

Henry Rhyme, le père d'Arthur, était un professeur de physique renommé à l'Université de Chicago ; la carrière académique jouissait d'une grande estime dans cette branche de la famille. Au lycée, Lincoln et Arthur discutaient des mérites respectifs de l'enseignement et de la recherche universitaire comparés aux métiers du secteur privé. « En tant que chercheur, on peut vraiment contribuer au progrès de la société », avait dit Art, tandis que les deux garçons partageaient deux bières plus ou moins autorisées, et il avait réussi à garder un air impassible en entendant

Lincoln enchaîner, comme prévu, « et il y a des professeures-assistantes qui ont chaud aux fesses ».

Rhyme n'avait pas été surpris qu'Arthur opte pour une carrière universitaire.

– Il aurait pu rester professeur-assistant, mais il a démissionné. Il était assez furieux. Et il pensait retrouver tout de suite du travail, mais ça n'a pas été le cas. Il est resté sans rien pendant quelque temps. Il a fini dans une boîte privée. Un fabricant de matériel médical.

Un autre regard involontaire, cette fois au fauteuil roulant. Elle rougit comme si elle avait proféré une énormité.

– Ce n'était pas un boulot de rêve et il ne s'y est pas beaucoup plu. Je suis sûre qu'il avait l'intention de venir te voir. Mais je crois qu'il était gêné de ne pas avoir mieux réussi. Toi, tu comprends, tu es célèbre, et...

Elle but une gorgée de café.

– Vous aviez tant de choses en commun, tous les deux... Vous étiez comme deux frères. Je me souviens de toutes les histoires que vous aviez racontées cette fois-là, à Boston. On avait passé la moitié de la nuit à vous écouter, et à rire ! Il y avait un tas de choses de lui que je ne savais pas. Et de son vivant, Henry, mon beau-père, parlait tout le temps de toi.

– Vraiment ? On s'écrivait beaucoup. En fait, j'ai encore reçu une lettre de lui quelques jours avant sa mort.

Rhyme avait des souvenirs nombreux et indélébiles de son oncle. Il le revoyait, grand, chauve, rubicond, se renversant en arrière sur son siège avec un rire tonitruant, au grand dam de la douzaine de membres de la famille attablés autour du repas de Noël. Tous en étaient gênés, sauf Henry Rhyme lui-même, sa patiente épouse et le jeune Lincoln, qui riait avec lui. Rhyme aimait beaucoup cet oncle et venait souvent voir Arthur et ses parents, qui vivaient à une vingtaine de kilomètres au bord du lac Michigan à Evanston, Illinois.

Mais l'heure, pour Rhyme, n'était pas à la nostalgie, et il fut soulagé en entendant la porte s'ouvrir derrière lui et quelqu'un franchir à grandes enjambées la distance du seuil au tapis. Au nombre de pas – sept – il savait de qui il s'agissait. Un instant plus tard une jeune femme rousse, grande et mince, vêtue d'un jean et d'un T-shirt noir sous une tunique kaki, entra dans le labo. La tunique était ample et on apercevait un Glock noir et luisant à sa hanche.

Tandis qu'Amelia Sachs souriait et l'embrassait sur la bouche, le criminologue surprit, à la périphérie de sa vision, la réaction instinctive de Judy. Le langage du corps l'exprimait clairement. Rhyme se demanda ce qui la perturbait ainsi : le fait d'avoir commis un impair en ne demandant pas s'il y avait quelqu'un dans sa vie depuis le divorce, ou le fait d'avoir pensé qu'un infirme ne pouvait pas avoir d'amoureuse – en tout cas pas aussi belle qu'Amelia Sachs, qui avait été mannequin avant d'entrer à l'école de police.

Il fit les présentations. Amelia l'écouta avec attention raconter l'arrestation d'Arthur Rhyme, et demanda comment Judy faisait face à cette situation. Puis :

– Vous avez des enfants ?

Rhyme se rendit compte que tout en remarquant le faux pas de Judy, il en avait commis un lui-même en omettant de demander des nouvelles de leur fils, dont il ne se rappelait plus le prénom. Il apprit que la famille s'était agrandie. Outre Arthur Junior, qui était au lycée, il y avait deux autres enfants.

– Henry, qui a 9 ans, et une fille, Meadow, qui en a 6.

– Meadow ? répéta Amelia Sachs, surprise, sans que Rhyme sache pourquoi.

Judy eut un petit rire embarrassé.

– Et nous vivons dans le New Jersey. Mais ça n'a rien à voir avec le show de la télé. Elle était née avant que je le connaisse.

Un show télévisé ?

Judy rompit le court silence.

– Je suis sûre que tu te demandes pourquoi j'ai appelé cet inspecteur pour avoir ton numéro. Mais je dois te dire une chose : Art ne sait pas que je suis ici.

– Non ?

– En fait, pour ne rien te cacher, je n'en aurais pas eu l'idée toute seule. Mais l'autre jour au centre de détention, je discutais avec Art et il a dit : « Je sais à quoi tu penses, mais n'appelle pas Lincoln. C'est une simple erreur sur la personne. On va régler ça très vite. Promets-moi que tu ne lui diras rien. » Il ne voulait pas t'embêter… Tu le connais. Toujours gentil, soucieux des autres…

Rhyme acquiesça d'un hochement de tête.

– Mais plus j'y pensais, plus ça me semblait la chose à faire. Je ne vais pas te demander de le pistonner ou de faire quoi que ce soit d'irrégulier, mais je crois que si tu pouvais donner un ou deux coups de fil et me dire ce que tu en penses…

Rhyme voyait très bien ce que ça pouvait donner, vu de la Maison : en tant que consultant en médecine légale pour la police de New York, il était censé découvrir la vérité, où qu'elle mène, mais les patrons comptaient sur lui pour les aider à arrêter des coupables plutôt qu'à innocenter des accusés.

– J'ai lu quelques articles qui parlaient de toi.

– Des articles ?

– Art a des albums-souvenirs de la famille. Il a gardé les articles de journaux sur les affaires dont tu t'es occupé. Il y en a des dizaines. Tu as fait des choses incroyables.

– Oh, répondit Rhyme, je ne suis qu'un subalterne.

Judy laissa enfin paraître une émotion authentique : un sourire, en le regardant dans les yeux.

– Art m'a dit qu'il n'avait jamais cru à ta modestie.

– C'est vrai ?

– Mais c'est parce que tu n'as jamais cru à la sienne, toi non plus !

Amelia laissa échapper un gloussement étouffé.

Rhyme y alla d'une grimace accompagnée d'un rire qui se voulait sincère. Puis il redevint sérieux.

– Je ne sais pas si je pourrai quelque chose pour vous. Mais raconte-moi ce qui s'est passé.

– C'était le jeudi 12, il y a une semaine. Art quitte son bureau plus tôt le vendredi parce que c'est le jour où il court. Il rentre à la maison en faisant un grand détour par le parc. Il adore courir.

Rhyme se rappelait les dizaines de fois où les deux garçons, nés à quelques mois d'intervalle, avaient couru ensemble le long des trottoirs ou à travers les champs jaunes et verts qui entouraient leurs maisons dans le Midwestern, les sauterelles jaillissant sous leurs pas, les moucherons leur collant à la peau quand ils s'arrêtaient pour souffler. Art semblait toujours en meilleure forme mais Lincoln avait intégré l'équipe de course de fond de son université ; son cousin n'avait pas voulu essayer.

Repoussant les souvenirs, Rhyme se concentra sur ce que disait Judy.

– Il a donc quitté son bureau à trois heures et demie de l'après-midi pour aller courir, et il est rentré à la maison vers sept heures, sept heures et demie. Il avait l'air tout à fait normal. Il a pris une douche. On a dîné. Mais le lendemain, les policiers sont venus – il y en avait deux de New York, et un *trooper* du New Jersey. Ils lui ont posé un tas de questions et ont examiné la voiture. Ils ont trouvé du sang, je ne sais trop quoi encore…

Le tremblement de sa voix disait le choc qu'elle avait éprouvé, ce matin-là.

– Ils ont fouillé la maison et emporté certaines choses. Puis ils sont revenus et ils l'ont arrêté. Pour meurtre.

Elle avait du mal à prononcer le mot.

– Que lui reproche-t-on exactement ? demanda Amelia Sachs.

– Ils prétendent qu'il a tué une femme pour lui voler un tableau très rare. Voler un tableau, lui ? Mais pourquoi ? Et tuer quelqu'un ? Arthur n'a jamais fait de mal à quiconque. Il n'en est pas capable !

– Ce sang qu'on a trouvé dans sa voiture ? On a fait un test ADN ?

– Oui. Et apparemment, c'était celui de la victime. Mais ces tests peuvent parfois donner de faux résultats, n'est-ce pas ?

– Parfois, dit Rhyme, pensif. Mais c'est très, très rare.

– Et le vrai meurtrier a pu mettre du sang dans la voiture.

– Ce tableau, demanda Amelia, Arthur avait-il une raison de s'y intéresser ?

Judy joua quelques secondes avec les gros bracelets en plastique noir qu'elle portait au poignet gauche.

– Oui, c'est vrai. Il en avait un du même artiste, à une époque. Il l'aimait bien. Mais il a été obligé de le vendre quand il a perdu son emploi.

– Où l'a-t-on retrouvé ?

– On ne l'a pas retrouvé.

– Mais comment sait-on qu'il a été volé ?

– Quelqu'un, un témoin, a vu un homme sortir avec de l'appartement de la victime et partir en voiture à l'heure du meurtre. Ah, c'est une affreuse confusion ! Des coïncidences… Ça ne peut pas être autre chose qu'une suite de coïncidences ! Sa voix s'étrangla.

– Il la connaissait ?

– Art a d'abord dit que non. Puis il a pensé qu'ils avaient pu se rencontrer dans une galerie où il se rend quelques fois. Mais il ne se souvient pas d'avoir parlé avec elle.

Le regard de Judy s'arrêta au tableau blanc sur lequel figurait le plan pour la capture de Logan en Angleterre.

Rhyme se rappelait d'autres moments passés avec Arthur.

On court jusqu'à cet arbre… Non, pas celui-là, espèce de mauviette ! L'érable, là-bas. À trois… Un… deux… partez !

Tu n'as pas dit trois !

– Il y a autre chose, n'est-ce pas, Judy ? Dites-le nous.

Amelia avait surpris une lueur dans les yeux de la femme, supposa Rhyme.

– Je suis bouleversée, c'est tout. Pour les enfants, aussi. C'est un cauchemar pour eux. Les voisins nous traitent comme des terroristes.

– Pardonnez-moi si j'insiste, mais nous avons besoin de connaître tous les faits, c'est important. Je vous en prie.

Elle rougit à nouveau, cramponnée à ses genoux. Rhyme et Amelia avaient une amie, Kathryn Dance, qui travaillait dans la police en Californie. C'était une synergologue, spécialiste du langage du corps. Rhyme tenait cette discipline comme tout à fait seconde par rapport à la médecine légale et à la police scientifique, mais il avait une certaine estime pour Kathryn Dance et, à son contact, avait acquis quelques rudiments de synergologie. Il voyait bien à cet instant que Judy Rhyme était dans un état de stress maximum.

– Allons, parlez, dit Amelia d'un ton encourageant.

– C'est que les policiers ont trouvé d'autres preuves… enfin, pas vraiment des preuves. Mais… ils pensent qu'Art et cette femme avaient peut-être… une liaison.

– Et vous, qu'en pensez-vous ? demanda Amelia.

– Je ne le crois pas.

Rhyme nota que la dénégation, cette fois, était moins catégorique que pour le meurtre et le vol. Elle voulait désespérément que la réponse soit non, mais elle était sans doute parvenue à la même conclusion que Rhyme à cet instant : le fait d'avoir cette femme pour maîtresse jouait en faveur d'Arthur. On est plus susceptible de voler quelqu'un d'inconnu que la personne avec laquelle on couche. Mais en tant qu'épouse et mère, Judy ne pouvait que souhaiter le contraire.

Elle leva les yeux vers lui, moins gênée de regarder la machine compliquée sur laquelle il était assis et les autres dispositifs qui définissaient son existence.

– En tout cas, il n'a *pas* tué cette femme. Il n'aurait jamais pu faire ça. J'en ai la certitude… Tu crois que tu pourras faire quelque chose ?

Rhyme et Amelia échangèrent un regard. Il dit :

– Je suis désolé, Judy, mais nous sommes en ce moment sur une grosse affaire. Et tout près d'arrêter un dangereux tueur. Je ne peux pas laisser tomber ça.

– Ce n'est pas ce que je te demande. Mais juste, de faire *quelque chose.* Je ne sais plus où donner de la tête.

Ses lèvres tremblaient.

– On va passer quelques coups de fil, voir ce qu'on peut trouver. Je ne pourrai pas te donner d'autres informations que celles que tu obtiendras par l'intermédiaire de ton avocat, mais je te dirai honnêtement je ce que je pense de la situation, et si j'estime que le procureur a des chances de faire aboutir un dossier d'accusation.

– Merci, Lincoln.

– Qui est ton avocat ?

Elle lui donna un nom et un numéro de téléphone. Il s'agissait d'un défenseur de haute volée, comme ses honoraires, que Rhyme connaissait. Mais l'homme était assez arrivé pour ne pas avoir à se démener, et il était spécialisé dans les affaires financières plutôt que dans les meurtres.

Amelia demanda qui était le procureur.

– Bernhard Grossman. Je peux vous donner son téléphone.

– Ce n'est pas la peine, répondit Amelia. Je l'ai. J'ai déjà travaillé avec lui. C'est un type raisonnable. Je suppose qu'il a proposé à votre mari de plaider coupable ?

– Oui, et notre avocat était d'accord, mais Art a refusé. Il continue à dire que c'est une erreur, et que ça va s'arranger. Mais ça ne s'arrange pas toujours, n'est-ce pas ? Il arrive que des innocents aillent en prison, n'est-ce pas ?

En effet, ça arrive, pensa Rhyme.

– On va voir qui on peut appeler, dit-il.

Elle se leva.

– Si tu savais comme je nous en veux de ne plus t'avoir fait signe… C'est inexcusable.

À sa grande surprise, elle s'approcha brusquement du fauteuil roulant et se pencha pour lui effleurer la joue de la sienne. Il sentit un relent aigre de sueur nerveuse et deux odeurs distinctes, peut-être un déodorant et une laque pour cheveux. Aucun parfum. Elle n'était pas du genre à se parfumer.

– Merci, Lincoln.

Elle alla jusqu'à la porte, se retourna pour s'adresser à tous les deux.

– Quoi que vous trouviez au sujet de cette femme et d'Arthur, ça ne sera pas grave. Tout ce qui compte pour moi, c'est qu'il n'aille pas en prison.

– Je ferai ce que je pourrai. On t'appellera si on trouve quelque chose de significatif.

Amelia s'était levée pour la raccompagner.

Quand elle revint, Rhyme dit :

– Commençons par l'avocat.

–Je suis désolée, Rhyme.

Comme il la regardait en haussant les sourcils, elle ajouta :

–Je veux dire que… C'est pour toi que ça risque d'être dur.

– Quoi ?

– D'avoir un parent proche arrêté pour meurtre.

Rhyme haussa les épaules – l'un des rares gestes qu'il pouvait encore faire.

– Ted Bundy était le fils de quelqu'un. Et peut-être le cousin de quelqu'un, aussi.

– N'empêche…

Amelia décrocha le téléphone pour appeler l'avocat. Elle tomba sur un répondeur et laissa un message. Rhyme se demanda sur quel trou de quel terrain de golf se trouvait l'homme à cette heure.

Elle eut ensuite l'assistante du district attorney Grossman, qui ne profitait pas de ce jour férié et était dans son bureau en ville. Il n'avait pas fait le lien entre le nom de son suspect et le criminologue.

– Ah, je suis désolé, Lincoln, dit-il avec sincérité. Mais je dois dire que c'est un dossier qui ne présente pas de problème. Très franchement. S'il y avait des doutes, je vous en ferais part. Le jury n'hésitera pas à condamner. Si vous pouviez le convaincre de plaider coupable, vous lui rendriez un fier service. Je pourrais sans doute ramener ma réquisition à douze ans ferme.

Douze ans, sans espoir de libération conditionnelle. Arthur n'y survivrait pas, pensa Rhyme.

– Merci du conseil, dit Amelia.

Le procureur ajouta qu'il avait un procès difficile qui commençait le lendemain et ne pouvait pas leur parler plus longtemps. Il les rappellerait plus tard dans la semaine, s'ils le voulaient.

Il leur donna toutefois le nom du détective chargé de l'enquête : Bobby LaGrange.

–Je le connais, dit Amelia en l'appelant à son domicile.

Elle tomba sur son répondeur. Elle composa son numéro de portable et il répondit immédiatement.

– LaGrange.

Le sifflement du vent et le clapotis de l'eau disaient clairement à quoi le détective occupait son temps par cette belle journée ensoleillée.

Amelia se fit connaître.

– Ah, oui ! Comment ça va, Amelia ? J'attends le coup de fil d'un indic. Il doit se passer quelque chose du côté de Red Hook, d'un instant à l'autre.

Il n'était donc pas à la pêche.

– Dans ce cas, je serai obligé de raccrocher.

– Je comprends. Vous êtes sur haut-parleur.

– Bonjour, détective. Ici Lincoln Rhyme.

Un silence.

– Ah.

Un appel de Lincoln Rhyme rendait tout de suite les gens plus attentifs.

Le criminologue exposa la situation de son cousin.

– Attendez… Rhyme… Je me disais bien que c'était un drôle de nom. Enfin, peu commun… Mais je n'ai pas fait le rapprochement. Et il n'a pas parlé de vous. Dans aucun interrogatoire. Votre cousin ? Dites donc, je suis désolé pour vous.

– Détective, je ne veux pas me mêler de cette affaire. Mais j'ai promis de vous appeler pour savoir ce qu'il en était exactement. Je sais que le procureur est saisi. Je viens d'en parler avec lui.

– Je dois dire que l'arrestation était parfaitement justifiée. Ça fait cinq ans que je m'occupe d'homicides, et à part le témoignage d'une patrouille qui avait coincé une bande, c'est le dossier le plus facile que j'aie jamais vu.

– Que s'est-il passé exactement ? La femme d'Arthur Rhyme ne m'a donné que les grandes lignes.

LaGrange prit le ton sec et détaché des policiers qui récapitulent les détails d'un crime :

– Votre cousin a quitté son bureau de bonne heure. Il s'est rendu à l'appartement d'une femme du nom d'Alice Sanderson, dans le Village. Elle avait fini de bonne heure elle aussi. Nous ne savons pas combien de temps il est resté là, mais vers dix-huit heures elle a été poignardée et on lui a volé un tableau.

– Un tableau de prix, je crois comprendre ?

– Oui. Mais tout de même pas un Van Gogh.

– De qui ?

– D'un certain Prescott. Ah, on a trouvé des mails à propos de Prescott adressés à votre cousin par deux galeries d'art. Ça n'avait pas l'air tellement génial, si vous voulez mon avis.

– Parlez-moi de ce qui s'est passé le 12 mai.

– Vers six heures, un témoin a entendu des cris et a vu quelques minutes plus tard un homme qui portait un tableau entrer dans une Mercedes bleu pâle stationnée dans la rue. La voiture est repartie aussitôt. Le témoin n'a pu voir que les trois premières lettres de la plaque d'immatriculation – il n'a pas identifié l'État d'origine, mais on a fait une recherche au fichier central pour sortir la liste des propriétaires de Mercedes bleu pâle dans la zone urbaine concernée. Votre cousin en faisait partie. Je suis allé l'interroger avec mon associé – on avait un *trooper* avec nous, conformément à la réglementation. On a vu quelque chose qui ressemblait à du sang sur la portière arrière. Et il y avait un gant de toilette plein de sang sous le siège. Ce gant était assorti au linge de la salle de bains de l'appartement de la victime.

– Et le test d'ADN a été positif ?

– Oui, il s'agissait bien de son sang.

– Le témoin a reconnu votre suspect parmi plusieurs suspects potentiels ?

– Non. C'est un témoin anonyme. Il a appelé d'une cabine publique et a refusé de s'identifier. Il ne voulait pas être mêlé à l'affaire. Mais on n'avait pas besoin de témoignages. Les experts de la brigade des scènes de crime n'ont pas eu à se fatiguer. Ils ont relevé des empreintes de chaussures dans l'entrée de la victime – les mêmes que celles de votre cousin – et d'autres traces qui l'identifiaient.

– Des preuves ?

– Oui, des preuves. Des traces de crème à raser, des miettes de chips, un engrais pour pelouse en provenance de son garage. Tout ça collait à ce qu'il y avait chez la victime.

Non, ça ne *collait* pas, songea Rhyme. En matière d'indices matériels, il existe plusieurs catégories : une trace « individualisante » est unique, en provenance d'une seule source – c'est le cas de l'ADN et des empreintes digitales. D'autres indices ont certaines caractéristiques en commun avec certains matériaux mais ne proviennent pas nécessairement de la même source – les fibres de moquette, par exemple. Un test d'ADN sur du sang trouvé sur une scène de crime peut « coller » au sang du meurtrier. Mais la comparaison entre des fibres de moquette trouvées sur une scène de crime et celles prélevées au domicile de la victime ne peut qu'amener le jury à déduire que le suspect était présent sur les lieux – mais sans certitude.

– Qu'est-ce qui vous a fait penser qu'il la connaissait ? demanda Amelia.

– Il disait qu'il ne la connaissait pas, mais on a trouvé deux mots écrits de la main de la victime. L'un à son bureau et l'autre chez elle. Sur l'un, elle avait écrit, « Art – boissons ». Et sur l'autre, seulement « Arthur ». Rien d'autre. Et on a aussi trouvé le nom d'Arthur Rhyme dans son répertoire téléphonique.

– Avec son numéro ? demanda Rhyme, en fronçant les sourcils.

– Non. Un numéro prépayé.

– Donc, vous pensez qu'ils étaient plus que des amis ?

– Forcément. Pourquoi lui aurait-il donné un numéro prépayé plutôt que celui de son domicile ou de son portable ?

LaGrange laissa fuser un petit rire.

– Apparemment, elle s'en fichait. On est souvent étonné par ce que les gens peuvent accepter sans poser de questions.

Pas tant que ça, pensa Rhyme.

– Et l'appareil lui-même ?

– Rien. Introuvable.

– Et vous croyez qu'il l'a tuée parce qu'elle insistait pour se faire épouser ?

– C'est ce que plaidera le procureur, plus ou moins.

Rhyme s'efforça de confronter ce qu'il savait de son cousin, qu'il n'avait pas vu depuis presque dix ans, avec cette information ; il ne put ni la confirmer ni l'infirmer.

– Il n'y a pas d'autres suspects potentiels ? Des gens qui auraient eu un mobile ? demanda Amelia.

– Personne. Ses amis et les membres de sa famille ont déclaré qu'elle sortait avec des types, mais rien de sérieux. Pas de rupture tumultueuse en tout cas. Je me suis même demandé si la femme d'Arthur – Judy – n'avait pas fait le coup, mais elle a un alibi irréfutable cet après-midi-là.

– Arthur n'en a pas ?

– Non. Il prétend qu'il est allé courir mais personne ne l'a vu. Clinton State Park… C'est grand. Et peu fréquenté.

– Je voudrais savoir… dit Amelia. Quelle a été son attitude quand on l'a interrogé ?

LaGrange éclata de rire.

– Ça m'amuse que vous posiez cette question… C'est ce qu'il y a de plus bizarre dans l'histoire. Il avait l'air sonné. Complètement abasourdi de nous voir arriver. J'ai arrêté bien des gens dans ma vie, et souvent des pros, des types qui n'étaient pas nés de la dernière pluie. Mais je n'ai jamais vu personne jouer aussi bien les innocents. Un acteur de grand talent ! Vous aviez remarqué ça chez lui, détective Rhyme ?

Le criminologue ne répondit pas.

– Et le tableau ? Qu'est-il devenu ?

Un silence.

– C'est un autre problème. On ne l'a pas retrouvé. Il n'était pas chez lui, ni dans son garage, mais les types qui ont examiné la scène de crime ont découvert des traces de terre dans le garage et sur le siège arrière de la Mercedes. C'est la même terre que celle du parc dans lequel il allait courir tous les soirs près de chez lui. On pense qu'il l'aura enterré quelque part.

– Encore une question, détective, dit Rhyme.

Il y eut une nouvelle pose à l'autre bout de la ligne, pendant laquelle on entendit une voix prononcer des mots inintelligibles, et de nouveau le bruit du vent.

– J'écoute ?

– Puis-je consulter le dossier ?

– Le dossier ?

Ce n'était pas vraiment une question, mais une façon de prendre le temps de réfléchir.

– C'est une affaire sans problème. On n'a qu'à suivre les règles.

– Nous n'en doutons pas une seconde, intervint Amelia. Mais à ce qu'on nous dit, il a refusé de plaider coupable.

– Ah. Et vous voudriez le faire changer d'avis ? Oui. Je comprends. C'est ce qu'il aurait de mieux à faire. Bon, je n'ai que des copies, le procureur a tout le reste, y compris les relevés d'indices. Mais je peux vous passer les rapports. D'ici un jour ou deux, d'accord ?

Rhyme secoua la tête.

– Si vous pouvez en toucher un mot au secrétariat, je passerai prendre le dossier moi-même, dit Amelia.

Le vent parut s'engouffrer à nouveau sur la ligne, puis cesser d'un seul coup. LaGrange s'était sans doute mis à l'abri.

– Oui. D'accord. Je les préviens tout de suite.

– Merci.

– De rien. Bonne chance.

Quand la communication fut coupée, Rhyme esquissa un sourire.

– Bien joué, Amelia, le coup du plaider coupable.

– Il faut connaître son public, répondit la jeune femme en jetant son sac sur son épaule pour se diriger vers la porte.

CHAPITRE 4

Amelia revint de son expédition au quartier général de la police beaucoup plus vite que si elle avait utilisé les transports en commun – ou respecté les feux de circulation. Rhyme savait qu'elle avait monté un feu clignotant sur le tableau de bord de sa voiture, une Camaro SS repeinte quelques années plus tôt en rouge vif, la couleur préférée de Rhyme pour ses fauteuils roulants. Comme une adolescente, elle cherchait tous les prétextes pour s'arracher dans le hurlement des cylindres en râpant les pneus sur le bitume.

– J'ai tout photocopié, dit-elle en entrant avec un épais dossier. Elle le posa sur la table et fit une grimace.

– Ça va ?

Amelia Sachs souffrait d'arthrose. Depuis toujours, et elle se bourrait de médicaments mais en parlait rarement, de crainte que les gros bonnets du One Police Plaza, s'ils l'apprenaient, ne la mettent derrière un bureau pour raisons médicales. Et même quand elle était seule avec Rhyme, elle faisait celle qui n'a rien. Mais ce matin-là, elle laissa échapper un aveu :

– Il y a des jours où c'est pire qu'à d'autres.

– Tu ne veux pas t'asseoir ?

Elle secoua la tête.

– Bon. Alors, on a du nouveau ?

– Rapport, inventaire et copies des clichés. Pas les vidéos. Elles sont chez le procureur.

– Mettons tout ça sur le tableau. Je veux voir la première scène de crime et la maison d'Arthur.

Elle s'approcha d'un tableau blanc – il y en avait des dizaines dans le labo – et entreprit de transcrire les informations, sous le regard de Rhyme.

MEURTRE D'ALICE SANDERSON

APPARTEMENT D'ALICE SANDERSON :

- Traces de crème à raser Edge Advanced, avec aloès
- Miettes de chips Pringle, allégées, goût barbecue
- Couteau Chicago Cuttlery
- Engrais TruGro
- Empreinte de chaussure Alton EZ-Walk, pointure 44
- Particules de gant en latex
- Références à « Art » et numéro de portable prépayé dans répertoire de téléphone – numéro désactivé. Non identifiable (liaison amoureuse ?)
- Deux notes : « Art – boissons » (bureau) et « Arthur » (domicile)
- Témoin a vu Mercedes bleu clair (immatriculation commençant par NLP)

VOITURE D'ARTHUR RHYME :

- Conduite intérieure Mercedes 2004 bleu clair, Classe C. Immatriculation New Jersey NLP 745, au nom d'Arthur Rhyme
- Sang sur une portière et sur le tapis de sol à l'arrière (ADN correspondant à celui de la victime)
- Gant de toilette imbibé de sang, assorti au linge trouvé dans l'appartement (ADN correspondant à la victime)
- Terre de composition similaire à la terre de Clinton State Park

MAISON D'ARTHUR RHYME :

- Crème à raser Edge Advanced avec aloès, identique à celle relevée dans première scène de crime
- Chips Pringle, allégées, goût barbecue
- Engrais TruGro (garage)
- Pelle avec terre similaire à celle du Clinton State Park (garage)
- Couteaux Chicago Cuttlery, identiques à ceux trouvés chez la victime
- Chaussures Alton EZ-Walk, pointure 44, semelle correspondant à l'empreinte relevée chez la victime
- Publicités de la galerie Wilcox à Boston et d'Anderson-Billing Fine Arts à Carmel, envoyées par la poste, pour des expositions des œuvres d'Harvey Prescott
- Boîte de gants de protection en latex, de composition similaire aux particules découvertes sur la première scène de crime (garage)

– Dis donc, Rhyme, ça ne laisse pas beaucoup de place au doute, dit Amelia en reculant d'un pas, les mains sur les hanches.

– Et ce téléphone prépayé ? Et ces références à « Art »... Mais nulle part l'adresse de son domicile ou de son bureau. Voilà qui *pourrait* signifier une liaison... D'autres détails ?

– Non. Il reste les clichés.

Il lui demanda de les mettre à l'écran. Il regrettait de ne pas avoir examiné la scène lui-même – par procuration, grâce à Amelia, comme ils avaient l'habitude de le faire, en utilisant un casque avec micro ou une caméra vidéo de haute définition. Les collègues avaient fait un travail correct, mais qui n'avait rien de transcendant. Il n'y avait pas de photos des autres pièces de la maison. Et le couteau... Il trouva le cliché de l'arme tachée de sang, découverte sous le lit. Un agent soulevait un coin de drap poussiéreux pour qu'on le photographie. Était-il invisible quand le drap retombait, ce qui signifierait que le meurtrier l'avait oublié dans l'émotion du moment, ou était-il visible, ce qui pouvait signifier qu'on l'avait laissé intentionnellement à cet endroit en tant que pièce à conviction ?

Il examina la photo du papier d'emballage resté sur le sol, et qui avait apparemment servi à empaqueter le tableau de Prescott.

– Il y a quelque chose qui cloche, dit-il à mi-voix.

Amelia, devant le tableau, lui jeta un regard interrogateur.

– Le Prescott, poursuivit Rhyme.

– Quoi, le Prescott ?

– LaGrange a suggéré deux mobiles. Un, Arthur a tué Alice et emporté le Prescott pour faire croire à un crime crapuleux, parce qu'il voulait qu'elle sorte de son existence.

– Oui.

– Mais dans ce cas, s'il est doté d'un minimum de bon sens, un meurtrier ne volera pas le seul objet qui permet d'établir un lien entre lui et la victime. N'oublions pas que Art a déjà possédé un Prescott. Et qu'il reçoit lui aussi des publicités pour les expositions.

– C'est vrai, Rhyme. Ça semble idiot de sa part.

– Mettons qu'il ait eu follement envie de ce tableau et n'ait pas eu de quoi se l'offrir. Dans ce cas, il pouvait beaucoup plus facilement, et à moindre risque, s'introduire chez sa propriétaire pendant qu'elle était au boulot et l'emporter plutôt que de l'assassiner.

L'attitude de son cousin, par ailleurs, semblait bizarre à Rhyme.

– Peut-être qu'il ne jouait pas les innocents. Il est peut-être innocent… Ça ne laisse pas de place au doute, dis-tu ? Non ! Ça ne laisse pas *assez* de place au doute.

Il se dit : supposons qu'il n'ait rien fait. L'affaire, alors, était grave : ce n'était pas une simple erreur sur la personne, comme le disait Arthur ; les indices étaient trop évidents, trop concordants – à commencer par le sang de la victime dans la voiture du suspect. Non, si Art était innocent, quelqu'un s'était donné beaucoup de mal pour le faire accuser.

– Je pense qu'il est victime d'un coup monté.

– Pourquoi ?

– Le mobile, murmura Rhyme, n'est pas notre problème pour le moment. La question qu'il faut se poser, c'est *comment.* Si on peut y répondre, ça nous mènera peut-être à *qui.* Et on découvrira *pourquoi* chemin faisant, mais ce n'est pas notre priorité. Commençons donc en posant comme postulat que quelqu'un d'autre, M. X, a assassiné Alice Sanderson et volé ce tableau, puis a fait accuser Arthur. Alors, Sachs, comment s'y est-on pris ?

Elle fit une petite grimace – l'arthrose, toujours – et s'assit. Elle réfléchit un bon moment avant de répondre :

– M. X a suivi Arthur et a suivi Alice. Il a vu qu'ils s'intéressaient à l'art, les a fait se rencontrer à la galerie et a découvert leurs identités respectives.

– M. X sait qu'elle possède un Prescott. Il en veut un lui aussi mais n'a pas les moyens de se l'offrir.

– Bien.

Amelia hocha la tête en regardant la liste des indices.

– Il s'introduit clandestinement chez Arthur, note qu'il a des Pringle, de la crème à raser Edge, de l'engrais TruGro et des couteaux de chez Chicago Cuttlery. Il prend un peu de tout ça en prévision du piège qu'il va tendre au malheureux Arthur. Comme il sait quelles chaussures porte celui-ci, il peut laisser une empreinte de semelle, et il met un peu de terre du State Park sur la pelle qu'Arthur range dans son garage…

– Voyons maintenant ce qui va se passer le 12 mai. M. X sait qu'Art quitte son bureau de bonne heure chaque vendredi pour aller courir dans un parc désert – il n'aura donc pas d'alibi. Il se rend chez la victime, la tue, emporte le tableau et appelle d'une cabine pour dire qu'il a entendu des cris et qu'il a vu un homme repartir avec un tableau dans une voiture qui ressemble beaucoup à celle d'Arthur. Puis il fonce chez Arthur dans le New Jersey et laisse des traces de sang, de la terre, le gant de toilette et la pelle.

Le téléphone sonna. C'était l'avocat d'Arthur. L'homme semblait soucieux en répétant tout ce que l'adjoint du procureur avait déjà expliqué. Il ne leur apprit rien qui soit susceptible de les aider et, en fait, tenta à plusieurs reprises de les convaincre d'amener Arthur à plaider coupable.

– Ils vont lui coller le maximum, dit-il. Rendez-lui ce service. S'il plaide coupable, je lui aurai quinze ans, pas plus.

– Autant dire la mort, répondit Rhyme.

– C'est ça ou la peine capitale.

Rhyme prit sèchement congé et raccrocha. Il se replongea dans l'étude du tableau.

Puis il eut une idée.

– Qu'y a-t-il, Rhyme ? demanda Amelia en le voyant lever les yeux au plafond.

– Et s'il avait déjà fait ça ?

– Que veux-tu dire ?

– Si on suppose que le but – le mobile – était le vol du tableau, ce n'était pas vraiment un gros coup. Pas comme un Renoir qu'on refourgue pour un million de dollars avant de disparaître pour toujours dans la nature. Ça ressemble plutôt à une entreprise. Le type a trouvé un bon moyen d'échapper aux poursuites. Et il va continuer jusqu'à ce que quelqu'un l'arrête.

– Oui. Bien vu. Il faut donc chercher du côté des voleurs de tableaux.

– Non. Pourquoi ne volerait-il que des tableaux ? Ça peut être n'importe quoi. Mais il y a un point commun.

Amelia réfléchit, les sourcils froncés, avant de répondre :

– Le meurtre.

– Exactement. Et comme il fait accuser quelqu'un d'autre, il est obligé de tuer les victimes parce qu'elles pourraient l'identifier. Appelle quelqu'un à la Criminelle. Dérange-les chez eux, s'il le faut. On cherche un scénario analogue : un délit, un vol peut-être, la victime de ce délit assassinée, et un suspect désigné par une série de preuves accablantes.

– Dont, peut-être, une corrélation entre les deux ADN.

– Bon, répondit Rhyme, très excité à l'idée qu'ils tenaient peut-être quelque chose. Et s'il suit sa méthode, il y aura un témoin anonyme qui a appelé le 911 pour aiguiller la police vers un magnifique suspect.

Se dirigeant vers un bureau dans un coin du laboratoire, elle s'assit et composa le numéro de la brigade criminelle.

Rhyme renversa la tête en arrière contre le dossier de son fauteuil pour observer sa compagne au téléphone. Il remarqua la trace de sang séché sous l'ongle de son pouce. Il y avait une marque au-dessus de son oreille, à demi-cachée par les cheveux roux et raides. Amelia faisait souvent cela : elle se grattait à cet endroit-là, s'infligeant ainsi de petites souffrances – une habitude, et un signe révélateur de la tension qui l'habitait.

Elle hochait la tête, et plissait les paupières en prenant des notes. Le cœur de Rhyme – même s'il ne le sentait pas – s'était mis à battre plus vite. Elle venait d'apprendre quelque chose de significatif. Mais son stylo, trop sec, n'écrivait plus. Elle le jeta par terre et en prit un autre aussi vite qu'elle dégainait son pistolet dans les concours de tir.

Elle raccrocha au bout de dix minutes.

– Eh, Rhyme, écoute ça.

Elle se posa à côté de lui dans un fauteuil en osier.

– Je viens d'avoir Flintick.

– Tu as bien fait de l'appeler.

Joseph Flintick exerçait déjà comme détective à la police criminelle quand Rhyme n'était encore qu'un bleu. Ce vieux grincheux connaissait pratiquement tous les meurtres commis à New York –

et souvent aux environs – pendant sa longue carrière. Et à l'âge où on se repose en jouant les grands-pères, il travaillait encore le dimanche. Rhyme n'en fut pas étonné.

– Je lui ai tout expliqué et il m'a sorti de mémoire deux affaires qui ressemblaient beaucoup à la nôtre. Dans le premier cas, il y a eu un vol de monnaies de collection d'une valeur d'environ 1 000 dollars. Dans l'autre, un viol.

– Un viol ?

Voilà qui ajoutait une dimension plus obscure et plus dérangeante à l'affaire.

– Oui. Et dans les deux cas, un témoin anonyme a appelé les flics pour signaler le meurtre et fourni des renseignements assez précis pour identifier le coupable… comme le témoin qui a fait coffrer ton cousin.

– Et chaque fois ce témoin était un homme, je suppose.

– Exact. Et la ville a offert une récompense mais aucun ne s'est fait connaître.

– Et les preuves ?

– Flintick ne s'en souvient pas précisément. Mais il a bien dit que les traces et les faits s'étaient révélés justes. Comme pour ton cousin : cinq ou six pièces à conviction sur la scène de crime et chez les suspects. Chaque fois, un chiffon ou un vêtement maculé de sang à leur domicile.

– Et je parie qu'on n'a pas fait de tests comparatifs sur les fluides dans l'affaire du viol.

La plupart des violeurs sont condamnés parce qu'ils laissent derrière eux des traces de sperme, de salive ou de transpiration.

– Non. Aucun.

– Et les témoins anonymes au téléphone… Avaient-ils relevé *une partie seulement* des numéros d'immatriculation ?

Elle jeta un coup d'œil à ses notes.

– Oui. Comment le sais-tu ?

– Parce que notre homme avait besoin d'un peu de temps. S'il avait donné le numéro complet, la police aurait foncé directement chez le faux coupable avant qu'il puisse y déposer des indices.

Le tueur avait pensé à tout…

Et les suspects, chaque fois, ont tout nié ?

– Oui. Désespérément. Ils ont voulu tenter leur chance auprès des jurés, et ils ont perdu.

– Non, non, non, tout ceci n'est peut-être que coïncidence, murmura Rhyme. Je veux voir…

– J'ai demandé qu'on me sorte les archives des affaires déjà jugées.

Il éclata de rire. Une longueur d'avance sur lui, comme souvent… Il se rappela leur rencontre, quelques années auparavant. Amelia Sachs, totalement désillusionnée et prête à laisser tomber sa carrière dans la police, et Rhyme, prêt à laisser tomber bien plus que ça. Ils avaient fait du chemin, depuis.

Rhyme s'adressa au micro placé devant lui.

– *Commande ! Appeler ! Sellitto !*

Il était de plus en plus excité. Il connaissait bien cette sensation particulière qu'il éprouvait avant de déclencher une nouvelle traque. Réponds à ce putain de téléphone ! pensa-t-il, furieux, et pour une fois il ne pensait pas à l'Angleterre.

– Allô, Linc.

La voix de Sellitto avec son inimitable accent de Brooklyn emplit la pièce.

– Écoute. Il y a un problème.

– Je suis vraiment occupé, ici.

Le lieutenant détective Lon Sellitto, ancien partenaire de Rhyme, n'était pas de très bonne humeur ces derniers temps. Le détachement spécial avec lequel il travaillait venait d'essuyer un grave revers. Vladimir Dienko, le bras droit d'un chef de mafia russe de Brighton Beach, avait été arrêté l'année précédente pour extorsion de fonds et meurtre. Rhyme, à cette occasion, avait aidé la police scientifique. Mais le vendredi précédent, à l'indignation générale, les charges contre Dienko et trois de ses comparses avaient été abandonnées après que des témoins eurent disparu ou se furent brusquement retranchés dans le silence. Sellitto et des agents du FBI avaient travaillé tout le week-end à la recherche de nouveaux témoins et de nouveaux informateurs.

– Je ne serai pas long.

Il expliqua ce qu'Amelia et lui venaient d'apprendre au sujet de son cousin, ainsi que des affaires de viol et de vol de monnaies de collection.

– Deux autres affaires ? Bizarre, bizarre ! Que dit ton cousin ?

– Je n'ai pas encore pu le voir. Mais il nie tout. Il faut qu'on vérifie ça.

– Qu'on vérifie… Qu'est-ce que tu veux dire par là ?

– Je ne crois pas qu'Arthur soit le meurtrier.

– C'est ton cousin. *Évidemment* tu ne le crois pas coupable. Mais qu'est-ce que tu as de concret ?

– Rien pour le moment. C'est pourquoi j'ai besoin de ton aide.

– Je suis jusqu'au cou dans l'affaire Dienko à Brighton Beach. Pour laquelle, je dois dire, j'aurais bien besoin que tu me donnes un coup de main si tu ne passais pas ton temps à prendre le thé avec tes amis les British.

– Ça pourrait bien être une grosse affaire, Lon. Avec deux autres qui y ressemblent et puent le coup monté à plein nez… Et je suis sûr qu'il y en a d'autres. Je connais ton goût pour les clichés, mon vieux. Que dirais-tu de celui-ci : « Le tueur aux meurtres impunis » ?

– Tu peux dire ce que tu voudras, Linc, j'ai autre chose à faire.

– Ça, ce sont des mots, Lon.

– Tu parles ! J'essaie de coincer la mafia russe. Et je peux te dire que les camarades de l'Hôtel de Ville ne sont pas ravis, ni ceux du FBI, après ce qui s'est passé.

– Et ils ont toute ma sympathie. Mais fais-toi détacher.

– Ton affaire relève de la brigade criminelle. Moi je m'occupe du grand banditisme.

La division du grand banditisme de la police de New York n'enquêtait pas sur les meurtres, mais l'argument de Sellitto provoqua un éclat de rire cynique de Rhyme.

– Tu t'occupes d'homicides quand tu *veux* t'en occuper. Depuis quand es-tu si respectueux des règles de la maison ?

– Écoute plutôt ce que je vais faire, grommela le détective. Il y a un capitaine qui travaille aujourd'hui. Au centre-ville. Joe Malloy. Tu le connais ?

– Non.

– Moi, je le connais, dit Amelia. Il est bien.

– Salut, Amelia ! Tu tiens le coup avec cette vague de froid ?

Elle éclata de rire. Rhyme poussa un grognement.

– Très drôle, Lon. C'est qui, ce Malloy ?

– Il est très fort. Sans compromissions. Ni sens de l'humour. Tu aimeras ça.

– Il y a beaucoup de comédiens, de nos jours, dit Rhyme, dans sa barbe.

– Celui-là, c'est un bon. Sa femme a été tuée au cours d'un vol avec effraction, il y a cinq ou six ans.

Amelia sursauta.

– Je ne le savais pas.

– Oui, et il se donne à 150 % à son boulot. On dit qu'il ne tardera pas à s'installer dans un bureau d'angle de la Maison. Ou même à côté.

Ce qui signifiait à l'Hôtel de Ville.

– Appelle-le, poursuivit Sellitto, et vois s'il peut te faire détacher deux ou trois personnes.

– C'est *toi* que je veux détacher.

– C'est hors de question, Linc. Je suis pris vingt-quatre heures sur vingt-quatre. C'est un cauchemar. Mais tiens-moi au courant, et…

– Il faut que je te laisse, Lon… *Commande ! Décrocher !*

– Tu lui as raccroché au nez, dit Amelia.

Rhyme poussa un vague grognement et appela Malloy. Il était furieux d'avance à l'idée de tomber sur un répondeur.

Mais le policier décrocha à la deuxième sonnerie. Encore un vieux flic au travail un dimanche. Rhyme en avait souvent fait autant, et son divorce en témoignait.

– Malloy à l'appareil.

Rhyme se nomma.

Une brève hésitation. Puis :

– Ah, Lincoln… Je ne crois pas qu'on se connaisse, mais j'ai entendu parler de vous, bien sûr.

– J'ai avec moi l'une de vos détectives, Amelia Sachs. Vous êtes sur haut-parleur, Joe.

– Bonjour, détective Sachs, dit la voix sévère dans le haut-parleur. Que puis-je faire pour vous deux ?

Rhyme expliqua l'affaire, et sa conviction qu'Arthur avait été piégé.

– Votre cousin ? J'en suis désolé.

Le ton ne l'était pas vraiment. Il devait craindre que Rhyme lui demande d'intervenir pour atténuer les charges qui pesaient sur son parent. Attention au risque de conflit d'intérêts ! Avec, au pire, une enquête des Affaires internes et des rumeurs de scandale dans les médias… D'un autre côté, comment refuser son aide à un homme qui avait déjà rendu d'inestimables services à la police de New York – *et* infirme de surcroît ? Le politiquement correct est très bien porté dans les cercles du pouvoir municipal.

Mais il comprit que la requête de Rhyme était plus compliquée en l'entendant ajouter :

– Je pense qu'il y a de fortes chances pour que le même individu ait commis d'autres crimes.

Et de donner des détails sur l'affaire du viol et celle du vol de monnaies. Ainsi, ce n'était pas une mais trois personnes qui auraient été arrêtées à tort par la police de New York, les meurtres étant restés impunis et le véritable assassin courant toujours… Autant dire que du point de vue des relations publiques, c'était un véritable cauchemar en perspective.

– Ma foi, c'est assez étrange. Inhabituel, n'est-ce pas ? Je comprends votre attachement pour votre cousin…

– Je suis attaché à la vérité, Joe, répondit Rhyme sans craindre de paraître pompeux.

– Ma foi…

– J'ai simplement besoin qu'on nous affecte deux agents. Pour réexaminer les preuves qui ont été produites dans ces deux affaires. Et effectuer, peut-être, quelques déplacements.

– Ah, je vois… Mais bon… Je regrette, Lincoln. Nous manquons déjà de moyens. Ce n'est pas possible pour ce genre de chose. Toutefois, j'en toucherai un mot demain au commissaire divisionnaire.

– Nous pourrions peut-être l'appeler nous-mêmes ?

Une autre hésitation.

– Non. Il est très occupé aujourd'hui.

Brunch. Barbecue. Une représentation du *Jeune Frankenstein* ou de *Spamalot*…

– J'en parlerai demain à la réunion. C'est une situation bizarre. Mais ne faites rien avant qu'on vous rappelle. Moi ou quelqu'un d'autre.

– Bien sûr.

Ils raccrochèrent. Rhyme et Amelia restèrent un long moment silencieux.

Une situation étrange…

Rhyme regarda le tableau – sur lequel s'étalaient les éléments d'une enquête qui venait de démarrer.

– Je me demande ce que fait Ron, dit Amelia, rompant le silence.

– On va le savoir, d'accord ? répondit Rhyme en se fendant de l'un de ses rares sourires.

Elle prit son téléphone, pressa un numéro d'appel rapide, puis le bouton

– Haut-parleur !

Une jeune voix retentit presque aussitôt.

– Oui, ma'am, euh… détective !

Elle essayait depuis des années de convaincre le jeune agent Ron Pulaski de l'appeler par son prénom, mais il ne s'y résolvait toujours pas.

– Vous êtes sur haut-parleur, Pulaski, prévint Rhyme.

– Oui, monsieur.

Et le « monsieur » agaçait Rhyme encore plus, mais il n'était pas d'humeur à corriger le jeune bleu pour le moment.

– Comment allez-vous ? demanda Pulaski.

– Ça vous regarde ? rétorqua Rhyme. Que faites-vous, en ce moment ? C'est important ?

– En ce moment ?

– Il me semble que c'est ce que je viens de dire.

– Je fais la vaisselle : on vient de prendre notre brunch du dimanche, Jenny et moi, avec mon frère et sa femme. On est allés au marché paysan avec les gosses. C'est super. Vous y allez quelquefois, détective Sachs et vous ?

– En ce moment, donc, vous êtes chez vous, et vous ne faites rien.

– Enfin, si. La vaisselle.

– Laissez tomber la vaisselle. Et venez ici.

Rhyme était un civil, et n'avait pas autorité pour ordonner à des agents de la police de New York, même à des agents de la circulation, de faire quoi que ce soit. Mais Amelia Sachs était détective de troisième classe ; si elle ne pouvait pas lui ordonner de les aider, elle pouvait demander officiellement un changement d'affectation.

– On a besoin de vous, Ron. Et demain aussi, peut-être.

Ron Pulaski travaillait régulièrement avec Rhyme, Amelia Sachs et Sellitto. Rhyme avait été amusé d'apprendre que le fait d'être aussi fréquemment requis auprès de la célébrité qu'il était lui-même valait un statut particulier au jeune officier au sein de son service. Il était certain que son supérieur serait d'accord pour lâcher Pulaski pendant quelques jours – du moment qu'il n'appelait pas Malloy et que personne d'autre ne saurait que cette affaire n'en était pas une.

Pulaski donna à Sachs le nom du supérieur en question. Puis demanda :

– Eh, monsieur ? Le lieutenant Sellitto est aussi sur cette affaire ? Dois-je l'appeler pour me coordonner avec lui ?

– Non ! éclatèrent en même temps Rhyme et Amelia.

Un bref silence suivit, puis Pulaski dit d'une voix hésitante :

– Bon, je vais tâcher d'être là le plus vite possible. J'ai tout de même le temps d'essuyer les verres ? Jenny déteste qu'on laisse la vaisselle humide.

CHAPITRE 5

Le dimanche, c'est ce qu'il y a de mieux.

Parce que le plus souvent, ce jour-là, je fais ce que je veux.

Je collectionne.

Tout ce qu'on peut imaginer. Du moment que ça me plaît et que ça entre dans mon sac à dos, je prends. Je ne suis pas un rat du désert comme certains pourraient le croire : ce rongeur est connu pour laisser toujours quelque chose à la place de ce qu'il prend. Moi, quand je trouve quelque chose, ça m'appartient. Je ne le lâche plus. Jamais.

Le dimanche est mon jour préféré. Parce que c'est jour de repos pour les masses, les Seize qui se sentent chez eux dans cette ville insensée. Les hommes, les femmes, les enfant, les avocats, les artistes, les cyclistes, les cuisiniers, les voleurs, les épouses et les amants (je collectionne aussi les DVD), les politiciens, les coureurs à pied et les administrateurs judiciaires… C'est incroyable, quand on y pense, tout ce que les Seize font pour se distraire.

Ils batifolent comme de joyeuses antilopes à travers les rues et les jardins du New Jersey, de Long Island et de l'État de New York.

Et je peux leur donner la chasse.

C'est ce que je suis en train de faire, après avoir renoncé aux autres distractions assommantes du dimanche : brunch, cinéma, et même une invitation pour aller jouer au golf. Ah, et le culte – toujours populaire chez les antilopes, sachant, bien entendu, que le passage à l'église est suivi par le brunch déjà cité ou la course aux neuf trous avec une batte pour seule arme.

La chasse…

Je pense en ce moment à la plus récente de mes transactions, dont le souvenir est tapi dans ma collection mentale – la transaction avec la jeune Alice Sanderson, 3895-0967-7524-3630, qui était si jolie fille, si délicate. Jusqu'au couteau, bien sûr.

Alice 3895 avec cette jolie robe rose qui mettait ses seins en valeur et dont le tissu se tendait sur les hanches (je pense aussi à elle comme 38-26-36, mais c'est une plaisanterie de ma part). Assez jolie, avec un parfum fleuri aux fragrances orientales.

Mes projets la concernant ne dépendaient pas entièrement du tableau d'Harvey Prescott qu'elle avait pu, par chance (ou par malchance, comme l'a montré la suite) dénicher sur le marché. Une fois certain qu'on le lui avait livré, je n'aurais plus qu'à sortir le ruban adhésif et je pourrais passer quelques heures dans la chambre en sa compagnie. Mais elle avait tout gâché en se retournant brusquement au moment où je m'approchais d'elle par-derrière et en poussant ce cri de cauchemar. Je n'avais eu d'autre choix que de lui trancher la gorge comme on tranche une tomate d'un simple coup de lame, prendre le Prescott et m'enfuir sans faire de bruit – par la fenêtre.

Non, vraiment, c'est plus fort que moi : je ne cesse de penser à la jolie Alice 3895 dans sa minuscule robe rose, à son parfum de fleur… Autrement dit, il me faut une femme.

Me voilà arpentant ces trottoirs, lorgnant sur les Seize derrière mes lunettes de soleil. Elles ne se doutent de rien. Je m'arrange pour qu'on ne me voie pas, et Manhattan est un endroit idéal pour se rendre invisible.

Je contourne un bloc d'immeubles, longe une ruelle, achète quelque chose – avec du liquide, bien entendu – puis m'enfonce dans la partie déserte de la ville, anciennement industrielle et de plus en plus résidentielle et commerciale : SoHo. Ici, c'est calme. J'aime ça. J'en ai besoin pour mener à bien ma transaction avec Myra Weinburg, 9834-4452-8740-3418, une Seize que j'ai en vue depuis quelque temps.

Myra 9834, je te connais bien. J'ai toutes les données. Domiciliée à Waverly Place, Greenwich Village, dans un immeuble que son propriétaire souhaite vendre par appartements après expulsion des locataires. (*Je* le sais, *moi*, alors que les infortunés locataires l'ignorent encore, et d'après leurs revenus et les crédits qu'ils ont tous plus ou moins sur le dos, ils sont fichus d'avance.)

La belle, l'exotique, la brune Myra 9834 a fait ses études à l'Université de New York avant de travailler pendant quelques années pour une agence de publicité. Elle a toujours sa mère, mais son père est mort depuis plusieurs années et l'homme qui l'a tué par accident court toujours : le mandat d'arrêt contre X aussi. La police ne sort pas l'artillerie lourde pour ces sortes de crimes.

En ce moment, Myra 9834 n'a pas de petit copain, et côté amis, ça ne semble pas marcher très fort, vu que l'anniversaire de ses 32 ans n'a donné lieu qu'à une commande de porc mu shu pour une personne au restaurant *Huan Dynastie* sur West Fourth Street (un assez bon choix), accompagné d'une bouteille de Caymus Conundrum blanc (28 dollars à la boutique – hors de prix – Village Wines). Puis il y a eu un déplacement à Long Island de quelques connaissances et membres de la famille, et une note conséquente, mentionnant une bonne quantité de Brunello, dans un certain restaurant de Garden City dont *Newsday* dit le plus grand bien, suivie d'une soirée solitaire. J'imagine.

J'imagine Myra 9834 dans un T-Shirt Victoria's Secret T – comme je le déduis du fait qu'elle en possède cinq d'une trop grande taille pour être portés en public. Elle se lève de bonne heure et mange au petit déjeuner des petits pains danois de chez Entenmann (jamais allégés en sucre ou en graisse, et j'en suis fier) quand ce ne sont pas ceux « à cuire soi-même » qu'elle prend chez Starbucks ; elle se rend très rarement dans des cafétérias. Ce qui est vraiment dommage, car *j'adore* observer de près et en chair et en os l'antilope sur laquelle j'ai jeté mon dévolu, et Starbucks est l'un des endroits qui s'y prêtent le mieux. Vers 8 h 20, elle quitte son appartement pour se rendre à l'agence de publicité Maple, Reed & Summers, où elle travaille comme cadre au service comptabilité.

Je poursuis mon chemin ce dimanche, coiffé d'une banale casquette de baseball (portées en ville par 87,3 % des individus de sexe masculin). Et comme toujours, les yeux baissés. Si vous croyez qu'un satellite tournant à vingt kilomètres d'altitude ne peut pas photographier votre visage souriant, détrompez-vous ; il y a des centaines de photos de vous prises de très haut stockées dans une dizaine de serveurs à travers le monde, et espérons que vous ne faisiez que cligner des paupières face au soleil pour regarder le ballon dirigeable Goodyear ou un nuage en forme d'agneau quand l'obturateur a claqué.

Ma passion pour la collecte ne concerne pas seulement des faits du quotidien mais aussi l'esprit des Seize auxquelles je m'intéresse, et Myra 9834 n'y fait pas exception. Elle va assez fréquemment prendre un verre ou deux avec des amis après le travail et j'ai remarqué qu'elle réglait souvent l'addition, trop souvent à mon avis. Il est clair qu'elle achète leur affection – n'est-ce pas, Dr. Phil ? Elle a peut-être souffert d'acné pendant la *terrible adolescence* ; elle voit encore un dermatologue de temps à autre, mais les notes d'honoraires sont peu élevées, comme si elle se contentait de discuter dermabrasion (absolument pas nécessaire d'après ce que j'ai vu) ou de vérifier que les boutons ne reviennent pas comme des ninjas pendant la nuit.

Ensuite, après trois tournées de cosmopolitan avec les copains, ou une visite à un club de gym, elle rentre chez elle pour retrouver son téléphone, l'incontournable ordinateur et la télé avec les programmes du câble (j'ai plaisir à observer ses habitudes de téléspectatrice ; ses choix d'émissions témoignent d'une grande fidélité ; elle a changé de chaîne pour suivre Jerry Seinfeld, et a annulé deux fois des soirées avec des garçons pour ne pas rater Jack Bauer).

Une fois couchée, elle s'offre parfois une distraction (les commandes de piles et de batteries me renseignent, sa caméra et son iPod étant rechargeables).

Évidemment, ces données-là disent la vie qu'elle mène les jours de semaine. Mais aujourd'hui dimanche, il fait un temps superbe, et le dimanche, c'est différent. C'est le jour où Myra enfourche sa chère (à tous les sens du terme) bicyclette pour parcourir les rues de sa ville.

Les itinéraires varient. Central Park peut y figurer, tout comme Riverside Park et Prospect Park à Brooklyn. Mais quel que soit le programme, Myra 9834 ne manque jamais de faire une halte en fin de journée à la pâtisserie Hudson Gourmet sur Broadway. Après quoi, stimulée par la perspective de la douche et de la collation, elle rentre chez elle par le plus court chemin – lequel, à cause de la circulation démentielle à cette heure, la fait passer devant l'endroit où je me tiens à ce moment.

Je suis devant une cour sur laquelle donne un loft au rez-de-chaussée appartenant à Maury et Stella Griszinski (rendez-vous compte : acheté 278 000 dollars il y a dix ans). Les Griszinski ne sont pas chez eux, ils se sont offert une croisière de printemps en Scandinavie. Ils ont arrêté le courrier et n'ont embauché personne pour arroser les plantes ou nourrir les animaux. Et il n'y a pas d'alarme.

Elle ne se montre toujours pas. Hum. Se serait-il passé quelque chose ? Je peux me tromper.

Mais ça m'arrive rarement.

Cinq interminables minutes… J'extraie de ma collection mentale des images du tableau d'Harvey Prescott. Je les contemple avec plaisir, un moment, avant de les remettre en place. Je regarde autour de moi et résiste à une folle envie d'aller inspecter le contenu de cette benne à ordures, là-bas, pour voir quels trésors elle recèle peut-être.

Restons dans l'ombre… En retrait. Surtout à des moments comme celui-ci. Et méfions-nous des fenêtres, à tout prix. Vous seriez étonné si vous saviez combien de personnes vous observent derrière les vitres, là où, pour vous, il n'y a qu'un reflet immobile.

Mais où est-elle ? Où donc ?

Si je ne réalise pas rapidement ma transaction…

C'est alors que… ah, quel choc ! Je la vois : Myra 9834.

Lentement, lentement, ses jambes magnifiques font tourner les pédales. Un vélo à 1 020 dollars. Ma première voiture coûtait moins cher.

Ah, ta tenue de sport moulante… Mon souffle s'accélère. J'ai tellement besoin d'elle.

Un regard à chaque extrémité de la rue. Personne, à part la jeune femme qui se rapproche. La voici à dix mètres de moi. J'ai éteint mon portable mais je le tiens contre mon oreille, ouvert, l'étui pendant à son cordon. Je lui jette un bref regard. Je m'avance sur le trottoir, en poursuivant une conversation animée et entièrement imaginaire. M'arrête pour la laisser passer. Lève la tête en fronçant les sourcils. Puis souris.

– Myra ?

Elle ralentit. Cette tenue lui colle au corps… Retiens-toi, retiens-toi. Aie l'air naturel.

Personne derrière les fenêtres vides qui donnent sur la rue : c'est dimanche. Pas de circulation.

– Myra Weinburg ?

Le grincement des freins.

– Bonjour…

Le salut et cet air de me connaître sont uniquement dus au fait que les gens sont prêts à tout pour ne pas paraître embarrassés.

Je suis à fond dans mon rôle d'homme d'affaires d'âge mûr tandis que je m'avance vers elle, en promettant à mon correspondant imaginaire de le rappeler dans la soirée. Je referme le téléphone.

Elle réagit.

– Excusez-moi.

Un sourire.

– Vous êtes… ?

– Mike. Chef de produit chez Ogilvy. Je crois qu'on s'est rencontrés à… Oui, c'est ça. Chez David, à une séance de photos pour National Food. Vous étiez dans le deuxième studio. Je suis venu et c'est là qu'on s'est vus, avec… comment s'appelait-il ? Richie. Votre traiteur était meilleur que le nôtre.

Un grand sourire.

– Ah, oui ! (Elle se rappelle.) David, National Food, Richie et le traiteur du studio…

Mais elle ne peut pas se souvenir de moi puisque je n'y étais pas. Et il n'y avait aucun Mike présent ce jour-là, mais elle ne s'attardera pas sur ce point parce que c'était aussi le nom de son défunt père.

– Ravi de vous voir, dis-je avec mon plus beau sourire du style « quel heureux hasard ! »

Et j'ajoute :

– Vous habitez dans le coin ?

– Au Village. Et vous ?

Un signe de tête vers le loft des Griszinski.

– Là.

– Oh, un loft ! Super !

Je lui demande des nouvelles de son boulot, elle me demande des nouvelles du mien. Puis je fronce les sourcils.

– Il faut que je rentre. J'étais simplement sorti pour acheter des citrons. (Je brandis le paquet.) J'ai quelques amis.

Puis il me vient une super-idée et je baisse un peu le ton :

– Dites donc, je ne sais pas si vous avez des projets, mais on s'apprêtait à prendre un brunch. Si vous veniez aussi ?

– Oh, merci, mais je ne suis pas présentable…

– Je vous en prie… On est allés courir pour je ne sais plus quelle cause, mon associé et moi. (Pas mal, comme idée. Et totalement improvisé.) Et avec ce qu'on a transpiré, on l'est certainement moins que vous, croyez-moi ! On va improviser, ce sera amusant. Il y a un directeur de l'agence Thompson. Et deux types de chez Burston, un couple. Ils sont très sympas.

Je hausse les épaules.

– Il y a aussi un acteur connu. Je ne vous dis pas qui, ce sera la surprise.

– C'est que…

– Allons, venez ! Je vois que vous avez besoin d'un cosmo… Vous disiez bien que c'était votre boisson préférée, le jour de cette séance photo ?

CHAPITRE 6

Les Tombes.

D'accord, ce n'étaient plus les Tombes originales, celles des années 1800. Le bâtiment avait disparu depuis longtemps, mais tout le monde continuait à utiliser ce nom pour désigner l'endroit : le centre de détention de Manhattan, en ville, dans lequel Arthur Rhyme se trouvait à cet instant, le cœur cognant dans sa poitrine sous l'effet de la panique qui n'était pas retombée depuis son arrestation.

Et qu'on l'appelle les Tombes, le CDM ou le centre Bernard-Kerik (comme on l'avait fait quelque temps avant que l'ancien patron de la sûreté et des peines bascule dans l'opprobre), pour Arthur, cet endroit était l'enfer.

L'enfer absolu.

Il portait un survêtement orange comme tout le monde, mais la similarité avec ses compagnons s'arrêtait là. Avec son mètre quatre-vingts pour quatre-vingt-six kilos et sa coupe de cheveux bien nette, il était aussi différent qu'on peut l'être des individus qui logeaient avec lui dans l'attente de leur jugement. Non, il n'était ni baraqué ni encré (ce qui signifiait tatoué, comme il venait de l'apprendre) ni rasé ni stupide ni noir ni latino. Les criminels auxquels Arthur aurait pu ressembler – les hommes d'affaires accusés de diverses turpitudes financières – ne se trouvaient pas aux Tombes en attendant leur procès ; ils étaient dehors, libres sur parole. Quels que soient les pêchés dont ils s'étaient rendus coupables, ou pas, ils ne valaient pas les deux millions de dollars de la caution fixée pour Arthur.

Les Tombes étaient donc son lieu de résidence depuis le 13 mai – la plus longue et la plus pénible période de son existence.

La plus ahurissante, aussi.

Il se pouvait qu'Arthur ait rencontré la femme qu'il était censé avoir tuée, mais il ne pouvait même pas se souvenir d'elle. Oui, il était allé dans cette galerie de SoHo, qu'elle semblait fréquenter aussi, mais il ne se rappelait pas lui avoir parlé.

Et, oui, il aimait beaucoup les œuvres d'Harvey Prescott, et ça lui avait fendu le cœur d'être obligé de vendre celle qu'il possédait, quand il avait perdu son emploi. Mais aller jusqu'à en voler une ? Et tuer pour ça ? Ils sont fous, merde ! Est-ce que j'ai *l'air* d'un assassin ?

C'était pour lui un mystère absolu, comme le théorème de Fermat, cette preuve mathématique à laquelle, même après avoir appris l'explication, il ne comprenait toujours rien. Du sang de cette femme dans sa propre voiture ? Un coup monté, bien sûr ! Il en venait même à se dire que c'était peut-être l'œuvre des policiers.

Pourquoi, pourquoi, pourquoi ? Qui était derrière tout ça ? Il pensait aux lettres furieuses qu'il avait écrites après que ce poste de professeur lui fut passé sous le nez. Elles contenaient des idioties, des mesquineries ou même des menaces. Bon… Il y avait à la fac beaucoup d'individus instables ou agités. Certains cherchaient peut-être à se venger du grabuge qu'il avait fait. Et cette étudiante, à son cours, qui lui faisait des avances… Il lui avait dit qu'il ne voulait pas d'une liaison, et elle avait piqué une crise.

Attraction fatale…

Les policiers avaient enquêté sur elle, et conclu qu'elle n'était pour rien dans cet assassinat, mais s'étaient-ils vraiment donné la peine de vérifier son alibi ?

Il parcourut du regard la vaste salle commune et les dizaines de taulards qui déambulaient. Au début, on l'avait regardé comme une curiosité. Sa cote avait paru remonter quand ils avaient appris qu'il était là pour meurtre, puis le mot avait couru que la victime n'avait pas tenté de lui voler de la drogue ou de le tromper – deux raisons acceptables pour tuer une femme.

Et quand il était apparu qu'il n'était rien d'autre qu'un Blanc qui avait fait une connerie, sa vie était devenue un enfer.

On le bousculait, on le provoquait, on lui piquait son carton de lait – exactement comme à la maternelle. Question sexe, ce n'était pas ce qu'on s'imagine. Pas ici. Il n'y avait que des hommes arrêtés depuis peu et tout le monde pouvait laisser pour quelque temps sa bite dans son survêtement. Mais quelques-uns de ses nouveaux « amis » l'avaient déjà prévenu qu'il pourrait dire adieu à sa virginité quand il serait dans une vraie prison – genre Attica – avec les longues peines.

Il avait déjà reçu trois coups de poing en pleine figure et s'était retrouvé deux fois plaqué au sol par ce cinglé d'Aquilla Sanchez, qui dégoulinait de sueur en lui hurlant à la face des insultes incompréhensibles en espanglais, jusqu'à ce que deux matons se décident à lui porter secours.

Arthur avait pissé dans son pantalon à deux reprises et gerbé une dizaine de fois. Il se sentait comme un ver de terre, un déchet, une immondice.

En attendant.

Et ce cœur qui battait, battait follement dans sa poitrine… Il avait l'impression qu'il était sur le point de céder. Comme c'était arrivé à Henry Rhyme, son père, sauf que le célèbre professeur n'était pas mort dans un endroit abominable comme les Tombes, bien sûr, mais sur un trottoir bien entretenu de la faculté de Hyde Park, dans l'Illinois.

Comment cela avait-il pu arriver ? Un témoin, des indices… C'était absurde !

« Plaidez coupable, M. Rhyme, c'est le conseil que je vous donne », avait dit le procureur adjoint.

Et avec son avocat, même chose :

– Je connais la musique, Art. C'est comme si je suivais un itinéraire sur un putain de GPS. Je peux vous dire exactement où tout ça va finir… Ça ne sera pas la mort, puisqu'on a aboli la peine capitale dans cet État. Mais vous en prendrez tout de même pour vingt-cinq ans. Je peux vous en avoir quinze. Décidez-vous.

– Mais je n'ai *rien* fait !

– Hum. Il n'y aura pas grand monde pour le croire, Arthur.

– Mais c'est la vérité !

– Hum.

– Je ne plaiderai pas coupable ! Les jurés comprendront. Ils me verront. Ils verront que je ne suis pas un assassin.

Silence. Puis :

– Bien.

Mais ce n'était pas bien. L'homme était visiblement contrarié, malgré les 600 dollars de l'heure qu'il prenait pour ses honoraires – et où allait-on trouver cet argent ? Il…

Levant les yeux, Arthur vit soudain les deux détenus qui le regardaient. Leurs visages étaient parfaitement inexpressifs. Ni amicaux, ni hostiles. Curieux, plutôt.

Comme ils s'approchaient, il se demanda s'il devait se lever ou ne pas bouger.

Ne bougeons pas.

Mais baissons les yeux.

Il baissa les yeux. L'un des hommes se planta devant lui, en plaçant dans son champ de vision ses baskets usées jusqu'à la trame.

L'autre passa derrière lui.

Il allait mourir. Arthur Rhyme le savait. Qu'ils le fassent et qu'ils en finissent, vite.

– Eh, mec, dit d'une voix aiguë derrière lui.

Arthur regarda l'autre. Il avait les yeux injectés de sang, une grande boucle d'oreille et les dents gâtées. Arthur, la gorge nouée, était incapable de parler.

– Eh, mec ! répéta la voix dans son dos.

Arthur avala sa salive. Il ne voulait pas faire ça, mais c'était plus fort que lui.

– On te parle, mon copain et moi. T'es pas poli, dis donc ! Pourquoi tu fais le con ?

– Désolé. C'est que… bonjour.

– Eh, c'est quoi ton boulot, mec ? demanda Voix aigüe.

– Je suis…

Blocage : que dire ?

– Je suis… un scientifique.

Boucle d'oreille :

– Merde, scientifique ? Tu fais quoi ? Des fusées ?

Et les deux hommes d'éclater de rire.

– Non. Du matériel médical.

– Genre ces saloperies qu'ils te mettent sur la tête, et ils disent « Contact ! » et ils t'électrocutent ?

– Non, c'est compliqué.

Boucle d'oreille fronça les sourcils.

– Ce n'est pas ce que je voulais dire, reprit vivement Arthur. Je ne veux pas dire que vous ne pouvez pas comprendre. Mais c'est dur à expliquer. Je travaille sur des systèmes de contrôle de qualité pour dialyse. Et…

Voix aiguë :

– Ça paye bien, hein ? Paraît que t'avais un costard trop classe quand ils t'ont serré !

– J'avais… Oh, je ne sais pas… Je l'ai acheté chez Nordstrom.

– Nordstrom ? C'est quoi, ça ?

– Une boutique.

Tandis qu'Arthur baissait les yeux sur les pieds de Boucle d'oreille, le détenu continua :

– Alors, ça paye bien ? Combien tu te fais ?

– Je…

– Tu vas me dire que t'en sais rien ?

– Je…

Exactement.

– Combien tu gagnes ?

– Je ne… Dans les soixante mille.

– Merde !

Arthur n'aurait pas su dire si c'était une grosse somme pour eux.

Puis Voix aiguë lâcha un petit rire.

– T'as une femme et des gosses ?

– Je ne vous dirai rien d'eux, répondit Arthur d'un air de défi.

– T'as une *famille* ?

Arthur Rhyme regardait ailleurs, vers le mur tout proche, sur lequel un énorme clou sortait du ciment entre deux parpaings, sans doute pour retenir un écriteau, pensa-t-il, enlevé ou volé depuis des années.

– Laissez-moi tranquille, je ne veux pas vous parler.

Il voulait prendre une voix forte, mais le ton était celui d'une fille qui rabroue le ringard de la classe à la fête du lycée.

– On essaie d'avoir une conversation polie, mec.

C'était vraiment ce qu'il avait dit, une *conversation polie* ?

Puis Arthur songea qu'au fond, ils voulaient peut-être se montrer aimables. Peut-être qu'ils pourraient être amis, et que ces deux-là le protégeraient… Et il avait sacrément besoin d'amis.

– Excusez-moi. C'est simplement que… Tout ça, c'est très dur pour moi. Je n'avais jamais eu d'ennuis jusqu'ici. Je suis…

– Et ta femme, qu'est-ce qu'elle fait, ta femme ? Elle est maligne ?

– Je…

Il ne trouvait plus rien à dire.

– Elle a des gros nichons ?

– Tu la prends par-derrière ?

– Écoute, scientifique de mes deux, voilà ce qu'on va faire. Ta petite femme va aller chercher du fric à la banque. Dix mille. Et elle l'apportera à mon cousin dans le Bronx. Un…

La voix de ténor se tut.

Un détenu noir, deux mètres vingt de muscle et de graisse, les manches de son survêtement retroussées sur les biceps, s'était approché du trio. Il fixait les deux Latinos d'un regard qui n'avait rien d'amical.

– Eh, les chihuahuas, cassez-vous.

Arthur Rhyme était pétrifié. Il n'aurait pas pu bouger si on s'était mis à lui tirer dessus, ce qui ne l'aurait pas surpris, même ici.

– Va te faire foutre, le nègre, dit Boucle d'oreille.

– Tas de merde, enchaîna Voix aiguë, ce qui provoqua un rire de stentor du grand Noir, lequel tendit le bras pour en entourer les épaules de Boucle d'oreille et l'entraîner à l'écart en lui disant quelque chose à voix basse.

Le regard du Latino se voila et il fit un signe de tête à son copain, qui les rejoignit. Les deux hommes s'éloignèrent dans un coin de la salle avec des airs offensés. Si Arthur n'avait pas eu aussi peur il aurait trouvé la chose amusante – ils étaient comme deux cancres au piquet.

Le Noir s'étira et Arthur entendit craquer ses articulations. Son cœur cognait encore plus fort. Une bribe de prière lui traversa l'esprit : que l'infarctus m'emporte maintenant, tout de suite.

– Merci.

– Va te faire foutre, dit le Noir. Ces deux-là, c'est des connards. Faut leur montrer qui c'est qui fait la loi ici. Tu piges ?

Non, rien du tout. Mais Arthur Rhyme dit tout de même :

– Je m'appelle Art.

– Je le connais, ton putain de nom. Tout le monde sait tout ici. Fais gaffe à toi. Tu connais rien à toute cette merde.

Mais Arthur avait au moins une certitude : il était mort. Alors, il dit :

– Très bien. Dis-moi donc qui t'es, toi, trou du cul.

L'énorme visage se tourna vers lui. Il sentit la sueur, l'haleine chargée de tabac. Il pensa aux siens, à ses enfants d'abord puis à Judy. À ses parents, sa mère d'abord, puis à son père. Puis, curieusement, il pensa à son cousin Lincoln. Il se revit avec lui par une chaude journée d'été dans l'Illinois, courant à travers un champ à qui arriverait le premier…

Cours jusqu'à cet arbre. Celui-là, là-bas ! À trois ! Prêt ? Un… deux… Partez !

Mais l'homme lui avait tourné le dos et traversait la salle pour rejoindre un autre Noir. Ils se saluèrent poing contre poing et Arthur Rhyme fut oublié.

À les voir fraterniser ainsi, il se sentit plus seul et abandonné que jamais. Il ferma les yeux et baissa la tête. Arthur Rhyme était un homme de sciences. Il croyait au progrès, fruit de la sélection naturelle ; la justice divine n'y était pour rien.

Mais à cet instant, plongé dans une dépression aussi inexorable que les marées d'hiver, il ne pouvait s'empêcher de se demander si quelque système de châtiment, aussi réel et invisible que la gravité, n'était pas en œuvre pour le punir de tout le mal qu'il avait fait dans sa vie. Oh, il avait fait beaucoup de bien aussi ! Il avait élevé ses enfants, leur avait inculqué des valeurs d'ouverture d'esprit et de tolérance, avait été un bon compagnon pour son épouse, l'avait soutenue lors d'un épisode cancéreux, avait apporté sa contribution à la grande marche de la science qui enrichissait le monde.

Mais il y avait du mal aussi. Comme toujours.

Assis sur son banc dans son survêtement orange et nauséabond, il fit appel à toute sa volonté pour croire qu'à force de bonnes pensées et de justes intentions – et de foi en ce système auquel il apportait à chaque élection un soutien fidèle –, il pourrait revenir du bon côté des plateaux de la Justice et retrouver sa vie et sa famille.

Qu'avec un bon esprit et de bonnes intentions, il pourrait l'emporter sur le mauvais sort grâce au même effort désespéré qui lui avait permis de battre Lincoln cet après-midi-là en fonçant vers un érable à travers le champ poussiéreux écrasé de chaleur.

Que peut-être, il pourrait être sauvé.

– Tire-toi de là.

Il bondit sur ses pieds à ces mots, alors que la voix était douce. Un autre détenu, blanc, hirsute, agité de tics sous l'effet de la drogue qui lui rongeait les nerfs, venait d'arriver derrière lui. Il regardait le banc sur lequel Arthur était assis, alors qu'il aurait pu en trouver un autre n'importe où. Son regard exprimait la méchanceté à l'état pur.

L'espoir fugitif d'Arthur dans quelque système scientifique et mesurable de justice morale s'évanouit instantanément. Un seul mot de ce petit être abîmé et dangereux suffit à le tuer.

Tire-toi…

Luttant pour retenir ses larmes, Arthur Rhyme se tira.

CHAPITRE 7

Le téléphone sonna, ce qui agaça Lincoln Rhyme. Il était en train de penser à leur M. X et de réfléchir à sa méthode pour semer des indices, à supposer que cette hypothèse soit la bonne, et il ne voulait pas être dérangé.

Mais la réalité s'imposa : il vit s'inscrire sur l'écran le chiffre 44, indicatif de la Grande-Bretagne, et ordonna aussitôt :

– *Commande ! Répondre !*

Clic.

– Oui, inspecteur Longhurst ?

Il n'employait plus les prénoms. Les rapports avec Scotland Yard demandaient un certain formalisme.

– Détective Rhyme, bonjour, dit-elle. Il y a du nouveau, ici.

– Expliquez-moi ça.

– Danny Krueger a reçu des nouvelles de ses anciens associés trafiquants d'armes. Richard Logan aurait, semble-t-il, quitté Londres pour aller chercher quelque chose à Manchester. Nous ne savons pas très bien quoi, mais nous savons que le marché noir des armes en tout genre est très actif dans cette ville.

– Vous n'avez pas une idée plus précise de l'endroit où il se trouve ?

– Danny cherche à le savoir. Ce serait chouette, si on pouvait l'arrêter là-bas plutôt que d'attendre son retour à Londres.

– J'espère que Danny est discret ?

Rhyme l'avait vu en vidéoconférence : un grand et gros Sud-Africain bronzé avec un ventre proéminent et au petit doigt une chevalière en or, aussi voyants l'un que l'autre. Rhyme était intervenu sur une affaire concernant le Darfour, et il avait discuté un moment avec Krueger de cet épouvantable conflit.

– Oh, il sait ce qu'il fait. Il sait être discret quand c'est nécessaire. Et aussi hargneux et tenace qu'un chien de meute quand la situation l'exige. S'il y a moyen d'obtenir des renseignements, il nous les aura. Nous travaillons avec nos collègues de Manchester à la mise sur pied d'un groupe d'assaut. Nous vous rappellerons quand nous en saurons plus.

Il la remercia et ils prirent congé l'un de l'autre.

– On l'aura, Rhyme, dit Amelia.

Et ce n'était pas seulement pour lui faire plaisir : elle tenait elle aussi à retrouver Logan. Elle avait déjà failli mourir en cherchant à l'arrêter.

Elle prit un appel sur son téléphone, écouta et dit qu'elle serait là dans les dix minutes.

– Tu sais, les dossiers des autres affaires dont Flintick a parlé ? Ils nous attendent. Je vais les chercher… Ah, j'oubliais : Pam va peut-être passer.

– Que fait-elle ?

– Elle travaille avec un ami à Manhattan. Un *petit ami.*

– Tant mieux pour elle. C'est qui ?

– Un garçon de sa classe. J'ai hâte de le connaître. Elle ne parle que de lui. Elle mérite d'avoir quelqu'un de bien dans sa vie, c'est sûr. Mais je ne voudrais pas qu'elle s'emballe trop vite. Je me sentirai mieux quand j'aurai rencontré ce garçon pour un petit passage à tabac.

Rhyme hocha la tête en souriant, mais il avait l'esprit ailleurs. Il examinait une nouvelle fois le tableau blanc portant les informations disponibles sur le meurtre d'Alice Sanderson. Puis il ordonna à son standard vocal d'appeler un nouveau numéro.

– Allô ?

Une voix douce, masculine. Une musique de valse en fond sonore. Très fort.

– Mel ? C'est vous ?

– Lincoln ?

– C'est quoi, cette foutue musique ? Où êtes-vous ?

– Au championnat de danses de salon de la Nouvelle-Angleterre, expliqua Mel Cooper.

Rhyme soupira. Celui-là qui dansait, l'autre qui faisait la vaisselle, le troisième au spectacle… Il détestait le dimanche.

– Eh bien, j'ai besoin de vous. Pour une affaire. Exceptionnelle.

– C'est toujours exceptionnel avec vous, Lincoln.

– Celle-ci l'est plus que les autres, si vous me pardonnez l'oxymore. Vous pouvez venir ? Vous avez parlé de Nouvelle-Angleterre. Ne me dites pas que vous êtes à Boston ou dans le Maine ?

– Je suis en ville. Et je crois que je suis libre : on vient juste d'être éliminés, Gretta et moi. Rosie Talbot et Bryan Marshall vont gagner. C'est un scandale.

Son indignation paraissait réelle.

– Quand voulez-vous…

– Tout de suite.

Un petit rire.

– Et vous avez besoin de moi pour combien de temps ?

– Ça pourrait être un bon moment.

– Jusqu'à six heures de l'après-midi ? Ou jusqu'à mercredi ?

– Le mieux est d'appeler votre patron pour le prévenir que vous êtes détaché. J'espère que ça n'ira pas au-delà de mercredi.

– Il va falloir que je lui donne un nom. Qui dirige l'enquête ? Lon ?

– Disons que c'est Lon. Mais restez vague là-dessus.

– Enfin, Lincoln, vous vous rappelez ce que c'est, d'être un flic, non ? « Vague » ne fait pas partie du vocabulaire. On dit plutôt : « très précis ».

– Il n'y a pas vraiment de détective pour diriger cette enquête.

– Vous êtes tout seul ?

Sa voix était hésitante.

– Pas tout à fait. Il y a Amelia, il y a Ron.

– C'est tout ?

– Et vous.

– Je vois. On tient quelqu'un ?

– À vrai dire, ils sont plusieurs. Il y en a deux déjà condamnés, et un troisième qui attend en prison.

– Et vous n'êtes pas sûr de tenir les bons.

– C'est à peu près ça.

Détective de la police de New York, Mel Cooper était spécialiste de la police scientifique et plus particulièrement du travail de laboratoire. C'était l'un des sujets les plus brillants de sa génération et aussi l'un des plus futés.

– Bon, je vois. Vous comptez sur moi pour vous aider à prouver que mes chefs se sont plantés et ont arrêté de faux coupables, puis les convaincre d'ouvrir à grands frais trois nouvelles enquêtes pour arrêter les vrais coupables, lesquels ne seront sans doute pas ravis d'apprendre qu'ils ne s'en tireront pas, finalement, à si bon compte. C'est comme qui dirait du perdant-perdant, n'est-ce pas, Lincoln ?

– Présentez mes excuses à votre cavalière, Mel. Et dépêchez-vous d'arriver.

Au moment où elle rejoignait sa Camaro SS rouge, Amelia s'entendit appeler.

Elle vit en se retournant une jolie adolescente aux longs cheveux châtains striés de mèches rousses et aux oreilles garnies de quelques fins piercings. La jeune fille portait deux sacs de toile. Son visage, semé de petites taches de rousseur, respirait le bonheur.

– Tu t'en vas ? demanda-t-elle à Amelia.

– Je suis sur une grosse affaire. Je vais au centre. Tu veux que je t'emmène ?

– Super ! Je prendrai le train à City Hall.

Pam grimpa dans la voiture.

– Comment ça va, en classe ?

– Ça va.

– Où est ton copain ? demanda Amelia en regardant aux alentours.

– Tu l'as raté de justesse.

Stuart Everett était, comme Pam, élève au lycée de Manhattan. Elle sortait avec lui depuis plusieurs mois. Ils s'étaient rencontrés en cours et s'étaient vite découvert un intérêt commun pour les livres et la musique. Ils se retrouvaient au club de poésie du lycée, ce qui rassurait Amelia – au moins ce n'était pas un motard ni un sportif rouleur de mécaniques.

Pam jeta l'un de ses sacs – plein de livres – sur le siège arrière, et ouvrit l'autre. Un petit chien en sortit sa tête ébouriffée.

– Salut, Jackson ! dit Amelia en lui caressant le crâne.

Le minuscule havanais happa le biscuit qu'elle avait pris pour lui dans un porte-gobelet fixé au tableau de bord et exclusivement réservé aux friandises pour chiens, les accélérations de la conductrice interdisant tout transport de liquide.

– Stuart ne pouvait pas t'accompagner jusqu'ici ? Ce n'est pas digne d'un gentleman !

– Il avait un match de foot. Le sport, pour lui, c'est très important. Est-ce que tous les garçons sont comme ça ?

– Eh oui, répondit Amelia en se glissant dans un flot de véhicules.

La question était un peu étonnante venant de la part de Pam, car la plupart des filles de son âge savaient déjà tout du sport et des garçons. Mais Pam Willoughby n'était pas comme les autres. Son père était mort sous les drapeaux quand elle était toute petite et sa mère, d'un caractère instable, s'était lancée dans des activités militantes avec des groupes politiques ou religieux de la mouvance d'extrême-droite. Elle purgeait maintenant une peine de prison à perpétuité pour meurtre après avoir perpétré quelques années auparavant un attentat à la bombe qui avait coûté la vie à six personnes. Amelia Sachs et Pam s'étaient connues à cette occasion, quand la détective avait arraché la fillette aux griffes d'un kidnappeur en série. Celle-ci avait ensuite disparu, puis le hasard les avait réunies une deuxième fois et Amelia avait à nouveau secouru la jeune Pam.

Libérée de sa psychopathe de mère, Pam avait été placée dans une famille d'accueil à Brooklyn – après qu'Amelia se fut renseignée sur le couple d'adoptants comme un agent spécial préparant une visite de chef d'État. Pam se plaisait dans son nouveau foyer. Mais Amelia et elle restaient très proches. La mère d'adoption de la jeune fille étant très occupée par les cinq jeunes enfants dont elle avait la charge, Amelia faisait office de grande sœur.

Elles y trouvaient toutes deux leur compte. Amelia avait toujours voulu des enfants. Mais les choses n'avaient pas été simples pour elle. Alors qu'elle s'apprêtait à fonder une famille avec un garçon dont elle partageait l'existence, celui-ci, policier comme elle, s'était révélé un très mauvais choix : extorsion de fonds, agressions et pour finir, la prison. Elle était ensuite restée seule jusqu'à sa rencontre avec Lincoln Rhyme, avec qui elle vivait depuis. Rhyme n'attachait pas beaucoup d'importance aux enfants, mais il était bon, honnête et intelligent, et savait préserver sa vie privée des exigences de son activité professionnelle ; tous les hommes n'en étaient pas capables.

Mais fonder une famille aurait été difficile à ce stade de leur existence ; il leur fallait faire face aux dangers et aux contraintes de leur mission de policiers et gérer le quotidien avec l'énergie qui les caractérisait l'un et l'autre, sans ignorer pour autant l'incertitude que son état de santé faisait peser sur l'avenir de Rhyme. Il y avait aussi un obstacle physique à surmonter, même si le problème, comme ils s'en étaient rendu compte, venait d'Amelia et non de Rhyme (il était parfaitement capable d'avoir des enfants).

Pour le moment, donc, la relation avec Pam suffisait à la jeune femme. Elle aimait ce rôle de grande sœur et le prenait au sérieux ; l'adolescente, de son côté, reprenait peu à peu confiance dans les adultes. Et Rhyme appréciait sincèrement sa compagnie. Il l'aidait en ce moment pour un projet de livre retraçant son expérience dans les cercles clandestins d'extrême droite qu'elle voulait intituler *Captivité*. D'après Thom, elle avait de bonnes chances de passer dans l'émission d'Oprah Winfrey.

– Tu n'a pas vraiment répondu à ma question, dit Amelia en doublant un taxi. Comment ça va au lycée ?

– Très bien.

– Tu es prête pour le contrôle de jeudi ?

– Oui. Pas de problème.

Amelia éclata de rire.

– Tu n'as pas ouvert un livre de la journée, n'est-ce pas ?

– Amelia, s'il te plaît ! Il a fait tellement beau ! Il *fallait* qu'on sorte.

Amelia ne pouvait s'empêcher d'être inquiète pour les résultats de Pam. Celle-ci était intelligente, avec un excellent QI et une passion dévorante pour la lecture, mais après un cursus scolaire chaotique elle risquait d'avoir du mal à se faire admettre dans une bonne université. Elle semblait heureuse en tout cas, et Amelia s'en voulut.

– Alors, qu'est-ce que vous avez fait ?

– On s'est baladés, c'est tout. On est allés jusqu'à Harlem en passant par le Reservoir. Et il y avait un concert à côté du Boat House. C'était un petit groupe, ils ont littéralement massacré Coldplay… (Pam se tut quelques secondes.) En fait, on a surtout discuté. De tout et de rien. C'est ce qu'il y a de mieux, non ?

Amelia ne pouvait qu'acquiescer.

– Il est mignon ?

– Oh, oui. Très !

– Tu n'as pas une photo ?

– Amelia ! Ça ne serait vraiment pas cool.

– On pourrait dîner ensemble tous les trois, quand j'en aurai fini avec cette affaire ?

– C'est vrai ? Tu tiens tellement à le connaître ?

– N'importe quel garçon qui sort avec toi a intérêt à savoir que quelqu'un veille sur toi. Quelqu'un avec un pistolet et des menottes. Bon, tiens bien ce chien, j'ai envie de conduire pour de bon.

Rétrogradant sèchement, Amelia écrasa la pédale de l'accélérateur et laissa deux points d'exclamation en caoutchouc sur le bitume.

CHAPITRE 8

Depuis qu'Amelia Sachs avait pris l'habitude de rester de temps à autre pour la nuit, voire pour des week-ends, certains changements étaient intervenus dans l'hôtel particulier de style victorien. Quand Rhyme l'habitait seul, après l'accident et avant Amelia, l'endroit était plus ou moins bien tenu selon qu'il venait d'engager ou de renvoyer une femme de ménage ou une aide à domicile. Mais on ne pouvait en aucun cas parler d'un intérieur chaleureux ou accueillant. Il n'y avait rien de personnel sur les murs – pas le moindre certificat, ou diplôme, pas la moindre citation ou décoration reçue par le propriétaire à l'époque glorieuse où il dirigeait la section scientifique de la police de New York. Et pas la moindre photographie de ses parents, Teddy et Anne, ni de la famille de son oncle Henry.

Amelia le lui avait reproché. « Ton passé, ta famille… Ce sont des choses importantes. Tu rejettes ta propre histoire, Rhyme. »

Lui n'avait jamais vu l'appartement d'Amelia. L'immeuble était pourtant accessible aux handicapés, mais il savait que les pièces regorgeaient de références à *son* histoire : Amelia en jolie petite fille (avec des taches de rousseur disparues depuis) qui ne souriait pas beaucoup ; en lycéenne avec des outils de mécanicienne à la main ; en étudiante, flanquée de son flic de père tout sourire et de sa mère à la mine sévère ; en mannequin avec le regard froid – pour ne pas dire frigide – qui était alors de mise (mais dont Rhyme savait qu'il n'exprimait qu'un tranquille mépris pour la façon dont les modèles étaient considérées comme de simples porte-manteaux).

Des centaines d'autres photos, la plupart prises par son père, prompt à dégainer son Kodak en toute circonstance.

Après avoir considéré les murs nus, Amelia avait lancé une expédition là où le personnel domestique – même Thom – ne se risquait jamais : au sous-sol dans lequel s'empilaient des cartons contenant les traces, les preuves et les souvenirs d'une vie antérieure, des objets dissimulés. Le genre d'objets dont on ne parle pas – pas plus qu'on parle de sa première femme à la seconde. Un grand nombre de diplômes, certificats et autres photos de famille décoraient désormais les murs et le manteau de la cheminée.

Comme, par exemple, la photographie qu'il était en train d'examiner : un cliché de lui-même, mince adolescent en tenue de sport, pris après l'arrivée d'une course lors d'un tournoi universitaire. Cheveux en bataille, nez pointu à la Tom Cruise, penché en avant et les mains sur les genoux pour reprendre son souffle. Rhyme n'avait jamais été un sprinteur : il aimait le lyrisme, l'élégance des longues distances. Pour lui, une course se « construisait ». Il lui arrivait de continuer après avoir franchi la ligne d'arrivée.

Ses parents étaient sans doute dans les tribunes. Son père et son oncle habitaient dans la banlieue de Chicago, mais assez loin l'un de l'autre. La maison de Lincoln se trouvait à l'ouest, dans la région plate et dénudée dont une partie était encore une zone agricole convoitée par des promoteurs immobiliers sans scrupules et balayée par d'effrayantes tornades. Comme ils résidaient à Evanston, au bord du lac, Henry Rhyme et les siens ne craignaient ni les uns ni les autres.

Henry se rendait deux fois par semaine à l'Université de Chicago pour donner ses cours de physique. C'était un long trajet, avec un changement de train, à travers la ville et ses quartiers.

Paula, son épouse, enseignait à Northwestern. Le couple avait trois enfants : Robert, Marie et Arthur – trois prénoms choisis en l'honneur de grands savants, Oppenheimer et Curie étant les plus célèbres. Arthur avait hérité de celui d'Arthur Compton, patron en 1942 du fameux laboratoire de métallurgie de l'Université de Chicago, où était né le projet de création de la première réaction nucléaire en chaîne de l'histoire de l'humanité. Tous les enfants avaient étudié dans les meilleures écoles. Robert au Medical Institute de Northwestern, Marie à UC-Berkeley et Arthur au Massachusetts Institute of Technology.

Robert, victime d'un accident du travail en Europe, était mort prématurément. Marie travaillait en Chine dans le domaine de l'environnement. Les parents de Rhyme avaient disparu et il ne lui restait qu'une tante, Paula, qui vivait dans une famille d'accueil sur ses souvenirs vieux d'une soixantaine d'années et n'avait plus conscience du présent que par bribes.

Rhyme continuait à étudier sa photographie. Il n'arrivait pas à en détacher le regard. Il se rappelait ce tournoi… Quand il faisait cours, le professeur Henry Rhyme avait une façon bien à lui de vous signifier son approbation : un imperceptible haussement de sourcil. Mais au stade, il se dressait d'un bond sur les gradins en sifflant et en gueulant à l'adresse de Lincoln, *vas-y, vas-y, vas-y, tu vas gagner !* pour qu'il soit premier sur la ligne d'arrivée (ce qui était souvent le cas).

Rhyme pensa qu'après la compétition ils avaient dû sortir ensemble, Arthur et lui. Les deux garçons se voyaient le plus souvent possible, ce qui compensait pour Arthur le fait d'être beaucoup plus jeune que Robert et Marie, et pour Lincoln le fait d'être un enfant unique. Arthur et Lincoln s'étaient pour ainsi dire adoptés. Et les deux frères d'adoption passaient la plupart de leurs week-ends et leurs vacances d'été ensemble, souvent dans la Corvette décapotable d'Arthur. (L'oncle Henry, même comme professeur, gagnait plusieurs fois le salaire du père de Rhyme. Robert était lui aussi un scientifique, mais ne recherchait pas la notoriété, au contraire.) Les sorties des garçons étaient faites d'aventures de leur âge : filles, cinéma, matchs, bagarres. Ils se nourrissaient de burgers et de pizzas en sifflant de la bière et en refaisant le monde.

Rhyme, dans son fauteuil roulant TDX flambant neuf, se demanda où ils étaient allés, Arthur et lui, après le tournoi.

Arthur, son frère d'adoption…

Qui n'était pas venu le voir après que sa colonne vertébrale se fut brisée comme du mauvais bois.

Pourquoi, Arthur ? Dis-moi pourquoi…

Mais une sonnerie dans les profondeurs de la maison vint chasser ces souvenirs. Thom se précipita dans l'entrée et un instant plus tard un type assez fluet, au crâne dégarni et vêtu d'un smoking, pénétra dans le laboratoire. Mel Cooper repoussa ses grosses lunettes sur l'arête de son nez fin et salua Rhyme.

– … jour.

– C'était donc chic ? demanda Rhyme en lorgnant sur le smoking.

– Le concours de danse ? Si on était allés en finale, vous savez, je ne serais pas venu. (Il retira sa veste, dénoua sa cravate et retroussa les manches de sa chemise à jabot.) Alors, c'est quoi, cette affaire *exceptionnelle* ?

Rhyme le mit au courant.

– Je suis désolé pour votre cousin, Rhyme. Vous ne m'aviez jamais parlé de lui.

– Que pensez-vous de ce mode opératoire ?

– Il faut reconnaître que c'est malin, dit Cooper en étudiant sur le tableau le descriptif du meurtre d'Alice Sanderson.

– Alors ? Une idée ? demanda Rhyme.

– Voyons… La moitié des indices trouvés chez votre cousin l'ont été dans sa voiture ou dans son garage. C'était beaucoup plus facile de les y mettre qu'à l'intérieur de la maison.

– C'est exactement ce que je me disais.

La sonnerie retentit à nouveau. Puis Rhyme entendit le pas de son majordome qui revenait seul. Le criminologue se demanda si on n'avait pas livré un paquet. Puis il pensa : dimanche. Il se pouvait que le visiteur porte des chaussures de sport, et marche sans faire de bruit.

Évidemment.

Le jeune Ron Pulaski salua d'un timide hochement de tête. Il n'était plus un bleu, puisqu'il portait depuis plusieurs années l'uniforme de la police. Mais il en avait encore l'air et donc, pour Rhyme, il restait un bleu. Et le resterait probablement toujours.

Les chaussures étaient effectivement des Nike parfaitement silencieuses et il arborait par-dessus son jean une chemise hawaïenne aux couleurs bien voyantes. Ses cheveux blonds étaient enduits de gel et une grande cicatrice lui barrait le front – souvenir d'une agression qui avait failli lui être fatale lors de sa première enquête avec Rhyme et Amelia. Le cerveau avait été atteint sous la violence du coup et le jeune homme avait songé à quitter la police. Puis il avait décidé de lutter pour se rééduquer, largement inspiré par l'exemple de Lincoln Rhyme (il avait mis Amelia dans cette confidence, mais pas Rhyme bien entendu ; elle relayait les informations).

Il cligna des yeux en voyant le smoking de Cooper.

– Vos assiettes sont bien propres, Pulaski ? Vos fleurs arrosées ? Vos restes rangés dans des sachets de congélation ?

– Je suis parti de chez moi sans attendre, monsieur.

Tandis que les trois hommes discutaient de l'affaire, la voix d'Amelia s'éleva sur le seuil de la pièce.

– Ma parole, c'est un concours de déguisements !

Elle regardait le smoking de Cooper et la chemise mirobolante de Pulaski.

– Je vous trouve bien élégant, Mel, dit-elle.

– Hélas, on n'est pas allés au-delà des demi-finales.

– Comment Gretta le prend-elle ?

Sa superbe petite amie scandinave « était restée avec des amis, expliqua-t-il, pour noyer sa déconvenue dans l'Aquavit, la boisson de son pays. Mais si vous voulez savoir ce que j'en pense, c'est carrément imbuvable ».

– Comment va votre maman ?

Cooper habitait avec sa mère, une personne à la vitalité exceptionnelle qui était depuis longtemps une star de la danse de salon.

– Très bien. Elle est au Boat House pour le brunch.

Amelia prit aussi des nouvelles de la femme et des deux jeunes enfants de Pulaski. Puis elle ajouta :

– Merci de venir un dimanche.

Et, se tournant vers Rhyme :

– Tu leur as déjà dit à quel point on appréciait ça, n'est-ce pas ?

– Bien sûr, marmonna le criminologue. Bon, si on se mettait au travail... Qu'est-ce que tu as là ?

Il regardait le dossier qu'elle n'avait pas encore lâché.

– L'inventaire des indices et les clichés des deux affaires, le vol de monnaies et le viol.

– Et où se trouve le procès-verbal d'enquête ?

– Dans les archives, à Long Island.

– Bon. Voyons tout ça.

Comme elle l'avait fait avec le dossier concernant son cousin Arthur, Amelia prit un marqueur et écrivit sur un deuxième tableau :

HOMICIDE / VOL 27 MARS

- 27 mars
- Crime : homicide, vol de six boîtes de monnaies de collection
- Cause du décès : perte de sang, choc, plaies multiples à l'arme blanche
- Lieu : Bay Ridge, Brooklyn
- Victime : Howard Schwartz
- Suspect : Randall Pemberton

INDICES AU DOMICILE DE LA VICTIME :

- Graisse
- Particules de laque capillaire séchées
- Fibres de polyester
- Fibres de laine
- Empreinte de semelle, chaussure de marche pointure 44

- Un témoin a aperçu un homme avec veste marron courant vers Honda Accord noire

INDICES AU DOMICILE DU SUSPECT ET DANS SA VOITURE :

- Graisse sur le parasol du patio identique à celle retrouvée au domicile de la victime
- Paire de chaussures de marche taille 44
- Laque pour cheveux Clairol, correspondant aux particules trouvées sur la scène de crime
- Couteau/trace sur le manche :
  - Terre ne correspondant à aucune autre (scène de crime ou domicile du suspect)
  - Particules de vieux carton
- Couteau/trace sur la lame :
  - Sang de la victime. Test positif
- Honda Accord noire 2004 appartenant au suspect
- Une pièce de monnaie identifiée comme provenant de la collection de la victime
- Un blouson marron Culberton Outdoor Company en fibre de polyester
- Une couverture en laine dans la voiture, les fibres correspondent à celles trouvées sur la scène de crime

- Note : Avant le procès, les enquêteurs se sont rendus chez les principaux marchands de monnaies en ville ou sur Internet. Aucun n'a tenté de revendre certaines des pièces volées.

– Donc, si notre homme a volé des monnaies, il les a gardées. Et les traces de terre ne correspondent à aucune de celles relevées sur les scènes de crime… Ce qui signifie probablement que cette terre provient de son domicile. Mais de quelle terre peut-il bien s'agir ? On ne l'a pas analysée ?

Rhyme secoua la tête.

– Très bien, je veux maintenant voir les photos. Où sont-elles ?

– Attends, je les cherche.

Amelia prit du Scotch et fixa les clichés sur un troisième tableau. Rhyme approcha son fauteuil pour les examiner – il y en avait des dizaines. Le domicile du collectionneur de monnaies était bien tenu, celui du suspect beaucoup moins. Un grand désordre régnait dans la cuisine, où on avait trouvé une pièce ancienne et le couteau sous l'évier. La table disparaissait sous la vaisselle sale et les emballages de nourriture à emporter. Il y avait aussi une pile de courrier, essentiellement des publicités.

– La suite ! dit Rhyme en s'efforçant de ne pas laisser percer son impatience. Avançons.

HOMICIDE / VIOL – 18 AVRIL

- 18 avril
- Crime : homicide, viol
- Cause du décès : strangulation
- Lieu : Brooklyn
- Victime : Rita Moscone
- Suspect : Joseph Knightly

INDICES AU DOMICILE DE LA VICTIME :

- Traces de savonnette Colgate-Palmolive
- Lubrifiant pour préservatif
- Fibres de corde
- Terre sur le ruban adhésif ne correspondant pas aux échantillons collectés dans l'appartement.
- Ruban adhésif American Adhesive
- Particules de latex
- Fibres noires de laine et polyester
- Tabac sur la victime (voir note ci-dessous)

INDICES DANS LA MAISON DU SUSPECT :

- Préservatifs Durex contenant du lubrifiant identique à celui trouvé sur la victime
- Un rouleau de corde dont les fibres correspondent à celles trouvées sur la scène de crime
- Un segment de corde (67 cm) taché du sang de la victime, avec deux mèches en Nylon polyamide B35 provenant probablement d'une perruque de poupée
- Traces de savonnette Colgate-Palmolive
- Ruban adhésif American Adhésive

- Gant en latex, correspondant aux particules trouvées sur la scène de crime
- Chaussettes d'homme, laine et polyester, correspondant aux fibres trouvées sur la scène de crime. Autre paire identique dans le garage, avec traces de sang de la victime
- Débris de tabac provenant de cigarettes Tareyton (voir note ci-après)

– Le suspect a *gardé* ses chaussettes tachées de sang et les a rapportées chez lui ? Foutaise ! C'était une preuve fabriquée.

Rhyme parcourut une seconde fois le tableau.

– Quelle est cette note ?

Amelia la trouva : le détective chargé de l'enquête avait ajouté quelques paragraphes à l'intention du procureur pour le prévenir que l'affaire risquait de poser des problèmes. Elle montra la feuille à Rhyme.

Stan,

Quelques points que la défense tentera peut-être d'exploiter :

– Possibilité de contamination : des débris de tabac identiques ont été trouvés sur la scène de crime et au domicile du suspect, mais ni lui ni sa victime ne fumaient. On a interrogé les agents qui ont procédé à l'arrestation et l'équipe qui a examiné la scène de crime, et tous ont assuré que ces débris de tabac ne venaient pas d'eux.

– Les analyses d'ADN n'ont pas permis d'établir un lien entre le suspect et la victime.

– Le suspect avait un alibi, un témoin oculaire qui l'avait remarqué à l'extérieur de sa propre maison – distante d'environ huit kilomètres, au moment du crime. Ce témoin est un SDF à qui le suspect donne le l'argent de temps en temps.

– Il avait un alibi ! dit Amelia. Auquel le jury n'a pas cru. C'est évident.

– Qu'en pensez-vous, Mel ? demanda Rhyme.

– Je maintiens ce que j'ai déjà dit. Tout colle trop parfaitement.

Pulaski hocha la tête.

– La laque, la savonnette, les fibres, le lubrifiant… tout.

– Il me paraît évident qu'on a voulu forger des preuves, intervint Cooper. Voyez l'ADN : sur la scène de crime, ce n'est pas celui du suspect ; mais c'est celui de la victime dans la maison du suspect. Évidemment, c'était beaucoup plus facile de l'y mettre.

Rhyme parcourait lentement les tableaux du regard.

– Mais tous les indices ne correspondent pas, ajouta Amelia. Le vieux carton et la terre, par exemple. Ils n'ont aucun rapport avec l'une des deux scènes.

– Et le tabac ? dit Rhyme. Ni la victime ni le suspect ne fumaient. Ce qui signifie qu'il provenait peut-être du vrai coupable.

– Et ces cheveux de poupée ? demanda Pulaski. Ça veut dire qu'il a des gosses ?

– Voyons maintenant ces photos, dit Rhyme.

La brigade des scènes de crime avait, comme toujours, bien fait son travail de clichés et de relevés dans l'appartement de la victime ainsi que dans la maison et le garage du suspect. Rhyme examina les clichés.

– Pas de poupée, pas le moindre jouet… Peut-être que le véritable assassin a des enfants, ou un contact quelconque avec des jouets ? Et il fume, ou a accès à des cigarettes ou à du tabac. Bien. Ah, nous tenons quelque chose, là.

– Traçons un profil. On l'a baptisé « M. X », mais il nous faut un autre nom… Le combien sommes-nous ?

– Le 22 mai, dit Pulaski.

– Très bien. Ce sera l'Inconnu 522 : 5 pour le mois, 22 pour le jour. Amelia, si tu veux bien… (Montrant un tableau blanc.) Commençons le profil.

INCONNU 522 – PROFIL

- Sexe masculin
- Fume ou vit / travaille avec quelqu'un qui fume, ou près d'une source de tabac
- A des enfants ou vit / travaille près d'enfants, ou à proximité de jouets
- Intérêt pour l'art, pour les monnaies ?

INDICES NON FABRIQUÉS

- Terre
- Vieux carton
- Cheveux de poupée, Nylon polyamide B35
- Tabac de cigarettes Tareyton

Eh bien, même s'il n'était pas flambant, c'était un début, songea Rhyme.

– Tu ne crois pas qu'on devrait appeler Lon et Malloy ? demanda Amelia.

– Et pour leur dire quoi ? rétorqua Rhyme, avec un mouvement de tête impatient vers le tableau. Je crois que notre petite opération clandestine n'ira pas bien loin.

– Vous voulez dire… que ce n'est pas officiel ? demanda Pulaski.

– Bienvenue chez les sous-marins de la police ! lança Amelia.

Le jeune agent resta coi.

– C'est pour ça que nous sommes déguisés, dit Cooper en montrant le bandeau de satin blanc sur son pantalon de smoking.

Il avait peut-être cligné de l'œil, mais Rhyme ne pouvait pas le voir à travers ses épaisses lunettes.

– Qu'est-ce qu'on fait, maintenant ?

– Amelia, appelle la brigade des scènes de crime dans le Queens. On ne pourra pas mettre la main sur les pièces à conviction concernant l'affaire de mon cousin. Comme le procès est pour bientôt, tout doit déjà être sous scellés au bureau du procureur. Mais vois si quelqu'un, aux Archives, pourrait nous envoyer les pièces à conviction des affaires précédentes – le viol et le vol de monnaies. Je veux la terre, le carton et la corde. Et vous Pulaski, allez à la Maison et consultez les dossiers de tous les meurtres commis ces six derniers mois.

– *Tous* les meurtres ?

– Le maire a nettoyé la ville, vous ne le saviez pas ? Réjouissez-vous qu'on ne soit pas à Detroit ou à Washington. Flintick a pensé à ces *deux* affaires. Je suis certain qu'il y en a eu d'autres. Cherchez les crimes qui pourraient se cacher – vol ou viol – derrière des homicides. Les preuves bien évidentes, les appels de témoins anonymes tout de suite après les meurtres. Ah, et les suspects qui se prétendent innocents.

– Bien, monsieur.

– Et nous ? demanda Cooper.

– On attend, dit Rhyme en baissant le ton, comme si ce mot était une obscénité.

CHAPITRE 9

Une merveilleuse transaction.

Je suis satisfait, maintenant. Je marche dans la rue, content, détendu. En feuilletant mentalement les images que je viens d'ajouter à ma collection. Des images de Myra 9834. Tout le visuel est stocké dans ma mémoire. Le reste est enregistré dans le magnétophone numérique.

J'avance en regardant les Seize autour de moi.

Il y en a plein les trottoirs. Dans des voitures, des bus, des taxis, des camions.

J'en aperçois à travers des fenêtres, qui vont et viennent sans savoir que mon regard attentif les suit.

Seize… Ah, je ne suis pas le seul, bien sûr, à désigner ainsi des êtres humains. Certainement pas. C'est un raccourci courant dans l'industrie. Mais je suis probablement le seul qui préfère penser aux gens comme à des Seize, et que cette pensée rassure.

Un code à seize chiffres est infiniment plus précis et plus efficace qu'un nom. Les noms m'énervent. Je n'aime pas ça. Et ça ne me vaut rien, ça ne vaut rien à personne quand je suis énervé. Les noms… ah, affreux ! Savez-vous par exemple qu'environ 6 % de la population des États-Unis a pour nom de famille Jones ou Brown ? Savez-vous qu'il y a aussi 3 % de Moore, et que Smith est le nom préféré de près de trois millions des habitants de ce pays ? (Quant aux prénoms, si c'est John qui vous intéresse, laissez tomber : il arrive en deuxième position dans la liste des préférences avec 3,2 % de votants – James étant le premier avec 3,3 %.)

Pensez à tout ce que ça implique. J'entends quelqu'un dire « James Smith ». Bon, mais à quel James Smith pense cette personne, alors qu'ils sont des centaines de mille ? Et je ne parle que des vivants. Songez à tous les James Smith de l'Histoire.

Seigneur.

Ça me rend fou, rien que d'y penser.

Nerveux…

Et en cas d'erreurs, les conséquences peuvent être graves. Prenons par exemple Berlin en 1938. Herr Wilhelm Frankel est-il le Juif Wilhelm Frankel ou celui qui est gentil ? Ce n'est pas du tout la même chose, et quoi que vous pensiez d'eux, les types en chemise brune étaient des génies en matière de recherche d'identité (et ils se servaient d'ordinateurs !).

Les noms sont une source d'erreurs. Les erreurs font du bruit. Le bruit, c'est la contamination. Il faut éliminer la contamination.

Il a pu y avoir des dizaines d'Alice Sanderson, mais seulement une Alice 9835, qui a sacrifié sa vie pour que je puisse posséder un tableau de ce brave M. Prescott.

Myra Weinburg ? Ah, elles ne sont certainement pas très nombreuses. Mais il n'y en a pas qu'une. Seule Myra 9834, toutefois, s'est sacrifiée pour mon plus grand plaisir.

Je parierais qu'il existe une foule de DeLeon Williams, mais seul 6832-5794-8891-0923 ira en prison pour l'avoir violée et assassinée, et afin que je sois libre de recommencer avec une autre.

Je me dirige en ce moment vers sa maison (officiellement celle de sa compagne, comme je l'ai appris), avec suffisamment d'indices et de pièces à conviction pour être certain que ce malheureux sera jugé coupable du viol suivi de meurtre, et condamné, en moins d'une heure de délibération.

DeLeon 6832…

J'ai déjà appelé le 911, pour dire que j'avais vu une vieille Dodge de couleur beige – sa voiture – s'éloigner des lieux à toute allure avec un homme au volant – un Noir. *J'ai vu ses mains ! Elles étaient pleines de sang ! Ah, venez vite ! Il y avait cris horribles !*

Quel parfait suspect tu vas faire, DeLeon 6832 ! Un auteur de viol sur deux, environ, agit sous l'effet de l'alcool ou de la drogue (il boit de la bière avec modération aujourd'hui, mais a fait partie voici quelques années d'un groupe d'Alcooliques anonymes). Dans la majorité des cas, les victimes de viol connaissent l'identité de leur agresseur. (DeLeon 6832 a travaillé récemment comme menuisier dans le magasin d'alimentation où feu Myra 9834 avait l'habitude de faire ses courses, si bien qu'on peut en déduire qu'ils se connaissaient, même si ce n'était sans doute pas vrai.)

La majorité des auteurs de viol a moins de 30 ans (l'âge exact de DeLeon 6832). Contrairement aux trafiquants et utilisateurs de drogue, ils n'ont pas été souvent arrêtés, sauf pour des violences domestiques – et mon homme a été condamné une fois pour avoir agressé une petite amie ; c'est *parfait*, non ? Les auteurs de viol appartiennent dans leur majorité aux classes inférieures et économiquement désavantagées (celui-ci est sans emploi depuis des mois).

Et maintenant, mesdames et messieurs du jury, veuillez noter que deux jours avant le viol l'accusé a acheté une boîte de préservatifs de marque Trojan-Enz, strictement identiques aux deux qui ont été retrouvés près du corps de la victime. (Quant aux deux qui ont effectivement servi – les miens – ils ont disparu depuis longtemps. Il faut se méfier de ces histoires d'ADN ; surtout depuis que la police de New York collecte des traces de tous les crimes et pas seulement des viols. Et en Angleterre vous pouvez prendre une contredanse parce que votre chien a sali le trottoir ou parce que vous avez fait demi-tour à un endroit où c'est interdit.)

Il y a un autre fait dont les policiers devraient tenir compte s'ils faisaient correctement leur travail. DeLeon 6832 est un ancien combattant qui a servi en Iraq, et à son départ de l'armée les autorités ont vainement cherché à savoir ce qu'il était advenu du calibre 55 qu'il détenait comme arme de service. Il ne l'avait pas rendu. On l'a déclaré « perdu au combat ».

Mais comme par hasard, il achetait quelques années plus tard des munitions de calibre 45.

Si les flics l'apprennent, comme ça leur est facile, ils risquent d'en déduire que leur suspect est armé. Et en creusant un peu plus, ils découvriront qu'il a été soigné dans un hôpital public pour anciens combattants – syndrome posttraumatique.

Un homme instable, armé de surcroît, pour suspect.

Quel policier ne serait pas tenté de tirer le premier ?

Espérons. Je n'ai pas toujours une confiance aveugle dans les Seize que je choisis. On risque toujours des surprises avec les alibis. Ou des jurés imbéciles. DeLeon 6832 va peut-être finir aujourd'hui dans un sac isotherme fermé par un cordon. Je mériterais bien un minimum de chance en échange de toute cette nervosité que Dieu m'a donnée. La vie n'est pas si facile, vous savez.

Il me faudra sans doute une demi-heure pour arriver à cette maison dans Brooklyn. Toujours très content de ma transaction avec Myra 9834, je me régale de cette ballade. Le sac à dos pèse sur ma colonne vertébrale. Il contient non seulement les pièces à conviction que je dois déposer chez DeLeon 6832, dont la chaussure qui a laissé cette empreinte devant l'entrée de Myra 9834, mais aussi quelques trésors que j'ai collectés aujourd'hui en traînant dans les rues. Dans ma poche, je n'ai malheureusement qu'un minuscule souvenir de Myra 9834, un fragment d'ongle. J'aurais aimé quelque chose de plus personnel, mais quand une mort survient à Manhattan on en fait tout un plat, et les morceaux de membres attirent beaucoup l'attention.

Je presse un peu l'allure, pour le plaisir de sentir le sac à dos qui cogne trois fois à chaque pas. Je savoure le beau temps qui règne en ce dimanche, et les souvenirs tout frais de ma transaction avec Myra 9834.

Je savoure aussi le plaisir de savoir que, tout en étant l'individu le plus dangereux de New York, je suis également invulnérable, virtuellement invisible pour tous les Seize qui voudraient me faire du mal.

La lumière attira son attention.

Une sorte d'éclair, venant de la rue.

Rouge.

Suivi d'un autre éclair. Bleu.

L'étui de son téléphone pendait à la main de DeLeon Williams. Il appelait un ami, tentait de joindre l'homme pour lequel il travaillait avant, un homme qui avait fui la ville après que sa menuiserie eut fait faillite, en ne laissant derrière lui que des dettes, dont les 4 000 dollars et quelques qu'il devait à son employé le plus dévoué, DeLeon Williams.

– DeLeon ? disait le type à l'autre bout de la ligne. Je ne sais pas moi-même où est passé ce con. Il *m'a* laissé en plan…

– Je rappellerai.

Clic.

Le gars avait les mains moites. Il jeta un coup d'œil à travers le rideau qu'il avait fixé la veille avec l'aide de Janeece (Williams avait été si gêné qu'elle soit obligée de payer pour lui, tout comme il en avait marre d'être au chômage !). Il remarqua que ces éclairs venaient des batteries de projecteurs fixées au toit de deux voitures de police sans plaque d'immatriculation. Deux détectives en descendirent en reboutonnant leur blouson, et non parce qu'il faisait frais.

Ils regardèrent prudemment autour d'eux, puis – faisant s'envoler le dernier espoir dans une simple coïncidence – se dirigèrent vers la Dodge beige de Williams, relevèrent le numéro, jetèrent un regard à l'intérieur. L'un des deux hommes dit quelques mots à sa radio.

Les yeux de Williams se levèrent pour une mimique désespérée, et un soupir de découragement s'échappa de ses lèvres.

Elle, encore. *Elle…*

Williams avait eu l'année précédente une liaison avec une femme qui n'était pas seulement belle et sexy, mais également intelligente et gentille. Au début, du moins. Alors qu'ils ne sortaient pas ensemble depuis très longtemps, elle s'était métamorphosée en une véritable harpie. Coléreuse, jalouse, instable, vindicative… Les quatre mois qu'il avait passés avec elle avaient été les pires de toute son existence. Et il les avait employés avant tout à protéger de leur mère les propres enfants de cette femme.

Mais ses bonnes intentions l'avaient conduit en prison. Un soir où Leticia menaçait sa fille d'un coup de poing parce qu'elle avait touché au pot de confiture, Williams n'avait pu se retenir de lui saisir le bras pour l'empêcher de frapper tandis que la petite se sauvait en pleurant. Il avait calmé la mère et on avait cru l'incident clos. Mais quelques heures plus tard, alors qu'il était assis sur sa véranda en train de se demander comment mettre les enfants à l'abri, peut-être en les renvoyant chez leur père, les policiers faisaient irruption pour l'arrêter lui-même.

Leticia avait déposé plusieurs plaintes pour violences, en montrant la marque sur son bras. Williams tombait des nues. Il expliqua ce qui s'était passé, mais les policiers n'avaient pas d'autre choix que de l'arrêter. Le procès eut lieu, mais Williams ne voulut pas que la fille de Janeece vienne témoigner. Il fut déclaré coupable et condamné à des travaux d'utilité publique.

Mais au cours du procès, il avait décrit les actes de cruauté commis par Leticia. Le procureur, qui l'avait cru, avait signalé la jeune femme aux services sociaux. Une assistante sociale vint chez eux pour enquêter et les enfants furent confiés à la garde de leur père.

Leticia se remit à harceler Williams. Ça avait duré pas mal de temps, puis elle avait disparu quelques mois auparavant, et Williams s'était dit qu'il était enfin tranquille…

Et voilà que ça recommençait. Il avait la certitude que c'était un nouveau coup de Leticia.

Seigneur Jésus, je n'en sortirai donc jamais ?

Il regarda au-dehors. Non ! Les policiers avaient dégainé leurs armes !

Il se sentit gagné par l'épouvante : qu'avait-elle inventé cette fois ? L'accusait-elle d'avoir fait du mal à l'un de ses enfants ? Il l'en savait capable.

Williams avait les mains tremblantes et de grosses larmes roulaient sur ses traits épais. Il avait déjà connu cette panique, dans le désert, le jour où, se retournant vers son copain, il n'avait plus vu à la place du grand gaillard souriant venu d'Alabama que la masse informe laissée par une grenade iraquienne. Jusque-là, Williams allait plus ou moins bien. On lui tirait dessus, les balles et le sable s'abattaient sur lui, il lui arrivait de s'évanouir de chaleur, et pourtant il tenait le coup. Mais la vue de Jason transformé en… cette *chose* l'avait définitivement perturbé.

Le stress posttraumatique qui le poursuivait depuis venait à nouveau de s'emparer de lui.

La peur. Une peur absolue, irrépressible.

– Non, non, non, non…

Haletant, suffocant.

Croyant qu'il allait mieux, il avait cessé depuis un mois de prendre ses médicaments.

À cet instant, voyant des policiers courir autour de la maison, DeLeon Williams ne pensa plus qu'à une chose : fuir !

Il ne fallait pas qu'il reste ici. Pour montrer que Janeece n'était pour rien là-dedans, pour les préserver elle et son fils – deux êtres qu'il aimait vraiment –, il lui fallait disparaître. Il souleva la chaîne qui fermait la porte d'entrée, débloqua le verrou, puis courut à l'étage pour prendre un sac dans lequel il jeta quelques objets – en dépit du bon sens : de la crème à raser mais pas de rasoir, des sous-vêtements mais pas de chemise, des chaussures et pas de chaussettes.

Et il prit autre chose dans le placard.

Son pistolet militaire. L'arme n'était pas chargée – il n'avait pas l'intention de tirer sur quiconque – mais il pourrait s'en servir pour faire peur aux policiers, ou prendre sa voiture à un conducteur si nécessaire.

Il n'avait qu'une idée en tête : Sauve-toi ! Fonce !

Il jeta un dernier regard à la photo de Janeece et lui avec le fils de Janeece, prise au cours d'une sortie au parc d'attractions de Six Flags. Il se remit à pleurer, puis s'essuya les yeux, jeta le sac par-dessus son épaule et, la main serrée sur la crosse du lourd pistolet, s'engagea dans l'escalier.

CHAPITRE 10

– Le tireur de l'avant est en position ?

Bo Haumann, ex-sergent instructeur, désormais à la tête de la brigade d'intervention rapide de la police de New York (la BIR), montra du doigt un bâtiment qui offrait une excellente position de tir sur le minuscule jardin de la maison de DeLeon Williams.

– Oui chef, répondit un agent debout à côté de lui. Et Johnny couvre le rez-de-chaussée.

– Bien.

Haumann, le cheveu court et grisonnant, ne passait pas pour un tendre. Il commandait les deux équipes d'assaut.

– Et ne vous faites pas voir !

Il était dans son propre jardin et cherchait à rallumer un reste de charbon de l'année précédente quand on l'avait appelé au sujet d'une affaire de viol et de meurtre. On tenait, lui avait-on dit, une piste solide jusqu'au suspect. Il avait confié la mise à feu du barbecue à son fils, enfilé sa tenue et s'était précipité dehors, en remerciant le Ciel de n'avoir pas encore bu sa première bière. Haumann pouvait conduire après un verre ou deux, mais ne touchait jamais à une arme à feu dans les huit heures qui suivaient l'absorption d'alcool.

Et il y avait une chance, par ce beau dimanche ensoleillé, pour qu'ils entendent siffler les balles.

La radio se mit à grésiller et il entendit dans son casque :

– R et S à Base, K !

Une équipe de la brigade de recherche et de surveillance était de l'autre côté de la rue, avec le deuxième tireur d'élite.

– Base. Allez-y, K !

– On capte des infrarouges. Il y a peut-être quelqu'un à l'intérieur. Mais on n'entend rien.

Peut-être, songea Haumann, contrarié. Il avait eu connaissance du budget d'équipement. On aurait dû être en mesure de lui dire avec certitude s'il y avait ou non quelqu'un à l'intérieur – voire la pointure de leurs godasses et la marque de leur fil dentaire !

– Vérifiez encore une fois.

Après un moment qui lui parut une éternité, il entendit :

– R et S Un ! Bon, il n'y a qu'une personne à l'intérieur. Et on voit à travers une fenêtre. C'est sans aucun doute le DeLeon Williams de la vidéo que vous nous avez montrée, K.

– Bien. Sortez !

Haumann appela les deux équipes tactiques, qui prenaient maintenant position autour de la maison, mais restaient pratiquement invisibles.

– Bon. On n'a pas eu beaucoup de temps pour discuter. Mais écoutez. Ce type est un violeur et un assassin. On le veut vivant, mais il est trop dangereux pour qu'on le laisse filer. S'il fait le moindre geste hostile, vous avez le feu vert pour tirer.

– Chef d'équipe B. Compris. Sommes en position. La ruelle et les rues au nord sont couvertes, comme la porte arrière, K.

– Chef d'équipe A à Base. Compris pour le feu vert. Sommes en position à la porte d'entrée et couvrons toutes les rues au sud et à l'est.

– Tireurs, dit Haumann dans sa radio. Vous avez entendu pour le feu vert ?

– Oui !

Ils ajoutèrent qu'ils avaient leurs armes chargées et prêtes à tirer.

Haumann défit la lanière de son Glock et se glissa dans la ruelle qui passait derrière la maison, où il fut rejoint par d'autres agents qui avaient vu comme lui, par ce beau dimanche, leurs projets bouleversés.

À cet instant, une voix dit dans ses écouteurs :

– R et S à Base. Je crois qu'on a quelque chose !

DeLeon Williams, à genoux, jeta un regard prudent à travers une fente dans le bois de la porte – qu'il se promettait de colmater depuis longtemps – et vit que les policiers n'étaient plus là.

Non, rectifia-t-il pour lui-même, ils ne sont plus *visibles.* Grosse différence. Il surprit un éclat de verre ou de métal dans un fourré. Ça pouvait être l'un de ces lutins ou de ces cerfs bizarres que le voisin collectionnait.

Ça pouvait aussi être un flic avec une arme.

Traînant le sac derrière lui, il fila à l'arrière de la maison. Nouveau coup d'œil au-dehors. À travers la fenêtre cette fois, lentement, posément, tendu dans son effort pour ne pas céder à la panique.

Le jardin et la ruelle étaient déserts.

Mais il se corrigea : *paraissaient* déserts.

Secoué par un nouveau frisson de stress posttraumatique, il eut une folle envie de foncer vers la porte, de sortir avec son pistolet brandi et de se précipiter dans la ruelle en hurlant pour faire fuir tout le monde.

Il tendit instinctivement la main vers la poignée.

Non…

Ne fais pas l'idiot !

Il s'assit, la tête contre le mur, et s'efforça de maîtriser sa respiration.

Au bout d'un moment, il se sentit plus calme et décida de tenter autre chose. Il y avait au sous-sol une fenêtre qui donnait sur une cour minuscule au flanc de la maison. Au-delà des trois mètres de gazon anémique, une fenêtre symétrique s'ouvrait sur le sous-sol de ses voisins. Les Wong n'étaient jamais là pendant les week-ends – il arrosait leurs plantes – et Williams pensa qu'il pourrait se glisser chez eux par cette fenêtre, et monter à l'étage. Avec un peu de chance, les policiers ne couvriraient pas cette cour. Il pourrait alors filer par la ruelle et rejoindre la station de métro en courant.

Le plan n'était pas génial, mais c'était toujours mieux que de rester là sans rien tenter. Déjà, les larmes revenaient. Et la panique.

Arrête ça, soldat. Et reprends-toi !

Il se redressa et descendit jusqu'au sous-sol d'une démarche mal assurée.

Sortir d'ici, sortir à tout prix… Les flics seraient à la porte d'une seconde à l'autre. Ils l'enfonceraient à coups de pied, comme l'autre fois.

Il ouvrit la fenêtre, l'enjamba, se laissa tomber de l'autre côté, se mit à ramper vers le sous-sol des Wong, regarda à sa droite et se figea sur place.

Seigneur…

Deux policiers, un homme et une femme, ayant chacun une arme dans la main droite, se tenaient accroupis dans la petite cour. Ils ne regardaient pas dans sa direction, mais dehors, vers la ruelle et la porte arrière de la maison.

La panique, à nouveau. Il allait sortir ce Colt et les en menacer. Les forcer à s'asseoir, à se passer mutuellement les menottes et à jeter leurs radios loin d'eux. Il n'était pas ravi d'avoir à faire ça : c'était *un acte criminel* pour de bon. Mais il n'avait pas le choix. Ils étaient visiblement persuadés qu'il avait fait quelque chose de terrible. Oui, il allait prendre leurs armes, et fuir. Ils avaient peut-être une voiture sans plaques garée près d'ici. Il récupérerait aussi les clés.

Et si quelqu'un les couvrait ? Quelqu'un qu'il ne voyait pas ? Un tireur d'élite de la police, par exemple ?

Eh bien, c'était un risque à prendre.

Il posa le sac, très lentement, sans faire de bruit, et tendit la main vers le Colt.

C'est alors que la policière se retourna. Williams retint sa respiration et pensa : Je suis mort. Janeece, je t'aime…

Mais la jeune femme regarda le papier qu'elle tenait à la main, puis lui.

– DeLeon Williams ?

Sa voix s'étrangla.

– Je…

Ses épaules s'affaissèrent, il fit oui de la tête. Il fixait le joli visage, les cheveux roux rassemblés en queue-de-cheval, le regard froid dirigé sur lui.

Elle tendit l'insigne qui pendait à son cou.

– Nous sommes de la police. Comment êtes-vous sorti ?

Puis elle remarqua la fenêtre et hocha la tête.

– M. Williams, il y a une opération en cours, ici. Vous voulez bien rentrer chez vous ? Vous y serez en sécurité.

– Je…

L'affolement faisait dérailler sa voix.

– Je…

– Tout de suite, dit-elle d'un ton impérieux. Nous viendrons vous voir dès que le calme sera rétabli. Restez calme vous-même. N'essayez pas de ressortir. S'il vous plaît.

– Bien sûr. Je… Bien sûr.

Abandonnant le sac, il entreprit de repasser par la fenêtre.

Elle prit le micro de sa radio.

– Ici Sachs. J'élargis le périmètre, Bo. Il va être très prudent.

Que se passait-il, bon sang ? Williams ne perdit pas de temps en spéculations. Il rentra tant bien que mal dans le sous-sol et grimpa à l'étage. Une fois là, il se dirigea tout droit vers la salle de bains. Soulevant le couvercle du réservoir de la chasse d'eau, il y laissa tomber le Colt. Puis il s'approcha de la fenêtre pour jeter un coup d'œil au-dehors avant de repartir vers les toilettes, juste à temps pour vomir, son grand corps secoué de douloureux haut-le-cœur.

C'est curieux à dire, par un aussi beau temps, et après ce qui vient de se passer avec Myra 9834, mais le bureau me manque.

D'abord, le travail me plaît et m'a toujours plu. Et j'aime l'ambiance, la camaraderie avec les Seize qui vous entourent, presque comme une famille.

Ensuite, il y a le sentiment d'être quelqu'un de productif. Pris dans le rythme trépidant du monde des affaires new-yorkais.

(Quelqu'un de « pointu » comme on dit, c'est justement ce que je déteste, ce jargon du milieu. Non, les grands meneurs d'hommes – Roosevelt, Truman, César, Hitler – étaient bien au-dessus de tout ça.)

Ce qui est plus important, bien sûr, c'est la façon dont mon travail m'aide dans mon passe-temps favori. Non, c'est plus qu'un passe-temps. C'est vital.

J'ai une bonne situation. Très bonne, même – je peux quitter mon bureau plus ou moins quand je le veux. En jonglant un peu avec mes obligations, j'arrive à trouver pendant la semaine le temps de me consacrer à ma passion. Et étant donné ce que je suis en public – ma façade professionnelle, disons –, il serait invraisemblable que quiconque me soupçonne d'être une personne radicalement différente. Ce qui n'est pas peu dire, pourtant.

Je vais souvent travailler pendant le week-end aussi, et c'est l'un des moments que je préfère. Quand, bien sûr, je ne suis pas engagé dans une transaction avec une beauté comme Myra 9834 ou dans un achat de tableaux ou d'albums de bandes dessinées, de monnaies précieuses ou de porcelaines anciennes. Même quand il y a quelques Seize présents au bureau, un jour de vacances, un samedi ou un dimanche, les salles et les couloirs sont pleins du bruit blanc des machines qui emmènent la société vers un monde nouveau. Tiens, un antiquaire ! Je m'arrête devant la vitrine. Il y a des photographies et des assiettes-souvenir qui me plaisent bien. Je ne pourrai pas, malheureusement, revenir ici car c'est trop près de chez de DeLeon 6832. Il y aurait vraiment très peu de risques que quiconque fasse le lien entre moi et le « violeur », mais… pourquoi prendre des risques ? (J'achète dans des magasins, ou je fais de la récupération, et c'est tout. eBay, c'est amusant à consulter mais vous me voyez acheter quelque chose en ligne ? Il faudrait être fou pour faire ça.) Pour le moment, on peut encore se débrouiller avec de l'argent liquide. Mais tôt ou tard ces achats-là seront enregistrés, comme tout le reste. Il y aura des puces électroniques dans les billets de banque. Ça se fait déjà dans certains pays. La banque saura automatiquement quel billet vous a été remis par quel distributeur ou quelle banque concurrente. Et si vous l'avez dépensé pour acheter de la coke ou un soutien-gorge pour votre copine, ou pour verser un acompte à un tueur à gage. Il faudrait revenir à l'or, comme je me le dis parfois.

Ah, pauvre DeLeon 6832... Je connais sa tête grâce à la photo de son permis de conduire : un regard sans malice au fonctionnaire qui opère derrière l'objectif. J'imagine son expression quand les policiers ont frappé à sa porte pour lui présenter un mandat d'arrêt pour viol et assassinat. Je vois d'ici le regard horrifié qu'il a dû lancer à sa copine Janeece et à son fils de 10 ans s'ils se trouvaient là. Je me demande s'il est du genre à pleurer.

Je suis à trois pâtés de maisons de distance. Et...

Ah... Minute ! Il se passe quelque chose.

Deux Crown Victoria neuves arrêtées en triple file. Statistiquement, on a très peu de chances de voir dans ce quartier une voiture de ce type, en aussi parfait état. Et elles ne portent aucune marque de feuille ou de pollen comme les autres. Elles viennent d'arriver.

Et, oui, un rapide coup d'œil, simple curiosité de passant, révèle que ce sont bien des véhicules de la police.

Celle-ci n'est pas, comme on pourrait s'y attendre, intervenue pour une querelle de ménage ou un cambriolage. Oui, statistiquement, ces infractions sont peu fréquentes dans cette partie de Brooklyn et à ce moment de la journée – avant qu'on attaque la bière, comme le montrent les données. Et il n'y a pratiquement jamais de voitures banalisées en planque à proximité, mais uniquement les véhicules de patrouille bleu et blanc, bien visibles. Réfléchissons. Ils sont à trois pâtés de maisons de chez DeLeon 6832... Il faut tenir compte de ça. On peut imaginer leur commandant disant à ses hommes : « C'est un violeur. Il est dangereux. On va y aller dans dix minutes. Laissez les voitures à trois rues d'ici et revenez. »

Je regarde, l'air de rien, vers la ruelle la plus proche. Bon, c'est de pire en pire. Il y a, garé dans l'ombre, un fourgon de la brigade d'intervention rapide de la police de New York. Ces agents viennent souvent en appui pour arrêter des gens comme DeLeon 6832. Mais comment se fait-il qu'ils soient déjà là ? Il y a tout juste une demi-heure que j'ai appelé le 911. (Il y a toujours un risque, mais si on appelle trop longtemps après une transaction, les flics peuvent aussi se demander pourquoi vous avez tant attendu pour signaler les cris que vous avez entendus ou le comportement suspect d'un individu.)

Il y a deux explications possibles à cette présence de la police. La plus logique est qu'après avoir reçu un appel anonyme ils ont consulté une base de données pour connaître toutes les Dodge de couleur beige enregistrées en ville au cours des cinq dernières années (1 357 à ce jour) et ont eu la chance de tomber sur celle-ci. Ils sont persuadés, alors que je n'ai même pas eu le temps de placer dans son garage les indices que j'ai préparés à leur intention, que DeLeon 6832 est un violeur et le meurtrier de Myra 9834, et s'apprêtent à l'arrêter.

L'autre explication est beaucoup plus troublante : la police a décidé qu'il était victime d'un coup monté. Et c'est *moi* qu'elle s'apprête à arrêter.

Je transpire à grosses gouttes, soudain. Ça ne va pas, ça ne va pas, ça ne va pas…

Mais ne panique pas. Tes trésors sont en sécurité, ton placard est sûr. Détends-toi.

Quoi qu'il en soit, il *faut* que je sache. Si la présence des policiers ici n'est qu'un malencontreux hasard sans le moindre rapport avec DeLeon 6832 ni avec moi, alors je peux déposer mes indices et retourner dans ma tanière.

Mais s'ils ont découvert la vérité à mon sujet, ils peuvent savoir aussi pour les autres, Randall 6794, Rita 2907 et Arthur 3480…

La visière de la casquette encore plus bas sur les yeux, les lunettes de soleil remontées d'un cran sur le nez, je change complètement de direction afin de contourner la maison à travers ruelles et cours arrière. En respectant le périmètre de trois pâtés de maisons qu'ils ont obligeamment établi pour me ménager une zone de sécurité lorsqu'ils ont stationné les deux voitures.

Ceci me fait décrire un demi-cercle pour rejoindre le remblai herbeux qui conduit à la route. En grimpant, je vois les petites cours et les porches des maisons qui font bloc avec celle de DeLeon 6832. En les comptant je peux trouver la sienne. Mais ce n'est pas nécessaire. Je vois clairement un agent sur le toit d'un bâtiment à un étage, face à la sienne de l'autre côté de la ruelle. Il a un fusil. Un tireur d'élite ! Il y en a un autre, avec des jumelles. Et j'en vois maintenant plusieurs, en civil, accroupis dans les fourrés qui entourent le bâtiment.

Puis deux policiers pointent leurs armes dans ma direction. Je découvre qu'il y en avait un *autre* sur le toit de la maison d'en face. Celui-là aussi me vise. Et comme je ne fais pas un mètre quatre-vingt-huit pour cent cinq kilos, et que ma peau n'est pas noire comme l'ébène, ce n'est pas DeLeon 6832 qu'ils attendaient. C'est *moi !*

Mes mains se mettent à trembler. Si j'avais déboulé là au milieu, avec les indices dans mon sac à dos…

Une dizaine d'autres agents foncent vers les voitures, ou vers moi. Comme une meute. Je me retourne et grimpe sur le remblai, le souffle court, en plein affolement. Je ne suis pas encore en haut quand j'entends la première sirène.

Non, non !

Mes trésors, mon Placard…

La route, une quatre-voies, est encombrée, ce qui est très bien car ça oblige les Seize à rouler lentement. Je peux facilement me dissimuler, même en baissant la tête ; je suis certain que personne ne voit clairement ma figure. Puis je franchis la barrière et dévale l'autre versant. Mes tournées de ramassage et autres activités m'aident à entretenir ma forme, et je ne tarde pas à sprinter vers la station de métro la plus proche. Je m'arrête une seule fois, pour enfiler des gants de coton et extraire de mon sac à dos le sachet en plastique contenant les indices que je m'apprêtais à déposer, et le jeter dans une benne à ordures. On ne peut rien me faire pour ça. N'est-ce pas ? Je me planque dans une ruelle derrière un restaurant. Le temps de retourner ma veste réversible et de changer de casquette, me revoici, le sac à dos désormais fourré dans un grand sachet de supermarché.

J'arrive enfin à la station de métro, et – merci – je sens la grande bouffée d'air nauséabond qui précède l'arrivée d'une rame. Puis c'est le vacarme du wagon, le hurlement du métal frottant sur le métal.

Mais à l'instant de franchir le tourniquet, je m'arrête. L'effet de choc s'est dissipé. La nervosité le remplace. Je comprends que je ne peux pas sortir comme ça.

La réalité du problème m'accable. Ils ne savent peut-être pas qui je suis, mais ils ont compris ce que je faisais là.

Ce qui signifie qu'ils veulent m'enlever quelque chose. Mes trésors, mon Placard… tout ! Et c'est, évidemment, inacceptable.

En prenant garde d'éviter les caméras de surveillance, je monte l'escalier d'un air détaché, et fouille dans mon sac au moment où je quitte la station.

– Où ?

La voix de Rhyme emplit les écouteurs d'Amelia.

– Où est-il, bon sang ?

– Il nous a repérés et il a filé.

– Tu es certaine que c'était lui ?

– À peu près. Les collègues de la brigade ont aperçu quelqu'un à quelques pâtés de maisons d'ici. L'individu semblait avoir repéré certains de nos hommes et avait brusquement changé de direction. On l'a vu qui nous observait, puis il est parti en courant. On a plusieurs équipes qui le cherchent.

Elle était dans le jardin de DeLeon avec Pulaski, Bo Haumann et cinq ou six agents de l'unité d'intervention rapide. Quelques techniciens de scène de crime et des agents en uniforme examinaient les lieux à la recherche d'indices, et sollicitaient des témoignages auprès des habitants des alentours.

– Il n'avait pas de voiture ?

– Je n'en sais rien. Il était à pied quand on l'a vu.

– Bon Dieu. Prévenez-moi si vous trouvez quelque chose.

– Bien sûr.

– Je vais…

Clic.

Elle fit une grimace à l'adresse de Pulaski, qui tenait le talkie-walkie à hauteur de son oreille pour suivre la filature. Haumann en faisait autant. Mais à ce qu'elle entendait, les choses ne se passaient pas bien. Personne n'avait vu le suspect sur la route ou ne semblait prêt à le reconnaître. Amelia, se retournant vers la maison, vit un DeLeon Williams terriblement inquiet, et terriblement confus, regarder entre les rideaux d'une fenêtre.

Il avait fallu à la fois un concours de circonstances et un excellent travail de police pour éviter à cet homme de se voir imputer l'un des crimes de 522.

Et ils pouvaient en remercier Ron Polanski. Le jeune flic à la chemise hawaïenne avait suivi les instructions de Rhyme : il avait foncé sans attendre au One Police Plaza, QG de la police new-yorkaise, pour se renseigner sur les autres affaires correspondant au mode opératoire de 522. Il n'en avait trouvé aucune, mais pendant qu'il discutait avec un détective de la Criminelle, l'unité avait été informée d'un témoignage anonyme qui venait d'arriver au central. Un homme avait entendu des cris en provenance d'un loft proche de SoHo, et avait vu un Noir s'enfuir dans une Dodge de couleur beige. Un agent en patrouille dans le quartier s'était rendu à l'adresse indiquée et avait découvert le corps d'une jeune femme, Myra Weinburg, qui venait d'être violée et assassinée.

Pulaski, frappé par ce coup de fil anonyme qui rappelait les précédentes affaires, avait aussitôt alerté Rhyme. Le criminologue avait pensé que si 522 était derrière ce meurtre il allait sans doute, selon son mode opératoire, déposer des indices pour faire accuser quelqu'un d'autre, et qu'ils devaient donc trouver laquelle des 1 300 et quelques Dodge beiges en circulation il allait désigner. Il se pouvait, bien sûr, que l'homme ne soit pas 522, mais même dans ce cas ils avaient une bonne chance d'arrêter un violeur doublé d'un assassin.

À la demande de Rhyme, Pulaski croisa les fichiers du service des immatriculations avec ceux des archives criminelles et obtint une liste de sept Afro-Américains condamnés pour des délits plus graves que de simples fautes de conduite. L'un d'entre eux semblait le plus probable : il avait été condamné pour l'agression d'une femme. DeLeon offrait un profil de bouc émissaire idéal.

Concours de circonstances et travail de police.

Pour autoriser une arrestation tactique, la présence d'un gradé était requise. Comme le capitaine Joe Malloy ne savait rien de l'opération clandestine 522, Rhyme prit contact avec Sellitto, qui ne manqua pas de rouspéter mais consentit tout de même à appeler Bo Haumann et à donner son feu vert à l'opération.

Amelia Sachs rejoignit Pulaski et l'équipe au domicile de Williams, où ils apprirent des policiers déjà présents que celui-ci, et non pas 522, se trouvait à l'intérieur. Ils se déployèrent donc pour cueillir le tueur quand il arriverait pour déposer ses indices. Le plan était risqué, improvisé dans l'action, et il avait manifestement échoué. Même s'ils avaient ainsi évité à un innocent d'être arrêté pour meurtre et pour viol, et avaient peut-être découvert des indices qui leur permettraient de remonter jusqu'au meurtrier.

– Vous avez quelque chose ? demanda Amelia à Haumann, qui venait de se concerter avec quelques-uns de ses hommes.

– Rien du tout.

Puis sa radio se mit à grésiller et Amelia suivit l'échange.

– Unité Un, sommes de l'autre côté de la route. Apparemment, il a réussi à se tirer. Il a dû filer dans le métro.

– Merde, dit-elle à mi-voix.

Haumann fit une grimace mais ne dit rien.

– Mais on a suivi le chemin qu'il a sans doute pris, continua l'agent. Il a peut-être balancé au passage certaines choses dans une benne à ordures.

– Ça, c'est important, dit-elle. Où ?

Elle nota l'adresse que lui indiquait l'agent.

– Dites-leur de sécuriser le périmètre. Je serai là dans dix minutes.

Elle grimpa les marches du porche et frappa à la porte. DeLeon Williams répondit, et elle dit :

– Excusez-moi, je n'ai pas eu le temps de vous donner des explications. Un homme que nous tentions d'arrêter a voulu entrer chez vous.

– Chez moi ?

– C'est ce que nous pensons. Mais il s'est enfui.

Elle expliqua l'affaire Myra Weinburg.

– Oh… Elle est morte ?

– Hélas, oui.

– Je suis désolé, vraiment désolé…

– Vous la connaissiez ?

– Non, je n'en ai jamais entendu parler.

– Nous pensons que celui qui l'a tuée essayait peut-être de vous faire accuser de ce meurtre.

– Moi ? Mais pourquoi ?

– On n'en sait rien. Nous aurons peut-être besoin de vous interroger quand l'enquête aura un peu progressé.

– Bien sûr.

Il lui donna ses deux numéros de téléphone, le fixe et le portable. Puis, fronçant les sourcils :

– Je peux vous demander quelque chose ? Vous avez l'air certaine que ce n'est pas moi le coupable. Qu'est-ce qui vous fait penser que je suis innocent ?

– Votre voiture et votre garage. Des agents les ont fouillés et n'y ont pas trouvé le moindre indice. Le meurtrier, nous en sommes pratiquement certains, s'apprêtait justement à en déposer quelques-uns pour vous impliquer. Évidemment, si nous étions arrivés *après*, vous auriez eu un problème.

Il se taisait. Elle ajouta :

– Encore un mot, M. Williams.

– Oui ?

– Un détail, qui vous intéressera peut-être. Savez-vous que la possession d'une arme de poing non déclarée est un délit grave à New York City ?

– Il me semble que je l'ai entendu dire.

– Alors, une dernière information : il y a un guichet d'Amnesty International à votre commissariat local. Vous pouvez y laisser votre arme et on ne vous posera pas de questions. Allez, et soyez prudent… Passez un bon week-end, M. Williams, pour ce qu'il en reste.

– Je vais essayer.

CHAPITRE 11

J'observe la femme policier qui fouille la poubelle dans laquelle j'ai jeté les indices. J'en ai d'abord été consterné, puis je me suis dit que j'avais tort de m'étonner. S'ils étaient assez malins pour deviner ce que j'avais fait, ils l'étaient assez pour penser à la poubelle.

Je ne pense pas qu'ils m'aient bien vu, mais je fais tout de même très attention. Évidemment, je ne suis pas sur la scène de crime proprement dite ; je suis dans un restaurant de l'autre côté de la rue, où je mange un hamburger en buvant de l'eau. Les policiers ont cette tenue dite « anticrime », qui m'a toujours paru quelque chose d'absurde. Comme s'il y avait des tenues pro-crime ! Les policiers anticrime ne s'habillent pas comme vous et moi, ils se déplacent sur les scènes de crime à la recherche de témoins et même, à l'occasion, de coupables qui reviennent sur les lieux de leurs exploits. De nombreux criminels font ça parce qu'ils sont idiots ou parce qu'ils se conduisent de façon irrationnelle. Mais moi, je suis ici pour deux raisons précises. Premièrement, je me suis rendu compte que j'avais un problème. Comme je ne peux pas vivre avec, j'ai besoin d'une solution. Et on ne règle pas un problème dans l'ignorance. J'ai déjà appris des choses. Par exemple, je connais certaines des personnes qui me cherchent. Comme cette policière rousse en combinaison de plastique blanc qui se concentre sur la scène de crime comme je me concentre moi-même sur mes données.

Je la vois sortir du périmètre délimité par du ruban jaune, avec plusieurs sachets. Elle les range dans des boîtes en plastique gris, puis retire sa combinaison blanche. Malgré l'horreur du désastre de cet après-midi, dont le souvenir ne me quitte pas, je sens quelque chose qui se contracte en moi à la vue de son jean moulant, tandis que le plaisir de ma transaction avec Myra 9834 perd peu à peu de son intensité.

Pendant que les policiers rejoignent leurs véhicules, elle passe un coup de téléphone.

Je règle l'addition et me dirige vers la porte sans me presser, comme n'importe quel client par cette agréable fin d'après-midi du dimanche.

Ah, et la seconde raison de ma présence ici ?

Elle est très simple. C'est pour protéger mes trésors, pour protéger ma vie, c'est-à-dire faire ce qu'il faudra pour les en chasser.

– Qu'est-ce que 522 a jeté dans cette poubelle ? demanda Rhyme à la radio.

– Pas grand-chose. Mais on est sûrs que ça vient de lui. Un mouchoir en papier plein de sang et du sang dans des sachets en plastique – pour en mettre dans le garage de Williams ou dans sa voiture. J'en ai déjà envoyé un échantillon au labo pour une première analyse ADN. Une copie par ordinateur de la photo de la victime. Un rouleau de ruban adhésif – de marque Home Depot. Et une chaussure de sport. Elle paraît neuve.

– Une seule ?

– Oui. Le pied droit.

– Il l'a peut-être piquée chez Williams pour laisser une empreinte sur la scène de crime. Quelqu'un l'a vu, ce type ?

– L'un des tireurs et deux agents de l'URS. Mais il n'était pas très près. C'est probablement un Blanc, de taille moyenne. Casquette marron, lunettes de soleil, sac à dos. On n'a aucune idée de son âge ni de la couleur de ses cheveux.

– C'est tout ?

– Eh, oui.

– Bon. Rapporte ce que tu as collecté. Je veux ensuite que tu ailles examiner la scène de viol chez Myra Weinburg. Les agents la protègent en attendant.

– J'ai une autre piste, Rhyme.

– Une autre ? Laquelle ?

– On a trouvé un mot sur un Post-it collé au fond d'un sachet en plastique contenant l'échantillon de sang. 522 voulait jeter le sachet ; je me demande s'il a fait exprès de laisser le Post-it.

– Qu'y a-t-il dessus ?

– Un numéro de chambre dans une résidence-hôtel. Upper East Side, Manhattan. Je veux y aller.

– Tu crois que c'est là qu'il habite ?

– Non. J'ai appelé la réception et on m'a dit que le locataire avait passé la journée dans sa chambre. C'est un certain Robert Jorgensen.

– Il faut s'occuper de cette scène de viol, Sachs.

– Envoies-y Ron. Il peut le faire.

– Je préfèrerais que ce soit toi.

– Je crois vraiment qu'on a besoin de savoir s'il y a un lien, et lequel, entre 522 et ce Jorgensen.

Rhyme ne pouvait le contester. En outre, ils avaient été l'un et l'autre des maîtres impitoyables pour apprendre à Pulaski comment examiner les scènes de crime en lui enseignant la « technique du quadrillage », comme l'appelait Rhyme, qui offrait les meilleures chances de découvrir des indices.

Rhyme, qui se sentait à la fois comme un patron et comme un père, savait bien que le garçon devrait tôt ou tard affronter sa première scène de crime en solo.

– Très bien, marmonna-t-il. Espérons que ce Post-it donnera quelque chose.

Et il ne put s'empêcher d'ajouter :

– En dehors d'une simple perte de temps.

Elle éclata de rire.

– Ce n'est pas ce qu'on espère toujours, Rhyme ?

– Et dis à Pulaski de ne pas se planter.

Ils raccrochèrent, et Rhyme prévint Cooper que les pièces ne tarderaient pas à arriver.

Il ajouta en regardant fixement les tableaux :

– Il a filé.

Puis il demanda à Thom de noter la vague description de 522.

Probablement blanc ou clair de peau…

Et *ça* va nous servir à *quoi* ?

Amelia Sachs était assise à l'avant de la Camaro en stationnement, sa portière ouverte. Le vent léger qui soufflait en cette fin d'après-midi de printemps s'engouffrait dans le véhicule, qui sentait le vieux cuir et l'huile de moteur. Elle prenait des notes en vue de son rapport sur la scène de crime. Elle le faisait toujours le plus vite possible après avoir examiné les lieux. C'était incroyable, tout ce qu'on pouvait oublier en un court laps de temps. Les couleurs changeaient, la gauche devenait la droite, les portes et les fenêtres passaient d'un mur à l'autre quand elles ne disparaissaient pas purement et simplement.

Elle s'immobilisa, arrêtée une fois de plus dans ses pensées par les bizarreries de l'affaire. Comment expliquer que l'assassin ait presque réussi à faire accuser un innocent de ce viol suivi d'un meurtre épouvantable ? Elle n'avait jamais eu affaire à un tel individu ; il n'était pas le premier à semer des indices pour égarer les enquêteurs, mais ce type avait un génie pour les envoyer sur de fausses pistes.

La rue déserte et mal éclairée dans laquelle elle s'était garée se trouvait à deux pâtés de maisons de la benne à ordures.

Un mouvement attira son attention. Pensant à 522, elle se sentit mal à l'aise. Elle jeta un coup d'œil dans le rétroviseur et vit quelqu'un qui venait vers elle. Elle regarda attentivement l'individu, qui semblait inoffensif : le genre homme d'affaires à cheveux courts. Il tenait un sachet de plat à emporter d'une main, de l'autre son téléphone, et il souriait. Un habitant du quartier sorti pour acheter son repas chez le Chinois ou le Mexicain le plus proche.

Amelia se replongea dans ses notes.

Quand elle eut fini, elle fourra les feuilles dans sa serviette. Mais à cet instant, quelque chose lui parut bizarre. L'homme, sur le trottoir, aurait déjà dû dépasser la Camaro. Était-il entré dans l'un des immeubles ? Elle se retourna.

Où était-il passé ?

Elle regarda le sachet sur le trottoir et à gauche derrière la voiture. C'était un leurre !

Sa main descendit vers le Glock. Mais avant qu'elle puisse dégainer, la portière droite s'ouvrit brutalement, la laissant nez à nez avec le tueur qui, les paupières à demi fermées, braquait un pistolet sur son visage.

La sonnette de l'entrée retentit et tout de suite après Rhyme entendit nettement des pas qui approchaient. Lourdement.

– Salut, Lon.

Le détective Lon Sellitto répondit d'un hochement de tête. Sa silhouette massive était contenue dans un jean et une chemise Izod violet foncé, et il portait des baskets, ce qui étonna Rhyme. Il le voyait rarement en tenue décontractée. Il fut également surpris par le fait que, alors que Sellitto ne semblait pas posséder un seul complet qui ne soit pas chiffonné, ces vêtements semblaient tout juste sortis du repassage. Il n'y avait pour en rompre l'harmonie que les quelques plis de la chemise à l'endroit où le ventre tentait de passer par-dessus la ceinture, et la bosse sur les reins à l'endroit où Sellitto s'efforçait vainement de dissimuler son arme de service.

– Il nous a joué les filles de l'air, à ce qu'on me dit ?

– Disparu, évaporé, siffla Rhyme.

Le plancher grinça sous le poids du géant qui s'approchait des tableaux et commençait à les étudier.

– C'est comme ça que vous l'appelez ? 522 ?

– On pourrait aussi bien l'appeler Courant d'air. Où en est l'affaire russe ?

Sellitto ne répondit pas à la question.

– Il a laissé quelque chose derrière lui, 522 ?

– C'est ce qu'on va bientôt savoir. Il a jeté un sachet contenant des indices qu'il s'apprêtait à déposer. On l'attend.

– C'est bien aimable de sa part.

– Thé glacé, café ?

– Oui, répondit le détective à voix basse à l'adresse de Thom. Merci. Café. Vous avez du lait écrémé ?

– À 2 %.

– Bien. Et il ne reste pas de biscuits au chocolat de la dernière fois ? Ceux qui étaient si croustillants ?

– Il n'y a plus que ceux aux flocons d'avoine.

– C'est très bon aussi.

– Mel ? demanda Thom. Vous voulez quelque chose ?

– Si je bois ou mange à proximité d'une table d'examen, je me fais incendier.

– Je n'y suis pour rien si les avocats de la défense passent leur temps à exclure des pièces à conviction contaminées, rétorqua Rhyme. Et ce n'est pas moi qui fais les règlements.

– Je vois que tu n'es pas de meilleure humeur, observa Sellitto. Où ils en sont, à Londres ?

– *Ça*, je ne veux pas en parler.

– Eh bien, histoire de te remonter le moral, on a un nouveau problème.

– Malloy ?

– Eh, oui. Il a su qu'Amelia était sur une scène de crime et que j'avais donné le feu vert à une opération de la brigade d'intervention rapide. Il était tout content car il croyait qu'il s'agissait de l'affaire Dienko. Puis il a appris que ça n'avait rien à voir. Il a demandé si tu étais sur le coup. Je veux bien prendre un poing dans la gueule pour toi, Linc, mais pas une balle… J'ai démenti… Ah, merci.

Le merci s'adressait à Thom qui venait d'entrer avec des rafraîchissements et en posa également à côté de Cooper, qui retira son gant de latex pour prendre un biscuit.

– Un peu de scotch, s'il vous plaît, dit Rhyme.

Mais Thom n'était déjà plus là.

Rhyme fronça les sourcils.

– Je me doutais que Malloy allait râler dès l'instant qu'on mettait la BIR dans le coup. Mais il faut qu'on ait les chefs avec nous maintenant que l'affaire est chaude. Qu'est-ce qu'on fait ?

– On a intérêt à y réfléchir très vite parce qu'il veut qu'on l'appelle. Et c'était déjà il y a une demi-heure.

Sellitto but une autre gorgée de café et, comme à regret, posa le quart de biscuit restant avec l'intention apparente de ne pas le manger.

– Eh bien, j'ai besoin de leur soutien. Il nous faut des gens pour chercher ce type.

– Alors, appelons-le. Tu es prêt, Linc ?

– Oui, oui.

Sellitto composa un numéro et pressa le bouton HAUT-PARLEUR.

– Baisse le volume, dit Rhyme. Je m'attends à ce que ça gueule.

– Malloy à l'appareil.

Rhyme entendit des bruits de vent, des voix, et des tintements de verres ou d'assiettes. Il était peut-être attablé à une terrasse.

– Capitaine, vous êtes sur haut-parleur avec Lincoln Rhyme et moi.

– Bon, mais que se passe-t-il, bon Dieu ? Vous auriez pu me dire que c'était au sujet de la BIR que Lincoln m'avait appelé hier ! Savez-vous que j'ai différé toute décision pour une autre opération ?

– Non, je ne le savais pas, répondit Rhyme, platement.

– Oui, mais moi j'en savais assez pour m'en douter, dit Sellitto.

– Je vois que chacun essaie de couvrir l'autre et je trouve ça touchant, mais la question reste posée : pourquoi ne m'avez-vous rien dit ?

– On avait de bonnes chances d'arrêter un violeur doublé d'un assassin, expliqua Sellitto. Et j'ai pensé qu'il n'y avait pas une seconde à perdre.

– Je ne suis pas un gamin, lieutenant. *Vous* m'expliquez votre affaire et *je* décide. Jusqu'à nouvel ordre, c'est *comme ça* que ça marche.

– Désolé, capitaine. J'ai cru bien faire sur le moment.

Silence. Puis :

– Mais il a filé.

– Oui, il a filé, dit Rhyme.

– *Comment ?*

– On a rassemblé une équipe aussi vite qu'on l'a pu, mais la couverture n'était pas suffisante. L'homme que nous recherchions était plus près qu'on le pensait. Il a vu l'une des voitures ou un homme de l'équipe, je crois. Il s'est volatilisé. Mais il s'est débarrassé de certains indices qui nous seront peut-être utiles.

– Et qui devraient déjà se trouver à notre laboratoire du Queens… À moins qu'ils ne soient chez vous ?

Rhyme jeta un regard à Sellitto. Les gens s'élèvent dans des hiérarchies comme celle de la police de New York à force d'expérience, de volonté et de rapidité d'esprit. Malloy avait une bonne demi-longueur d'avance sur eux.

– J'ai demandé qu'on me les apporte, Joe, répondit le criminologue.

Un soupir résigné s'échappa du haut-parleur.

– Lincoln, vous comprenez le problème, n'est-ce pas ?

Conflit d'intérêt, pensa Rhyme.

– Il y a clairement un conflit d'intérêt avec vous en tant que conseiller du service essayant de disculper votre cousin. Ce qui impliquerait, si vous y parveniez, qu'on a arrêté un innocent.

– Mais c'est précisément ce qui s'est passé. Et il n'y a pas eu une, mais… deux arrestations *et condamnations* à tort.

Rhyme évoqua les deux affaires précédentes du viol et du vol de monnaies de collection que Flintick leur avait signalées.

– Et je ne serais pas étonné qu'il y en ait eu d'autres… Vous connaissez le principe de Locard, Joe ?

– C'était dans votre livre, celui qu'on avait comme manuel à l'École de police, c'est ça ?

Le criminologue français Edmond Locard avait posé le principe du transfert d'indices entre le criminel et la victime sur la scène de crime. Il se référait principalement à la terre et à la poussière, mais la règle s'applique à de nombreuses substances et de nombreux types de pièces à conviction. Le lien est parfois difficile à établir, mais il existe.

– C'est le principe de Locard qui guide *notre* action, Joe. Mais nous avons affaire à un criminel qui s'en sert comme d'une *arme*. Il en a fait son mode opératoire. Il tue et nous échappe parce qu'un autre est condamné pour son crime. Il sait exactement à quel moment agir, quelle sorte d'indices déposer et quand les déposer. Les spécialistes de scène de crime, les détectives, les techniciens de laboratoire, les procureurs et les juges… il s'est servi de *tout le monde*, il a fait de tous ses complices. Ceci n'a rien à voir avec mon cousin, Joe. Il s'agit d'arrêter un individu hyperdangereux, un point c'est tout.

Un silence, sans soupir cette fois.

– D'accord. Je vais donner l'autorisation.

Sellitto haussait les sourcils en attendant la suite.

– À vos risques. Tenez-moi informé des suites de l'affaire. Et sans rien omettre.

– Bien sûr.

– Et, Lon, essayez encore une fois de me rouler dans la farine et je vous fais muter au service du budget. Compris ?

– Oui, capitaine. Tout à fait.

– Et puisque vous êtes chez Lincoln, Lon, je suppose que vous voulez être déchargé de l'affaire Vladimir Dienko ?

– Peter Jimenez est prêt à me remplacer. C'est lui qui a fait le gros du travail et qui a tendu le piège.

– Et Dellray n'a eu qu'à appuyer sur le ressort, c'est ça ? Et à activer la juridiction fédérale ?

– Exactement.

– D'accord, vous êtes déchargé. *Temporairement*. Ouvrez un dossier sur cet individu. Enfin, envoyez une note au sujet du dossier que vous avez *déjà* ouvert en douce. Et écoutez-moi bien : je ne parle pas de gens innocents qui auraient été condamnés à tort. Et ce n'est pas non plus ce que vous allez faire. Avec qui que ce soit. Ce n'est tout simplement pas le sujet. Le seul crime dont vous vous occupez est le viol suivi de meurtre qui s'est produit cet après-midi. Point, barre. Dans le cadre de son mode opératoire, ce criminel a peut-être essayé de faire accuser quelqu'un d'autre, mais c'est tout ce que vous pouvez dire et *seulement* si on en parle. Ne soulevez pas vous-même ce sujet et, pour l'amour de Dieu, pas un mot aux médias.

– Je ne parle pas aux médias, dit Rhyme. (C'était quelque chose qu'on évitait de faire, quand on le pouvait.) Mais on va avoir besoin de se renseigner sur les autres affaires pour comprendre la façon dont il opère.

– Je ne vous l'ai pas interdit, répondit le capitaine, d'un ton ferme mais sans agressivité. Tenez-moi au courant.

Et de raccrocher.

– Eh bien, on a du pain sur la planche, dit Sellitto en tombant sur le dernier quart de biscuit, qu'il engloutit et fit passer avec quelques gorgées de café.

Sur le trottoir avec trois agents en civil, Amelia parlait au grand costaud qui avait ouvert la portière de sa voiture avant de la braquer avec une arme. L'homme n'était pas 522 mais un agent fédéral qui travaillait pour le service de répression des drogues.

– On ne comprend toujours pas, dit-il en lançant un regard à son supérieur, agent spécial adjoint au bureau de répression des drogues de Brooklyn.

– On ne va pas tarder à en savoir davantage, répondit le supérieur.

Quelques minutes auparavant, Amelia Sachs, dans sa voiture, levait lentement les mains en déclinant son identité. L'agent lui avait pris son arme et avait vérifié deux fois ses papiers. Puis il lui avait rendu le Glock, en secouant la tête. « Je ne comprends pas », avait-il dit. Il avait beau s'excuser, il n'avait pas l'air de quelqu'un qui regrette quoi que ce soit, mais plutôt de quelqu'un qui ne comprend rien.

Son supérieur et deux autres agents étaient arrivés sur ces entrefaites.

L'homme de la répression des drogues reçut un appel sur son téléphone et écouta assez longuement. Puis il referma sèchement l'appareil et expliqua ce qui semblait s'être passé. Quelqu'un avait appelé anonymement depuis une cabine pour dire qu'une femme correspondant su signalement d'Amelia Sachs venait d'abattre quelqu'un dans ce qui semblait être une dispute entre drogués.

– On avait une opération en cours dans ce quartier, expliqua-t-il. Dans le cadre d'une enquête sur les assassinats de plusieurs fournisseurs et revendeurs de came.

Il désigna d'un signe de tête celui qui avait tenté d'arrêter Amelia.

– Anthony habite à un pâté de maisons d'ici. Le commandant de l'opération l'avait chargé de monter la garde pendant qu'il disposait ses hommes.

– J'ai cru que vous partiez, ajouta Anthony. Alors, j'ai ramassé des sachets qui traînaient par là et je me suis approché. Putain…

Il était blême et avait maintenant le souffle coupé à l'idée de ce qu'il avait failli faire. Amelia pensa que les Glock avaient une détente des plus sensibles… Il s'en était fallu de très, très peu qu'il ne l'abatte.

– Qu'est-ce que vous faisiez ici ? demanda l'agent.

– Nous enquêtons sur une affaire de viol et d'homicide.

Elle s'abstint de décrire 522 et sa manie de faire accuser les autres à sa place.

– Je pense que notre homme m'a repérée et qu'il a donné ce coup de fil anonyme pour ralentir la poursuite.

Ou pour me faire descendre à la faveur d'une bavure.

L'agent fédéral secoua la tête en fronçant les sourcils.

– Qu'y a-t-il ? demanda Amelia.

– J'étais en train de me dire que ce type est rudement malin. S'il avait appelé la police de New York – comme la plupart des gens en pareilles circonstances –, ils auraient été au courant de votre opération, et de l'endroit où vous vous trouviez. C'est donc nous qu'il a appelés. On savait seulement que vous étiez armée, que vous veniez d'abattre quelqu'un, qu'il fallait vous approcher avec précaution et être prêts à répliquer si vous teniez votre arme. (Un froncement de sourcils.) Astucieux, n'est-ce pas ?

– Assez effrayant, aussi, dit Anthony, qui n'avait toujours pas retrouvé ses couleurs.

Les agents repartirent et Amelia prit son téléphone.

Rhyme décrocha. Elle lui fit le récit de l'incident.

Le criminologue resta un instant silencieux, puis il dit :

– Il avait appelé les Feds ?

– Oui.

– Comme s'il avait su qu'ils étaient en pleine opération antidrogue. Et que l'agent qui a tenté de t'arrêter habitait dans le coin.

– Il ne pouvait pas le savoir.

– Peut-être. Mais il savait une chose, en tout cas.

– Laquelle ?

– Il savait exactement où tu te trouvais. Ce qui signifie qu'il t'avait à l'œil. Sois prudente, Sachs.

Rhyme raconta à Sellitto comment 522 avait tendu un piège à Amelia en plein Brooklyn.

– Il a fait ça ?

– Comme je te le dis.

Pendant que les deux hommes cherchaient – vainement – à comprendre comment 522 avait obtenu l'information, le téléphone sonna. Rhyme jeta un coup d'œil à l'écran et répondit aussitôt.

– Inspecteur ?

La voix de Longhurst fit vibrer le haut-parleur.

– Détective Rhyme, comment allez-vous ?

– Bien.

– Parfait. Je voulais que vous le sachiez : nous avons localisé la planque de Logan. Ce n'était pas à Manchester. C'était à Oldham, non loin de là, à l'est de la ville.

Elle expliqua ensuite que Danny Krueger avait appris de l'une de ses connaissances qu'un homme qu'on pensait être Richard Logan s'était renseigné en vue d'un achat d'armes à feu en pièces détachées.

– Il ne parlait pas de fusils. Mais quand vous avez des pièces pour les réparer, vous pouvez aussi les assembler pour fabriquer des fusils.

– De quel type ?

– Gros calibre.

– On a son identité ?

– Non, mais les collègues pensent que ce Logan était un militaire américain. Il a promis, apparemment, de leur procurer des munitions en gros et à bas prix. Il semble avoir accès à des documents officiels sur l'inventaire des armes dont dispose l'armée, ainsi que leurs spécifications.

– Il y a donc un attentat en préparation à Londres.

– C'est bien ce qu'il semble. Pour en revenir à la planque : nous avons des contacts assez sûrs dans la communauté hindoue d'Oldham. Ils ont entendu parler d'un Américain qui venait de louer une vieille maison dans la banlieue de la ville. Nous sommes parvenus à la localiser. Nous ne l'avons pas encore visitée. Nos agents étaient prêts à le faire, mais nous avons jugé préférable de vous en parler d'abord. Voyez-vous, détective, poursuivit Longhurst, je pense qu'il ne se doute pas que nous avons repéré sa planque. Et je pense qu'il pourrait y avoir là des preuves intéressantes. J'ai pris contact avec quelques collègues du MI5 qui m'ont prêté un jouet fort coûteux mais très intéressant. C'est une caméra vidéo à haute définition. Nous voudrions la confier à l'un de nos agents pour qu'il se rende sur les lieux en suivant vos instructions, et que vous nous disiez ce que vous en pensez. Nous devrions avoir cet équipement sur site d'ici environ trois quarts d'heure.

Une fouille complète de la planque, y compris des voies d'entrée et de sortie, des tiroirs, des salles de bains, des placards, des matelas… Il y en aurait pour la plus grande partie de la nuit.

Pourquoi fallait-il que cela arrive *maintenant* ? Il avait la certitude que 522 constituait une véritable menace. En fait, quand on étudiait les dates – avec les affaires précédentes, celle de son cousin et le meurtre du jour –, la fréquence des crimes semblait s'accélérer. Et Rhyme était particulièrement troublé par le dernier évènement, qui avait vu 522 se retourner contre eux et passer tout près d'abattre Amelia Sachs.

Oui ? Non ?

Après un moment de douloureux débat avec lui-même, il se décida :

– Inspecteur, il m'en coûte énormément de le dire, mais il s'est passé quelque chose ici. Nous sommes confrontés à une série d'homicides et je dois me concentrer là-dessus.

– Je vois.

L'imperturbable réserve britannique.

– Je dois vous laisser le commandement sur cette affaire.

– Bien sûr, détective. Je comprends.

– Vous êtes libre de prendre toutes les décisions que vous jugerez utiles.

– J'apprécie votre confiance. Nous allons faire le nécessaire, et nous vous tiendrons informé. Il vaut mieux que je raccroche, maintenant.

– Bonne chance.

– Bonne chance à vous aussi.

C'était dur pour Lincoln Rhyme, de renoncer à une traque, surtout s'agissant de ce gibier particulier.

Mais il fallait décider. Il n'avait plus désormais que 522 en ligne de mire.

– Mel, mettez-vous au téléphone et tâchez de savoir pourquoi ces maudites pièces parties de Brooklyn ne sont pas encore ici !

CHAPITRE 12

Pour une surprise, c'était une surprise.

Sa situation dans l'Upper East Side et le fait que Robert Jorgensen soit un chirurgien orthopédiste avaient fait imaginer à Amelia la Résidence Henderson, dont l'adresse figurait sur un Post-it, comme quelque chose de beaucoup plus luxueux.

C'était en réalité un véritable bouge, un hôtel habité par des drogués et des ivrognes. Dans le hall d'entrée aux murs constellés de chiures de mouches, le mobilier vermoulu, branlant et dépareillé, accueillait le client dans un mélange d'odeurs d'ail, de sueur, de désinfectant à bon marché et de désodorisant industriel.

Amelia s'immobilisa sur le seuil, et se retourna pour regarder derrière elle. Toujours inquiète à l'idée que 522 l'épiait, et impressionnée par la facilité avec laquelle il avait trompé les policiers fédéraux à Brooklyn, elle examina la rue avec beaucoup d'attention. Personne ne semblait s'intéresser à sa présence, mais le tueur s'était déjà trouvé tout près d'elle sans qu'elle le voie, à la maison de DeLeon Williams. Elle regarda un immeuble abandonné sur le trottoir d'en face. Quelqu'un l'épiait-il derrière l'une de ces vitres sales ?

Ou bien là ! Il y avait au deuxième étage une grande fenêtre aux vitres brisées et la jeune femme était certaine que quelque chose avait bougé dans la pénombre. Un visage ? Ou la lumière tombant d'une brèche dans le toit ?

Elle s'approcha pour examiner l'immeuble. Mais elle ne vit personne et se dit que ses yeux – et son imagination – lui jouaient des tours. Elle retourna vers l'hôtel et, en évitant de respirer trop profondément, entra et se dirigea vers le bureau de la réception pour tendre son insigne à l'employé au physique pachydermique qui trônait derrière le comptoir. Il ne parut pas le moins du monde surpris, ou ennuyé, par cette arrivée d'un membre de la police. Il lui indiqua l'ascenseur, dont la porte, en s'ouvrant, libéra une bouffée de puanteur.

Bon. L'escalier.

Grimaçant de douleur sur ses articulations arthritiques, elle grimpa jusqu'au sixième étage pour trouver la chambre 672. Elle frappa, fit un pas de côté.

– Police. M. Jorgensen ?

Comme elle ignorait quel lien reliait le tueur à ce Jorgensen, sa main restait proche de la crosse du Glock, cette arme qui était pour elle aussi fiable que le soleil dans sa course.

Pas de réponse. Mais il lui sembla entendre le léger *clic* du couvercle de l'œilleton.

– Police, répéta-t-elle.

– Glissez votre carte sous la porte !

Elle s'exécuta.

Un silence. Puis le cliquetis des chaînes qu'on retirait. Et le bruit du verrou. La porte s'entrouvrit, retenue par une barre de sécurité. L'entrebâillement était plus large que l'espace libéré par une chaîne, mais pas assez pour laisser passer une personne.

La tête d'un homme d'une cinquantaine d'années apparut. Des cheveux longs et sales, les traits brouillés sous une barbe hirsute, les yeux agités d'un clignement nerveux.

– Robert Jorgensen ?

Il scruta le visage d'Amelia, puis sa carte qu'il tourna et retourna à la lumière, mais le petit rectangle plastifié était opaque.

Il la lui rendit et retira la barre de sécurité. La porte s'ouvrit en grand. Il inspecta le corridor derrière elle avant de lui faire signe d'entrer. Ce qu'elle fit, prudemment, la main toujours à proximité de son arme. Elle parcourut la pièce du regard. Il n'y avait que lui et il n'était pas armé.

– Vous êtes Robert Jorgensen ? répéta-t-elle.

Il fit oui de la tête.

Elle examina alors l'endroit avec plus d'attention. Ce n'était pas gai. Il y avait un lit, un bureau et une chaise, un fauteuil et un canapé défoncé. La moquette grise était maculée de taches. Un unique lampadaire diffusait une lumière jaune, et les stores étaient baissés. L'homme avait en tout et pour tout, semblait-il, deux grosses valises et un sac de sport. Pas de cuisine mais, dans un coin de la pièce, un miniréfrigérateur et deux fours à micro-ondes ainsi qu'une bouilloire électrique. Visiblement, son alimentation se composait essentiellement de potages et de nouilles. Il y avait aussi une centaine de chemises en papier Kraft soigneusement alignées contre un mur.

Ses vêtements dataient visiblement d'une autre époque, d'une vie meilleure. Ils avaient coûté cher mais étaient usés jusqu'à la corde, et couverts de taches. Les talons des chaussures de grand luxe étaient éculés. Amelia se dit que l'homme avait peut-être cessé d'exercer à cause d'un problème de drogue, ou d'alcool.

Il était, au moment de son arrivée, occupé à déchiqueter un gros cahier cartonné. Une loupe ébréchée montée sur un pied recourbé était fixée au bureau et il avait déjà arraché un grand nombre de pages pour les déchirer en petits morceaux.

La maladie mentale était peut-être la cause de sa déchéance.

– Vous venez pour les lettres ? Il était temps !

– Quelles lettres ?

Il la dévisagea d'un air méfiant.

– Ce n'est pas pour ça ?

– Je ne sais pas de quelles lettres vous voulez parler.

– Je les ai envoyées de Washington. Mais vous parlez entre vous, n'est-ce pas ? Vous tous, les policiers. Les défenseurs de l'ordre public. Bien sûr, que vous parlez ! Il le faut bien, tout le monde parle. Les bases de données sur la délinquance et tout ça…

– Vraiment, je ne vois pas…

Il eut l'air de la croire.

– Bon, alors…

Il écarquilla les yeux en regardant fixement la hanche de la jeune femme.

– Attendez ! Il est branché, votre téléphone ?

– Ma foi, oui…

– Bon Dieu de Bon Dieu ! Ça ne va pas, non ?

– Je…

– Pourquoi ne pas courir toute nue dans la rue en donnant votre adresse à tous les inconnus que vous croisez, tant que vous y êtes ? Retirez la batterie ! Non, ne coupez pas seulement. La batterie !

– Je ne veux pas faire ça.

– Retirez-la ! Sinon, vous pouvez sortir d'ici. L'organiseur aussi ! Et le bipeur !

Ça semblait à prendre ou à laisser. Elle dit tout de même, d'un ton ferme :

– Je ne vais pas jeter ma mémoire. D'accord pour le téléphone et pour le bipeur.

– Très bien, grogna l'homme, penché en avant pour la regarder extraire les batteries et fermer l'organiseur.

Puis elle lui demanda ses papiers. Après réflexion, il sortit un permis de conduire. Celui-ci portait une adresse à Greenwich, dans le Connecticut, l'une des villes les plus huppées de la région.

– Je ne suis pas venue au sujet de lettres, M. Jorgensen. J'ai simplement quelques questions à vous poser. Je ne vais pas vous prendre beaucoup de temps.

Il l'invita d'un geste à s'asseoir sur le canapé miteux tandis qu'il se posait lui-même sur une chaise branlante devant le bureau. Comme s'il ne pouvait pas s'en empêcher, il reprit le gros cahier et fit une entaille au dos avec une lame de rasoir montée sur un manche. Il maniait l'outil avec dextérité et ses gestes étaient vifs et précis. Amelia se félicita que le bureau soit entre eux et son arme prête à tirer.

– M. Jorgensen, je suis venue vous voir au sujet d'un crime qui a été commis cet après-midi.

– Ah, oui, bien sûr.

Il fit une moue et lança un nouveau regard à Amelia. Il y avait à la fois du dégoût et de la résignation dans son expression.

– Et de quoi va-t-on m'accuser *cette fois* ?

Cette fois ?

– Il s'agit d'un viol suivi d'un meurtre. Mais nous savons que vous n'y êtes pour rien. Vous étiez ici.

Un sourire cruel.

– Ah, on me surveille. Bien sûr !

Puis une grimace.

– Bon Dieu !

Ceci était une réaction à quelque chose qu'il venait de trouver, ou n'avait pas trouvé, dans le lambeau de cahier qu'il déchiquetait. Il le jeta dans la corbeille à papier. Amelia remarqua les sacs à ordures à demi-ouverts contenant des restes de vêtements, de livres, de journaux et de petits emballages également réduits en morceaux. Puis elle regarda le plus grand des deux fours à micro-ondes et vit qu'il y avait un livre à l'intérieur.

La phobie des microbes, pensa-t-elle.

Il vit son regard.

– Le micro-ondes, c'est ce qu'il y a de mieux pour les détruire.

– Les bactéries ? Les virus ?

Il éclata de rire, comme si la question était une plaisanterie. Et il hocha la tête en montrant le cahier ouvert devant lui.

– Mais parfois, ils sont vraiment très durs à détecter. Il le faut, pourtant. On a besoin de savoir comment fonctionnent ses ennemis.

Désignant à nouveau le micro-ondes.

– Et ils vont bientôt en faire qu'on pourra chauffer. Ah, vous pouvez me croire !

Ils… eux… Amelia Sacha avait été agent de police pendant quelques années. Elle faisait des patrouilles à Times Square à l'époque où c'était encore… eh bien, Times Square, avant de devenir une sorte de Disneyland. Et l'agent Sachs avait une solide expérience des SDF et de ceux qu'on appelait les « psychos » ou les IEP – individus émotionnellement perturbés. Elle reconnaissait les signes de paranoïa, voire de schizophrénie.

– Vous connaissez DeLeon Williams ?

– Non.

Elle égrena les noms des autres victimes et des condamnés, sans oublier celui du cousin de Rhyme.

– Non, je ne connais personne de ces gens-là.

Il paraissait sincère. Pendant trente interminables secondes, le cahier retint toute son attention. Il arracha une page et la tint devant lui en grimaçant. Puis la jeta.

– M. Jorgensen, on a trouvé aujourd'hui le numéro de cette chambre sur un bout de papier à proximité de la scène de crime.

La main qui tenait le rasoir se figea. Il la regarda avec des yeux brillants, et épouvantés.

– Où ? Où l'avez-vous trouvé ? demanda-t-il dans un souffle.

– À Brooklyn, dans une poubelle. Le papier y avait été jeté avec d'autres pièces à conviction. Peut-être par l'assassin.

– Vous avez un nom ? Il est comment ? Dites-le-moi !

La voix était rauque et à peine audible. Il fit mine de se lever, le visage congestionné. Ses lèvres tremblaient.

– Doucement, M. Jorgensen. Calmez-vous. Nous ne savons pas de façon certaine qui a jeté ce bout de papier.

– Oh, c'est lui ! Bien sûr ! Ce salopard !

Il se pencha en avant.

– Vous avez un *nom* ?

– Non.

– Dites-le moi, merde ! Rendez-moi service, pour une fois, et non le contraire !

– Si je peux vous aider, dit Amelia d'un ton ferme, je le ferai. Mais il faut garder votre calme. De qui parlez-vous ?

Lâchant le rasoir, il se laissa retomber en arrière, tassé sur son siège, avec un sourire chargé d'amertume.

– Qui ? Qui ? Eh bien, Dieu, évidemment !

– Dieu ?

– Et moi, je suis Job. Mais oui, Job, vous connaissez ? L'innocent que Dieu a tourmenté, accusé de tous les pêchés ! Ce n'est rien à côté de ce que j'ai enduré… Oh, c'est lui ! Il a découvert où j'étais et il l'a noté sur ce bout de papier. Je me croyais à l'abri, mais il m'a retrouvé !

Amelia crut voir des larmes.

– De quoi s'agit-il ? Expliquez-le-moi, je vous en prie.

Jorgensen se passa les mains sur le visage.

– D'accord… Il y a quelques années, j'étais un médecin en exercice et j'habitais dans le Connecticut. J'avais une femme et deux merveilleux enfants. De l'argent à la banque, un plan-retraite, une maison de vacances. Une vie confortable. J'étais heureux. Puis il s'est passé quelque chose d'étrange. Rien de grave, en tout cas au début. J'ai fait une demande pour une nouvelle carte de crédit – afin d'accumuler des kilomètres de vol gratuits grâce à mes fréquents déplacements en avion. Je gagnais alors 300 000 dollars par an. J'avais toujours remboursé mes emprunts et mes crédits sans le moindre incident. Pourtant cette nouvelle demande a été refusée. Je me suis dit qu'il y avait eu une erreur quelque part. Mais la société de crédit a déclaré que je faisais partie des clients à risque parce que j'avais déménagé à trois reprises au cours des six mois précédents. Or je n'avais pas déménagé du tout. Quelqu'un avait pris mon nom, mon numéro de Sécurité sociale et mon fichier de crédit, et avait loué des appartements en se faisant passer pour moi. Et n'avait pas réglé ses loyers. Mais avant de s'évanouir dans la nature, cet individu avait acheté pour près de 100 000 dollars de marchandises qu'il s'était fait livrer à ces différentes adresses.

– C'était donc un vol d'identité ?

– Je ne vous le fais pas dire. Dieu, c'est comme ça que je l'appelle, s'est fait délivrer des cartes de crédit à mon nom, a passé des commandes pour des sommes considérables, s'est fait envoyer le courrier correspondant à différentes adresses. Et n'a jamais rien payé, bien entendu. Dès que je réglais un problème, il m'en créait un autre. Dieu savait tout de moi ! Le prénom de ma mère, sa date de naissance, le nom de mon premier chien, la marque de ma première voiture – tout ce que les sociétés de crédit, les banques, les divers fournisseurs utilisent comme mots de passe. Il s'était procuré mes numéros de téléphone, et celui de ma carte professionnelle. Je me suis retrouvé avec une facture de téléphone de plus de 10 000 dollars ! Comment ? Il appelait la météo à Moscou ou à Singapour pour connaître la température et laissait le téléphone décroché pendant des heures.

– Pourquoi ?

– Pourquoi ? Parce qu'il est Dieu. Et moi, Job... Ce salaud a acheté une maison en mon nom ! Une maison entière ! Et il n'a rien payé. Je m'en suis aperçu le jour où un avocat travaillant pour une société de contentieux m'a appelé à ma clinique de New York en me proposant un règlement échelonné des 370 000 dollars de ma dette. Dieu avait également accumulé en mon nom 250 000 dollars de dettes de jeux en ligne sur Internet.

» Il a aussi fait de fausses déclarations auprès de mes assureurs, et ceux-ci ont dénoncé mes contrats. Sans assurance je ne pouvais plus travailler à la clinique, et plus personne ne voulait m'assurer. Nous avons été obligés de vendre notre maison, et le produit de cette vente a été, bien sûr, englouti par le remboursement de ma dette, qui atteignait à ce moment les deux millions de dollars.

– Deux *millions* ?

Jorgensen ferma les yeux une seconde avant de poursuivre.

– Et c'est allé de mal en pis. Ma femme a traversé toutes ces épreuves avec moi. C'était dur pour elle aussi, mais elle était à mes côtés. Jusqu'au jour où Dieu s'est mis à envoyer des cadeaux – de grand prix – qu'il faisait livrer de ma part, à d'anciennes infirmières de la clinique. Les cadeaux étaient accompagnés d'invitations et de commentaires suggestifs. L'une de ces filles a laissé chez moi un message disant qu'elle serait *enchantée* de m'accompagner pour le week-end. Ma fille l'a entendu et l'a répété à sa mère. Elle était en pleurs. Il y a quatre mois, ma femme m'a quitté pour aller vivre chez sa sœur dans le Colorado.

– Oh, je suis désolée pour vous...

– Désolée ? Merci, merci beaucoup. Mais ce n'est pas tout ! Après le départ de ma femme, il y a eu les arrestations. Apparemment, on a acheté des armes avec une carte de crédit m'appartenant et on s'est servi de mon nom pour contrefaire un permis de conduire qui a servi lors de cambriolages à East New York, New Heaven et Yonkers. Un employé de banque a été grièvement blessé. Le FBI de New York m'a arrêté. Ils ont fini par me relâcher, mais je suis toujours fiché, et je le serai jusqu'à la fin de mes jours. Ensuite, c'est l'agence de la répression des drogues qui m'a arrêté parce que l'un de mes chèques avait servi à payer une importation illégale de médicaments.

» Ah, et j'ai également fait un séjour en prison – enfin, pas moi : quelqu'un à qui Dieu a vendu une fausse carte de crédit et un faux permis de conduire à mon nom. Le prisonnier était bien entendu quelqu'un d'autre. Qui connaîtra jamais son vrai nom ? En attendant, pour l'administration, Robert Samuel Jorgensen, numéro de Sécurité sociale neuf deux trois, six sept, quatre un huit deux, originaire de Greenwich, Connecticut, est un ancien détenu. Ça figure dans mon dossier. Pour *toujours*.

– Vous auriez dû porter plainte, prévenir la police.

– Ah, je vous en prie ! Vous êtes de la police. Vous savez comment on y traite ces sortes de plaintes. On les glisse au bas de la pile.

– Avez-vous appris quoi que ce soit qui puisse nous être utile ? Âge, race, niveau d'études, situation géographique ?

– Non. Rien. Partout où j'ai cherché il n'y avait qu'une personne : moi. Il m'a enlevé à moi-même… Ah, on dit toujours qu'il y a des garde-fous, des protections. Quelle blague ! Quand on perd une carte de crédit, oui, on est protégé jusqu'à un certain point. Mais si quelqu'un décide de détruire tout ce qui fait votre existence, vous n'y pouvez strictement rien. Les gens croient les ordinateurs. Si les ordinateurs disent que vous devez de l'argent, vous devez de l'argent. S'ils disent que vous présentez trop de risques pour qu'on vous assure, on ne vous assure pas. S'ils disent que vous n'offrez pas assez de garanties pour qu'on vous accorde un crédit, alors on vous refuse tout crédit même si vous êtes multimillionnaire. Nous croyons aux *données* ; la réalité passe après, ce n'est pas elle qui nous intéresse. Vous voulez savoir quel a été mon dernier métier ?

Sautant sur ses pieds, il ouvrit un placard, révélant un uniforme de livreur de repas à domicile. Puis il se rassit à son bureau et se remit au travail sur son gros cahier en murmurant :

– Je te trouverai, salaud !

Et, levant les yeux :

– Vous voulez savoir ce qu'il y a de pire ?

Elle répondit d'un hochement de tête.

– Dieu n'a jamais mis les pieds dans les appartements qu'il a loués à mon nom. Il n'a jamais pris livraison des médicaments de contrebande. Et il n'a jamais habité dans la magnifique maison qu'il a achetée. Vous comprenez, maintenant ? Il n'avait qu'un but, qui était de me tourmenter. Il est Dieu. Je suis Job.

Amelia remarqua la photo posée sur son bureau : Jorgensen et une femme blonde du même âge que lui, leurs bras entourant les épaules d'une adolescente et d'un petit garçon. La maison qu'on voyait derrière eux était très jolie. Amelia se demandait maintenant pourquoi 522 se serait donné tant de mal dans le seul but de détruire une existence, et si l'homme qu'ils recherchaient était bien derrière tout ça. Était-il en train de tester des méthodes pour pénétrer dans l'intimité des gens et impliquer de faux coupables ? Robert Jorgensen lui avait-il servi de cobaye ?

Ou 522 était-il un cruel sociopathe ? On pouvait considérer ce qu'il avait fait subir à Jorgensen comme une forme de viol non sexuel.

– Je crois que vous devriez trouver un autre domicile, M. Jorgensen.

Un sourire résigné.

– Je le sais. Ce serait plus sûr. Je serais plus difficile à localiser.

Amelia se rappela une phrase de son père. Il lui semblait qu'elle s'appliquait bien à sa vie :

– Celui qui bouge, on ne l'attrape pas…

Il montra le cahier devant lui.

– Vous savez comment il m'a trouvé ici ? Avec ça, je pense. Tout a commencé à aller mal après que je l'ai acheté. Je continue à croire que la réponse est là-dedans. Je l'ai déjà déchiqueté en partie, mais ça n'a pas marché – à l'évidence. Mais c'est là-dedans. Sûrement !

– Mais que cherchez-vous, au juste ?

– Vous ne vous en doutez pas ?

– Non.

– Eh bien, un mouchard, bien sûr, une puce électronique ! On en met dans les livres et dans les cahiers maintenant. Et dans les vêtements. Bientôt, il y en aura partout.

Donc, ce n'étaient pas les microbes.

– Les micro-ondes les neutralisent ? demanda-t-elle pour jouer le jeu.

– Pas toujours. On peut détruire l'antenne, mais elles sont si petites, de nos jours… Presque microscopiques.

Jorgensen se tut, et elle vit qu'il la fixait avec une intensité nouvelle, comme s'il réfléchissait à quelque chose. Puis il dit :

– Prenez-le.

– Quoi ?

– Le cahier.

Son regard courait follement autour de la pièce.

– L'explication est à l'intérieur, l'explication de tout ce qui m'est arrivé… Je vous en prie ! Vous êtes la seule qui n'a pas levé les yeux au ciel en entendant mon histoire, la seule qui ne m'a pas pris pour un fou, je l'ai vu à votre regard.

Il se pencha un peu plus vers elle :

– Vous tenez à l'avoir autant que j'y tiens moi-même. Vous utilisez toutes sortes d'appareils, j'en suis sûr. Des microscopes à scanner, des détecteurs… Vous êtes bien équipée !

Il poussa le cahier vers elle.

– C'est que… je ne sais pas ce que nous devons chercher.

Il la regardait avec sympathie, en hochant la tête.

– Oh, inutile de le dire… C'est bien ça le problème. Ils n'arrêtent pas de tout changer. Ils ont toujours une longueur d'avance sur nous. Mais je vous en prie…

Ils…

Elle prit le cahier, en se demandant si elle devait le fourrer dans un sachet en plastique et y attacher une carte d'identification. Elle se demanda aussi jusqu'où il lui faudrait assumer le ridicule de la chose, une fois chez Rhyme. Il valait sans doute mieux le prendre tel quel.

Il se pencha encore pour lui saisir la main et la serrer très fort entre les siennes.

– Merci, dit-il.

Il s'était remis à pleurer.

– Donc, vous allez déménager ? demanda-t-elle.

Il répondit que oui, et lui donna le nom d'un autre hôtel dans le Lower East Side.

– Ne l'écrivez pas. Ne le dites à personne. Ne m'en parlez pas au téléphone. Ils écoutent en permanence, vous savez.

– Appelez-moi si vous vous souvenez d'autre chose au sujet de… Dieu, dit-elle en lui remettant sa carte.

Il fit un rapide effort pour mémoriser les informations qui figuraient sur le petit rectangle de carton, puis le déchira en plusieurs morceaux et entra dans la salle de bains pour les jeter dans la cuvette des toilettes avant de tirer la chasse à moitié. Il remarqua le regard intrigué de la jeune femme.

– Je ferai filer le reste plus tard, dit-il. Jeter un document en entier est aussi idiot que de le laisser dans sa boîte aux lettres avec un drapeau rouge. Les gens ne réfléchissent pas !

Il la raccompagna à la porte. Une odeur de linge sale agressa les narines d'Amelia. Jorgensen la regardait fixement de ses yeux injectés de sang.

– Écoutez-moi, détective. Je sais que vous avez un gros revolver à votre ceinture. Mais ça ne servira à rien contre quelqu'un comme lui. Vous avez besoin de vous approcher pour lui tirer dessus. Mais lui n'a pas besoin de s'approcher. Il lui suffit d'être assis dans le noir quelque part en sirotant un verre de vin pour faire voler toute votre vie en éclats.

Montrant le cahier qu'elle avait à la main :

– Et maintenant que vous avez ça, vous êtes infectée vous aussi.

CHAPITRE 13

J'ai écouté les informations – il y a tant de moyens efficaces de s'informer de nos jours – et je n'ai rien entendu au sujet d'une détective rouquine abattue par un collègue policier à Brooklyn.

Mais au moins, ils ont peur.

Ça va les rendre nerveux.

Excellent. Pourquoi serais-je le seul ?

Tout en marchant, je réfléchis : que s'est-il passé ? Comment ceci a-t-il *pu* se passer ?

Ce n'est pas bien, ce n'est pas bien, ce n'est…

Comme s'ils avaient su *exactement* ce que je faisais, qui était ma victime.

Mais comment ?

Je revois toutes les données, je les permute, je les analyse. Non, je ne comprends toujours pas comment Ils ont fait.

Pas encore. Il faut que je réfléchisse.

Mon information est insuffisante. Comment tirer des conclusions si je n'ai pas les *données* ? Comment ?

Allons, ralentis, ralentis. Quand les Seize marchent vite, ils lâchent des données, révélant toutes sortes d'informations, en tout cas pour ceux qui sont intelligents et capables de faire des déductions.

J'arpente la ville et ses rues grises, c'est dimanche et le temps s'est gâté. C'est fini, il fait moche. Le soleil a perdu son éclat. La ville est froide, la menace à chaque angle de rue. Les Seize sont moqueurs, narquois, et pleins de suffisance.

Je les déteste, tous !

Mais baisse la tête, prends l'air content d'être là.

Et, surtout, *pense*. Sois analytique. Comment un ordinateur, confronté à un problème, analyse-t-il les données ?

Pense.

Alors, comment ont-ils deviné ?

Un bloc, deux blocs, trois blocs, quatre…

Pas de réponse. Seulement la conclusion. Ils sont forts. Et une autre question : qui *sont*-Ils ? Je suppose…

Une pensée terrible me vient à l'esprit. Pitié, non… Je m'arrête, fouille mon sac à dos. Non, non, il n'est plus là ! Le Post-it collé au sachet de pièces à conviction. J'ai oublié de l'enlever avant de tout jeter. L'adresse de mon Seize préféré : 3694-8938-5330-2498, mon petit chéri, connu sous le nom du Dr. Robert Jorgensen. Je venais tout juste de découvrir où il s'était sauvé et tentait de se cacher, et j'avais noté l'adresse. Je suis furieux contre moi-même de ne pas l'avoir mémorisée avant de jeter ce bout de papier.

Je me *déteste*, je déteste le monde entier ! Comment ai-je pu être aussi négligent ?

J'ai envie de pleurer, de hurler.

Mon Robert 3694 ! Voilà deux ans qu'il est mon cobaye. Détournement de dossiers administratifs, vol d'identité, de cartes de crédit…

Mais surtout, j'ai pris un extraordinaire plaisir à le ruiner et à le détruire. Orgasmique, indicible. Mieux que la coke ou l'héroïne : choisissez un citoyen ordinaire, père de famille heureux, excellent médecin apprécié de ses patients, et démolissez-le…

Eh bien, je ne peux pas prendre de risque. Je dois considérer que quelqu'un va trouver ce papier et l'appeler. Il s'enfuira… et je devrai le laisser filer.

On m'a pris autre chose aujourd'hui. Je ne peux pas décrire ce que j'ai ressenti au moment où ça s'est produit. Une douleur, une brûlure, une panique aveugle. On tombe, on sait qu'on va heurter d'une seconde à l'autre la terre qui se rapproche, mais… pas tout de suite… pas… encore.

J'avance tant bien que mal parmi les troupeaux d'antilopes, tous ces Seize qui traînent pendant leur jour de repos. Mon bonheur a volé en éclats, et avec lui mon bien-être. Alors qu'il y a quelques heures à peine, je les regardais tous avec une aimable curiosité, j'ai maintenant envie de me jeter sur le premier venu pour lacérer sa chair pâle, fine comme la peau d'une tomate, avec l'un de mes quatre-vingt-neuf rasoirs.

Par exemple, le modèle des Krusius Brothers datant des années 1800. Il a une lame extra-longue, une mince poignée en bois de cerf, et il fait la fierté de ma collection.

– Des indices, Mel. Examinons-les.

Rhyme parlait de ce qui avait été récupéré dans une poubelle près de la maison de DeLeon Williams.

– Il y a des traces de frottement ?

Les premiers objets que Cooper examina, à la recherche d'empreintes digitales, furent le sachet en plastique contenant les indices que 522 projetait de déposer, et ceux qui renfermaient du sang encore frais et une serviette en papier maculée de sang. Mais il n'y avait pas d'empreinte sur le plastique – une vraie déception, quand on sait que cette matière les conserve remarquablement. Elles sont souvent visibles, et non latentes, et peuvent être observées sans l'aide de produits chimiques ou d'éclairages spéciaux. Cooper trouva des signes indiquant que 522 avait manipulé les sachets avec des gants en coton, de ceux que les criminels expérimentés préfèrent aux gants en latex, lesquels retiennent les empreintes *à l'intérieur* des doigts.

Il examina les autres objets en utilisant divers produits en bombe et des sources de lumière alternative, sans plus de succès.

Rhyme se rendait maintenant compte que cette affaire, comme les autres dans lesquelles 522 était suspect, était différente de la plupart des affaires dont ils avaient habituellement à traiter, en ce qu'elle présentait deux catégories de pièces à conviction. Premièrement, les fausses pièces que le tueur avait projeté de déposer pour impliquer DeLeon Williams ; il avait, sans aucun doute, fait le nécessaire pour qu'aucune ne puisse permettre de remonter jusqu'à lui. Deuxièmement, les véritables pièces à conviction qu'il avait semées accidentellement et qui pourraient fort bien conduire les enquêteurs jusque chez lui – par exemple les débris de tabac et les cheveux de poupée.

La serviette en papier ensanglantée et le sang frais faisaient partie de la première catégorie. De même que le ruban adhésif, destiné à être déposé dans la voiture de Williams ou dans son garage, serait certainement identique à celui utilisé pour bâillonner Myra Weinburg. Mais il avait été soigneusement protégé de tout contact avec 522, et ne portait aucune trace.

La chaussure de sport de pointure 44 ne devait probablement pas être cachée dans la maison de Williams mais n'en faisait pas moins partie des « fausses » pièces à conviction puisque 522 avait indubitablement l'intention de s'en servir pour laisser une empreinte sur la scène de crime. Mel Cooper l'examina tout de même et y trouva quelques traces : de la bière dans les fibres. D'après la banque de données sur les boissons fermentées créée par Lincoln Rhyme quelques années plus tôt pour la police de New York, il s'agissait très probablement de bière Miller. En tant que pièce à conviction, cette trace pouvait appartenir à l'une comme à l'autre catégorie : fausse, ou réelle. Ils le sauraient plus précisément à partir de ce que Pulaski allait collecter sur la scène de crime du domicile de Myra Weinburg.

Le sachet contenait aussi une impression laser de la photo de Myra, sans doute placée là pour suggérer que Williams avait repéré la jeune femme sur Internet ; elle était donc, aussi, destinée à être déposée chez lui. Rhyme et Cooper la soumirent tout de même à un examen attentif, mais le test à la ninhydrine ne révéla aucune empreinte digitale. Les analyses microscopiques et chimiques permirent d'identifier le papier. Il était d'une qualité courante, imprimé avec une Hewlett-Packard à laser d'un modèle également trop répandu pour qu'on puisse la retrouver.

Ils firent tout de même une découverte qui se révèlerait peut-être utile : incrustées dans le papier, de minuscules particules de moisissure *Stachybotrys chartarum,* responsable de la « lèpre des maisons ». La quantité trouvée dans le papier étant quasiment microscopique, il ne pouvait pas s'agir d'une fausse pièce à conviction fabriquée par 522. Ces particules provenaient plus vraisemblablement du domicile du tueur ou de son lieu de travail. La présence de cette moisissure, qui ne pousse pas en milieu sec, signifiait qu'une partie de ce domicile ou de son lieu de travail, au moins, était sombre et humide.

Le Post-it, qui n'était probablement pas, lui non plus, destiné à être déposé chez Williams, était de la marque 3M, et pas de la qualité meilleur marché, mais néanmoins impossible à « tracer ». Cooper n'y avait rien trouvé d'autre que quelques spores de moisissure. L'encre provenait d'un stylo jetable vendu dans d'innombrables boutiques à travers le territoire.

C'était tout pour les pièces à conviction. Mais pendant que Cooper notait les résultats de ses examens, un technicien d'un laboratoire extérieur, que Rhyme utilisait pour les analyses médicales, appela pour dire que les premiers tests confirmaient que le sang relevé dans les sachets était bien celui de Myra Weinburg.

Sellitto prit un appel téléphonique, et raccrocha après un rapide échange.

– Raté… Les collègues de la répression des drogues ont localisé l'appel au sujet d'Amelia dans une cabine publique. Et personne n'a vu le type courir sur la voie rapide. Le ratissage des deux stations les plus proches n'a rien donné non plus : personne n'a remarqué quoi que ce soit d'anormal au moment où il a filé.

– Eh bien, il ne va rien faire d'*anormal* maintenant, n'est-ce pas ? Ils s'attendaient à quoi, les collègues ? Ils pensaient qu'un assassin en cavale allait sauter par-dessus un tourniquet ou faire un strip-tease pour enfiler une tenue de Superman ?

– Je ne fais que répéter ce qu'on m'a dit, Linc.

Rhyme répondit par une grimace avant de demander à Thom de noter sur le tableau blanc les résultats de leurs examens.

RUE VOISINE DU DOMICILE DE DELEON WILLIAMS

- Trois sachets en plastique du genre sachets de congélation, fermeture à glissière, contenance ½ litre
- Une chaussure de course pied droit pointure 44, bière séchée dans les fibres (probablement Miller), pas d'autres traces. Achetée pour laisser empreinte sur scène de crime ?
- Serviette en papier avec sang dans sachet plastique. Test préliminaire confirme qu'il s'agit du sang de la victime
- Post-it portant une adresse : Résidence Henderson, chambre 672, occupée par Robert Jorgensen. Impossible retrouver provenance du papier et du stylo. Résidus de moisissure *Stachybotrys chartarum* dans le papier
- Photo couleur de la victime, imprimante encre Hewlett-Packard. Impossible retrouver provenance. Papier idem. Trace de moisissure *Stachybotrys chartarum* dans papier
- Ruban adhésif Home Depot, provenance impossible à retrouver
- Aucune trace de friction

La sonnette de l'entrée retentit et Ron Pulaski franchit le seuil de la pièce d'un pas vif, chargé de deux cartons de lait contenant, dans leurs sachets en plastique, les pièces à conviction collectées sur la scène de crime au domicile de Myra Weinburg.

Rhyme vit tout de suite que son expression avait changé. Ses traits étaient figés. Pulaski se crispait souvent, ou bien semblait perplexe, ou fier de lui à l'occasion – il lui arrivait aussi de rougir. Mais il avait ce jour-là un regard vide, sans rapport avec l'air déterminé qui était le sien un peu plus tôt. Il jeta un coup d'œil à Rhyme, assorti d'un bref salut de la tête, s'approcha gravement des tables d'examen, tendit les pièces à conviction à Cooper et lui remit les cartes d'identification, que le technicien signa.

Le bleu recula d'un pas face au tableau que Thom venait de couvrir. Les mains enfoncées dans les poches de son jean, la chemise hawaïenne flottant sur ses hanches, il ne semblait pas voir un seul mot.

– Ça va, Pulaski ?

– Mais oui.

– Tu n'as pas l'air dans ton assiette, dit Sellitto.

– Mais non, ça va, je vous dis.

Mais on voyait bien qu'il n'en était rien. Il venait d'examiner sa première scène de crime en solo, et quelque chose l'avait secoué.

– Elle était étendue sur le dos, les yeux au plafond, lâcha-t-il enfin. On aurait dit qu'elle était vivante. Elle fronçait les sourcils, comme pour réfléchir. Je ne m'attendais pas à ça, je pensais qu'on l'aurait recouverte.

– Eh oui, mais tu sais bien qu'on ne le fait jamais, dit Sellitto à mi-voix.

Pulaski regarda vers la fenêtre.

– Ce qu'il y a… Bon, d'accord, c'est idiot. Mais elle ressemblait un peu à Jenny, ma femme. C'était bizarre…

Lincoln Rhyme et Amelia Sachs se ressemblaient à bien des égards, du point de vue professionnel. Ils estimaient tous deux qu'il fallait une bonne dose d'empathie pour tirer le maximum d'informations d'une scène de crime, ce qui vous amenait forcément à ressentir ce que le criminel, et la victime, avaient ressenti. On pouvait, à ce prix, mieux comprendre la scène et y découvrir des traces, des indices et des preuves qu'on aurait, sans cela, laissé échapper.

Ceux qui avaient cette capacité étaient des maîtres dans l'art de faire parler les scènes de crime.

Mais il y avait entre Rhyme et Amelia une différence de taille. Amelia pensait qu'il ne fallait surtout pas être indifférent à l'horreur du crime. Qu'il fallait la ressentir chaque fois qu'on se rendait sur la scène, et ensuite. Sans cela, disait-elle, on s'endurcissait et on devenait semblable aux gens qu'on poursuivait. Rhyme, de son côté, pensait qu'il fallait être le plus distancié possible. Pour lui, c'était seulement en écartant la tragédie qu'on pouvait être le meilleur policier possible, et le plus efficace pour empêcher que d'autres tragédies se produisent. « La victime n'est plus un être humain, disait-il aux nouvelles recrues. C'est une source d'indices. Et la meilleure qui soit. »

Pulaski avait, potentiellement, de quoi devenir quelqu'un comme Rhyme. Mais à ce stade de sa carrière, il penchait plutôt vers le camp d'Amelia Sachs. Rhyme le plaignait un peu à cet instant, mais ils avaient une affaire à résoudre. Chez lui, ce soir,

Pulaski pourrait toujours prendre sa femme dans ses bras et pleurer en silence sur la mort de celle qui lui ressemblait.

Il demanda, d'un ton bourru :

– Vous suivez, Pulaski ?

– Oui, monsieur, oui.

Ce n'était qu'en partie vrai.

– Vous avez examiné le corps ?

Un hochement de tête.

– J'étais avec le médecin légiste. On a fait ça ensemble. J'ai vérifié qu'il portait bien des caoutchoucs par-dessus ses chaussures.

Pour éviter la pollution en matière d'empreintes de pas, Rhyme exigeait de ses collaborateurs qu'ils mettent des bandes de caoutchouc autour de leurs chaussures, même quand ils portaient les combinaisons en plastique destinées à éviter la contamination par leurs cheveux, les cellules de peau et autres traces éventuelles.

– Bien, dit le criminologue avec un regard intéressé vers les cartons. Avançons. On a saboté l'un de ses projets. Il est peut-être furieux, et déjà sur la piste d'une prochaine victime. Ou en train d'acheter un billet d'avion pour Mexico. Dans tous les cas, il nous faut faire vite.

Le jeune flic brandit son calepin.

– Je…

– Thom, approchez. Thom, où êtes-vous, bon sang ?

– Oui, me voici, Lincoln ! dit l'aide en entrant avec un grand sourire. Je suis toujours prêt à tout laisser tomber quand on m'appelle aussi aimablement.

– Nous avons encore besoin de vous. Pour un tableau.

– Vraiment ?

– Je vous en prie.

– J'ai peine à le croire.

– *Thom !*

– D'accord.

– Myra Weinburg – Scène de crime.

L'aide écrivit le titre et attendit la suite, son marqueur à la main, tandis que Rhyme se tournait vers le jeune flic.

– Si je comprends bien, Pulaski, elle n'était pas chez elle ?

– C'est exact, monsieur. L'appartement appartient à un couple actuellement en croisière pour ses vacances. J'ai réussi à les joindre. Ils n'ont jamais entendu parler de Myra Weinburg. Si vous les aviez entendus… Ils n'en revenaient pas. Ils ne savent absolument pas qui c'était. Et il a fait sauter le verrou pour entrer.

– Il savait, donc, que c'était inoccupé et qu'il n'y avait pas d'alarme, dit Cooper. Intéressant.

– Qu'est-ce que tu croyais ? (Sellitto secouait la tête.) Qu'il était passé par une agence de location ?

– Le quartier était vraiment désert, dit Pulaski.

– Et que faisait-elle dans ce coin, d'après toi ?

– De l'exercice. J'ai trouvé son vélo dehors – elle avait la clé de l'antivol dans la poche, je l'ai essayée et elle marchait.

– Du vélo… Se pourrait-il qu'il ait étudié son itinéraire pour l'attendre à un endroit précis ? En sachant également que le couple de locataires de cet appartement était absent et ne risquait pas de le déranger ? Bon, le Bleu, voyons ce que vous avez trouvé. Thom, si vous voulez bien avoir l'extrême amabilité de noter tout cela.

– N'en faites pas trop, tout de même.

– Ah. La cause du décès ? demanda Rhyme en se tournant vers Pulaski.

– J'ai dit au médecin de nous envoyer le rapport d'autopsie.

Sellitto partit d'un gros rire.

– Et qu'est-ce qu'il a répondu ?

– Quelque chose comme « ouais, d'accord », et deux ou trois autres trucs.

– Vous êtes encore un peu jeune pour faire ce genre de demande. Mais j'apprécie l'effort. Et quelles ont été les *premières* constatations ?

Pulaski consulta ses notes.

– Elle a reçu plusieurs coups sur la tête. Pour la soumettre, a pensé le médecin légiste.

Le jeune flic se tut, peut-être parce qu'il se rappelait la blessure qu'il avait subie lui-même quelques années auparavant. Puis il reprit :

– Cause du décès, strangulation. Présence de pétéchies dans les yeux et à la face interne des paupières – ce sont des mini-hémorragies.

– Je sais ce que ça signifie, le Bleu.

– Ah, bien sûr. Bon… Et veines distendues à la face et au cuir chevelu. Voici l'arme du crime, probablement.

Il souleva un sachet contenant une corde d'un bon mètre de long.

– Mel ?

Cooper prit délicatement la corde et la déroula sur une grande feuille de journal, en la secouant pour faire tomber des particules. Puis il examina ce qu'il avait trouvé et préleva quelques échantillons de fibres.

– Alors ? demanda Rhyme, impatient.

– Minute.

Le Bleu s'était replongé dans ses notes.

– Concernant le viol, il a été vaginal et anal. Post mortem, d'après le médecin.

– D'après la position du corps ?

– Non… mais j'ai remarqué quelque chose, détective, dit Pulaski. Tous ses ongles étaient longs, sauf un. Celui-là était coupé très court.

– Il y avait du sang dessus ?

– Oui. On l'avait coupé au ras de la chair.

Il hésita.

– Probablement prémortem.

Ainsi, 522 était un peu sadique, pensa Rhyme.

– Il aime la souffrance. Il faut voir les clichés des autres scènes de crime, pour les viols précédents.

Pulaski sortit en toute hâte pour aller les chercher. Il les feuilleta, en trouva un qu'il examina de près.

– Regardez, là, détective. Oui, il a coupé un ongle cette fois-là aussi. Au même doigt.

– Notre ami a le goût des trophées. C'est bon à savoir.

Pulaski hocha la tête avec enthousiasme.

– Et quand on y pense… regardez : c'est l'annulaire. Probablement en rapport avec quelque chose dans son passé. Peut-être que sa femme l'a quitté, peut-être que sa mère ne l'aimait pas, ou qu'une autre figure maternelle…

– Bien vu, Pulaski. Ça me fait penser que nous avons oublié quelque chose.

– Quoi, monsieur ?

– Avez-vous pris connaissance de votre horoscope ce matin, avant de démarrer l'enquête ?

– Mon… ?

– Et le marc de café ? Qui est chargé de lire dans le marc de café ? Je l'avais oublié.

Sellitto rigolait doucement. Pulaski rougissait.

– Le profilage psychologique ne sert à rien, dit sèchement Rhyme. Ce qui est *intéressant* avec cet ongle, c'est de savoir que 522 est en possession d'un objet qui permet d'établir un lien ADN avec le crime. Sans compter que si on peut déterminer quelle sorte d'instrument il a utilisé pour s'approprier ce trophée, on pourra peut-être savoir où il a été acheté et le trouver, *lui*. Des pièces à conviction, le Bleu, du concret. Pas du blabla psychologique !

– Bien sûr, détective. Je comprends.

– Lincoln a raison.

– D'accord, bien sûr.

– La corde, Mel ?

Cooper était en pleine recherche dans la base de données des fibres.

– Chanvre ordinaire. En vente dans des centaines de magasins à travers le pays. (Il lança une analyse chimique.) Aucune trace.

Merde.

– Quoi d'autre, Pulaski ? demanda Sellitto.

Le jeune flic parcourut une liste. Fil de pêche, mains attachées et peau entaillée, d'où le saignement. Du ruban adhésif autour de la bouche. De marque Home Depot, évidemment, arraché au rouleau que 522 avait jeté ; les extrémités déchirées correspondaient parfaitement. On avait trouvé deux préservatifs non utilisés près du corps, expliqua encore Pulaski en les montrant dans leur sachet. Marque Trojan-Enz.

– Et voici les prélèvements.

Mel Cooper prit des sachets pour regarder les deux tampons des prélèvements rectal et vaginal. Le cabinet du médecin légiste fournirait d'autres détails mais on voyait clairement les traces d'un lubrifiant spermicide similaire à celui utilisé avec les préservatifs. Aucune trace de sperme sur la scène de crime.

Un autre prélèvement effectué sur le sol, où Pulaski avait trouvé l'empreinte d'une chaussure de sport, révéla la présence de bière. Elle était, là encore, de la marque Miller. L'image électrostatique de l'empreinte était, bien entendu, de pointure 44. C'était la même chaussure que celle que 522 avait jetée dans une poubelle.

– Et les propriétaires du loft n'avaient pas de bière, n'est-ce pas ? Vous avez bien regardé dans la cuisine et dans l'office ?

– Oui, monsieur. Et je n'en ai pas trouvé.

Lon Sellitto écoutait en hochant la tête.

– Je suis prêt à parier que la Miller est la boisson préférée de DeLeon.

– Je ne parierai pas contre toi sur ce coup-là, Lon. Qu'y avait-il, à part ça ?

Pulaski prit un sachet contenant des particules de couleur brune qu'il avait prélevées juste au-dessus de l'oreille de la victime. Elles se révélèrent, à l'analyse, être du tabac.

– Et encore, Mel ?

Poursuivant son examen, le technicien leur apprit qu'il s'agissait de tabac finement haché, du tabac à rouler, mais que ce n'était pas le même que l'échantillon de Tareyton de la base de données. Lincoln Rhyme était l'un des rares non-fumeurs du pays à se prononcer contre l'interdiction du tabac : c'était, avec la cendre, l'un des meilleurs moyens pour établir un lien entre criminels et scènes de crime. Cooper ne pouvait pas déterminer la marque. Il déclara tout de même que dans la mesure où ce tabac était très sec, il devait être vieux.

– Myra fumait-elle ? Ou quelqu'un d'autre dans le loft ?

– J'ai cherché mais je n'ai vu aucun signe. Et j'ai fait ce que vous nous conseillez toujours, j'ai humé l'atmosphère en entrant. Aucune odeur de tabagie.

– Bien, dit Rhyme, assez satisfait jusque-là. Et les traces par frottement ?

– J'ai étudié les empreintes digitales des locataires – sur l'armoire à pharmacie et les tables de chevet.

– Décidément, vous n'avez pas bâclé le travail, vous avez suivi à la lettre les prescriptions de mon bouquin.

Il avait, dans son manuel de médecine légale, consacré plusieurs paragraphes à la nécessité de relever des empreintes de contrôle sur les scènes de crime, en indiquant les meilleurs endroits où le faire.

– Oui, monsieur. Je l'ai étudié.

– J'en suis ravi. Ça m'a rapporté des droits d'auteur ?

– J'ai emprunté l'exemplaire de mon frère.

– Espérons qu'il l'aura payé, *lui*.

La plupart des empreintes digitales relevées dans le loft étaient celles du couple de locataires – qu'ils identifièrent à partir des échantillons. Les autres avaient sans doute été laissées par des visiteurs, mais il n'était pas impossible que 522 ait commis une imprudence. Cooper les passa toutes au scanner pour les soumettre au système intégré d'identification des empreintes digitales. Ils auraient les résultats sous peu.

– Bon, dites-moi Pulaski, quelle est votre impression ?

La question prit le jeune flic de court.

– Impression ?

– Ça, ce sont les arbres, dit Rhyme en regardant les sachets qui renfermaient les pièces. Qu'avez-vous pensé de la forêt ?

Le jeune flic réfléchit un instant.

– Eh bien, j'ai effectivement pensé à quelque chose. Mais c'est idiot.

– Vous savez bien, mon cher Bleu, que si c'est le cas je serai le premier à vous le dire.

– En arrivant, j'ai eu le sentiment qu'il n'y avait pas eu de bagarre.

– Que voulez-vous dire ?

– Regardez : son vélo était attaché à un réverbère devant l'immeuble. Comme si elle l'avait mis là sans se douter de quoi que ce soit.

– Donc, il ne l'a pas agressée dans la rue.

– Non. Et pour entrer dans le loft, on franchit un portail, puis un long couloir jusqu'à la porte d'entrée. C'est très étroit, et encombré par un tas de choses que les locataires laissent dehors – des pots de fleurs et des bidons, des équipements sportifs, des trucs à recycler, des outils pour leur jardin… Mais rien n'a été dérangé.

Il montra un autre cliché.

– Par contre, regardez à l'intérieur : c'est là que la bagarre a commencé. La table, les vases… Juste après la porte.

Il baissa la voix à nouveau.

– On dirait qu'elle s'est défendue de toutes ses forces.

Rhyme hocha la tête.

– Très bien. Donc, 522 parvient à l'attirer dans le loft. Sans violence. Elle attache son vélo, longe le corridor et ils entrent. La porte franchie, elle s'arrête, comprend qu'il l'a piégée et tente de ressortir.

Il réfléchit à ce scénario.

– Il devait en savoir assez sur Myra pour la mettre en confiance… Il a toutes les informations qu'il veut sur les gens : qui ils sont, ce qu'ils achètent, où ils passent leurs vacances, s'ils ont des alarmes, où ils ont l'intention d'aller… Pas mal, le Bleu. Nous disposons désormais de quelques renseignements concrets le concernant.

Pulaski s'efforça de ne pas laisser voir son sourire.

L'ordinateur de Cooper sonna discrètement. Il regarda l'écran.

– Rien sur les empreintes. Bredouille !

Rhyme haussa les épaules. Il n'était pas surpris.

– Ce que je trouve intéressant dans tout ça, c'est qu'il sait énormément de choses. Que quelqu'un appelle DeLeon Williams. 522 ne s'est-il pas trompé pour fabriquer des preuves ?

Le bref échange téléphonique entre Sellitto et Williams confirma que, oui, Williams faisait un 46 de pointure, achetait régulièrement des préservatifs Trojan-Enz, avait du fil de pêche de 40, buvait de la bière Miller et s'était récemment rendu dans un magasin Home Depot pour acheter du ruban adhésif et de la corde de chanvre.

En étudiant le tableau des pièces à conviction du premier viol, Rhyme nota que les préservatifs utilisés par 522 lors de ce crime étaient des Durex. Le tueur s'était servi de ceux-là parce que Joseph Knightly était client de cette marque.

Le micro du téléphone étant ouvert, il s'adressa à DeLeon :

– Il ne vous manque pas une chaussure ?

– Non.

– Il en a donc acheté une paire, dit Sellitto. De la même marque et de la même pointure que les vôtres. Comment était-il informé ? Avez-vous vu quelqu'un, récemment, chez vous, dans la maison ou peut-être dans le garage, en train de fouiller votre voiture ou vos placards ? Avez-vous été victime d'un cambriolage ?

– Non. Absolument pas. Je suis sans emploi, et je reste chez moi la plupart du temps pour m'occuper de la maison. Je l'aurais su. Et comme le quartier n'est pas des plus sûrs, on a fait installer une alarme. Elle est toujours branchée.

Rhyme le remercia et ils raccrochèrent.

Rejetant la tête en arrière, il reporta son attention sur le tableau et se mit à dicter pour Thom.

MYRA WEINBURG – SCÈNE DE CRIME

- Cause du décès : strangulation. Rapport définitif d'autopsie à venir
- Pas de mutilation ni de présentation particulière du corps, mais ongle de l'annulaire gauche coupé. Trophée éventuel. Opération prémortem probable
- Lubrifiant pour préservatif Trojan-Enz
- Préservatifs non utilisés (2), Trojan-Enz
- Pas de préservatifs utilisés, ni de fluides corporels
- Traces de bière Miller sur le sol (source autre que scène de crime)
- Fil de pêche 40 livres monofilament, modèle courant
- 1,20 m de corde de chanvre brune
- Débris de tabac, anciens, marque non identifiée
- Empreinte de pas, chaussure d'homme Sure-Track, pointure 44
- Aucune empreinte digitale

– Notre homme a appelé le 911 pour signaler la Dodge, n'est-ce pas ? demanda Rhyme.

– Oui, dit Sellitto.

– Renseignez-vous sur cet appel. Ce qu'il a dit exactement, comment était sa voix…

– Et aussi sur les appels précédents, ajouta le détective. L'affaire de ton cousin, le vol de monnaies et le premier viol.

– Oui, bien sûr. Je n'y pensais plus.

Sellitto prit contact avec le standard du 911. Les appels étaient enregistrés et conservés pendant des périodes de temps variables. Il fit une demande d'informations. Dix minutes plus tard, on le rappelait. Les appels concernant l'affaire d'Arthur Rhyme et le meurtre du jour étaient encore dans le système, et on venait de les transmettre à l'adresse Internet de Cooper. Les appels concernant les affaires précédentes avaient été envoyés aux archives sur CD. Il faudrait sans doute quelques jours pour les récupérer, mais un assistant était chargé de le faire.

Quand les fichiers audio arrivèrent, Cooper les ouvrit aussitôt. Ils écoutèrent la voix masculine qui disait aux policiers de se rendre le plus vite possible à l'endroit où il avait entendu des cris. Il décrivait également, chaque fois, le véhicule qu'il avait vu partir peu après. D'un enregistrement à l'autre, c'était apparemment la même voix.

– L'empreinte vocale ? demanda Cooper. Si on a un suspect, on pourra comparer.

Dans les milieux de la police scientifique, on accordait beaucoup plus de crédit aux empreintes vocales qu'au détecteur de mensonges, et elles étaient admises par certains tribunaux, sur avis du juge. Mais Rhyme secoua la tête.

– Écoutez. Il parle à travers une boîte. Vous n'entendez pas ?

Une « boîte » est un dispositif qui permet de déguiser sa voix. Elle ne donne pas un timbre étrange à la Dark Vador mais un timbre normal, à peine un peu plus creux. De nombreux services de renseignement et d'aide à la clientèle l'utilisent pour uniformiser les voix de leurs personnels.

À cet instant, la porte s'ouvrit et Amelia Sachs entra, un gros paquet sous le bras. Rhyme ne comprit pas ce que c'était. Elle hocha la tête, regarda les listes de pièces à conviction et les tableaux, et dit à Pulaski :

– Voilà qui semble être du bon boulot.

– Merci.

Rhyme remarqua qu'elle tenait une sorte de gros cahier, qui avait l'air en assez mauvais état.

– C'est quoi, ce truc ?

– Un cadeau de notre ami médecin, le docteur Jorgensen.

– Mais quoi ? Une pièce à conviction ?

– Difficile à dire. J'ai vraiment passé un moment bizarre en sa compagnie.

– Que veux-tu dire par « bizarre », Amelia ? demanda Sellitto.

– Rappelle-toi Batboy, Elvis et les aliens derrière l'assassinat de Kennedy. Voilà ce que je veux dire.

Pulaski laissa échapper un petit rire, qui lui attira un regard noir de Lincoln Rhyme.

CHAPITRE 14

Elle leur raconta l'histoire d'un malheureux à qui on avait volé son identité et dont l'existence n'était plus que ruines. Un homme qui se comparait à Job poursuivi par la vengeance de Dieu.

Un homme manifestement dérangé ; le mot « bizarre » était encore trop faible. Pourtant, même si elle n'était vraie qu'en partie, son histoire était émouvante et difficile à entendre. Une vie détruite, des crimes gratuits.

Mais Amelia sentit qu'elle avait captivé l'attention de Rhyme quand elle dit :

– Jorgensen prétend que l'homme qui est derrière tous ses malheurs le poursuit depuis qu'il a acheté ce cahier il y a deux ans. Cet homme semble tout savoir de ses moindres faits et gestes.

– Tout savoir… répéta Rhyme sans quitter des yeux les listes d'indices. C'est exactement ce qu'on disait il y a un instant. Il rassemble toutes les informations dont il a besoin sur les victimes et sur ceux dont il veut faire des coupables.

Il fit part à Amelia de ce qu'ils avaient appris sur 522. Elle tendit le cahier à Mel Cooper en lui précisant que Jorgensen était persuadé qu'il contenait un dispositif de pistage sous forme de puce informatique.

– Un dispositif de pistage ? dit Cooper. Il a vu trop de films d'Oliver Stone… Bon, on va tâcher de savoir s'il y a quelque chose à chercher de ce côté-là. Mais ne laissons pas de côté les véritables pistes.

Les appels d'Amelia à la police des diverses juridictions dans lesquelles Jorgensen avait été persécuté ne donnèrent rien. Oui, il y avait eu, incontestablement, vol d'identité.

– Mais, observa un policier de Floride, savez-vous combien il s'en produit chaque année ? On repère une fausse résidence et on y va, mais à notre arrivée il n'y a plus personne. Ils ont embarqué toute la marchandise qu'ils ont achetée au nom de la victime et ils ont filé au Texas ou dans le Montana.

La plupart avaient entendu parler de Jorgensen (*Ah, ça ! Il en écrit, des lettres !*) et compatissaient à ses malheurs, mais aucun ne pouvait indiquer une piste précise vers un individu ou une bande susceptibles d'en être les auteurs. Ils n'avaient pas autant de temps qu'ils l'auraient voulu pour se consacrer à ces sortes d'affaires. *Même si on était cent de plus, on ne pourrait encore pas avancer.*

Amelia expliqua ensuite qu'après avoir compris que 522 connaissait l'adresse de Jorgensen, elle avait demandé au réceptionniste de son hôtel de la prévenir immédiatement au cas où quelqu'un viendrait poser des questions à son sujet. Elle avait promis, en échange, de ne pas signaler l'établissement aux services d'hygiène de la ville.

– Bien joué, dit Rhyme. Tu avais remarqué des entorses aux règlements ?

– Pas avant qu'il accepte à la vitesse de la lumière.

Elle s'approcha de la table pour examiner les pièces collectées par Pulaski dans le loft de SoHo.

– Tu as une idée, Amelia ? demanda Sellitto.

Elle regardait les tableaux en s'efforçant de trouver un lien logique entre les objets disparates contenus dans les sachets.

– Comment a-t-il eu ça ? demanda-t-elle en prenant le cliché du visage de Myra Weinburg fixant l'objectif d'un air gentil et vaguement amusé. Il faudrait qu'on le sache.

Elle a raison, pensa Rhyme. Jusque-là, il ne s'était pas interrogé sur la provenance de cette photo, ne s'intéressant qu'au fait que 522 l'avait téléchargée depuis quelque site Internet.

Myra Weinburg était debout à côté d'un arbre en fleurs, et souriait. Elle tenait un grand verre plein d'un liquide rose.

Rhyme vit que Pulaski regardait la photo, et que son regard s'embuait à nouveau.

... *elle ressemblait un peu à Jenny.*

Le criminologue remarqua les bords bien nets et, à droite, ce qui semblait être l'amorce de lettres disparaissant hors du cadre.

– Il l'a eue en ligne. Pour faire comme si DeLeon l'avait épiée.

– On pourrait peut-être remonter jusqu'à lui en partant du site sur lequel il l'a chargée, dit Sellitto. Mais comment savoir où il l'a dénichée ?

– Essayez donc par Google en tapant le nom, suggéra Rhyme.

Cooper trouva une dizaine d'entrées en saisissant le nom de Myra Weinburg. Les sites qui mentionnaient la victime étaient tous des organisations professionnelles. Mais il n'y avait aucune photographie semblable à celle que 522 avait imprimée.

– J'ai une idée, dit Amelia. Je vais appeler mon spécialiste.

– Qui ? Celui qui bosse à la délinquance informatique ?

– Non, quelqu'un d'encore plus fort.

Elle prit le téléphone et composa un numéro.

– Pammy ? Bonjour ! Où es-tu ?... Bien. J'ai quelque chose à te demander. Va sur Internet pour un chat. On aura le son par le téléphone.

Elle se tourna vers Cooper.

– Vous pouvez brancher votre webcam, Mel ?

Le technicien pianota sur son clavier et on vit apparaître après quelques secondes l'image de la chambre de Pam, chez sa famille d'accueil à Broadway. Puis le joli visage de l'adolescente emplit l'écran. Le gros plan déformait légèrement ses traits.

– Salut, Pam.

– Salut, M. Cooper, répondit la voix aux inflexions mélodieuses.

– Je prends votre place, dit Amelia, et elle s'assit devant le clavier. Ma chérie, nous avons trouvé une photo et nous pensons qu'elle a été piquée sur Internet. Tu veux bien y jeter un coup d'œil et nous dire si tu vois où ?

– Bien sûr.

Amelia présenta le cliché à la webcam.

– Il y a trop de reflet. Vous pouvez enlever le plastique ?

La détective enfila des gants, sortit précautionneusement la photo du sachet et la présenta à nouveau.

– C'est mieux comme ça. Ça vient d'OurWorld.

– Qu'est-ce que c'est ?

– C'est un réseau social. Vous savez, genre Facebook ou MySpace. C'est le plus récent, alors il marche très fort. Tout le monde s'y met.

– Tu connais ces trucs-là, Rhyme ? demanda Amelia.

Il hocha la tête. Curieusement, il y avait pensé récemment, après avoir lu dans le *New York Times* un article sur les sites comme Second Life qui proposaient une existence virtuelle. Il s'était étonné d'apprendre que des gens passaient moins de temps dans le monde réel que dans ces univers immatériels. Apparemment, jamais, de toute l'histoire des États-Unis, les adolescents n'avaient passé aussi peu de temps hors de chez eux. Alors que par une ironie du sort, Rhyme, soumis à un régime qui visait à améliorer sa condition physique, était de plus en plus souvent dehors. La frontière entre les notions de valide et d'invalide s'estompait…

Amelia demandait maintenant à Pam :

– Peux-tu nous assurer que cette photo vient de ce site ?

– Oui. À cause du cadre. Si on le regarde de près, ce n'est pas un simple trait. Ce sont de petits globes semblables à la terre, qui se répètent à l'infini.

Rhyme scrutait l'écran en plissant les yeux. En effet, le cadre était bien tel qu'elle le décrivait. Il se rappelait l'article sur OurWorld.

– Bonjour, Pam ! Tu dis qu'il y a énormément de monde, n'est-ce pas ?

– Bonjour, M. Rhyme ! Oui. Trente ou quarante millions de personnes. Celle-ci est de quel royaume ?

– Un royaume ? demanda Amelia.

– C'est comme ça qu'on appelle votre page. Votre royaume. Quel est le sien ?

– Malheureusement, elle a été assassinée aujourd'hui. C'est l'affaire dont je t'ai parlé.

Rhyme n'aurait pas parlé d'assassinat à une adolescente. Mais Amelia appelait les choses par leur nom ; elle savait certainement ce qu'elle faisait.

– Ah, je suis désolée...

Pam était touchée, mais pas spécialement choquée ni épouvantée d'apprendre la vérité.

– Pam, demanda Rhyme, quand on fait partie d'OurWorld n'importe qui peut entrer dans votre royaume ?

– Enfin, on est censé adhérer... Mais si on ne veut pas donner ses coordonnées ou avoir son propre royaume, on peut toujours ouvrir et regarder, tout simplement.

– Ce que tu dis, en fait, c'est que celui qui a imprimé cette photo connaît bien les ordinateurs ?

– Oui, il le fallait pour faire ça. Sauf qu'il ne l'a pas imprimée.

– Comment ?

– On ne peut pas imprimer ni télécharger quoi que ce soit. Même avec la commande d'impression d'écran. Le système est protégé par un filtre – contre le piratage. C'est comme ça qu'on protège également des droits d'auteur sur les livres qu'on met en ligne.

– Mais alors, comment a-t-il eu cette photo ? demanda Rhyme.

– Oh, dit Pam en riant, il a sans doute fait ce qu'on fait toutes, au lycée, quand on veut la photo d'un garçon qu'on trouve mignon. On photographie l'écran avec un appareil numérique. Tout le monde connaît ça !

– Évidemment... répondit Rhyme en secouant la tête. Je n'y avais pas pensé.

– Ce n'est pas grave, M. Rhyme, dit la jeune fille. Ça arrive....

Amelia regarda Rhyme, qui sourit.

– Bien. Merci, Pam. Et à une prochaine fois.

– Au revoir !

– Il est temps de dresser le portrait de notre ami, dit le criminologue.

Amelia prit le marqueur et s'approcha du tableau.

INCONNU 522 – PROFIL

- Sexe masculin
- Fume, ou vit / travaille avec personne qui fume, ou près d'une source de tabac
- A des enfants, ou vit / travaille près d'enfants ou à proximité de jouets
- Intérêt pour l'art, pour les monnaies ?
- Probablement blanc ou clair de peau
- Corpulence moyenne
- Vigoureux – capable d'étrangler ses victimes
- Dispose de matériel de modification de la voix
- Peut-être compétent en informatique. Connaît OurWorld. Autres réseaux sociaux ?
- Prend des trophées sur ses victimes. Sadique ?
- Résidence ou lieu de travail sombre et humide

INDICES NON FABRIQUÉS

- Terre
- Vieux carton
- Cheveux de poupée Nylon polyamide B35
- Tabac de cigarettes Tareyton
- Tabac vieux, pas du Tareyton, marque indéterminée
- Particules de moisissure *Stachybotrys chartarum*

Tandis qu'il se concentrait sur les différents points, Rhyme entendit rire Mel Cooper.

– Qu'y a-t-il ?

– Voilà qui est intéressant !

– Expliquez-vous. Intéressant ne m'intéresse pas. J'ai besoin de faits.

– Justement.

Le technicien venait de repérer un point brillant au dos du cahier en partie dépecé de Robert Jorgensen.

– Vous pensiez que le docteur était cinglé, avec ses histoires de mouchards électroniques ? Figurez-vous qu'il y a bien dans ce cahier un sujet de film pour Oliver Stone – on a implanté quelque chose là-dedans. Plus exactement, dans le ruban adhésif qui maintient les feuilles.

– Sans blague ? dit Amelia en secouant la tête. Et dire que je l'ai cru fou.

– Montrez-moi ça, demanda Rhyme, oubliant son scepticisme légendaire pour céder à la curiosité.

Cooper rapprocha de la table d'examen une caméra haute définition et éclaira le cahier avec de la lumière infrarouge. On vit apparaître sous le ruban adhésif un petit rectangle de lignes entrecroisées.

– Sortez-le, dit Rhyme.

Cooper fendit délicatement le ruban adhésif pour extraire l'objet qui se présentait sous la forme d'une feuille de papier plastifié d'environ trois centimètres de long, porteuse de circuits imprimés. Il y avait aussi une série de chiffres et le nom du fabricant, DMS.Inc.

– Mais c'est quoi ce truc, bordel ? demanda Sellitto. Un mouchard, vraiment ?

– Je ne vois pas comment ça pourrait marcher. Il n'y a pas de batterie, ni d'autre source d'énergie visible, remarqua Cooper.

– Renseignez-vous sur la boîte qui fabrique ça, Mel.

Une rapide recherche leur apprit qu'il s'agissait de Data Management Systems, entreprise basée près de Boston. Il lut la description de l'entreprise, dont une division produisait ces petits dispositifs appelés étiquettes RFID – pour Radio Frequency Identification Device.

– J'en ai entendu parler, dit Pulaski. Sur CNN.

– CNN, la source universelle et définitive de la police scientifique ! gronda cyniquement Rhyme.

– Comment ça marche ? demanda Amelia.

– C'est très intéressant… commença Cooper.

– *Intéressant…* Nous y revoilà ! s'exclama Rhyme.

– C'est, en gros, une puce programmable lisible par un scanner radio, poursuivit Cooper sans se laisser démonter. Une batterie n'est pas nécessaire ; l'antenne capte les ondes radio et ça lui suffit pour fonctionner.

– Jorgensen a parlé de mettre les antennes hors service, dit Amelia. Il a également dit qu'on pouvait en détruire certaines dans un four à micro-ondes. Mais celle-ci (la montrant du doigt), il n'a pas pu la détruire. Ce sont ses propos, en tout cas.

– Les fabricants et les détaillants s'en servent pour gérer leurs stocks, continua Cooper. Dans les années qui viennent, tout produit, ou presque, vendu aux États-Unis aura son étiquette RFID.

Certains gros détaillants les réclament déjà pour stocker la marchandise.

Amelia éclata de rire.

– C'est exactement ce que Jorgensen me disait. Il n'est peut-être pas aussi dérangé que je l'ai cru.

– Ça vaut pour n'importe quel type de produit ? demanda Rhyme.

– Oui. C'est le moyen pour les magasins de connaître en temps réel l'état de leurs réserves, et de passer rapidement des commandes pour faire du réassort. Les compagnies aériennes s'en servent aussi pour la gestion des bagages : on sait à tout moment où se trouve votre valise sans avoir à scanner un code-barres. Et aussi pour les cartes de crédit, les permis de conduire, les cartes d'identité du personnel des entreprises ou des administrations. On appelle cela des « cartes intelligentes ».

– Jorgensen a voulu voir ma carte d'identité professionnelle. Il l'a examinée attentivement. C'était peut-être pour ça.

– Ces étiquettes sont partout, dit Cooper. On les trouve dans les cartes de réduction des grandes surfaces, dans les cartes de franchissement des péages d'autoroutes.

Amelia regardait les listes d'indices en hochant la tête.

– Réfléchis, Rhyme. Jorgensen parlait d'un homme qu'il appelait Dieu et qui savait tout de sa vie. Assez pour lui voler son identité, faire des achats en son nom, emprunter de l'argent, se procurer des cartes de crédit, savoir à tout instant où il se trouvait…

Rhyme éprouva l'excitation du chasseur sur le point de débusquer le gibier.

– Et 522 en sait assez sur ses victimes pour arriver jusqu'à elles et pénétrer leurs défenses. Il en sait assez sur les faux coupables pour semer sur leurs traces des pièces à conviction correspondant à ce qu'ils ont chez eux.

– Et, ajouta Sellitto, il sait exactement où ils étaient à l'heure du crime. Ainsi, ils n'auront pas d'alibi.

Amelia contemplait la petite étiquette.

– Jorgensen m'a dit que tout avait commencé à aller mal pour lui à partir du moment où il avait acheté ce cahier.

– Où l'a-t-il acheté, justement ? Il n'y a pas un reçu, ou une étiquette avec le prix, Mel ?

– Non. S'il y en avait, on les a éliminés.

– Rappelez Jorgensen. Qu'il vienne ici.

Amelia prit son téléphone et appela l'hôtel où elle venait de le voir. Elle fronça les sourcils.

– Déjà ?

Voilà qui n'augurait rien de bon, songea Rhyme.

– Il a déménagé, dit-elle en raccrochant. Mais je sais où il va aller.

Elle trouva un bout de papier, composa un nouveau numéro. Et raccrocha en soupirant après une brève discussion. Jorgensen n'était pas non plus à cet hôtel, dit-elle. Il n'avait même pas appelé pour faire une réservation.

– Tu as son numéro de téléphone ?

– Il n'a pas de portable. Il s'en méfie. Mais il a mon numéro. Avec un peu de chance, il nous appellera.

Elle se rapprocha du petit mouchard.

– Mel, coupez le fil. L'antenne.

– Quoi ?

– Jorgensen dit que si on a ce cahier, on est « infectés », nous aussi. Coupez ce fil.

Cooper haussa les épaules et lança un coup d'œil à Rhyme, qui trouvait l'idée absurde. Mais Amelia Sachs ne s'effrayait pas facilement.

– Mais oui, allez-y ! Et mettez un mot sur la carte d'identification. « Pièce à conviction sécurisée ».

Une formule habituellement réservée aux bombes et aux armes de poing.

Puis Rhyme se désintéressa de l'étiquette RFID.

– Bon, dit-il. En attendant d'avoir de ses nouvelles, on peut toujours spéculer… Allons, mes amis, de l'audace ! C'est le moment d'avoir des idées ! Nous voici avec un suspect capable de mettre la main sur une fichue quantité d'informations concernant des citoyens. Comment ? Il sait *tout* ce que les faux coupables ont acheté. Fil de pêche, couteaux de cuisine, crème à raser, engrais, préservatifs, ruban adhésif, corde, bière… Il y a déjà eu quatre victimes et quatre faux coupables – au moins. Il ne peut pas suivre tout le monde, il n'entre pas par effraction dans les maisons.

– Il est peut-être employé dans un de ces grands magasins spécialisés dans les ventes au rabais, suggéra Cooper.

– Mais DeLeon a acheté certaines de ses fausses pièces à conviction dans un magasin Home Depot – on n'y trouve pas de préservatifs ni de nourriture.

– Il travaille peut-être pour une boîte de cartes de crédit ? suggéra Pulaski. Ce qui lui permet de savoir ce que les gens achètent.

– C'est assez malin, ça, le Bleu. Mais les victimes devaient aussi régler leurs achats en liquide de temps en temps.

Ce fut Thom, à l'étonnement général, qui trouva la réponse. Il prit son trousseau de clés dans sa poche.

– J'ai entendu Mel parler de cartes de réduction, il y a un instant.

Il montra plusieurs petites cartes en plastique accrochées au trousseau. L'une pour les magasins A&P, une autre pour la chaîne de produits alimentaires Food Emporium.

– Je présente la carte et j'ai une réduction. Même si je paie en liquide, le magasin sait ce que j'ai acheté.

– C'est vrai, dit Rhyme, mais ça nous mène où ? Les victimes et les faux coupables ont pu faire leurs achats dans des dizaines d'endroits différents.

– Ah.

Amelia regardait les tableaux avec un mince sourire.

– Je crois que j'ai trouvé.

– Quoi ? demanda Rhyme, s'attendant à l'application intelligente de quelque principe de police scientifique.

– Les chaussures, répondit-elle simplement. La réponse est dans les chaussures.

CHAPITRE 15

– Il ne s'agit pas seulement de savoir ce que les gens achètent en général, expliqua Amelia. Il s'agit de connaître les *caractéristiques* de *toutes* les victimes et de *tous* les faux coupables. Regardez trois des crimes. L'affaire du cousin, celle de Myra Weinburg et l'affaire du vol de monnaies. 522 ne connaissait pas seulement le genre de chaussures que portaient les faux coupables. Il connaissait aussi leurs pointures respectives.

– Bien, dit Rhyme. Tâchons donc de savoir où DeLeon Williams et Arthur achètent leurs chaussures.

Un appel à Judy Rhyme et un autre à Williams leur apprirent que les deux hommes passaient leurs commandes par Internet – l'un choisissait dans un catalogue en ligne, l'autre sur un site, mais tous deux s'adressaient directement aux entreprises en question.

– Parfait, dit Rhyme. Choisissez-en une et appelez pour savoir comment marche le commerce des chaussures. Faites ça à pile ou face.

Le sort désigna Sure-Track. Et il ne fallut pas plus de quatre coups de fil pour entrer en contact avec un responsable – le président du conseil d'administration en personne.

On entendait en arrière-plan des bruits d'eau, des éclaboussures et des rires d'enfants. L'homme demanda, visiblement effrayé :

– Un meurtre ?

– Rien à voir avec vous directement, le rassura Rhyme. Il s'agit seulement de l'un de vos articles.

– Mais ce n'est pas comme l'histoire de ce type qui voulait faire sauter un avion avec une bombe cachée dans sa semelle ?

L'homme se tut brusquement, comme si la seule évocation de cette affaire constituait une atteinte à la sécurité nationale.

Rhyme lui expliqua la situation – l'assassin qui recueillait toutes sortes d'informations sur ses victimes, y compris les caractéristiques de leurs chaussures.

– Vendez-vous en gros à des détaillants ?

– Non. Uniquement en ligne.

– Échangez-vous des informations avec vos concurrents ? Des informations sur vos clients, je veux dire ?

Une hésitation.

– Allô ? appela Rhyme dans le silence.

– Nous ne pouvons pas échanger d'informations. Ce serait contrevenir à la loi antitrust.

– Bon, mais comment quelqu'un a-t-il pu accéder à des informations sur les acheteurs de chaussures Sure-Track ?

– C'est très compliqué ce que vous me demandez là.

Rhyme fit une grimace.

– Monsieur, dit Amelia, l'homme que nous recherchons a violé et a tué. Avez-vous *la moindre idée* sur la façon dont il a pu se renseigner sur vos clients ?

– Non, vraiment.

– Dans ce cas, aboya soudain la grosse voix de Sellitto, on va demander un putain de mandat et on viendra éplucher tous vos dossiers ligne par ligne !

Là où l'approche en douceur de Rhyme avait échoué, la charge de Sellitto fit merveille.

– Attendez, attendez, dit précipitamment l'homme. J'ai peut-être une idée…

– Laquelle ? demanda sèchement Sellitto.

– Il a peut-être… Bon, il a pu se procurer les informations de *différentes* entreprises en faisant appel à un extracteur de données.

– Qu'est-ce que c'est ? demanda Rhyme.

L'homme se tut à nouveau, mais son silence, cette fois, semblait provoqué par la surprise.

– Comment, vous ne savez pas ?

– Non, répéta Rhyme en levant les yeux au ciel. De quoi s'agit-il ?

– Ce sont, comme leur nom l'indique, des fournisseurs de services qui collectent et traitent les informations concernant les consommateurs, leurs achats, leurs maisons, leurs voitures, l'historique de leurs crédits, tout ce qui fait d'eux des acteurs de l'économie. Ces entreprises analysent et vendent le fruit de leur collecte. Pour aider les autres entreprises à repérer les tendances du marché, à trouver de nouveaux clients, à cibler les acheteurs potentiels de leurs produits à travers leurs campagnes de publicité.

Tout sur eux…

Là, nous tenons peut-être quelque chose, se dit Rhyme.

– Cette collecte d'informations se fait-elle à partir d'étiquettes RFID ?

– Sans aucun doute. Elles sont l'une des principales sources de données.

– À quel extracteur de données votre entreprise fait-elle appel ?

– Oh, je ne sais pas… à plusieurs, sans doute.

Le ton était plus réticent.

– Nous avons vraiment besoin de le savoir, intervint Amelia en jouant les gentils flics par opposition à Sellitto. Nous ne voulons de mal à personne. Mais l'individu que nous recherchons est réellement dangereux.

Un soupir passa sur la ligne. L'homme était en plein débat avec lui-même.

– Eh bien… Je crois que le principal est SSD. C'est une assez grosse boîte. Mais si vous croyez que quelqu'un de chez eux pourrait être impliqué dans un meurtre... c'est impossible. Ce sont des gens formidables. Et question sécurité, il y a...

– Où sont-ils basés ?

Nouvelle hésitation. Allons, décide-toi, bon sang ! pensa Rhyme.

– À New York.

Le terrain de jeux de 522. Le criminologue croisa le regard d'Amelia. Il sourit. Voilà qui semblait prometteur.

– Il y en a d'autres en ville ou à proximité ?

– Non. Axciom, Experian et Choicepoint, les autres boîtes importantes, ne sont pas dans la région. Mais croyez-moi, personne de chez SSD ne peut être impliqué dans une affaire criminelle. J'en mettrais ma main au feu.

– Que signifient ces initiales : SSD ? demanda Rhyme.

– Strategic Systems Datacorp.

– Vous avez un contact chez eux ?

– Personne en particulier.

Il avait répondu très vite. Trop vite.

– Vraiment ?

– Enfin... Il y a les commerciaux avec lesquels on traite. Je ne me rappelle pas leurs noms, pour le moment. Mais je pourrais les retrouver.

– Qui dirige SSD ?

Nouveau silence.

– Ce doit être Andrew Sterling. C'est lui le fondateur et le directeur général. Mais écoutez, je vous assure que personne ne ferait quoi que ce soit d'illégal. C'est impossible !

Rhyme, soudain, se rendit compte de quelque chose qui ne lui était pas venu à l'esprit jusque-là : cet homme avait peur. Pas de la police, mais de SSD.

– Qu'est-ce qui vous inquiète tant ?

– C'est simplement que...

Sur un ton de confidence :

– Nous ne pourrions pas fonctionner sans eux. Nous sommes vraiment... associés avec eux.

Au ton de la voix, on entendait plutôt « désespérément dépendants d'eux ».

– Nous serons discrets, promit Amelia.

– Merci. Vraiment. Merci.

Le soulagement était évident. Amelia le remercia poliment de s'être montré coopératif, tandis que Sellitto levait les yeux au ciel.

Rhyme raccrocha.

– Extracteur de données ? Quelqu'un a déjà entendu parler de ça ?

– Je ne connais pas SSD, dit Thom, mais j'ai déjà entendu parler d'extracteurs de données. C'est *le* commerce du XXIe siècle.

Rhyme regarda les listes d'indices.

– Donc, si 522 travaille pour SSD ou pour un de leurs clients, il a pu trouver tout ce dont il avait besoin sur les acheteurs de crème à raser, de corde, de préservatifs, de fil de pêche pour fabriquer ses pièces à conviction.

Puis une autre idée lui vint à l'esprit.

– Le patron de cette entreprise de chaussures a dit qu'ils vendaient des informations aux boîtes pour créer des listes d'adresses en vue de leurs campagnes. Arthur avait reçu des courriers au sujet de ce tableau de Prescott – vous vous en souvenez ? 522 a pu être au courant grâce à ces listes. Et Alice Sanderson était peut-être sur une liste, elle aussi.

– Et regardez les photos de la scène de crime, dit Amelia en s'approchant des tableaux pour montrer plusieurs clichés de l'affaire liée au vol de monnaies.

Des publicités envoyées par courrier étaient bien visibles sur les tables et sur le sol.

– Monsieur ? dit à son tour Pulaski. Le détective Cooper a parlé d'un E-Zpass pour les péages d'autoroutes. Si cette boîte, SSD, classe ses données, alors le tueur a peut-être été capable de savoir exactement à quel endroit de la ville se trouvait votre cousin et quand il rentrait chez lui.

– Seigneur, murmura Sellitto. C'est vrai, ce type est tombé sur un sacré mode opératoire.

– Vérifiez cette histoire d'extraction de données, Mel. Je veux savoir de façon certaine si SSD est bien la seule entreprise dans la zone qui nous intéresse.

Cooper se mit à pianoter sur son clavier.

– Hum. J'ai vingt millions de réponses pour « extraction de données ».

– Vingt *millions* ?

Pendant l'heure suivante, l'équipe regarda Cooper réduire peu à peu la liste pour arriver aux principales entreprises d'extraction de données du pays – une demi-douzaine. Il chargea des centaines de pages d'informations de leurs sites. En comparant les diverses listes de clients de ces entreprises et les articles utilisés comme pièces à conviction par 522, il apparut que SSD était la source la plus probable de toutes les informations et était, en fait, la seule basée à New York ou à proximité.

– Si vous voulez, dit Cooper, je peux télécharger leur brochure commerciale.

– Oh oui, nous le voulons, Mel ! Allez-y.

Amelia s'assit à côté de Rhyme, face à l'écran. Ils virent apparaître le site de SSD, surmonté du logo de l'entreprise : une tour de guet avec une fenêtre d'où partait un immense faisceau de rayons.

Strategic Systems Datacorp

Trouver vos fenêtres d'opportunité SM

SSD®

« La connaissance, c'est le pouvoir... » Le bien le plus précieux du XXIe siècle est l'information, et SSD est leader dans l'exploitation des données afin de concevoir vos stratégies, redéfinir vos objectifs et vous aider à concevoir des solutions face à la multitude de défis auxquels vous avez à faire face dans le monde d'aujourd'hui. Avec plus de 4 000 clients aux États-Unis et dans le reste du monde, SSD occupe la premier rang mondial des extracteurs de données.

LA BASE DE DONNÉES

Le CerclePremier® est la plus importante base de données mondiale, avec des informations clés sur 280 millions d'Américains et 130 millions de citoyens d'autres pays. Elle est fondée sur notre réseau de marque déposée Massively Parallel Computer Array (MPCA)®, le plus puissant système informatique commercial jamais créé.

Le CerclePremier® détient à ce jour 500 petabits d'informations – ce qui équivaut à autant de milliards de pages de données – et nous prévoyons une extension à court terme du système

jusqu'à un exabit de données, sachant qu'il suffirait de cinq exabits pour stocker la retranscription de tous les mots prononcés par tous les êtres vivants dans l'histoire de l'humanité !
Nous possédons des trésors de données publiques et personnelles : numéros de téléphone, adresses, immatriculations de véhicules, permis divers, récapitulatifs d'achats et préférences, déplacements et séjours hors domicile, données administratives personnelles et statistiques vitales, histoire médicale, crédits, dossiers fiscaux, revenus et beaucoup, beaucoup d'autres choses. Nous remettons ces données entre vos mains à la vitesse de la lumière, sous une forme facilement accessible et immédiatement exploitable – nous travaillons sur mesure en fonction de vos besoins spécifiques.
Le CerclePremier® se développe à raison de plusieurs centaines de milliers d'entrées par jour.

LES OUTILS

• Watchtower DBM® : premier système mondial de gestion des banques de données. Votre partenaire en planification stratégique, Watchtower®, vous aide à cibler vos objectifs, extrait du CerclePremier® les données les plus significatives et produit une stratégie gagnante qui arrive directement sur votre bureau, 24 heures sur 24 et 7 jours sur 7, via nos serveurs ultrarapides sécurisés à 100 %. Watchtower® répond aux normes définies voici plusieurs années par le langage SQL, et les améliore.

• Xpectation® : logiciel prédictif de comportement, fondé sur la toute dernière technologie d'intelligence artificielle et de création de modèles. Fabricants, fournisseurs de services, grossistes et détaillants... vous voulez savoir comment votre marché évolue et ce que voudront demain vos clients ? Ce produit vous est destiné. Et si vous travaillez dans le domaine de la police, prenez note : avec Xpectation®, vous pouvez prédire quand et où des crimes seront commis, et, plus important encore, qui est susceptible de les commettre.

• FORT® (Finding Obscure Relationships Tool – Outil de détection de relations cachées) : un produit exclusif et révolutionnaire qui analyse des millions de faits sans rapport apparent pour découvrir des connexions que les individus ne peuvent découvrir eux-mêmes. Que vous soyez une entreprise commerciale désireuse de mieux connaître le marché, ou une institution policière confrontée à une délicate enquête criminelle, FORT® vous mettra sur la voie de la solution !

• ConsumerChoice® : un logiciel de veille et d'analyse qui vous permet de connaître avec précision les réactions des consommateurs à vos campagnes de publicité et de marketing, et à vos nouveaux produits. Laissez tomber les groupes subjectifs d'opinion. Désormais, grâce à la veille biométrique, vous pouvez connaître et analyser ce que pensent vraiment les individus de vos éventuels projets – souvent sans savoir eux-mêmes qu'ils sont observés !

• HubOvervue® : logiciel d'information et de consolidation. Ce produit, d'une utilisation facile, vous permet de contrôler toutes les bases de données internes de votre organisation – et, selon les circonstances, à l'intérieur des opérations d'autres entreprises.

• SafeGuard® : logiciel de vérification de la sécurité et de l'identité des services. Qu'il s'agisse de menaces terroristes, de kidnapping professionnel, d'espionnage industriel ou de vol par les employés ou les clients, safeGuard® vous apporte la sécurité et vous permet de vous concentrer sur la bonne marche de votre entreprise. Ce service assure la vérification des antécédents des dirigeants, et des agences de sécurité. Il est utilisé par des organisations professionnelles et des gouvernements du monde entier. La division safeGuard® de SSD gère également Bio-Chek, n° 1 de l'industrie du logiciel de surveillance biométrique.

• NanoCure® : logiciel de recherche médicale et de services. Bienvenue dans le monde des systèmes intelligents de la microbiologie pour le diagnostic et le traitement de la maladie. En collaboration avec des médecins, nos spécialistes en nanotechnologies conçoivent des solutions aux problèmes de santé courants qui se posent à la population de nos jours. Depuis la maîtrise des aspects génétiques jusqu'au développement des étiquettes injectables pour la détection et les traitements de longue durée et celle des maladies mortelles, notre division nanoCure® travaille à l'avènement d'une société plus saine.

• OnTrial® : systèmes et services d'assistance juridique. Des problèmes de produits défectueux aux affaires antitrust. Établissement des dossiers, déposition et contrôle des pièces.

• PublicSure® : logiciel de police. LE système de consolidation et de gestion des dossiers criminels ou apparentés conservés dans les bases de données internationales, fédérales et locales. Via publicSure®, les résultats de recherche peuvent être chargés en quelques secondes dans les ordinateurs de bureau ou de véhicules de police, ordinateurs de poche ou téléphones portables, pour aider les enquêteurs à solutionner rapidement des affaires et à optimiser la formation et la sécurité des policiers sur le terrain.

• EduServe® : logiciel d'assistance et de services scolaires et universitaires. La maîtrise de ce que les jeunes apprennent est la clé d'une société de réussite. EduServe® aide les équipes éducatives et les professeurs à exploiter plus utilement leurs ressources et offre des services garantissant la meilleure éducation possible par dollar dépensé.

Rhyme éclata d'un rire incrédule.

– Eh bien, si 522 peut mettre la main sur toute cette information… c'est vraiment monsieur-je-sais-tout !

– Écoutez ça, dit Mel Cooper. J'étais en train de lister les boîtes que possède SSD. Choisissez-en une.

– Je ne sais pas ce que signifient ces initiales, mais je choisis DMS, répondit Rhyme. Ce sont les fabricants de l'étiquette qui était dans le cahier, n'est-ce pas ?

– Gagné.

Personne ne parla pendant tout un moment. Rhyme nota que chacun regardait la fenêtre étincelante de SSD sur l'écran de l'ordinateur.

– Et alors, murmura Sellitto. Où ça nous mène ?

– À organiser une surveillance ? suggéra Pulaski.

– Ça se pourrait bien, dit Sellitto. Je vais appeler le service pour mobiliser quelques équipes.

Rhyme lui jeta un regard cynique.

– Surveiller une entreprise avec quoi ? Un millier d'employés ?

Il secoua la tête.

– Tu connais le rasoir d'Occams, Lon ?

– C'est qui, ce foutu Occams ? Un barbier ?

– Un philosophe. Et son rasoir, une métaphore – face à un phénomène, couper toutes les explications inutiles. D'après sa théorie, quand on a de multiples possibilités c'est presque toujours la plus simple qui est la bonne.

– Quelle est donc ta simple théorie, Rhyme ?

– Je pense que vous devriez, Pulaski et toi, faire demain matin une petite visite chez SSD.

– Pourquoi ?

Le criminologue haussa les épaules.

– Pour leur demander si quelqu'un travaillant chez eux ne serait pas le tueur.

CHAPITRE 16

Chez moi, enfin.

Je ferme la porte.

Sur le monde.

Je respire à pleins poumons, je pose mon sac à dos sur le canapé, vais dans la cuisine à la propreté impeccable pour boire un peu d'eau pure. Pas d'excitants pour moi – pour le moment.

Cet énervement, à nouveau.

C'est une jolie maison. Datant d'avant guerre, et vaste (il le faut pour la vie que je mène, avec toutes ces collections). Ce n'est pas facile de trouver l'endroit parfait. Ça m'a pris du temps. Et me voilà ici, pratiquement incognito. Se rendre virtuellement invisible à New York est d'une facilité obscène. Quelle ville formidable ! On peut y vivre par défaut. Hors cadre, disons. Il faut lutter pour s'y faire remarquer. C'est ce que font de nombreux Seize, bien sûr. Mais il y a longtemps que le monde compte plus d'imbéciles qu'il ne lui en faut.

N'empêche, voyez-vous, il faut soigner les apparences. Les pièces de façade de ma maison en ville sont décorées avec goût et simplicité (merci, la Scandinavie). Je ne fraie guère avec les gens d'ici, mais on a besoin d'une façade qui présente bien. Il faut fonctionner dans le monde réel. Sinon, les Seize commencent à se poser des questions, à se dire qu'il se passe des choses, que vous n'êtes peut-être pas celui que vous semblez être.

Et vous voyez bientôt arriver quelqu'un qui fourre son nez dans votre Placard et vous prend tout ce que vous avez. Tout ce qui vous a coûté tant de peine.

Tout.

Et ça, c'est ce qui peut arriver de pire.

Vous faites donc en sorte de garder votre Placard secret. Vous vous assurez que vos trésors sont bien cachés derrière des rideaux ou des volets clos tandis que vous continuez à mener votre autre vie au grand jour, sur la face éclairée de la lune. Mieux vaut rester hors cadre qu'avoir un deuxième logement. Faites comme moi : gardez cette patine moderne de normalité danoise propre et ordonnée, même si le fait d'être là vous agace les nerfs comme une pointe d'acier sur une ardoise.

Vous avez une maison normale. Parce que tout le monde a ça.

Et vous entretenez des rapports aimables avec vos associés et vos amis. Parce que tout le monde fait ça.

Et vous sortez avec une fille à l'occasion et l'amenez à passer la nuit, et vous allez jusqu'au bout du processus.

Parce que c'est également ce que tout le monde fait. Tant pis si elle ne vous attire pas aussi violemment que celle que vous avez suivie jusqu'à sa chambre en prononçant des mots doux, nous sommes faits l'un pour l'autre, vois tout ce que nous avons en commun – avec un magnétophone et un couteau dans la poche de votre veste.

Je descends les stores des baies vitrées et me dirige vers le fond du salon.

– Dites donc, c'est rudement bien, ici… Ça paraît plus grand que de l'extérieur.

– Oui, c'est drôle.

– Tiens, vous avez une porte dans votre salon. Qu'est-ce qu'il y a derrière ?

– Oh, ça… Un débarras. Rien d'intéressant. Je vous offre un peu de vin ?

Eh bien, ce qu'il y a derrière, Debby, Sandra, Susan, Brenda, c'est ce que je vais voir maintenant. C'est en fait un Placard, une garde-robe, et vous y trouverez des vêtements pendus et des boîtes à chaussures. Mais en les poussant de côté, vous découvrirez une deuxième porte. Elle donne sur reste de la maison, qui est loin, très loin, de l'affreux minimalisme suédois de la partie avant.

Mon Placard…

J'y pénètre, referme les portes derrière moi et fais de la lumière.

J'essaie de me détendre. Mais après ce qui s'est passé aujourd'hui, après ce désastre, j'ai du mal à dominer mon énervement.

Ce n'est pas bien ce n'est pas bien ce n'est…

Je me laisse choir dans mon fauteuil de bureau, branche l'ordinateur et regarde le Prescott face à moi. Merci Alice 3895. Quelle touche ! Les yeux des divers membres de la famille sont fascinants. Prescott a su donner à chacun un regard différent. Il est évident qu'ils sont tous parents ; l'expression est la même de ce point de vue. Et pourtant ils sont différents, à croire que chacun songe à un certain aspect de la vie en famille : heureux, perturbé, furieux, autoritaire, maître de soi…

C'est tout ça, la famille ?

Je le suppose.

J'ouvre le sac à dos et en sors les trésors que j'ai acquis aujourd'hui. Une boîte en fer-blanc, des crayons, une vieille râpe à fromage… Pourquoi jeter tout cela ? Je sors également quelques objets pratiques que j'utiliserai pendant les prochaines semaines : plusieurs courriers d'acceptation de crédits adressés (en guise de publicité) à des gens qui les ont imprudemment jetés, des reçus de cartes de crédit, des notes de téléphone… Des imbéciles, vous dis-je !

Il y a autre chose, bien sûr, pour ma collection, mais je m'occuperai plus tard du magnétophone. Ce n'est pas aussi bien que ça l'aurait pu, car j'ai dû étouffer avec du ruban adhésif la voix rauque de Myra qui hurlait pendant que je lui arrachais l'ongle (je craignais qu'un passant ne l'entende). Mais il ne peut pas y avoir que des joyaux de la couronne dans une collection ; on a besoin de choses banales pour mettre en valeur ce qui est exceptionnel.

Je passe ensuitc un moment dans mon Placard, pour ranger les trésors à leur place.

Ça paraît moins grand de l'extérieur…

À ce jour, je possède 7 403 journaux, 3 234 magazines (*National Geographic* étant le plus important, bien entendu), 4 235 pochettes d'allumettes… et je ne sais combien – mais en quantités – de cintres, ustensiles de cuisine, plateaux-repas, bouteilles de soda, boîtes de céréales vides, ciseaux, nécessaires à raser, chausse-pieds et embauchoirs, boutons, boîtes de boutons de manchette, peignes, montres, vêtements, outils utiles et outils tombés depuis longtemps en désuétude. Des disques de phonographe en couleurs, des disques noirs. Des bouteilles, des jouets, des bocaux de confiture, des bougies et des chandeliers, des bonbonnières, des armes… Et ainsi de suite.

Qu'y a-t-il encore dans le Placard ? Il y a la galerie des Seize, telle un musée : ça va des mignons petits jouets (même si je trouve cet Howdy Doody assez effrayant, toute vedette de la télé qu'il soit) à des pièces entières emplies de choses qui sont pour *moi* des trésors, mais que la plupart des gens trouveraient, hum, pénibles à regarder. Comme cet ongle de Myra 9834 auquel j'ai attribué cet après-midi un emplacement de choix. Et alors que ceci me donnerait normalement assez de plaisir pour me faire bander à nouveau, ce moment est gâché.

Je Les déteste à un point…

Je referme le coffre à cigares de mes mains tremblantes. Mes trésors ne me donnent plus de plaisir pour le moment.

Je Les déteste, je Les déteste, je Les déteste…

Retour à l'ordinateur. Je réfléchis. Il n'y a peut-être aucun danger. Ce n'est peut-être qu'un extraordinaire jeu de circonstances qui Les a conduits jusqu'au domicile de DeLeon 6832.

Mais je ne peux pas prendre le moindre risque.

Le danger : qu'on m'enlève mes trésors. C'est cette idée qui me mine.

La solution : finir ce que j'ai commencé à Brooklyn. Rendre les coups. Éliminer tous les risques.

Il y a quelque chose que la plupart des Seize, y compris mes poursuivants, ne saisissent pas et qui Leur donne un terrible désavantage sur moi : je crois en cette vérité immuable qu'il n'y a absolument rien de moralement condamnable à supprimer une vie humaine. Car je crois en une existence éternelle complètement indépendante de ces sacs de chair et d'organes que nous portons temporairement. J'en ai la preuve : regardez simplement la somme de données qui concerne votre existence, accumulée depuis l'instant de votre naissance. Elles sont permanentes, stockées dans un millier d'endroits, copiées, confirmées, sauvegardées, invisibles et indestructibles. Après le départ du corps, et tous les corps doivent partir, les données survivent à jamais.

Et si ce n'est pas la définition d'une âme immortelle, je ne sais pas ce que c'est.

CHAPITRE 17

La chambre était silencieuse.

Rhyme avait envoyé Thom passer la soirée du dimanche avec Peter Hoddins, son ami de longue date. Rhyme menait la vie dure à Thom. C'était plus fort que lui et il s'en voulait parfois. Alors il s'efforçait de lui offrir des compensations et quand Amelia Sachs restait avec lui, comme ce soir-là, il donnait congé à son aide. Le jeune homme ne pouvait se suffire d'une vie dans cet hôtel particulier à soigner un vieil invalide irascible.

Rhyme entendait divers petits bruits dans la salle de bains. Les bruits d'une femme qui se prépare pour la nuit. Tintements de verre et claquements de couvercles en plastique, soupirs d'aérosols, eau qui s'écoule, fragrances qui s'envolent dans un air saturé d'humidité...

Il aimait ces moments. Ils lui rappelaient sa vie d'Avant.

Et ces souvenirs eux-mêmes le ramenaient aux photographies qui se trouvaient à l'étage en dessous, dans le laboratoire. À côté de celle de Lincoln en survêtement, il y en avait une en noir et blanc. On y voyait côte à côte deux minces jeunes hommes en complet, les bras raides, comme s'ils avaient hésité à s'étreindre.

Le père de Rhyme et son oncle.

Lincoln Rhyme pensait souvent à l'oncle Henry. Moins souvent à son père. Il en avait été ainsi toute sa vie. Oh, il n'y avait rien à reprocher à Teddy Rhymes. Le plus jeune des deux frères était simplement d'un caractère plus renfermé, souvent timide. Il adorait son travail, qui le voyait penché sur des chiffres de neuf heures du matin à cinq heures de l'après-midi dans divers laboratoires, adorait lire, ce qu'il faisait chaque soir, allongé dans un confortable fauteuil pendant qu'Anne, son épouse, cousait ou regardait la télévision. Teddy avait une passion pour l'Histoire, en particulier la période de la guerre civile américaine, une passion à laquelle Rhyme pensait devoir son prénom.

Le garçon et son père coexistaient agréablement, mais Rhyme gardait le souvenir de bien des silences embarrassés lorsqu'ils étaient seuls. Ce qui vous dérange est aussi ce qui vous réveille. C'est face aux défis qu'on se sent vivant.

L'oncle Henry, lui, en lançait. En rafales.

On ne pouvait pas rester plus de cinq minutes avec lui dans la même pièce sans que son attention se braque sur vous tel un projecteur. Venaient alors les plaisanteries, les petites saillies, les nouvelles récentes de la famille. Et toujours, les questions. Certaines étaient motivées par un désir sincère de savoir, mais la plupart étaient une invitation à débattre avec lui. Henry Rhyme adorait les joutes intellectuelles. On se recroquevillait sur son siège, on rougissait, on était furieux. Mais on éclatait de fierté quand tombait l'un de ses rares compliments, car on était certain de l'avoir mérité. Aucun éloge gratuit, aucun encouragement injustifié n'échappait jamais aux lèvres de l'oncle Henry.

Tu y es presque. Réfléchis ! Tu le sais, même si tu ne t'en rends pas compte. Einstein était à peine plus vieux que toi qu'il avait déjà accompli l'essentiel de ses travaux !

Si on donnait la bonne réponse, on avait l'honneur d'un haussement de sourcils approbateur qui valait tous les prix Nobel. Mais il arrivait trop souvent que vos arguments soient fallacieux, votre raisonnement bancal, les faits que vous invoquiez biaisés... Ce qui était en jeu, toutefois, n'était pas sa victoire ou la vôtre ; son seul but était de parvenir à la vérité et de s'assurer que vous compreniez comment. Une fois qu'il avait pulvérisé vos arguments et était certain que vous saviez pourquoi, on n'en parlait plus.

Tu comprends où tu te trompais, maintenant ? Tu calculais la température à partir d'éléments incorrects. Exactement ! Et maintenant, on va donner quelques coups de fil pour voir si on peut aller à quelques-uns assister au match des White Sox samedi. J'ai envie d'un bon hot dog, et ce n'est sûrement pas à Comiskey Park qu'on pourra s'en offrir un, surtout en octobre !

Lincoln avait pris beaucoup de plaisir à ces joutes intellectuelles. Il se rendait souvent à Hyde Park en voiture, pour participer aux séminaires de son oncle ou aux groupes informels de discussion que ce dernier animait à l'université ; en fait, il y était plus assidu qu'Arthur, souvent occupé à d'autres activités.

Si son oncle avait été encore vivant, il serait certainement entré dans la chambre de Rhyme et aurait montré du doigt le chromatographe à gaz avant de lancer, sans un regard pour son corps paralysé : « Comment ? Tu te sers encore de ce vieux machin ? » Puis, campé devant les tableaux blancs couverts de listes d'indices, l'aurait mitraillé de questions sur la conduite de l'affaire.

Oui, mais est-il logique, *pour cet individu, de se comporter de cette façon ? Récapitulons les principaux éléments dont tu disposes.*

Il revit la soirée à laquelle il avait fait allusion plus tôt : la veillée de Noël de sa dernière année de lycée, à Evanston chez son oncle. Il y avait là Henry, Paula et leurs enfants Robert, Arthur et Marie ; Teddy et Anne avec Lincoln, quelques oncles, tantes et cousins. Un ou deux voisins.

Lincoln et Arthur avaient passé la plus grande partie de la soirée au rez-de-chaussée, à jouer au billard et à parler de leurs entrée en fac. Lincoln avait opté pour le prestigieux Massachusetts Institute of Technology de Boston. Arthur s'y voyait bien aussi. Ils étaient l'un comme l'autre certains d'être admis, et parlaient ce soir-là de prendre une chambre sur le campus, ou un appartement à l'extérieur – camaraderie masculine ou tanière pour petites amies ?

La famille était rassemblée autour de la grande table de la salle à manger. La maison de l'oncle Henry était toute proche du lac Michigan dont les eaux se soulevaient ce soir-là sous le vent qui sifflait entre les branches grises et dénudées des arbres du jardin. Henry présidait à table comme il avait l'habitude de présider en classe, soucieux de tout et attentif à tous, un mince sourire aux lèvres, le regard vif, prenant part à toutes les conversations autour de lui. Il plaisantait, racontait des anecdotes, posait mille questions à ses hôtes sur leur vie et leurs occupations. Il était intéressé, curieux – et parfois manipulateur. *Alors, Marie, puisque nous voici rassemblés, parle-nous de cette bourse à Georgetown ! Tout le monde sera d'accord, je pense, pour dire que c'est une très bonne chose pour toi. Et Jerry pourra venir te voir les week-ends avec sa superbe voiture. À propos, quelle est la date limite pour le dépôt des candidatures ? Ça se rapproche, il me semble ?*

Et sa fille, timide et menue, lui répondait en évitant son regard qu'en effet, avec Noël et les contrôles de fin de trimestre, elle n'avait pas eu le temps de remplir tous les papiers, mais qu'elle allait s'en occuper. Sans faute.

Henry voulait avant tout, bien sûr, que sa fille s'engage devant témoins, et peu importait qu'elle soit séparée de son fiancé pour six mois de plus.

Rhyme avait toujours pensé que son oncle aurait fait un excellent avocat, ou un habile politicien.

Après qu'on eut débarrassé les restes de dinde et de tourte à la viande, et que café, thé et Grand Marnier eurent fait leur apparition, Henry avait invité tout le monde à passer dans le salon dominé par une cheminée monumentale – et crépitante – et le portrait sévère du défunt grand-père de Lincoln, professeur à Harvard et trois fois docteur de l'université.

C'était le moment de la compétition.

Henry lançait une question scientifique et le premier qui répondait avait un point. Les trois meilleurs recevaient ensuite des prix sous forme de présents choisis par Henry et soigneusement emballés par Paula.

La tension était palpable – comme toujours quand Henry présidait. On pouvait compter sur le père de Lincoln pour répondre à un bon nombre de questions sur la chimie. S'il y avait du calcul, sa mère, enseignante à temps partiel, répondait à certaines avant même qu'Henry ait fini de les poser. Mais les premiers étaient toujours les cousins – Robert, Marie, Lincoln et Arthur – et le fiancé de Marie.

Vers la fin, autour de huit heures, les concurrents étaient littéralement dressés au bord de leurs chaises. Le classement changeait à chaque question. Les paumes étaient moites. Alors qu'il ne restait plus que quelques minutes de jeu à la montre de Paula, Lincoln répondit juste à trois questions d'affilée, s'assurant ainsi la première place. Marie était deuxième, Arthur troisième.

S'inclinant théâtralement sous les applaudissements, Lincoln avait donc reçu le premier prix des mains de son oncle. Il se rappelait encore son étonnement en défaisant l'emballage de gros papier vert sombre : une petite boîte en plastique transparent contenant un cube en ciment de trois centimètres. Ce n'était pas une farce, pourtant. Il tenait entre ses doigts un morceau du stade Field de l'Université de Chicago, où avait eu lieu la première réaction atomique de l'Histoire, sous la direction de son cousin, d'Arthur Compton et d'Enrico Fermi. Henry avait apparemment acquis un fragment de ce stade à la destruction de celui-ci en 1950. Lincoln avait été très touché par la valeur historique de ce trophée, et heureux d'avoir joué de son mieux. Il avait toujours quelque part ce petit bloc de ciment, au fond d'un carton dans le sous-sol de la maison.

Mais il n'avait guère eu le temps d'admirer son prix.

Car il avait ce soir-là rendez-vous avec Adriana.

Comme le reste de sa famille, rappelée à sa mémoire alors qu'il s'y attendait le moins, la jolie gymnaste aux cheveux roux vivait toujours dans ses souvenirs.

Adriana Waleska travaillait dans un bureau de l'administration de la fac. Un peu plus tôt dans l'année, en venant lui remettre un formulaire, il avait remarqué sur sa table le roman d'Heilein *En terre étrangère*. Ils avaient passé l'heure suivante à en discuter, d'accord sur beaucoup de points, pas d'accord sur quelques-uns, et Lincoln s'était finalement aperçu qu'il venait de rater le cours de chimie. Peu importait. Dans la vie, il y a des priorités.

Elle était grande, mince, avait des attaches fines et un corps magnifique sous ses pulls duveteux et ses jeans à pattes d'éléphant. Son sourire allait de l'exubérance à la séduction. Ils n'avaient pas tardé à sortir ensemble, l'un comme l'autre faisant pour la première fois l'expérience d'une véritable aventure amoureuse. Chacun assistait aux matchs que disputait l'autre, ils passaient des après-midi au musée, des soirées dans les clubs de jazz de la vieille ville, et quelques moments aussi sur la banquette arrière de la Chevy Monza d'Adriana, dont l'étroitesse n'autorisait guère d'extravagances. Adriana habitait non loin de la maison de Lincoln, compte tenu des performances de coureur de fond de celui-ci – mais ce n'était pas une raison suffisante pour se rendre à pied chez elle : il n'était pas question d'y arriver en sueur. Il empruntait donc, quand il le pouvait, la voiture familiale.

Ils passaient des heures à discuter. Comme avec l'oncle Henry, Lincoln et Adie s'affrontaient intellectuellement et y prenaient grand plaisir.

Il y avait des obstacles. Il partait l'année suivante à Boston ; elle, à San Diego pour étudier la biologie et travailler dans un zoo. Mais ce n'étaient que des complications et Lincoln Rhyme, déjà, refusait de voir dans les complications des excuses.

Plus tard – après l'accident et après le divorce avec Blaine –, Rhyme devait souvent se demander ce qui se serait passé si Adriana et lui avaient poursuivi ce qu'ils avaient commencé. Le soir de Noël de cette année-là, en vérité, il avait été tout près de la demander en mariage. Il avait même songé à lui offrir non pas une bague mais, comme il en avait eu l'idée, « une nouvelle variété de pierre » – le prix offert par son oncle au vainqueur du tournoi de cette année-là.

Mais il avait renoncé, à cause du temps. Alors qu'ils étaient assis l'un contre l'autre sur un banc, la neige s'était mise à tomber du ciel silencieux du Midwest pour recouvrir en quelques minutes leurs vêtements et leurs cheveux d'une couche épaisse et lourde.

Adriana était rentrée chez elle et Lincoln chez lui avant que les routes soient bloquées. Cette nuit-là, dans son lit, la petite boîte en plastique à côté de lui, il avait peaufiné et longuement répété sa demande en mariage.

Une demande qu'il ne devait jamais présenter. Divers évènements avaient changé le cours de leurs existences, des évènements apparemment mineurs, aussi minuscules peut-être que les atomes invisibles qui avaient provoqué la fission nucléaire dans un vieux stade universitaire, et changé le monde à jamais.

Tout aurait été différent...

Rhyme aperçut Amelia en train de brosser ses longs cheveux roux. Il resta un moment à la regarder, heureux qu'elle ait décidé de rester – plus heureux que d'habitude. Rhyme et Amelia étaient inséparables. C'étaient aussi deux êtres farouchement indépendants, qui préféraient souvent rester momentanément séparés. Mais ce soir, il la voulait près de lui. Il voulait son corps près du sien, et la sensation – aux rares endroits où il pouvait encore en avoir – était d'autant plus intense qu'elle était rare.

Son amour pour elle était l'une des motivations qui le poussaient à suivre un régime intense d'exercices physiques assistés par ordinateur sur un tapis de jogging électronique et un vélo équipé d'électrostimulateurs musculaires. Si la science médicale parvenait un jour à franchir cette frontière et lui permettait de marcher à nouveau, ses muscles seraient prêts. Il envisageait aussi une nouvelle opération susceptible d'améliorer sa condition en attendant ce jour. Expérimentale, et objet de controverse, cette opération avait été mise au point depuis plusieurs années, avec un faible taux de résultats positifs. Mais plus récemment, des médecins étrangers l'avaient tentée à nouveau avec quelque succès, malgré un avis défavorable de la communauté médicale. La technique consistait à mettre en contact des nerfs situés au-dessus de la région lésée avec ceux qui se trouvaient en dessous : le contournement d'un pont détruit par l'inondation.

Ces succès concernaient généralement des sujets beaucoup moins atteints que Rhyme, mais les résultats étaient remarquables : récupération du contrôle de la vessie, de la mobilité des membres, et même retour à la marche. Rhyme ne pouvait en espérer autant, mais ses discussions avec un médecin japonais inventeur et pionnier de cette technique opératoire, et avec l'un de ses collègues d'un centre hospitalier universitaire de haut niveau, lui avaient fait entrevoir certaines améliorations, notamment au niveau des bras, des jambes et de la vessie.

Du sexe également.

Les hommes paralysés, y compris les tétraplégiques, sont parfaitement capables de faire l'amour. Si le stimulus est mental – vision d'un homme ou d'une femme attirants à nos yeux –, alors, non, le message ne franchit pas la partie lésée de l'épine dorsale. Mais le corps est un mécanisme intelligent et il existe un circuit nerveux qui fonctionne tout seul, sous cette partie lésée. Il suffit d'un léger stimulus local pour que les hommes les plus gravement handicapés retrouvent leur vigueur sexuelle.

L'interrupteur de la salle de bains cliqueta et il vit sa silhouette approcher et grimper dans ce qu'elle avait salué depuis longtemps comme le lit le plus confortable du monde.

– Je… commença-t-il, la voix aussitôt étouffée tandis qu'elle l'embrassait à pleine bouche.

– Tu disais… ? murmura-t-elle en laissant glisser ses lèvres sur son menton, puis dans son cou.

Il avait oublié.

– Je ne sais plus.

Il lui happa l'oreille entre ses lèvres et comprit qu'on écartait de lui le drap et les couvertures. Ceci demanda un certain effort à Amelia, Thom faisant toujours le lit comme un soldat terrorisé par son adjudant. Mais il vit bientôt que la literie formait un tas sur le sol. Le T-shirt d'Amelia vint s'y ajouter.

Elle l'embrassa à nouveau. Il lui rendit son baiser avec fougue.

À cet instant, le téléphone de la jeune femme sonna.

– Ah, murmura-t-elle. Je n'ai rien entendu.

Après quatre sonnerie, le silence revint. Puis l'appareil se remit à sonner.

– C'est peut-être ta mère, dit Rhyme.

Rose Sachs était soignée pour des problèmes cardiaques. Le pronostic était bon, mais elle avait fait récemment plusieurs rechutes.

Amelia poussa un grognement et ouvrit le téléphone d'une pichenette, jetant sur leurs deux corps une lumière bleue. Elle regarda l'écran.

– C'est Pam. Il vaut mieux que je réponde.

– Bien sûr.

– Allô ? Qu'y a-t-il ?

Rhyme comprit très vite que quelque chose n'allait pas.

– Bien sûr… Mais je suis chez Lincoln. Tu veux venir ici ? (Elle regarda Rhyme, qui opina du chef.) D'accord, ma chérie. Mais oui, on sera réveillés.

Le téléphone se referma avec un claquement sec.

– Qu'y a-t-il ?

– Je n'en sais rien. Elle n'a pas voulu le dire. Elle a seulement dit que Dan et Enid avaient chacun des urgences à assurer ce soir, et qu'elle ne voulait pas rester seule chez moi.

– Ça ne me gêne pas qu'elle vienne, tu le sais.

Amelia se rallongea et sa bouche retrouva celle de Rhyme. Elle murmura :

– J'ai compté. Il faut qu'elle prépare un sac avec ses affaires, puis qu'elle sorte la voiture du garage… elle en a pour trois bons quarts d'heure avant d'arriver ici. Ça nous laisse un peu de temps.

Elle se pencha pour l'embrasser.

La sonnette de l'entrée retentit et tout de suite après, le bourdonnement de l'interphone.

– M. Rhyme ? Amelia ? Bonsoir ! C'est moi. Vous voulez bien m'ouvrir ?

Rhyme éclata de rire :

– Je crois qu'elle était sur le trottoir quand elle nous a appelés.

Pam et Amelia se retrouvèrent dans l'une des chambres de l'étage. C'était celle de la jeune fille quand elle voulait dormir chez Rhyme et Amelia. Il y avait un ou deux animaux en peluche abandonnés sur une étagère (quand votre mère et votre beau-père sont en cavale, poursuivis par le FBI, vous ne croulez pas sous les jouets) mais les livres et les CD se comptaient par centaines. Et grâce à Thom, il y avait toujours une réserve de pulls, de T-shirts et de chaussettes propres. Une radio et une minichaîne. Des chaussures de sport. Pam adorait courir sur le chemin de 2,5 kilomètres qui ceinture Central Park.

Assise sur le lit, elle se passait avec application du vernis à ongle sur les orteils, entre lesquels elle avait glissé de petits tampons de coton. Sa mère lui avait interdit cela, tout comme le maquillage (« par respect pour le Christ », ce qui n'était pas si simple à comprendre). Et depuis qu'elle avait échappé à la clandestinité dans laquelle elle l'avait fait vivre, Pam s'autorisait quelques additions à sa personne, comme des reflets rouge sombre dans ses cheveux et trois piercings aux oreilles. Amelia était soulagée qu'elle ne tombe pas dans l'excès : si quelqu'un avait des raisons pour ça, c'était pourtant Pam.

Amelia était affalée dans un fauteuil, les pieds en l'air, ses propres orteils nus. Un vent léger pénétrait dans la chambre, chargé du mélange compliqué d'odeurs en provenance de Central Park : herbe, terre, feuilles humides, gaz d'échappement… Elle prit une gorgée de chocolat chaud.

– Aïe ! Souffle dessus avant de boire !

Pam souffla dans sa tasse, et goûta.

– C'est bon. Ah, oui, c'est chaud !

Elle se pencha à nouveau sur ses ongles. Après l'insouciance de la matinée, on lisait sur son visage un trouble, une inquiétude.

– Tu sais comment ça s'appelle ? demanda Amelia en pointant le doigt.

– Les pieds ? Les orteils ?

– Non, le dessous.

– Bien sûr ! Le dessous des pieds et le dessous des doigts de pieds !

Elle rirent.

– Non, dit Amelia. La plante du pied, et les coussinets. Ça laisse des empreintes, exactement comme les doigts des mains. Un jour, Lincoln a arrêté un type qui a été condamné parce qu'il avait frappé à coups de pieds sa victime évanouie. Mais il l'avait ratée une fois et avait tapé dans la porte qui se trouvait juste derrière, en y laissant ses empreintes.

– Super ! M. Rhyme devrait écrire un autre livre.

– Je l'y pousse. Alors, Pam, que se passe-t-il ?

– C'est Stuart.

– Continue.

– Je n'aurais peut-être pas dû venir. C'est idiot.

– Allons, je t'en prie. N'oublie pas que je suis flic. Je te ferai cracher le morceau de toute façon.

– Eh bien, voilà. C'est simplement qu'Emily m'a appelée aujourd'hui. Je me suis dit, Emily qui appelle un dimanche c'est bizarre, il y a quelque chose… Mais elle tournait autour du pot, genre j'ai un truc à te dire mais j'ose pas. Puis elle s'est décidée et elle a dit qu'elle avait vu Stuart avec quelqu'un. Une fille du lycée. Après le match de foot. Sauf qu'à moi, il avait raconté qu'il rentrait chez lui.

– Ah. Mais quels sont les faits ? Ils discutaient simplement ? Où est le mal ?

– Emily dit qu'elle n'en jurerait pas, mais qu'il lui a bien semblé qu'il se tenaient de près. Puis il a vu qu'on le regardait, et il s'est vite écarté.

Le vernissage des ongles était momentanément abandonné.

– Je l'aime beaucoup, tu sais. Ce serait vraiment trop nul s'il ne voulait plus qu'on se voie.

Amelia et Pam étaient déjà allées chez un psy ensemble. Amelia avait discuté avec lui en tête à tête. Pam avait à traverser une période de stress posttraumatique, due à sa longue captivité avec des parents sociopathes, mais aussi à un épisode violent au cours duquel elle avait failli mourir, son beau-père choisissant de la sacrifier plutôt que de se laisser arrêter. Des incidents comme celui qui venait de se produire avec Stuart Everett, et auxquels une autre n'aurait pas attaché beaucoup d'importance, pouvaient avoir des effets dévastateurs sur le moral encore fragile de la jeune fille. On avait conseillé à Amelia de ne pas ajouter à ses angoisses, ni de tenter de les minimiser mais d'essayer, plutôt, de les prendre l'une après l'autre et de les analyser.

– Vous avez déjà discuté entre vous de cette éventualité : et si l'un des deux sort avec quelqu'un d'autre ?

– Il m'a dit… enfin, il y a un mois il m'a dit qu'il ne voyait personne d'autre. Moi non plus. C'est ce que je lui ai dit.

– D'autres renseignements ? demanda Amelia.

– Des renseignements ?

– Je veux dire, d'autres copains qu'Emily t'ont dit ça aussi ?

– Non.

– Tu connais des amis à lui ?

– Plus ou moins. Mais pas au point de leur parler d'une chose pareille. J'aurais l'air de quoi ?

Amelia sourit.

– Il faudra donc se passer des informateurs. Alors, pourquoi tu ne le lui demanderais pas, tout simplement ?

– Tu crois ?

– Je crois.

– Et s'il me dit que *oui*, il sort avec elle ?

– Alors tu pourras lui être reconnaissante de se montrer honnête avec toi. C'est bon signe. Et ce sera à toi de le convaincre de laisser tomber cette bimbo.

Elles éclatèrent de rire.

– Tu dis que tu veux simplement sortir avec ce garçon.

Et la mère qui sommeillait chez Amelia de se hâter d'ajouter :

– On ne parle pas de mariage, ni même d'habiter ensemble. Simplement de sortir.

– Comme toi et M. Rhyme.

– C'est ça. Mais si lui ne le veut pas, ciao.

– Non, ce n'est pas ça, dit Pam en fronçant les sourcils.

– Je ne faisais que répéter ce que tu dis. Mais alors, annonce-lui que tu as décidé de sortir avec un autre. Il ne peut pas être gagnant sur tous les tableaux.

– C'est vrai. Mais s'il répond : « Très bien » ?

La jeune fille se rembrunit à cette idée. Amélie secoua la tête en riant.

– Ce serait vraiment la tuile ! Mais je ne le vois pas te faire ce coup-là.

– Très bien. Je le verrai demain après les cours. Et je lui parlerai.

– Appelle-moi. Tiens-moi au courant.

Amelia se leva, prit le flacon de vernis et le reboucha.

– Dors, maintenant. Il est tard.

– Mais mes ongles ! Je n'ai pas fini !

– Mets des chaussettes.

– Amelia ?

La jeune femme s'arrêta sur le seuil.

– Vous allez vous marier, M. Rhyme et toi ?

Amelia sourit en refermant la porte.

III

LES DEVINS

Lundi 23 mai

Avec une extraordinaire précision, une habileté étrange, les ordinateurs prédisent les comportements en passant au crible les montagnes de données concernant les consommateurs, recueillies par les entreprises. Sous le nom d'analyse prédictive, cette boule de cristal automatique est devenue une industrie qui pèse 2,3 milliards de dollars aux États-Unis et devrait atteindre les 3 milliards d'ici 208.

Chicago Tribune

CHAPITRE 18

C'est vraiment énorme…

Amelia Sachs, assise dans le hall d'entrée de Strategic Systems Datacorp, se disait que la description que lui avait faite le président de l'entreprise de chaussures était carrément en dessous de la réalité.

L'immeuble du centre-ville avait trente étages : un monolithe de granit gris étincelant de mica. Les fenêtres se réduisaient à d'étroites fentes, ce qui ne laissait pas d'étonner étant donné la vue spectaculaire sur la ville qu'on avait de cette hauteur. Amelia connaissait bien cet immeuble, surnommé le Rocher gris, mais ne s'était jamais demandé à qui il appartenait.

Amelia et Ron Pulaski – qui avaient troqué leurs tenues décontractées pour un uniforme bleu marine et un tailleur de même couleur – se faisaient face devant un mur impressionnant sur lequel étaient représentés les sites d'implantation de SSD à travers le monde, parmi lesquels Londres, Buenos Aires, Dubaï, Singapour, Beijing, Sydney et Tokyo.

Carrément énorme…

Au-dessus de la liste figurait le logo de l'entreprise : la fenêtre dans la tour de guet.

Elle se rappela, avec une légère crispation d'angoisse au niveau du ventre, les fenêtres de l'immeuble abandonné, en face de l'hôtel de Robert Jorgensen ; et les paroles de Rhyme à propos de l'incident avec l'agent fédéral à Broadway : *Il savait exactement où tu te trouvais. Ce qui veut dire qu'il faut être prudente, Sachs…*

En parcourant du regard le vaste hall, elle vit une dizaine de personnes qui attendaient, nombre d'entre elles visiblement mal à l'aise, et elle se rappela le président de l'entreprise de chaussures et sa peur de compromettre son partenariat avec SSD. Puis elle les vit, comme un seul homme, tourner la tête vers le bureau de l'accueil. Ils regardaient un individu de petite taille, blond et jeune d'allure, qui venait d'entrer et se dirigeait vers Amelia Sachs et Pulaski. Il y avait dans son attitude une sorte de perfection tandis qu'il avançait à longues enjambées sur la moquette noir et blanc, prodiguant hochements de têtes et sourires et saluant pratiquement tout le monde par son prénom.

Un candidat à la présidence des États-Unis. Ce fut la première impression d'Amelia.

L'homme s'adressa aux policiers :

– Andrew Sterling. Bonjour.

– Détective Sachs. Mon collègue, l'officier Pulaski.

Sterling était nettement plus petit qu'Amelia, mais assez bien bâti, mince avec des épaules larges. Il portait une chemise blanche immaculée au col et aux manchettes empesés. Ses bras semblaient musclés ; la veste était coupée très près du corps. Aucun bijou. Des rides partaient en éventail au coin de ses yeux verts chaque fois que le sourire aimable passait sur son visage.

– Allons dans mon bureau.

Patron d'une entreprise de cette envergure… Mais il était venu à leur rencontre, plutôt que de charger un subordonné de les escorter jusqu'à la salle du trône.

Sterling les précéda d'un pas alerte le long des grands couloirs silencieux. Il continuait à saluer chacun des employés au passage, leur posant parfois des questions sur leur week-end. Ils répondaient avec empressement, guettant ses sourires à l'évocation de week-ends réussis ou ses froncements de sourcils en cas de parents malades ou de matchs annulés. Ils étaient des dizaines, et chacun avait droit à un petit commentaire personnalisé.

– Bonjour, Tony, dit-il à un portier occupé à vider des documents lacérés dans un grand sac en plastique. Vous avez suivi le match ?

– Non, Andrew, je l'ai loupé. J'avais trop à faire.

– Il faudrait peut-être passer au week-end de trois jours, plaisanta Sterling.

– Moi, je vote pour, Andrew !

Et ainsi de suite. Amelia ne pensait pas *connaître* au sein de la police de New York autant de personnes que Sterling en salua pendant ces cinq minutes de marche.

La décoration des locaux était sobre : quelques photographies de format modeste mais choisies avec goût et quelques dessins en noir et blanc. Le mobilier, noir et blanc lui aussi, était simple – Ikea, en plus coûteux. Il fallait certainement y voir une sorte de message, songea-t-elle, mais elle trouvait tout cela plutôt austère, pour ne pas dire plus.

Tout en marchant, elle pensait à ce qu'elle avait appris la veille au soir, après avoir souhaité bonne nuit à Pam. La biographie de cet homme, telle qu'elle avait pu la reconstituer en naviguant sur Internet, était plutôt maigrelette. Il vivait reclus, plus proche d'un Howard Hughes que d'un Bill Gates. Son passé était un mystère. Elle n'avait pas trouvé la moindre référence à son enfance, ou à ses parents. Quelques petits articles de presse l'avaient fait connaître à l'âge de 17 ans, lorsqu'il avait commencé à travailler, principalement comme agent commercial en faisant du porte-à-porte et du démarchage téléphonique avant de grimper les échelons. Pour un garçon formé aux cours du soir et qui n'avait pas achevé l'équivalent d'une licence, il se félicitait de sa réussite commerciale, avait déclaré le jeune Sterling à un journaliste. Il avait ensuite repris des études et obtenu rapidement des diplômes d'ingénierie et d'informatique.

Puis il avait eu, disait-il, « à la manière d'un dictateur communiste chinois, sa grande prise de conscience. » Il vendait beaucoup d'ordinateurs, mais pas assez pour s'estimer satisfait. Pourquoi le succès n'était-il pas au rendez-vous ? Il n'était pas paresseux. Il n'était pas idiot.

Et soudain, la réponse : il était inefficace.

Comme beaucoup de commerciaux.

Sterling avait alors appris la programmation informatique et avait passé des journées de dix-huit heures à travailler dans une pièce obscure pour concevoir des logiciels. Il avait investi jusqu'à son dernier *cent* dans la création d'une entreprise fondée sur un concept qui devait s'avérer ou bien délirant, ou bien superintelligent : ses actifs les plus précieux n'appartiendraient pas à l'entreprise mais à des millions de personnes, et seraient la plupart du temps obtenus gratuitement : des informations sur ces personnes elles-mêmes. Sterling avait créé une base de données qui incluait les clients potentiels dans une série de marchés de services et de produits, les caractéristiques démographiques des zones dans lesquelles ils se situaient, leurs revenus, leur statut administratif personnel (marié, célibataire, etc.), les évènements positifs et négatifs de leur parcours en tant que contribuables et clients d'une ou plusieurs banques et organismes de crédit, et tout ce qu'il pouvait apprendre, voler ou se procurer par divers autres moyens sur leur vie personnelle et professionnelle. « S'il y a un fait, je le veux », disait-il.

Les logiciels qu'il avait créés, première version du système de gestion Watchtower Database Management, étaient révolutionnaires pour leur époque et constituaient une véritable avancée par rapport au fameux SQL – prononcer « sequel » –, avait appris Amelia. Watchtower décidait en une minute quels étaient les consommateurs qui valaient la peine qu'on les appelle, ce qu'il fallait leur dire pour les séduire, et lesquels n'en valaient pas la peine (les noms de ces derniers étant toutefois vendus à d'autres entreprises en vue d'autres campagnes).

L'entreprise avait grandi à la manière d'un monstre dans un film de science-fiction. Sterling avait changé le nom en SSD, emménagé à Manhattan et entrepris d'accroître encore son empire en récupérant des entreprises plus petites, également spécialisées dans le commerce de l'information. Bien que SSD ne soit pas bien vue parmi les organisations de défense des droits des citoyens, elle n'avait jamais eu à souffrir de scandales à la Enron. Les collaborateurs devaient mériter leur salaire, aucun ne touchait de primes ou de bonus indécents comme à Wall Street, mais si la boîte faisait des bénéfices, eux aussi. SSD offrait des aides pour les achats immobiliers, des bourses d'études, et les parents bénéficiaient d'un congé de maternité ou de paternité d'une durée d'un an. SSD était connue pour la manière « familiale » avec laquelle elle traitait ses salariés, et Sterling encourageait l'embauche des époux, des parents et des enfants.

Le président était d'une discrétion absolue sur sa vie privée. Amelia apprit tout au plus qu'il ne buvait ni ne fumait et que personne ne l'avait jamais entendu proférer une obscénité. Il dépensait peu, touchait un salaire étonnamment modeste et plaçait ses économies dans des actions SSD. Il ne fréquentait pas le tout-New York. Pas de voitures de sport, ni de jet privé. Malgré la politique familiale qu'il mettait en œuvre au sein de sa boîte, Sterling était deux fois divorcé et célibataire pour le moment. Les enfants qu'il avait eus dans sa jeunesse entretenaient des rapports conflictuels. Il disposait de plusieurs résidences dont les adresses n'étaient pas connues. Peut-être parce qu'il était conscient du pouvoir de l'information, Andrew Sterling en mesurait aussi les dangers.

Sterling, Amelia et Pulaski arrivaient maintenant au bout d'un long couloir. Ils entrèrent dans un bureau occupé par deux assistants dont chacun avait sur sa table, parfaitement rangées, des piles de papiers, de dossiers et de listes informatiques. Un seul était présent à cet instant, un jeune homme fort beau, en complet-cravate. Une plaque sur son bureau portait son nom : Martin Coyle. Son coin était le mieux rangé des deux – même les livres, derrière lui, étaient alignés du plus grand au plus petit, comme le constata Amelia avec amusement.

– Andrew, dit-il en saluant son patron d'un hochement de tête, et sans un regard pour les policiers auxquels il n'avait pas été présenté. Vos messages téléphoniques sont sur votre ordinateur.

– Merci.

Sterling regarda l'autre bureau.

– Jeremy est-il allé voir le restaurant où on doit régaler les journalistes ?

– Ce matin, oui. Il est actuellement chez nos avocats pour leur apporter des papiers. Concernant l'autre affaire.

Amelia comprit que Sterling avait deux assistants personnels – l'un, apparemment, pour les questions internes, et l'autre pour les affaires extérieures. À la police de New York, les détectives se partageaient les tâches, si toutefois ils avaient de l'aide.

Ils continuèrent jusqu'au bureau de Sterling, qui n'était guère plus grand que ceux qu'ils avaient déjà vus. Et sur les murs, il n'y avait pas de décorations du tout. Malgré la fenêtre de tour de garde grande ouverte figurant sur le logo de SSD, Andrew Sterling s'abritait derrière des rideaux soigneusement tirés qui occultaient une superbe vue de la ville. Amelia sentit monter une petite bouffée de claustrophobie.

Sterling s'assit dans un simple fauteuil de bois nu et non sur un trône drapé de brocards. Il les invita d'un geste à en faire autant. Leurs sièges étaient les mêmes, mais capitonnés. Il y avait des livres sur une étagère basse derrière lui mais, curieusement, ils étaient rangés dos vers le haut, si bien que ses visiteurs ne pouvaient pas connaître ses goûts de lecteur, sauf à s'approcher pour y regarder de plus près.

Le président leur désigna un pichet entouré d'une dizaine de verres retournés.

– C'est de l'eau. Mais vous préféreriez peut-être du thé ou du café ? Je peux en demander pour vous.

– Non, merci.

Pulaski refusa également en secouant la tête.

– Veuillez m'excuser une seconde, dit Sterling en prenant son téléphone pour composer un numéro. Andy ? Tu as appelé ?

Amelia comprit qu'il s'agissait d'un proche, même s'ils parlaient clairement affaires. Pas trace d'émotion, toutefois, chez Sterling.

– Ah. Bon, tu vas devoir le faire, je pense. Il nous faut ces chiffres. Tu sais, leur position n'est pas immuable. Ils peuvent se décider à tout moment, désormais… Bien.

En raccrochant, il remarqua le regard attentif d'Amelia.

– Mon fils travaille pour la société.

Il montra d'un signe de tête une photo posée sur son bureau. On y voyait Sterling en compagnie d'un mince jeune homme qui lui ressemblait. Ils portaient tous deux des T-shirts SSD lors d'une réunion de personnel SSD – peut-être l'un des fameux séminaires. Ils étaient près l'un de l'autre mais il n'y avait pas de contact entre eux. Aucun ne souriait.

Une des questions sur sa vie privée avait donc trouvé sa réponse.

– Alors, dit-il en se tournant vers Amelia. De quoi s'agit-il ? Vous avez parlé d'un meurtre ?

Elle expliqua l'affaire.

– *Plusieurs* meurtres ont été commis dans la ville depuis quelques mois. Nous pensons que quelqu'un, peut-être, utilise les informations de vos ordinateurs pour approcher ses victimes, les tuer, et se sert ensuite de ces informations pour faire accuser des innocents.

L'homme qui savait tout…

– Des informations ?

Son inquiétude semblait sincère. Il était perplexe, aussi.

– Je doute que ce soit possible, mais continuez.

– Eh bien, le tueur savait exactement quels produits la victime utilisait pour son usage personnel, et a ainsi déposé des indices à son domicile pour établir un lien entre elle et le meurtre.

Les sourcils se haussaient de temps à autre au-dessus des yeux vert émeraude. Il semblait réellement troublé en écoutant Amelia lui raconter le vol du tableau, celui des monnaies de collection et les violences sexuelles qui avaient eu lieu dans les deux cas.

– C'est affreux…

Impressionné, il détourna le regard.

– Des viols ?

Amelia acquiesça sombrement. Puis elle expliqua que SSD semblait être la seule entreprise de la région ayant accès à toutes les informations utilisées par le tueur.

Il se passa la main sur le visage en hochant lentement la tête.

– Je peux comprendre ce qui vous inquiète… Mais n'était-il pas plus facile, pour cet assassin, de suivre ses victimes pour savoir ce qu'elles achetaient ? Ou même de s'introduire dans leurs ordinateurs, dans leurs boîtes aux lettres, dans leurs domiciles, de noter les numéros d'immatriculation de leurs voitures en les épiant dans la rue ?

– Bien sûr, et c'est justement le problème. Il aurait pu. Mais il aurait été obligé de faire tout ça pour obtenir les informations dont il avait besoin. Il y a eu quatre crimes au moins – et nous pensons qu'il y en a probablement eu plus –, ce qui suppose chaque fois des informations complètes et actualisées sur les hommes qu'il veut désigner comme coupables. Le moyen le plus efficace pour se les procurer est de passer par un extracteur de données.

Sterling esquissa un sourire – une délicate crispation des zygomatiques.

Amelia fronça les sourcils.

– Il n'y a pas de mal à s'appeler extracteur de données. Même si la presse nous est tombée dessus.

Un moteur de recherche de vingt millions avec vingt millions de connexions…

– Mais je préfère appeler SSD un fournisseur d'informations. Comme il y a des fournisseurs de services Internet.

Amelia avait une impression bizarre : il semblait presque blessé par ce qu'elle venait de dire. Elle avait envie de lui dire qu'elle ne le ferait plus.

Sterling lissa de la main, sur son bureau bien rangé, la dernière feuille d'une pile. Elle pensa d'abord que c'étaient des feuilles vierges, puis comprit qu'elles étaient posées à l'envers.

– Eh bien, vous pouvez me croire : si quiconque, chez SSD, était impliqué dans cette affaire, je serais aussi désireux que vous de le découvrir. Ce serait très mauvais pour nous – les fournisseurs d'informations ne sont pas très bien vus ces temps-ci, dans les médias comme au Congrès.

– Le tueur, dit Amelia, a sans doute réglé tous ses achats en liquide. Nous en sommes à peu près sûrs.

Sterling hocha la tête.

– Pour ne pas laisser de trace.

– Exactement. Mais il a acheté la chaussure par correspondance, ou via Internet. Avez-vous une liste de résidents de l'État de New York qui achètent des chaussures de cette pointure ?

Elle lui tendit une liste des modèles des marques Alton, des Bass et Sure-Tracks.

– Sur quel laps de temps ?

– Au cours des trois derniers mois.

Sterling prit son téléphone. L'échange fut bref, et moins de soixante secondes plus tard il était devant l'écran de son ordinateur. Il le fit pivoter pour qu'Amelia puisse voir, mais elle constata qu'elle ne savait pas très bien ce qu'il regardait : des colonnes de codes et de données sur des produits.

Il secoua la tête.

– Il y a eu, en gros, huit cents paires d'Alton de vendues, douze cents de Bass et deux cents de Sure-Tracks. Mais personne n'en a acheté des trois marques. Ou même deux paires.

Rhyme s'était douté que le tueur, s'il utilisait les informations de SSD, effacerait ses traces, mais ils avaient tout de même mis quelque espoir dans cette piste. Amelia se demanda en regardant les chiffres si 522 n'avait pas fait appel, pour commander les chaussures, à l'une des techniques de vol d'identité qu'il avait rodées sur Robert Jorgensen.

– Désolé.

Elle hocha la tête.

Sterling ôta le capuchon d'un stylo en argent tout cabossé et prit un bloc-notes devant lui. Il écrivit pendant un moment – son graphisme était précis et régulier –, mais Amelia ne put voir ce qu'il notait. Puis il se relut en hochant la tête.

– Vous pensez, je suppose, que quelqu'un s'est introduit dans notre système – un collaborateur, l'un de nos clients, un pirate quelconque, n'est-ce pas ?

Ron Pulaski jeta un coup d'œil à Amelia avant de répondre :

– Exactement.

– Très bien. Allons au fond des choses.

Il consulta sa montre Seiko.

– J'ai besoin de faire venir d'autres personnes. Il y en a peut-être pour quelques minutes. Nous avons nos Cercles spirituels tous les lundis à cette heure.

– Vos Cercles spirituels ? répéta Pulaski.

– Des réunions d'inspiration et de motivation autour des chefs de groupes. Ils devraient finir d'un instant à l'autre. Nous commençons à huit heures précises. Mais certains Cercles durent plus longtemps que d'autres. Tout dépend du chef. *Commande ! Appel ! Martin !*

Amelia réprima un sourire. Il utilisait le même système à commande vocale que Lincoln Rhyme.

– Oui, Andrew ?

La voix sortait d'un minuscule boîtier posé sur le bureau.

– Je veux Tom, celui de la sécurité. Et Sam. Ils sont à la réunion des Cercles spirituels ?

– Non, Andrew, mais Sam risque d'être à Washington pour la semaine. On ne le verra pas avant vendredi. Mark, son assistant, est ici.

– Lui, alors.

– Bien, Andrew.

– *Commande ! Raccrocher !*

Se tournant vers Amelia :

– Il y en a pour un instant.

Elle était en train de se dire que lorsqu'on était convoqué par Andrew Sterling, on devait se matérialiser assez vite devant lui. Il jeta encore quelques notes sur sa feuille, en levant les yeux une seconde pour regarder le logo de l'entreprise qui ornait le mur. Elle attendit qu'il ait fini pour dire :

– Je me posais une question : que signifient la tour et la fenêtre ?

– Au premier degré, c'est simplement un symbole pour l'observation des données. Mais il y a un deuxième sens.

Il sourit, ravi d'expliquer la chose.

– Connaissez-vous le concept de la fenêtre brisée en philosophie sociale ?

– Non.

– Je l'ai appris il y a bien des années et je ne l'ai jamais oublié. L'idée de base est que pour améliorer la société il faut se concentrer sur les petites choses. Quand on les maîtrise – ou qu'on les répare –, alors des changements plus importants deviennent possibles. Prenons l'exemple d'une cité dans une zone sensible. Vous pouvez engloutir des millions dans le renforcement des moyens de police, les rondes, les caméras de surveillance, mais si les immeubles ont toujours l'air délabrés et dangereux, ils resteront délabrés et dangereux. Au lieu de dépenser des millions de dollars, consacrez-en quelques milliers à la réparation des fenêtres, au nettoyage et à la peinture des halls d'entrée et des cages d'escalier. C'est peut-être peu de chose en apparence, mais les gens le remarqueront. Ils seront fiers de l'endroit où ils vivent. Et ils se mettront à signaler ceux qui se conduisent mal et ne respectent pas leur cadre de vie. Comme vous le savez certainement, c'était le thème central des campagnes d'éradication de la délinquance à New York dans les années 1990. Et ça a marché.

– Andrew ? appela la voix qui sortait du petit boîtier. Tom et Mark sont là.

– Envoyez-les-moi, ordonna Sterling.

Il posa devant lui la feuille sur laquelle il avait pris des notes, et dit à Amelia, avec un sourire qui n'avait rien de joyeux :

– Voyons maintenant si quelqu'un est venu espionner à travers notre fenêtre.

CHAPITRE 19

La sonnerie de l'entrée retentit et Thom ouvrit à un homme d'une trentaine d'années. Brun, les cheveux en bataille, il était vêtu d'un jean, le torse moulé dans un T-shirt à l'effigie de Weird Al Yankovic sous un vieux blouson marron.

De nos jours, on ne peut pas travailler dans la médecine légale sans un certain niveau de connaissances en matière informatique, mais Rhyme et Cooper n'en mesuraient pas moins leurs limites. Comme il était clair, désormais, que l'affaire de 522 avait des implications dans ce domaine, Sellitto avait sollicité l'aide de l'unité de délinquance informatique de la police de New York, un groupe d'élite comprenant une quarantaine de détectives spécialisés et leur équipe technique.

Rodney Szarnek entra, jeta un coup d'œil à l'ordinateur le plus proche et dit « Salut ! » comme s'il s'adressait à la machine. De même, apercevant Rhyme, il ne manifesta pas d'intérêt pour sa condition physique, mais pour l'unité de contrôle sans fil fixée au bras de son fauteuil. Il parut impressionné.

– C'est ton jour de congé ? demanda Sellitto en regardant la tenue du jeune homme, et d'un ton clairement désapprobateur.

Rhyme connaissait bien son côté vieux jeu : pour Sellitto, les policiers se devaient de porter une tenue « correcte ».

– Un jour de congé ? répéta Szarnek sans comprendre. Pourquoi veux-tu que j'aie un jour de congé ?

– Je me demandais, simplement…

– Bon. Alors, qu'est-ce qu'on fait ?

– Il faut qu'on tende un piège.

L'idée de Rhyme consistant à aller chez SSD sans prévenir pour poser des questions au sujet d'un tueur en série n'était pas aussi naïve qu'on pouvait le croire. Ayant vu sur le site Internet de l'entreprise que PublicSure, branche de SSD, soutenait des services de police, il soupçonnait la police de New York de compter parmi les clients de SSD. Si c'était le cas, le tueur avait peut-être accès aux dossiers. Il avait suffi d'un coup de fil pour avoir confirmation que, oui, la police faisait partie des clients et que PublicSure et les consultants SSD fournissaient des services de gestion de l'information à la ville. Quand un policier avait besoin de se renseigner sur un mandat d'intervention, ou quand un détective nouveau sur une affaire d'homicide voulait avoir connaissance du dossier complet, PublicSure faisait en sorte qu'il reçoive en quelques minutes toute l'information à son bureau, sur l'ordinateur de son véhicule, voire sur son portable.

À partir du moment où Rhyme envoyait Amelia et Pulaski chez SSD pour demander qui avait accès aux informations sur les victimes et les faux coupables, 522 pouvait apprendre qu'ils étaient sur sa piste et tenter de pénétrer dans le système de la police de New York, via PublicSure, pour savoir où ils en étaient. S'il faisait cela, ils pourraient peut-être le repérer en sachant qui avait accès aux dossiers.

Rhyme exposa la situation à Szarnek, qui hocha la tête d'un air entendu, comme s'il posait tous les jours des pièges comme celui-ci. Il fut tout de même sidéré en entendant le nom de l'entreprise avec laquelle le tueur était peut-être lié.

– SSD ? Le plus gros extracteur de données au monde ? Ils ont l'œil sur tout ce qui tient sur deux pattes !

– Est-ce un problème ?

Son image d'insouciance se brouilla une seconde.

– J'espère que non.

Et il se mit au travail sur leur piège, en expliquant ce qu'il faisait. Il retira des dossiers tous les détails que 522 ne devait pas connaître, avant de transférer manuellement ces dossiers sensibles à un ordinateur qui n'avait pas d'accès Internet. Il installa ensuite un programme de traçabilité face au dossier « Myra Weinburg – Viol/Homicide » sur le serveur de la police de New York, puis il ajouta pour appâter le tueur des sous-dossiers comme « Suspects, adresses », « Rapport du médecin légiste » et « Témoins », qui ne contenaient que des généralités. Si quiconque accédait aux fichiers, en piratant ou par des moyens autorisés, une note sur le fournisseur d'accès de cette personne et sa localisation physique seraient instantanément adressée à Szarnek. Ils sauraient tout aussi vite si c'était un policier agissant en toute légalité, ou quelqu'un de l'extérieur. Dans le second cas, Szarnek alerterait Rhyme ou Sellitto, qui enverraient sur les lieux une équipe de la Brigade d'Intervention Rapide. Szarnek incluait également une quantité d'autres choses, comme des informations publiques sur SSD, toujours codées, pour être certain que le tueur resterait longtemps dans le système pour déchiffrer les données et qu'ils auraient tout le temps de le débusquer.

– Ça prendra combien de temps ?

– Quinze, vingt minutes.

– Bien. Et quand vous aurez fini, je veux qu'on voie également si quelqu'un aurait pu pirater de l'extérieur.

– Pirater ? Vous voulez dire craquer les bécanes de SSD ?

– Oui.

– Ils ont des lignes et des lignes de défense !

– On a besoin de savoir.

– Mais si le tueur est quelqu'un de chez eux, vous ne voulez tout de même pas que je les appelle pour qu'on se coordonne ?

– Non.

Szarnek semblait soucieux.

– Je vais seulement essayer d'entrer dans leur système.

– Vous pouvez le faire légalement ?

– Oui et non. Je me contenterai de tester les barrières. Ce n'est pas un crime, du moment que je ne pénètre pas dans le système en détraquant tout avec un retentissement médiatique qui nous conduirait tous derrière les barreaux.

Et Szarnek d'ajouter d'un ton menaçant :

– Ou pire.

– Très bien, mais je veux d'abord le piège. Le plus vite possible.

Rhyme jeta un coup d'œil à la pendule. Amelia et Pulaski n'étaient toujours pas revenus du siège de SSD.

Szarnek sortit un lourd ordinateur portable de son étui pour le poser sur une table à côté de lui.

– Est-ce que je pourrais avoir un… Ah, merci !

Thom venait d'entrer avec du café.

– C'est exactement ce que j'allais demander. Encore un peu de sucre… non, merci, pas de lait. Fumiste on est, fumiste on reste, même quand on est flic. Le sommeil, je n'ai jamais vraiment su ce que c'est.

Il jeta le sucre dans sa tasse, le fit fondre et but la moitié du café sous le regard de Thom. Puis l'aide remplit la tasse.

– Merci. Alors, où on en est ?

Szarnek regardait Cooper.

– Aïe !

– Aïe ?

– Vous êtes sur un modem câblé à cinq mégabits-seconde ? Savez-vous qu'on fait maintenant des ordinateurs avec des écrans en couleurs et qu'il existe un truc du nom d'Internet ?

– Très drôle, marmonna Rhyme.

– Appelez-moi quand l'affaire sera réglée. On reverra un peu cette installation, on vous mettra en réseau et on vous branchera sur le haut débit.

Réseau, haut débit…

Szarnek chaussa des lunettes à verres teintés, brancha son ordinateur sur celui de Rhyme et se mit à pianoter sur le clavier.

Rhyme nota que les touches étaient jaunies et certaines lettres pratiquement effacées. Le clavier semblait couvert de résidus de miettes de pain.

Le regard que Sellitto lança à Rhyme disait, il faut de tout pour faire un monde.

Le premier des deux hommes qui rejoignit le bureau d'Andrew Sterling était mince, d'un certain âge, avec un visage inexpressif ; il avait une allure de flic à la retraite. L'autre, plus jeune et l'air plus circonspect, offrait l'image du parfait jeune cadre.

Pour le premier, Amelia avait presque vu juste : il avait porté l'uniforme, mais c'était un ex-agent du FBI, qui avait désormais, chez SSD, la haute main sur la sécurité. Il s'appelait Tom O'Day. L'autre était Mark Whitcomb, directeur adjoint du service de comptabilité de l'entreprise.

Sterling expliqua :

– Tom et ses hommes, à la sécurité, nous protègent contre toute personne venant de l'extérieur qui nous voudrait du mal. Le service de Mark veille à ce que nous ne fassions aucun mal à l'extérieur. Nous avançons en terrain miné. Je suis certain que vos recherches sur SSD vous ont appris que nous étions régis par des centaines de lois locales et fédérales protégeant la vie privée des citoyens.

Bien, pensa Amelia. Ces deux-là ne pouvaient être mieux choisis pour parler autour d'eux de l'enquête sur 522 et inciter notre tueur à venir renifler son piège sur le serveur de la police.

Tout en griffonnant sur un bloc-notes de papier jaune, Mark Whitcomb dit :

– Nous voulons être certains que le jour où Michael Moore va faire un film sur les extracteurs de données, il ne nous donnera pas la vedette.

– Ne parle pas de malheur ! s'exclama Andrew Sterling, l'air sincèrement alarmé.

Puis, se tournant vers Amelia :

– Vous m'autorisez à leur dire ce que vous venez de m'exposer ?

– Bien sûr, je vous en prie.

Sterling fit un bref résumé de l'affaire. Il avait bien enregistré tout ce qu'elle avait dit, jusqu'aux marques des divers objets utilisés comme pièces à conviction.

Whitcomb écoutait en fronçant les sourcils. O'Day restait grave et silencieux. Amelia était persuadée que la réserve de l'ex-agent du FBI n'était pas un caractère acquis, mais qu'il l'avait déjà dans le ventre de sa mère.

– Bien, conclut Sterling d'un ton ferme. Voilà le problème auquel nous sommes confrontés. Si SSD est impliqué, je veux le savoir, et je veux des solutions. Nous avons identifié quatre sources possibles : intrus occasionnels, pirates, collaborateurs et clients. Qu'en pensez-vous ?

O'Day, l'ex-flic, dit à Amelia :

– Eh bien, commençons par les pirates. On a les meilleures défenses de la profession. Meilleures que celles de Microsoft, ou de Sun. On fait appel à ICS, à Boston, pour la sécurité sur Internet. Je peux vous dire que nous sommes le canard du jeu de tir : tous les *hackers* du monde rêvent de pénétrer dans notre système, et personne n'y est arrivé depuis qu'on s'est installés à New York il y a cinq ans. Quelques personnes ont réussi à entrer dans nos sites administratifs pendant dix ou quinze minutes. Mais il n'y a pas eu une seule intrusion dans le CerclePremier, or c'est ce que votre homme aurait dû faire pour trouver l'information dont il avait besoin. Et une simple brèche n'aurait pas suffi : il aurait fallu qu'il craque trois ou quatre sites, au moins.

– Quant à imaginer un intrus venant de l'extérieur, la chose me paraît tout aussi impossible, dit Sterling. Nous bénéficions des mêmes protections physiques que l'Agence nationale de sécurité : quinze vigiles à temps complet et vingt à temps partiel. En outre, nos visiteurs ne peuvent pas approcher les sites du CerclePremier. Tout individu présent chez nous est localisable à tout instant et on ne laisse personne, même les clients, circuler librement.

Amelia et Pulaski avaient été escortés par l'un de ces vigiles – un jeune homme à la mine sévère dont le zèle ne semblait pas le moins du monde entamé par leur qualité de policiers.

– On a eu un incident il y a environ trois ans, ajouta O'Day. Mais plus rien depuis. (Il lança un coup d'œil à Sterling.) Le journaliste…

Le président hocha la tête.

– C'était un journaliste très en vue d'un quotidien new-yorkais. Il préparait un article sur les vols d'identité et nous voyait comme l'incarnation du mal. Axciom et Choicepoint ont été assez avisés pour lui interdire l'accès de leur quartier général. Moi, je crois à la liberté de la presse. J'ai donc accepté de lui parler… Il est allé aux toilettes et a prétendu qu'il s'était perdu. Puis il est revenu ici, content comme tout. Mais il y avait quelque chose de bizarre. Nos agents de sécurité ont fouillé son attaché-case et y ont trouvé un appareil photo. Il contenait des clichés de projets commerciaux ultrasecrets et même des codes d'accès confidentiels.

– Non seulement ce journaliste a perdu sa place, dit O'Day, mais il a été poursuivi en justice et a passé six mois en prison. Et autant que je sache, il n'a pas retrouvé de travail depuis.

Baissant légèrement la tête, Sterling ajouta, à l'intention d'Amelia :

– Nous prenons très, très au sérieux la question de la sécurité.

Un jeune homme apparut sur le seuil du bureau. Amelia crut qu'il s'agissait de Martin, l'assistant personnel, avant de comprendre qu'elle avait été trompée par la similarité de la silhouette et du costume noir.

– Andrew, excusez-moi de vous interrompre…

– Ah, Jeremy.

C'était donc le deuxième assistant. Il regarda l'uniforme de Pulaski, puis celui d'Amelia. Puis, comme Martin, voyant qu'on ne le présentait pas, il ignora tout le monde à l'exception de son patron.

– C'est au sujet de Carpenter, dit Sterling. Il faut que je le voie aujourd'hui.

– Bien, Andrew.

Après son départ, Amelia demanda :

– Et avec vos collaborateurs ? Vous n'avez jamais eu de problèmes disciplinaires ?

– Nous enquêtons de manière approfondie sur les antécédents de tous. Je suis très strict là-dessus. Et ces enquêtes sont l'une de nos spécialités. Mais même si un collaborateur voulait s'introduire dans le CerclePremier il lui serait impossible de voler la moindre donnée. Mark, explique-lui comment ça marche.

– Volontiers, Andrew. (Se tournant vers Amelia.) Nous avons des défenses en béton.

– Je ne suis pas très bonne en technique.

– Mais c'est de la technique de base ! s'écria Whitecomb en riant. Très concrète. Comme quand on parle de murs et de planchers. Nous fractionnons l'information que nous recevons pour la stocker dans des lieux physiquement séparés. Vous comprendrez mieux quand je vous aurai dit comment SSD procède. Nous partons du principe que les données sont notre principal bien. Si quelqu'un devait dupliquer le CerclePremier, nous pourrions fermer boutique dans la semaine. La règle n° 1 consiste donc à « protéger notre bien », comme on dit ici. Mais d'où viennent toutes ces données ? De milliers de sources différentes : organismes de cartes de crédit, banques, administrations en charge des véhicules, hôpitaux, compagnies d'assurances, etc. Nous considérons chaque évènement qui génère une donnée comme une transaction – ça peut aussi bien être un appel à un centre d'informations sur des produits ou des services que l'immatriculation d'une voiture, une déclaration de sinistre ou de maladie, une action en justice, une naissance, un mariage, un achat quelconque, un retour de marchandise, une réclamation… Dans votre secteur d'activité, une transaction peut être un viol, un cambriolage, un meurtre – n'importe quel délit. Mais aussi l'ouverture d'un dossier, d'une enquête, une sélection de jurés, un procès, une condamnation.

» Chaque fois qu'une donnée sur une transaction arrive chez SSD, elle va d'abord au Centre d'entrée des données, où elle fait l'objet d'une évaluation. Nous pratiquons, pour des raisons de sécurité, une politique qui consiste à masquer les données en écartant le nom de la personne pour le remplacer par un code chiffré.

– Le numéro de Sécurité sociale ?

L'ombre d'une émotion passa sur les traits de Sterling.

– Ah, non ! Ces numéros-là n'ont été créés que pour la gestion des retraites. Il y a des éternités. C'est un peu par hasard qu'on en a fait des identifiants. Ils sont inefficaces, faciles à acheter ou à voler. Et finalement dangereux : autant avoir un fusil chargé chez soi. Notre code est un nombre à seize chiffres. 98 % des Américains ont un code SSD. Tout enfant qui naît est enregistré – n'importe où en Amérique du Nord – et reçoit automatiquement un code.

– Pourquoi seize chiffres ? demanda Pulaski.

– Ça nous laisse de la place pour nous développer, répondit Sterling. Nous n'aurons jamais peur d'être à court de nombres. Nous pouvons attribuer presque un quintillion de codes. La terre manquera d'espace pour l'humanité que SSD aura encore des nombres. Les codes rendent notre système beaucoup plus sûr, et on traite beaucoup plus vite les données qu'avec un nom ou un numéro de Sécurité sociale. Par ailleurs, un code neutralise l'élément humain et élimine tout préjugé de l'équation. Psychologiquement, nous avons tous une opinion sur Adolf, Britney, Shaquille ou Diego avant même de les connaître, simplement à cause de leur prénom. Un numéro élimine ce biais. Et accroît l'efficacité. Mark, continue, je t'en prie.

– Oui, Andrew. Une fois qu'on a remplacé le nom par un code, le Centre d'entrée des données évalue la transaction, décide de sa place et l'envoie à deux ou trois adresses distinctes – ce sont nos enclos. L'enclos A est celui dans lequel nous stockons les données concernant le style de vie personnel. Dans l'enclos B, ce sont les données d'ordre financier, ce qui comprend l'historique bancaire, les crédits, les assurances. Dans l'enclos C, les données administratives.

– Les données sont alors nettoyées, enchaîna Sterling. On élimine les impuretés et on uniformise. Dans certains imprimés, par exemple, votre sexe est indiqué par un « F », dans d'autres par le mot « Féminin ». D'autres fois, c'est un 1 ou un 0. Il faut être cohérent.

– On élimine aussi le bruit : ce sont les données dites impures. Il peut y avoir trop d'erreurs, ou trop de détails, ou pas assez. Le bruit, c'est la contamination, et il faut éliminer la contamination.

C'était dit avec fermeté et, à nouveau, une pointe d'émotion.

– La donnée nettoyée reste alors dans son enclos jusqu'à ce qu'un client ait besoin d'un devin.

– Que voulez-vous dire ? demanda Pulaski.

– Dans les années 1970, les logiciels exploitant des bases de données offraient aux acteurs économiques des analyses sur leurs performances passées. Dans les années 1990, la collecte des données leur permettait de savoir à tout moment où ils en étaient. Aujourd'hui, nous sommes capables de prévoir ce que les consommateurs vont faire et d'aider nos clients à en profiter.

– Ainsi, dit Amelia, vous ne vous bornez pas à prévoir l'avenir. Vous essayez de le changer.

– Exactement. Mais à quoi bon, sinon, être un devin ?

Il la regardait d'un air calme, presque amusé. Amelia se sentit pourtant mal à l'aise, en pensant à sa rencontre mouvementée de la veille, à Brooklyn, avec un policier fédéral. C'était comme si 522 avait fait exactement ce qu'il était en train de lui décrire en prévoyant qu'ils allaient se tirer dessus.

Whitcomb reprit, sur un geste de Sterling.

– Donc, les données, qui n'ont plus de nom mais un numéro, vont dans trois enclos séparés, à des niveaux différents dans des zones de sécurité différentes. Un collaborateur travaillant dans l'enclos Données administratives ne peut pas accéder aux enclos Vie privée ou Finances. Et personne, depuis les enclos, n'a accès aux données du Centre d'entrée des données, et ne peut relier le nom et l'adresse au code à seize chiffres.

– Voilà, intervint à nouveau Sterling, à quoi pensait Tom quand il disait qu'un *hacker* serait obligé de faire des brèches dans tous les enclos de données indépendamment les uns des autres.

– Et on en gère vingt-sept, ajouta O'Day. Si un individu non autorisé tente physiquement de pénétrer dans un enclos, nous le savons instantanément. Il est pris sur le fait, et sans doute arrêté. Par ailleurs, dans les enclos, on ne peut pas télécharger n'importe quoi dans les ordinateurs – il n'y a pas de port –, et même si on parvient à entrer dans un site, on ne peut plus en ressortir. Tout le monde passe à la fouille – tous les collaborateurs, les cadres et les employés, les gardiens, les pompiers, le concierge. Même Andrew. On passe également sous des détecteurs de métaux et d'objets denses à chaque entrée ou sortie des enclos et du Centre d'entrée des données, et même aux sorties de secours.

Whitcomb prit le relais :

– Et sous un générateur de champ magnétique qu'il faut traverser chaque fois. Ça efface toute donnée digitale sur n'importe quel support : iPod, téléphone ou disque dur. Personne ne peut sortir de ces pièces avec un kilobit d'informations !

– Il serait donc pratiquement impossible de voler des données dans ces enclos, qu'on soit un *hacker*, un intrus ou un membre du personnel ? demanda Amelia

Sterling hocha la tête.

– Les données sont notre capital. Nous les préservons religieusement.

– Et l'autre éventualité : une personne travaillant pour l'un de vos clients ?

– Comme le disait Tom, d'après sa façon d'agir, il faudrait qu'il ait accès aux dossiers du CerclePremier de chacune de ses victimes et des hommes qu'il a fait accuser.

– Exactement.

Sterling leva les mains, soudain professoral.

– Mais les clients n'ont pas accès aux dossiers. Ils n'en veulent pas de toute façon, dans la mesure où le CerclePremier contient des données brutes qui seraient inexploitables pour eux. Ce qu'ils veulent, c'est *notre analyse* des données. Les clients se connectent à Watchtower – notre système de marque déposée de base de données gestionnaire – et à d'autres programmes comme Xpectation ou FORT. Les programmes cherchent eux-mêmes les données pertinentes dans le CerclePremier et les mettent en forme pour les rendre exploitables. Pour rester dans la métaphore minière, Watchtower passe au crible des tonnes de roche et de minerai pour en extraire des pépites.

– Mais si un client a acheté, mettons, une quantité de listes d'adresses pour un envoi de publicité, dit Amelia, il peut trouver assez d'informations sur l'une de nos victimes pour commettre les crimes, n'est-ce pas ?

Et d'ajouter, avec un signe de tête vers la liste de pièces à conviction qu'elle avait montrée un peu plus tôt à Sterling :

» Notre tueur aurait pu, par exemple, rassembler des listes de gens qui achètent ces marques de crème à raser, de ruban adhésif, de chaussures de sport et ainsi de suite.

Sterling haussa un sourcil.

– Hum. Ça suppose un énorme travail, mais ce n'est pas impossible… Très bien. Je vais me procurer la liste de tous nos clients ayant acheté toutes données incluant les noms de vos victimes au cours de… disons des trois derniers mois ? Non, des six derniers.

– Voilà qui devrait faire l'affaire.

Fouillant dans son attaché-case beaucoup moins bien rangé que celui de Sterling, elle lui tendit la double liste des victimes et des condamnés.

– Le contrat passé avec nos clients nous autorise à communiquer toute information les concernant. Il n'y aura pas de problème du point de vue légal, mais il va falloir quelques heures pour vous sortir ça.

– Merci. Une dernière question, au sujet des collaborateurs… Même s'ils n'ont pas accès aux enclos, peuvent-ils télécharger un fichier à leur bureau ?

Il hocha la tête, impressionné par la question, semblait-il, même si elle suggérait que le tueur pouvait être un collaborateur de SSD.

– La plupart de nos collaborateurs sont dans l'impossibilité de… encore une fois, il nous faut protéger nos données. Mais un petit nombre d'entre nous dispose de ce que nous appelons un passe universel.

Whitcomb sourit.

– D'accord, mais regarde de qui il s'agit, Andrew.

– S'il y a un problème, nous devons envisager toutes les hypothèses.

– Le fait est, dit Whitcomb à Amelia et Pulaski, que ceux qui possèdent un passe universel appartiennent tous à la direction. Ils font partie de l'entreprise depuis des années. Nous sommes comme une famille. On fait des fêtes ensemble, des retraites spirituelles de motivation…

Sterling leva la main pour l'interrompre.

– Il faut aller jusqu'au bout, Mark. Je ne veux pas qu'on enterre ce problème. Je veux des réponses.

– Qui sont les détenteurs de ce passe universel ? demanda Amelia.

– J'en fais partie, répondit Sterling avec un haussement d'épaules. Ainsi que notre directeur des ventes et le directeur des services techniques. Je suppose que notre directeur des ressources humaines pourrait également sortir un dossier, même si je suis certain qu'il ne l'a jamais fait. Et le patron de Mark, notre directeur du service fiscal.

Et d'indiquer les noms.

Amelia regarda Whitcomb, qui secoua la tête.

– Je n'y ai pas accès moi-même.

O'Day non plus.

– Et vos assistants ? demanda Amelia à Sterling en pensant à Jeremy et à Martin.

– Non… En ce qui concerne le personnel du service des réclamations, les employés n'auraient pas la possibilité de sortir un dossier, mais nous avons deux chefs de service qui le pourraient. Un pour les équipes de jour, l'autre pour la nuit.

À nouveau, il donna les noms. Amelia parcourut la liste.

– Il y a un moyen assez simple de savoir s'ils sont innocents ou non.

– Lequel ?

– Nous savons où se trouvait le tueur dimanche après-midi. S'ils ont un alibi, il seront exempts de tout soupçon. Laissez-moi les interroger. Tout de suite, si c'est possible.

– Bien, dit Sterling, avec un regard approbateur : c'était une « solution » simple à l'un de ses « problèmes ».

Puis Amelia se rendit compte d'une chose : chaque fois qu'il s'était tourné vers elle au cours de cette matinée, son regard avait rencontré le sien. Contrairement à de nombreux hommes, sinon à tous, Sterling n'avait pas montré le moindre intérêt pour le reste de sa personne, pas manifesté la plus petite velléité de flirt. Elle se demanda à quoi rêvait le président de SSD quand ce n'était pas à ses chères données.

– M. Sterling, pourrais-je voir moi-même comment fonctionne la sécurité de ces enclos ?

– Bien sûr. Laissez simplement à l'entrée votre bipeur, votre téléphone et votre assistant personnel si vous en avez un sur vous. Vous ne voulez pas que toutes vos données soient effacées, n'est-ce pas ? Et vous serez fouillée à la sortie.

– D'accord.

Sterling fit un signe de la tête à O'Day, qui sortit dans le couloir et revint avec le vigile à la mine sévère qui avait escorté Amelia et Pulaski.

Sterling édita un laissez-passer pour elle, le signa et le remit au vigile qui allait l'accompagner.

Amelia se félicitait que Sterling ait accepté sa requête. Elle avait une autre raison de voir ces enclos par elle-même. C'était non seulement l'occasion d'alerter un plus grand nombre de personnes sur l'enquête en cours dans l'espoir que l'une d'elles morde à l'hameçon, mais aussi la possibilité de poser des questions au vigile sur les procédures de sécurité afin de vérifier ce que Sterling, O'Day et Whitcomb venaient de lui dire.

Mais l'homme restait muet, comme un enfant à qui ses parents ont interdit de parler à des inconnus.

Ils franchissaient des portes, longeaient des couloirs, descendaient un escalier, en montaient un autre… Elle fut bientôt complètement désorientée. Elle frissonna. Les espaces se faisaient de plus en plus exigus, sombres et confinés, réveillant sa claustrophobie. Si les fenêtres étaient étroites quand on traversait le Rocher gris, elles étaient ici – à l'approche des fameux enclos – carrément inexistantes. Elle prit un profonde inspiration. En vain.

Elle lut le prénom du gardien sur son badge.

– Dites-moi, John ?

– Oui, madame ?

– Que se passe-t-il avec les fenêtres ? Ou bien elles sont minuscules, ou bien il n'y en a pas.

– Andrew a peur que des gens qui font de l'espionnage économique essaient de photographier de l'extérieur.

– Vraiment ? Quelqu'un pourrait faire ça ?

– Je n'en sais rien. On nous demande de temps en temps de surveiller tous les postes d'observation possibles, comme les fenêtres des bâtiments en face du nôtre. On n'a jamais rien remarqué de suspect. Mais Andrew veut qu'on continue.

Les enclos de données étaient des endroits bizarres, avec chacun son code-couleur. Celui des données sur le style de vie personnel était en bleu, celui des données financières en rouge, celui des données administratives en vert. On n'y manquait pas d'espace, mais ceci ne changeait rien à la claustrophobie d'Amelia : les plafonds étaient bas, les pièces mal éclairées et il y avait très peu de place entre les rangées d'ordinateurs. Un bourdonnement ininterrompu emplissait l'air, sur une note basse, comme un grondement. La climatisation marchait à fond, compte tenu du nombre d'ordinateurs et de l'énergie qu'ils dépensaient, mais l'atmosphère restait étouffante.

Quant aux ordinateurs proprement dits, elle n'en avait jamais vu autant à la fois. C'étaient de grandes boîtes blanches identifiées, curieusement, non par des numéros ou par des lettres mais par des autocollants représentant des personnages de dessin animé comme Spider-Man, Batman, Barney et Mickey Mouse.

– C'est Bob l'Éponge ? demanda-t-elle en montrant l'un d'eux.

John sourit pour la première fois.

– C'est un autre niveau de sécurité imaginé par Andrew. On a des gens qui surveillent tous ceux qui parlent en ligne de SSD et du CerclePremier. S'ils citent la boîte et un personnage de dessin animé, comme Wile E. Coyote ou Superman, ça veut peut-être dire que quelqu'un s'intéresse d'un peu trop près aux bécanes.

– Malin, dit Amelia. Elle trouvait piquant que Sterling donne des numéros aux gens et des noms à ses ordinateurs.

Ils pénétrèrent dans le Centre d'entrée des données, aux murs d'un gris assez sinistre. C'était plus petit que les enclos et sa claustrophobie empira d'un cran. Comme dans les enclos, il n'y avait comme décoration que le logo de la tour de guet avec sa fenêtre éclairée et éclairante, et une grande photographie d'Andrew Sterling, un sourire accroché sur son visage, avec pour légende : « Vous êtes le Numéro Un ! »

C'était peut-être une allusion à leur part de marché, ou à quelque trophée remporté par l'entreprise. À moins que ce soit simplement une façon de stimuler le moral du personnel. Amelia trouvait tout de même la chose inquiétante – le collaborateur qui le lisait ne se sentait-il pas propulsé au sommet d'une liste où il n'avait pas demandé à être ?

Sa respiration s'accélérait et la sensation d'enfermement grandissait.

– Ça fait un drôle d'effet, hein ? dit le gardien.

Elle lui sourit faiblement.

– Plus ou moins.

– On y passe quand on fait notre ronde, mais personne ne traîne jamais dans les enclos.

Puisqu'elle avait brisé la glace et amené John à lui répondre autrement que par monosyllabes, elle pouvait maintenant l'interroger sur la sécurité, pour voir si Sterling et les autres lui avaient dit la vérité.

C'était, apparemment, le cas. John répéta ce que le P.-D.G. avait expliqué : aucun des ordinateurs ou des postes de travail n'avait de port ni de prise permettant de télécharger des données. Et les pièces étaient protégées, ajouta le vigile : aucun signal ne pouvait en sortir. Il lui expliqua aussi pourquoi, comme le lui avait dit Sterling, les données sorties de chacun des enclos étaient inexploitables sans celles issues des autres et du Centre d'entrée des données. Les moniteurs des ordinateurs n'étant guère sécurisés, mais pour pénétrer dans les enclos il fallait sa carte d'identité, un laissez-passer et un passage devant un scanner biométrique – ou, semblait-il, devant un vigile hyperbaraqué qui suivait du regard le moindre de vos gestes (exactement comme John l'avait fait jusque-là, et pas du tout discrètement).

À l'extérieur des enclos, les procédures de sécurité étaient tout aussi sévères. Amelia et le garde furent soumis à une fouille méticuleuse à leur sortie de chaque enclos et durent passer à l'examen d'un détecteur de métaux et d'un autre épais portique appelé Data-Clear unit. La machine les prévint : *Ce dispositif efface au passage toutes les données digitalisées sur les ordinateurs, disques, téléphones portables et autres instruments.*

Sur le chemin qui les ramenait au bureau d'Andrew Sterling, John lui dit qu'à sa connaissance, personne n'avait jamais « craqué » SSD. O'Day ne leur en faisait pas moins faire des exercices destinés à prévenir les intrusions. Comme la plupart des vigiles, John n'était pas armé, mais Sterling exigeait tout de même la présence de deux hommes armés vingt-quatre heures sur vingt-quatre.

Dans le bureau du P.-D.G., elle trouva Pulaski assis sur un énorme canapé en cuir. Bien que de bonne taille, il semblait tout petit, tel un élève convoqué dans le bureau du chef d'établissement. En son absence, le jeune détective avait pris l'initiative de se renseigner sur Samuel Brockton, le directeur du service comptabilité et patron de Whitcomb, qui disposait d'un passe universel. Il était à Washington : on savait grâce au registre de son hôtel qu'il prenait un brunch dans la salle à manger la veille à l'heure du crime. Amelia prit note, puis étudia la liste des détenteurs d'un passe universel.

Andrew Sterling, président-directeur général

Sean Cassel, directeur des ventes et du marketing

Wayne Gillespie, directeur des services techniques

Samuel Brockton, directeur du service comptabilité (alibi : présence à Washington confirmée par son hôtel)

Peter Arlonzo-Kemper, directeur des ressources humaines

Steven Shraeder, chef de l'équipe technique de jour

Farouk Mameda, chef de l'équipe technique de nuit

– Je voudrais les interroger le plus vite possible, dit-elle à Sterling.

Celui-ci appela son assistant, lequel lui dit qu'à l'exception de Brockton, ils étaient tous en ville, mais que Shraeder était occupé sur un gros problème au Centre d'entrée des données et que Mameda ne reviendrait pas avant trois heures de l'après-midi. Il avait demandé à Martin de les faire monter à l'étage au-dessus, où il avait trouvé une salle de réunion libre, pour procéder à leurs interrogatoires.

Sterling, après avoir ordonné à sa boîte à commande vocale de raccrocher, dit :

– Très bien, détective. À vous de jouer. Allez laver de tout soupçon notre réputation… ou trouvez votre tueur.

CHAPITRE 20

Rodney Szarnek, après avoir posé son piège, s'amusait bien à tenter d'entrer sur les sites de SSD. Son genou tressautait et il sifflait de temps en temps, ce qui agaçait Rhyme, mais il ne voulait pas embêter « ce gamin ». Le criminologue était connu, avant son accident, pour se parler à lui-même en examinant les scènes de crime, et en envisageant diverses approches de l'affaire.

Il faut de tout…

La sonnerie de l'entrée retentit. C'était un agent du laboratoire du Queens avec un cadeau. Des pièces à conviction concernant l'un des premiers crimes : l'arme, un couteau, utilisé pour le vol de monnaies et pour le meurtre. Les autres pièces étaient « conservées quelque part ». Une demande avait été faite, mais personne n'était en mesure de dire quand ni où on finirait par les localiser.

Rhyme fit remplir par Cooper les formulaires de réception des pièces – même après le procès, il fallait respecter la procédure.

– C'est curieux : il manque la plupart des autres pièces, remarqua Rhyme.

Il comprenait que le couteau, en tant qu'arme, avait dû être conservé sous clé dans le laboratoire plutôt qu'archivé avec les objets non dangereux.

Il examina le tableau consacré à ce crime.

– On a trouvé un peu de poussière sur le manche. Voyons si on peut savoir ce que c'est. Mais d'abord, quelle est l'histoire de ce couteau ?

Cooper consulta sur la base de données de la police de New York les informations fournies par le fabriquant.

– Produit en Chine, vendu par lots de plusieurs milliers à des détaillants. Bon marché… on peut donc supposer qu'il l'a payé en liquide.

– On n'en attendait pas grand-chose. Voyons la poussière, maintenant.

Cooper enfila des gants et ouvrit le sachet. Il brossa précautionneusement le manche du couteau, dont la lame était brunie par le sang de la victime, pour faire tomber des traces de poussière blanche sur une feuille de papier.

Rhyme était toujours fasciné par la poussière. En médecine légale, ce terme désigne des particules solides mesurant moins de cinq cents millièmes de millimètre, composées de fibres d'étoffe ou de tapisserie, de résidus de peau humaine ou animale, de fragments de plantes ou d'insectes, d'excréments séchés, de terre et d'autres produits chimiques. Certains types sont volatiles, d'autres se déposent rapidement sur les surfaces. La poussière peut provoquer des problèmes de santé – silicose – et être dangereusement explosive, comme c'est le cas, par exemple, de la farine entreposée dans des silos. Elle peut aussi affecter le climat.

D'un point de vue médico-légal, et grâce à l'électricité statique ainsi qu'à ses propriétés adhésives, la poussière est souvent transportée de l'assassin à la scène de crime et vice-versa, ce qui la rend extrêmement utile pour la police. À l'époque où il dirigeait l'unité de scènes de crime de la police de New York, Rhyme avait créé une grande banque de données sur les poussières collectées dans les cinq arrondissements de la ville et des zones du New Jersey et du Connecticut.

Il n'y avait qu'une petite quantité de poussière adhérant au manche du couteau, mais Cooper en avait récupéré un échantillon suffisant pour le présenter au chromatographe à gaz, qui isole les composants d'une matière et identifie chacun. Il fallait un peu de temps. Cooper n'y était pour rien. Ses mains, étonnamment grandes et vigoureuses chez un homme aussi frêle, se mouvaient avec adresse et rapidité. Mais la machine avançait à son rythme. En attendant les résultats, Cooper fit d'autres tests chimiques sur un autre échantillon pour révéler d'autres substances que le chromatographe ne détecterait peut-être pas.

Puis les résultats tombèrent, et Mel Cooper les expliqua en écrivant sur le tableau blanc.

– Voilà, Lincoln. On a de la vermiculite, du plâtre, de la mousse synthétique, des particules de verre, des résidus de peinture, des fibres de laine minérale, des fibres de verre, des grains de calcite, des fibres de papier, des grains de quartz, des résidus de combustion à basse température, des particules métalliques, des particules d'amiante et certains produits chimiques. Je dirais : hydrocarbure aromatique polycyclique aromatisé, paraffine, oléfine… ah, et aussi certains éthers de bromure.

– Le Trade Center, dit Rhyme.

– C'est ça ?

– Mais oui.

La poussière produite par l'écroulement des tours du World Trade Center avait été à l'origine de nombreux problèmes de santé chez les personnes travaillant aux abords de Ground Zero, et la presse avait fait état récemment des variations intervenues dans sa composition. Rhyme suivait l'affaire de près.

– Il est donc en ville ?

– C'est possible, dit Rhyme. Mais la poussière peut provenir de n'importe lequel des cinq arrondissements. Je laisse cette question de côté pour le moment… (Une grimace.) Nous avons donc à ce stade un homme qui *pourrait* être blanc ou clair de peau. Qui *pourrait* collectionner les pièces de monnaie et *pourrait* avoir un intérêt pour l'art. Il se *pourrait* aussi qu'il réside ou travaille en ville. Il se *pourrait* enfin qu'il ait des enfants, et qu'il soit fumeur. (Rhyme regarda le couteau.) Approchez-le-moi.

Cooper lui apporta l'arme et il scruta chaque millimètre du manche. Son corps ne répondait plus, ou si peu, mais il avait l'acuité visuelle d'un adolescent.

– Regardez, là. C'est quoi ?

– Où ?

– Entre la garde et la lame.

Une minuscule particule de matière de couleur claire.

– Vous voyez ça ? murmura le technicien. Ça m'avait complètement échappé.

Il parvint à récupérer la chose avec la pointe d'une épingle pour la poser sur une plaquette afin de l'examiner au microscope. Il commença avec un faible agrandissement, de l'ordre de 4 à 24, au-delà duquel on a besoin d'un microscope électronique.

– Ça ressemble à des miettes alimentaires. Quelque chose qui est passé au four. C'est de couleur orangée. Le spectre fait penser à de l'huile. Peut-être un truc en sachet, genre Doritos. Ou un fragment de chips.

– Il n'y en a pas assez pour le passer au chromatographe ?

– Non, impossible, confirma Cooper.

– Il n'aurait pas déposé quelque chose d'aussi microscopique au domicile du type qu'il voulait faire accuser. Pour nous, c'est donc une nouvelle bribe d'information sur 522.

Mais de quoi pouvait-il bien s'agir ? Un résidu de son repas le jour du meurtre ?

– Je veux le goûter.

– Quoi ? Mais il y a du sang là-dessus !

– Le manche, pas la lame. Je veux savoir ce que c'est.

– Mais il n'y en a pas assez pour que ça ait du goût ! Ce petit truc ? On le voit à peine. *Je* ne l'avais *pas* vu.

– Je reconnaîtrai peut-être un goût ou une épice qui nous dira quelque chose.

– Vous n'allez pas lécher une arme qui a servi à tuer, Lincoln !

– C'est écrit quelque part, Mel ? Je ne me souviens pas de l'avoir lu. Nous avons besoin d'en savoir plus sur cet individu !

– Bon… d'accord.

Le technicien approcha le couteau du visage de Rhyme, qui pencha la tête pour toucher de la pointe de la langue l'endroit où ils avaient trouvé la particule en question.

– Seigneur ! s'exclama-t-il en renversant la tête en arrière.

– Qu'y a-t-il ? demanda Cooper, inquiet.

– Apportez-moi un verre d'eau !

Jetant le couteau sur la table d'examen, Cooper appela Thom, pendant que Rhyme crachait par terre. Il avait la bouche en feu.

Thom accourut.

– Qu'y a-t-il ?

– Bon sang… ça pique. J'ai demandé de l'eau ! Je viens de goûter du piment.

– Du piment… Comme du Tabasco ?

– Je ne sais pas quelle sorte de piment !

– En tout cas, ce n'est pas de l'eau qu'il vous faut. C'est du lait, ou du yaourt.

– Apportez-m'en, alors !

Thom revint avec un yaourt et lui en fit prendre plusieurs cuillerées. Au grand étonnement de Rhyme, la douleur disparut presque aussitôt.

– Pouah ! Ça fait mal… Bien. Mel, on a appris quelque chose – peut-être. Notre ami aime les chips et la sauce piquante. Mettez ça sur le tableau.

Tandis que Cooper écrivait, le criminologue jeta un coup d'œil à la pendule et dit :

– Mais que fait Amelia ?

– Elle est chez SSD, répondit Cooper.

– Je le sais. Mais pourquoi n'est-elle pas encore rentrée ? Thom, je veux encore du yaourt !

INCONNU 522 – PROFIL

- Sexe masculin
- Fume ou vit / travaille avec quelqu'un qui fume, ou près d'une source de tabac
- A des enfants ou vit / travaille près d'enfants, ou à proximité de jouets
- Intérêt pour l'art, pour les monnaies ?
- Probablement blanc ou clair de peau
- Corpulence moyenne

- Vigoureux – capable d'étrangler ses victimes
- Dispose de matériel de modification de la voix
- Peut-être compétent en informatique. Connaît OurWorld. Autres réseaux sociaux ?
- Prend des trophées sur ses victimes. Sadique ?
- Résidence ou lieu de travail sombre et humide
- Habite dans ou près de Manhattan ?
- Mange des plats à emporter / sauce piquante

INDICES NON FABRIQUÉS

- Vieux carton
- Cheveux de poupée Nylon polyamide B35
- Tabac de cigarettes Tareyton
- Tabac vieux, pas du Tareyton, marque indéterminée
- Particules de moisissure *Stachybotrys chartarum*
- Poussière du World Trade Center, indiquant peut-être résidence ou lieu de travail à Manhattan
- Nourriture de snack avec sauce piquante

CHAPITRE 21

La salle de réunion dans laquelle on avait conduit Amelia et Pulaski offrait un décor aussi dépouillé que le bureau de Sterling. Amelia se dit que le mot qui décrivait le mieux l'ambiance à l'intérieur de SSD était le mot « austère ».

Sterling les accompagna lui-même jusqu'à la petite salle et, d'un geste, les invita à s'asseoir. Il y avait deux chaises sous le logo de la tour de guet avec sa fenêtre illuminée.

– Je ne m'attends pas à être traité différemment de quiconque, dit-il. Dans la mesure où je dispose d'un libre accès aux données, je suis suspect moi aussi. Mais j'ai un alibi pour hier – j'ai passé la journée à Long Island. C'est quelque chose que je fais souvent : je prends ma voiture et me rends dans une grande surface pour observer ce que les gens achètent, comment ils achètent, à quels moments de la journée. Je suis toujours à la recherche de nouveaux moyens pour rendre nos services plus efficaces, et nous devons avant tout, pour ça, connaître les besoins de nos clients.

– Avec qui étiez-vous là-bas ?

– Avec personne. Je ne me fais jamais connaître dans ces cas-là. Ça gâche tout. Mais comme j'étais venu en voiture, les relevés de péages peuvent attester que j'ai emprunté le Tunnel vers neuf heures du matin, et au retour vers cinq heures et demie de l'après-midi. C'est facile à vérifier auprès de l'administration. (Il indiqua son numéro d'immatriculation.) Et hier ? J'ai appelé mon fils. Il avait pris un train jusqu'à Westchester pour faire une randonnée en forêt dans une réserve naturelle. Comme il était seul, j'ai voulu m'assurer que tout se passait bien. Je l'ai donc appelé vers deux heures de l'après-midi. Les relevés téléphoniques montreront que j'ai reçu un appel de ma maison de Hampton. Vous pourrez aussi consulter la liste d'appels reçus sur son portable. Il y aura la date et l'heure. Son poste est le 787.

Amelia nota, ainsi que le numéro de téléphone de Sterling dans sa maison du bord de mer. Elle le remercia. Puis Jeremy, l'assistant « extérieur », dit quelques mots à voix basse à l'oreille de son patron.

– J'ai à faire, maintenant. Si vous avez besoin de quoi que ce soit, appelez-moi.

Quelques minutes plus tard, le premier de leurs suspects arrivait. Sean Cassel, le directeur des ventes et du marketing. Amelia fut frappée de le voir aussi jeune, autour de 35 ans pensa-t-elle, mais elle avait rencontré jusque-là chez SSD très peu de gens ayant dépassé la quarantaine. Peut-être l'industrie de l'extraction de données était-elle la nouvelle Silicon Valley, un univers de jeunes entrepreneurs.

Cassel, avec son visage aux traits allongés d'une beauté classique, avait une silhouette athlétique, les épaules larges et les bras musclés. Il portait l'uniforme de SSD, dans son cas un complet bleu marine. La chemise était d'une blancheur immaculée et les manchettes fermées par de lourds boutons en or. La cravate jaune était taillée dans une soie épaisse. Il avait le teint rose et ne quittait pas Amelia des yeux à travers les verres de ses lunettes Dolce & Gabbana.

– Bonjour.

– Bonjour. Détective Sachs. Et je vous présente M. Pulaski. Asseyez-vous.

Elle lui tendit la main, et nota qu'il la serrait plus fort et nettement plus longtemps que celle de Pulaski.

– Ainsi, vous êtes détective ? demanda le directeur des ventes en ignorant totalement son jeune collègue.

– C'est exact. Vous voulez voir ma carte ?

– Non, c'est inutile.

– Nous recueillons quelques informations sur les collaborateurs de SSD. Connaissiez-vous une certaine Myra Weinburg ?

– Non. Je devrais ?

– Elle a été victime d'un meurtre.

– Ah.

Quelque chose comme de la contrition effleura les traits de Cassel, la façade de fringant jeune cadre passant momentanément au second plan.

– J'ai entendu parler d'une enquête. Je ne savais pas que c'était à propos d'un meurtre. Désolé. Elle travaillait ici ?

– Non. Mais il se peut que son meurtrier ait eu accès aux ordinateurs de SSD. Je sais que vous avez, vous-même, librement accès au CerclePremier. Pensez-vous qu'une personne travaillant sous vos ordres aurait la possibilité d'assembler un dossier individuel ?

Il secoua la tête.

– Pour entrer dans un Placard, il faut trois codes, ou un laissez-passer biométrique et un code.

– Vous avez dit « Placard » ?

Il hésita.

– Oh, c'est comme ça qu'on appelle un dossier. On utilise une quantité d'abréviations dans notre domaine.

Comme des secrets dans des Placards, pensa-t-elle.

– Mais personne ne peut prendre mon code. Chacun garde le sien secret. Andrew y tient beaucoup.

Retirant ses lunettes, Cassel entreprit de les essuyer avec un chiffon noir miraculeusement apparu entre ses doigts.

– Il a déjà renvoyé des collaborateurs qui avaient utilisé le code de quelqu'un d'autre, même avec l'autorisation de cette personne. Virés sur-le-champ.

Il se consacra un instant sur sa tâche. Puis il leva les yeux.

– Mais soyons francs. Ce que vous me demandez réellement, ce ne sont pas des codes mais des alibis. Ai-je tort ?

– Nous aimerions le savoir aussi… Où étiez-vous hier entre midi et quatre heures de l'après-midi ?

– Je courais. Je m'entraîne pour un minitriathlon… Vous devez courir, vous aussi. Vous avez une allure sportive.

Si passer des heures à faire des trous dans des cibles à quarante et quatre-vingts mètres est considéré comme étant du sport, alors d'accord.

– On pourra le vérifier ?

– Que vous avez une allure sportive ? C'est évident pour moi.

Sourire. Mieux valait, parfois, ne pas répondre. Pulaski s'agita à côté d'elle – ce que Cassel remarqua avec amusement. Amelia n'avait besoin de personne pour défendre son honneur.

Avec un coup d'œil en coin vers le policier en uniforme, Cassel poursuivit :

– Non. Je crois bien que non. J'avais une amie chez moi. Mais elle est repartie vers neuf heures et demie. Je suis suspect, ou quoi ?

– À ce stade de l'enquête, nous nous bornons à recueillir des informations, dit Pulaski.

– Vraiment ?

Il lui parlait sur un ton condescendant, comme à un gamin.

– Des faits, madame, rien que des faits ! ajouta-t-il, citant une vieille série télé, dont Amelia ne se rappelait plus le titre.

Elle lui demanda où il se trouvait au moment des autres crimes – le meurtre de la femme qui collectionnait les monnaies, le viol, et celui de la propriétaire du Prescott. Il remit ses lunettes et lui dit qu'il ne s'en souvenait pas. Il semblait tout à fait à son aise.

– Allez-vous souvent dans ces enclos de données ?

– Une fois par semaine, peut-être.

– En ressortez-vous avec de l'information ?

Il fronça légèrement les sourcils.

– Ma foi… c'est impossible. Le système de sécurité ne le permet pas.

– Et il vous arrive souvent de télécharger des fichiers ?

– Je ne sais pas si je l'ai jamais fait. Ce ne sont que des données brutes. Trop bruyantes pour être utiles.

– Eh bien, merci. Ce sera tout pour le moment.

Le sourire et les airs rentre-dedans disparurent.

– Alors, il y a un problème ? Je devrais être inquiet ?

– Ce n'est qu'une enquête préliminaire.

– Ah. On ne laisse rien filtrer…

Un coup d'œil à Pulaski.

– On joue serré, n'est-ce pas, sergent Friday ?

C'était ça, pensa Amelia : *Dragnet*, la vieille série policière qu'elle suivait avec son père bien des années auparavant.

Un autre cadre succéda au directeur des ventes : Wayne Gillespie, qui dirigeait les services techniques – le hardware comme le software. Il ne correspondait pas à l'idée qu'Amelia se faisait d'un fumiste. Les manières policées, physiquement très en forme, il avait au poignet une lourde gourmette en argent – ou en platine. Sa poignée de main était vigoureuse. Mais en l'examinant avec plus d'attention elle songea que ce n'était au fond qu'un technicien comme tant d'autres, habillé par sa mère pour la photo de classe. Mince et de petite taille, il portait un complet froissé, sa cravate était nouée à la va-vite, et ses ongles ébréchés n'étaient pas d'une propreté irréprochable. Quant aux cheveux, ils auraient mérité un coup de peigne. Le type même du quidam qui joue les cadres supérieurs alors qu'il serait tellement mieux dans la pénombre face à son ordinateur.

Contrairement à Cassel, Gillespie était nerveux, les mains sans cesse en mouvement, tripotant trois gadgets électroniques accrochés à sa ceinture – un BlackBerry, un organiseur et un téléphone portable dernier cri. Il avait un regard fuyant et l'idée de flirt ne devait pas effleurer son esprit même si, comme celui du directeur des ventes, son annuaire ne portait pas d'anneau. Sterling préférait peut-être avoir des célibataires aux postes importants de sa boîte. Des princes fidèles plutôt que des ducs ambitieux.

Amelia eut l'impression que Gillespie en savait moins que Cassel sur leur visite chez SSD, et vit qu'elle avait toute son attention en lui décrivant les meurtres.

– Intéressant. D'accord, intéressant. C'est malin, ce coup de pécho des données avant de commettre des crimes.

– Vous avez dit *pécho* ?

Gillespie claqua nerveusement des doigts.

– Je veux dire, sa façon de se renseigner. De récupérer des infos.

Pas une question sur la façon dont les gens avaient été assassinés. Était-ce une indifférence de façade ? Le véritable meurtrier aurait feint l'horreur et la sympathie.

Amelia lui demanda à quoi il avait occupé son dimanche. Il n'avait pas d'alibi et se lança dans une histoire compliquée de codes qu'il cherchait à débloquer, et d'un jeu de rôles sur Internet auquel il participait.

– Il n'y a aucune trace de votre activité sur Internet pendant la journée d'hier ?

Une hésitation.

– Oh, je ne faisais que m'entraîner... Je n'étais pas en ligne. Tout d'un coup j'ai levé les yeux, et il était très tard. Quand on trippe comme ça dans le jeu, plus rien n'existe.

– Quand on *trippe* ?

Il se rendit compte qu'il lui parlait dans une langue étrangère.

– Je veux dire... dans ces cas-là, on est complètement ailleurs. On est entièrement pris par le jeu. Tout le reste disparaît.

Il déclara ne pas connaître Myra Weinburg lui non plus. Et que personne n'aurait pu avoir accès à son code personnel.

– Quant à le forcer, bonne chance ! Il y a seize chiffres choisis au hasard. Je ne l'ai jamais écrit noir sur blanc. Heureusement, j'ai une bonne mémoire.

Gillespie passait sa vie sur son ordinateur et « dans le système », comme il le disait lui-même. Il ajouta, sur la défensive :

– Vous comprenez, c'est mon boulot.

Et fronça les sourcils, gêné, quand elle lui parla de télécharger des fichiers individuels.

– Ce serait pratiquement inutile. Ça reviendrait à lire à peu près tout ce que notre Américain moyen a acheté au cours de la semaine au rayon alimentation. Bonjour… Franchement, j'ai autre chose à faire.

Il reconnut par ailleurs qu'il passait beaucoup de temps dans les enclos, « à ranger les cartons ». Amelia eut l'impression qu'il aimait ça, qu'il se trouvait bien… dans ces endroits où elle-même n'avait qu'une idée : en sortir.

Gillespie fut incapable de se rappeler où il était au moment des autres meurtres. Elle le remercia et il quitta la pièce, prenant l'Organiseur attaché à sa ceinture et se mettant à taper un message avec les pouces, plus vite qu'Amelia n'aurait pu le faire avec ses dix doigts.

Pendant qu'ils attendaient le suspect suivant, elle demanda à Pulaski :

– Alors ? Tes impressions ?

– Je n'aime pas ce Cassel.

– Moi non plus.

– Mais il l'a l'air trop odieux pour être 522. Trop yuppie, n'est-ce pas ? S'il pouvait tuer quelqu'un avec son ego, alors oui. Tout de suite… Et Gillespie ? Il a essayé de paraître surpris en apprenant la mort de Myra Weinburg, mais je me demande s'il l'était vraiment. Je connais cette attitude… « pécho », « tripper »… Tu sais d'où ça vient, ça ? Ce sont des expressions de la rue. « Pécho », ça veut dire chercher de la drogue. Frénétiquement, tu vois. Et le « trip », c'est quand on a pris de la coke ou un tranquillisant. C'est comme ça que parlent les gamins des cités qui veulent paraître cool et achètent de la dope aux dealers du Bronx ou de Harlem.

– Tu crois qu'il se drogue ?

– Ma foi, il m'a paru bien nerveux. Mais tu m'as demandé ce que je pensais ?

– Oui, je te l'ai demandé.

– Ce n'est pas à la drogue qu'il est accro, c'est à ça.

Le jeune officier balaya l'air d'un geste autour de lui.

– Les données.

Elle acquiesça après quelques secondes de réflexion. Il régnait à SSD une ambiance enivrante, mais pas au sens agréable du terme. C'était plus proche de l'effet des analgésiques.

Un nouveau visiteur apparut sur le seuil. Le directeur des ressources humaines : jeune, mince, Afro-Américain au teint clair. Peter Arlonzo-Kemper leur expliqua qu'il se rendait rarement dans les enclos bien qu'il soit autorisé à le faire pour discuter sur leur poste de travail avec ceux qui s'y trouvaient. Il était effectivement de temps à autre en ligne sur le CerclePremier pour régler des questions personnelles, mais uniquement quand il avait à se renseigner sur des collaborateurs de SSD, et jamais sur le public.

Ainsi, il *était* entré dans les enclos, malgré ce que Sterling avait dit à son sujet.

Il était tendu. Il avait accroché un sourire sur son visage et répondait aux questions d'une voix monocorde, l'essentiel de son message consistant à répéter que Sterling – toujours « Andrew » comme l'avait remarqué Amelia – était « le plus gentil et le plus attentionné des patrons ». Personne n'aurait jamais l'idée de le trahir, ou de trahir des « idéaux » de SSD. L'idée d'un criminel s'introduisant dans les enceintes sacrées de l'entreprise était pour lui, tout bonnement, inconcevable.

Tant d'admiration engendrait l'ennui.

Quand elle parvint à l'entraîner en dehors du culte, il lui déclara qu'il avait passé la journée du dimanche avec sa femme (ce qui faisait de lui le premier collaborateur de SSD marié auquel elle s'adressait). Et que le jour du meurtre d'Alice Sanderson, il se trouvait dans le Bronx où il débarrassait la maison de sa mère récemment décédée. Il était seul, mais trouverait certainement quelqu'un qui l'avait aperçu. Arlonzo-Kemper ne se rappelait pas où il était au moment des autres meurtres.

Après les interrogatoires, le vigile raccompagna Amelia et Pulaski au bureau de Sterling. Le président s'entretenait avec un homme du même âge que lui, aux cheveux blonds soigneusement peignés en arrière. Il était affalé sur l'une des deux chaises du bureau. C'était un associé de SSD. Il portait un blouson par-dessus un polo. Sterling leva les yeux et vit Amelia. Mettant fin à l'entretien, il reconduisit son visiteur.

Amelia regarda ce que portait ce dernier : une liasse de feuilles avec pour titre : « Warehouse Associés » – apparemment, le nom de son entreprise.

– Martin, tu veux bien appeler une voiture pour M. Carpenter ?

– Oui, Andrew.

– On est d'accord, n'est-ce pas, Bob ?

– Oui, Andrew.

Robert Carpenter, beaucoup plus grand que Sterling, serra la main du président, tourna les talons et sortit. Un vigile l'accompagna dans le couloir.

Les deux policiers entrèrent dans le bureau de Sterling.

– Vous avez trouvé quelque chose ?

– Rien de concluant. Certains ont des alibis, d'autres non. On va poursuivre l'enquête et voir si les pièces à conviction ou les témoins nous mettent sur une piste. Mais je me demandais… Pourrais-je avoir un dossier ? Au nom d'Arthur Rhyme.

– Qui ?

– C'est l'un de ceux qui figurent sur la deuxième liste, ceux dont nous pensons qu'ils ont été arrêtés à tort.

– Bien sûr.

Andrew Sterling s'assit à son bureau, effleura du pouce un lecteur à côté de son clavier et frappa quelques touches. Puis il s'immobilisa en fixant l'écran. Il frappa encore quelques touches, et un document commença à sortir de l'imprimante. Il tendit une trentaine de pages à Amelia : le « Placard » d'Arthur Rhyme.

Eh bien, ce n'était pas difficile, pensa-t-elle. Puis elle montra l'ordinateur.

– Y a-t-il une trace de ce que vous venez de faire ?

– Oh, non. Nous n'enregistrons pas les chargements qui se font en interne.

Il consulta à nouveau ses notes.

– J'ai demandé à Martin de sortir la liste de nos clients. Il y en a pour deux ou trois heures.

Au moment où ils rejoignaient le bureau, Sean Cassel fit irruption. Il ne souriait plus.

– C'est pourquoi, cette liste de clients, Andrew ? Tu vas la leur donner ?

– Oui, Sean.

– Mais pourquoi les clients ?

– Nous pensons, expliqua Pulaski, qu'une personne travaillant pour SSD a recueilli des informations qui ont été utilisées pour commettre des crimes.

Le jeune homme se cabra.

– C'est visiblement ce que *vous* pensez... Mais pourquoi ? Aucun d'entre eux n'a un accès direct au CerclePremier. Ils ne peuvent pas télécharger des Placards.

– Ils ont pu acheter des listes d'adresses qui contenaient des informations, dit Pulaski.

– Des listes ? Savez-vous combien de temps nos clients devraient passer dans le système pour rassembler toute l'information dont vous parlez ? Ce serait un travail à plein temps. Réfléchissez !

Pulaski rougit et baissa les yeux.

– Enfin...

Mark Whitcomb, du service comptabilité, était à côté du bureau de Martin.

– Sean, il ne sait pas comment ça marche.

– Eh bien, officier, je crois que c'est avant tout une affaire de logique, vraiment. Chaque client serait obligé d'acheter des milliers de listes. Et il y en a probablement dans les Placards trois ou quatre cents sur les Seize qui les intéressent.

– Les Seize ? répéta Amelia.

– Ça signifie « individu ».

Il fit un geste vague en direction des étroites fenêtres, sans doute pour désigner le reste de l'humanité au-delà des murs.

– Ça vient du code que nous utilisons.

Encore des abréviations, des Placards, du pianotage… Il y avait quelque chose de suffisant, sinon de dédaigneux, dans tous ces termes.

Sterling dit froidement :

– Nous devons faire, ici, tout notre possible pour découvrir la vérité.

Cassel secoua la tête.

– Ce n'est pas un client, Andrew. Personne n'oserait nous voler des informations en vue d'un crime. Ce serait suicidaire !

– Si SSD est impliquée, il faut qu'on le sache, Sean.

– Très bien, Andrew. Comme tu voudras.

Ignorant Pulaski, Sean Cassel sortit, sur un sourire glacial à Amelia.

Elle se tourna vers Sterling.

– Nous prendrons cette liste de clients quand nous reviendrons pour interroger vos responsables du service technique.

Pendant que le président donnait des instructions à Martin, Amelia entendit Mark Whitcomb dire à Pulaski en baissant la voix :

– Ne faites pas attention à Cassel. Gillespie et lui sont les petits rois de ce secteur. Les jeunes Turcs. Je suis un obstacle. Vous êtes un obstacle.

– Pas de problème, répondit le jeune policier sans se compromettre, mais Amelia vit qu'il était soulagé.

Il avait tout ce qu'il fallait, sauf la confiance en lui-même, pensa-t-elle.

Whitcomb sortit, et les deux policiers prirent congé de Sterling.

C'est alors que le président prit doucement Amelia par le bras.

– Il y a une chose que je tiens à vous préciser, détective.

Elle se tourna vers lui. Il était debout, les bras ballants, les pieds écartés, et la fixait de ses yeux au vert intense. On ne pouvait pas échapper à ce regard concentré qui vous figeait sur place.

– Je ne vais pas dire que je ne suis pas dans l'industrie de l'information pour gagner de l'argent. Mais j'y suis aussi pour rendre notre société meilleure. Songez à ce que nous faisons. Songez aux enfants qui vont recevoir pour la première fois à Noël des vêtements décents et de jolis cadeaux achetés avec l'argent que leurs parents économisent grâce à SSD. Ou aux jeunes mariés qui peuvent désormais obtenir un prêt de leur banque qui va leur permettre d'acheter leur maison parce que SSD peut prédire qu'ils ne présentent pas de risque financier pour l'avenir. Ou encore aux voleurs d'identité qui sont pris parce que nos algorithmes révèlent une faille dans vos habitudes d'achat avec votre carte de crédit. Ou aux puces électroniques placées dans le bracelet des enfants qui permettent aux parents de savoir où ils se trouvent à chaque instant de la journée. Ou encore aux toilettes intelligentes, qui détectent votre diabète avant même que vous soyez conscient du risque.

» Et pour votre propre travail, détective Sachs ! Il y a des traces de cocaïne sur un couteau, arme du crime. Notre programme PublicSure peut vous indiquer les individus qui, avec une première arrestation pour cocaïne, ont également dans leurs antécédents une condamnation pour usage d'un couteau au cours des vingt dernières années, dans la zone géographique qui vous intéresse, et aussi lesquels étaient gauchers et lesquels droitiers, et quelle pointure ils chaussaient. Avant même que vous le demandiez, les empreintes digitales apparaissent à l'écran, avec leurs photos, des détails sur leur mode opératoire, leurs traits caractéristiques, les déguisements qu'ils ont déjà utilisés, des échantillons de voix bien distincts et des dizaines d'autres choses.

» Nous pouvons aussi vous dire qui achète des couteaux de cette marque – voire, même, ce couteau-là. Et il se peut que nous sachions où l'acheteur de ce couteau se trouvait à l'heure du crime, et où il se trouve maintenant. Si le système ne peut pas le retrouver en personne, nous pouvons vous dire combien il y a de chance qu'il soit chez un complice, le nom de ce dernier, et vous sortir les empreintes digitales et des éléments de signalement. Toutes ces informations vous parviennent en vingt secondes, maximum.

» Notre société a besoin qu'on l'aide, détective. Vous vous rappelez les fenêtres brisées ? Eh bien, SSD est là pour aider… (Il sourit.) Ça, c'est pour la galerie. Voici le cœur de l'histoire. Je vous demande de rester discrète au sujet de cette enquête. Je ferai tout ce que je pourrai – surtout si quelqu'un de SSD est impliqué. Mais si la rumeur que notre système n'est pas infaillible venait à se répandre, s'il se disait que notre système de sécurité souffre de négligences, nos concurrents et ceux qui nous critiquent nous tomberaient dessus. Lourdement. SSD serait empêchée de remplir sa véritable mission, qui est de réparer les fenêtres et de rendre ce monde meilleur. Nous sommes bien d'accord là-dessus ?

Amelia ne se sentait pas à l'aise dans cette délicate mission consistant à tendre un piège à 522 sans en informer Sterling. Luttant pour soutenir son regard, elle dit :

– Absolument d'accord.

– Formidable. Martin, s'il te plaît, raccompagne nos visiteurs.

CHAPITRE 22

– Des fenêtres brisées ?

Amelia expliquait à Rhyme le logo de SSD.

– J'aime bien ça.

– Toi aussi ?

– Oui. Réfléchis. C'est une métaphore pour ce que nous faisons. On découvre de petits bouts de preuve qui mènent à *la* réponse.

Sellitto hocha la tête à l'adresse de Rodney Szarnek qui continuait à siffloter, oublieux de tout ce qui ne concernait pas son ordinateur.

– Le gamin a posé le piège. Et maintenant, il essaie de les pirater. Ça marche, collègue ?

– Hum. Ces gens-là connaissent bien leur affaire. Mais j'ai plus d'un tour dans mon sac, moi aussi.

Amelia leur dit que, selon le chef du service sécurité, le Cercle-Premier était inviolable.

– Ça ne fait qu'ajouter du piquant à l'affaire, rétorqua Szarnek.

Son énième café achevé, il se remit à siffler en sourdine.

Amelia leur parla de Sterling, de SSD et du traitement des données. Malgré ce que Thom avait expliqué la veille et en dépit de leurs recherches préliminaires, Rhyme n'avait pas encore saisi le gigantisme de cette industrie.

– Il paraît louche, non, ce Sterling ? demanda Stellitto.

Rhyme poussa un grognement en entendant ce qu'il tenait pour une question inutile.

– Non. Il s'est montré coopératif. Et heureusement pour nous, il a la foi. Les données sont sa religion. Il veut éliminer tout ce qui pourrait faire du tort à sa boîte.

Amelia leur décrivit le sévère système de sécurité de SSD, insista sur le fait que seul un nombre très limité d'individus avait accès aux trois enclos, et qu'il était impossible de voler des informations même si on parvenait à y pénétrer.

– Ils ont eu un intrus, une fois. Un journaliste qui voulait simplement écrire un article. Il a fait de la prison et sa carrière s'est arrêtée là.

– Ils sont vindicatifs, n'est-ce pas ?

Amelia réfléchit.

– Non. Je dirais plutôt qu'ils se *protègent*. Quant aux collaborateurs, j'ai interrogé presque tous ceux qui ont accès aux dossiers individuels. Il y en avait quelques-uns d'absents. Je leur ai demandé s'ils consignaient les chargements de données, et ils m'ont dit que non. Et ils vont me remettre une liste des clients qui achètent les mêmes choses que les victimes et les types qui ont été a accusés.

– Mais ce qui compte, c'est que tu les aies informés de l'enquête et que tu aies donné à tous le nom de Myra Weinburg.

– Bien.

Amelia prit un document dans sa serviette. Le dossier d'Arthur, expliqua-t-elle.

– J'ai pensé que ça pourrait nous être utile. En tout cas, ça risque de t'intéresser. Tu verras ce que faisait ton cousin.

Elle le posa devant Rhyme, sur le lecteur automatique qui tournait les pages pour lui.

Il jeta un coup d'œil au document. Puis revint aux tableaux et à leurs listes d'indices.

– Tu ne veux pas lire ce dossier ? demanda-t-elle.

– Plus tard, peut-être.

Elle se replongea dans sa serviette.

– Voilà la liste des collaborateurs de SSD qui ont accès aux dossiers individuels… qu'on appelle des Placards.

– Des Placards secrets ?

– C'est ça. Pulaski s'occupe de vérifier leurs alibis. Il va falloir qu'on y retourne pour voir les deux chefs des équipes techniques, mais voilà ce qu'on a déjà.

Elle nota sur un tableau blanc les noms assortis de quelques commentaires.

Andrew Sterling, président-directeur général
Alibi : Long Island – à vérifier
Sean Cassel, directeur des ventes et du marketing
Aucun alibi
Wayne Gillespie, directeur des services techniques
Aucun alibi
Samuel Brockton, directeur du service comptabilité
Alibi : présence à Washington confirmée par le registre de son hôtel
Peter Arlonzo-Kemper, directeur des ressources humaines
Alibi : était avec sa femme – à vérifier
Steven Shraeder, chef de l'équipe technique de jour
À interroger
Farouk Mameda, chef de l'équipe technique de nuit
À interroger
Client de SSD (?)
À venir : liste de Sterling

– Mel ? appela Rhyme. Appelez le NCIC et le ministère de la Justice.

Cooper composa les numéros du National Crime Information Center ainsi que du Violent Criminal Apprehension Program du ministère de la Justice.

– Attendez… J'ai peut-être quelque chose…

– Quoi ? demanda Amelia en s'approchant.

– Arlonzo Kemper, tribunal pour enfants en Pennsylvanie. Une affaire d'agression il y a vingt-cinq ans. Le dossier est encore sous scellés.

– Ça pourrait coller avec l'âge. Il a dans les 35 ans. Et il est clair de peau, dit Amelia en regardant le profil de Kemper sur le tableau blanc.

– Bon, faites lever les scellés. Tâchez de savoir, en tout cas, s'il s'agit bien de la même personne.

– Je vais voir ce que je peux faire, dit Cooper en pianotant sur son clavier.

– Pas de références à d'autres individus ? demanda Rhyme, sans quitter des yeux la liste de suspects.

– Non. Il n'y a que celui-là.

Cooper interrogea diverses bases de données fédérales et locales, et plusieurs organisations professionnelles. Il haussa les épaules.

– J'ai consulté l'Union des juristes. Aucun lien avec la Pennsylvanie, apparemment. Le type semble être un solitaire. Outre ses diplômes universitaires, on ne le retrouve que parmi les membres de l'Association nationale des directeurs des ressources humaines.

– Bon. Voilà ce qu'on a concernant son affaire devant le tribunal pour enfants. Agression sur un autre gamin dans un centre de redressement… Oh !

– Quoi, « Oh ! » ?

– Ce n'est pas lui. Il n'y a pas de trait d'union. Le nom est différent. Celui qui a été condamné avait Arlonzo pour prénom et Kemper comme nom de famille.

Jetant un coup d'œil au tableau.

– C'est un Peter, avec Arlonzo-Kemper comme nom de famille. Je l'avais mal orthographié. Si j'avais tapé le trait d'union, il ne serait pas sorti du tout. Désolé.

– Il y a des péchés plus graves que celui-ci, dit Rhyme.

C'était tout de même une leçon de modestie à propos des données informatiques, pensa-t-il. Ils avaient apparemment trouvé un suspect, et sa caractérisation par Cooper suggérait qu'il pourrait bien être le bon – le type semblait être un solitaire – mais il s'agissait clairement d'une fausse piste, à cause d'une minuscule faute de frappe. Ils auraient pu lui tomber dessus sans ménagement – et orienter les moyens de l'enquête dans une mauvaise direction – si Cooper ne s'était pas rendu compte de son erreur.

Amelia s'assit à côté de Rhyme qui, voyant son regard, demanda :

– Qu'y a-t-il ?

– C'est bizarre, mais depuis que je suis rentrée, j'ai l'impression qu'une espèce de charme s'est brisé. Je voudrais un avis extérieur. Sur SSD. J'avais un peu perdu mes repères, là-bas. Je t'assure qu'il y a de quoi être désorienté dans cet endroit.

– Comment ? demanda Sellitto.

– Vous connaissez Las Vegas ?

– Sellitto y était allé avec son ex-femme. (Rhyme laissa échapper un petit rire.) Las Vegas, où la seule question est de savoir *combien* je vais perdre, et pourquoi suis-je venu jusqu'ici pour me faire plumer ?

– Eh bien, poursuivit Amelia, ça fait penser à un casino. L'extérieur est, disons, inexistant. De minuscules fenêtres, ou pas du tout. Pas de conversations de couloir, pas le moindre rire. Tout le monde est concentré au maximum sur son travail. On est dans un autre univers.

– Et tu voudrais un autre avis sur l'endroit ? demanda Sellitto.

– Oui.

– Un journaliste ? suggéra Rhyme.

Peter Hoddins, le compagnon de Thom, avait été reporter pour le *New York Times* ; désormais, il écrivait des livres sur la politique et la société. Il connaissait certainement des gens qui couvraient le secteur de l'exploitation de données.

Mais elle secoua la tête.

– Non, quelqu'un qui ait été en contact direct avec eux. Un ancien collaborateur, par exemple.

– Bien. Lon, peux-tu appeler les services d'aide à l'emploi ?

– Bien sûr.

Après s'être fait balader pendant dix minutes de bureau en bureau, Sellitto trouva le nom d'un ancien assistant au directeur des services techniques de SSD. Après avoir travaillé de nombreuses années pour la boîte, il avait été licencié dix-huit mois auparavant. Il s'appelait Calvin Geddess et habitait à Manhattan. Sellitto obtint quelques détails supplémentaires et fit passer ses notes à Amelia, qui appela Geddess et obtint un rendez-vous pour l'heure suivante.

Rhyme n'avait pas d'avis particulier sur cette nouvelle mission. Il faut toujours, quelle que soit l'enquête, couvrir le terrain. Mais les pistes comme celles de Geddess, ou celles sur lesquelles travaillait Pulaski en vérifiant les alibis des collaborateurs de SSD, étaient pour le criminologue comme des images aperçues à travers un verre dépoli – des suggestions de vérité mais pas la vérité elle-même. Seule une preuve tangible, aussi ténue soit-elle, pourrait répondre à leurs questions sur l'identité du tueur. Il se remit donc à l'étude des indices.

Bouge…

Arthur Rhyme n'avait plus peur des Latinos, et d'ailleurs ces derniers l'ignoraient. Et il savait que le grand Noir « va te faire foutre » n'était pas un danger pour lui.

C'était plutôt le Blanc aux tatouages qui l'inquiétait. Le mécano – c'était, apparemment, le nom qu'on donnait aux types sous méthadone – faisait même très peur à Arthur. Il s'appelait Mick. Ses mains s'agitaient, il grattait sans cesse sa peau marquée tandis que ses étranges yeux pâles sautaient dans leurs orbites comme dans de l'eau bouillante. Et il parlait tout seul.

La veille, Arthur avait tout fait pour l'éviter et, la nuit venue, était resté longtemps éveillé en priant, entre deux crises de désespoir, pour que Mick s'en aille, qu'il passe le lendemain devant le tribunal et disparaisse à jamais de son existence.

Mais il n'avait pas eu cette chance. Mick était toujours là ce matin et semblait décidé à rester près de lui. Il lui lançait des regards. « Toi et moi », murmura-t-il, à un moment, et Arthur sentit un frisson lui parcourir l'échine.

Les Latinos eux-mêmes n'avaient pas l'air de vouloir embêter Mick. Peut-être fallait-il se conformer à certaines règles propres à la prison ? Des règles non écrites qui fixaient ce qui était bien et ce qui était mal ? Les types comme ce camé famélique et couvert de tatouages ne devaient pas respecter ces règles, et tout le monde avait l'air de le savoir.

Tout le monde sait tout, ici. Sauf toi. Tu connais rien à toute cette merde…

À un moment, il avait éclaté de rire en regardant Arthur comme s'il le reconnaissait, et avait fait mine de se lever, puis, oubliant sans doute son idée, s'était rassis en suçant son pouce.

– Eh, le mec du Jersey !

Une voix à son oreille. Arthur bondit sur ses pieds.

Le grand Noir était arrivé par-derrière. Il s'assit à côté d'Arthur. Le banc grinça.

– Antwon. Antwon Johnson.

Devait-il serrer le poing et lui taper dans la main ? Ne fais pas l'idiot, se dit-il, et il se borna à hocher la tête.

– Arthur.

– Je sais.

Johnson jeta un coup d'œil à Mick et dit à Arthur :

– Il est taré, ce mécano. Faut pas toucher à la meth, c'est de la merde. Ça te nique la tête grave. (Un silence.) Alors, comme ça, t'es un intello ?

– Si on veut.

– Ça veut dire quoi, ça : « Si on veut » ? C'est oui ou c'est non ?

Ne pas faire le malin.

– J'ai un diplôme de sciences physiques. Et un autre de chimie. J'ai étudié au MIT.

– Mite ?

– C'est une école.

– Une bonne ?

– Assez.

– Alors tu connais les trucs scientifiques ? La chimie et la physique et tout ça ?

L'interrogatoire était très différent de celui des Latinos, ceux qui avaient tenté de lui soutirer de l'argent. Johnson semblait vraiment intéressé.

– Un peu, oui.

Et le grand costaud de poursuivre :

– Alors tu sais faire des bombes ? Une bombe assez grosse pour faire sauter ce putain de mur ?

– Je…

Son cœur cognait à nouveau, encore plus fort.

– Enfin…

Antwon Johnson éclata de rire.

– Va te faire foutre, c'était pour rire, mec !

– Je…

– Va te faire foutre, c'était une blague !

– Ah…

Arthur rit, en se demandant si son cœur allait exploser tout de suite ou plus tard. Il n'avait pas hérité de tous les gènes de son père, mais les messages de dérèglement cardiaque étaient-ils inclus dans le paquet-cadeau ?

Mick marmonna quelque chose et se concentra intensément sur son coude droit, qu'il gratta jusqu'au sang.

Johnson et Arthur le regardaient.

Le mécano…

Johnson dit :

– Eh, le mec du Jersey, j'ai quelque chose à te demander.

– Vas-y.

– Ma maman, elle a de la religion, si tu vois ce que je veux dire. Un jour elle m'a dit que la Bible avait raison. Et que tout était exactement comme c'est marqué dans ce putain de Livre. Alors moi je dis : d'accord, mais où il sont, les dinosaures, dans la Bible ? Enfin, j'ai vu leurs squelettes, figure-toi. Donc, ils ont bien existé. Mais alors, c'est quoi, la vérité, putain ?

Arthur Rhyme regarda Mick. Puis l'ongle qui grattait le mur. Il avait les paumes humides de transpiration et se disait que parmi tout ce qui pouvait lui arriver en prison, son destin était donc de se faire tuer pour avoir pris une position de morale scientifique face à un discours créationniste.

Oh, merde après tout !

– Penser que la Terre n'a que 6 000 ans serait aller contre toutes les lois de la science… des lois connues et reconnues par toutes les civilisations avancées. Ce serait aussi fou que s'il te poussait des ailes et que tu t'envoles par cette fenêtre, là-bas.

L'homme fronça les sourcils.

Je suis mort.

Johnson le fixait d'un regard pénétrant. Puis il hocha la tête.

– Je le savais, bordel de merde ! C'est n'importe quoi, putain, cette histoire des 6 000 ans !

– Je peux t'indiquer un livre à lire là-dessus. L'auteur, c'est Charles Darwin, et il…

– J'en ai rien à foutre de ton putain de livre. Je te crois sur parole, M. Jersey.

Arthur, maintenant, avait vraiment envie de lui taper dans la main. Mais il se retint et demanda :

– Et ta mère, qu'est-ce qu'elle va faire quand tu le lui diras ?

Le visage noir, tout rond, se plissa de stupéfaction.

– Je risque pas de lui dire ça ! Ça serait foutu d'avance. Y a pas d'arguments qui tienne, avec ma mère.

Comme avec mon père, songea Arthur.

Johnson se fit sérieux.

– Paraît que t'as rien fait et que tu devrais pas être ici ?

– Bien sûr.

– Mais on t'a arrêté quand même ?

– Eh, oui.

– Comment ça se fait, mec ?

– Je voudrais bien le savoir. Je ne pense qu'à ça depuis que je suis ici. Je ne pense *qu'à* ça. Comment il a pu faire.

– C'est qui, « il » ?

– Le vrai meurtrier.

– Ah, comme dans *Le Fugitif.* Ou pour O.J. Simpson ?

– Les policiers ont trouvé un tas d'indices pour m'accuser du crime. Je ne sais pas comment, mais l'assassin savait tout de moi.

Quelle voiture j'avais, où j'habitais, mon emploi du temps… Il savait même que j'achetais certaines choses. Et il les a semées comme indices, bien en évidence. Je suis sûr que ça s'est passé comme ça.

Antwon Johnson réfléchit un instant à ce qu'il venait d'entendre, et rit.

– Ça, mec, c'est ton problème !

– Qu'est-ce que tu veux dire ?

– Eh bien, au lieu de les *acheter*, ces choses, t'avais qu'à les piquer ! Et comme ça, personne aurait rien su !

CHAPITRE 23

Un autre hall d'accueil.

Mais très différent de celui de SSD.

Amelia Sachs n'avait jamais vu un tel désordre. Sauf peut-être à ses débuts comme agent de police, quand on l'appelait pour des querelles domestiques chez des camés de Hell's Kitchen. Mais même dans ces cas-là, les gens gardaient un minimum de dignité ; ils essayaient, du moins. L'association de bénévoles Privacy Now, logée dans une ancienne fabrique de pianos de Chelsea, méritait la palme du laisser-aller.

Des piles de listings informatiques, de livres – souvent des manuels de droit et des textes de loi jaunis –, de journaux et de magazines. Des cartons contenant apparemment les mêmes choses. Des annuaires téléphoniques. Des registres administratifs.

Et de la poussière. Des tonnes de poussière.

Une réceptionniste vêtue d'un jean et d'un vieux T-shirt tapait furieusement sur un antique clavier d'ordinateur tout en parlant à voix basse à un téléphone mains libres. Des individus en jean et T-shirt, ou pantalon de velours côtelé et chemise décontractée, entraient dans le bureau situé au fond du hall, emportaient des dossiers, prenaient des messages téléphoniques et disparaissaient.

Les murs étaient couverts d'écriteaux et d'affiches.

LIBRAIRIES : BRÛLEZ LES FACTURES
DE VOS CLIENTS
AVANT QUE L'ÉTAT BRÛLE LEURS LIVRES !

Une feuille jaunie portait la phrase célèbre du roman *1984* de George Orwell :

Big Brother vous surveille

Et, bien en vue sur le mur lépreux, face à Amelia :

GUIDE DE LA GUÉRILLA
POUR LE RESPECT DE LA VIE PRIVÉE

- Ne donnez jamais votre numéro de Sécurité sociale.
- Ne donnez jamais votre numéro de téléphone.
- Échangez vos cartes de fidélité avec vos connaissances avant d'aller faire des achats.
- N'acceptez jamais de répondre à des sondages.
- Ne remplissez jamais de formulaire lors de l'achat d'un produit.
- Ne remplissez jamais de formulaire pour l'obtention d'une garantie. Vous n'en avez pas besoin pour être « garanti ». Ces formulaires ne servent qu'à vous soutirer des informations !
- Rappelez-vous que l'arme la plus redoutable des nazis était le renseignement.
- Restez le plus possible « à l'écart des flux ».

Tandis qu'elle était plongée dans ses réflexions, une porte couverte d'éraflures et de graffiti s'ouvrit et un petit personnage au teint pâle et au regard intense s'approcha pour lui serrer la main, avant de la conduire dans son bureau, où régnait un désordre encore pire que celui de l'entrée.

Calvin Geddess, ancien collaborateur de SSD, travaillait désormais pour cette association de défense des droits du citoyen. Il avait abandonné le code vestimentaire de SSD et portait une chemise jaune sans cravate, un jean et des baskets.

Son sourire aimable disparut rapidement quand elle lui fit part des meurtres qui expliquaient sa visite.

– Eh bien, murmura-t-il, le regard fixe. Je *savais* que ça finirait par arriver. J'en étais sûr.

Il lui expliqua qu'il était technicien de formation et avait travaillé comme programmateur pour la première entreprise de Sterling à Silicon Valley. Il s'était ensuite installé à New York, où il avait vécu très confortablement en accompagnant la montée en puissance de SSD.

Mais les choses avaient mal tourné.

– On a eu des problèmes. On ne codait pas les données, à cette époque, et on a été responsables de plusieurs vols d'identité. Il y a eu des suicides. Et il est arrivé que des délinquants sexuels se fassent passer pour des clients dans le seul but d'obtenir des informations dans le CerclePremier. Deux des femmes qu'ils poursuivaient ont été agressées, l'une a failli mourir. Puis des parents séparés qui se disputaient leurs enfants se sont servis de nos données pour retrouver leurs ex-conjoints et enlever les gosses. Ça a été terrible. Je me sentais comme le type qui a inventé la bombe atomique et l'a regretté ensuite. J'ai essayé de mettre de nouveaux moyens de contrôle en place au sein de la boîte. Mais ça voulait dire, pour mon patron, que je ne partageais pas la « vision SSD ».

– Sterling ?

– Finalement, oui. Mais il ne m'a pas viré lui-même. Andrew ne se salit jamais les mains. Il délègue les tâches les plus pénibles. Comme ça, il peut passer pour le plus gentil, le meilleur des patrons... Et c'est un fait qu'on a moins de raisons de lui en vouloir si d'autres font les saloperies à sa place... Bref, j'ai rejoint Privacy Now.

L'association, expliqua-t-il, luttait contre toutes les atteintes à la vie privée des citoyens perpétrées par l'État, les entreprises et les institutions financières, les fabricants d'ordinateurs, les opérateurs téléphoniques, ainsi que les entreprises d'extraction et d'exploitation de données sur les individus. L'association Privacy Now était active à Washington auprès des parlementaires, avait poursuivi l'État en justice au nom de la loi sur la liberté de l'information pour savoir comment la diffusion des données était surveillée, ainsi que des boîtes qui ne se conformaient pas aux règles de confidentialité.

Amelia ne lui dit rien du piège tendu par Rodney Szarnek mais lui fit part en termes généraux des investigations qu'ils menaient pour connaître les clients ou les collaborateurs qui étaient en mesure de sortir et de rassembler des dossiers.

– Les mesures de sécurité ont l'air très sévères. C'est en tout cas ce que nous ont dit Andrew Sterling et les membres de son équipe dirigeante. J'aurais besoin d'un avis extérieur.

– Je serai heureux de vous aider.

– Mark Whitcomb nous a parlé des cloisons coupe-feu et de la fragmentation des données.

– Qui est ce Whitcomb ?

– Il travaille au service juridique.

– Jamais entendu parler. C'est nouveau.

– Ce service est en quelque sorte l'avocat du consommateur au sein de la boîte. Il veille au respect des règles fixées par l'administration.

Geddess sourit.

– N'y voyez pas un effet de la bonté d'âme d'Andrew Sterling. On les a sans doute un peu trop poursuivis et ils ont fait tout un cinéma pour l'opinion et pour le Congrès. Sterling ne donnera jamais rien si ce n'est pas nécessaire… Quant aux enclos de stockage, il faut reconnaître une chose : Sterling veille sur ses données comme sur le Saint-Graal. Un pirate qui violerait le système ? C'est probablement impossible. Et personne ne pourrait entrer physiquement et voler des données.

– Il m'a dit que les collaborateurs habilités à sortir des données du CerclePremier étaient très peu nombreux. C'est vrai, d'après vous ?

– Oh, ça oui ! Ils ne sont que quelques-uns. Moi, je n'y ai jamais eu accès. J'étais pourtant là depuis le début.

– Vous n'avez pas un soupçon, une idée ? Des employés avec des antécédents judiciaires ? Des individus violents ?

– Ça remonte tout de même à un certain temps… Et je n'ai jamais pensé qu'il y avait des gens particulièrement dangereux. Mais je dois dire aussi qu'en dépit du côté « on est une grande famille » que Sterling aime mettre en avant, je ne connaissais vraiment personne là-dedans.

– Que pensez-vous de ces hommes ? demanda Amelia en lui montrant sa liste de suspects.

Geddess l'étudia un instant.

– J'ai travaillé avec Gillespie. Je connaissais Cassel. Je ne les aimais ni l'un ni l'autre. Ils ont pris le grand virage de l'industrie de l'information dans les années 1990, comme Silicon Valley. Des types très forts. Les autres, je ne les connais pas. Désolé.

Puis, il la regarda attentivement.

– Donc, vous y êtes allée ? demanda-t-il, avec un sourire froid. Que pensez-vous d'Andrew ?

Les pensées d'Amelia se bousculèrent tandis qu'elle cherchait une réponse pour résumer son impression.

– Décidé, poli, curieux, malin, mais…

Sa voix se perdit.

– Mais on ne parvient pas à le cerner…

– Très juste.

– Il est indéchiffrable. J'ai travaillé pour lui pendant des années et je ne peux pas dire que je le connais. *Personne* ne le connaît. Indéchiffrable. J'adore ce mot. C'est Andrew. Je cherchais toujours des indices… Vous avez vu les étagères dans son bureau ? Vous n'avez rien remarqué de bizarre ?

– On ne voit pas le dos des livres.

– Exactement ! J'ai réussi à y jeter un œil, une fois. Et devinez quoi ? Ce n'étaient pas des livres sur les ordinateurs, la défense de la vie privée, les affaires ou l'exploitation des données. Il y avait surtout des ouvrages d'histoire, de philosophie et de politique : l'Empire romain, les empereurs de Chine, Franklin Roosevelt,

John Kennedy, Staline, Idi Amin Dada, Khrouchtchev. Et des trucs sur les nazis. Personne ne s'est servi de l'information comme ils l'ont fait et Andrew n'hésitera pas à vous le dire. Ils ont été les premiers à utiliser des ordinateurs – encore très sommaires – pour surveiller des groupes ethniques. C'est comme ça qu'ils ont consolidé leur pouvoir. Vous avez remarqué que la boîte s'appelle SSD ? On a dit qu'Andrew avait choisi ce nom en référence aux SS, le corps d'élite des nazis. Vous savez comment l'appellent les concurrents ? *Selling Souls for Dollars*[1].

Et Geddess d'éclater d'un rire sinistre.

– Oh, comprenez-moi bien. Andrew n'a rien contre les juifs. Ni contre aucune autre communauté. La politique, les questions de nationalité, de race ou de religion ne signifient rien pour lui. Je l'ai entendu dire un jour : « Les données ne connaissent pas de frontière. » Le nerf de la guerre, au XXIe siècle, c'est l'information, et pas le pétrole ni la géographie. Andrew Sterling veut être l'homme le plus puissant du monde... Je suis certain que vous avez eu droit à son discours sur le pouvoir divin de l'exploitation des données.

– Qui nous permet de prévenir le diabète, d'offrir des cadeaux de Noël et d'acheter des maisons, et aide la police à arrêter les criminels ?

– C'est ça. Et c'est vrai. Mais dites-moi si ça justifie qu'une personne sache tout de votre vie. Ça vous est peut-être égal, si vous avez un peu d'argent de côté. Mais souhaitez-vous vraiment que les rayons laser de ConsumerChoice scrutent vos yeux dans une salle de cinéma et enregistrent vos réactions aux spots publicitaires qu'on y projette avant le film ? Voulez-vous qu'une puce RFID dans la clé de votre voiture permette à la police de savoir que vous avez fait des pointes à cent quarante à l'heure pendant le dernier week-end sur des routes où la vitesse était limitée à quatre-vingt dix ? Voulez-vous que des inconnus sachent ce que votre fille porte comme sous-vêtements ? Ou quand vous faites l'amour ?

– Quoi ?

1. Lit. : Vends Âmes contre Dollars. (NDT.)

– C'est très simple. CerclePremier sait que vous avez acheté des préservatifs et du gel lubrifiant cet après-midi et que votre mari est rentré par le train de 18 h 15. Il sait que votre soirée est libre puisque votre fils est au Metropolitan Opera et votre fille en train d'acheter des vêtements chez Gap, à Greenwich Village. Il sait que vous avez allumé la télé et choisi une chaîne de films pornos à 19 h 18. Et que vous vous êtes fait livrer un bon petit repas chinois à 22 h 15. Toute l'information est là.

» SSD sait aussi que vos enfants ont quelques problèmes à l'école. On vous envoie donc des prospectus sur les cours particuliers et les officines de soutien scolaire. Si votre mari souffre de défaillances au lit, il recevra – en toute discrétion – des prospectus sur les traitements qui renforcent la fonction érectile. Le logiciel saura peut-être avant vous que les problèmes de votre famille – surendettement, difficultés professionnelles, etc. – font de vous un candidat au suicide…

– Mais c'est bien, ça. Ainsi, un conseiller peut vous venir en aide !

Geddess se mit à rire, froidement.

– Faux. Parce que le conseil aux victimes potentielles du suicide ne rapporte rien. SSD envoie votre nom aux entreprises de pompes funèbres et psys spécialisés dans le soutien au travail de deuil – qui peuvent alors récupérer *tous* les membres de la famille comme clients, et non un simple individu en pleine déprime à la veille de se tirer une balle dans la tête. Croyez-moi, il y a beaucoup de fric à gagner de ce côté-là.

Amelia était indignée.

– Vous avez déjà entendu parler de *tethering* ?

– Non.

– SSD l'a conçu comme une chaîne d'informations dont vous êtes l'unique objet. Appelons ça, par exemple, « le monde d'Amelia Sachs, détective ». Vous en êtes le centre, et les rayons vont vers vos associés, conjoint, parents, voisins, collègues – toutes les personnes susceptibles de fournir des informations à SSD. Et chacune d'elles est son propre centre, auquel sont reliées des dizaines d'autres personnes.

Une autre idée lui vint à l'esprit et elle vit son regard briller.

– Métadonnées. Vous connaissez ?

– Qu'est-ce que c'est ?

– Des données sur des données. Chaque document créé ou stocké par un ordinateur – lettres, fiches, notes juridiques, tableaux, sites, courriels, listes de courses – s'accompagne de données cachées : qui l'a créé, où il a été envoyé, toutes les modifications dont il a été l'objet, quand et de la part de qui – tout est consigné, seconde par seconde. Vous rédigez une note pour votre patron et vous commencez par une plaisanterie du genre « Cher vieux con », puis vous effacez cette première ligne, mais « Cher vieux con » reste en mémoire.

– Vraiment ?

– Eh oui. Il y a toujours beaucoup plus de place que nécessaire sur le disque d'enregistrement d'un document. Et qu'y a-t-il dans la place restante ? Des métadonnées. Le programme de gestion des données Watchtower a des *boots* – des logiciels robots – qui ne servent qu'à trouver et stocker des métadonnées sur chaque document collecté. On l'appelle le département de l'Ombre, parce que les métadonnées sont comme l'ombre des données – et, souvent, beaucoup plus révélatrices.

Ombre, Seize, enclos, placards… Il y avait là tout un monde entièrement nouveau pour Amelia Sachs.

Geddess était ravi d'avoir un public attentif. Il se pencha vers elle.

– Savez-vous que SSD a une division spéciale « éducation » ?

Elle se souvint de la brochure que Mel Cooper avait chargée.

– Oui. EduServe.

– Mais Sterling ne vous en a pas parlé, n'est-ce pas ?

– Non.

– Parce qu'il ne tient pas à dire que sa fonction essentielle consiste à collecter le plus d'informations possible sur les enfants. Dès la maternelle. Ce qu'on leur achète, ce qu'ils regardent, les sites qu'ils fréquentent sur Internet, leurs notes scolaires, le contenu de leur carnet de santé… La somme de ces informations est plus qu'utile aux commerçants. Mais ce que, personnellement, je trouve effrayant avec EduServe, c'est que les établissements scolaires et universitaires peuvent s'adresser à SSD pour soumettre chaque enfant ou chaque étudiant à des logiciels de prévision afin de l'aiguiller vers les programmes éducatifs jugés les plus utiles à la communauté – ou, en termes orwelliens, à la société. Étant donné les antécédents et les résultats de votre fils Billy, il devrait viser un travail manuel. Suzy pourrait être médecin, mais seulement dans le secteur public… Contrôlez les enfants et vous contrôlerez l'avenir. C'était d'ailleurs un autre des principes d'Hitler. (Un rire.) Bon. Assez de bla-bla… Mais vous comprenez pourquoi j'ai fini par être dégoûté ?

Mais Geddess, soudain, fronça les sourcils.

– Je pensais à votre problème… Nous avons eu un incident, une fois, à SSD. Il y a pas mal d'années. Avant l'installation à New York. Il y a eu un mort. Ce n'était sans doute qu'une coïncidence, mais…

– Racontez-moi ça.

– Au tout début, on sous-traitait une bonne partie de la gestion de l'information à des *scroungers.*

– Des quoi ?

– Des entreprises ou des individus qui collectent l'information. C'est une race à part. Ils sont un peu comme les spéculateurs du siècle dernier. Et voyez-vous, c'est comme ça avec l'information : on n'en a jamais assez. On devient accro. Et ces gens-là sont toujours à la recherche de nouveaux moyens de s'en procurer. Plus ils en ont, plus ils en veulent. Ils sont acharnés et ne croient qu'à la compétition. C'est comme ça que Sean Cassel a commencé dans le métier. C'était un *data-scrounger.*

» Il y en avait un, en tout cas, qui était incroyable. Il travaillait pour une petite boîte du Colorado. Je crois que c'était Rocky Mountain Data… Comment s'appelait-il ? (Geddess se concentra un instant, les yeux mi-clos.) Gordon quelque chose, il me semble… À moins que Gordon ait été son nom de famille. En tout cas, on a su qu'il n'était pas content que SSD absorbe sa boîte. On a dit qu'il avait amassé le plus d'informations possible sur SSD et sur Andrew lui-même, pour contre-attaquer. On a pensé qu'il cherchait à faire chanter Sterling pour bloquer le rachat. Vous savez qu'Andy Sterling – Andrew Junior – travaille pour SSD ?

Elle fit oui de la tête.

– On a eu vent de rumeurs d'après lesquelles Andrew l'aurait abandonné plusieurs années auparavant, et le gamin aurait réussi à retrouver sa trace. Mais on disait aussi que c'était *un autre* fils qu'il avait abandonné. Peut-être un enfant qu'il avait eu avec sa première femme, ou avec une petite amie. Et qu'il voulait garder secret. On a pensé que Gordon cherchait peut-être ce genre d'informations compromettantes.

» En tout cas, alors que Sterling et quelques autres étaient en train de négocier le rachat de Rocky Mountain, ce Gordon est mort. Dans un accident, je crois. C'est tout ce que j'ai appris. Je n'étais pas là. J'étais reparti dans la Valley, où je créais des logiciels.

– L'acquisition a eu lieu ?

– Bien sûr. Ce qu'Andrew veut, il l'obtient… Et maintenant, permettez-moi de vous dire qui est le tueur, d'après moi. Andrew Sterling.

– Il a un alibi.

– Ah bon ? Eh bien, n'oubliez pas qu'il est le roi de l'information. Quand on *contrôle* les données, on peut *modifier* les données. Avez-vous soigneusement vérifié cet alibi ?

– C'est ce qu'on est en train de faire.

– Vous savez, même si cet alibi est confirmé, il a des hommes à sa solde qui font tout ce qu'il leur demande. Je dis bien tout. Rappelez-vous que ce sont toujours les autres qui sont chargés des sales besognes.

– Mais il est multimillionnaire. Pourquoi voudrait-il voler des tableaux ou des monnaies de collection ?

– Pourquoi ?

Geddess éleva la voix, tel un professeur s'adressant à un élève qui ne veut pas comprendre la leçon.

– Parce qu'il veut être l'homme le plus puissant du monde. Il veut avoir tous les habitants de la terre dans sa petite collection. Et il s'intéresse tout particulièrement à ses clients dans la police et au gouvernement. Plus il y aura de crimes élucidés grâce à l'emploi du CerclePremier, plus les services de police, ici et à l'étranger, seront nombreux à s'inscrire. La première chose qu'a faite Hitler en accédant au pouvoir a été de renforcer les différentes polices d'Allemagne. Quel a été notre gros problème en Iraq ? Nous avons démantelé l'armée et la police au lieu de les utiliser. Andrew ne commet pas ce genre d'erreur.

Et Geddess de rire à nouveau.

– Vous me croyez cinglé, n'est-ce pas ? Mais comprenez que je vis avec ça. Ce n'est pas de la paranoïa de dire que quelqu'un surveille tout ce que vous faites à chaque minute qui passe. C'est ce que fait SSD.

CHAPITRE 24

En attendant le retour d'Amelia, Lincoln Rhyme écoutait d'une oreille distraite Lon Sellitto lui expliquer qu'aucun des indices, dans les affaires précédentes – le viol et le vol de monnaies – n'avait pu être localisé.

– C'est tout de même bizarre !

Rhyme acquiesça. Puis son attention, abandonnant le discours un peu découragé du détective, revint à son cousin dont le dossier était posé devant lui sur l'appareil à tourner les pages. Il s'efforça de l'ignorer.

Mais le document l'attirait comme un aimant. En regardant les feuilles imprimées, encre noire sur papier blanc, il pensa que, comme l'avait dit Amelia, on y trouverait peut-être quelque chose d'utile. Puis il s'avoua qu'il était curieux, tout simplement.

STRATEGIC SYSTEMS DATACORP, INC.

DOSSIERS CERCLEPREMIER®
Arthur Robert Rhyme
Sujet SSD n° 3480-9021-4966-2083

Style de vie
Dossier 1A. Articles préférés
Dossier 1B. Services préférés
Dossier 1C. Déplacements
Dossier 1D. Santé
Dossier 1E. Loisirs

Finances / Éducation / Profession
Dossier 2A. Cursus scolaire
Dossier 2B. Parcours professionnel / revenus
Dossier 2C. crédits / situation bancaire
Dossier 2D. Achat de titres et d'actions

Administration / justice
Dossier 3A. État civil
Dossier 3B. Inscriptions listes électorales
Dossier 3C. Antécédents judiciaires
Dossier 3D. Antécédents criminels
Dossier 3E. Immigration et naturalisation

L'information contenue dans ce document est la propriété de Strategic Systems Datacorp, Inc. (SSD). Son usage est donc soumis à l'accord de licence passé entre SSD et son client, tel que stipulé dans l'accord principal SSD/Clientèle.
Strategic Systems Data Corp., Inc. Tous droits réservés.

Rhyme lança un ordre pour mettre l'appareil en marche et parcourut le texte, très dense, qui couvrait une trentaine de pages. Certaines entrées étaient bien renseignées, d'autres moins. Celle concernant les votes était amplement rédigée, tandis que l'historique des crédits renvoyait à différentes fiches, sans doute à cause de la loi qui limitait l'accès à ce type d'information.

Il s'arrêta sur la longue liste des produits achetés par Arthur et les membres de sa famille (lesquels étaient identifiés par le terme un peu effrayant d'« individus soumis au *tethering* »). Il était clair que n'importe qui, après avoir lu ce dossier, en saurait assez sur ses habitudes de consommateur et les endroits où il faisait ses achats pour impliquer Arthur dans le meurtre d'Alice Sanderson.

Rhyme apprit de quel club Arthur était membre avant de devoir le quitter quelques années auparavant, apparemment après un licenciement. Il lut la liste des forfaits-vacances qu'il avait achetés pour lui et sa famille, et s'étonna qu'Arthur ne pratique pas le ski. Lui-même, ou l'un de ses enfants, semblait avoir un problème de poids ; l'un d'entre eux s'était inscrit pour un stage de diététique amincissante. Il y avait aussi une carte de membre d'un club dit « de santé », valable pour toute la famille. Rhyme nota un achat à crédit aux environs de Noël à la bijouterie d'un centre commercial du New Jersey : de petites pierres dans un emballage tape-à-l'œil, pour un cadeau modeste dans l'attente de temps meilleurs.

L'une des références provoqua un éclat de rire du criminologue : comme lui, Arthur semblait préférer les whiskies pur malt, et parmi ceux-là le Glenmorangie, qui était depuis quelque temps le favori du criminologue Rhyme.

Il avait comme voitures une Primus et un 4X4 Cherokee.

Le sourire de Rhyme disparut en lisant cela, au souvenir d'un autre véhicule : la Corvette rouge d'Arthur, offerte par ses parents pour fêter ses 17 ans. C'était la voiture avec laquelle Arthur avait rejoint Boston pour étudier au MIT.

Rhyme se rappelait leurs départs respectifs pour la fac. Un grand moment pour Arthur, et pour son père aussi : Henry Rhyme était formidablement fier que son fils ait été admis dans un établissement aussi prestigieux. Mais les projets des deux cousins – habiter ensemble, se disputer des filles, écraser tous les ringards – étaient tombés à l'eau. Lincoln, n'ayant pas été admis au MIT, avait opté pour l'Université de l'Illinois à Champaign-Urbana, qui lui offrait une bourse (et jouissait alors d'un certain prestige en tant que ville natale de HAL, l'ordinateur narcissique de *2001 : l'Odyssée de l'espace* de Stanley Kubrick).

Teddy et Anne s'étaient réjouis de voir leur fils dans une fac de leur État, et son oncle aussi : Henry espérait, comme il le lui avait dit, qu'il reviendrait souvent à Chicago, où il continuerait à l'aider dans ses recherches et peut-être, même, assisterait de temps à autre à l'un de ses cours.

– Je regrette que vous ne restiez pas ensemble, Arthur et toi, avait dit Henry. Mais vous vous retrouverez aux vacances d'été. Et je suis certain que ton père et moi pourrons te rendre visite.

– Ça devrait bien se passer, avait répondu Lincoln.

En se gardant de préciser que s'il était effondré depuis que le MIT l'avait refusé, ce refus avait un bon côté puisqu'il ne voulait plus jamais revoir son maudit cousin.

Tout ça à cause de la Corvette rouge.

L'incident avait eu lieu peu de temps après la soirée de Noël qui l'avait vu remporter un fragment de béton historique, par l'une de ces journées du mois du février qui reste, avec ou sans soleil, le pire mois de l'hiver à Chicago. Lincoln participait à un tournoi dans le cadre de la foire aux sciences d'Evanston. Il avait proposé à Adriana de l'y accompagner, en se disant qu'il pourrait ensuite lui faire sa demande en mariage.

Mais elle ne pouvait pas venir ; elle avait promis à sa mère d'aller faire des achats avec elle à l'occasion des soldes dans le grand magasin Marshall Field. Lincoln en fut déçu, mais sans plus, et se concentra sur la foire aux sciences. Il gagna le premier prix du concours, après lequel ses amis et lui remballèrent leurs projets. Les doigts rougis et l'haleine embuée dans l'air glacial, ils chargèrent le tout dans les entrailles de leur bus avant de foncer vers la sortie.

C'est alors que quelqu'un lança :

– Eh, regardez un peu la bagnole !

Une Corvette rouge traversait le campus.

Son cousin Arthur était au volant. Ce qui n'avait rien d'extraordinaire : ses parents habitaient non loin de là. Mais Lincoln fut surpris en voyant la fille qui était assise à côté de lui. On aurait dit Adriana.

Était-ce elle ?

Il n'en était pas certain.

La tenue pouvait être la sienne : un blouson de cuir et un bonnet de fourrure semblable à celui qu'il lui avait offert pour Noël.

– Linc, entre, bon sang, qu'on puisse fermer la portière !

Mais Lincoln restait figé sur place, pour suivre des yeux la voiture qui tournait maintenant à l'angle d'une rue grise et blanche.

Se pouvait-il qu'elle lui ait menti ? Elle, la fille qu'il songeait à épouser ? Et pour le tromper avec Arthur ? C'était impossible…

Avec sa formation de scientifique, il s'efforça d'examiner les faits objectivement.

– Mais alors ?

Rhyme voyait à son air qu'il était sérieusement ébranlé.

– SSD dispose d'un système de sécurité comme je n'en avais encore jamais vu. C'est du solide ! Et, je dois l'avouer, effrayant. Je ne m'étais pas identifié et j'effaçais mes traces à mesure que j'avançais, mais vous savez ce qui s'est passé ? Le robot qui leur tient lieu de chien de garde a réussi à entrer dans *mon* système et a tenté de m'identifier avec ce qu'il trouvait dans l'espace libre !

– Mais enfin, Rodney, qu'est-ce que ça veut dire ?

Rhyme s'efforçait d'être patient.

– L'espace libre ?

Rodney lui expliqua qu'on pouvait toujours trouver dans les disques durs des fragments de données, voire des données effacées. Le logiciel était souvent en mesure de les assembler sous une forme lisible. Le système de sécurité de SSD, sachant que Szarnek avait effacé ses traces, s'était glissé à l'intérieur de son ordinateur pour lire les données contenues dans l'espace libre et savoir qui il était.

– Ça fait peur. Je viens seulement de m'en apercevoir. Sinon…

Il se pencha sur sa tasse de café avec un haussement d'épaules et but goulûment, comme pour se rassurer.

Rhyme avait une idée. Plus il y pensait, plus elle lui plaisait. Regardant le frêle Szarnek, il dit :

– Eh, Rodney, ça vous dirait de jouer les vrais flics, pour une fois ?

Le sourire de gentil garçon insouciant et un peu benêt disparut.

– Vous savez, je ne me vois pas vraiment comme ça.

Sellitto achevait de mastiquer son dernier sandwich.

– On ne sait rien de la vraie vie tant qu'une balle n'a pas franchi le mur du son au ras de votre oreille.

– Minute, minute… Je n'ai jamais tiré un coup de feu que dans des jeux de rôle, et…

– Oh, ce n'est pas vous qui serez en danger, dit Rhyme au jeune informaticien.

Son regard glissa vers Ron Pulaski, qui refermait son téléphone.

– Quoi ? demanda le Bleu en fronçant les sourcils.

CHAPITRE 25

– Vous avez encore besoin de quelque chose, officier ?

Assis dans la salle de conférence de SSD, Pulaski regarda le visage impassible du deuxième assistant de Sterling. Jeremy Mills était l'assistant « extérieur », se rappela le jeune policier.

– Non, ça va, merci. Mais je me demandais si vous pourriez voir avec M. Sterling ce qu'il en est d'un certain document qu'il devait préparer pour nous. Une liste de clients. Je crois que c'est Martin qui devait s'en occuper.

– Andrew est en rendez-vous, mais je ne manquerai pas de lui en parler dès qu'il sera libre.

Et l'assistant, qui était grand et large d'épaules, de faire le tour de la pièce en montrant du doigt les interrupteurs de la climatisation et des éclairages, comme le groom qui avait accompagné Jenny et Pulaski dans leur magnifique chambre pour leur voyage de noce.

Ce qui rappela de nouveau à Pulaski combien Jenny ressemblait à Myra Weinburg, la jeune femme violée et assassinée la veille. Ses cheveux étalés, ce sourire un peu de travers qu'il aimait tant, et…

– Officier ?

Pulaski sursauta. Ses pensées s'étaient égarées.

– Excusez-moi !

L'assistant, tout en le fixant d'un regard curieux, lui désigna un petit réfrigérateur.

– Vous avez de l'eau et des sodas là-dedans.

– Merci. Je n'ai besoin de rien.

Sois attentif, se dit-il, contrarié. Ne pense pas à Jenny. Ni aux enfants. Il y a des vies humaines en jeu. Amelia te croit capable d'assurer ces interrogatoires. Alors, assure.

Tu es avec nous, le Bleu ? J'ai besoin de toi.

– Si vous voulez appeler à l'extérieur, servez-vous de ce téléphone, et faites le 9 pour sortir. Vous pouvez aussi presser ce bouton et indiquer le numéro au standard vocal. (Montrant le portable de Pulaski.) Ceci risque de ne pas très bien marcher ici. Il y a du brouillage, à cause de la sécurité.

– Ah, bon ? Très bien.

Pulaski réfléchit. N'avait-il pas vu, déjà, quelqu'un utiliser un portable ou un BlackBerry ? Il n'en était pas certain.

– Je vais vous envoyer ces collaborateurs. Si vous êtes prêt à les recevoir.

– Formidable.

Le jeune assistant s'éloigna dans le couloir. Pulaski sortit son calepin de sa serviette. Relut les noms des collaborateurs qu'il était chargé d'interroger.

Steve Shraeder, chef de l'équipe technique de jour
Farouk Mameda, chef de l'équipe technique de nuit

Il se leva pour jeter un coup d'œil dans le couloir. Un vigile était en train de vider les poubelles. Il se souvint de l'avoir vu faire la même chose la veille. On avait l'impression que pour Sterling, une corbeille à papier un tant soit peu débordante risquait de porter gravement atteinte à l'image de l'entreprise. L'homme, bien baraqué, lança un regard indifférent à l'uniforme de Pulaski et poursuivit méthodiquement sa tâche. Le jeune flic aperçut un autre vigile en faction, un peu plus loin dans le couloir immaculé. Il n'aurait même pas pu aller aux toilettes sans passer devant lui. Il retourna s'asseoir pour attendre ses deux suspects.

Farouk Mameda, un homme jeune dont les ascendants, pensa Pulaski, étaient sans doute originaires du Moyen-Orient, arriva d'abord. Il était très beau, sûr de lui et la mine solennelle. Il soutint sans effort le regard de Pulaski en lui expliquant qu'il avait débuté dans une petite entreprise rachetée par SSD cinq ou six ans auparavant. Sa tâche consistait à diriger l'équipe technique. Célibataire et sans enfants, il préférait le travail de nuit.

Pulaski était étonné qu'il n'ait pas d'accent étranger. Il lui demanda s'il avait entendu parler de l'enquête. Mameda déclara ne pas avoir eu connaissance des détails de l'affaire, ce qui n'était pas invraisemblable étant donné l'heure tardive à laquelle il prenait son service. Il savait seulement que Sterling l'avait appelé pour lui dire de se tenir à la disposition de la police qui souhaitait l'interroger à propos d'un crime.

Il écouta en fronçant les sourcils les explications du policier :

– Plusieurs meurtres ont eu lieu récemment. Nous pensons que des informations en provenance de SSD ont été utilisées pour commettre ces meurtres.

– Des informations ?

– Sur les coordonnées des victimes, leurs habitudes d'achat.

La question que Mameda posa ensuite surprit Pulaski :

– Vous allez interroger tout le personnel ?

Que dire, que taire ? Voilà ce que Pulaski ne savait jamais. Amelia disait toujours qu'il fallait, pour un bon interrogatoire, mettre de l'huile dans les rouages, entretenir la conversation mais ne jamais révéler trop de choses. Depuis sa blessure à la tête, il n'était pas certain d'avoir un jugement aussi sûr et se demandait toujours ce qu'il pouvait dire aux témoins et aux suspects.

– Non, pas tout le monde.

– Uniquement ceux qui sont suspects. Ou ceux dont vous avez décidé à l'avance qu'ils étaient suspects ?

On sentait à sa voix, à ses mâchoires serrées, que l'homme était sur la défensive.

– Je vois. Un grand classique.

– La personne qui nous intéresse est un homme, et il a librement accès au CerclePremier ainsi qu'au programme Watchtower. Nous interrogeons tous ceux qui correspondent à cette description.

Pulaski avait deviné ce qui se cachait derrière la question de Mameda.

– Ceci n'a rien à voir avec votre nationalité.

La tentative pour le rassurer avait échoué.

– Mais je suis de nationalité américaine, répondit sèchement Mameda. Je suis un citoyen des États-Unis comme vous. Enfin, je *pense* que vous êtes un citoyen. Mais je me trompe peut-être. Après tout, peu de gens sont réellement originaires de ce pays.

– Excusez-moi.

Mameda haussa les épaules.

– Dans la vie, il faut s'habituer à un certain nombre de choses. C'est dommage. Le pays de la liberté est aussi celui des préjugés. Je…

Il baissa la voix en regardant derrière Pulaski, comme si quelqu'un s'y tenait. Le jeune policier se retourna. Il n'y avait personne.

– Andrew a dit qu'on devait coopérer sans réserve, reprit-il. Donc, je coopère. Vous voulez bien poser vos questions ? J'ai beaucoup à faire ce soir.

– Les dossiers des gens… les Placards, comme vous dites ?

– Oui. Les Placards.

– Vous arrive-t-il de les télécharger ?

– Pourquoi voulez-vous que je charge des dossiers ? Andrew ne le tolérerait pas.

Intéressant : le risque d'irriter Sterling était la première dissuasion. Pas la police, ni les tribunaux.

– Vous ne l'avez donc jamais fait ?

– Jamais. S'il y a un bug quelconque, ou que les données sont dérangées, ou qu'on rencontre un problème d'interface, il se peut que je regarde les en-têtes, mais c'est tout. Uniquement pour voir où est le problème et rectifier le programme ou pour débuguer le code.

– Se pourrait-il que quelqu'un ait découvert vos codes d'accès et soit entré dans le CerclePremier ? Et que cette personne ait ainsi téléchargé des dossiers ?

Un silence.

– Pas avec mes codes. Je ne les note jamais par écrit.

– Et vous allez souvent dans les enclos de données, dans tous les enclos ? Et aussi dans le Centre d'entrée des données ?

– Oui, bien sûr. C'est mon boulot. Réparer les ordinateurs. M'assurer que le flux de données s'écoule normalement.

– Pouvez-vous me dire où vous étiez dimanche après-midi entre midi et quatre heures ?

– Ah. (Un hochement de tête.) C'est donc ça la vraie question. Est-ce que je me trouvais sur les lieux du crime ?

Pulaski avait du mal à soutenir le regard sombre et furieux de Mameda. Celui-ci posa les mains à plat sur le bureau, comme s'il allait se lever et sortir en claquant la porte. Puis il se rassit et dit :

– Le matin, j'ai pris un petit déjeuner avec des amis… Ils sont de la mosquée, ça vous intéressera probablement de le savoir.

– Je…

– Puis j'ai passé le reste de la journée seul. Je suis allé au cinéma.

– Tout seul ?

– Je n'ai pas beaucoup de distractions. En général, j'y vais seul. C'était un film de Jafar Panahi, le metteur en scène iranien. Avez-vous vu… (Serrant brusquement les lèvres.) Non. Rien.

– Avez-vous le talon de votre billet ?

– Non… Ensuite, je suis allé faire quelques achats. Je suis rentré chez moi à six heures, je pense. J'ai appelé ici pour savoir si on n'avait pas besoin de moi, mais comme tout marchait normalement, j'ai dîné avec un ami.

– Au cours de l'après-midi, avez-vous acheté quelque chose avec une carte de crédit ?

Un geste d'agacement.

– C'étaient de petits achats. Du café, un sandwich. Ça se paie en *liquide*…

Penché en avant, il dit d'un ton dur, en baissant la voix :

– Je ne crois pas que vous posez ces questions-là à tout le monde. Je sais ce que vous pensez de nous. Que nous traitons les femmes comme des animaux. J'ai du mal à le croire, mais vous m'accusez de viol. C'est un acte barbare. Et vous m'insultez !

Pulaski s'efforça de le regarder bien en face pour répondre :

– Monsieur, nous demandons à toutes les personnes ayant accès au CerclePremier ce qu'elles ont fait pendant la journée d'hier. Y compris à M. Sterling. Nous faisons notre travail, c'est tout.

Mameda se calma un peu, mais Pulaski vit bien qu'il luttait pour ne pas laisser éclater sa fureur quand il lui demanda où il se trouvait à l'heure des crimes.

– Je n'en ai aucune idée.

Refusant de dire un mot de plus, il se leva et sortit.

Pulaski essaya d'analyser ce qui venait de se passer. Mameda se conduisait-il en coupable ou en innocent ? Impossible à dire. Le jeune policier avait surtout l'impression d'avoir été manipulé.

Réfléchis encore, se dit-il.

Shraeder, qui lui succéda, était tout le contraire de Mameda : un vrai débile. Empoté dans des vêtements froissés et mal coupés, les doigts tachés d'encre. Ses verres de lunettes, qui lui faisaient un regard de chouette, étaient sales. On était très loin du moule SSD. Il s'excusa pour son retard – mais il n'en avait pas –, expliquant qu'il était en plein « débugage » d'un programme. Il s'embarqua ensuite dans des explications détaillées, comme s'il s'adressait à un spécialiste d'informatique, et Pulaski dut le ramener à son sujet.

Pendant que Shraeder écoutait, ses doigts martelaient un clavier imaginaire. Il parut surpris – ou feignit de l'être – quand Pulaski évoqua les meurtres. Il lui dit sa sympathie pour les victimes et, en réponse aux questions du jeune policier, déclara qu'il se rendait fréquemment dans les enclos et *pouvait* télécharger des dossiers, même s'il ne le faisait jamais. Il se dit également persuadé que personne ne pouvait emprunter ses codes d'accès.

Pour la journée du dimanche, il avait un alibi – il s'était rendu à son bureau vers une heure de l'après-midi pour s'occuper d'un grave problème auquel il était confronté depuis le vendredi – et de se lancer à nouveau dans des explications jusqu'à ce que Pulaski l'arrête. Traversant la pièce, il s'approcha alors de l'ordinateur, frappa quelques touches et fit pivoter l'écran pour que Pulaski puisse le voir. C'était son emploi du temps. Pulaski examina le dimanche. Shraeder avait bien pointé à 12 h 58 et n'était pas reparti avant 17 h 00.

Comme il était, donc, chez SSD à l'heure ou Myra avait été assassinée, Pulaski ne chercha pas à l'interroger au sujet des autres crimes.

– Je pense que c'est tout. Merci.

L'homme repartit et Pulaski se rassit en regardant l'étroite fenêtre. Il avait les mains moites, l'estomac noué. Il prit son portable. Jeremy, l'assistant à la mine sévère, avait raison : pas de tonalité.

– Salut !

Pulaski sursauta. Mark Whitcomb était sur le seuil de la pièce, quelques blocs-notes jaunes sous le bras, deux mugs de café à la main. Il haussa les sourcils. À côté de lui se tenait un homme légèrement plus âgé, aux cheveux poivre et sel. Pulaski, au vu de son uniforme, pensa qu'il s'agissait sans doute d'un collaborateur de SSD : chemise blanche et costume sombre.

Pourquoi étaient-ils là ? Il se força à sourire d'un air décontracté et, d'un geste, les invita à entrer.

– Ron, je voulais vous présenter mon patron, Sam Brockton.

Ils échangèrent une poignée de main ; Brockton regarda attentivement Pulaski et dit, avec un sourire narquois :

– C'est donc vous qui avez envoyé les femmes de chambre de l'Hôtel *Watergate*, à Washington, vérifier que j'étais bien là ?

– Je crois bien que oui.

– Comme ça, au moins, je ne fais pas partie des suspects, dit Brockton. Si je peux vous aider en quoi que ce soit, dites-le à Mark. Si ça peut vous permettre d'aller plus vite...

– J'apprécie.

– Bonne chance.

Brockton laissa Whitcomb, qui tendit un café à Pulaski.

– C'est pour moi ? Merci.

– Alors, comment ça se passe ? demanda Whitcomb.

– Ça se passe…

Le directeur adjoint du service fiscal se mit à rire en rejetant en arrière la mèche de cheveux blonds qui lui barrait le front.

– Vous autres, les policiers, êtes aussi évasifs que nous.

– C'est possible. Mais je peux dire que tout le monde s'est montré coopératif.

– Bien. Vous avez terminé ?

– Pas tout à fait. J'attends quelque chose que M. Sterling doit me donner.

Il versa du sucre dans son café et y tourna la cuillère, puis s'arrêta net en se rendant compte qu'il cédait à sa nervosité.

Whitcomb leva sa tasse comme pour un toast. Il regarda au-dehors le temps magnifique, le ciel bleu, la ville verte et brune.

– Je n'ai jamais aimé ces petites fenêtres. On est en plein New York et on n'a pas de vue.

– Je me posais justement la question : pour quelle raison ?

– Andrew s'inquiète toujours pour la sécurité. Pensez donc : si des gens s'avisaient de prendre des photos de l'extérieur !

– Vraiment ?

– Ce n'est pas tout à fait de la paranoïa, dit Whitcomb. Il y a beaucoup d'argent en jeu dans ce que nous faisons. Beaucoup.

– Sans doute.

Pulaski se demandait quelle sorte de secret on pouvait surprendre à travers une fenêtre d'une distance de quatre ou cinq blocs, étant donné la hauteur du bâtiment abritant les bureaux.

– Vous habitez en ville ? demanda Whitcomb.

– Oui. Nous sommes dans le Queens.

– Moi, à Manhattan, mais j'ai grandi à Astoria. À côté de Ditmars Boulevard. Et près de la gare.

– Eh bien, j'habite à trois rues de là.

– Vraiment ? Vous allez à Saint-Tims ?

– Non, à Sainte-Agnès. Je suis allé deux ou trois fois à Saint-Tims, mais Jenny n'aimait pas les sermons. Ils ont un peu trop tendance à vous culpabiliser.

– Le père Albright ! dit Whitcomb en riant.

– Ah, oui. C'était bien lui.

– Mon frère, qui est flic à Philadelphie, dit que pour faire avouer un assassin il suffit de l'enfermer cinq minutes avec le père Albright.

– Vous avez un frère dans la police ? demanda Pulaski en riant.

– Oui, il s'occupe de la lutte contre les stupéfiants.

– Il est détective ?

– Oui.

– Mon frère est agent de police au commissariat n° 6, dans le Village, dit Pulaski.

– Ça, alors, c'est drôle ! Nos deux frères… Vous vous êtes engagés ensemble ?

– Oui, on a presque tout fait ensemble. On est jumeaux.

– Intéressant. Mon frère a trois ans de plus que moi. Et il est nettement plus costaud. Je pourrais peut-être passer les épreuves physiques, mais il ne faudrait pas me demander de maîtriser un énergumène.

– Ça ne nous arrive pas souvent. On les calme plutôt par la parole. C'est sans doute ce que vous faites au service des réclamations.

Whitcomb rit.

– Oui, plus ou moins !

– Je pense que…

– Eh, regardez qui arrive !

Pulaski sentit une crispation au ventre en voyant le mince et beau Sean Cassel, flanqué de son fringant acolyte, le directeur technique Wayne Gillespie.

Le jeune policier, qui venait de parler d'églises avec Whitcomb, se revit à l'époque où il fréquentait le lycée catholique et où son frère et lui étaient en guerre permanente avec les garçons de Forest Hills, plus riches, mieux habillés et plus malins qu'eux. Et toujours prêts à balancer une vacherie du genre « Eh, voilà les frères mutants ! » Un cauchemar. Pulaski se demandait parfois s'il n'était pas entré dans la police uniquement pour le respect qu'inspiraient l'uniforme et le port d'une arme à feu.

Il vit les traits de Whitcomb se figer.

– Salut, Mark, dit Gillespie.

– Comment ça va, sergent Friday ? demanda Cassel à Pulaski.

Pulaski avait essuyé bien des regards mauvais dans la rue, et des insultes, voire des jets de cailloux qu'il n'avait pas toujours su esquiver. Mais rien de tout ça ne l'atteignait aussi durement que ce genre d'apostrophe narquoise lancée avec le sourire et sur le ton de la plaisanterie. Pour jouer, comme le requin joue avec sa proie avant de la dévorer. Il avait cherché qui était ce sergent Friday en appelant Google sur son BlackBerry, et savait qu'il s'agissait du personnage principal de la série télévisée *Dragnet.* Certes, Friday en était le héros, mais il était considéré comme quelqu'un d'excessivement honnête – autrement dit, pas drôle du tout.

Pulaski avait senti monter une bouffée de colère en lisant le portrait du sergent Friday sur le petit écran, et en comprenant que Cassel s'était moqué de lui.

– Et voilà, dit Cassel en lui tendant un CD dans une sorte d'écrin. J'espère que ça vous aidera, sergent.

– Qu'est-ce que c'est ?

– La liste des clients ayant téléchargé des informations sur vos victimes. C'est ce que vous vouliez, vous vous rappelez ?

– Ah. Je m'attendais à voir M. Sterling.

– C'est qu'Andrew est un homme très occupé, voyez-vous. Il m'a chargé de vous la remettre.

– Bien. Merci.

– Vous avez du pain sur la planche, dit Gillespie. Plus de trois cents clients dans le coin. Et aucun d'entre eux n'a moins de deux cents listes d'adresses.

– C'est bien ce que je disais, enchaîna Cassel. Vous pouvez mettre le compteur de nuit. Est-ce qu'on va avoir droit à des badges d'auxiliaires du FBI ?

Le sergent Friday subissait souvent les moqueries des gens qu'il interrogeait...

Pulaski souriait, alors qu'il n'en avait pas la moindre envie.

– Arrêtez, les gars.

– Oh, ça va, Whitcomb ! dit Cassel. On plaisante, bon Dieu. Ne sois pas si coincé !

– Qu'est-ce que tu fais là, Mark ? demanda Gillespie. Tu ne devrais pas être en train de chercher combien de lois on a encore violées ?

Whitcomb leva les yeux au ciel avec un sourire crispé. Pulaski vit qu'il était gêné lui aussi – et blessé.

– Vous permettez que je regarde ça ici ? demanda le policier. Au cas où j'aurais des questions ?

– Allez-y donc.

S'approchant de l'ordinateur, Cassel y inséra le disque, et recula d'un pas tandis que Pulaski s'asseyait. Un message apparut à l'écran, lui demandant ce qu'il voulait. Énervé, il comprit qu'il lui fallait choisir entre plusieurs options ; il n'en connaissait aucune.

Cassel regardait par-dessus son épaule.

– Vous ne voulez pas ouvrir ?

– Oui, bien sûr. Quel est le meilleur logiciel ?

– Vous n'avez pas tellement le choix, dit Cassel en riant, comme si la chose allait de soi. Excel.

– X-L ? demanda Pulaski.

Il savait qu'il avait maintenant les oreilles écarlates. Il en était furieux.

– Le tableur, dit Whitcomb, secourable.

Mais c'était tout aussi incompréhensible pour Pulaski.

– Vous ne connaissez pas Excel ?

Gillespie se pencha pour taper sur le clavier, si vite qu'on ne distinguait plus ses doigts.

Le logiciel s'ouvrit et un tableau apparut : des noms, des adresses, des dates et des heures.

– Vous avez déjà travaillé sur tableur, n'est-ce pas ?

– Oui bien sûr.

– Mais jamais sur Excel ? insista Gillespie, en haussant les sourcils.

– Non. Sur d'autres…

Pulaski se sentait piégé et se haïssait.

Tais-toi, se dit-il, et fais ton boulot.

– D'autres ? Vraiment ? demanda Cassel. Intéressant ! À vous de jouer, sergent Friday. Et bonne chance !

– Oh, c'est E-X-C-E-L, épela Gillespie. Vous le voyez à l'écran. Si vous voulez vérifier… C'est facile à retenir. C'est à la portée d'un gamin de 10 ans.

– Je regarderai ça.

Les deux hommes sortirent.

Whitcomb dit :

– Comme je le disais il y a un instant, les gens ne s'aiment pas beaucoup, ici. Mais la boîte ne pourrait pas marcher sans eux. Ils sont géniaux.

– Et je suis certain qu'ils ne s'en cachent pas.

– Comme vous avez pu le voir. Bon, je vous laisse travailler. Ça va aller ?

– Je le crois.

– Si vous revenez dans la fosse aux serpents, faites-moi signe.

– Je n'y manquerai pas.

– On peut aussi se retrouver à Astoria. Prendre un café ensemble. Vous aimez la cuisine grecque ?

– J'adore ça.

Pulaski entrevit une sortie agréable. Depuis sa blessure à la tête, il avait négligé un certain nombre d'amitiés, craignant que les gens n'apprécient pas sa compagnie. Il aurait bien aimé traîner un peu avec un type de son âge, boire une bière, aller voir peut-être l'un de ces films d'action que Jenny n'aimait pas.

Bon, il penserait à ça plus tard – quand l'enquête serait bouclée, bien sûr.

Whitcomb parti, Pulaski regarda autour de lui. Il n'y avait personne à proximité. Mais il se souvint de la façon dont Mameda regardait derrière lui, mal à l'aise, comme s'il avait aperçu quelqu'un. Et il pensa au reportage intitulé « Les yeux du ciel » qu'il avait vu récemment à la télé avec Jenny, sur l'omniprésence, à Las Vegas, des caméras de surveillance. Il pensa aussi au vigile qui montait la garde dans le couloir et au journaliste qui avait tout perdu pour avoir espionné SSD.

Eh bien, espérons qu'on n'est pas épié ici, songea Ron Pulaski. Parce que sa mission, ce jour-là, ne consistait pas seulement à récupérer le CD et à interroger les suspects. Lincoln Rhyme l'avait chargé de pénétrer coûte que coûte dans le système informatique le mieux défendu de New York City.

CHAPITRE 26

Tout en buvant son café fort et très sucré face au Rocher gris, Miguel Abrera, 39 ans, feuilletait un prospectus arrivé depuis peu par la poste : un nouvel évènement inhabituel dans une existence qui, ces derniers temps, en avait vu se succéder plusieurs. La plupart étaient simplement bizarres ou agaçants ; celui-ci était troublant.

Il parcourut une nouvelle fois le texte du prospectus. Puis il replia la feuille, se renversa en arrière sur son siège, jeta un coup d'œil à sa montre. Il lui restait dix minutes avant de retourner au travail.

Miguel avait chez SSD le titre de technicien de maintenance, mais il disait à tout le monde qu'il était concierge. Quel que soit le titre, les tâches qu'il accomplissait étaient bien celles d'un concierge. Il faisait bien son travail, et son travail lui plaisait. Pourquoi aurait-il eu honte du nom qu'on lui donnait ?

Il aurait pu prendre le temps de sa pause dans l'immeuble, mais le café fourni par SSD ne valait pas grand-chose, et on n'avait même pas droit à du vrai lait ou à de la vraie crème. En outre, il n'était pas du genre à bavarder et préférait lire son journal et siroter son café tranquillement dans son coin. (La cigarette lui manquait, toutefois. Il avait renoncé au tabac lors de son passage au service des urgences, et bien que Dieu lui-même n'ait pas respecté sa part du marché, Miguel ne fumait plus.)

Il vit en levant les yeux l'un de ses collègues entrer dans le café. Tony Petron, ancien concierge passé cadre. Les deux hommes se saluèrent d'un hochement de tête et Miguel craignit un instant que l'autre ne vienne s'asseoir avec lui. Mais Petron alla s'installer dans un coin de la salle pour lire ses messages sur son portable, tandis que Miguel se replongeait dans le prospectus, qui lui était adressé personnellement, et réfléchissait à tout ce qu'il lui était arrivé d'inhabituel depuis quelque temps.

Ses feuilles de présence, par exemple. Chez SSD, il suffisait de franchir le tourniquet de l'entrée et votre carte professionnelle indiquait à l'ordinateur votre heure d'arrivée et votre heure de départ. Mais ses feuilles de présence avaient été erronées à deux reprises au cours des derniers mois. Il travaillait toujours quarante heures par semaine et était payé pour quarante heures. Mais en jetant par hasard un coup d'œil à ses relevés, il s'était aperçu qu'ils étaient fautifs. Ils le faisaient arriver plus tôt et repartir également plus tôt qu'en réalité. Ou bien il aurait manqué un jour de semaine et travaillé un samedi, ce qui n'était pas vrai non plus. Il en avait parlé à son supérieur, et l'homme avait haussé les épaules. *C'est peut-être une erreur de l'ordi… Du moment que tu n'y perds rien, ce n'est pas grave.*

Il y avait aussi le problème de son relevé de compte bancaire. Il s'était aperçu un mois auparavant, à sa grande surprise, qu'il avait sur ce compte 10 000 dollars de plus que prévu. Il l'avait signalé à l'agence et tout était rentré dans l'ordre. Mais la chose s'était répétée. Trois fois. Il avait eu ainsi jusqu'à 70 000 dollars d'excédent injustifié.

Et ce n'était pas tout. Il avait reçu récemment un appel de la boîte au sujet de sa demande d'emprunt immobilier. Or il n'avait pas sollicité d'emprunt. Il était locataire de sa maison. Ils avaient bien envisagé, sa femme et lui, d'acheter une maison. Mais après la mort de Sarah et celle de leur fils dans un accident, il n'avait plus le cœur de se lancer dans une telle opération.

Inquiet, il s'était renseigné auprès de la banque. Il n'y avait pas eu de demande de crédit, mais sa capacité d'emprunt avait été très sensiblement augmentée sans qu'il sache pourquoi. Autre bizarrerie. Mais bien sûr, il n'avait aucune raison de s'en plaindre.

Aucun de ces incidents, toutefois, ne l'avait autant inquiété que ce prospectus.

Cher Monsieur Abrera,

Comme vous ne l'ignorez pas, il est des moments dans notre existence où nous devons faire face à des situations traumatisantes et subir des pertes dramatiques. On peut comprendre qu'à de tels moments on éprouve une terrible difficulté à vivre. Il arrive même qu'on trouve ce fardeau trop lourd à porter et qu'on soit tenté par des gestes impulsifs et irréparables.

Nous connaissons bien, à l'Association Survie-Conseil, les difficultés que traversent les personnes comme vous après la perte d'êtres chers. Notre équipe de spécialistes peut vous aider à affronter cette terrible épreuve grâce à des soins médicaux soutenus par des entretiens et tête-à-tête et une thérapie de groupe afin de vous rendre à vous-même et de vous rappeler que la vie, en vérité, vaut d'être vécue.

Problème : Miguel Abrera n'avait jamais songé au suicide, même au pire moment après l'accident, un an et demi auparavant ; se donner la mort était pour lui inconcevable.

Le fait d'avoir reçu ce prospectus n'avait rien d'inquiétant en soi. Mais il y avait dans cette circonstance deux aspects qui le perturbaient. D'abord, le prospectus lui était adressé directement – on ne l'avait pas fait suivre à sa nouvelle adresse. Or, personne, parmi les psychologues ou les médecins qu'il avait pu rencontrer, ou croiser à l'hôpital où sa femme et son fils étaient décédés, ne savait qu'il avait changé de domicile depuis un mois.

Et puis il y avait ce dernier paragraphe :

Puisque que vous avez fait un premier pas en prenant contact avec nous, Miguel, nous vous proposons un rendez-vous, à votre convenance, pour une séance d'évaluation gratuite. N'attendez pas. Nous pouvons vous aider !

Il n'avait jamais fait le moindre « premier pas » pour prendre contact avec ces gens.

Comment s'étaient-ils procuré son nom ? Ce n'était peut-être qu'une coïncidence. Il s'en inquiéterait plus tard, c'était l'heure de prendre son service à SSD. Andrew était le plus gentil et le plus attentionné des patrons dont on pouvait rêver. Mais Miguel avait la certitude que la rumeur qui courait était vraie : il contrôlait personnellement les feuilles de présence de chaque employé.

Seul dans la salle de réunion de SSD, Ron Pulaski regardait fixement l'écran de son portable en allant et venant à travers la pièce – un peu comme on ratisse une scène de crime, pensa-t-il. Mais il n'y avait pas de réseau, comme Jeremy l'en avait prévenu. Il lui fallait donc utiliser le téléphone fixe. Était-il sur écoute ?

Il se dit soudain qu'en acceptant cette mission pour aider Lincoln Rhyme, il avait pris un sérieux risque de perdre ce qu'il y avait de plus important dans sa vie après sa famille : sa situation dans la police de New York. Il comprenait maintenant à quel point Andrew Sterling était puissant. S'il avait réussi à briser la carrière d'un journaliste employé par un grand quotidien, un flic débutant n'aurait aucune chance contre lui. Et s'ils le surprenaient, il serait aussitôt arrêté. C'en serait fait de sa carrière. Que dirait-il à son frère, que dirait-il à Jenny, à ses parents ?

Il était furieux contre Lincoln Rhyme. Pourquoi s'était-il laissé embarquer par le criminologue, sans protester, dans ce plan consistant à voler des informations ? Rien ne *l'obligeait* à le faire. *Mais bien sûr, détective… tout ce que vous voudrez…*

Il était complètement fou.

Puis il revit le corps de Myra Weinburg, son regard fixe tourné vers le plafond, une mèche collée sur son front. Cette ressemblance avec Jenny… Et l'instant d'après il était penché sur le téléphone et composait le 9 pour avoir une ligne avec l'extérieur.

– Lincoln Rhyme à l'appareil.

– Détective… C'est moi.

– Pulaski ? aboya Rhyme. Où étiez-vous, bon sang ? Et d'où appelez-vous ? C'est un numéro bloqué qui ne s'affiche pas !

– Je n'étais pas seul jusqu'à présent, rétorqua-t-il. Et mon portable ne marche pas ici.

– Eh bien, avançons !

– Je suis sur un ordinateur.

– Bien. Je préviens Rodney Szarnek.

En fait, Lincoln Rhyme avait entendu leur gourou informatique parler d'un espace libre dans le disque dur des ordinateurs. Sterling avait affirmé que les ordinateurs ne conservaient aucune trace des téléchargements de dossiers. Mais Szarnek ayant expliqué que des données restaient en suspens dans l'éther de l'ordinateur de SSD, Rhyme lui avait demandé si elles pouvaient contenir des informations sur les fichiers téléchargés.

Szarnek estimait que c'était une possibilité. Il lui avait dit qu'il serait impossible de pénétrer dans le CerclePremier – il le savait pour avoir essayé –, mais qu'il existait un serveur beaucoup plus petit chargé de gérer les opérations administratives, telles que les emplois du temps et les téléchargements. Si Pulaski pouvait entrer dans ce système, Szarnek se faisait fort de le guider pour extraire des données en provenance de l'espace libre. Il pourrait ensuite les réassembler et voir si des collaborateurs avaient téléchargé les « Placards » des victimes et des faux coupables.

– Très bien, dit Szarnek en prenant le téléphone. Tu es dans le système ?

– Je suis en train de lire le CD qu'ils m'ont remis.

– Bon. Ça veut dire qu'ils ne t'ont donné qu'un accès passif. Il va falloir faire mieux.

L'informaticien lui indiqua quelques commandes, incompréhensibles pour lui, sur le clavier.

– L'ordi me dit que je ne suis pas autorisé à faire ça.

– Je vais essayer de te faire avancer.

Et Szarnek d'indiquer au jeune flic d'autres commandes encore plus compliquées. Pulaski se trompa plusieurs fois et se sentit rougir. Il était furieux contre lui-même chaque fois qu'il tapait une lettre pour une autre ou se méprenait sur le sens d'un slash.

Blessure à la tête…

– Je ne pourrais pas me servir de la souris, tout simplement, pour chercher ce que je suis censé trouver ?

Szarnek lui expliqua que le système d'exploitation était Unix, et non pas l'un des aimables systèmes produits par Windows ou Apple. Il exigeait des commandes plus longues, qu'il fallait taper au clavier sans la moindre erreur.

– Ah.

Mais la machine, finalement, lui accorda ce qu'il cherchait : l'accès. Pulaski en ressentit une bouffée de fierté.

– Connecte le disque, maintenant, dit Szarnek.

Le jeune policier sortit de sa poche un disque dur externe de 80 gigabits qu'il connecta au port USB de l'ordinateur. Conformément aux instructions de Szarnek, il installa un logiciel destiné à organiser l'espace libre du disque dur de SSD en fichiers séparés pour les compresser et les stocker dans le disque dur externe qu'il avait apporté avec lui.

Selon la taille de l'espace inutilisé, cette opération pouvait prendre quelques minutes ou plusieurs heures.

Une petite fenêtre apparut sur l'écran pour signaler à Pulaski que l'appareil était « en fonction ».

Il se laissa retomber contre le dossier de son siège et parcourut les informations contenues dans le CD, qui occupaient toujours l'écran. Les données concernant les consommateurs étaient pour lui, en gros, du charabia. Les noms des clients de SSD apparaissait clairement, avec les adresses, les numéros de téléphone et les noms des personnes disposant d'un accès au système, mais une grande partie des informations se trouvait dans des fichiers apparemment compressés. Il fit tout défiler jusqu'à la fin – page 1120.

Eh bien… Il faudrait longtemps, très longtemps pour examiner tout ça et savoir si des clients avaient collecté des informations concernant les victimes, et…

Pulaski fut interrompu dans ses réflexions par des bruits de voix qui approchaient de la salle de réunion.

Oh, non, pas maintenant ! Soulevant prudemment le petit disque dur, il le glissa dans la poche de son pantalon sans le débrancher. L'ordinateur continuait à bourdonner, et Pulaski était certain qu'on pouvait l'entendre à l'autre bout de la pièce. Le câble de la prise USB était bien visible lui aussi.

Les voix se rapprochaient dans le couloir.

Il reconnut celle de Sean Cassel.

Plus près…

Je vous en prie, partez !

Sur l'écran, toujours, la petite fenêtre : *en fonction…*

Merde, pensa Pulaski, en rapprochant son siège. Quelqu'un qui se contenterait d'avancer de quelques pas dans la pièce ne verrait pas l'écran, ni la prise.

Une tête apparut dans l'entrebâillement de la porte.

– Eh, sergent Friday ! lança Cassel. Ça va ?

Pulaski se tendit. Il allait voir le disque. Forcément.

– Très bien, merci.

Il déplaça sa jambe devant le port USB pour cacher le câble du disque dur externe. Avec l'impression qu'on ne pouvait que remarquer ce mouvement.

– Il vous plaît, cet Excel ?

– Oui. Beaucoup.

– Excellent. Il n'y a pas mieux. Et on peut exporter les fichiers. Vous pratiquez beaucoup PowerPoint ?

– Non, pas tellement…

– Eh bien, il faudra vous y mettre un de ces jours, sergent – quand vous serez passé chef. Et Excel est très utile pour gérer ses finances. Il vous aide à tirer le maximum de vos investissements. Sans compter qu'il a aussi des jeux. Vous adorerez ça.

Pulaski sourit. Il lui semblait que son cœur, en cognant dans sa poitrine, faisait autant de bruit que le disque dur.

Cassel disparut sur un dernier clin d'œil.

Arrogant petit salopard !

Pulaski s'essuya les paumes sur le pantalon d'uniforme que Jenny avait repassé le matin même, comme elle le faisait tous les jours, parfois la veille au soir quand il devait prendre son service de très bonne heure.

Je t'en prie, Seigneur, ne me laisse pas perdre ma situation !

Il se souvint du jour où son frère jumeau et lui avaient présenté le concours d'entrée à l'Académie de police.

Et du jour où on leur avait remis leur diplôme. Et de la cérémonie de prestation de serment, aussi – les larmes de sa mère, le regard qu'il avait échangé avec son père… C'étaient parmi les meilleurs moments de sa vie.

Tout cela serait-il perdu ? Bon Dieu ! D'accord, Rhyme était super intelligent et personne n'était aussi acharné que lui à arrêter les criminels. Mais devait-il pour autant l'envoyer, lui, Ron Pulaski, violer la loi comme il était en train de le faire ? Il était chez lui, bien tranquille dans son fauteuil, on s'occupait de lui, il ne pouvait rien lui arriver, à lui !

Pourquoi Pulaski serait-il l'agneau qu'on offre en sacrifice ?

Il se concentrait, tout de même, sur sa tâche. Allons, plus vite ! ordonna-t-il à la machine. Mais celle-ci continuait à ronronner paisiblement, se contentant de lui dire qu'elle faisait le travail. Pas d'icône progressant vers la droite, pas de compteur numérique comme dans les films.

En fonction…

– C'était qui, Pulaski ? demanda Rhyme.

– Des gens de la boîte. Ils sont repartis.

– Comment ça se passe ?

– Bien, je crois.

– Vous croyez ?

– Ça…

Un nouveau message venait d'apparaître dans la petite fenêtre : *Terminé. Voulez-vous écrire à un fichier ?*

– Bon. C'est fini. Il veut que j'écrive à un fichier.

Szarnek reprit le téléphone.

– Maintenant, c'est crucial. Fais exactement ce que je te dis.

Il lui donna des instructions pour créer les fichiers, les compresser et les sauvegarder sur le disque. Les mains tremblantes, Pulaski faisait ce qu'on lui disait. Il était en nage. Quelques minutes plus tard, c'était terminé.

– À présent, il va falloir que tu effaces tes traces, et remettes tout en place. Pour être certain que quelqu'un ne te retrouvera pas en refaisant ce que tu as fait.

Il l'emmena plus avant dans les fichiers et lui fit taper de nouvelles commandes.

– Ça y est.

– Bien. Sors d'ici, maintenant, le Bleu, dit Rhyme.

Pulaski raccrocha, débrancha le disque dur externe qu'il remit dans sa poche, et éteignit l'ordinateur. Puis il se leva et sortit. Il cligna des yeux, surpris, en voyant le vigile qui s'était rapproché. Il nota que c'était le même qui avait accompagné Amelia dans les enclos à données, en marchant sur ses talons – comme, dans un grand magasin, on emmène un voleur à l'étalage au bureau du directeur pour attendre la police.

L'homme avait-il surpris quelque chose ?

– Officier Pulaski, je vais vous conduire au bureau d'Andrew.

Il ne souriait pas et son regard était aussi impénétrable que ses traits. Il emmena le jeune policier le long du couloir. Celui-ci sentait à chaque pas le disque dur frotter contre sa cuisse. Il jetait de temps à autre des regards au plafond protégé par des dalles de polystyrène destinées à l'insonorisation. Il n'y vit pas de caméra.

La paranoïa l'accompagnait, plus brillante que la lumière blanche.

Sterling l'accueillit avec une poignée de main, après avoir retourné les quelques feuilles sur lesquelles il était en train de travailler.

– Vous avez ce que vous vouliez, officier ?

– Oui, répondit Pulaski en brandissant son CD, tel un écolier interrogé par le maître.

– Ah. Très bien.

Les yeux au vert intense ne le lâchaient pas.

– Et comment va l'enquête ?

– Elle va bien.

C'étaient les premiers mots qui étaient venus à l'esprit de Pulaski. Il se sentit idiot. Qu'aurait dit Amelia Sachs ? Il n'en avait pas la moindre idée.

– Ah, bon ? Avez-vous trouvé quelque chose d'intéressant dans cette liste de clients ?

– Je n'ai fait que la parcourir pour m'assurer qu'on pourrait l'examiner tout à l'heure au laboratoire.

– Au laboratoire ? C'est là que vous êtes basé ?

– On y travaille. Là et dans d'autres endroits.

Feignant d'ignorer que Pulaski avait éludé sa question, Sterling sourit aimablement. Le P.-D.G. était plus petit de dix ou douze centimètres, mais le jeune policier n'en avait pas moins l'impression qu'il le regardait de haut. Sterling l'accompagna dans le bureau de l'assistant, qui faisait office d'antichambre au sien.

– Bon. S'il y a quoi que ce soit d'autre, prévenez-nous. Nous sommes derrière vous.

– Merci.

– Martin, fais ce que nous avons dit hier. Puis raccompagne l'officier Pulaski.

– Oh… Je connais le chemin.

– Il va descendre avec vous. Bonsoir.

La porte se referma sur le P.-D.G.

– J'en ai pour deux minutes, dit Martin en décrochant son portable et en se tournant légèrement, hors de portée de voix.

Pulaski s'approcha de la porte et jeta un coup d'œil dans le couloir. Quelqu'un sortit d'un bureau. Un homme, qui parlait à voix basse à son téléphone. Apparemment, les portables marchaient bien dans cette partie du bâtiment. Il regarda Pulaski en plissant les paupières, prit brièvement congé de son interlocuteur et referma l'appareil avec un claquement sec.

– Excusez-moi… officier Pulaski ?

Un hochement de tête lui répondit.

– Andy Sterling.

Le fils.

La poignée de main était plutôt timide, mais les yeux noirs du jeune homme restaient attachés à ceux du policier et il y avait une certaine assurance dans son regard.

– Vous m'avez appelé, je crois ? Mon père m'a laissé un message disant que je devais vous voir.

– C'est exact. Vous avez une minute ?

– Que voulez-vous savoir ?

– Nous examinons l'emploi du temps d'un certain nombre de personnes dimanche après-midi.

– J'étais à Westchester. J'y suis allé en voiture vers midi, et je suis revenu…

– Oh, non, ce n'est pas vous qui nous intéressez. Je cherche seulement à savoir où était votre père. Il nous a déclaré qu'il vous avait appelé de Long Island aux environs de deux heures.

– En effet. Mais je n'ai pas décroché. Je roulais à vélo à ce moment-là, et je n'ai pas voulu m'arrêter. (Baissant la voix.) Mon père a du mal à séparer le travail et le plaisir, je craignais qu'il me demande de venir au bureau et je ne voulais pas gâcher ma journée de congé. Je l'ai rappelé plus tard, vers trois heures et demie.

– Vous permettez que je jette un coup d'œil à votre téléphone ?

– Oui, bien sûr.

Ouvrant le téléphone, Pulaski appela la liste des messages reçus en absence, puis celle des communications. L'appareil avait noté plusieurs appels dans la matinée du dimanche, mais un seul l'après-midi ; celui-ci provenait du numéro qu'Amelia avait donné à Pulaski : celui de la maison de Sterling à Long Island.

– Bien, ça suffira. Je vous remercie.

Le trouble et la frayeur se lisaient sur les traits du jeune Andy.

– C'est affreux, ce qu'on m'a dit… Une femme violée et assassinée ?

– Exactement.

– Vous allez arrêter le coupable ?

– Nous avons plusieurs pistes.

– Eh bien, tant mieux. Les gens comme ça, il faudrait les mettre contre un mur et les abattre.

– Merci pour votre coopération.

Au moment où le jeune homme tournait les talons, Martin surgit et le regarda qui s'éloignait.

– Si vous voulez bien me suivre, officier Pulaski…

Le sourire n'était pas très éloigné d'une grimace. Il se dirigea vers l'ascenseur.

Pulaski était nerveux. Il ne pensait qu'à une chose : le disque dur. Il lui semblait qu'on ne voyait que ça dans sa poche. Il se jeta dans une tentative de conversation.

– Alors, Martin... ça fait longtemps que vous travaillez pour SSD ?

– Oui.

– Vous êtes informaticien, vous-même ?

Le sourire changea, sans rien exprimer de plus.

– Pas vraiment.

En longeant le couloir noir et blanc, et stérile, Pulaski se dit qu'il détestait cet endroit. Il en devenait claustrophobe. Il lui fallait les rues, il lui fallait le Queens, le Bronx... Il ne sentait même plus le danger, il n'avait qu'un désir : foncer tête baissée droit devant lui et sortir.

La panique le guettait.

Non seulement le journaliste a perdu son boulot, mais il a été poursuivi pour délit d'intrusion. Il a fait six mois de prison.

Pulaski, en outre, était désorienté. Il n'avait pas suivi le même chemin pour aller jusqu'au bureau de Sterling. Martin bifurqua à l'angle du couloir et poussa une lourde porte.

Le policier hésita en voyant ce qu'il avait devant lui : un poste de sécurité tenu par trois vigiles à la mine sévère, et équipé d'un portique détecteur de métaux ainsi que d'un appareil de radiographie aux rayons X. Comme on n'était pas dans les enclos, il n'y avait pas d'effaceur de données, comme ailleurs dans le bâtiment, mais il n'avait aucune chance de sortir sans que le disque dur qu'il cachait dans la poche soit détecté. La première fois qu'il était venu avec Amelia Sachs, ils n'avaient pas été soumis à ce genre de contrôles – il n'en avait même pas vu.

– Je ne pense pas être passé par ici à mon arrivée, dit-il à l'assistant du P.-D.G. en s'efforçant de prendre un ton détaché.

– Ça dépend du temps que les gens ont passé ici sans être contrôlés, expliqua Martin. Ne le prenez pas personnellement.

– Non, bien sûr.

Il avait le cœur qui battait, les mains moites. Non, non ! Il ne *pouvait* pas perdre son travail. C'était impensable !

Pourquoi avait-il accepté de faire ça ? Il s'était dit qu'il allait arrêter l'assassin de cette femme qui ressemblait tant à Jenny. Un épouvantable individu qui tuait pour son plaisir.

Tout de même, ce n'est pas juste !

Que penseraient son père et sa mère quand il leur avouerait qu'il avait été arrêté pour un vol de données ? Et son frère ?

– Avez-vous des données sur vous, monsieur ?

Il montra le CD. L'homme examina la pochette. Il composa un numéro, se raidit un peu et dit calmement quelques mots. Puis il chargea le disque dans un ordinateur et regarda l'écran. Le CD était apparemment sur une liste d'objets autorisés ; le vigile le soumit tout de même aux rayons X, puis le fit passer sous le portique détecteur de métaux.

Pulaski fit quelques pas, mais un troisième vigile l'arrêta.

– Excusez-moi, monsieur. Veuillez vider vos poches et déposer ici tous les objets métalliques.

– Je suis officier de police, dit-il en s'efforçant de paraître amusé.

– Votre ministère a accepté de se plier à nos procédures de sécurité, étant donné que nous sommes sous contrat avec le gouvernement. Les règles s'appliquent à tout un chacun. Vous pouvez appeler vos supérieurs, si vous voulez le vérifier.

Pulaski était piégé.

Martin ne le quittait pas des yeux.

– Mettez tout sur ce plateau, s'il vous plaît.

Allons, réfléchis. Trouve quelque chose.

Réfléchis !

Vas-y au culot, fonce !

Impossible. Je ne suis pas assez malin pour ça.

Mais oui, tu es malin ! Que ferait Amelia ?

Il se détourna, s'agenouilla et mit un moment pour délacer ses chaussures puis les retirer sans se presser. Il se redressa, posa les chaussures impeccablement cirées sur le plateau, y ajouta son arme, ses munitions, la paire de menottes, quelques pièces de monnaie, la radio, le téléphone et les stylos.

Puis il se présenta sous le détecteur de métaux, qui réagit par un sifflement strident au passage du disque dur.

– Vous avez autre chose sur vous ?

La gorge serrée, il secoua la tête, tâta ses poches.

– Non.

– Nous sommes obligés de vous passer au laser.

Pulaski s'avança d'un pas. Le deuxième vigile promena le rayon-laser sur tout son corps et s'arrêta à la poitrine. L'appareil couinait bruyamment.

Le jeune policier se mit à rire.

– Ah, excusez-moi ! dit-il en défaisant un bouton de sa chemise pour montrer le gilet pare-balles. Il y a une plaque de métal là-dedans. Je n'y pensais plus. Ça bloque tous les projectiles, ou presque.

– Peut-être pas une balle de Desert Eagle, dit le vigile.

– De toute façon, si vous voulez mon avis, ce genre de calibre n'est pas naturel, plaisanta Pulaski, provoquant finalement les sourires des vigiles. Il entreprit de retirer sa chemise.

– C'est bon, officier. On ne va tout de même pas vous faire déshabiller.

Pulaski reboutonna la chemise de ses mains tremblantes, juste à l'endroit où se trouvait le disque dur entre le maillot de corps et le gilet pare-balles. Il l'y avait fourré en se penchant pour délacer ses chaussures.

Il reprit tout son petit matériel sur le plateau.

Martin, qui était passé au détecteur de métaux, lui fit franchir une porte. Ils se retrouvèrent dans le hall d'entrée, un grand espace nu, carrelé de marbre et décoré d'une immense reproduction du logo de SSD avec sa fenêtre et sa tour de guet.

– Bonne journée, officier Pulaski, dit Martin en tournant les talons.

Pulaski se dirigea vers les immenses portes en s'efforçant d'arrêter le tremblement de ses mains. Il remarqua pour la première fois la batterie de caméras qui surveillait le hall. Elles le firent penser à des vautours tranquillement perchés sur le mur pour attendre qu'une proie rende l'âme et s'écroule.

CHAPITRE 27

Même la voix familière de Judy, qui pourtant le rassurait, n'empêchait pas Arthur de penser au nommé Mick, le Blanc shooté à la meth, le mécano, toujours tremblant sous ses tatouages.

Il ne cessait de parler tout seul, glissait les mains dans son pantalon toutes les cinq minutes et semblait en permanence chercher Arthur du regard.

– Chéri ? Comment ça va ?

– Je suis désolé.

– J'ai quelque chose à te dire.

Au sujet de l'avocat, ou de l'argent, ou des enfants ? De quoi qu'il s'agisse, ce serait trop pour lui. Arthur Rhyme était tout près d'exploser.

– Vas-y, murmura-t-il, résigné.

– Je suis allée voir Lincoln.

– Tu… *quoi* ?

– Il le fallait… Tu n'as pas l'air de croire ce que dit l'avocat, Art. Ça ne va pas s'arranger tout seul.

– Mais… Je t'avais demandé de ne pas l'appeler !

– Écoute. C'est de notre famille qu'il s'agit, Art. Pas seulement de toi et de ce que tu veux. Moi, les enfants… En fait, on aurait dû le faire plus tôt.

– Je ne veux pas qu'il s'en mêle ! Rappelle-le et dis-lui que tout va bien.

– Tout va bien ? Tu es fou, ou quoi ?

Il se disait parfois qu'elle était plus forte que lui – et sans doute plus intelligente, aussi. Elle s'était montrée furieuse qu'il claque la porte à Princeton sous prétexte qu'on ne l'avait pas promu au professorat. C'était se conduire comme un enfant qui fait un caprice, avait-elle dit. Il regrettait de ne pas l'avoir écoutée.

– Tu crois qu'un avocat génial, à la John Grisham, va arriver au tribunal à la dernière minute pour te sauver ? Compte là-dessus ! Tu devrais me remercier, Art, de faire quelque chose !

– Merci beaucoup, dit-il très vite, les mots s'échappant comme des écureuils. C'est simplement que…

– Que *quoi* ? Voilà un homme qui a frôlé la mort, qui est quasiment paralysé de la tête aux pieds et condamné à vivre dans un fauteuil roulant… Et il a tout arrêté pour s'occuper de toi et prouver que tu es innocent. Qu'est-ce que tu t'imagines, bon sang ? Tu veux que tes enfants grandissent avec un père emprisonné pour meurtre ?

– Bien sûr que non.

Il se demanda une fois de plus si elle le croyait quand il disait qu'il était innocent. Elle ne pensait pas qu'il était coupable ; simplement, elle s'interrogeait sur la relation qu'il avait eue avec Alice Sanderson.

– J'ai foi dans le système, Judy. (« En Dieu » aurait été un peu faible.)

– Eh bien : Lincoln, c'est le système. Il faut que tu l'appelles pour le remercier.

Arthur hésita une seconde avant de demander :

– Qu'est-ce qu'il dit ?

– Je l'ai vu hier, seulement. Il a appelé pour se renseigner sur tes chaussures – qui font partie des indices relevés contre toi. Mais je n'ai pas eu de nouvelles depuis.

– Tu es allée le voir ? Ou tu t'es contentée de l'appeler ?

– Je suis allée chez lui. Il habite à Central Park East. Une très jolie maison.

Une dizaine de souvenirs de son cousin lui revinrent, en rafale.

– Tu l'as trouvé comment ?

– À peu près le même que la dernière fois, quand on l'avait vu à Boston. Enfin, non... Il m'a paru en meilleure forme.

– Et il ne peut plus marcher ?

– Il ne peut plus bouger du tout. Seulement la tête et les épaules.

– Et son ex-femme ? Ils se voient toujours, Blaine et lui ?

– Non. Il a quelqu'un d'autre. Une femme policier. Très jolie. Grande, les cheveux roux. Je dois reconnaître que j'ai été surprise. À tort, sans doute, mais j'ai été surprise.

Une grande rousse ? Arthur pensa aussitôt à Adriana. Et s'efforça de chasser ce souvenir-là. Mais il refusait de disparaître.

Dis-moi pourquoi, Arthur. Dis-moi pourquoi tu as fait ça.

Un rictus de Mick ; son regard insistant chargé de haine. Il avait à nouveau les mains dans son pantalon.

– Ne m'en veux pas, chérie. Et merci de l'avoir appelé.

C'est à ce moment qu'il sentit un souffle chaud sur sa nuque.

– Lâche ce téléphone.

L'un des Latinos se tenait derrière lui, tout près.

– Lâche ce téléphone !

– Judy, il faut que je te laisse. Il n'y a qu'un seul téléphone pour tout le monde, ici. J'ai dépassé mon temps.

– Je t'aime, Art.

– Moi aus...

Le Latino avança d'un pas et Arthur raccrocha. Il rejoignit son banc dans un coin de la salle et y resta, les yeux au sol et le regard fixe, perdu dans la contemplation d'une tache en forme de rein.

Mais le sol malpropre ne retint pas longtemps son attention. Il pensait au passé. Les souvenirs d'Adriana et de son cousin Lincoln se bousculaient dans son esprit... La maison familiale d'Arthur sur la rive nord du lac. Celle de Lincoln dans la banlieue ouest. Henry Rhyme, le père d'Arthur, impérial et sévère. Son frère Robert. Et Marie, si timide et si intelligente.

Il y avait aussi Teddy Rhyme, le père de Lincoln (ce petit nom avait une histoire : Arthur savait pourquoi on appelait ainsi son oncle Theodore mais, curieusement, Lincoln l'ignorait). Il avait toujours eu de l'affection pour cet oncle Teddy. Un gentil garçon, un peu timide, et peu loquace – mais comment ne pas s'effacer dans l'ombre d'un frère aîné comme Henry Rhyme ? Parfois, en l'absence de Lincoln, Arthur prenait sa voiture pour une visite chez Teddy et Anne. L'oncle et le neveu regardaient quelque vieux film ou parlaient de l'histoire de l'Amérique dans le salon aux murs lambrissés.

La tâche, au sol, prenait maintenant la forme de l'Irlande. Arthur eut l'impression de la voir bouger tandis qu'il la fixait, concentré sur son désir désespéré d'être ailleurs, de disparaître par magie.

Car Arthur Rhyme était maintenant au fond du désespoir. Il mesurait la naïveté dont il avait fait preuve. Il n'y avait pas d'échappatoire magique, ni pratique. Il connaissait le talent de Lincoln. Il avait lu tous les articles sur lui qu'il avait pu trouver dans les journaux à grand tirage. Ainsi que des écrits scientifiques. *« Des effets biologiques de certaines substances à l'état microscopique »*.

Mais Arthur, maintenant, se rendait compte que Lincoln ne pouvait rien pour lui. Sa situation était désespérée et il était voué à passer le reste de son existence derrière les barreaux.

Non, le rôle de Lincoln dans cette affaire lui semblait aller de soi : son cousin, le membre de sa famille dont il avait été jadis le plus proche, celui qui avait été pour lui comme un frère, se devait d'assister à sa chute.

Un sourire amer sur ses traits, il leva les yeux. Il y avait quelque chose de changé.

Étrange. La vaste salle était maintenant déserte.

Où étaient passés tous les détenus ?

Un bruit de pas.

Arthur, effrayé, vit quelqu'un qui s'approchait de lui en traînant les pieds. Son ami Antwon Johnson. Le regard froid.

Et il comprit. Quelqu'un s'apprêtait à l'attaquer par-derrière !

Mick, évidemment.

Et Johnson venait à son secours.

Se levant d'un bond, il se retourna… Il avait tellement peur qu'il était prêt à crier. Il chercha son agresseur du regard, mais…

Non. Il n'y avait personne.

Il sentit alors qu'Antwon Johnson lui passait quelque chose autour du cou : une corde de sa fabrication, faite de lambeaux de chemises tressés.

– Non ! Qu'est-ce… ?

L'arrachant à son banc, le géant le traînait déjà vers le mur sur lequel un énorme clou était planté, il l'avait remarqué un peu plus tôt, à une hauteur de plus de deux mètres. Il se mit à gémir en se débattant.

– Chut, fit Antwon en parcourant rapidement du regard la salle vide.

Arthur se débattit de plus belle, mais il luttait contre un mur en béton, martelant vainement de ses poings le cou et les épaules de l'homme. Puis il comprit qu'on le soulevait au-dessus du sol. Le géant accrocha la corde de fortune au clou et fit un pas en arrière pour regarder Arthur qui battait des pieds et se tordait en tous sens pour se libérer, avec l'énergie du désespoir.

Pourquoi ? Pourquoi ? Il voulait, dans son affolement, répondre à cette question, mais de l'écume lui sortait des lèvres, et il était incapable d'articuler un mot. Johnson l'observait attentivement. Il n'y avait pas d'hostilité dans ce regard, ni la moindre lueur de sadisme. Une certaine curiosité seulement.

Arthur comprit alors, tandis que ses forces abandonnaient son corps agité de soubresauts et que sa vision s'obscurcissait, qu'un piège venait de se refermer sur lui. Johnson l'avait sauvé des Latinos pour une simple raison, et une seule : il voulait Arthur pour lui.

– Non…

Pourquoi ?

Le Noir se pencha, les bras ballants, pour lui chuchoter à l'oreille :

– C'est un service que je te rends, mec. Dans un mois ou deux, tu vas te tirer. T'es pas fait pour rester ici. Alors laisse-toi faire et arrête de gigoter comme ça. Tu piges ?

De retour de sa mission chez SSD, Pulaski brandit le disque dur.

– Très bien, le Bleu, dit Rhyme.

Amelia Sachs lui lança un clin d'œil.

– Ta première mission secrète.

– J'avais plus l'impression de risquer la taule que d'accomplir une mission, répliqua-t-il avec une grimace.

– Je suis certain qu'on peut trouver un mobile si on y regarde de près, dit Sellitto, qui se voulait rassurant.

Et Rhyme, à Rodney Szarnek :

– Allez-y.

Le flic informaticien brancha le disque dur sur le port USB de son ordinateur, et tapa quelques touches sans quitter l'écran des yeux.

– Bien, bien…

– Vous avez un nom ? demanda Rhyme, très excité. Quelqu'un, chez SSD, a ouvert les dossiers ?

– Quoi ?

Szarnek laissa échapper un petit rire.

– Ça ne marche pas comme ça ! Il va me falloir un moment. Je dois télécharger tout ça sur l'unité centrale de la base de données « Délinquance informatique ». Ensuite…

– Vous en avez pour combien de temps ? grogna Rhyme.

Szarnek cligna des yeux, comme s'il venait de découvrir que le criminologue était handicapé.

– Tout dépend du niveau de fragmentation, de l'ancienneté des fichiers, de leur ventilation, de leur partition, et…

– D'accord, d'accord. Faites au mieux.

– Tu as trouvé autre chose ? demanda Sellitto à Pulaski.

Le Bleu leur fit le récit des interrogatoires des techniciens qui avaient accès aux enclos de données. Il ajouta qu'il avait parlé à Andy Sterling, et que le portable de ce dernier lui avait confirmé que son père l'avait appelé de Long Island à l'heure du crime. L'alibi tenait. Thom se chargea de mettre leur tableau à jour.

Andrew Sterling, président-directeur général
Alibi : présence à Long Island confirmée par son fils
Sean Cassel, directeur des ventes et du marketing
Aucun alibi
Wayne Gillespie, directeur des services techniques
Aucun alibi
Samuel Brockton, directeur du service comptabilité
Alibi : présence à Washington confirmée par le registre de son hôtel
Peter Arlonzo-Kemper, directeur des ressources humaines
Alibi : était avec sa femme – confirmé par elle (sincère ?)
Steven Shraeder, chef de l'équipe technique de jour
Alibi : présence à son bureau confirmée par la feuille de présence
Farouk Mameda, chef de l'équipe technique de nuit
Aucun alibi
Client de SSD (?)
À venir : liste de Sterling
Inconnu recruté par Andrew Sterling (?)

Ainsi, tous les collaborateurs de SSD ayant accès aux données étaient au courant de l'enquête… et le logiciel de la police de New York chargé de surveiller le fichier « Homicide de Myra Weinburg » n'avait toujours signalé aucune tentative d'intrusion. 522 se méfiait-il à ce point ? Avait-il éventé le piège ? Le postulat d'un lien entre le tueur et SSD était-il erroné ? Rhyme commençait à se dire qu'ils avaient été si effarés en découvrant le pouvoir de Sterling et de sa boîte qu'ils en avaient peut-être négligé d'autres pistes qui les auraient conduits à d'autres suspects.

Pulaski sortit le CD de sa poche.

– Voici les clients. Il y en a environ trois cent cinquante.

– Aïe ! fit Rhyme.

Szarnek chargea le disque. Rhyme regarda le tableau qui s'affichait sur l'écran plat – un petit millier de pages de texte serré.

– Attention au bruit… murmura Amelia. Et d'expliquer ce que lui avait dit Sterling à propos des données qui devenaient inexploitables quand elles étaient trop éparpillées, ou trop denses. L'informaticien faisait défiler des masses d'informations – l'identité des consommateurs, le détail de leurs achats. Trop d'informations. Mais Rhyme eut une idée.

– Est-ce qu'on peut avoir l'heure et la date d'entrée de chacune des données ?

Szarnek étudia l'écran.

– Oui. C'est possible.

– Voyons donc qui a téléchargé des informations juste avant les crimes.

– Bien vu, Linc, dit Sellitto. 522 veut certainement avoir les données les plus récentes.

Szernek réfléchit.

– Je peux sans doute installer un logiciel pour ça. Ça risque de prendre un peu de temps, mais c'est faisable. Indiquez-moi simplement l'heure des différents crimes.

– Vous voulez bien faire ça, Mel ?

– Pas de problème.

Mel Cooper rassembla les détails concernant le vol de monnaies, le vol de tableau et les deux viols.

– Vous êtes sur Excel ? demanda Pulaski.

– Oui.

– C'est quoi, au juste ?

– C'est le logiciel de base. Il sert pour la plupart des données commerciales, pour les tableaux, les relevés d'opérations comptables ou financières… Et les gens l'utilisent maintenant pour toutes sortes de choses.

– Je pourrais apprendre ?

– Bien sûr. Il y a des cours du soir à la fac, et des cours par correspondance.

– J'aurais dû m'y mettre plus tôt. Je vais me renseigner sur ces cours.

Rhyme comprenait mieux maintenant la réticence de Pulaski au moment de retourner chez SSD. Le jeune flic l'entendit grommeler dans sa barbe :

– C'est pas forcément dans les priorités, le Bleu.

– Pardon, monsieur ?

– Les gens chercheront toujours à vous coincer sur toutes sortes de choses, mon vieux. Mais ce n'est pas parce qu'ils savent ceci ou cela, que vous ignorez, qu'ils ont raison et que vous avez tort. La question, c'est : Avez-vous besoin de ceci ou de cela pour mieux faire votre boulot ? Si c'est oui, mettez-vous-y. Si c'est non, inutile de vous disperser.

– D'accord, merci ! dit le jeune policier en riant.

Rodney Szarnek prit le CD et le disque dur portatif et brancha le tout sur l'unité centrale de la police criminelle.

Après son départ, Rhyme lança un coup d'œil à Amelia, qui téléphonait pour obtenir des renseignements sur le *scrounger* assassiné dans le Colorado quelques années plus tôt. Il n'entendait pas ce qui se disait, mais elle avait manifestement mis le doigt sur quelque chose d'intéressant. Elle tendait le cou, les lèvres humides, les yeux brillants, le regard concentré en tirebouchonnant une mèche de ses cheveux. La pose était extrêmement érotique.

Ridicule, se dit-il. Réfléchis plutôt à cette affaire de malheur. Il s'efforça de penser à autre chose. Et y parvint en partie.

Amelia raccrocha.

– Je viens d'avoir la police d'État du Colorado. Le *scrounger* assassiné s'appelait Peter James Gordon. Il est parti un jour faire du vélo sur une route de montagne et on ne l'a plus revu. On a retrouvé son vélo démantibulé au pied d'une falaise, à côté d'une rivière. Le corps est reparu un mois plus tard à une vingtaine de kilomètres en aval. L'analyse ADN a confirmé qu'il s'agissait de lui.

– Il y a eu une enquête ?

– Plus ou moins. Ce n'était pas le premier type qui se tuait à vélo ou en scooter des neiges dans ce coin-là. On a conclu à un accident. Mais un certain nombre de questions sont restées sans réponse. On sait par exemple que Gordon avait tenté de s'introduire dans les ordis de SSD – et pas dans la base de données mais dans les propres fichiers de la boîte, dont certains fichiers personnels. Personne ne sait s'il y était parvenu, ou pas. J'ai essayé de retrouver d'autres employés de Rocky Mountain Data pour en savoir plus. Mais il n'y a plus personne de joignable. On a l'impression que Sterling, après les avoir achetés, a pris la base de données et a laissé partir tout le monde.

– Il n'y a pas quelqu'un qu'on pourrait appeler pour se renseigner à son sujet ?

– La police de l'État n'a pu trouver personne de la famille.

Rhyme secouait lentement la tête.

– Très bien. Voilà qui est de bon augure, Mel. Voilà comment les choses semblent s'être passées : ce Gordon s'est lancé pour son compte dans l'extraction de données sur les fichiers de SSD et a découvert l'activité de 522, lequel a compris qu'il était en danger. Il a donc supprimé Gordon en maquillant le meurtre en accident. La police du Colorado a-t-elle un dossier sur cette affaire, Amelia ?

– S'il y en a un, il est archivé, répondit la détective avec un soupir. Il faut maintenant que je le cherche.

– Je veux savoir qui travaillait avec la boîte à l'époque de la mort de Gordon.

Pulaski appela Marc Whitcomb chez SSD, qui le rappela une demi-heure plus tard. Une conversation avec le DRH lui avait appris qu'une douzaine de personnes étaient employées par l'entreprise, dont Sean Cassel, Wayne Gillespie, Mameda et Shraeder, ainsi que Martin, l'un des assistants personnels de Sterling.

Le fait que ces anciens collaborateurs toujours en place soient aussi nombreux signifiait que la disparition de Gordon était une véritable piste. Rhyme se disait maintenant que s'ils pouvaient se procurer le dossier de l'affaire auprès de la police du Colorado, ils y trouveraient peut-être des indices pour orienter leur enquête vers l'un des suspects de leur liste.

Il en était à étudier de nouveau cette liste quand le téléphone de Sellitto sonna. Celui-ci décrocha, et ils le virent sursauter.

– Quoi ? dit-il en lançant un bref regard à Rhyme. Sans blague ! C'est quoi, cette histoire ? Rappelez-moi dès que vous en saurez plus.

Il raccrocha, les lèvres serrées en fronçant les sourcils.

– Désolé, Linc. C'était au sujet de ton cousin. Il a été agressé à la prison. Quelqu'un a tenté de le tuer.

Amelia s'approcha de Rhyme, posa la main sur son épaule.

Il sentit toute l'inquiétude qui s'exprimait dans ce geste.

– Il n'a rien ?

– Le directeur doit me rappeler. On l'a transporté au service des urgences. C'est tout ce que je sais pour le moment.

CHAPITRE 28

– Salut tout le monde !

Pam Willoughby, que Thom venait de faire entrer dans le studio, était toute souriante. L'équipe en plein travail lui rendit son sourire malgré les terribles nouvelles qui venaient de tomber à propos d'Arthur Rhyme. Thom lui demanda si sa journée à la fac s'était bien passée.

– Oui. Très bien.

Puis, baissant la voix :

– Amelia, tu as une minute, s'il te plaît ?

Amelia jeta un coup d'œil à Rhyme, lequel répondit d'un hochement de tête qui signifiait : De toute façon on ne peut rien faire pour Arthur avant de savoir exactement ce qu'il en est.

Amelia sortit dans le couloir avec la jeune fille. Ce qui est toujours étonnant avec les adolescents, se dit-elle, c'est que leur humeur se lit sur leur visage. Amelia aurait aimé avoir le talent et le savoir-faire de Kathryn Dance, la synergologue, pour en savoir encore davantage sur les sentiments et les pensées de Pam. Cet après-midi-là, en tout cas, elle semblait tout simplement heureuse.

– Je sais que tu es très occupée, dit Pam.

– Ça ne fait rien.

Elle firent quelques pas jusqu'au petit salon qui jouxtait le labo.

– Alors ? demanda Amelia, sur un ton de conspiratrice.

– J'ai fait ce que tu m'avais conseillé, tu sais. J'ai carrément demandé des explications à Stuart à propos de cette fille.

– Et… ?

– Eh bien, c'est simplement qu'ils sortaient ensemble avant qu'on se connaisse. Il m'avait d'ailleurs parlé d'elle il y quelque temps. Il l'a rencontrée par hasard, dans la rue. Et quand on les a vus, ils étaient en train de discuter, c'est tout. Mais elle était un peu collante, vois-tu. C'est même pour ça, notamment, qu'il a fini par rompre avec elle. Le jour où Emily les a vus ensemble, elle essayait de se raccrocher à lui – et lui, il essayait de s'en débarrasser. Voilà. C'est tout. Donc tout va bien.

– Eh bien, bravo. Si je comprends bien, l'ennemi est définitivement hors de combat ?

– Ah, oui ! C'est forcément vrai. Je veux dire… il ne pouvait pas sortir avec elle de toute façon, il aurait risqué de perdre sa place…

Pam se tut brusquement.

Amelia n'avait pas besoin de sa solide pratique de l'interrogatoire pour comprendre que la jeune fille regrettait déjà d'en avoir trop dit.

– Tu dis qu'il risquait de perdre sa place ? Quelle place ?

– Tu le sais bien.

– Pas vraiment, Pam. Pourquoi risquait-il de perdre sa place ?

Pam avait rougi et fixait le tapis persan à ses pieds.

– C'est-à-dire que… elle faisait plus ou moins partie de ses élèves l'année dernière.

– Il est prof ?

– Oui, si on veut.

– À ton lycée ?

– Pas cette année. Il est à Jefferson. Je l'avais l'année dernière. Donc, ce n'est pas gênant qu'on…

– Attends, Pam…

Amelia réfléchissait à toute allure.

– Tu m'as dit qu'il était au lycée.

– Je t'ai dit que je l'avais connu au lycée.

– Et l'histoire du club de poésie ?

– Enfin…

– C'était lui qui l'animait, dit Amelia qui ne souriait plus du tout. Et il est entraîneur de foot. Pas joueur. C'est ça ?

– Je n'ai pas menti, pas vraiment…

Avant tout, songea Amelia, pas d'affolement. Ça ne servirait à rien.

– Écoute, Pam, c'est…

Qu'est-ce que c'était, bon sang ? Les questions se bousculaient à son esprit. Elle posa celle qui lui vint aux lèvres en premier.

– Il a quel âge ?

– Je ne sais pas. Il n'est pas vieux.

Pamela releva la tête. Son regard était dur. Amelia l'avait déjà vue méfiante, de mauvaise humeur, têtue parfois. Mais jamais dans cet état – piégée et sur la défensive, avec une lueur presque sauvage dans les yeux.

– Pam ?

– Je dirais, dans les 40, 41 ans.

Pas d'affolement… c'était facile à dire. Amelia Sachs avait toujours désiré avoir des enfants – poussée par les souvenirs des moments de bonheur vécus avec son père –, mais n'avait jamais réfléchi sérieusement à ce qu'était le difficile métier de parent.

« Sois raisonnable » était le mot d'ordre auquel se tenir en la circonstance, se dit Amelia. Mais il était à peu près aussi efficace que « pas d'affolement »… « Vois-tu, Pam… »

– Je sais ce que tu vas me dire. Mais ce n'est pas ça.

Amelia en doutait, justement. Garçons et filles, hommes et femmes… D'une certaine façon, c'était toujours ça. Mais elle ne pouvait pas réduire les choses à l'aspect sexuel. Ça ne ferait qu'ajouter à l'affolement et détruire… le raisonnable.

– Il n'est pas comme les autres. Il y a une entente entre nous… Les garçons, à la fac, tu vois, sortis du sport et des jeux vidéo… Je les trouve tellement assommants !

– Pam, il y a un tas de garçons qui lisent des poèmes et vont au théâtre. Il n'y en avait pas, dans ce club de poésie ?

– Ce n'est pas la même chose… Je ne peux parler à personne de ce que j'ai vécu avec ma mère, et tout ça. Mais j'en ai parlé à Stuart et il a compris. Il en a bavé, lui aussi. Son père a été assassiné quand il avait mon âge. Il a fallu qu'il se batte pour suivre des études, en faisant deux ou trois métiers à la foi.

– Ce n'est pas une bonne idée, voilà tout. Il y a des problèmes dont tu n'as même pas idée, ma chérie.

– Il est gentil avec moi. J'adore être avec lui. Ce n'est pas ça qui compte ?

– En partie. Mais ce n'est pas tout.

Pam croisa les bras sur sa poitrine. Un geste de défi.

– Et même s'il n'est plus ton professeur, il s'expose à de graves ennuis.

En disant cela, Amelia avait l'impression d'avoir déjà perdu la partie.

– Il m'a dit que j'en valais la peine.

Pas besoin d'être Freud pour comprendre. Une gamine dont le père avait été tué alors qu'elle n'était qu'une petite fille et dont la mère et le beau-père purgeaient de longues peines de prison pour terrorisme était destinée à craquer pour un homme attentionné et plus vieux qu'elle.

– Allons, Amelia ! Je ne vais pas me marier. On sort ensemble, c'est tout.

– Pourquoi ne pas faire une pause ? Un mois. Tu pourrais sortir avec un ou deux garçons de ton âge. Histoire de voir comment ça se passe.

Lamentable, se dit Amelia. Tu es lamentable. Ses arguments sonnaient comme un combat d'arrière-garde.

Pamela la regardait en fronçant les sourcils.

– Pourquoi devrais-je faire une chose pareille ? Je ne cherche pas à mettre le grappin sur un garçon à n'importe quel prix, comme toutes les filles que je connais.

– Ma chérie, je vois bien que tu lui es attachée. Mais laisse simplement passer un peu de temps. Je ne voudrais pas que tu souffres. Il y a aussi, autour de toi, des tas de garçons formidables. Qui te conviendraient mieux et pourraient te rendre heureuse pour longtemps.

– Je ne romprai pas avec lui. Je l'aime. Et il m'aime.

Ramassant ses livres, elle ajouta, froidement :

– Il vaut mieux que j'y aille, maintenant. J'ai du travail.

Puis elle se retourna à l'instant de franchir le seuil et dit à voix basse :

– Quand tu as commencé à sortir avec M. Rhyme, personne ne t'a dit que c'était idiot ? Que tu pourrais trouver quelqu'un qui ne soit pas dans un fauteuil roulant ?

Pam soutint une seconde le regard d'Amelia avant de sortir en refermant la porte derrière elle.

Amelia réfléchit. Oui, effectivement, on lui avait dit ça, presque mot pour mot.

Et qui, sinon sa propre mère ?

Miguel Abrera 5465-9842-4591-0243, le technicien de maintenance, a quitté son bureau vers cinq heures de l'après-midi, comme d'habitude. Il vient de sortir d'une rame de métro non loin de chez lui dans le Queens, et je le suis tandis qu'il rejoint à pied son domicile.

Je m'efforce de rester calme. Mais ce n'est pas facile.

Ils – les flics – ne sont pas loin, pas loin de moi ! Chose qui ne m'était jamais arrivée jusqu'à présent. Pendant toutes ces années à tuer des gens, à supprimer des vies et à envoyer des innocents en prison à ma place, jamais la police ne s'était approchée d'aussi près. Depuis que leurs soupçons me sont connus, je m'applique à donner le change et ça marche, je le sais. Mais tout de même, j'ai fiévreusement analysé la situation, j'ai fouillé dans les données à la recherche de la pépite qui me permettrait de savoir ce qu'ils savent et ce qu'ils ne savent pas. Quels risques je cours réellement. Mais je ne trouve pas la réponse.

Il y a trop de bruit dans les données !

Contamination…

J'étudie mon comportement récent. J'ai été prudent, sachant que les données peuvent certainement se retourner contre tout un chacun. L'épingler comme on cloue sur une planche tapissée de velours un papillon bleu *Morpho menelaus* au parfum de cyanure. Mais ceux qui savent peuvent aussi se servir des données pour se protéger. Il est possible d'effacer les données, de les manipuler, de les biaiser, de les détourner. On peut leur ajouter du bruit. Mettre l'ensemble de données A juste à côté de l'ensemble de données X pour que A et X paraissent beaucoup plus similaires qu'ils ne le sont réellement. Ou, au contraire, très différents.

On peut tricher le plus simplement du monde. Les RFID, par exemple. Glissez un petit émetteur dans la valise de quelqu'un, et il dira que votre voiture est allée à une dizaine d'endroits différents, alors qu'en réalité elle n'a pas quitté votre garage. Pensez aussi à quel point il est facile de mettre l'identité de l'un de vos employés dans une enveloppe et de la faire porter au bureau où elle attendra quelques heures avant que vous demandiez à quelqu'un de récupérer le courrier et de vous l'apporter dans un restaurant de la ville. Excusez-moi, j'avais oublié de la prendre. Merci. L'addition est pour moi… Et que diront les données ? Que vous étiez en plein travail au bureau à l'heure ou, en réalité, vous essuyiez votre rasoir à côté d'un cadavre qui refroidissait. Le fait que personne ne vous ait vu au bureau est sans importance. Voici mes feuilles de présence, monsieur le policier… Nous faisons confiance aux données, pas à l'œil humain. Des astuces de ce genre, il y en a des dizaines, et je les ai perfectionnées.

Mais je dois maintenant avoir recours à des mesures extrêmes.

Devant moi, Miguel 5465 s'arrête et jette un coup d'œil dans une salle de bar. Je sais qu'il boit rarement, et que s'il y entre pour une *cerveza*, le programme horaire en sera quelque peu dérangé, mais ça ne me fera pas renoncer à mes projets pour la soirée. Mais il renonce à boire un verre et poursuit son chemin. Je regrette un peu, finalement, qu'il ne se soit pas accordé ce petit plaisir, sachant qu'il lui reste moins d'une heure à vivre.

CHAPITRE 29

Quelqu'un du centre de détention finit par appeler Lon Sellitto.

Il écouta en hochant la tête.

– Merci.

Et il dit après avoir raccroché :

– Arthur va s'en sortir. Il est blessé, mais pas gravement.

– Dieu merci, murmura Amelia.

– Que s'est-il passé ? demanda Rhyme.

– Personne ne comprend. Une histoire avec un certain Antwon Johnson, qui doit être jugé pour kidnapping et diverses infractions. Le type, apparemment, a pété un plomb et a essayé de faire croire qu'Arthur s'était pendu lui-même. Il a commencé par nier, puis il a déclaré qu'Arthur voulait mourir et lui avait demandé de l'y aider.

– Les gardiens l'ont trouvé à temps ?

– Non. C'est bizarre. Un autre détenu, Mick Gallenta, toxicomane et dealer, s'est jeté sur Johnson, l'a plus ou moins assommé et a décroché Arthur. Ça a failli déclencher une mutinerie.

Le téléphone sonna.

Judy Rhyme.

Le criminologue prit la communication.

– Lincoln ? Tu es au courant ?

Sa voix tremblait.

– Oui, je suis au courant.

– Pourquoi lui a-t-on fait ça ? Pourquoi ?

– La prison, c'est la prison. Un autre univers.

– Mais il est en détention provisoire, Lincoln, pas en prison ! Je le comprendrais s'il était avec des assassins qui purgent leur peine. Mais la plupart de ces gens ne sont qu'en instance de jugement, n'est-ce pas ?

– C'est vrai.

– Comment expliquer que l'un d'eux ait pris un tel risque en essayant de tuer un codétenu ?

– Je n'en sais rien, Judy. Ça n'a pas de sens. Tu as pu lui parler ?

– On l'a autorisé à me prendre au téléphone. Il parle difficilement. Il a été blessé à la gorge. Mais il va mieux. Ils vont le garder un jour ou deux à l'infirmerie.

– Bien, dit Rhyme. Écoute, Judy, j'attendais d'avoir plus d'informations avant d'appeler, mais… je suis à peu près sûr qu'on pourra démontrer qu'Arthur est innocent. Il y a apparemment quelqu'un d'autre derrière ces crimes. Quelqu'un qui a encore tué hier, et que nous serons en mesure d'impliquer dans le meurtre d'Alice Sanderson.

– Non ! Vraiment ? Mais c'est qui, Lincoln ?

Le ton avait perdu toute froideur, elle ne choisissait plus soigneusement ses mots et ne craignait plus de choquer. Judy Rhyme s'était bien endurcie en vingt-quatre heures.

– C'est ce que nous cherchons à savoir en ce moment.

Il lança un regard à Amelia.

– Et il n'y avait, semble-t-il, aucun lien entre Arthur et la victime. Absolument aucun.

– Tu…

La voix de Judy faiblit.

– Tu en es certain ?

Amelia s'approcha, se présenta et dit :

– C'est la vérité, Judy.

Ils entendaient son souffle précipité dans l'appareil.

– Dois-je appeler l'avocat ?

– Il n'y a rien qu'il puisse faire. À ce stade, Arthur reste en état d'arrestation.

– Puis-je appeler Arthur pour lui faire part de ce que vous venez de me dire ?

Rhyme eut une brève hésitation avant de répondre.

– Oui, sans doute.

– Il m'a demandé de tes nouvelles, Lincoln. À l'hôpital.

– Ah bon ?

Il sentit le regard d'Amelia sur lui.

– Oui. Il m'a dit : « Quoi qu'il arrive, n'oublie pas de le remercier pour son aide. »

Tout aurait pu être différent...

– Nous avons beaucoup à faire, Judy. On te tiendra au courant.

– Merci, Lincoln. Merci à vous tous. Et que Dieu vous garde.

Une autre hésitation.

– Au revoir, Judy.

Négligeant la commande vocale, Rhyme raccrocha avec l'index de la main droite. Il contrôlait mieux l'annulaire de la main gauche, mais celui de la main droite avait la vivacité d'un serpent.

Miguel 5465 a survécu à une tragédie, et c'est un employé modèle. Il rend fréquemment visite à sa sœur et au mari de cette dernière à Long Island. Il envoie des mandats à sa mère et à la sœur de celle-ci qui vivent à Mexico. C'est un homme qui a de la moralité. Un jour, alors que sa femme et son enfant étaient morts depuis un an, il a retiré la somme de 500 dollars à un distributeur automatique, dans un quartier de Brooklyn connu pour ses prostituées. Mais il a craqué au dernier moment, et le lendemain, l'argent était à nouveau sur son compte. Je trouve injuste qu'il ait dû payer 25 dollars à la banque pour ce service.

Je sais bien des choses sur Miguel 5465, plus que sur la plupart des Seize de la base de données – parce qu'il fait partie de mes échappatoires.

Ces échappatoires dont j'ai terriblement besoin en ce moment.

J'ai fait de lui, depuis l'année dernière, l'un de mes substituts. Après sa mort, les policiers zélés entreprendront rapidement d'assembler le puzzle. Quel talent, nous avons découvert le tueur/violeur/voleur de tableaux et de monnaies ! Il a tout avoué dans une lettre rédigée avant son suicide : sa dépression et les pulsions meurtrières consécutives aux décès de sa femme et de son fils. Et il y avait au fond de sa poche une boîte contenant un ongle de Myra Weinburg, sa victime.

Et voyez ce que nous avons également : des sommes d'argent transférées sur son compte et disparues sans explication. Miguel 5465 songeait à contracter un gros emprunt pour l'achat d'une maison à Long Island avec un premier versement d'un demi-million, alors que son salaire n'était que de 46 000 dollars par an. Il a consulté des sites de vente d'objets d'art pour se renseigner sur les tableaux de Prescott. Il y a dans le sous-sol de son immeuble un pack de bières Miller, des préservatifs de marque Trojan, de la crème à raser Edge et une photo de Myra Weinburg provenant du site OurWorld. Il y a aussi des manuels à l'usage des *hackers* et des clés USB contenant des codes et des logiciels de piratage. Il a fait une dépression nerveuse et a même pris contact la semaine dernière avec une agence de prévention du suicide pour obtenir des renseignements.

Et il y a ses feuilles de présence, qui montrent qu'il était absent de son bureau à l'heure où les crimes ont eu lieu.

J'ai dans ma poche la lettre qu'il a rédigée avant de se suicider, avec son écriture assez bien imitée d'après les copies de ses chèques annulés et des formulaires de demande de prêt, traités au scanner et visibles sur Internet. La lettre est écrite sur un papier similaire à celui qu'il a acheté il y a un mois au drugstore voisin de chez lui, et l'encre est celle qu'on trouve dans la dizaine de stylos qu'il possède.

Et comme la police ne tient surtout pas à ouvrir une enquête trop poussée chez le principal extracteur de données du marché, je veux parler de SSD, l'affaire n'ira pas plus loin. Il va mourir. Dossier classé. Et je retournerai dans mon Placard, pour examiner les erreurs que j'ai commises de manière à être plus malin à l'avenir.

Mais n'y a-t-il pas là une leçon de vie pour nous tous ?

Quant au suicide proprement dit, j'ai consulté Google Earth et un logiciel de prévision, qui m'ont montré comment Miguel 5465 a toutes les chances de rentrer chez lui en sortant du métro après sa journée de travail chez SSD : il passera sans doute par un sentier qui traverse un petit jardin public du Queens, non loin de la voie rapide. En raison du bruit de la circulation et de l'atmosphère polluée par les gaz d'échappement, ce jardin est généralement désert. Je m'approcherai par-derrière – je ne veux pas qu'il me reconnaisse et se méfie – pour le frapper cinq ou six fois avec mon lourd tuyau de fonte. Puis je glisserai dans sa poche son « testament » de suicidé et la petite boîte contenant l'ongle de sa « victime » avant de le traîner jusqu'à la rambarde et de précipiter son corps sur l'autoroute, vingt mètres plus bas.

Miguel 5465 marche sans se presser, en regardant les vitrines des magasins. Et je le suis à dix ou quinze mètres, la tête baissée, concentré sur la musique diffusée par mes écouteurs, comme les gens qui rentrent chez eux par milliers – mais mon iPod n'est pas branché (la musique ne fait pas partie des choses que je collectionne).

Encore un bloc et nous pénétrerons dans le jardin public.

Mais non. Il y a un problème. Il ne prend pas la direction du jardin. Il s'arrête à la boutique tenue par un Coréen, achète des fleurs et, s'éloignant de la zone des commerces, se dirige vers un quartier désert.

Je réfléchis, m'efforce d'analyser ce comportement à travers ma base de connaissances. La prévision n'était pas bonne.

Une petite amie ? Une relation ?

Y aurait-il quelque chose de sa vie que je ne connaîtrais pas ?

Du bruit dans les données. J'ai horreur de ça !

Non, non, ça ne va pas. Des fleurs pour une petite amie ? Ça ne cadre pas avec le profil d'un tueur suicidaire.

Miguel 5465 poursuit son chemin sur le trottoir. L'air est chargé de parfums printaniers d'herbe coupée, de lilas et de pisse de chien.

J'ai compris. Je me détends.

Le concierge de SSD franchit le portail d'un cimetière.

Sa femme et son fils morts, bien sûr. Tout va bien. La prévision tient. Ce n'est qu'un petit retard. Il traversera le jardin public de toute façon, pour rentrer chez lui. Peut-être que c'est encore meilleur pour nos affaires, cette visite à l'épouse : pardon, chérie, pour avoir tué et violé en ton absence…

Je le suis, à distance respectueuse, avec mes confortables chaussures à semelle de caoutchouc qui ne font pas le moindre bruit.

Miguel 5465 se dirige vers une tombe. Il se signe, s'agenouille pour prier. Puis il pose ses fleurs à côté d'autres bouquets plus ou moins fanés. Pourquoi n'ai-je rien su de ces visites au cimetière ?

Parce qu'il paie les fleurs en liquide, évidemment.

Il se redresse, tourne les talons, repart vers la sortie.

Je le suis, en poussant un profond soupir de soulagement.

Mais soudain :

– Excusez-moi, monsieur.

Je me fige sur place. Puis je me retourne lentement vers le gardien du cimetière qui vient de s'adresser à moi. Il a surgi sans faire de bruit sur le tapis d'herbe humide fraîchement tondue. Et son regard va de mon visage à ma main droite, que j'ai fourrée dans ma poche. Impossible de savoir s'il a vu le gant de couleur chair que je viens d'enfiler.

– Bonjour, dis-je.

– Je vous ai aperçu dans les fourrés.

Que répondre à ça ?

– Dans les fourrés ?

Je lis dans ce regard que l'homme veut avant tout protéger ses morts.

– Puis-je vous demander qui vous êtes venu voir ?

Il porte son nom sur son chandail de survêtement, mais je le voit pas clairement. Stony ? Quel drôle de nom ! La colère m'envahit. C'est de Leur faute… Eux, les gens qui me poursuivent ! Ils me rendent imprudent. Je suis victime de tout ce bruit, de cette contamination ! Je Les déteste, je Les déteste…

Je parviens à lui décocher un sourire amical.

– Je suis un ami de Miguel…

– Ah. Vous avez connu Carmela et Juan ?

– Eh oui.

Stony, ou Stanley, se demande maintenant pourquoi je suis ici alors que Miguel 5465 est parti. Il change de position. Oui, c'est bien Stony… Sa main se rapproche du talkie-walkie accroché à sa ceinture. Je ne me souviens plus des noms qui figurent sur les tombes. Je me demande si la femme de Miguel ne s'appelait pas Rosa et son fils José, et si je ne viens pas de tomber dans un piège.

Les gens sont si malins, parfois.

Stony baisse les yeux sur sa radio, et quand il les relève le couteau est déjà planté dans sa poitrine. Une fois, deux fois, trois fois, en prenant soin d'éviter l'os – sinon on peut se tordre un doigt, comme je l'ai appris à mes dépens. C'est très douloureux.

Il est pétrifié mais plus résistant que je l'aurais cru. Il tombe vers l'avant et sa main, qui ne s'est pas crispée sur sa blessure, m'agrippe au col. On lutte, chacun tirant et poussant l'autre, en une danse macabre entre les tombes, puis il lâche prise, bascule en arrière et s'effondre sur le ciment de l'allée qui serpente jusqu'au bureau du cimetière. Sa main trouve le talkie-walkie à l'instant où ma lame trouve son cou.

Zip, zip, deux coups lui ouvrent calmement l'artère, ou la veine, ou les deux, et un jet de sang étonnamment puissant fuse vers le ciel.

Je l'évite.

– Non, non, pourquoi ? Pourquoi ?

Il porte une main à la nouvelle plaie, ce qui me permet d'achever la besogne de l'autre côté. Zip, zip… Je ne peux plus m'arrêter. Ce n'est pas nécessaire, mais je suis fou, ivre de colère – contre Eux, qui m'ont fait dévier de ma route. Ils m'ont obligé à utiliser Miguel 5465 comme échappatoire. Puis ils m'ont fait perdre la tête. J'ai été imprudent.

Je frappe, encore et encore… Puis je me redresse et en trente secondes, après quelques ruades furieuses, l'homme perd connaissance. Encore trente secondes et il passe de vie à trépas.

Je reste planté là, prisonnier du cauchemar. Le souffle court, tête basse et le dos voûté, je me sens comme une bête en détresse.

Les flics. Eux. Ils sauront que c'était moi, bien sûr. Les données sont là pour le leur dire. L'homme est mort dans un cimetière où reposent la femme et le fils d'un collaborateur de SSD, et je suis certain qu'après cette bagarre avec le gardien il restera des traces que la police, dont l'habileté est redoutable, rapprochera de celles qu'elle a déjà trouvées sur d'autres scènes de crime. Et je n'ai pas le temps de nettoyer.

Ils comprendront que j'ai suivi Miguel 5465 avec l'intention de simuler son suicide et que j'ai été interrompu par l'arrivée du gardien.

Le talkie-walkie, soudain, se met à grésiller. Une voix appelle Stony. Aucune inquiétude dans le ton. Mais faute de réponse, on ne tardera pas à venir.

Je sors précipitamment du cimetière, tel un parent inconsolable, accablé de chagrin et terrifié à la perspective du lendemain.

Et c'est ce que je suis, bien entendu. Très exactement.

CHAPITRE 30

Un nouveau meurtre.

Et 522 en était l'auteur, il n'y avait pas à en douter.

Rhyme et Sellitto figuraient sur la liste des personnes à prévenir sans délai de tout homicide commis à New York. Le Bureau des détectives les ayant appelés, il leur suffit de quelques questions pour découvrir que la victime, un gardien de cimetière, avait été tuée près de la tombe de la femme et du fils d'un collaborateur de SSD, probablement par un homme qui avait suivi ce dernier jusque-là.

Ce n'était pas un hasard, évidemment.

Le collaborateur en question, un membre du service de sécurité, ne faisait pas partie des suspects. Alors qu'il bavardait avec un autre visiteur à l'extérieur du cimetière, ils avaient entendu les cris du gardien.

– Bon… fit Rhyme en hochant la tête. Pulaski ?

– Oui, monsieur.

– Appelez chez SSD. Tâchez de savoir où se trouvaient les suspects au cours des deux heures qui viennent de s'écouler.

– Entendu, dit le Bleu avec un sourire résigné.

S'il y avait un endroit où il n'avait pas envie d'aller, c'était bien celui-là.

– Et… Sachs ?

– Je m'occupe de la scène de crime au cimetière.

Elle se dirigeait déjà vers la porte.

Amelia et Pulaski partis, Rhyme appela Rodney Szarnek à l'unité de délinquance informatique de la police de New York. Il lui fit part du meurtre qui venait d'avoir lieu.

– Je pense qu'il est très anxieux de savoir ce que nous avons appris. Qu'en est-il de notre piège ? Toujours aucune touche ?

– Aucune, en dehors de la police. Quelqu'un de la Maison, plus précisément du bureau du capitaine Malloy, a consulté les fichiers pendant une vingtaine de minutes, puis les a refermés.

Malloy. Rhyme étouffa un petit rire. Bien que Sellitto l'ait tenu informé comme promis, le capitaine était visiblement incapable d'aller contre son tempérament d'enquêteur et glanait tous les renseignements possibles – peut-être dans l'intention de faire des suggestions. Il faudrait que Rhyme l'appelle pour le mettre au courant de ce piège et le prévenir que l'appât ne contenait aucune information utile.

– Comme il m'a paru naturel qu'ils jettent un coup d'œil, je ne vous ai pas prévenu, ajouta le jeune flic informaticien.

– Bien sûr.

Rhyme raccrocha, et regarda longuement les tableaux d'indices.

– Lon ? J'ai une idée.

– Laquelle ? demanda Sellito.

– Notre ami 522 a toujours une longueur d'avance. On conduit cette affaire comme si on avait affaire à un criminel ordinaire. Mais il n'a rien d'un criminel ordinaire.

L'homme qui savait tout…

– Je veux tenter quelque chose de légèrement différent. J'ai besoin d'un coup de main.

– De qui ?

– En ville.

– C'est grand. Où, exactement ?

– Chez Malloy. Il me faut aussi quelqu'un à la mairie.

– À la mairie ? Mais pourquoi, bon Dieu ? Tu crois qu'ils prendront seulement la peine de répondre si tu les appelles ?

– Oui. Parce qu'ils seront obligés de le faire.

– En vertu de quoi ?

– À toi de les convaincre, Lon. On a besoin de prendre l'avantage sur ce type. Tu le peux.

– Comment ?

– Je crois qu'il nous faut un spécialiste.

– On a déjà Rodney.

– Ce n'est à pas exactement à quelqu'un comme lui que je pense.

L'homme avait été tué à coups de couteau.

Des coups portés avec efficacité, certes, mais aussi gratuitement, par quelqu'un qui l'avait frappé à la poitrine et cruellement – avec rage, pensa Amelia. C'était un autre trait de caractère de 522. Elle avait déjà vu des blessures comme celles-ci, sur d'autres scènes de crime. Cette violence et cet acharnement donnaient l'impression que l'assassin avait perdu son sang-froid.

C'était une bonne chose pour les policiers : les criminels qui se laissent emporter sont aussi des criminels imprudents. Ils sont plus visibles et laissent plus de traces que ceux qui savent se contrôler. Mais, comme l'avait appris Amelia à l'époque où elle battait le pavé, ils étaient aussi plus dangereux. Les individus aussi fous et aussi dangereux que 522 ne faisaient pas de distinction entre leurs victimes, passants innocents ou policiers.

La moindre menace, le moindre empêchement, provoquaient une réaction immédiate et radicale. Et au diable la logique.

Dans la lumière crue des projecteurs halogènes installés par la brigade des scènes de crime et qui transformaient le cimetière en un décor fantasmagorique, Amelia examina la victime étendue sur le dos, les pieds écartés et les jambes tendues par leurs ultimes soubresauts. Une grande flaque de sang en forme de virgule teintait le bitume de l'allée et une partie de la pelouse qui s'étendait au-delà.

Aucun des agents qui ratissaient les alentours n'avait trouvé de témoin, et Miguel Abrera ne voyait rien à ajouter à ce qu'il avait déjà dit. Il était gravement secoué, à la fois parce qu'il avait été une victime potentielle du tueur, et parce que le gardien, son ami, était mort. Il avait appris à le connaître à l'occasion de ses fréquentes visites à sa femme et à son fils défunts. Il avait eu, ce soir-là, la vague impression d'être suivi depuis la sortie du métro, et s'était même arrêté un instant, sous prétexte de regarder la vitrine d'un bar, pour surprendre le reflet d'un éventuel agresseur. Mais ne voyant personne, il avait poursuivi son chemin jusqu'au cimetière.

Amelia Sachs, dans sa combinaison blanche, dirigeait maintenant deux agents de la brigade des scènes de crime du Queens qui photographiaient tout et filmaient. Son examen du corps achevé, elle entreprit de quadriller le périmètre. Elle y mit une application particulière. Cette scène était d'une importance cruciale. Le meurtre avait été rapide et violent – le gardien du cimetière avait apparemment surpris 522 – et les deux hommes avaient lutté, ce qui signifiait qu'il y avait de bonnes chances de trouver des indices susceptibles d'apporter des informations sur le tueur et son domicile ou son lieu de travail.

Elle entreprit son quadrillage, en arpentant la scène pas à pas dans un sens puis en pivotant à quarante-cinq degrés pour scruter la même zone.

À mi-parcours, elle s'immobilisa brusquement.

Un bruit.

Un bruit de métal heurtant du métal, elle en était certaine. Le claquement d'une culasse qu'on referme ? Celui d'un couteau qu'on ouvre ?

Elle regarda rapidement autour d'elle et ne vit que le cimetière qui, au-delà des projecteurs, s'enfonçait dans la grisaille du crépuscule. Amelia Sachs ne croyait pas aux fantômes, et voyait en général dans les cimetières des endroits tranquilles, voire rassurants. Mais à cet instant, elle serrait les dents et sentait ses paumes humides de transpiration sous les gants de latex.

À la seconde où elle reportait son attention sur le corps, elle vit du coin de l'œil un éclat de lumière.

Était-ce un réverbère à travers les fourrés ?

Ou 522 qui se rapprochait, armé d'un couteau ?

Furieux…

Elle ne put s'empêcher de penser qu'il avait déjà tenté de la tuer – ou plutôt de la faire tuer par un policier fédéral le jour de l'assaut contre DeLeon Williams.

Elle reprit sa tâche. Mais comme elle achevait de rassembler les indices, elle frissonna. Quelque chose venait de bouger à nouveau, de l'autre côté des réverbères cette fois, mais toujours à l'intérieur du cimetière, qui avait été fermé au public par les agents. Était-ce le vent qui secouait les branches ? Un animal ?

Son père, qui avait passé sa vie dans la police et connaissait comme personne la rue et tous ses pièges, lui avait dit un jour : « Ne t'inquiète pas pour les cadavres, Amie, ils ne te feront aucun mal. Occupe-toi d'abord de ceux qui en ont *fait* des cadavres. »

Et le conseil de Rhyme résonnait comme en écho à sa mémoire : « Cherche attentivement, mais n'oublie jamais de regarder derrière toi. »

Amelia Sachs ne croyait pas à l'existence d'un sixième sens. Elle n'était pas superstitieuse. Pour elle, le monde tel que nous le percevons était déjà assez extraordinaire en soi, et le fonctionnement de nos pensées et de nos sensations assez complexe pour nous amener aux déductions les plus fines.

Il y avait quelqu'un, tout près, et c'était une certitude.

Sortant du périmètre de la scène de crime, elle porta la main à sa hanche, tira le Glock de son étui et referma la main sur la crosse, prête à tirer. Puis elle revint dans le périmètre, acheva sa collecte et se retourna brusquement vers le crématorium, où elle avait surpris un mouvement.

Les lumières clignotaient mais elle savait qu'il y avait dans l'ombre du bâtiment un homme qui l'épiait. Un ouvrier, peut-être ? Elle ne voulait prendre aucun risque. La main sur son pistolet, elle s'avança d'une dizaine de mètres. Sa combinaison blanche faisait d'elle une cible dans la grisaille du jour finissant, mais elle ne voulait pas perdre de temps à la retirer.

Son arme au poing, elle s'enfonça plus avant dans les fourrés, et s'élança en courant douloureusement sur ses jambes arthritiques vers la silhouette qu'elle devinait maintenant dans la pénombre. Puis elle s'arrêta avec une grimace sans quitter des yeux le quai de chargement du crématorium. Elle serra les lèvres, furieuse contre elle-même. L'homme était un policier. Elle distinguait les contours de sa casquette d'uniforme tandis qu'il faisait les cent pas, avec l'air profondément ennuyé de la sentinelle de service. Elle l'appela.

– Officier ? Vous n'avez pas vu quelqu'un par ici ?

– Non, détective Sachs. Je vous assure que je n'ai vu personne.

– Merci.

Sa tâche accomplie, elle laissa la scène au médecin légiste.

En retrouvant sa voiture, elle ouvrit le coffre arrière et entreprit de retirer sa combinaison, tout en bavardant avec les autres spécialistes des scènes de crime dépêchés par le commissariat principal du Queens. Il avaient eux aussi retiré leurs tenues de travail. L'un d'eux, l'air contrarié, semblait chercher aux abords de leur véhicule.

– Vous avez perdu quelque chose ? demanda-t-elle.

– Oui. Ma casquette. Elle était là.

Amelia se figea.

– Comment ?

– Elle a disparu.

Merde. Jetant sa combinaison dans le coffre, elle courut vers le sergent qui avait en charge la direction des opérations.

– Avez-vous mis quelqu'un pour sécuriser le quai de chargement ?

– Là-bas ? Non. Je ne m'en suis pas occupé. On avait toute la zone à boucler, et…

Merde, merde !

Tournant les talons, elle se précipita vers le quai de chargement, son Glock à la main, en lançant aux autres policiers :

– Il était là ! À côté du crématorium ! Foncez !

Elle s'arrêta devant la vieille bâtisse en brique rouge, et vit tout de suite le portail ouvert sur la rue. Une rapide inspection des lieux ne lui révéla aucun signe de la présence de 522. Elle s'avança jusqu'à la rue, regarda à gauche, à droite. Des voitures passaient, des curieux se rassemblaient par dizaines, mais le suspect n'était plus là.

En revenant sur le quai, elle ne fut pas surprise de voir la casquette du policier par terre au pied du mur, à côté d'un écriteau où l'on pouvait lire : « POSER LES CERCUEUILS ICI ». Elle la ramassa, la fourra dans un sachet et rejoignit les autres policiers pour savoir si l'un d'eux n'aurait pas aperçu le tueur. Puis elle retourna à sa voiture. Il était certainement loin maintenant, mais elle ne pouvait se débarrasser du lourd malaise qui l'habitait, dû principalement au fait qu'il n'avait pas tenté de fuir mais était resté calmement sur place en la voyant s'approcher.

Et quelque chose, surtout, lui faisait froid dans le dos : le ton détaché avec lequel il lui avait répondu en l'appelant par son nom.

– Alors, ils sont d'accord ? demanda Rhyme à Lon Sellitto qui revenait de sa mission auprès du capitaine Malloy et de Ron Scott, l'adjoint au maire, au sujet de ce que le criminologue appelait le plan « Expert ».

– Ça ne leur plaît pas beaucoup. Ça va coûter cher, et ils...

– Quelle connerie ! Appelle tout de suite quelqu'un à la mairie.

– Minute, minute. Ils vont faire ce que tu demandes. Je voulais simplement dire qu'ils râlent.

– Il fallait commencer par là. Je me fiche pas mal qu'ils râlent !

– Joe Malloy va m'appeler pour les détails.

Vers neuf heures du soir, la porte s'ouvrit et Amelia Sachs entra avec un sac contenant les indices qu'elle avait recueillis sur la scène de crime.

– Il était là-bas, dit-elle.

Rhyme la regardait sans comprendre.

– 522. Au cimetière. Il nous épiait.

– Pas possible ! s'écria Sellitto.

– Le temps que je m'en aperçoive, il avait filé.

Elle montra la casquette du policier et expliqua qu'il s'en était coiffé pour la tromper.

– Mais pourquoi avoir fait ça ? s'étonna Sellitto.

– Pour s'informer, répondit doucement Rhyme. Plus il en sait, plus il est fort et plus nous devenons vulnérables...

– Tu as quadrillé la scène ? demanda Sellitto.

– Oui, et il y avait aussi une équipe envoyée par le commissariat. On n'a rien trouvé.

– Il sait tout. On ne sait rien.

Elle sortit tous les sachets, tandis que Rhyme suivait chacun de ses gestes du regard.

– Ils se sont battus. On aura peut-être de bonnes traces de transferts.

– Espérons-le.

– J'ai discuté avec Abrera, le vigile. Il m'a dit qu'il avait remarqué des choses bizarres depuis quelques mois. Ses feuilles de présence ont été modifiées, il a constaté sur son compte en banque des dépôts d'argent qu'il n'avait pas faits...

– Un vol d'identité, comme pour Jorgensen ? suggéra Cooper.

– Non, non, dit Rhyme. Je crois plutôt que 522 le préparait en vue de sa fin. Par suicide, peut-être. En laissant une lettre sur son corps... Il se rendait sur la tombe de femme et de son fils ?

– C'est exact.

– Bien sûr. Voyez le scénario : il est en pleine déprime. Il va se suicider. Il avoue ses crimes dans une dernière lettre. Il ne reste plus qu'à classer le dossier. Mais le gardien du cimetière fait irruption, et empêche 522 de commettre le meurtre qu'il préméditait. Et voici 522 dans le pétrin. Son scénario étant éventé, il ne pourra pas le reproduire. Il va falloir qu'il trouve autre chose. Mais quoi ?

Cooper avait commencé à examiner les indices.

– Pas le moindre cheveu dans la casquette, aucune trace... Mais savez-vous ce que j'ai trouvé ? Un fragment de ruban adhésif. Hélas, d'une espèce courante. On ne pourra pas remonter à la source.

– Il a éliminé les traces avec du ruban adhésif, ou avec un rouleau adhésif avant d'abandonner la casquette, dit Rhyme, avec une grimace.

Rien ne pouvait plus le surprendre, venant de 522.

– J'ai une fibre en provenance de l'autre scène, la tombe, annonça Cooper. Et d'une corde similaire à celle qu'on a trouvée après le meurtre précédent.

– Bien. Il y a quelque chose dessus ?

Cooper préleva un échantillon et le testa.

– Deux éléments. La plus courante est du naphtalène en milieu cristallin inerte.

– Naphtaline, dit Rhyme. (Il avait rencontré cette substance dans une affaire d'empoisonnement quelques années plus tôt.) Mais ça doit remonter à un certain temps.

Il expliqua que la naphtaline avait été presque totalement abandonnée au profit de produits moins toxiques.

– À moins, ajouta-t-il, que cette fibre ne vienne d'un autre pays. Il y en a beaucoup dans lesquels la sécurité des consommateurs est moins protégée que chez nous.

– Il y a autre chose, reprit Cooper en montrant l'écran de son ordinateur. La substance détectée était désignée par le code Na(C6H11, NHSO20). Et c'est combiné à de la lécithine, de la cire de carnauba et de l'acide citrique.

– Qu'est-ce que vous dites là ? bougonna Rhyme.

Cooper interrogea une autre base de données.

– Cyclamate de sodium, annonça-t-il.

– Ah ! C'est un édulcorant chimique, n'est-ce pas ?

– Exactement, dit Cooper en lisant. Interdit depuis trente ans par la Food and Drug Administration. Cette interdiction a toujours été contestée, mais la substance en question ne figure plus dans aucun produit depuis les années 1970.

C'est alors que l'esprit de Rhyme opéra une série de bonds en avant, à l'image de ses yeux qui sautaient d'un point à l'autre sur les listes d'indices.

– Du vieux carton ? De la moisissure ? Du tabac desséché ? Des cheveux de poupée ? Du soda qui ne serait plus commercialisé ? Et ces boules de naphtaline ? À quoi tout cela nous mène-t-il ? Habiterait-il près d'un magasin d'antiquaire ? Ou au-dessus ?

Ils poursuivirent les analyses : des traces de sesquisulfure de phosphore, principal ingrédient entrant dans la fabrication des allumettes de sécurité ; des particules de poussière en provenance du Trade Center ; et des particules de feuilles de dieffenbachia, encore appelée « canne du muet » – une plante verte assez courante.

Il y avait parmi les autres indices des fibres de papier en provenance de blocs-notes jaunes, probablement au nombre de deux étant donné la nuance de jaune légèrement différente. Mais ils étaient d'usage trop répandu pour qu'on puisse remonter à la source. Il y avait aussi d'autres substances trouvées par Rhyme sur le couteau ayant servi à assassiner le collectionneur de monnaies anciennes. En quantité suffisante pour examiner les grains et la couleur.

– C'est du poivre de Cayenne, annonça Cooper.

– Dans le temps, avec ça, on pouvait choper quelqu'un dans un quartier de Latinos, marmonna Sellitto. De nos jours, il y a de la sauce piquante dans tout ce qu'on mange !

La comparaison de l'empreinte électrostatique avec la base de données des marques de chaussures leur apprit que celles de 522 étaient des Skechers assez usées de pointure 44 – un modèle solide et pratique mais pas très élégant, souvent porté par des ouvriers et des randonneurs.

Pendant qu'Amelia répondait au téléphone, Rhyme demanda à Thom de noter tous les détails sur un tableau et se mit à les lui dicter. Il revenait souvent à ces informations – beaucoup plus qu'au début de leur enquête. Mais elles ne le menaient toujours nulle part.

INCONNU 522 – PROFIL

- Sexe masculin
- Fume, ou vit / travaille avec quelqu'un qui fume, ou près d'une source de tabac
- A des enfants, ou vit / travaille près d'enfants, ou à proximité de jouets
- Intérêt pour l'art, pour les monnaies ?
- Probablement blanc ou clair de peau
- Corpulence moyenne
- Vigoureux – capable d'étrangler ses victimes
- Dispose de matériel de modification de la voix
- Peut-être compétent en informatique. Connaît OurWorld. Autres réseaux sociaux ?
- Prend des trophées sur ses victimes. Sadique ?
- Résidence ou lieu de travail sombre et humide
- Habite dans ou près de Manhattan
- Achète des plats à emporter / sauce piquante

- Porte des chaussures Skechers de pointure 44

INDICES NON FABRIQUÉS

- Vieux carton
- Cheveux de poupée Nylon polyamide B35
- Tabac de cigarettes Tareyton
- Tabac vieux, pas du Tareyton, marque indéterminée
- Particules de moisissure *Stachybotrys chartarum*
- Poussière du World Trade Center, indiquant peut-être résidence ou lieu de travail à Manhattan
- Nourriture à emporter / poivre de Cayenne
- Fibre de corde contenant :
  - soda sans sucre avec cyclamate (ancien ou de provenance étrangère)
  - particules de boules de naphtaline (ancienne ou de provenance étrangère)
- Débris de feuilles de dieffenbachia (plante d'intérieur)
- Fibres de papier provenant de 2 blocs-notes de couleur jaune

CHAPITRE 31

– Merci de me recevoir, Mark.

Whitcomb, l'assistant du chef du service juridique, sourit aimablement. Pulaski se dit qu'il devait vraiment aimer ce qu'il faisait, pour être encore au travail à neuf heures et demie du soir. Puis il songea qu'il en était exactement de même pour lui.

– Encore un meurtre ? Et c'est toujours le même type qui tue ?

– Nous en sommes pratiquement certains.

Le jeune homme fronçait les sourcils.

– Quelle horreur, mon Dieu… C'est arrivé quand ?

– Il y a environ trois heures.

Ils se trouvaient dans le bureau de Whitcomb, qui était beaucoup plus accueillant que celui de Sterling. Et en désordre, aussi, ce qui le rendait plus chaleureux. Whitcomb posa le bloc-notes sur lequel il était en train d'écrire et désigna un siège au policier. Pulaski s'assit et remarqua les photos de famille sur la table, et aux murs quelques jolies toiles ainsi que des diplômes et des certificats professionnels. Pour arriver jusque-là, il avait parcouru les couloirs silencieux, satisfait de n'y croiser ni Cassel ni Gillespie.

– C'est votre femme, là ?

– Ma sœur.

Whitcomb sourit, mais Pulaski connaissait ce genre de regard. Il signifiait : sujet délicat. Était-elle morte ?

Non, c'était *l'autre* réponse.

– Je suis divorcé. Le travail est très prenant, ici. Difficile à concilier avec une vie de famille.

Le jeune homme fit un geste qui semblait désigner SSD en totalité.

– Mais c'est un travail important. Vraiment important.

– Je n'en doute pas.

Après avoir vainement tenté de joindre Sterling, Pulaski avait appelé Whitcomb, qui avait accepté de le voir pour lui remettre les feuilles de présence de la journée – il s'agissait de savoir qui, parmi leurs suspects, était absent de son bureau au moment de l'assassinat du gardien de cimetière.

– J'ai du café.

Pulaski vit le plateau d'argent et les deux tasses sur le bureau.

– Je me suis souvenu que vous étiez amateur.

– Merci.

Whitcomb emplit les tasses.

Pulaski but à petites gorgées. Il était bon. Le Bleu attendait le jour où sa situation financière s'améliorant, il pourrait s'offrir un petit percolateur à l'italienne.

– Vous finissez tous les jours aussi tard ?

– Souvent. Toutes les industries sont soumises à une réglementation sévère mais le problème, dans le secteur de l'information, c'est que les gens ne savent jamais très bien ce qu'ils veulent. Les États, par exemple, peuvent gagner beaucoup d'argent en vendant l'information concernant les permis de conduire. Ailleurs, les gens piquent des crises et c'est interdit. Mais dans d'autres États, c'est tout à fait admis.

» Dans certains endroits, quand votre entreprise est piratée, vous êtes tenus de prévenir les consommateurs que des informations les concernant ont été volées, et lesquelles. Dans d'autres États, vous n'avez à le faire que s'il s'agit de données financières.

Ailleurs, vous en êtes dispensé. C'est très compliqué. Mais il faut absolument être en règle.

Pulaski se sentit brusquement coupable, lui qui avait volé de l'espace « vide » à SSD. Whitcomb avait passé un moment avec lui le jour où il avait téléchargé les fichiers. Aurait-il de sérieux ennuis si Sterling découvrait le pot-aux-roses ?

– Voilà, dit Whitcomb en lui tendant une liasse d'une vingtaine de feuilles de présence.

Pulaski les parcourut rapidement, en cherchant du regard les noms qui figuraient sur la liste des suspects. Il nota d'abord que Miguel Abrera était sorti peu après cinq heures de l'après-midi. Puis il tomba sur le nom de Sterling et il sentit les battements de son cœur s'accélérer. Le P.-D.G. avait quitté l'immeuble quelques minutes après Abrera, comme s'il suivait le vigile… Mais non, il se trompait. Ce n'était pas Andrew mais Andy Sterling, le fils ! Le P.-D.G. était parti plus tôt – vers quatre heures – et il était revenu depuis une heure, apparemment après un rendez-vous d'affaires pour l'apéritif et le dîner.

Pulaski s'en voulait une fois de plus : il n'avait pas bien lu ces feuilles de présence, et il avait failli appeler Rhyme en découvrant ces deux départs – celui d'Abrera et celui d'Andy Sterling – si rapprochés. Quelle honte s'il l'avait fait ! Fais gaffe et réfléchis, se dit-il, furieux contre lui-même.

Parmi les autres suspects, Farouk Mameda, l'arrogant technicien de l'équipe de nuit, était à SSD à l'heure du crime. Wayne Gillespie était sorti une demi-heure avant Abrera, mais était revenu à son bureau à six heures et y était resté assez tard dans la soirée. Pulaski fut un peu déçu de constater que les deux hommes qui s'étaient payé sa tête semblaient hors de cause. Tous les autres avaient quitté les lieux assez tôt pour suivre Miguel Abrera, voire pour l'y précéder afin de guetter son arrivée. En fait, la plupart des collaborateurs étaient déjà partis à cette heure. Il nota que Sean Cassel s'était absenté pendant la plus grande partie de l'après-midi, mais qu'il était revenu – une demi-heure plus tôt.

– C'est intéressant ? demanda Whitcomb.

– Un peu. Vous me permettez d'emporter ceci ?

– Bien sûr.

– Merci.

Pulaski plia les feuilles pour les fourrer dans sa poche.

– Ah, j'ai parlé à mon frère, dit Whitcomb. Il va rester six mois à New York. Je ne sais pas si ça vous intéressera, mais je me disais que vous pourriez faire sa connaissance. Votre frère et vous, peut-être. Vous vous raconterez des histoires de flics.

Whitcomb sourit, l'air gêné, comme si c'était la dernière chose que les policiers avaient envie de faire. Ce n'était pas le cas. Pulaski aurait pu lui dire que dans la police, on adorait les histoires de flics.

– Si d'ici là vous en avez terminé avec cette affaire, bien sûr. Vous avez une expression pour ça ?

– Enquête bouclée.

– Si c'est bouclé, donc. Sinon, on ne prend pas une bière avec un suspect.

– Vous n'êtes pas suspect, Mark, dit Pulaski en riant. Mais, bon, il vaut sans doute mieux attendre. Je verrai si mon frère peut être là aussi.

– Mark ?

Une voix douce derrière eux.

Pulaski se retourna et vit Andrew Sterling, pantalon noir et chemise blanche aux manches retroussées. Un sourire amical.

– Officier Pulaski, avec tout le temps que vous passez ici je finirai par vous salarier.

Un grand sourire.

– Je vous ai appelé, mais je suis tombé sur votre répondeur.

– Vraiment ?

Le P.-D.G. fronça les sourcils. Puis il ferma à demi les paupières sur ses yeux verts comme pour se concentrer.

– C'est vrai. Martin est parti de bonne heure aujourd'hui. Je peux faire quelque chose pour vous ?

Pulaski allait parler des feuilles de présence, mais Whitcomb fut plus rapide.

– Ron vient de m'apprendre qu'il y avait eu un nouveau meurtre.

– Non, vraiment ? Commis par le même individu ?

Pulaski, maintenant, comprenait qu'il avait fait un impair. Il n'aurait pas dû court-circuiter Andrew Sterling, c'était stupide de sa part. C'était agir comme s'il pensait que le P.-D.G. était coupable où qu'il tentait de lui cacher quelque chose. Alors que le jeune policier voulait simplement avoir ces informations le plus vite possible – et aussi, pour être franc, qu'il craignait de tomber sur Cassel ou sur Gillespie s'il se risquait du côté des bureaux de la direction.

Mais il s'était procuré des informations sur SSD auprès d'une autre source qu'Andrew Sterling – un péché, voire carrément un crime.

Il se demanda si l'homme d'affaires était conscient de son embarras, et dit :

– Nous pensons que c'est le même. Il semble qu'il visait, au départ, un de vos collaborateurs, mais qu'il a fini par tuer quelqu'un qui se trouvait là par hasard.

– Quel collaborateur ?

– Miguel Abrera.

Sterling comprit aussitôt de qui il s'agissait.

– Du service maintenance. Il n'a rien ?

– Non. Il est un peu choqué. Mais il va bien.

– Pourquoi était-il visé ? Vous pensez qu'il sait quelque chose ?

– Je ne peux pas le dire.

– C'est arrivé quand ?

– Vers six heures, six heures et demie cet après-midi.

Sterling réfléchit en plissant à nouveau les paupières, et de petites rides en éventail se formèrent au coin de ses yeux.

– J'ai une idée. Vous devriez consulter les feuilles de présence de vos suspects, officier. Ça vous permettrait d'éliminer ceux qui ont un alibi.

– Je…

– Je m'en occupe, Andrew, dit précipitamment Whitcomb en s'asseyant devant son ordinateur. Je vais les demander au service du personnel.

Et, se tournant vers Pulaski,

– Ça ne sera pas long.

– Bien, dit Sterling. Et tenez-moi au courant si vous trouvez quelque chose.

– D'accord, Andrew.

Le P.-D.G. s'avança d'un pas en regardant Pulaski dans les yeux et lui serra vigoureusement la main.

– Bonsoir, officier.

Quand il fut sorti, Pulaski dit :

– Merci. J'aurais dû lui en parler d'abord.

– Oui, vous auriez dû. J'ai cru que vous l'aviez fait. Andrew déteste par-dessus tout qu'on le laisse dans l'ignorance. Du moment qu'il est au courant, même s'il s'agit de mauvaises nouvelles, il est satisfait. Vous avez vu le côté raisonnable d'Andrew Sterling. Le côté déraisonnable ne *paraît* pas très différent. Mais il l'est, croyez-moi.

– Vous n'allez pas avoir des ennuis, au moins ?

Un rire.

– Tant qu'il ne saura pas que j'ai sorti ces feuilles de présence une heure avant qu'il en parle.

En rejoignant l'ascenseur avec Whitcomb, Pulaski jeta un coup d'œil derrière lui. Il vit Sterling et Cassel au bout du couloir. Les deux hommes discutaient en baissant la tête. Le directeur des ventes semblait opiner en hochant la sienne. Le cœur de Pulaski se remit à cogner dans sa poitrine. Cassel se retourna et, tout en essuyant ses verres de lunettes avec un chiffon noir, regarda directement Pulaski et le salua d'un sourire. Son expression, pensa le jeune policier, semblait dire qu'il n'était pas surpris le moins du monde de le voir là.

La cloche de l'ascenseur tinta et Whitcomb l'invita d'un geste à y pénétrer.

Le téléphone sonna dans le laboratoire de Rhyme. Ron Pulaski lui fit part de ce qu'il avait appris chez SSD sur les déplacements des suspects. Amelia reporta les informations sur le tableau consacré aux suspects.

Ils n'étaient que deux présents à leur bureau au moment du meurtre : Mameda et Gillespie.

– Le tueur pourrait donc être n'importe lequel de la demi-douzaine d'autres, murmura Rhyme.

– Normalement les locaux sont déserts à cette heure, dit Pulaski. Il restait très peu de gens au travail.

– Ils peuvent se permettre d'être en retard, fit observer Amelia. Les ordinateurs font tout le boulot.

Rhyme dit à Pulaski de rentrer chez lui. Bien calé contre son appuie-tête, il se remit à scruter les tableaux.

Andrew Sterling, président-directeur général
Alibi : présence à Long Island confirmée par son fils
Sean Cassel, directeur des ventes et du marketing
Aucun alibi
Wayne Gillespie, directeur des services techniques
Aucun alibi
Alibi pour le meurtre du gardien de cimetière : au bureau – confirmé par la feuille de présence
Samuel Brockton, directeur du service comptabilité
Alibi : présence à Washington confirmée par le registre de son hôtel
Peter Arlonzo-Kemper, directeur des ressources humaines
Alibi : était avec sa femme – confirmé par elle (sincère ?)
Steven Shraeder, chef de l'équipe technique de jour
Alibi : au bureau – confirmé par la feuille de présence
Farouk Mameda, chef de l'équipe technique de nuit
Aucun alibi
Alibi pour le meurtre du gardien de cimetière : au bureau – confirmé par la feuille de présence
Client de SSD (?)
À venir : liste de Sterling
Inconnu recruté par Andrew Sterling (?)

Mais 522 était-il seulement l'un d'entre eux ? se demanda Rhyme une fois de plus. Il pensa à ce qu'Amelia lui avait dit à propos du concept de « bruit » dans le domaine de l'extraction de données. Ces noms n'étaient-ils que du bruit ? Des leurres placés là pour les empêcher d'accéder à la vérité ?

Rhyme fit prestement pivoter son fauteuil face aux tableaux blancs. Il y avait quelque chose… Mais quoi ?

– Lincoln…

– Chut !

Quelque chose qu'il avait lu, ou entendu dire. Non, une autre affaire – qui datait de plusieurs années… aux confins de sa mémoire. C'était agaçant… Comme une démangeaison impossible à calmer.

Il sentait le regard de Cooper sur lui. Ce qui l'agaçait aussi. Il ferma les yeux.

Presque…

Oui !

– Qu'y a-t-il ?

Apparemment, il avait pensé tout haut.

– Je crois que j'y suis. Thom, vous vous intéressez à la culture populaire, n'est-ce pas ?

– Au nom du ciel, que voulez-vous dire ?

– Vous lisez des magazines, des journaux. Vous regardez les publicités. Les cigarettes Tareyton sont-elles toujours en vente ?

– Je ne fume pas. Je n'ai *jamais* fumé.

– Plutôt me battre que changer, dit Sellitto à mi-voix.

– Quoi ?

– Ils avaient ça comme slogan dans les années 1960. Tu te rappelles, le type avec un bandeau sur l'œil ?

– Non.

– C'était la marque préférée de mon père. Il n'en fumait pas d'autres.

– Est-ce qu'on en fabrique encore ? C'est ce que je voulais savoir.

– Je n'en sais rien. Mais on n'en voit plus beaucoup.

– Justement. Et le tabac qu'on a trouvé était ancien également. Donc, qu'il soit fumeur ou non, on peut penser qu'il collectionne les cigarettes.

– Les cigarettes ? Tu as déjà vu un collectionneur de cigarettes ?

– Non, pas seulement les cigarettes. Il y a aussi le soda avec cet édulcorant artificiel qu'on n'utilise plus depuis longtemps. Il collectionne peut-être les boîtes ou les bouteilles. Et les boules de naphtaline, les cigarettes, les cheveux de poupée. Et les moisissures, le *Stachybotrys chartarum*, et la poussière des Tours… À mon avis, ça ne veut pas dire qu'il habite en ville. Mais plutôt qu'il n'a pas fait le ménage depuis des lustres… (Un sourire.) Et nous avons constaté récemment qu'il faisait une autre collection. Les données. 522 est un collectionneur obsessionnel… Un accumulateur, au sens premier du terme.

– Un quoi ?

– Il collecte, il entasse, il accumule. Il ne jette jamais rien. Voilà pourquoi on a trouvé des indices tellement « vieux ».

– Oui, je crois que j'ai déjà entendu parler de ça, dit Sellitto. Ça fait peur…

Rhyme avait, par le passé, examiné une scène de crime dans laquelle un accumulateur était mort écrasé sous un monceau de livres. Victime de lésions internes et empêché de bouger par le poids, il avait tenu deux jours avant de rendre l'âme. Rhyme leur raconta l'histoire en qualifiant cette mort de « pénible ». Il avait découvert à cette occasion que les accumulateurs étaient considérés comme des malades mentaux et que la ville de New York disposait d'une cellule d'assistance spéciale chargée de leur fournir une aide thérapeutique et de protéger leurs voisins de leur comportement souvent dangereux.

– Appelons notre psy maison.

– Terry Dobyns ?

– Il connaît peut-être des membres de cette cellule. Qu'il se renseigne, et qu'il nous rejoigne.

– Maintenant ? demanda Cooper. Il est dix heures passées.

Rhyme ne prit même pas la peine de lancer la réplique qui lui venait aux lèvres : « Et alors, pourquoi voulez-vous qu'il dorme si nous, nous ne dormons pas ? » Un regard lui suffit pour faire passer le message.

CHAPITRE 32

Lincoln Rhyme eut une intuition – la seconde.

Thom avait préparé un casse-croûte et Rhyme qui, en général, ne prenait pas grand plaisir à se nourrir, s'était régalé des club-sandwichs au poulet préparés avec du pain maison. « C'est la recette de James Beard », avait précisé l'aide, mais la référence au prestigieux chef et auteur de nombreux ouvrages sur la cuisine était tombée à plat, l'attention de Rhyme étant mobilisée ailleurs. Sellitto avait déjà dévoré un sandwich et en avait emporté un chez lui. (« C'est encore meilleur qu'au thon », avait-il déclaré). Mel Cooper avait demandé la recette du pain pour la diffuser sur Gretta, via Facebook.

Amelia, à l'ordinateur, envoyait des courriers. Rhyme s'apprêtait à lui demander ce qu'elle faisait quand la sonnette de l'entrée retentit.

Un instant plus tard, Thom fit entrer Terry Dobyns, le comportementaliste de la police de New York, que Rhyme connaissait depuis des années. Il avait perdu quelques cheveux et pris un peu de ventre depuis leur première rencontre. C'était pendant une période terrible, après l'accident qui avait laissé Rhyme paralysé, et Dobyns avait passé des heures et des heures auprès de lui. Le médecin avait toujours ce regard bon et compréhensif dont se souvenait bien le criminologue, et ce sourire qui ne jugeait jamais. Rhyme ne croyait guère au profilage psychologique, lui préférant les outils de la médecine légale et de la police scientifique, mais il avait dû saluer à plusieurs reprises chez Dobyns une aptitude à percer la personnalité des criminels qu'il recherchait.

Le comportementaliste prit le café que Thom lui proposait, et refusa les sandwichs. Il s'assit sur un tabouret à côté du fauteuil roulant de Rhyme.

– Ça me paraît une assez bonne idée, cette histoire d'accumulateur. J'ai appelé la cellule spéciale et ils m'ont dit qu'ils allaient enquêter auprès de tous les accumulateurs de la ville – du moins ceux qu'ils connaissent. Ils ne sont pas très nombreux, en fait, et il se peut que votre homme n'en fasse pas partie. J'ai éliminé les femmes, puisque vous m'avez parlé du viol. Parmi les hommes, beaucoup sont âgés et certains invalides. Les deux qui correspondent à peu près au profil sont à Staten Island et dans le Bronx, et se trouvaient dimanche, à l'heure du crime, en compagnie de travailleurs sociaux ou de membres de leur famille.

Rhyme ne fut pas surpris – 522 était trop malin pour ne pas effacer ses traces. Il avait espéré découvrir un début de piste et se trouvait dans une impasse. Il ne cacha pas sa contrariété.

Dobyns ne put s'empêcher de sourire.

– Je peux tout de même vous donner une ou deux indications qui vous seront peut-être utiles. Au sujet des accumulateurs. Ils souffrent d'une forme de trouble obsessionnel compulsif, ou TOC. Celui-ci se manifeste quand le sujet est confronté à un conflit ou à des tensions qui lui sont émotionnellement insupportables. Il est beaucoup plus facile de concentrer son énergie sur un certain comportement que de se colleter avec le problème sous-jacent. Se laver sans cesse les mains ou compter sans cesse sont des symptômes de TOC. La manie de la collection, ou accumulation, en est un autre.

» Notez qu'un individu qui accumule est rarement dangereux pour lui-même. Il peut y avoir des risques pour la santé – la présence d'insectes ou d'animaux, les moisissures, les risques d'incendie –, mais le plus souvent, les accumulateurs veulent seulement qu'on les laisse tranquilles. S'ils le pouvaient, ils vivraient seuls avec leurs collections sans jamais mettre le nez dehors.

– Mais votre ami… semble spécial. À la fois narcissique, antisocial et accumulateur. Quand il veut quelque chose – monnaies de collection, tableaux ou sexe –, il *faut* qu'il l'ait. Absolument et à n'importe quel prix. Tuer n'est rien, si cela lui permet d'avoir ce qu'il veut et de protéger sa ou ses collections. En vérité, je dirai même que le meurtre est pour lui une façon de se calmer. Les êtres vivants le stressent. Ils risquent de le décevoir, de l'abandonner. Mais on peut toujours empiler des objets inanimés – journaux, boîtes à cigares, bonbons et même cadavres – dans sa tanière, ils ne vous trahissent jamais… Je suppose que les facteurs qui ont pu, dans son enfance, le rendre ainsi ne vous intéressent pas ?

– Pas vraiment, Terry, dit Amelia.

Elle souriait en regardant Rhyme, qui secouait la tête.

– Premièrement, il va lui falloir de la place. Beaucoup de place. Et au prix actuel du mètre carré, il doit être très riche. Les accumulateurs habitent souvent dans de grandes maisons anciennes, voire dans des hôtels particuliers. Ils ne sont jamais locataires. Et leurs fenêtres sont généralement aveugles. Ils s'isolent du monde extérieur.

– Des maisons… grandes comment ? demanda Amelia.

– Avec des quantités de pièces.

– Certains collaborateurs de SSD doivent avoir beaucoup d'argent, dit Rhyme en réfléchissant à haute voix. Les cadres de direction…

– Étant donné son hyperactivité, votre homme mène deux vies de front. Disons qu'il y a sa « vie secrète » et sa « vie de façade ». Comme il a besoin d'exister dans le monde réel – pour enrichir et entretenir ses collections –, il soigne les apparences. Il possède probablement une deuxième maison ou une partie de maison qui semble tout à fait normale. Oh, il préfèrerait vivre en un lieu secret. Mais les gens finiraient par le remarquer. Il a donc un domicile qui correspond, toujours en apparence, à son statut socio-économique. Les deux domiciles sont peut-être voisins, ou même attenants. Un rez-de-chaussée normal, par exemple, et un étage entièrement consacré aux collections. À moins que ce soit le sous-sol.

» Quant à sa personnalité, il joue dans la vie réelle un rôle totalement opposé à ce qu'il est vraiment. Disons que 522 est par nature narquois, mesquin et tracassier, mais qu'en public il paraît calme, poli et raisonnable.

– Il pourrait passer pour un homme d'affaires ?

– Ah, oui, sans peine. Et il jouerait ce rôle à merveille. S'il le fallait. Ça le rendrait furieux et vindicatif, mais il s'y astreindrait s'il pensait que c'est nécessaire pour protéger son trésor. L'idée d'une menace sur ses collections lui est absolument insupportable.

Dobyns regarda les tableaux d'indices. Il hocha la tête.

– Je vois que vous vous demandez s'il a des enfants ? J'en doute fort. Il se contente sans doute de collectionner des jouets. Il y a là quelque chose qui a à voir avec son enfance. Il doit être célibataire, aussi. On voit rarement des accumulateurs mariés. Son obsession de la collection est trop puissante. Il ne pourrait pas partager son temps ni son espace avec quelqu'un. Et franchement, il ne doit pas être facile de trouver une personne assez amoureuse pour le supporter.

» Le tabac et les allumettes ? Il accumule des cigarettes et des boîtes d'allumettes mais je ne pense pas qu'il fume. La plupart des accumulateurs ont chez eux des piles de journaux et toutes sortes d'objets inflammables. Celui-ci n'est pas idiot. Il ne prendra jamais le risque d'un incendie qui pourrait détruire ses collections. Ou, en tout cas, révéler tout ce qu'il veut cacher au cas où les pompiers devraient entrer chez lui. Et il est probable qu'il ne s'intéresse pas en connaisseur aux monnaies précieuses ou aux œuvres d'art. Ce sont des objets qui excitent son désir de collection, et rien de plus. Quant à ce qu'il collectionne, c'est secondaire.

– Donc, il n'habite probablement pas à côté d'un magasin d'antiquités ?

Dobyns éclata de rire.

– C'est exactement à ça que son domicile doit ressembler ! Mais sans les clients, bien sûr… Ma foi, je ne vois pas ce que je pourrais vous dire d'autre. Sinon pour vous prévenir que cet homme est très dangereux. D'après ce que vous venez de me dire, vous l'avez déjà empêché d'agir à plusieurs reprises. Ce qui l'a rendu furieux. Il tuera toute personne qui fera obstacle entre lui et son trésor. Et il tuera sans se poser de question. Je ne vous préviendrai jamais assez.

Ils remercièrent Dobyns. Le psy leur souhaita bonne chance et partit. Amelia mit le profil du tueur à jour, à partir de ce qu'il avait dit.

INCONNU 522 – PROFIL

- Sexe masculin
- Probablement non-fumeur
- Probablement célibataire sans enfant
- Probablement blanc ou clair de peau
- Corpulence moyenne
- Vigoureux – capable d'étrangler ses victimes
- Dispose de matériel de modification de la voix
- Peut-être compétent en informatique. Connaît OurWorld. Autres réseaux sociaux ?
- Prend des trophées sur ses victimes. Sadique ?
- Résidence ou lieu de travail sombre et humide
- Mange des plats à emporter / sauce piquante
- Porte des chaussures Skechers de pointure 44
- Doit avoir une vie « secrète » et une vie « de façade »
- Accumulateur, atteint de troubles obsessionnels compulsifs
- Personnalité publique à l'opposé de sa véritable personnalité
- Domicile : n'est pas locataire. A deux résidences distinctes, l'une normale et l'autre secrète
- Fenêtres fermées, voire aveugles
- Devient violent en cas de menaces sur ses « collections » ou sur son « trésor »

– Intéressant ? demanda Cooper.

Rhyme ne put que hausser les épaules.

– Qu'en penses-tu, Sachs ? Ça pourrait être quelqu'un que tu as déjà rencontré chez SSD ?

Elle haussa les épaules à son tour.

– Je dirai qu'on n'est pas très loin de Gillespie. Mais c'est Cassel qui m'a paru le plus faux-jeton – question façade. Arlonzo-

Kemper est marié, ce qui est censé le mettre hors course, d'après Terry. Je ne connais pas les techniciens. Ron les a vus.

Un appel apparut sur l'écran d'ordinateur de Rhyme. C'était Lon Sellitto. Il était chez lui mais continuait visiblement à travailler sur le plan « Expert » qu'il avait lancé plus tôt avec le détective.

– *Commande. Décrocher !* Comment ça marche, Lon ?

– C'est bon, Linc.

– Où en sommes-nous ?

– Regarde les infos de onze heures. Tu le sauras. Je vais me coucher.

Rhyme raccrocha et alluma la télévision placée dans un coin du labo.

Mel Cooper lui dit bonsoir. Il refermait sa serviette quand son ordinateur sonna. Il regarda l'écran.

– Amelia, vous avez un mail.

Elle s'approcha et s'assit.

– C'est la police de l'État du Colorado, au sujet de Gordon ? demanda Rhyme.

Amelia ne répondit pas mais il la vit hausser les sourcils en lisant le long document. Les doigts enfouis dans les longs cheveux roux rassemblés sur sa nuque, elle se grattait furieusement le cuir chevelu.

– Alors ?

– Il faut que j'y aille, dit-elle en se levant précipitamment.

– Sachs ! Qu'y a-t-il ?

– Ça ne concerne pas notre affaire ! Appelle si tu as besoin de moi.

Elle était déjà sur le seuil, laissant derrière elle un nuage de mystère aussi subtil que le parfum du savon à la lavande qu'elle avait adopté depuis peu.

L'enquête sur 522 avançait à grands pas.

Les policiers n'en devaient pas moins faire face aux autres aspects de leurs vies respectives.

C'était le cas d'Amelia qui attendait maintenant, mal à l'aise, à la porte d'un coquet pavillon de Brooklyn à deux pas de sa propre maison. Il faisait beau ce soir-là, et un vent léger apportait des parfums de lilas et de terre fraîchement retournée. Elle aurait tellement préféré s'asseoir un moment au bord du trottoir ou sur une véranda plutôt que faire ce qu'elle s'apprêtait à faire.

Ce qu'il *fallait* qu'elle fasse.

Seigneur. Comme j'ai horreur de ça !

La porte s'ouvrit et Pam Willoughby apparut. Elle portait un grand pull et avait les cheveux tirés en queue-de-cheval. Elle parlait à une autre fille, pensionnaire comme elle de cette famille d'accueil, et elles avaient toutes deux cet air de conspiratrices qui tient lieu de maquillage aux adolescentes. Les deux chiens de la famille folâtraient à leurs pieds : Jackson, le minuscule havanais, et Cosmic Cowboy, un briard nettement plus gros mais tout aussi exubérant.

Amelia venait ici de temps en temps pour voir la jeune fille, et elles repartaient ensemble au cinéma, faisaient une expédition au Starbucks voisin ou allaient manger une glace. Le visage de Pam s'éclairait toujours d'un sourire à l'arrivée d'Amelia.

Pas ce soir.

Amelia repartit vers sa voiture et attendit, adossée au capot brûlant. Pam appela Jackson et la rejoignit tandis que l'autre jeune fille saluait Amelia d'un geste avant de disparaître dans la maison, Cosmic Cowboy sur ses talons.

– Pardon d'arriver aussi tard.

– Pas de problème, répondit prudemment l'adolescente.

– Tu as beaucoup de devoirs à faire ?

– J'ai des devoirs. Il y en a que je fais volontiers. D'autres moins.

Comme je comprends ça, songea Amelia.

Elle caressa le chien, que Pam serrait contre elle d'un geste possessif. Un comportement habituel chez elle. La jeune fille refusait souvent qu'on l'aide à porter ses livres, ou ses sacs quand elle revenait du supermarché. Amelia pensait qu'après avoir été privée de tant de choses, elle avait désormais du mal à lâcher ce qu'elle tenait.

– Alors ? Qu'est-ce qu'il y a ?

Comment aborder ce sujet en douceur ?

– J'ai discuté avec ton ami.

– Mon ami ?

– Stuart.

– Tu as… quoi ?

La lumière fragmentée par le feuillage d'un ginkgo tombait sur les traits crispés de l'adolescente.

– Il le fallait.

– Non ! Tu n'avais pas à faire ça !

– Pam… Je m'inquiétais pour toi. J'ai un ami dans la police, il fait des enquêtes de voisinage. Il s'est renseigné sur lui.

– Non !

– Je voulais savoir s'il n'y avait pas de cadavres dans son placard.

– Tu n'avais pas le droit !

– C'est vrai. Mais je l'ai fait tout de même. Et je viens de recevoir un e-mail.

Amelia avait une boule à l'estomac. Affronter des assassins, conduire à deux cents à l'heure… c'était facile. Mais à cet instant, elle tremblait sur ses jambes.

– Alors, c'est un assassin ? Un tueur en série ? Un terroriste ?

Amelia hésita. Elle avait envie de prendre la jeune fille par le bras. Mais elle se retint.

– Non, ma chérie. Mais… il est marié.

Elle vit Pam cligner des yeux dans la lumière.

– Il est…… marié ?

– Je suis désolée, Pam. Sa femme est enseignante, comme lui. Dans un lycée privé de Long Island. Et ils ont deux enfants.

– Non ! Tu te trompes !

Amelia la vit qui serrait le poing. Il y avait dans ses yeux plus de colère que d'étonnement. Se rappelait-elle, déjà, certains détails ? Stuart lui avait peut-être dit qu'il n'avait pas le téléphone chez lui, mais seulement un portable. Il lui avait peut-être demandé de lui envoyer des e-mails à une adresse qui n'était pas celle qu'il utilisait pour recevoir le reste de son courrier ?

Et chez moi, c'est un tel désordre… Ça me gênerait que tu voies ça. Je suis prof, tu sais… Nous ne sommes pas des gens organisés… Je devrais prendre une femme de ménage.

– C'est une erreur ! s'écria Pam. Tu as confondu avec un autre !

– Je viens d'aller le voir. Je l'ai interrogé.

– Ce n'est pas vrai ! Tu me racontes des histoires !

Les yeux de la jeune fille semblaient lancer des éclairs. Puis un sourire glacial passa sur ses traits, si dur qu'Amelia en fut blessée au cœur.

– Exactement comme ma mère. Quand elle ne voulait pas que je fasse quelque chose, elle me mentait ! Comme toi maintenant.

– Pam, jamais je ne…

– On veut toujours me prendre ce que j'ai ! Mais tu n'y arriveras pas ! Je l'aime et il m'aime, et tu ne me l'enlèveras pas !

Déjà, elle tournait les talons et repartait vers la maison, le petit chien coincé sous le bras.

– Pam !

La voix d'Amelia s'étrangla.

– Non, ma chérie…

Au moment de franchir le seuil, la jeune fille se retourna, très vite, en fouettant l'air de sa queue-de-cheval, avec une raideur de marionnette. Amelia se félicita que le contrejour l'empêche de distinguer son visage. Elle n'aurait pas supporté de voir la haine qui, elle en était certaine, s'y lisait.

Le souvenir du mauvais film qui s'est déroulé au cimetière est comme une brûlure.

Miguel 5465 aurait dû mourir, rester comme un papillon cloué sur du velours en attendant que les flics viennent l'examiner. Ils auraient déclaré l'affaire classée et tout aurait été pour le mieux.

Mais il n'est pas mort. Le papillon s'est échappé. Je n'ai pas pu leur offrir une fois encore un simulacre de suicide. Ils ont appris quelque chose sur moi. Ils ont recueilli de l'information…

Je Les déteste, je Les déteste, je Les déteste, je Les déteste...

Je suis tout près de prendre mon rasoir et de me précipiter dehors pour...

Du calme. Il faut se calmer. Mais c'est de plus en plus difficile avec le temps qui passe.

J'ai renoncé pour ce soir à un certain nombre de transactions – j'avais prévu de fêter le suicide – et je me rue dans mon Placard. Ça va tout de suite mieux quand je suis parmi mes trésors. Je vais et je viens à travers les pièces où flottent des odeurs et je serre certains objets tout contre moi. Les trophées de diverses transactions effectuées ces dernières années. Je sens contre ma joue la chair desséchée, les ongles, les cheveux, et c'est si rassurant...

Mais je suis affreusement fatigué. Je m'assois face au tableau d'Harvey Prescott, et je le contemple. Une famille au complet me regarde. Comme c'est presque toujours le cas avec les portraits, leurs regards vous suivent où que vous alliez.

Rassurant. Étrange, aussi.

Si j'aime tant cette œuvre, c'est entre autres parce que ces gens ont été imaginés de toutes pièces. Ils n'ont pas de souvenirs qui les tourmentent, les rendent nerveux, les tiennent éveillés des nuits entières et les jettent dans les rues à la recherche de trésors et de trophées.

Ah, les souvenirs...

On est au mois de juin, j'ai 5 ans. Papa me fait asseoir, jette au loin la cigarette qu'il n'a pas allumée et m'explique que je ne suis pas leur enfant. « On t'a pris dans la famille parce qu'on te voulait, on te voulait absolument et on t'aime, même si tu n'es pas notre vrai fils. Tu comprends, n'est-ce pas ? » Pas vraiment. Non. Je le regarde sans rien dire. Maman tripote un Kleenex. Elle s'écrie qu'elle m'aime comme un vrai fils. Non, encore plus qu'un vrai fils, mais je ne comprends pas pourquoi. Ça a l'air d'un mensonge.

Mon père s'en va. Il a deux métiers. Maman va s'occuper des autres enfants et me laisse réfléchir à ça. J'ai l'impression qu'on vient de m'enlever quelque chose. Mais je ne sais pas quoi. Je regarde par la fenêtre. C'est beau, ici. Les montagnes, la verdure, la fraîcheur de l'air. Mais je préfère ma chambre, et c'est là que je vais.

C'est le mois d'août, j'ai 7 ans. Mon père et ma mère viennent de se disputer. Lydia, la plus âgée d'entre nous, pleure. Ne pars pas ne pars pas... Je me prépare au pire, en faisant des provisions. De la nourriture et des pennies – les gens ne manquent jamais de pennies. Je les collectionne et rien ne peut m'arrêter, j'ai 134 dollars en pièces de cuivre ternes ou brillantes. Je les cache dans des boîtes au fond de mon placard…

Novembre. J'ai 7 ans. Mon père rentre après un mois d'absence passé à « trimer pour des queues de cerises », comme il le dit souvent. (Lydia sourit chaque fois.) Il demande où sont passés les autres enfants. Elle lui dit qu'elle ne pouvait pas s'occuper de tous. « Fais le compte. Qu'est-ce que tu crois, merde ? Prends le téléphone et appelle la mairie. »

« Tu n'étais pas là ! » Elle pleure.

Lydia est déroutée.

J'ai dans mon placard 252 dollars en pennies, trente-trois boîtes de tomates en conserve, dix-huit boîtes d'autres légumes, douze de spaghettis Os, que je n'aime pas, mais je les ai. C'est ce qui compte.

Octobre, j'ai 9 ans. D'autres placements en urgence dans des familles d'accueil. Lydia et moi, on aide. Elle a 14 ans et sait s'occuper des plus petits. Lydia demande à mon père d'acheter des poupées aux filles – parce qu'elle n'en a jamais eu et que c'est important – et il répond comment est-ce qu'ils pourront avoir de l'argent de la mairie s'ils le dépensent à des conneries ?

Mai, j'ai 10 ans. Je rentre de l'école. Je me suis fait violence pour prélever une partie des pennies et acheter une poupée à Lydia. J'ai hâte de voir sa réaction. Mais j'ai fait une bêtise : j'ai laissé la porte du placard ouverte. Mon père est dedans, en train d'ouvrir les boîtes. Les pennies sont par terre, éparpillés comme les cadavres de soldats morts sur un champ de bataille. Il emplit ses poches et prend les boîtes. « Tu les a volés et tu les perds. » Je pleure et lui dis que j'ai trouvé ces pièces. « Très bien », répond triomphalement mon père. « Je les ai trouvées moi aussi et ça veut dire qu'elles sont à moi… D'accord, jeune homme ? Qu'est-ce que tu peux dire contre ça ? Rien ! Eh, bon Dieu, il y a presque 500 dollars là-dedans ! » Et il prend la cigarette coincée derrière son oreille.

Vous voudriez trouver normal qu'on vous prenne ce que vous avez, vos soldats, vos poupées, vos pennies ? On ne peut que se taire, serrer les lèvres et se pincer le nez. C'est comme ça, et on ne peut pas faire ça longtemps avant qu'il se passe quelque chose de terrible.

Octobre, j'ai 11 ans. Lydia est partie. Sans laisser un mot. Elle n'a pas pris la poupée. Jason, 14 ans, a quitté la maison de redressement pour venir habiter avec nous. Une nuit, il déboule dans la chambre. Il veut mon lit (le mien est sec et le sien ne l'est pas). Je dors dans son lit mouillé. Chaque nuit pendant un mois. Je me plains à mon père. Il me dit de la fermer. Ils ont besoin d'argent et ils touchent une pension pour garder les gamins perturbés comme Jason, et… Il se tait. Il parle de moi, aussi ? Je ne sais pas ce que perturbé veut dire. Pas encore.

Janvier, j'ai 12 ans. Des lumières rouges clignotantes. Maman sanglote, les autres enfants placés chez nous sanglotent. La brûlure au bras de mon père lui fait mal mais heureusement, dit le pompier, le liquide du briquet a mis un certain temps à enflammer le matelas. Si ça avait été de l'essence, il serait mort. Ils emmènent Jason, le regard noir sous ses gros sourcils noirs, il hurle qu'il ne sait pas comment le liquide pour briquet et les allumettes se sont retrouvés dans son cartable. Ce n'est pas lui qui a fait ça, ce n'est pas lui ! Et ce n'est pas lui qui a épinglé au mur de sa classe ces photos de gens brûlés vifs !

Les cris de ma mère continuent. Regarde ce que tu as fait !

Tu voulais la prime !

La prime du perturbé.

J'ai trouvé : atteint de troubles émotionnels.

Souvenirs, souvenirs… Ah, il y a des collections dont je me débarrasserais volontiers, je les jetterais dans une poubelle si je le pouvais.

Je souris aux Prescott, ma famille silencieuse. Puis je reviens au problème du moment : Eux.

Je suis plus calme, la nervosité est retombée. Et je sais que, comme mon père étendu sur le carrelage, comme Jason Stringfellow en pleine panique, emmené par les policiers, comme tous les Seize hurlant au meilleur moment de la transaction, ceux qui me poursuivent – Eux – ne tarderont pas à mourir et à redevenir poussière, tandis que je vivrai heureux dans le Placard avec ma famille à deux dimensions et mes trésors.

Mes soldats, les données, sont prêts à livrer bataille. Je suis comme Hitler dans son bunker berlinois, commandant aux hommes de la Waffen-SS de marcher sur l'ennemi. Les données sont invincibles.

Je vois qu'il est près de onze heures du soir. L'heure du journal télévisé. Il faut que je sache ce qu'ils savent et ce qu'ils ignorent de la mort du gardien du cimetière. Vite, allumons la télé.

Les chaînes font des « directs » depuis l'Hôtel de Ville. L'adjoint Ron Scott, un homme très comme il faut, explique que la police a formé une équipe spéciale pour enquêter sur un meurtre et un viol commis récemment, et le meurtre de ce soir dans un cimetière du Queens, qui semble en rapport avec les précédents.

Scott présente un inspecteur de la police de New York, Joseph Malloy, « qui va nous en dire plus sur l'affaire ».

Sauf qu'il n'en fait rien, vraiment. Il exhibe un portrait robot du coupable qui me ressemble comme il ressemble à 20 000 autres habitants de la ville.

« Race blanche » ou « teint clair » ? Ah, s'il vous plaît !

Il demande aux gens d'être prudents. « Nous pensons que l'auteur de ces crimes a usé de techniques de vol d'identité pour approcher ses victimes. Pour les mettre en confiance. »

Méfiez-vous, ajoute-t-il, de tout individu que vous ne connaissez pas et qui semble au courant de vos habitudes de consommateur, de la situation de vos comptes bancaires, de vos projets de vacances, des infractions que vous avez commises au volant. « Voire de petites choses auxquelles vous ne prêtez pas habituellement attention vous-même. »

En fait, les autorités municipales viennent de faire appel à un spécialiste en gestion des données, le professeur Carlton Soames de Carnegie Mellon University, pour aider les enquêteurs et les conseiller en matière de vols d'identité. C'est, pense-t-on en haut lieu, le meilleur moyen de découvrir l'auteur de ces crimes.

Ce Soames m'a tout l'air d'un petit mec mal coiffé et imbu de lui-même venu de son Midwest natal. Sourire emprunté, costume mal coupé, verres de lunettes plus ou moins propres, l'air pas très net pour tout dire. Et cette alliance à son doigt, de quand date-t-elle ? D'un bon moment sans doute. Il a une tête à s'être marié jeune.

Il ne dit rien, mais fixe d'un regard inquiet d'animal traqué les journalistes et l'objectif des caméras tandis que le capitaine Malloy continue : « À une époque où les vols d'identité sont de plus en plus fréquents et leurs conséquences de plus en plus graves, nous tenons à protéger les citoyens de cette ville. »

Les journalistes se précipitent pour bombarder de questions auxquelles un lycéen de troisième serait capable de répondre l'adjoint au maire, le capitaine et le malheureux professeur. Malloy reste discret sur l'avancement de l'enquête. L'expression « en cours » revient à plusieurs reprises.

L'adjoint au maire se veut rassurant : tout est mis en œuvre pour protéger les citoyens. La conférence de presse s'achève abruptement.

On revient aux nouvelles habituelles, si on peut dire. Légumes pollués au Texas, une femme coincée dans la cabine d'un camion par une inondation dans le Missouri. Le président est enrhumé.

J'éteins la télé et m'assois dans mon Placard, en me demandant comment procéder à cette nouvelle transaction.

Il me vient une idée. La chose, cependant, paraît tellement évidente, que j'ai des doutes. Mais, surprise, il suffit d'appeler trois hôtels proches du One Police Plaza, le quartier général de la police de New York, pour localiser ce professeur Carlton Soames.

IV

AMELIA 7303

Mardi 24 mai

Il n'y avait, bien sûr, aucun moyen de savoir si on était surveillé à un moment ou à un autre. Avec quelle fréquence, et sur quel système, la Police de la Pensée se branchait sur un individu particulier était un jeu de devinette. Il était plus facile de penser qu'elle surveillait tout le monde en permanence.

George Orwell, *1984*

CHAPITRE 33

Amelia Sachs arriva de bonne heure.

Mais Lincoln Rhyme s'était réveillé plus tôt, incapable de dormir en raison des opérations qui étaient en train de se dérouler, à New York et en Angleterre. Il avait rêvé de son cousin Arthur et de son oncle Henry.

Amelia le rejoignit dans la salle de sport au moment où Thom l'aidait à se réinstaller dans le fauteuil roulant après ses cinq kilomètres sur le vélo stationnaire électronique – un exercice qui faisait partie du programme destiné à améliorer sa condition physique et à lui conserver ses muscles pour le jour où ils seraient peut-être capables de remplacer les dispositifs mécaniques qui, pour le moment, les commandaient. Amelia prit le relais de Thom, qui descendit préparer le petit déjeuner. Leur relation était caractérisée, entre autres, par le fait que Rhyme avait renoncé depuis longtemps à refuser son aide pour sa séance quotidienne d'exercices – ce que beaucoup de gens auraient trouvé désagréable.

Comme Amelia avait passé la nuit chez elle à Brooklyn, il l'informa des dernières nouvelles concernant 522. Mais il la sentait distraite. Comme il lui demandait ce qui la préoccupait, elle répondit avec un soupir qu'il s'agissait de Pam et lui raconta l'histoire du petit ami de la jeune fille, qui se révélait être son ancien professeur, marié et père de famille.

– Ça me fait de la peine… murmura Rhyme. Pauvre gamine.

Sa première idée fut de menacer Stuart pour le faire disparaître du paysage.

– Tu es flic, Sachs. Que ça serve à quelque chose. Et si ça ne suffit pas à le faire déguerpir, je lui passerai un coup de fil.

Amelia, toutefois, n'y voyait pas la meilleure façon de régler le problème.

– J'ai peur de la perdre si j'insiste trop ou si je le dénonce. Mais si je ne fais rien, c'est elle qui risque de souffrir. Tu imagines, Seigneur, s'il lui prenait l'envie de faire un bébé avec lui ?

Elle se planta un ongle dans le gras du pouce. Arrêta son geste.

– Ça ne serait pas la même chose si j'étais sa mère. Je saurais quoi faire.

– Tu le crois vraiment ? demanda Rhyme.

Elle réfléchit un instant avant de reconnaître avec un sourire :

– D'accord, peut-être pas… Ah, ces histoires de parents ! On devrait livrer les enfants avec un mode d'emploi.

Ils prirent leur petit déjeuner dans la chambre, Amelia faisant manger Rhyme. La chambre était nettement plus accueillante que la première fois qu'Amelia y avait mis les pieds, quelques années plus tôt. C'était alors une pièce nue avec pour toute décoration quelques affiches d'expositions punaisées à l'envers et dont le verso servait de tableau pour l'enquête sur laquelle ils travaillaient ensemble. Ces affiches avaient, depuis, été retournées, et d'autres s'y étaient ajoutées – des paysages impressionnistes de George Inness et des images chargées d'ambiance d'une Amérique plus urbaine, nées sous les pinceaux d'un Edward Hopper. Elle s'assit ensuite à côté du fauteuil roulant et prit la main droite de Rhyme, celle qui avait depuis peu retrouvé un peu de mobilité et de toucher. Il sentait le contact des doigts de la jeune femme, même si c'était encore une sensation étrange, proche de la pression qu'il pouvait sentir sur sa nuque ou sur son visage quand son système nerveux fonctionnait normalement. Disons que la main d'Amelia était comme de l'eau coulant sur sa peau. Il aurait voulu refermer ses doigts sur les siens, et sentir ceux de la jeune femme répondre à sa pression. Silence. Mais il devinait aussi à son attitude qu'elle avait envie de parler de Pam et il ne dit rien, attendant qu'elle poursuive. Il regardait le couple de faucons pèlerins sur l'appui de la fenêtre. Ils étaient tendus, aux aguets – deux boules de muscles toujours prêtes à l'action, la femelle un peu plus grosse que le mâle. Les faucons chassent à la lumière du jour, et ils ne manquaient pas de quoi se nourrir.

– Rhyme ?

– Oui ?

– Tu ne l'as toujours pas appelé, n'est-ce pas ?

– Qui ?

– Ton cousin.

Ce n'était pas Pam, le problème. Il ne lui était pas venu à l'idée qu'elle pouvait s'inquiéter d'Arthur Rhyme.

– Non. Toujours pas.

– Quand je pense que je ne savais même pas que tu avais un cousin !

– Je ne t'en avais jamais parlé ?

– Non. Tu m'as parlé de ton oncle Henry et de ta tante Paula. Mais jamais d'Arthur. Pourquoi ?

– On travaille trop. On n'a plus le temps de papoter.

Il sourit. Elle, pas.

Fallait-il lui raconter tout ça ? Il se dit d'abord que non. Ça revenait à s'apitoyer sur soi-même. Et pour Rhyme, il n'y avait rien de pire. Mais d'un autre côté, elle avait le droit de savoir. C'est ainsi, en amour. Dans les zones d'ombre où des vies se rencontrent, certaines émotions fondamentales – espoir et désespoir, amours, craintes, colères – ne peuvent pas toujours rester cachées. Tel est le contrat.

Alors il parla.

D'Adriana et d'Arthur, de cette satanée fête de la Science, et même de ce qui avait failli être un cadeau de fiançailles – un éclat de béton des origines de l'ère atomique. Amelia l'écoutait en hochant la tête et Rhyme se moquait de lui-même, car il savait ce qu'elle pensait : pourquoi en avoir fait toute une histoire ? Une amourette d'adolescents, un peu de tromperie, une peine de cœur passagère… Tout cela ne pesait pas bien lourd à l'aune des blessures que pouvaient s'infliger les êtres humains entre eux. Comment avait-il pu renoncer à une amitié aussi précieuse pour un incident aussi banal ?

Vous étiez comme deux frères…

– Mais Judy n'a-t-elle pas dit que vous étiez allés les voir, Blaine et toi, dix ans après ? Ce n'était pas une visite de réconciliation ?

– Oui. Si on veut. Après tout, cette histoire n'avait été qu'une dispute entre gamins. Adriana était très jolie… C'était une grande rousse, d'ailleurs…

Amelia éclata de rire.

– … mais elle ne valait pas qu'on lui sacrifie une amitié.

– Alors, il y avait autre chose, n'est-ce pas ?

Rhyme mit un moment à répondre.

– Peu de temps avant mon accident, je suis allé à Boston.

Il but une gorgée de café au moyen d'une pipette.

– Je devais intervenir sur les techniques de police scientifique dans un congrès international. Après mon exposé, je me suis rendu au bar. Une femme m'a abordé. C'était un professeur du MIT à la retraite. Mon nom l'avait frappée, et elle m'a dit qu'elle avait eu, bien des années auparavant, un étudiant originaire du Midwest qui s'appelait Arthur Rhyme. Était-il de mes parents ? Mon cousin, ai-je répondu. Et ce qu'elle m'a alors raconté m'a paru très intéressant. Arthur avait présenté un essai scientifique avec sa demande d'admission au MIT. C'était brillant, a-t-elle dit. Original, bien documenté, rigoureux – quand tu veux faire un compliment aux chercheurs, Sachs, dis-leur toujours que leur travail est « rigoureux ».

Il se tut un instant avant de reprendre.

– En tout cas, elle l'a vivement encouragé à le développer pour le publier dans une revue. Mais Arthur n'a jamais donné suite. Elle l'avait perdu de vue depuis et voulait savoir s'il avait poursuivi ses recherches. Cette histoire m'a intrigué. Je lui ai demandé quel était le sujet de l'essai en question. Elle s'en souvenait : *« Les effets biologiques de certaines nanoparticules »*. Et figure-toi, Sachs, que j'en étais l'auteur.

– Toi ?

– Je l'avais rédigé à l'occasion d'une fête de la science, et ça m'avait valu le deuxième prix. C'était un travail assez original, je dois le reconnaître.

– Arthur te l'avait volé ?

– Eh oui !

Bien des années étaient passées, mais on le sentait encore en colère.

– Mais ce n'est pas tout.

– Raconte.

– Après ce congrès, je ne pouvais plus m'ôter de la tête ce que cette femme avait dit. J'ai pris contact avec le bureau des admissions du MIT. Ils archivent tous les dossiers sur microfiches. On m'a donc envoyé une copie de ma demande. Quelque chose clochait. Il y avait bien ce que je leur avais envoyé, avec ma signature. Mais tout ce qui avait été adressé par la direction du lycée avait été modifié. Art avait mis la main sur mon livret scolaire et l'avait falsifié. Il avait mis des B là où j'avais obtenu des A. Il avait également modifié les lettres de mes professeurs, qui étaient chaleureuses, et en avait fait des recommandations de pure forme. C'étaient probablement celles que *lui* avait obtenues de ses professeurs. Quant à la recommandation de mon oncle Henry, elle avait disparu.

– Il l'avait retirée ?

– Et il avait remplacé mon fameux essai par une sorte de lettre de motivation, bien plate, sur le thème « Pourquoi je veux étudier au MIT », avec des fautes par-dessus le marché.

– Oh. Quelle horreur !

Elle lui serra la main plus fort.

– Et Adriana travaillait au bureau du principal, n'est-ce pas ? Elle l'avait donc aidé.

– Non. C'est que j'ai pensé aussitôt, mais j'ai retrouvé sa trace et je l'ai appelée. (Un petit rire.) On a parlé de la vie, de nos mariages respectifs, de la scolarité de ses enfants… Et du passé. Elle s'était toujours demandé pourquoi j'avais rompu de manière aussi brutale. Je lui ai dit que j'estimais qu'elle avait choisi Arthur.

Pas du tout, avait répondu Adriana : elle n'avait fait que rendre un service à Arthur en l'aidant pour sa demande d'admission au MIT. Il était venu la trouver une dizaine de fois pour parler des différentes universités, relire certains extraits de son travail, et des lettres de recommandation. Il se plaignait du principal de son lycée, qu'il trouvait au-dessous de tout, et voulait absolument intégrer une bonne fac. Il lui avait demandé de ne rien dire à quiconque, et surtout à moi. Comme il avait honte de se faire aider ainsi, ils étaient sortis en douce une ou deux fois. Elle se sentait toujours coupable d'avoir menti à la demande d'Arthur.

– Et il a dû attendre qu'elle s'absente du bureau pour une raison ou pour une autre afin de subtiliser ton dossier.

– Exactement.

Arthur n'a jamais fait de mal à une mouche. Il en est incapable…

Tu te trompes, Judy.

– Et tu es absolument certain de tout ça ? demanda Amelia.

– Absolument, étant donné qu'après avoir discuté avec Adriana, j'ai appelé Arthur.

Rhyme se rappelait presque mot pour mot cette conversation.

« Pourquoi, Arthur. Dis-moi pourquoi », avait-il demandé pour toute entrée en matière.

Un silence. Le souffle d'Arthur à l'autre bout du fil.

Et bien que des années soient passées, son cousin avait tout de suite compris de quoi il voulait parler. Il n'avait pas cherché à savoir comment il avait appris sa trahison. Pas plus qu'il n'avait cherché à nier ou à feindre l'ignorance, ou l'innocence.

Il avait contre-attaqué en rétorquant :

– Très bien, tu veux savoir pourquoi, Lincoln ? Je vais te le dire. À cause du prix, à Noël, cette année-là.

Interloqué, Rhyme avait demandé :

– Quel prix ?

– Celui que mon père t'a décerné au cours de la soirée, après le concours.

– Le morceau de béton ? Celui du stade Stagg Field ? avait encore demandé Rhyme, interloqué. Que veux-tu dire ?

Se pouvait-il que tout soit parti de ce modeste trophée remporté devant une poignée de personnes ? Non, il y avait autre chose, forcément !

– Je le méritais, c'est moi qui aurais dû l'avoir ! avait crié son cousin, hors de lui, en jouant les victimes. Mon père m'avait donné le nom de celui qui avait réalisé la première réaction nucléaire en chaîne. Je savais ce que ça signifiait pour lui, et je savais qu'il avait gardé ce souvenir, et qu'il me le donnerait quand j'aurais mon diplôme du lycée ou de la fac. Ce morceau de béton m'était destiné, il devait être ma récompense ! Je le voulais depuis des années !

Rhyme était resté sans voix. Ils n'étaient plus des adultes, soudain, mais deux gamins qui se disputaient pour un livre volé ou une friandise.

– Il a donné à un autre la seule chose qui comptait pour moi. Et c'est à *toi* qu'il l'a donnée !

La voix d'Arthur s'étrangla. Pleurait-il ?

– Arthur, j'avais simplement répondu à quelques questions. C'était un jeu…

– Un jeu ? Quel jeu, bordel ? Un soir comme celui-là ! On aurait dû chanter des chants de Noël ou regarder *La vie est belle.* Mais non, il a fallu que mon père en fasse une putain de salle de cours. Il y avait de quoi avoir honte ! C'était assommant. Mais personne n'a eu le culot de le dire au grand professeur, n'est-ce pas ?

– Seigneur. Art, ce n'était pas de ma faute, j'ai gagné le concours et j'ai eu le prix, et voilà tout. Je ne t'ai rien volé du tout.

Un rire cruel.

– Ah, non ? Enfin, Lincoln, ça ne t'est jamais venu à l'idée ?

– Quoi ?

– Réfléchis donc ! Peut-être que… mon père…

Arthur se tut, le souffle court.

– De quoi veux-tu parler, bon sang ?

– Voilà ce que tu m'as volé ! Lui ! Tu ne t'es jamais demandé pourquoi je n'avais pas voulu tenter une carrière universitaire ? *Tu* étais son autre fils, pas moi. Tu suivais ses cours. Tu l'assistais dans ses recherches.

– C'est insensé… Il t'a demandé de venir à ses cours, toi aussi. Je le sais.

– Une fois m'a suffi. Il m'a pris à part et il m'a cuisiné jusqu'à ce que j'aie envie de pleurer.

– Il faisait ça avec *tout le monde*, Art. C'est pour ça qu'il était un si bon prof. Il nous forçait à réfléchir, il ne nous lâchait pas tant qu'on n'avait pas trouvé la bonne réponse.

– Mais certains d'entre nous ne trouvaient *jamais* la bonne réponse. J'étais très fort, mais je n'étais pas génial. Et le fils d'Henry Rhyme se devait d'être génial. D'ailleurs, ça n'avait pas d'importance, puis qu'il t'avait, toi. Robert est parti en Europe. Marie s'est installée en Californie. Et il n'a pas voulu de moi pour autant. C'était toi qu'il voulait !

L'autre fils…

– Je n'ai pas demandé à jouer ce rôle. Je n'ai rien fait pour te nuire.

– Vraiment ? Ah, l'innocent ! Tu vas me dire que tu ne te prêtais pas au jeu ? Que c'était par hasard que tu venais à la maison chaque week-end, même quand je n'étais pas là ? Que tu l'invitais à assister à tes tournois d'athlétisme ? Bien sûr ! Alors, dis-moi : qui aurais-tu voulu avoir comme père, le tien ou le mien ? Est-ce que ton père a jamais été fier de toi ? Est-ce que tu l'as jamais entendu t'acclamer depuis les tribunes ? As-tu jamais été fier de ton propre père ? Est-ce que c'est de lui que tu attendais le plus petit haussement de sourcil approbateur ?

– Tu dis n'importe quoi, avait sèchement rétorqué Rhyme. Sous prétexte que tu avais des problèmes avec ton père, tu as tout fait pour me démolir. J'aurais pu être admis au MIT, mais tu m'en as empêché ! Et toute ma vie en a été changée. Sans toi, tout aurait été différent.

– Eh bien, j'en dirai autant de toi, Lincoln. Exactement… (Un éclat de rire mauvais.) As-tu jamais tenté de te rapprocher de ton père ? Tu crois qu'il était heureux d'avoir un fils comme toi, cent fois plus intelligent que lui ? Un fils qui n'était jamais là parce qu'il préférait la compagnie de son oncle ? As-tu jamais laissé à Teddy la moindre chance d'être un père avec toi ?

À ces mots, Rhyme avait brutalement raccroché. Et ils ne s'étaient plus parlé depuis. À quelques mois de là, victime d'un accident sur une scène de crime, il était paralysé.

Tout aurait été différent…

Après l'avoir écouté, Amelia dit :

– Voilà pourquoi il n'est jamais venu te voir.

Il hocha la tête.

– À l'époque, j'étais cloué au lit et je me disais que si Art n'avait pas falsifié ma demande d'admission je serais entré au MIT, j'aurais peut-être obtenu un diplôme de troisième cycle à l'Université de Boston ou rejoint la police de Boston, ou bien que je serais venu à New York. En tout cas, je ne me serais jamais trouvé sur cette scène de crime dans le métro, et…

– L'effet papillon, dit Amelia. Une petite cause, de grandes conséquences.

Rhyme hocha la tête en silence. Il la savait capable de recevoir ces informations avec sympathie et compréhension, sans juger des implications plus larges que cela sous-entendait – remarcher et mener une vie normale ou rester un handicapé et peut-être, de ce fait, un bien meilleur criminologue… et, bien sûr, partager sa vie avec elle.

Voilà la femme qu'était Amelia Sachs.

Il lui sourit faiblement.

– Le plus drôle, Sachs…

– Il y avait du vrai dans tout ce qu'il t'a dit ?

– Mon père n'a jamais eu l'air de remarquer mon existence. Il ne m'a jamais encouragé comme l'a fait mon oncle. Je me sentais bel et bien comme un autre fils d'Henry Rhyme. Et ça me plaisait.

Il avait fini par se rendre compte qu'il avait peut-être, inconsciemment, tout fait pour se gagner les faveurs de cet oncle si dynamique, si plein de vie. Il se rappelait plus d'une circonstance dans laquelle il avait eu honte du caractère timide et effacé de son propre père.

– Mais ce qu'il a fait n'en est pas moins impardonnable, dit-elle.

– En effet.

– Tout de même…

– Tu vas me dire que c'était il y a longtemps, que ce qui est fait est fait, qu'il a coulé beaucoup d'eau sous les ponts et autres sornettes de ce genre ?

– Oui, des trucs comme ça, convint Amelia en souriant. Judy a dit qu'il avait demandé de tes nouvelles. Il te tend la main. Pardonne-lui.

Vous étiez comme deux frères…

Rhyme regarda son corps immobile. Puis Amelia. Et il dit à voix basse :

– Je vais prouver qu'il est innocent. Je vais le faire sortir de prison. Je vais le rendre à sa vie.

– Ce n'est pas pareil, Rhyme.

– Peut-être. Mais c'est le maximum que je peux faire.

Elle voulut ajouter quelque chose, peut-être pour insister, mais le téléphone sonna et le numéro de Lon Sellitto apparut à l'écran.

– *Commande ! Décrocher !…* Lon. Où en est-on ?

– Linc, je voulais te dire que ton spécialiste en informatique arrive.

Ce visage me dit quelque chose, songea le portier, au moment où l'homme le saluait poliment d'un hochement de tête en quittant l'hôtel *Water Street.*

Il lui rendit son salut.

L'homme était penché sur son téléphone, et il s'arrêta près de la porte tandis que les gens allaient et venaient autour de lui. Il parle à sa femme, pensa le portier. Puis le ton changea.

– Patty, ma chérie…

À sa fille, maintenant. Après un bref échange au sujet d'un match de football il parlait à nouveau à sa femme, adoptant un ton plus adulte mais tout de même affectueux.

Il appartenait à une certaine catégorie d'hommes, estima le portier. Marié depuis quinze ans. Fidèle, pressé de rentrer chez lui – avec un sac plein de cadeaux bon marché choisis avec amour. Il n'était pas comme certains clients, ces hommes d'affaires qui arrivaient avec une alliance et ne l'avaient plus lorsqu'ils ressortaient pour dîner. Ou ces femmes d'affaires éméchées qu'un collègue bien baraqué accompagnait dans l'ascenseur (celles-là ne retiraient *jamais* leur alliance, ce n'était pas nécessaire).

Un portier sait tout cela. Il pourrait écrire un livre.

Mais la question continuait à le titiller : qui était ce type qu'il avait déjà vu ?

Ce type qui disait maintenant à sa femme, en riant :

– Tu m'as vu ? Je suis passé aux informations ? Et Maman m'a vu, elle aussi ?

Je l'ai *vu*. Il est connu ?

Minute, minute. J'y suis presque...

Ça y est ! Hier soir, au journal télévisé. Bien sûr. Ce type était un professeur, ou un docteur, quelque chose comme ça. Sloane... ou Soames. Un spécialiste en informatique, qui enseigne dans une grande école. Ron Scott, l'adjoint au maire, avait parlé de lui. Il aide la police pour l'affaire du viol et du crime du dimanche, et pour un autre meurtre.

Les traits du professeur se fermèrent, et il dit :

– Bien sûr, chérie. Ne t'en fais pas. Ça va bien se passer.

Puis il mit fin à la communication et regarda autour de lui.

– Eh, m'sieur ! lança le portier. Je vous ai vu hier à la télé !

Le professeur sourit timidement.

– Ah, bon ?

Il semblait gêné.

– Pouvez-vous me dire comment on va d'ici au One Police Plaza ?

– Il suffit de prendre à droite en sortant. C'est à cinq rues d'ici. À côté de l'Hôtel de Ville. Vous ne pouvez pas vous tromper.

– Merci.

– Bonne chance !

Le portier, ravi d'avoir parlé à une célébrité, regarda une limousine qui s'approchait. Il aurait quelque chose à raconter, ce soir, à sa propre épouse.

Puis il sentit une secousse, assez violente, tandis qu'un autre individu, arrivé derrière lui, se précipitait vers la sortie en le bousculant au passage. Sans un mot ni un regard en arrière pour s'excuser.

Connard, pensa le portier en suivant des yeux l'homme qui fonçait, tête baissée, dans la même direction que le professeur. Mais le portier ne dit rien. Même avec les plus mal élevés, il fallait se contenir. Il pouvait s'agir de clients, ou d'amis de clients, et ils pouvaient eux-mêmes être clients la semaine suivante. Ou encore, ce pouvaient être des responsables de la chaîne d'hôtels venus là pour vous tester.

Se taire et encaisser. Telle était la règle.

Le professeur de la télé et le connard malpoli disparurent des pensées du portier tandis que la limousine s'arrêtait et qu'il s'avançait pour ouvrir la portière. Il eut une vue plongeante sur un très beau décolleté tandis que la cliente sortait. Ça valait un pourboire ; le pourboire dont il était certain, absolument certain, qu'elle ne lui donnerait pas de toute façon.

Il aurait pu écrire un livre.

CHAPITRE 34

La mort est simple.

Je n'ai jamais compris pourquoi les gens veulent toujours la rendre compliquée. Au cinéma, par exemple. Je ne suis pas un grand amateur de thrillers, mais j'en ai tout de même vu un paquet. Il m'arrive de sortir avec une Seize pour échapper à l'ennui, pour maintenir les apparences ou parce que je vais la tuer. Je l'emmène au cinéma, car c'est plus facile que de l'inviter au restaurant. On a moins besoin de parler. Alors je regarde le film et là, que vois-je, grands Dieux : pourquoi faut-il qu'ils inventent des méthodes si compliquées pour tuer ?

Pourquoi se servir de fils électriques, d'armes électroniques et sophistiquées, et imaginer des histoires si complexes quand il suffit de trente secondes pour s'approcher de quelqu'un et le tuer à coups de marteau ?

C'est simple et efficace.

Ne nous y trompons pas : les flics sont malins (et la plupart ont SSD et son CerclePremier pour les aider, ce qui ne manque pas de piquant). Plus le plan est compliqué, plus on risque de laisser derrière soi des traces qui les aideront à vous retrouver. Et, en outre, plus il peut y avoir des témoins.

Aussi mon plan pour le Seize que je suis actuellement en train de filer dans les rues de Manhattan est-il d'une simplicité extrême.

L'échec d'hier, au cimetière, est oublié et je suis euphorique. Disons que je suis en mission et m'apprête à enrichir l'une de mes collections.

Tout en suivant ma cible, j'évite les Seize que je croise sur ma gauche et sur ma droite. Rien qu'à les voir, tous autant qu'ils sont, les battements de mon cœur s'accélèrent… Le sang cogne à mes tempes à la pensée que ces Seize sont *eux-mêmes* des collections – de leur passé. C'est plus d'information que nous pouvons en embrasser. L'ADN n'est, après tout, qu'une base de données de l'histoire génétique de notre corps, une histoire qui remonte à des millénaires. S'il était possible d'enregistrer tout ça sur un disque dur, combien de données pourrait-on en extraire ? Le CerclePremier en serait aussi démodé qu'un Commodore 64 !

À vous couper le souffle…

Mais revenons à nos moutons. Je manœuvre autour d'une jeune Seize, hume son parfum bon marché dont elle croit qu'il la dote d'une aura de compétence et de séduction. Je me rapproche encore de ma cible, rassuré par le contact du pistolet contre ma peau. La connaissance est peut-être une forme de pouvoir, mais il en existe d'autres, presque aussi efficaces.

– Professeur, il se passe quelque chose !

– Tiens-tiens ! répondit Roland Bell, sa voix tombant des haut-parleurs dans le fourgon de surveillance à l'intérieur duquel se trouvaient Lon Sellitto, Ron Pulaski et plusieurs policiers d'une unité tactique.

Bell, un détective de la police de New York qui collaborait de temps à autre avec Rhyme et Sellitto, se rendait de l'hôtel *Water Street* au One Police Plaza. Il avait troqué ses éternels jean, polo et blouson pour un complet froissé correspondant mieux à ce professeur Soames dont il jouait le rôle.

– Une boule puante sur un hameçon, avait-il dit avec son accent traînant de Caroline du Nord.

Bell répondit à voix basse, dans le micro-cravate aussi discret que le minuscule récepteur logé dans son oreille :

– Il se rapproche ?

– Il est derrière toi, à une dizaine de mètres.

– Hum.

Bell était au cœur du plan imaginé par Lincoln Rhyme et basé sur la connaissance qu'il avait désormais de 522.

– Il n'est pas tombé dans notre piège informatique mais il est avide d'informations. Je le sais. Il nous faut donc une autre sorte de piège. Tenez une conférence de presse et appâtez-le publiquement avec l'annonce que nous avons engagé un spécialiste, en faisant jouer ce rôle par l'un des nôtres.

– Vous pensez qu'il regarde les infos à la télé ?

– Il doit suivre l'affaire dans les médias pour savoir ce que nous faisons, surtout après ce qui s'est passé au cimetière.

Sellitto et Rhyme avaient contacté quelqu'un qui n'avait pris jusque-là aucune part à l'enquête : Roland Bell, qui ne manquait pas de cran, ferait l'affaire s'il n'était pas occupé sur une autre mission. Rhyme avait ensuite appelé l'un de ses amis à Carnegie Mellon University, où il avait donné quelques cours. Il lui avait parlé des crimes de 522 et les responsables de l'université, réputée pour les travaux sur les technologies de sécurité qu'on y menait, avaient accepté de prêter leur aide. Leur webmestre avait ajouté le nom de Carlton Soames, professeur, sur le site de Carnegie Mellon.

Rodney Szarnek avait rédigé le C.V. de ce professeur imaginaire et l'avait adressé à une dizaine de sites scientifiques, avant de créer un site uniquement consacré à Soames lui-même. Sellitto avait réservé une chambre pour lui à l'hôtel *Water Street*, puis avait organisé une conférence de presse et attendu, plein d'espoir, que 522 morde à ce nouvel hameçon.

Ce qui, apparemment, s'était produit.

Bell était sorti de l'hôtel un peu plus tôt après s'être arrêté un instant pour faire semblant de donner un coup de téléphone, en restant visible assez longtemps pour attirer l'attention de 522. Les caméras de surveillance montraient un homme qui avait précipitamment quitté l'hôtel à la suite de Bell et marchait maintenant derrière lui.

– C'est quelqu'un que tu as vu chez SSD ? Il était sur ta liste de suspects ? demanda Sellitto à Pulaski, assis à côté de lui.

Tous deux scrutaient l'image à l'écran. Quatre policiers en civil se trouvaient à un pâté d'immeubles de Bell, et deux d'entre eux avaient des caméras cachées.

Mais dans cette rue pleine de monde, on avait du mal à voir le visage du tueur.

– Ça pourrait être l'un des techniciens de maintenance. Ou… c'est bizarre, on dirait Andrew Sterling. À moins que… Non, c'est plutôt qu'il a la même démarche. Je ne sais pas très bien… Désolé.

Sellitto transpirait à grosses gouttes dans la cabine surchauffée. Il s'essuya la figure, puis se pencha en avant pour s'adresser au micro.

– C'est bon, professeur. 522 se rapproche. Il est à environ douze mètres de vous. Costume sombre et cravate de couleur foncée. Serviette à la main. D'après sa démarche, il est sans doute armé.

La plupart des policiers qui ont battu le pavé pendant des années reconnaissent la démarche d'un homme qui porte une arme.

– Reçu, répondit laconiquement l'appât, équipé lui-même de deux pistolets et réputé pour ses talents de tireur ambidextre.

– Eh bien, murmura Sellitto. Espérons que ça va marcher.

– Continue, Roland, et tourne à droite.

– Hum.

Rhyme et Sellitto ne croyaient pas que 522 allait tirer sur Bell en pleine rue. Quel intérêt, pour lui ? Rhyme pensait que le tueur avait l'intention de kidnapper Soames pour apprendre ce que savait la police et le tuer ensuite, à moins qu'il préfère le menacer et menacer sa famille pour lui faire saboter l'enquête. Conformément au scénario, Bell devait maintenant échapper à la vue des passants pour que 522 se jette sur lui et que les policiers l'arrêtent. Sellitto avait trouvé un chantier de construction qui convenait bien à cette manœuvre : une longue portion de trottoir, fermée au public, conduisait directement au One Police Plaza. Bell devait ignorer l'écriteau « Fermé » et foncer sur le trottoir, où on le perdrait de vue après dix ou douze mètres. Une équipe se tenait prête à l'autre extrémité pour intervenir dès que 522 s'approcherait.

Le détective bifurqua en contournant la barrière pour continuer sur le trottoir tandis que le vacarme des marteaux-piqueurs et des marteaux-pilons emplissait l'habitacle, transmis par le micro ultrasensible de Bell.

– On te voit, Roland, dit Sellitto au moment où l'un des policiers qui l'accompagnait pressait un bouton pour changer de caméra. Tu regardes aussi, Linc ?

– Non, Lon. Il y a *Dancing with the Celebrities* à la télé. Et ensuite on aura Jane Fonda et Mickey Rooney.

– C'est *Dancing with the Stars*, Linc.

La voix de Rhyme claqua dans les haut-parleurs.

– 522 va suivre ? Ou il va se dégonfler ? … Allons, allons…

Sellitto déplaça la souris. Une autre image apparut sur un écran partagé en deux. Elle provenait de la caméra vidéo de l'unité de recherche et de surveillance, et elle filmait sous un autre angle : Bell, de dos, avançait sur le trottoir en s'éloignant de l'objectif. Le détective déguisé en professeur regardait le chantier avec curiosité, comme n'importe quel passant. Un court instant plus tard, 522 apparut derrière lui. Il maintenait la distance, en regardant autour de lui à son tour, mais ce n'étaient visiblement pas les ouvriers qui l'intéressaient ; il cherchait à repérer d'éventuels témoins ou des policiers.

Il hésita, parcourut à nouveau le trottoir et le chantier du regard. Et accéléra le pas pour réduire la distance.

– Bon, préparez-vous, tout le monde ! lança Sellitto. Il t'arrive dessus, Roland. On va te perdre de vue pendant cinq secondes, alors ouvre l'œil et le bon. Compris ?

– Oui, répondit le policier.

Du même ton détaché avec lequel il aurait répondu à un barman qui lui demandait s'il voulait un verre avec sa bière.

CHAPITRE 35

Roland Bell n'était pas aussi calme qu'on aurait pu le croire.

Veuf et père de deux enfants, propriétaire d'une jolie maison en banlieue, amoureux d'une femme vivant en Caroline du Nord et à qui il était sur le point de demander sa main… Tout cela donnait un ensemble de soucis domestiques qui tendaient à peser du côté négatif quand on lui demandait de jouer les appâts vivants.

Mais chez Bell, le sens du devoir primait sur le reste – surtout s'agissant de ce 522 violeur et assassin, une catégorie de criminels qu'il haïssait particulièrement. Si bien qu'il se lançait, finalement, assez volontiers dans des opérations de ce genre.

Sa veste était déboutonnée et sa main prête à dégainer, viser et tirer avec son pistolet préféré, sorti des ateliers des meilleurs armuriers italiens. Il était content que Sellitto ait cessé de parler et de plaisanter. Il avait besoin d'entendre ce type approcher, et le marteau-pilon était déjà assez bruyant. Même s'il entendait, à condition de se concentrer, un faible bruit de pas sur ses talons.

Six mètres.

Bell savait que les hommes de la Brigade d'Intervention Rapide se trouvaient devant lui, même s'il ne les voyait pas en raison de la courbure du trottoir. Ils avaient pour directive de se saisir de 522 dès que le terrain serait dégagé derrière lui et à condition qu'il n'y ait pas de badauds en danger. Cette portion de trottoir était encore visible en partie depuis le chantier et une rue voisine, et ils avaient estimé que le tueur ne passerait pas à l'attaque avant que Bell ne soit tout près des policiers de la BIR. Mais il semblait se déplacer encore plus lentement que prévu.

Bell espérait, de son côté, que l'homme attendrait encore quelques minutes ; un échange de coups de feu à cet endroit risquait de faire des victimes parmi les passants et les ouvriers du chantier.

Mais son esprit renonça à tout raisonnement logique lorsqu'il entendit 522 se mettre à courir derrière lui et, plus inquiétant, le joyeux bavardage en espagnol de deux femmes dont l'une poussait un landau, qui sortaient de l'immeuble longé par le trottoir. Les policiers de la BIR avaient bloqué le passage sur ce trottoir, mais avaient apparemment oublié de donner des consignes au gardien de l'immeuble. Bell jeta un coup d'œil en arrière et vit les deux femmes qui s'avançaient entre lui et 522, tandis que celui-ci lui fonçait dessus. Il avait un pistolet à la main.

– On a un problème ! Des civils entre nous. Le suspect est armé ! Je répète, il a une arme. Dépêchez-vous !

Bell voulut dégainer son Beretta mais l'une des deux femmes, voyant 522, poussa un cri, bondit en arrière et bascula en se cognant contre le détective à hauteur des genoux. Le tueur se figea une seconde sur place, en se demandant manifestement ce qu'un professeur d'université faisait avec une telle arme, mais se reprit très vite et pointa le Beretta sur Bell, qui essayait de prendre son deuxième pistolet.

– Non ! lança le tueur. Plus un geste !

Le policier ne pouvait que lever les mains en l'air. Il entendit la voix de Sellitto disant :

– La première équipe arrive dans trente secondes, Roland.

Le tueur ne prononça pas un mot, se bornant à lancer un regard mauvais aux deux femmes pour les mettre en fuite, puis il s'avança d'un pas, le canon de son arme contre la poitrine de Bell.

Trente secondes, pensa le détective, haletant.

Autant dire une éternité.

En sortant du garage du One Police Plaza, le capitaine Joseph Malloy songeait avec irritation qu'il n'avait pas été informé de l'opération impliquant le détective Roland Bell. Il comprenait que Rhyme et Sellitto veuillent à tout prix arrêter ce criminel, et il avait donné son accord, à contrecœur, pour cette idiotie de conférence de presse, mais il trouvait que c'était vraiment dépasser les bornes, et se demandait comment, en cas d'échec, tout ça allait finir.

Il y aurait des retombées, forcément, si l'opération échouait. Et quand on avait la charge d'une municipalité, on devait respecter certaines règles dont l'une des plus importantes disait : ne jamais plaisanter avec la presse. En particulier à New York.

À la seconde où il plongeait la main dans sa poche pour prendre son téléphone, il sentit quelque chose dans son dos. Quelque chose qui appuyait de façon décidée, et insistante. Le canon d'un pistolet.

Non, non…

Son cœur se mit à cogner dans sa poitrine.

Puis il y eut la voix, très calme.

– Ne vous retournez pas, capitaine. Vous verriez mon visage et ce serait votre arrêt de mort. Vous comprenez ?

– Attendez…

– Vous comprenez ?

– Oui. Ne faites…

– À l'angle de cet immeuble, vous allez tourner à droite dans la ruelle et continuer tout droit.

– Mais…

– Je n'ai pas de silencieux sur cette arme. Mais le canon est assez près de votre corps pour que personne ne sache d'où est venu le bruit, et je serai déjà loin quand vous vous écroulerez. La balle vous traversera de part en part et risque de faire une autre victime dans cette foule. Ce n'est pas ce que vous voulez, n'est-ce pas.

– Qui êtes-vous ?

– Vous savez qui je suis.

Joseph Malloy avait derrière lui une longue carrière dans la police, et depuis la mort de sa femme, victime d'un cambrioleur drogué rendu fou par le manque, l'ambition, chez lui, avait fait place à l'obsession. Il était désormais un haut responsable, un administrateur, mais l'instinct et les réflexes qu'il avait acquis des années plus tôt en arpentant les rues autour du commissariat de Midtown South étaient toujours là. Il comprit instantanément.

– 522.

– Quoi ?

Du calme. Reste calme. Tant que tu l'es, tu gardes le contrôle de la situation.

– C'est vous qui avez tué une femme dimanche, et un gardien de cimetière hier soir.

– Que signifie 522 ?

– C'est comme ça qu'on vous appelle dans la police. Comme un objet non identifié, l'inconnu 522.

Lui donner des faits. Le détendre, peut-être. Établir un dialogue.

Le tueur ricana.

– Un numéro ? Intéressant ! Tournez à droite.

Eh bien, s'il voulait ta mort, tu serais mort. Mais il cherche à savoir quelque chose, ou il veut te prendre comme otage. Du calme. Il ne va pas te tuer, c'est évident – il ne veut pas que tu voies son visage. Très bien, Lon Sellitto a dit que ce 522 était l'homme qui savait tout. C'est le moment d'apprendre quelque chose d'utile sur lui.

Tu pourras peut-être t'en sortir en discutant.

L'amener à baisser sa garde et à t'approcher assez pour le tuer à mains nues.

Joe Malloy en était tout à fait capable, physiquement comme mentalement.

Quelques pas plus loin, 522 lui ordonna de s'arrêter dans une ruelle. Il coiffa Malloy d'un bonnet qu'il tira devant ses yeux. Très bien. C'est un soulagement. Tant que je ne le vois pas, je reste en vie. Mais ses poignets furent attachés avec du ruban adhésif et il sentit qu'on le fouillait. Puis une main ferme s'abattit sur son épaule pour le pousser en avant et le faire monter dans le coffre d'une voiture.

Un trajet en voiture dans une chaleur étouffante, les jambes repliées, coincé dans un espace beaucoup trop petit. Une voiture de taille moyenne. Avec une bonne suspension. C'est noté. Pas d'odeur de cuir. Noté. Malloy tenta de deviner l'itinéraire, mais c'était impossible. Il écouta les bruits de la circulation, entendit un marteau-piqueur. Rien de particulier. Puis des cris de mouettes et une sirène de bateau. Mais comment saura-t-on à partir de là où vous êtes allés ? Manhattan est une île. Débrouille-toi pour rapporter quelque chose d'*utile* ! Minute… la courroie de la direction assistée est anormalement bruyante. Voilà qui est intéressant. Ne pas l'oublier.

Ils s'arrêtèrent au bout d'une vingtaine de minutes. Malloy entendit le bruit d'une porte de garage qui se refermait – une grande porte, dont le mécanisme grinçait. Surpris par l'ouverture du coffre, il laissa échapper un petit cri. Une odeur de moisi l'enveloppa. Il inspira à pleins poumons, avide d'oxygène, à travers le lainage humide qui lui recouvrait la tête et le visage.

– On sort de là !

– Il y a deux ou trois choses dont j'aimerais vous parler. Je suis capitaine de…

– Je sais qui vous êtes.

– J'ai un certain pouvoir au sein de la police.

Malloy était content. Il parlait d'un ton ferme. Raisonnable.

– On devrait s'entendre.

– Venez.

522 le guida sur un sol meuble.

Puis le fit asseoir.

– Je suis certain que vous avez des raisons d'agir comme vous le faites. Mais je peux vous aider. Dites-moi pourquoi vous commettez ces crimes.

Silence. Que va-t-il se passer ? se demandait Malloy. Aurait-il une occasion de se battre physiquement ? Ou fallait-il qu'il continue à se glisser petit à petit dans l'esprit de cet homme ? On s'était certainement aperçu de sa disparition à cette heure. Rhyme et Sellitto devaient se douter de ce qui lui était arrivé.

C'est alors qu'il entendit un bruit.

Mais quoi ?

Quelques clics, suivis par une minuscule voix électronique. Le tueur, apparemment, testait un magnétophone.

Puis un autre bruit : du métal contre du métal. Comme si on rassemblait des outils.

Et finalement un raclement métallique désagréable sur le ciment tandis que le tueur tirait sa chaise si près de lui que leurs genoux se touchaient.

CHAPITRE 36

Un chasseur de primes.

Ils avaient arrêté un putain de chasseur de primes.

Plus exactement, comme le rectifia lui-même l'intéressé, « un spécialiste en recouvrement de créances ».

– Comment avez-vous fait, bon Dieu ? demanda Lincoln Rhyme.

– On surveillait les abords, répondit Lon Sellitto, qui attendait dans la poussière et la chaleur à côté du chantier de construction, avec sous sa garde un individu menotté : l'homme qui avait suivi Roland Bell.

L'homme n'était pas réellement sous mandat d'arrêt. À vrai dire, il n'avait rien fait de mal ; il possédait un permis de port d'arme et avait simplement tenté d'arrêter un citoyen qu'il prenait pour un délinquant recherché. Mais Sellitto, agacé, avait tout de même donné l'ordre de lui passer les menottes.

Roland Bell était lui-même au téléphone, cherchant à savoir si 522 avait été vu dans les parages. Mais aucun des membres des équipes d'intervention déployées dans le quartier n'avait aperçu un homme correspondant à son signalement.

– Il pourrait aussi bien être à Tombouctou, dit Bell à Sellitto, de sa voix traînante, en refermant son téléphone.

– Écoutez… commença le chasseur de prime, assis au bord du trottoir.

– Ferme-la ! aboya le grand et gros détective pour la énième fois.

Puis il reprit la communication avec Rhyme.

– Il a suivi Roland puis il s'est approché comme s'il avait vraiment l'intension de lui régler son compte. Mais on a compris depuis ce qu'il voulait faire. Il a pris Roland pour un certain William Franklin. Ils se ressemblent, Roland et ce Franklin. Franklin habite Brooklyn et il ne s'est pas présenté à son procès pour agression à main armée et détention d'arme à feu. La compagnie d'assurance auprès de laquelle il est endetté le recherchait depuis six mois.

– C'est 522 qui a tout manigancé, figure-toi. Il a trouvé ce Franklin en fouillant dans les fichiers de données et a lancé le chasseur de primes à ses trousses pour créer une diversion.

– Je sais, Linc.

– Il n'y a pas quelqu'un qui aurait vu quelque chose d'utile ? Un citoyen qui nous aurait épiés, par exemple ?

– Non. Roland vient d'interroger toutes les équipes présentes.

Un silence. Puis la voix de Rhyme demandant :

– Comment a-t-il su qu'il s'agissait d'un piège ?

Là, pourtant, n'était pas le plus important. Il n'y avait réellement qu'une question à laquelle ils voulaient absolument trouver la réponse, et c'était : Bon sang, mais que cherche-t-il vraiment ?

Ils me prennent pour un imbécile ?

Ils pensaient que je ne me méfierais pas ?

Ils ont compris, à ce stade, que les extracteurs de données et les fournisseurs d'informations étaient dans le coup. Qu'ils sont capables de prédire comment les Seize vont se comporter, à partir de leur comportement passé et de la connaissance du comportement des autres. Comment votre voisin de palier réagira-t-il si vous faites X ? Et si vous faites Y ? Que va faire une femme si vous l'accompagnez à sa voiture en riant ? Quand vous vous taisez tout en fouillant votre poche à la recherche de quelque chose ?

J'ai étudié LEURS transactions quand ILS ont commencé à s'intéresser à moi. Ils se sont parfois montrés très intelligents. En tendant ce piège, par exemple, qui n'avait d'autre objectif que d'informer de leur enquête les collaborateurs et les clients de SSD. Et aussi quand ils ont espéré que j'irais pirater les fichiers de la police de New York concernant l'affaire Myra 9834. J'étais à deux doigts de le faire, sur le point d'enfoncer la touche ENTRÉE, puis j'ai eu un pressentiment, j'ai trouvé ça louche. Je sais maintenant que je ne me trompais pas.

Et la conférence de presse ! Cette transaction-là puait l'arnaque dès le début. Disons qu'elle ne collait pas avec les modes de conduite prévisibles et habituels : les policiers et les responsables municipaux rencontrant les journalistes aussi tard dans la soirée ? Et la composition de cette tribune… elle m'a paru tout aussi bizarre.

C'était peut-être vrai, bien sûr – la logique la plus imparable et les algorithmes se trompent parfois. Mais mon intérêt était de chercher à savoir. Je ne pouvais pas me permettre, même le plus naturellement du monde, d'adresser directement la parole à l'un d'EUX.

J'ai donc fait ce que je fais le mieux.

J'ai cherché dans les entrepôts de données, j'ai regardé, à travers ma fenêtre secrète, les informations défiler en silence. J'ai appris un tas de choses sur les gens qui se trouvaient à la tribune pendant cette conférence de presse : Ron Scott, l'adjoint au maire, et le capitaine Joseph Malloy – l'homme qui supervise l'enquête contre moi.

Et la troisième personne, le professeur ? Carton Soames, docteur ès sciences ?

Eh bien, celui-ci n'existait pas.

C'était un flic déguisé en professeur.

Un moteur de recherche a déniché un professeur Soames sur le site de Carnegie Mellon University, ainsi que sur son propre site.

On le trouvait également, avec son curriculum vitae, en bonne place sur plusieurs autres sites.

Mais quelques secondes m'ont suffi pour craquer les codes de ces documents et examiner les métadonnées. Toutes les informations avaient été téléchargées la veille à partir d'une source unique.

Ils me prennent pour un imbécile ?

Si j'avais eu le temps pour ça, j'aurais pu savoir exactement qui était ce flic. J'aurais pu aller dans les archives de cette chaîne de télévision, retrouver l'enregistrement de cette conférence de presse, prendre une image du visage de cet homme et la soumettre au scanner biométrique. Il me suffisait ensuite de la présenter au fichier général des conducteurs automobiles et au fichier photographique des personnels du FBI pour connaître sa véritable identité.

Mais une telle recherche représentait du travail, et n'était pas nécessaire. Peu m'importait qui il était. J'avais seulement besoin de détourner l'attention des policiers et de me donner du temps pour localiser le capitaine Malloy, celui qui promettait d'être une véritable base de données sur toute l'opération.

Je me suis ensuite procuré sans peine un parfait mandat d'arrêt pour un homme présentant une vague ressemblance avec le flic qui jouait le rôle de Carlton Soames – un Blanc de trente et quelques années. Je n'avais plus ensuite qu'à appeler le juge d'application des peines, en me faisant passer pour un ami du fugitif qui venait de le voir à l'hôtel *Water Street*. J'ai donné une description de sa tenue, et me suis hâté de raccrocher.

Dans l'intervalle, j'avais attendu dans le garage proche du One Police Plaza, où le capitaine Malloy stationne son coupé Lexus (qui a besoin depuis longtemps d'une vidange d'huile et de liquide de direction, d'après l'étiquette laissée par le mécanicien) chaque matin entre 7 h 48 et 9 h 02.

J'ai attaqué mon ennemi à 8 h 35 précises.

Il s'en est suivi un kidnapping, un trajet en voiture sur le West Side, et le bon usage du métal forgé pour provoquer une panne de mémoire de la base de données au courage extraordinaire. Je ressens la satisfaction inexplicable, et au-delà du sexuel, de savoir que je viens de compléter une collection : les identités de tous les Seize qui me poursuivent, de certaines personnes de leur entourage, et une foule d'informations sur la façon dont ILS conduisent l'enquête.

Certaines de ces informations ont été particulièrement révélatrices. Le nom de Rhyme, par exemple. Comme je le sais maintenant, c'est la clé qui permet de comprendre pourquoi je suis dans cette galère.

Mes soldats vont bientôt marcher sur la Pologne, et envahir la Rhénanie...

Et comme je l'espérais, j'ai quelque chose pour l'une de mes collections, l'une des préférées d'ailleurs. Je ferais mieux d'attendre d'être à nouveau dans mon Placard, mais je ne résiste pas à la tentation. Je sors le magnétophone et je presse REWIND puis PLAY.

Par un heureux hasard, je trouve l'endroit précis où le capitaine Malloy crie de plus en plus fort. Même moi, j'en ai froid dans le dos.

Il émergea d'un sommeil agité, peuplé de violents cauchemars. Il avait la gorge douloureuse à cause de la corde – au-dehors comme au-dedans, car sa bouche était si sèche qu'elle lui faisait mal.

Arthur Rhyme parcourut du regard la misérable chambre d'hôpital sans fenêtre. Une *cellule*, plutôt, dans une infirmerie à l'intérieur des Tombes. Guère différente de sa propre cellule ni de l'épouvantable salle commune où il avait failli être assassiné.

Un infirmier, ou un gardien, entra, examina un lit vide et nota quelque chose.

– Excusez-moi, dit Arthur d'une voix étranglée. Je pourrais voir un médecin ?

L'homme se tourna vers lui. C'était un grand Noir. Arthur sentit la panique le gagner : n'était-ce pas cet Antwon Johnson qui avait volé un uniforme pour se glisser jusqu'à lui et achever ce qu'il avait commencé ?

Non, c'était quelqu'un d'autre. Mais son regard était aussi froid et ne s'attarda pas plus longtemps sur Arthur que sur une éclaboussure au sol. Il ressortit sans un mot.

Une demi-heure passa, Arthur s'assoupissant et se réveillant par intermittences.

Puis la porte s'ouvrit une deuxième fois. Il vit un nouveau patient qu'on amenait. Celui-ci avait été opéré de l'appendicite, comprit-il. Il était convalescent. Un gardien le fit allonger, lui tendit un verre.

– Ne bois pas. Rince-toi seulement la bouche et crache.

L'homme but.

– Mais enfin, je te dis…

L'homme vomit.

– Merde !

Le gardien lui jeta un paquet de serviettes en papier et sortit.

Arthur leva les yeux vers la petite fenêtre vitrée qui donnait sur le corridor où se tenaient deux hommes, un Latino et un Noir. Ce dernier le regardait attentivement en plissant les paupières. Puis il dit quelques mots à l'autre, qui le regarda à son tour, brièvement.

Quelque chose dans leur attitude et leur expression fit penser à Arthur qu'il ne s'agissait pas d'une simple curiosité – ce n'était pas juste pour voir le détenu que Mark, le camé, avait sauvé.

Non, ils voulaient se souvenir de son visage. Pourquoi ?

Voulaient-ils le tuer, eux aussi ?

Nouvelle panique. Allaient-ils se jeter sur lui d'une seconde à l'autre ?

Il ferma les yeux, mais songea aussitôt qu'il ne fallait pas dormir. Ils attendaient pour entrer qu'il s'assoupisse à nouveau. Il fallait rester vigilant, se méfier de tout et de tout le monde à chaque minute qui passait.

Cette fois, il était bien au fond du gouffre. D'après Judy, Lincoln avait peut-être découvert quelque chose pour prouver son innocence. Mais elle ignorait quoi, si bien qu'Arthur ne pouvait pas savoir si son cousin était simplement optimiste ou s'il avait trouvé la preuve concrète qu'on l'avait arrêté par erreur. Cet espoir ambigu le rendait furieux. Avant d'en parler avec Judy,

Arthur Rhyme s'était fait à l'idée de rester dans l'enfer de la prison en attendant une mort imminente.

Je te rends un service, mec. Tu vas te tirer d'ici dans un mois ou deux, de toute façon… Alors laisse-toi faire…

Mais maintenant, maintenant qu'il voyait poindre un espoir de retrouver la liberté, la résignation se transformait en panique. On risquait de lui enlever cet espoir.

Son cœur, à nouveau, s'affolait dans sa poitrine.

Il tendit la main vers le bouton. Le pressa une fois. Puis une autre.

Pas de réponse. Un instant plus tard une nouvelle paire d'yeux apparut à la lucarne. Mais ce n'étaient pas ceux d'un médecin. Était-ce l'un des gardiens qu'il avait déjà vus ? Il n'en savait rien. Le regard était braqué sur lui.

Tout en luttant contre la peur qui descendait comme un courant électrique le long de son épine dorsale, il pressa une troisième fois le bouton, puis le lâcha.

Toujours le silence.

Les yeux clignèrent derrière la vitre, une fois, avant de disparaître.

CHAPITRE 37

– Métadonnées.

Rodney Szarnek, depuis le laboratoire d'informatique de la police de New York, expliquait par téléphone à Lincoln Rhyme comment 522 avait probablement découvert que le « spécialiste » était en fait un policier.

Amelia Sachs, debout à côté de lui, les bras croisés et les doigts enfouis sous ses manches, lui rappela ce qu'elle avait appris de Calvin Geddess, de l'association de défense de la vie privée : « Ce sont des données sur les données. Contenues dans les documents. »

– Bien, confirma Szarnek, qui avait entendu. Il a sans doute découvert qu'on avait créé ce C.V. hier soir.

– Merde, dit Rhyme dans sa barbe. Enfin… on ne peut pas penser à tout. (Puis il rectifia.) Il le *faut*, pourtant, quand on a contre soi l'homme qui *sait* tout.

Le plan qu'ils avaient élaboré pour le prendre était tombé à l'eau. C'était leur deuxième échec. Et, pire, ils s'étaient trahis eux-mêmes en dévoilant leur jeu. 522 *savait* comment ils avaient opéré et pouvait se défendre contre de prochaines tentatives.

La connaissance, c'est le pouvoir...

Szarnek ajouta :

– J'ai envoyé quelqu'un à Carnegie Mellon pour retrouver les adresses de toutes les personnes qui étaient sur leur site ce matin. Il y a eu une douzaine de connexions à partir de la ville, mais elles venaient toutes de bornes publiques, et il n'y a pas de trace des utilisateurs. Deux provenaient de mandataires en Europe, et je connais les serveurs. Ils refuseront de coopérer...

Naturellement.

– On a glané quelques informations dans l'espace vide que Ron a trouvé chez SSD. Ça prend pas mal de temps. C'était... (renonçant à se lancer dans des explications techniques)... assez embrouillé. Mais on récupère des fragments d'informations, comme si quelqu'un avait rassemblé des fichiers pour les télécharger. On a sorti un *nym*... je veux dire un nom d'écran, ou nom de code : « Coursier ». C'est tout pour le moment.

– Mais qui est-ce, vous avez une idée ? Un collaborateur ? Un client ? Un pirate ?

– Non. J'ai appelé un copain au FBI et ils ont interrogé leur base de données pour trouver des synonymes et des adresses sur Internet. Ils ont trouvé environ huit cents coursiers. Mais aucun en ville. On en saura plus dans un moment.

Rhyme demanda à Thom d'ajouter le nom « Coursier » à la liste des suspects.

– On va chercher du côté de SSD, peut-être que quelqu'un reconnaîtra ce nom.

– Et les dossiers des clients sur le CD ?

– J'ai quelqu'un qui fait une recherche manuelle. Le code que j'ai trouvé n'a rien donné de plus jusqu'ici. Il y a trop de variables : produits consommés, cartes d'abonnement au métro, cartes de gratuité des transports... La plupart des entreprises ont téléchargé une certaine quantité d'informations sur les victimes, mais d'un point de vue statistique, personne n'apparaît encore comme un suspect.

– Bien.

Il raccrocha.

– On a essayé, Rhyme, dit Amelia.

Essayé… Il la regarda en haussant les sourcils, une mimique qui ne signifiait absolument rien.

Le téléphone sonna et Sellitto prit l'appel.

– *Commande ! Répondre !*… Lon, est-ce que…

– Linc ?

Un problème. Le ton était pressant, et la voix tremblait dans le haut-parleur.

– Encore une victime ?

Sellitto s'éclaircit la gorge.

– Il a eu l'un des nôtres.

– Qui ? Dis-le-nous, demanda Rhyme, saisi d'inquiétude, tandis qu'Amelia se penchait instinctivement vers le téléphone en décroisant les bras.

– Joe Malloy.

– Non… murmura Amelia.

Rhyme ferma les yeux et sa tête retomba contre le dossier du fauteuil roulant.

– Évidemment. C'était un piège, Lon. Il l'avait bien préparé.

Il baissa la voix d'un ton.

– Qu'est-ce qu'il a ?

– Que veux-tu dire ? demanda Amelia d'un ton pressant.

– Il n'a pas tué Malloy, n'est-ce pas ? dit Rhyme en baissant la voix.

– Non, Linc, il ne l'a pas tué, répondit Sellitto dans un souffle.

– Mais parle ! s'écria Amelia. Qu'est-ce qu'il lui a fait ?

Elle échangea un regard horrifié avec Rhyme, qui dit :

– Il a monté ce coup parce qu'il voulait des informations. Il a torturé Joe pour les lui soutirer. C'est ça, Lon ?

Le détective poussa un soupir. Puis il toussa.

– Oui, je dois dire que c'était assez horrible. Et d'après la quantité de sang, Joe a dû tenir un bon moment. Ce salopard l'a achevé d'un coup de feu.

Amelia était rouge de colère. Elle serrait la crosse de son Glock. Elle demanda, les mâchoires serrées :

– Il avait des gosses, Joe ?

– Une fille en Californie. Je l'ai déjà appelée.

– Et toi, tu tiens le coup ? demanda Amelia.

– Non, répondit Sellitto, et sa voix s'étrangla à nouveau.

Rhyme pensa que le détective ne lui avait jamais paru aussi bouleversé.

Il lui semblait entendre encore la voix de Joe Malloy protestant parce que Rhyme avait « oublié » de le tenir au courant de l'enquête. Le capitaine, rejetant toute mesquinerie, les avait soutenus, alors que Sellitto et le criminologue n'avaient pas été réguliers avec lui.

Le travail de police passait avant l'ego.

Et 522 l'avait torturé et assassiné simplement parce qu'il lui fallait des informations. Toujours cette saleté d'information…

Rhyme trouva alors la force morale de rejeter la pierre qui l'oppressait. Le détachement qui, à en croire certains, signifiait qu'il avait aussi été privé d'âme par son accident mais y voyait un moyen de mieux faire son travail, prit le dessus. Il dit d'un ton ferme :

– Bon. Tu sais ce que ça signifie, n'est-ce pas ?

– Quoi ? demanda Amelia.

– Il déclare la guerre.

– La guerre ?

C'était Sellitto, cette fois, qui posait la question.

– Contre nous. Il ne cherche plus à se cacher. Ni à fuir. Il nous dit d'aller nous faire foutre. Il contre-attaque. Et il pense qu'il va s'en sortir comme ça. Tuer un flic ? Et pourquoi pas ? Il est en ordre de bataille. Et il sait tout de nous, maintenant.

– Joe n'a peut-être pas parlé, intervint Amelia.

– Bien sûr que oui. Il a tenu tant qu'il a pu, mais il a fini par craquer.

Rhyme ne voulait même pas imaginer ce que le capitaine avait enduré en essayant de se taire.

– Ce n'est pas de sa faute… Mais nous sommes tous en danger désormais.

– Il faut en parler aux patrons, dit Sellitto. Ils veulent savoir pourquoi ça a foiré. Ils n'étaient pas chauds, déjà, pour donner leur feu vert à cette opération.

– C'est certain. Où l'a-t-il emmené pour l'interroger ?

– À Chelsea, dans un entrepôt.

– Un entrepôt… idéal pour un pirate. Il était connecté ? Il y travaillait ? Vous vous rappelez ses chaussures confortables ? Ou bien l'a-t-il découvert par hasard, en fouillant dans les données ? J'ai besoin de savoir tout ça.

– Je vais le faire inspecter, dit Cooper.

Sellitto lui donna les coordonnées.

– Et il faut aussi s'occuper de la scène de crime.

Rhyme regarda Amelia, qui répondit d'un hochement de tête.

Après avoir mis fin à la communication avec le détective, le criminologue demanda :

– Où est Pulaski ?

– Il revient de l'opération avec Roland Bell.

– Appelons SSD pour savoir où étaient nos témoins pendant qu'on tuait Malloy. Certains se trouvaient forcément à leur bureau. Je veux savoir qui n'y était *pas*. Et je veux des informations sur ce « Coursier ». Vous croyez que Sterling pourrait nous aider ?

– Sans aucun doute, répondit Amelia qui avait trouvé Sterling très coopératif depuis le début de l'enquête.

Elle composa le numéro. L'un des assistants répondit. Amelia se fit connaître.

– Bonjour, détective Sachs. C'est Jeremy. Que puis-je faire pour vous ?

– J'ai besoin de parler à M. Sterling.

– Je regrette, mais il n'est pas disponible.

– C'est très important. Il y a encore eu un meurtre. Un officier de police.

– Oui, j'ai entendu les infos. Je suis désolé. Ne raccrochez pas. Martin arrive à l'instant.

Elle entendit des bruits de conversation à voix basse, puis une autre voix dans l'appareil.

– Détective Sachs, ici Martin. Encore un meurtre, me dit-on ? Je suis désolé. Mais M. Sterling est absent.

– Il faut vraiment que je lui parle.

– Je vais faire passer le message, dit l'assistant sans se départir de son calme.

– Dans ce cas, puis-je avoir Mark Whitcomb, ou Tom O'Day ?

– Un instant, s'il vous plaît.

Un long moment, puis la voix de Mark à nouveau.

– Je regrette vraiment, mais Mark n'est pas au bureau non plus. Et Tom est en réunion. Je vais leur laisser des messages. On m'appelle sur une autre ligne, détective Sachs, je dois vous laisser. Je suis réellement désolé pour ce capitaine.

Assise sur un banc avec vue sur l'East River, le recueil de poèmes de Walt Whitman ouvert sur ses genoux, Pam Willoughby sentit s'accélérer les battements de son cœur. Elle avait les mains moites.

Elle regarda Stuart Everett derrière elle, dans la lumière éclatante du soleil qui brillait sur le New Jersey. Chemise bleue, jean, blouson, sac en cuir jeté par-dessus l'épaule. Traits juvéniles, tignasse brune, lèvres minces prêtes à s'entrouvrir pour un sourire qui n'arrivait pas toujours.

– Salut ! dit-elle d'un ton qui paraissait enjoué, et furieuse contre elle-même : elle avait décidé d'être dure.

– Salut ! (Il lança un coup d'œil vers le pont de Brooklyn.) Fulton Street ?

– Le poème ? Je le sais. Le titre exact est « Sur le bac de Brooklyn ».

Du célèbre *Feuilles d'herbe*, le chef-d'œuvre de Whitman. Everett en ayant parlé en cours comme de son ouvrage préféré, elle l'avait acheté dans une édition de luxe. Avec l'idée d'un lien supplémentaire entre eux deux.

– Ce poème-là, je ne l'ai pas fait étudier. Tu le connaissais ?

Pam ne répondit pas.

– Je peux m'asseoir ?

Elle fit oui de la tête.

Ils restèrent silencieux. Elle sentit son eau de Cologne, et se demanda si c'était sa femme qui l'avait achetée.

– Ton amie t'a parlé, j'en suis sûr.

– Oui.

– Je l'aime bien. Quand elle a appelé… bon, j'ai cru qu'elle allait m'arrêter.

Un sourire passa sur les traits fermés de Pam.

– Elle n'apprécie pas trop cette situation, poursuivit Stuart. Mais c'est bien. Elle veille sur toi.

– C'est Amelia.

– À la voir, je n'aurais jamais cru qu'elle était flic.

Et un flic qui viendrait enquêter sur mon copain. On n'était pas si mal dans le brouillard, songea Pam. À savoir trop de choses, on perdait la tête.

Il lui prit la main. Le réflexe de la retirer fut des plus fugitifs.

– Pam. Expliquons-nous franchement.

Elle fixait un point au loin ; pas question de regarder ses yeux bruns aux paupières tombantes. Elle regardait le fleuve, et au-delà, le port. Les ferries continuaient à aller et venir, mais les bateaux de plaisance et les barges formaient le gros de la circulation. Elle venait souvent s'asseoir au bord du fleuve pour les voir. Forcée de vivre au fond d'une forêt du Midwest avec sa folle de mère et une bande de fanatiques d'extrême droite, Pam était attirée depuis toujours par les fleuves et les océans. C'étaient d'immenses espaces vides en perpétuel mouvement. Cette seule pensée l'apaisait.

– Je n'ai pas été honnête, je le sais. Mais mes relations avec ma femme ne sont pas ce qu'on croit. Je ne couche plus avec elle. Depuis longtemps.

C'était donc la première chose que disaient les hommes dans ces cas-là ? se demanda Pam. Elle n'avait même pas pensé au sexe, seulement au fait d'être marié.

– Je ne voulais pas tomber amoureux de toi. Je pensais qu'on serait amis. Mais tu t'es révélée si différente de toutes les autres. Tu as déclenché quelque chose en moi. Tu es belle, c'est clair. Mais tu es… bref, tu es comme Whitman. Originale. Lyrique. Poète, à ta façon.

– Tu as des enfants, ne put s'empêcher de dire Pam.

Une hésitation.

– C'est vrai. Mais tu les aimerais. John a 8 ans. Chiara, 11 ans. Ce sont des gosses formidables. Si nous sommes encore ensemble, Mary et moi, c'est pour eux. C'est l'unique raison.

Elle s'appelle Mary, nota Pam.

Il pressa sa main entre les siennes.

– Pam, je ne peux pas te laisser partir.

Appuyée contre lui, elle sentait la tiédeur rassurante de son bras contre le sien, respirait son parfum léger et agréable, et ne se demandait plus qui avait acheté cette eau de toilette. Elle pensa : il s'apprêtait certainement à me le dire tôt ou tard.

– J'étais sur le point de t'en parler il y a une semaine. Je te le jure. Il fallait que je rassemble tout mon courage.

Elle sentit sa main qui tremblait.

– Je vois les visages de mes enfants. Je réfléchis. Je ne peux pas briser cette famille. Et puis tu arrives. Toi, l'être le plus incroyable que j'aie jamais rencontré… Je suis seul depuis très, très longtemps.

– Mais les vacances ? demanda Pam. Je voulais faire quelque chose avec toi pour Noël.

– Je pourrai sans doute me libérer. Il faut simplement qu'on s'organise.

Stuart baissa la tête.

– Voilà la vérité. Je ne peux pas vivre sans toi. Si tu ne peux pas te montrer patiente, on se débrouillera tout de même.

Elle pensa à l'unique nuit qu'il avaient passée ensemble. Un secret ignoré de tous. Chez Amelia Sachs, alors qu'elle était restée chez Lincoln. Pam et Stuart avaient eu la maison pour eux seuls. Magique. Elle aurait voulu que toutes ses nuits à venir soient semblables à celle-ci.

Elle serra encore plus fort la main de Stuart.

– Je ne peux pas te perdre, murmura-t-il.

Il se pencha sur le banc pour se rapprocher encore. Chaque centimètre carré à son contact ajoutait au bien-être de la jeune fille. Elle avait écrit un poème sur lui, dans lequel elle parlait de leur attirance mutuelle comme de la force de gravité, l'une des forces fondamentales de l'univers.

Elle laissa sa tête retomber sur son épaule.

– Je promets de ne plus jamais te cacher quoi que ce soit. Mais, je t'en prie… Il faut que je continue à te voir.

Elle pensa aux meilleurs moments qu'ils avaient partagés, des moments qui seraient passés pour insignifiants aux yeux de n'importe qui d'autre.

Le bien-être qu'elle éprouvait tout contre lui était comme de l'eau tiède coulant sur une plaie, emportant l'infection.

Pendant leur longue cavale, Pam et sa mère avaient vécu avec et parmi des hommes peu intéressants qui les frappaient « pour leur propre bien », n'échangeaient jamais un mot avec leur femme ou avec leurs enfants sinon pour les punir ou pour les faire taire.

Stuart n'avait rien à voir avec ces monstres. Il appartenait à un autre univers.

– Accorde-moi seulement un peu de temps, reprit-il à voix basse. J'arrangerai tout. C'est promis. On continuera à se voir comme on l'a fait jusqu'ici… Tiens, j'ai une idée ! Il y a un colloque de poésie le mois prochain à Montréal. Je pourrais te prendre un billet d'avion et réserver une chambre. Tu assisterais aux communications. Et on aurait nos soirées pour nous.

– Oh, je t'aime.

Elle se pencha sur son visage.

– Je comprends pourquoi tu ne m'as rien dit, vraiment.

Il la serra très fort contre lui, l'embrassa dans le cou.

– Pam, je suis si…

Mais déjà elle s'écartait, en serrant son sac plein de livres contre sa poitrine, comme un bouclier.

– Mais c'est non, Stuart.

– Comment ?

Pam sentit son cœur battre comme jamais.

– Quand tu auras divorcé, appelle-moi et on verra. Mais pour le moment, c'est non. Je ne peux plus te voir.

Elle avait dit ce qu'elle pensait qu'Amelia dirait en pareille circonstance. Mais pouvait-elle se conduire comme elle et ne pas pleurer ? Amelia ne pleurerait pas. C'était hors de question.

Elle plaqua un sourire sur son visage, luttant pour dominer sa souffrance. Le bien-être s'était enfui, chassé par la panique et la solitude. La chaleur avait tourné en glace.

– Mais, Pam, tu es tout pour moi !

– Et toi, qu'est-ce que *tu* es pour *moi*, Stuart ? Tu ne peux pas être tout, et je ne me contenterai pas de moins. (Ne laisse pas ta voix trembler.) Si tu divorces, tu m'auras avec toi… Tu vas divorcer ?

Le regard du séducteur fuyait le sien, maintenant.

– Oui, dit-il dans un souffle.

– Tout de suite ?

– Tout de suite, je ne peux pas. C'est compliqué.

– Non, Stuart. C'est vraiment, vraiment simple. (Elle se leva.) Si je ne te revois pas, bonne chance.

Elle s'éloigna d'un pas rapide pour rejoindre la maison d'Amelia Sachs, qui se trouvait non loin de là.

D'accord, Amelia ne pleurerait pas, peut-être. Mais Pam ne pouvait retenir ses larmes plus longtemps. Elle allait droit devant elle, les joues baignées de larmes, effrayée par sa propre faiblesse – elle avait failli craquer – et n'osant pas penser à ce qu'elle venait de faire.

Elle se fit pourtant une réflexion laissant entrevoir qu'un jour, sans doute, elle évoquerait avec amusement le souvenir de ce dernier rendez-vous : c'était nul, comme phrase de rupture. J'aurais pu trouver mieux.

CHAPITRE 38

Mel Cooper fronçait les sourcils.

– L'entrepôt désaffecté ? Là où Joe a été tué ? Il est loué à un imprimeur qui s'en sert pour entreposer du papier à recycler, mais il n'y a pas eu de véritable activité depuis des mois. Ce qui est bizarre, c'est qu'on ne sait pas très bien qui en est le propriétaire.

– Qu'entendez-vous par là ?

– J'ai épluché les documents administratifs. L'entrepôt a été cédé en leasing à trois entreprises et appartient à deux sociétés de New York, dont le siège semble être en Malaisie.

Mais 522 le savait, tout comme il savait que l'endroit était parfait pour y torturer une victime. Comment ? Parce que 522 était l'homme qui savait tout.

Le téléphone sonna, et Rhyme regarda l'écran pour savoir qui appelait. Ils avaient encaissé assez de mauvaises nouvelles avec l'affaire de 522, pourvu que ça n'en soit pas une autre…

– Inspecteur Longhurst ?

– Détective Rhyme, je veux simplement vous tenir au courant. Ça se passe assez bien, ici.

La voix trahissait une grande excitation. Elle expliqua que d'Estourne, l'agent de l'équipe de sécurité française, était allé à Birmingham où il avait pris contact avec des Algériens d'une communauté musulmane de West Bornwich, à l'extérieur de la ville. Ils lui avaient appris qu'un Américain avait passé commande d'un passeport et d'un visa pour l'Afrique du Nord avant de poursuivre sa route vers Singapour. Il avait versé un confortable acompte et ils lui avaient promis que les documents seraient prêts le lendemain soir. Dès qu'il les aurait récupérés il irait à Londres pour finir le travail.

– Bien, dit Rhyme, avec un petit rire. Ça veut dire que Logan est déjà là-bas, vous ne croyez pas ? À Londres.

– C'est à peu près certain, répondit l'inspecteur Longhurst. Il compte mettre son plan à exécution demain quand notre double va rencontrer les gens du MI5 dans la zone de tir.

– Exactement.

Richard Logan avait donc commandé les papiers, et les avait payés au prix fort, afin que l'équipe se concentre sur Birmingham pendant qu'il fonçait à Londres pour exécuter sa mission : tuer le révérend Goodlight.

– Que disent les gens de Danny Krueger ?

– Qu'un bateau attendra dans le Sud, sur la côte, pour l'exfiltrer en France.

L'exfiltrer… Rhyme adorait cette expression. Les flics ne parlent pas comme ça chez nous.

Ses pensées le ramenèrent à la planque de Manchester. Et à la descente dans les locaux de l'organisation caritative à Londres. Y avait-il quelque chose qu'il aurait pu voir s'il avait quadrillé les scènes de crime dans chacun de ces locaux via la vidéo haute définition ? Avaient-ils manqué quelque minuscule indice susceptible de leur dire où et quand le tueur allait agir ? Dans ce cas, l'indice avait disparu depuis. Il fallait espérer qu'ils aient fait les bonnes déductions.

– De quels moyens disposez-vous sur place ?

– Dix agents autour de la zone de tir. Tous en civil ou en tenue de camouflage.

L'inspecteur Longhurst ajouta que Danny Krueger, ainsi que l'agent des services secrets français et une autre équipe tactique, faisaient en sorte d'être « discrètement visibles » à Birmingham. Elle avait également pris des mesures de protection spéciales à l'endroit où le révérend se cachait actuellement ; rien ne prouvait que le tueur l'avait déjà localisé, mais elle ne voulait pas prendre le moindre risque.

– Nous ne tarderons pas à en savoir plus, détective.

Comme il raccrochait, son ordinateur tinta.

– *M. Rhyme ?*

Les mots s'inscrivaient devant lui sur l'écran. Une petite fenêtre s'était ouverte, avec une image du salon de la maison d'Amelia transmise par webcam. Il voyait Pam au clavier en train de lui envoyer un message.

Il s'adressa à elle par le système de reconnaissance vocale.

– *Bonjour, Pam, comment aller ?*

Maudit ordinateur ! Il faudrait peut-être demander à Rodney Szanek, leur gourou informatique, d'installer un nouveau matériel.

Mais elle devina ce qu'il voulait dire.

– *Bien*, répondit-elle. *É vou ? Amelia é là ?*

– *Non. L é sortie.*

– *La poisse. Je voulais lui parler. Je l'ai appelée mais elle ne répond pas sur son tel.*

Bon Dieu ! Un soupir.

– *On peut faire quelque chose pour toi, ici ?*

– *Non merci.*

Un silence et il la vit jeter un regard à son portable. Puis elle reporta son attention sur l'ordinateur. Et tapa :

– *C'est Rachel. Je reviens.*

Laissant la webcam connectée, elle se retourna pour prendre une communication téléphonique sur son portable. Elle souleva pour le poser sur ses genoux un sac plein de livres et s'y plongea, ouvrit un manuel et trouva quelques feuilles à l'intérieur. Elle les lisait à haute voix, semblait-il.

Alors que Rhyme était sur le point de retourner aux tableaux blancs, il jeta un coup d'œil à la fenêtre découpée par la webcam.

Il y avait quelque chose de changé.

Fronçant les sourcils, il manœuvra son fauteuil pour se rapprocher de l'écran.

Il semblait y avoir quelqu'un d'autre chez Amelia. Comment était-ce possible ? Il ne pouvait pas en être absolument certain, mais il avait vu, oui, un homme, en partie caché dans un corridor sombre, à cinq ou six mètres de Pam.

Rhyme scruta l'image, en tendant le cou autant qu'il le pouvait. Un intrus, au visage dissimulé sous une cagoule. Et qui tenait quelque chose. Une arme à feu ? Un couteau ?

– Thom !

L'aide n'était pas à portée de voix. Il sortait les poubelles, comme par hasard !

– *Commande ! Appeler Sachs ! Domicile !*

Dieu merci, le système fit exactement ce qu'on lui ordonnait.

Il vit Pam regarder brièvement le téléphone posé à côté de l'ordinateur. Mais elle le laissa sonner : elle n'était pas chez elle, le répondeur d'Amelia pouvait se charger des messages. Elle continua à parler à son portable.

L'homme sortit du corridor, la cagoule empêchant de voir le visage qu'il tournait directement vers la jeune fille.

– *Commande ! Message urgent !*

L'écran changea pour accueillir le message.

– *Commande ! Taper Pam point d'exclamation !*

« *Pam.exclam…* »

Merde !

– *Commande – Taper – Pam danger pars vite – Commande ! Envoyer !*

Ce message arriva à peu près inchangé.

Pam, lis-le, s'il te plaît ! supplia Rhyme en silence. Regarde l'écran !

Mais elle était toute à sa communication téléphonique. Plus rien d'insouciant sur ses traits : la conversation s'était faite sérieuse.

Rhyme appela le 911, et la standardiste lui assura qu'un véhicule de la police serait à la maison d'Amelia en cinq minutes. Mais l'intrus n'était qu'à quelques secondes de Pam, laquelle ne se doutait pas de sa présence.

Rhyme savait qu'il s'agissait de 522, bien sûr. Il avait soumis Malloy à la torture pour obtenir des informations sur eux tous. Amelia Sachs était la première sur la liste de ceux qui devaient mourir. Mais ce ne serait pas Amelia. Ce serait cette gamine innocente.

Aux battements accélérés de son cœur répondait un violent mal de tête. Il tenta à nouveau de téléphoner. Quatre sonneries. *« Bonjour, c'est Amelia. Merci de laisser votre message après le bip… »*

Nouvel essai à l'ordinateur.

– *Commande ! Taper ! Pam, appelle-moi. Lincoln.*

Et que lui dirait-il s'il pouvait lui parler ? Amelia avait des armes chez elle, mais il ignorait où elle les rangeait. Pam était une jeune fille sportive, et l'homme ne semblait guère plus costaud qu'elle. Mais il était armé. Et, compte tenu de sa position, il pouvait lui passer un cordon autour du cou ou lui planter un couteau dans le dos avant qu'elle sache qu'il était là.

Et tout cela se passerait sous ses yeux.

Enfin, elle se décida à pivoter sur son siège, face à l'écran. Elle allait voir le message.

Continue, tourne-toi encore !

Rhyme vit une ombre sur le sol. Le tueur se rapprochait-il ?

Sans cesser de parler au téléphone, Pam regardait maintenant le clavier, et non l'écran.

Lève les yeux !

Mais comme tous les gens de son âge, Pam n'avait pas besoin de regarder l'écran pour s'assurer qu'elle ne faisait pas d'erreur. Son portable coincé entre l'oreille et l'épaule, elle tapait avec une grande vélocité, l'œil sur les touches.

– *Je dois m'en aller maintenant. Au revoir M. Rhyme.*

Puis l'écran s'éteignit.

Amelia Sachs n'était pas à l'aise dans la combinaison en Tyvek qu'elle passait pour examiner les scènes de crime, avec le masque de chirurgie et les surchaussures. Elle souffrait de claustrophobie et de nausée en inhalant les relents de papier mouillé, de sang et de sueur qui flottaient dans l'air de l'ancien entrepôt.

Elle n'avait guère connu le capitaine Joseph Malloy. Mais c'était pour elle, pour reprendre l'expression de Lon Sellitto, « l'un des nôtres ». Et elle était horrifiée en voyant ce que 522 lui avait fait subir pour le faire parler. Elle avait presque fini d'examiner la scène et elle sortit avec les sachets contenant les indices recueillis, soulagée de se retrouver à l'air libre, même si celui-ci était chargé de vapeurs de diesel.

Elle entendait encore la voix de son père. Petite fille, elle avait poussé un jour la porte de la chambre de ses parents et l'avait aperçu en larmes dans son uniforme d'agent de police. Cette vue l'avait bouleversée. Elle ne l'avait jamais vu pleurer. Il lui avait fait signe d'entrer. Hermann Sachs était toujours franc avec sa fille. Il l'avait fait asseoir pour lui expliquer que l'un de ses amis, un collègue de la police, venait d'être abattu en intervenant sur un cambriolage.

– Petite, dans ce métier, on fait tous partie d'une même famille. On passe sans doute plus de temps avec les collègues qu'avec sa femme et ses enfants. Chaque fois qu'un flic est tué, on meurt un peu soi-même. Qu'il s'agisse d'un simple agent ou d'un gradé, c'est la même douleur qu'on ressent quand on en voit un disparaître.

Ce qu'elle ressentait à cet instant. Au plus profond d'elle-même.

– J'ai terminé, annonça-t-elle aux membres de l'équipe spécialisée qui l'assistait et attendait maintenant à côté du véhicule d'intervention rapide.

Elle avait procédé seule à l'examen des lieux, mais les agents venus du Queens avaient tout photographié et filmé en vidéo, et quadrillé les scènes secondaires : entrées, voies de sortie et abords immédiats.

– Bien, dit-elle encore. Vous pouvez l'emmener à la morgue.

Les hommes, avec leurs épais gants verts et leurs combinaisons spéciales, pénétrèrent dans l'usine déserte. Amelia rassembla les sachets d'indices dans des cartons et s'immobilisa.

Quelqu'un l'observait.

Elle avait entendu un bruit de métal heurtant le ciment, ou du verre, dans l'une des allées. Elle y jeta un bref coup d'œil et crut voir une silhouette qui se dissimulait près d'un quai de chargement depuis longtemps abandonné.

Examine tout avec soin, mais surveille tes arrières…

Elle se rappela la scène du cimetière. Le tueur, ayant revêtu un uniforme de policier, l'avait longuement observée. Son malaise était maintenant le même. Abandonnant les sachets, elle s'engagea dans l'allée, la main sur la crosse de son pistolet. Personne.

Paranoïa.

Elle continua à avancer.

– Détective ? appela l'un des techniciens.

Elle ne s'arrêta pas. Était-ce un visage, là-bas, derrière cette vitre sale ?

– Détective ! insista le technicien.

– J'arrive ! dit-elle, une note d'agacement dans la voix.

– Excusez-moi. Mais c'est le détective Rhyme qui veut vous parler.

– Dites-lui que je le rappelle tout de suite.

– Détective, il dit que c'est au sujet d'une certaine Pam. Il s'est passé quelque chose chez vous. On a besoin de vous d'urgence.

CHAPITRE 39

Amelia Sachs se précipita à l'intérieur, sans se soucier de la douleur à ses genoux.

Elle dépassa les policiers en faction à la porte, sans un salut.

L'un d'eux montra du doigt la direction du salon.

Elle s'y précipita… et vit Pam sur le canapé. La jeune fille leva les yeux vers elle. Elle était blême.

Amelia s'assit à côté d'elle.

– Tu n'as rien ?

– Ça va. J'ai eu la frousse, c'est tout.

– Tu n'es pas blessée ? Je peux te serrer dans mes bras ?

Pam se mit à rire et elles s'étreignirent.

– Que s'est-il passé ?

– Quelqu'un est entré. Au moment où j'étais là. M. Rhyme l'a vu derrière moi grâce à la webcam. Il a essayé de m'appeler, plusieurs fois. J'ai fini par décrocher et il m'a dit de crier et de me sauver.

– Ce que tu as fait ?

– Pas tout à fait. J'ai couru dans la cuisine et j'ai pris un couteau. J'étais furieuse. Il a filé.

Amelia se tourna vers un détective du commissariat de quartier de Brooklyn, un Afro-Américain trapu, qui dit d'une voix profonde de baryton :

– Il n'était plus là quand on est arrivés. Les voisins n'ont rien vu.

Donc, *c'était* son imagination qui l'avait trompée sur la scène de crime où Joe Malloy avait été tué. Mais il y avait peut-être un gamin qui traînait dans le bâtiment, ou un ivrogne cherchant à savoir ce que la police faisait là. Après avoir assassiné Malloy, 522 était donc venu chez elle – pour chercher des indices ou mettre en œuvre son projet : la tuer.

Elle inspecta toute la maison avec le détective et Pam. Le plus grand désordre régnait sur son bureau, mais rien ne manquait.

– J'ai pensé que c'était peut-être Stuart, dit Pam. J'ai rompu avec lui.

– Ah bon ? (Un hochement de tête.) Bien... Mais ce n'était pas lui ?

– Non. Le type qui est entré ici n'était pas habillé ni bâti comme lui. Et puis, d'accord, Stuart est un salaud mais pas du genre à entrer chez les gens par effraction.

– Tu l'a vu ?

– Non. Il a tourné les talons et il a filé avant que je le voie vraiment.

Elle n'avait remarqué que ses vêtements.

La détective expliqua que Pam avait décrit un individu de sexe masculin, blanc ou clair de peau, peut-être latino-américain, portant un jean et un blouson bleu foncé.

Il trouvèrent la fenêtre qu'il avait forcée pour entrer. Le domicile d'Amelia possédait une alarme, mais Pam l'avait débranchée en arrivant.

Elle fit le tour de la maison. La colère et l'effroi qu'elle avait éprouvés devant la mort épouvantable de Malloy faisaient place au même malaise, au même sentiment de vulnérabilité qui s'étaient emparés d'elle au cimetière, dans l'entrepôt qui avait vu Malloy mourir, dans les bureaux de SSD... à vrai dire *partout*, depuis qu'ils s'étaient lancés à la poursuite de 522. Et même près de la maison de DeLeon. L'observait-il, en ce moment même ?

Elle surprit un mouvement derrière une fenêtre, un éclat de lumière… Étaient-ce les feuilles mortes qui reflétaient le maigre soleil ?

Ou 522 ?

Il n'en fallut pas plus pour ramener Amelia Sachs à la réalité. Au travail. Et vite ! Le tueur était venu ici – et peu de temps auparavant. Bon sang, il faut qu'on trouve quelque chose d'utile !

– Tout va bien, ma chérie.

L'agent venu du commissariat demanda :

– Détective, voulez-vous qu'on envoie quelqu'un de l'Unité de scènes de crime pour jeter un coup d'œil ?

– Ça ira comme ça, répondit Amelia, avec un regard vers Pam et un sourire crispé. Je m'en occupe.

Elle alla chercher son kit de scènes de crime dans le coffre de sa voiture et se mit au travail avec Pam.

En fait, Amelia examinait les lieux et Pam, en se tenant hors du périmètre, lui indiquait exactement où se trouvait le tueur. Bien que sa voix tremble encore légèrement, la jeune fille était calme et efficace.

J'ai couru dans la cuisine et j'ai pris un couteau…

Puisque Pam était là, Amelia demanda à un agent de rester dans le jardin – par où l'homme s'était enfui. Ceci ne calmait pas tout à fait son inquiétude, étant donné l'habileté dont 522 avait fait preuve pour épier ses victimes, se renseigner sur elles et les approcher. Elle voulait achever l'examen méthodique de la scène et éloigner Pam le plus vite possible.

Guidée par la jeune fille, elle passa au crible tous les endroits où 522 s'était tenu. Mais elle ne trouva pas le moindre indice dans toute la maison. Ou bien le tueur portait des gants, ou bien il avait évité de toucher des surfaces susceptibles d'enregistrer ses empreintes, et les rouleaux d'adhésif ne révélaient aucune trace étrangère.

– Par où est-il parti ? demanda la détective.

– Je vais te le montrer, dit Pam.

Elle comprit, à l'air avec lequel Amelia regardait vers le jardin, que celle-ci était de plus en plus réticente à l'exposer au danger.

– Ce sera plus facile si je t'accompagne.

Amelia acquiesça d'un hochement de tête et elles sortirent. Après avoir regardé tout autour d'elles, Amelia interpella l'agent qui montait la garde.

– Vous n'avez rien remarqué ?

– Rien. Mais je dois dire que lorsqu'on pense que quelqu'un est en train de vous épier, on a tendance à voir quelqu'un en train de vous épier.

– Je ne vous le fais pas dire.

Il montra du doigt une rangée de fenêtres obscures de l'autre côté de la rue, puis un épais massif d'azalées et de buis.

– J'ai inspecté tout ça. Il n'y avait rien. Mais je garde un œil dessus.

– Merci.

Pam conduisit Amelia vers le chemin qu'avait pris 522 pour s'enfuir, et la détective entreprit de quadriller le terrain.

– Amelia ?

– Oui ?

– J'ai été assez nulle, tu sais. Je pense à ce que je t'ai dit hier. J'étais… désespérée, disons. En pleine panique… Enfin, ce que je veux te dire, c'est que je le regrette…

– Tu étais complètement verrouillée.

– Je ne me suis pas sentie si verrouillée que ça.

– L'amour nous joue de ces tours, ma chérie.

Pam se mit à rire.

– On en reparlera. Ce soir, peut-être. On pourrait dîner ensemble, si l'enquête te laisse un peu de temps ?

– D'accord. Volontiers.

Amelia poursuivit son inspection, en luttant pour surmonter le malaise qui ne la quittait pas à l'idée que 522 était toujours là. Mais en dépit de ses efforts, la recherche d'indices fut infructueuse. Le sol était presque entièrement recouvert de gravier, elle ne trouva qu'une empreinte de pas, et encore : la trace d'une pointe de chaussure. Il était parti en courant. Pas de trace de pneus non plus.

Pourtant, en revenant vers la maison, elle aperçut une tache claire dans le lierre et les pervenches qui recouvraient le sol – à l'endroit exact où il avait dû se recevoir après avoir sauté pardessus le portail fermé à clé.

– Tu as trouvé quelque chose ?

– Peut-être, dit Amelia en cueillant avec ses pinces le petit bout de papier. De retour à l'intérieur, elle déplia une minitable d'examen portative. Elle vaporisa de la ninhydrine, puis, après avoir chaussé des lunettes de protection, y projeta un faisceau laser. Elle constata, déçue, l'absence d'empreintes.

– C'est intéressant ? demanda Pam.

– Peut-être. Ça ne nous conduira pas chez lui. Mais c'est rare avec cette sorte d'indices. Si c'était le cas, ajouta-t-elle en souriant, on n'aurait plus besoin de gens comme Lincoln et moi, n'est-ce pas ? Je l'étudierai plus soigneusement.

Amelia rassembla ses instruments, prit la perceuse et répara tant bien que mal la fenêtre fracturée. Puis elle rebrancha l'alarme.

Elle avait déjà appelé Rhyme pour lui dire que Pam était en sécurité, mais voulait maintenant lui rendre compte de sa recherche. Elle prit son portable mais, avant d'appeler, s'arrêta sur le trottoir et regarda autour d'elle.

– Qu'y a-t-il Amelia ?

Elle remit le téléphone dans son étui.

– Ma voiture !

La Camaro n'était plus là. Elle scruta la rue dans les deux sens, la main sur la crosse du Glock. 522 était-il encore là ? Avait-il volé la voiture ?

L'agent de police sortait du jardin et elle lui demanda s'il n'avait pas vu quelqu'un.

– Cette vieille voiture ? C'était la vôtre ?

– Oui. Je crains que notre homme soit parti avec.

– Désolé, détective, mais elle a été enlevée. Je serais intervenu si j'avais su qu'elle était à vous.

Enlevée ? Elle avait peut-être oublié de placer l'insigne de la police de New York sur le tableau de bord.

Elle rejoignit avec Pam la vieille Honda Civic de la jeune fille et elles roulèrent jusqu'au commissariat du quartier. L'officier de garde, qu'Amelia connaissait, avait entendu parler de l'intrusion à son domicile.

– Salut, Amelia ! Les gars ont ratissé le coin de fond en comble. Personne n'a vu votre homme.

– Écoute, Winnie, ma bagnole à disparu. Je l'avais garée à côté de la bouche d'incendie, en face de chez moi.

– C'était une voiture de patrouille ?

– Non.

– Ta vieille Chevrolet, alors ?

– Oui.

– Ma foi… c'est idiot.

– Quelqu'un m'a dit qu'on l'avait enlevée. Je ne sais plus si j'avais mis l'insigne de la police.

– Tout de même. Ils auraient dû relever le numéro d'immatriculation et vérifier qu'elle était bien enregistrée. Merde ! Ça alors, ça me gonfle… Je suis désolé.

Pam sourit à ces mots qu'elle employait elle-même à l'occasion.

Amelia indiqua son numéro d'immatriculation et le sergent donna quelques coups de fil, notamment au fichier central des immatriculations.

– Non, elle n'était pas garée dans un endroit interdit. Attends une seconde.

Il reprit le téléphone.

Le salaud. Elle ne pouvait pas se passer de voiture. Il fallait absolument qu'elle travaille sur le début de piste qu'elle venait de découvrir chez elle.

Mais la frustration fit place à l'inquiétude quand elle vit Winnie froncer les sourcils.

– Tu en es sûre ? Bon. Mais qu'est-ce qu'elle est devenue, cette caisse ? Allô, oui ? Rappelle-moi dès que tu sauras quelque chose.

Il raccrocha.

– Alors ?

– Tu l'as achetée à crédit, ta Camaro ?

– À crédit ? Non !

– Ça alors, c'est bizarre. Une boîte de récupération de créances l'a fait saisir.

– Mais pourquoi ?

– D'après eux, tu avais six mois de retard sur les versements.

– Winnie, c'est un modèle de 1959 ! Mon père l'a achetée comptant dans les années 1970. Il n'y a jamais eu le moindre crédit dessus. Qui serait le créancier ?

– Le type que je viens d'avoir n'en savait rien. Il va se renseigner et me rappeler. Et il saura où on l'a emmenée.

– Bon Dieu, j'avais bien besoin de ça ! Vous avez des voitures, ici ?

– Non... Je regrette.

Elle le remercia et sortit, Pam sur ses talons.

– Si elle a la plus petite égratignure, ils vont m'entendre ! marmonna-t-elle.

Se pouvait-il que 522 soit derrière cet enlèvement ? Elle n'en aurait pas été surprise, même si elle ne pouvait pas imaginer comment il s'y serait pris.

L'inquiétude la saisit à nouveau à l'idée qu'il pouvait s'approcher d'aussi près, et était si bien renseigné sur elle.

L'homme qui savait tout...

– Je peux t'emprunter la Civic ?

– Bien sûr. Mais tu veux bien me déposer chez Rachel ? On doit réviser ensemble.

– Et si je te faisais raccompagner par un agent du commissariat, ma chérie ?

– Comme tu voudras. Mais pourquoi ?

– Ce type en sait déjà beaucoup trop sur moi. Je pense qu'il vaut mieux qu'on ne reste pas ensemble.

Elles repartirent pour le commissariat. Amelia inspecta à nouveau la rue dans les deux sens. Il n'y avait personne pour les épier.

Elle jeta un coup d'œil rapide au mouvement qu'il lui semblait apercevoir derrière une fenêtre de l'autre côté de la rue, et pensa aussitôt au logo de SSD – la fenêtre dans la tour de guet. La personne qui venait de regarder au-dehors était une femme âgée, mais cela n'empêcha pas la détective de sentir un frisson de peur lui parcourir la colonne vertébrale. Elle se hâta de rejoindre la voiture de Pam et démarra en trombe.

CHAPITRE 40

Tout ce qui était mu par l'électricité se tut ou s'éteignit et la maison, en une seconde, fut plongée dans la pénombre.

– Que se passe-t-il, bon sang ? rugit Lincoln Rhyme.

– Il n'y a plus de courant, répondit Thom.

– Ça, je m'en doutais ! Ce que j'aimerais savoir, c'est pourquoi !

– Le chromatographe n'était pas branché, dit Mel Cooper, sur la défensive, en se tournant vers la fenêtre comme pour voir si la panne s'étendait au reste de la rue.

Thom se dirigea à tâtons vers le couloir pour appeler sur son portable. Il eut quelqu'un de la compagnie d'électricité.

– C'est impossible, je règle les factures par prélèvement automatique sur le compte bancaire. Chaque mois. On n'en a jamais manqué un. Oui, j'ai les reçus... Ils sont dans l'ordinateur mais je ne peux pas y accéder puisqu'il n'y a plus de courant ! Qu'est-ce que je peux ?... Des chèques annulés ? Mais encore une fois, comment voulez-vous que je faxe les relevés de banque sans électricité ?

– C'est lui, vous savez, leur dit Rhyme.

– 522 ? Il nous a fait couper le courant ?

– Oui. Il a trouvé mon adresse. Malloy a dû la lui donner et lui dire que c'était notre quartier général.

Un silence horrifié régnait dans la pièce. Rhyme mesurait à quel point il était vulnérable. Les appareils dont il dépendait étaient maintenant hors service et il n'avait plus aucun moyen de communiquer, d'ouvrir ou de fermer les portes ou d'utiliser la commande vocale. Si la panne se prolongeait, Thom ne pourrait pas recharger les batteries de son fauteuil roulant et il serait complètement bloqué.

Il ne se souvenait pas de s'être jamais senti aussi menacé. Même la présence des autres autour de lui ne pouvait pas grand-chose contre son inquiétude. 522 les menaçait tous, partout et à tout moment.

Et il se demandait : cette panne est-elle une diversion, ou le prélude à une attaque ?

– Surveillez les abords de la maison, dit-il. Il se pourrait qu'il s'en prenne directement à nous.

Pulaski regarda par la fenêtre. Cooper aussi.

Sellitto prit son portable et appela quelqu'un en ville. Il expliqua brièvement la situation. Il y avait de la crainte dans sa voix, et ceci n'échappa pas à Rhyme – Sellitto n'était pas du genre à cacher ses émotions. Il conclut en disant :

– Eh bien, ça m'est égal. Mettez le paquet s'il le faut. Ce salopard est un tueur. Et on ne peut rien tant que cette putain d'électricité n'est pas revenue… Merci.

– Thom ? Vous avez trouvé quelque chose ?

– Rien, répondit la voix de l'aide.

– Merde.

Rhyme eut une idée.

– Lon, appelle Roland Bell. Je crois qu'il nous faut une protection. 522 a attaqué Pam, puis Amelia.

Le criminologue montra de la tête un écran éteint.

– Il nous connaît tous. Je veux des agents chez la mère d'Amelia. Chez la famille d'adoption de Pam. Chez Pulaski, chez la mère de Mel. Et aussi chez toi, Lon.

– Tu crois qu'on est menacés à ce point ? demanda le grand et gros détective. (Il secoua la tête.) Mais qu'est-ce que je raconte. Bien sûr ! Il est parfaitement informé, il a les adresses et les numéros de téléphone.

Sellitto appela Bell pour qu'il mette en place le dispositif de protection. Après avoir raccroché, il dit :

– Ça va prendre quelques heures, mais il s'en occupe.

Un coup violent frappé contre la porte résonna dans le silence. Sans lâcher le téléphone, Thom se leva pour aller répondre.

– Attendez ! cria Rhyme.

Thom s'immobilisa.

– Pulaski, accompagnez-le, ordonna le criminologue en regardant le pistolet que le jeune flic portait à la hanche.

– Bien sûr.

Ils sortirent. Rhyme entendit un bruit de conversation et deux minutes après deux hommes en uniforme, cheveux coupés ras et mines sérieuses, entraient dans la maison. Ils parcoururent la pièce du regard, en commençant par Rhyme, visiblement impressionnés par l'attirail scientifique qu'ils distinguaient dans la pénombre.

– On cherche le lieutenant Sellitto. On nous a dit de venir ici.

– Qui êtes-vous ?

Ils montrèrent leurs insignes, déclinèrent leurs noms et leurs grades – c'étaient deux sergents détectives de la police de New York, affectés aux Affaires internes.

– Lieutenant, dit l'un des deux, nous devons prendre possession de votre arme et de votre insigne. Je suis chargé de vous dire que les résultats ont été confirmés.

– Excusez-moi, mais de quoi parlez-vous ?

– Vous êtes suspendu de vos fonctions. Vous ne serez pas arrêté pour cette fois. Mais nous vous conseillons de consulter un avocat, le vôtre ou celui de votre syndicat.

– Mais enfin, c'est quoi, cette histoire ?

Le jeune officier fronça les sourcils.

– Le test de prise de drogue.

– Quoi ?

– Inutile de nier. Nous sommes seulement chargés de prendre les insignes et les armes et d'informer les suspects de leur suspension.

– C'est une blague !

Le plus jeune des deux agents regarda l'autre. Ils n'avaient, naturellement, jamais été confrontés à cette situation.

– Détective, vraiment, vous n'avez pas à mentir…

– Bordel, est-ce que j'ai l'air de mentir ?

– D'après l'ordre de suspension qui vous frappe, vous avez passé un test la semaine dernière. Les résultats viennent d'arriver et ils montrent des taux significatifs de narcotiques dans votre organisme. Héroïne, cocaïne et substances psychédéliques.

– J'ai passé un test, comme tout le monde dans mon service. Il ne peut pas être positif puisque je n'ai *jamais* pris la moindre de ces saloperies. Et… Oh, merde !

Montrant du doigt la brochure de SSD avec une grimace :

– Ils font du dépistage et fouillent dans le passé des employés. Il a réussi à entrer dans le système et a trafiqué mon dossier. Les résultats ont été falsifiés.

– Ce n'est pas facile à faire.

– Eh bien, c'est ce qu'il a fait !

– Vous ou votre avocat pourrez invoquer ça pour votre défense. Encore une fois, nous ne voulons que votre arme et votre insigne. Et voici l'ordre. J'espère qu'il n'y aura pas de problème. Vous ne voulez pas compliquer la situation, n'est-ce pas ?

– Merde !

Le détective tendit son arme – un revolver à l'ancienne – et son insigne.

– Donnez-moi ce foutu papier.

Tout en parlant, il l'arracha des mains du jeune flic tandis que l'aîné rédigeait un reçu qu'il lui tendit à son tour avant de vider le chargeur du pistolet et de glisser les balles dans une grosse enveloppe.

– Merci, détective. Au revoir.

Après leur départ, Sellitto prit son téléphone pour appeler le patron des Affaires internes. Celui-ci était absent et il lui laissa un message. Puis il appela son propre bureau. La secrétaire qu'il partageait avec plusieurs autres détectives semblait au courant de l'affaire.

– Je sais bien que c'est une connerie ! Ils ont quoi… ? Ah, formidable ! Je vous rappelle dès que je saurai ce qui se passe.

Il referma le téléphone si brutalement que Rhyme se demanda s'il ne l'avait pas cassé.

– Ils ont confisqué tout ce qui se trouvait dans mon bureau, dit Sellitto.

– Comment lutter contre un type pareil ? s'interrogea Pulaski.

À cet instant, Rodney Szarnek appela sur le portable de Sellitto. Celui-ci le brancha sur le haut-parleur.

– Que se passe-t-il avec votre ligne ? Le téléphone fixe ne répond pas !

– Ce fumier nous a fait couper le courant. On s'en occupe. Qu'y a-t-il ?

– La liste des clients de SSD sur le CD. On a découvert quelque chose. L'un des clients a téléchargé des pages d'informations sur toutes les victimes et les faux coupables la veille de chaque meurtre.

– Qui est ce client ?

– Il s'appelle Robert Carpenter.

– Bien, dit Rhyme. Quoi, encore ?

– Je sais seulement qu'il possède sa propre entreprise en ville. Il est associé aux Entrepôts.

Les Entrepôts ? Rhyme pensait à l'endroit où Malloy avait été tué. Y avait-il un lien ?

– Vous avez une adresse ?

L'informaticien la lui donna.

Après avoir raccroché, Rhyme remarqua que Pulaski fronçait les sourcils.

– Je crois bien qu'on l'a vu chez SSD, dit-il.

– Qui ?

– Carpenter. Quand on y est allés hier. Un grand type chauve. Il était en rendez-vous avec Sterling. Il n'avait pas l'air content.

– Content ? Qu'est-ce que ça veut dire ?

– Je ne sais pas… Ce n'est qu'une impression.

– Ça ne nous aide guère, dit Rhyme. Mel, renseignez-vous sur ce Carpenter.

Cooper appela sur son portable. Il discuta quelques minutes en s'approchant de la fenêtre pour y voir plus clair, prit quelques notes et remercia son interlocuteur.

– Vous n'avez pas l'air d'aimer le mot « intéressant », Lincoln, mais je vais tout de même l'employer. J'ai eu le NCIC (National Crime Information Center) et le département a interrogé sa base de données. Robert Carpenter habite dans l'Upper East Side. Il est célibataire. Et, écoutez bien ceci, il a des antécédents de fraude et de chèques sans provision. Il a fait six mois à la prison de Waterbury. Et il a été arrêté pour une affaire d'extorsion de fonds. Ces charges ont été abandonnées par la suite mais il a piqué une crise quand on est venu l'arrêter et a tenté de frapper un agent. On a laissé tomber l'accusation après qu'il a accepté de se mettre à leur service.

– Émotionnellement perturbé ? dit Rhyme. Avec une entreprise qui possède des entrepôts ? Le profil idéal pour un pirate informatique… Bon, Pulaski, trouvez où était ce Carpenter quand la maison d'Amelia a été visitée.

– Oui, monsieur.

Comme Pulaski prenait son téléphone, celui-ci sonna. Il lut sur l'écran le nom de la personne qui appelait et répondit :

– Salut… Quoi ? Eh, Jenny, calme-toi…

Oh, non… Lincoln Rhyme avait compris. 522 attaquait sur un autre front.

– *Quoi ?* Où es-tu ?… Ne t'en fais pas, ce n'est qu'une erreur.

La voie du Bleu tremblait.

– On va s'occuper de tout ça… Donne-moi l'adresse… D'accord. J'arrive.

Il fit sèchement claquer le téléphone, ferma les yeux une seconde.

– Il faut que je sorte.

– Qu'est-ce qui ne va pas ? demanda Rhyme.

– Jenny vient d'être arrêtée. Par le SI.

– Le service de l'Immigration ?

– Elle s'est retrouvée sur une liste de personnes à surveiller émise par les services de Sécurité du territoire. Ils disent qu'elle est en situation irrégulière et constitue une menace pour la sécurité.

– C'est faux ?

– Nos arrière-grands-parents étaient des citoyens américains, rétorqua sèchement Pulaski. Seigneur…

Le jeune policier avait le souffle coupé.

– Brad est chez la mère de Jenny, réprit-elle, mais elle a le bébé avec elle. S'ils font ça… Ah…

Ses traits exprimaient le désarroi et le désespoir le plus total.

– Il faut que j'y aille.

Rhyme comprit à son regard que rien ne l'empêcherait de rejoindre sa femme.

– D'accord. Allez-y. Et bonne chance.

Rhyme ferma les yeux pour réfléchir.

– Il nous tire comme des moineaux, dit-il avec une grimace. Heureusement qu'Amelia sera ici d'un moment à l'autre. Elle pourra enquêter sur ce Carpenter.

Un autre coup violent à la porte de la maison.

Inquiet, il ouvrit brusquement les yeux. Quoi, encore ?

Mais il ne s'agissait pas, au moins, d'une nouvelle irruption de 522.

Deux agents de l'Unité de scènes de crime venus du commissariat du Queens entrèrent, chargés du carton qu'Amelia leur avait confié avant de foncer chez elle. Les indices collectés sur les lieux de l'assassinat de Malloy.

– Bonjour, détective. Vous savez que la sonnette de l'entrée ne marche pas ?

L'homme regarda autour de lui.

– Et la lumière est éteinte ?

– Nous nous en doutions un peu, répondit froidement le criminologue.

– En tout cas, voilà ce que vous attendiez.

Après le départ des agents, Mel Cooper posa le carton sur la table d'examen pour en extraire les diverses pièces et l'appareil photo numérique d'Amelia, qui devait contenir des images de la scène.

– Voilà qui est bien, dit Rhyme d'un ton sarcastique en pointant le menton vers l'ordinateur muet et l'écran éteint. On pourra peut-être regarder la puce à la lumière du jour.

Il inspecta ensuite les indices proprement dits – une empreinte de chaussure, quelques feuilles, du ruban adhésif et des enveloppes contenant divers résidus. Il leur fallait examiner le tout aussi vite que possible. Comme il ne s'agissait pas d'indices déposés intentionnellement, ils y trouveraient peut-être celui qui les mettrait sur la piste de 522. Mais sans leurs appareils d'analyse et de liaison avec les bases de données, les sachets devenaient strictement inutiles.

– Thom ? appela Rhyme. Alors, le courant ?

– Je suis toujours au téléphone ! répondit l'aide, depuis le couloir obscur.

Il savait que ce n'était sans doute pas une bonne idée. Mais il ne pouvait plus se contrôler.

Et il en fallait beaucoup pour que Pulaski en arrive là.

Mais il était furieux. C'était au-delà de tout ce qu'il avait vécu jusque-là. En s'engageant dans la police, il s'était attendu à prendre des coups et à recevoir des menaces de temps en temps. Mais il n'aurait jamais pensé que son activité pourrait un jour mettre Jenny et les enfants en danger.

C'est pourquoi, abandonnant toute retenue et son respect scrupuleux des règles de la profession – son côté sergent Friday –, Pulaski avait décidé de régler lui-même le problème. En faisant fi de Lincoln Rhyme, du détective Sellitto et même d'Amelia Sachs, son mentor. Ils n'auraient pas aimé ce qu'il s'apprêtait à faire, mais Ron Pulaski était aux abois.

C'est aussi pourquoi, en se rendant au centre de rétention du Queens, il appela Mark Whitcomb.

– Salut, Ron ! répondit celui-ci. Quoi de neuf ?... Vous semblez ému. Vous avez couru ?

– J'ai un problème, Mark. S'il vous plaît. J'ai besoin d'aide. On accuse ma femme d'être en situation irrégulière. Elle aurait soi-disant un faux passeport et serait une menace pour la sécurité du territoire ! C'est de la folie !

– Mais elle a bien la nationalité américaine ?

– Sa famille est ici depuis des *générations*, Mark ! On pense que le tueur que nous poursuivons est entré dans notre système. Il a fait accuser l'un de nos détectives de consommation de drogue… et maintenant c'est Jenny qu'on arrête… Comment peut-on faire une chose pareille ?

– Il a dû remplacer sa fiche par celle d'une personne répertoriée sur une liste rouge… Écoutez, j'ai quelques connaissances dans les services de l'immigration et je peux les appeler. Où êtes-vous ?

– Je vais au centre de rétention du Queens.

– Je vous retrouve dans vingt minutes devant l'entrée.

– Ah, merci, mon vieux. Je ne sais pas ce que je dois faire.

– Ne vous inquiétez pas, Ron. On va régler ça.

Maintenant, en attendant Whitcomb, Pulaski faisait les cent pas devant l'immeuble du Queens, où un écriteau indiquait que le service était désormais sous l'autorité du département de la sécurité du territoire. Il pensait à tous les reportages télévisés sur les immigrants en situation irrégulière que Jenny et lui avaient déjà vus, et revoyait les visages terrifiés de ces sans-papiers.

Qu'allait-il arriver à sa femme ? Serait-elle détenue pendant des jours ou des semaines dans quelque purgatoire bureaucratique ? Il se retenait de hurler.

Reste calme. Attaque-toi intelligemment au problème. Amelia le lui avait souvent dit.

Intelligemment…

Il vit enfin – merci, Seigneur – Whitcomb qui se hâtait vers lui, l'air à la fois inquiet et décidé. Pulaski ne savait pas très bien ce qu'il pouvait pour lui mais espérait que le service juridique, qui entretenait des relations avec l'administration, pourrait faire pression sur la Sécurité du territoire afin qu'on relâche sa femme et son fils, au moins en attendant que le problème soit officiellement résolu.

Whitcomb était essoufflé.

– Vous avez du nouveau ?

– J'ai appelé il y a dix minutes. Ils sont ici. Mais je n'ai rien dit. J'ai préféré vous attendre.

– Et vous, ça va ?

– Non. C'est la panique, Mark. Merci d'être venu.

– Ça va s'arranger, Ron, dit le responsable du service juridique. Ne soyez pas inquiet. Je pense que je vais pouvoir faire quelque chose.

Il regarda Pulaski dans les yeux. Il était un peu plus grand qu'Andrew Sterling.

– Mais… Vous tenez à faire sortir Jenny d'ici, n'est-ce pas ?

– Oh, oui, Mark. C'est un cauchemar !

– Bien. Venez par ici.

Il entraîna le Bleu à l'angle de l'immeuble, puis dans une ruelle.

– J'ai un service à vous demander, Ron, dit-il en baissant la voix.

– Tout ce que je pourrai faire…

– C'est vrai ?

La voix avait pris une douceur inhabituelle, et Whitcomb fixait sur lui un regard perçant qu'il ne lui avait jamais vu. Comme s'il avait renoncé à jouer un rôle.

– Voyez-vous, Ron, nous sommes parfois obligés d'agir d'une façon qui ne nous paraît pas correcte. Mais qui s'avère préférable.

– Que voulez-vous dire ?

– Pour permettre à votre femme de sortir d'ici, vous allez peut-être avoir à faire quelque chose qui ne vous paraîtra pas… bien.

Le jeune flic ne répondit pas, mais les pensées tourbillonnaient dans son esprit. Où l'emmenait-on ?

– Ron, j'ai besoin de vous pour en finir avec cette affaire.

– Quelle affaire ?

– L'enquête sur les meurtres.

– Vous voulez en finir ? Je ne comprends pas.

– Il faut mettre fin à cette enquête, dit Whitcomb à voix basse, en regardant autour de lui. La saboter. Détruire les indices.

Embarquer vos collègues sur de fausses pistes. N'importe où sauf chez SSD.

– Je ne vous suis toujours pas, Mark. Vous plaisantez ?

– Non, Ron. Je suis sérieux. Il faut arrêter cette enquête et vous le pouvez.

– Je ne peux pas faire ça.

– Oh, si. Si vous voulez que Jenny sorte d'ici.

Non, non… Cette fois, c'était 522 ? Whitcomb, le tueur ? Il s'était servi des codes d'accès de Sam Brockton, son supérieur, pour pénétrer dans le CerclePremier !

Pulaski porta instinctivement la main à son arme.

Whitcomb dégaina le premier. Un pistolet noir apparut dans sa main.

– Non, Ron. Ça ne servirait à rien.

Tendant la main vers l'étui, il saisit le Glock de Pulaski par la crosse et le glissa sous sa ceinture.

Comment, se demanda Pulaski, avait-il pu se méprendre aussi gravement sur cet individu ? Était-ce à cause de sa blessure à la tête ? Ou bien parce qu'il était stupide, tout simplement ? L'amitié de Whitcomb n'avait été qu'un leurre, et il en était aussi meurtri qu'indigné. Il lui avait offert du café, avait pris sa défense face à Cassel et Gillespie, lui avait proposé des sorties, l'avait aidé à déchiffrer les feuilles de présence… et ce n'était qu'une tactique pour se gagner sa sympathie et se servir de lui !

– Tout ça n'était que des putains de mensonges, n'est-ce pas, Mark ? Vous n'avez pas grandi à Brooklyn, et vous n'avez pas de frère dans la police, n'est-ce pas ?

– Non, deux fois non.

Whitcomb ne souriait plus.

– J'ai tenté de vous rendre plus raisonnable, Ron. Mais vous n'avez pas voulu me suivre. Et voyez maintenant ce que vous m'obligez à faire.

En disant ces mots, le tueur le poussait plus avant dans la ruelle.

CHAPITRE 41

Amelia Sachs se faufilait dans la circulation, frustrée par la conduite que lui imposait le moteur poussif et bruyant de la voiture japonaise.

On se serait cru dans une machine à faire de la glace pilée. Et il n'y avait guère plus de puissance !

Elle avait appelé Rhyme à deux reprises, pour tomber chaque fois sur le répondeur. Ce qui se produisait rarement. Lincoln Rhyme, évidemment, n'était pas souvent absent de chez lui. Il se passait visiblement quelque chose d'inhabituel : le téléphone de Lon Sellitto était en dérangement. Et Ron Pulaski ne répondait pas non plus aux appels sur son portable.

Y avait-il du 522 derrière tout ça ?

Raison de plus pour suivre sans perdre une minute la piste qu'elle avait découverte chez elle. C'était une piste solide, pensait-elle. Décisive, peut-être décisive, si elle aboutissait à la dernière pièce du puzzle qui leur permettrait de conclure l'enquête.

Elle était presque arrivée. Inquiète pour le sort de la Camaro, et soucieuse de ne pas trop faire souffrir la voiture de Pam, elle fit le tour du pâté d'immeubles et finit par tomber sur ce qu'il y avait de plus rare à Manhattan : une place de stationnement libre et autorisée.

C'était peut-être bon signe.

– Pourquoi faites-vous ça ? murmura Ron Pulaski à l'adresse de Mark Whitcomb dans une ruelle déserte du Queens.

Mais le tueur ignora la question.

– Écoute.

– Je nous croyais amis.

– Ma foi, les gens croient toujours un tas de choses qui ne sont finalement pas vraies. C'est la vie.

Whitcomb s'éclaircit la voix. Il semblait nerveux, mal à l'aise. Pulaski se souvint d'Amelia disant que le tueur était sous pression à cause de leurs efforts pour le rattraper, ce qui lui faisait commettre des imprudences. Et le rendait plus dangereux.

Pulaski avait du mal à respirer.

Whitcomb regarda une nouvelle fois autour de lui, puis reporta son attention sur le jeune flic. Il tenait le pistolet d'une main ferme, et savait visiblement s'en servir.

– Tu m'écoutes, oui ou non ?

– Mais oui j'écoute !

– Je ne veux pas que cette enquête aille plus loin. Il est temps de l'arrêter.

– L'arrêter ? Je ne suis qu'un flic de base, comment voulez-vous que j'arrête quoi que ce soit ?

– Je te l'ai dit : tu dois la saboter. Perdre des indices. Envoyer tes collègues dans de mauvaises directions.

– Je ne ferai pas ça, répondit le Bleu à voix basse mais d'un air de défi.

Whitcomb secoua la tête et fit une mine quasiment dégoûtée.

– Mais oui, tu vas le faire. À toi de choisir, Ron : ou tu nous simplifie des choses, ou tu les rends plus difficiles pour tout le monde.

– Et ma femme ? Vous pouvez la faire sortir d'ici ?

– Je peux tout ce que je veux.

L'homme qui savait tout…

Pulaski ferma les yeux en grinçant des dents, comme il le faisait quand il était gamin. Il regarda le bâtiment dans lequel Jenny était retenue. Jenny, qui ressemblait tant à Myra Weinburg.

Le jeune flic se résigna. C'était affreux, c'était de la folie, mais il n'avait pas le choix. Il était coincé.

Baissant la tête, il murmura :

– D'accord.

– Tu feras ce que je te demande ?

– Je viens de vous le dire, répondit-il sèchement.

– Voilà qui est intelligent, Ron. Très intelligent.

– Mais je veux votre promesse…

Il hésita une seconde, jeta un coup d'œil au-delà de Whitcomb.

– … qu'elle et le bébé seront relâchés dans la journée.

Whitcomb, qui avait vu son regard, se retourna vivement. Dans le mouvement qu'il fit, le canon de son arme s'écarta légèrement. Pulaski se dit qu'il avait bien joué, et attaqua. Repoussant l'arme de la main gauche, il leva la jambe pour saisir dans son étui le petit revolver fixé à sa cheville. Amelia Sachs lui avait recommandé de ne jamais s'en séparer.

Le tueur lâcha un juron et tenta de le repousser mais Pulaski, sans lui lâcher le poignet, le frappa durement au visage au point qu'on entendit craquer le cartilage.

L'homme étouffa un cri. Le sang se mit à couler. Le cadre du service juridique tomba et Pulaski parvint à lui arracher son arme, mais pas à la retenir. Le pistolet noir de Whitcomb roula sur le sol tandis que les deux hommes s'agrippaient l'un à l'autre comme deux lutteurs maladroits. Le revolver ne s'était pas déchargé en tombant. Whitcomb, les yeux agrandis par la fureur et l'affolement, poussa Pulaski contre le mur et lui saisit la main.

– Non, non !

Whitcomb donna un violent coup de tête et le jeune flic, terrorisé au souvenir de la matraque qui lui avait fendu le crâne quelques années auparavant, eut un mouvement de recul. Whitcomb en profita pour le repousser d'une main, et de l'autre, ramassa le Glock pour le braquer sur la tête de son adversaire.

Ce qui ne laissa à celui-ci que le temps de prononcer un début de prière et de fixer une image de sa femme et de ses enfants à emporter avec lui au paradis.

Le courant étant enfin revenu, Rhyme et Cooper se remirent immédiatement au travail sur les indices recueillis après le meurtre de Malloy. Ils étaient seuls dans le laboratoire : Sellitto s'efforçait, en ville, de faire rétablir l'abonnement.

Les clichés de la scène de crime ne leur apprirent rien, et les éléments matériels, pas grand-chose. L'empreinte de chaussure était clairement de pointure 44, identique à celle déjà relevée ailleurs. Les fragments de feuilles provenaient de plantes d'intérieur : ficus et aglaonema, ou palmier chinois. On ne pouvait pas identifier les résidus de sol, qui semblaient constitués surtout de poussière du World Trade Center, et la poudre blanche était du lait déshydraté de provenance indéterminée. Le ruban adhésif était également d'une espèce courante disponible dans tous les magasins.

Rhyme fut surpris par la quantité de sang sur les éléments matériels. Il se rappela ce que Sellitto avait dit du capitaine Malloy.

C'est un guerrier…

Malgré le détachement qu'il affectait toujours, il était profondément affecté par la mort de Malloy – et les souffrances que celui-ci avait endurées. Sa colère en fut décuplée. Comme son malaise. Il regarda plusieurs fois par la fenêtre, comme s'il s'attendait à voir 522 surgir d'un instant à l'autre, bien qu'il ait envoyé Thom boucler toutes les issues et brancher les caméras de surveillance.

JOSEPH MALLOY – SCÈNE DE CRIME

- Empreinte de chaussure de pointure 44
- Plantes d'intérieur : ficus, aglaonema, palmier chinois
- Terre de provenance indéterminée
- Poussière du World Trade Center
- Lait en poudre
- Ruban adhésif, modèle courant

– Ajoutez les plantes et le lait en poudre sur le tableau, Mel.

Le technicien s'exécuta.

– Ça ne fait pas grand-chose, bon sang. Vraiment pas grand-chose !

Puis Rhyme cligna des yeux. Un autre coup à la porte. Thom alla répondre. Mel Cooper s'écarta du tableau, la main à la hanche sur la crosse de son pistolet.

Mais le visiteur n'était pas 522. C'était Herbert Glenn, inspecteur de la police de New York. Un homme d'un certain âge et d'allure assez impressionnante, comme le remarqua Rhyme. Il portait un complet bon marché mais ses chaussures étaient impeccablement cirées. On entendit plusieurs voix derrière lui dans le couloir.

– Je suis désolé, mais il s'agit d'un détective avec lequel vous travaillez, déclara Glenn après les présentations.

Sellitto ? Amelia ? Que s'était-il passé ?

– Ron Pulaski, dit Glenn, calmement. Vous travaillez avec lui, n'est-ce pas ?

Oh, non…

Le Bleu…

Pulaski mort, sa femme dans l'enfer bureaucratique du centre de rétention… Qu'allait-elle devenir ?

– Dites-moi ce qu'il s'est passé !

Glenn se retourna et fit un geste à l'adresse des deux personnes qui étaient entrées avec lui, un homme en costume sombre, aux cheveux grisonnants, et un autre, plus jeune, dont le nez disparaissait sous un gros pansement. L'inspecteur présenta Samuel Brockton et Mark Whitcomb, collaborateurs de SSD. Rhyme se souvenait qu'ils figuraient sur la liste des suspects, bien qu'ils aient un alibi pour le jour du viol suivi du meurtre de Myra Weinburg. Il apprit que Whitcomb était l'adjoint de Brockton au service juridique.

– Dites-moi ce qui est arrivé à Pulaski !

– Je suis… commença l'inspecteur Glenn, aussitôt interrompu par la sonnerie de son téléphone. Il regarda Brockton et Whitcomb tout en parlant à voix basse. Puis il raccrocha.

– Alors, Pulaski ? Je veux savoir !

La sonnette de l'entrée retentit et Thom et Mel Cooper firent entrer de nouveaux arrivants dans le laboratoire de Lincoln Rhyme. L'un d'eux était un individu à forte carrure, porteur d'un insigne du FBI, et l'autre était Ron Pulaski, menottes aux poignets.

Brockton lui désigna une chaise, et l'agent du FBI y fit asseoir le jeune policier. Pulaski était visiblement sonné, sa tenue froissée, maculée de terre et de taches de sang, mais ne semblait pas blessé. Il ne regardait personne.

Samuel Brockton montra sa carte à Rhyme.

– Je travaille pour la section juridique du département de la sécurité du territoire. Mark est mon assistant. Votre collaborateur a agressé un agent fédéral.

– Qui me menaçait à bout portant avec une arme à feu sans indiquer son identité. Après avoir…

La section juridique ? Rhyme en ignorait l'existence. Mais dans le labyrinthe bureaucratique de la Sécurité du territoire, de nouveaux services apparaissaient et disparaissaient aussi vite que les automobiles invendables produites par les usines de Detroit.

– Je vous croyais chez SSD ?

– Nous avons des bureaux à SSD, mais nous sommes employés par le gouvernement fédéral.

Mais qu'avait bien pu faire Pulaski ? L'irritation faisait maintenant place au soulagement.

Le Bleu voulut parler, mais Brockton le fit taire. Rhyme tourna vivement la tête vers l'homme au complet gris.

– Non, laissez-le s'expliquer.

Brockton n'insista pas. Son regard patient et sûr de lui semblait dire que, quoi que dise Pulaski, il n'en serait pas affecté. Il hocha la tête.

Le Bleu parla du rendez-vous qu'il avait pris avec Whitcomb dans l'espoir de faire sortir Jenny du centre de rétention. Celui-ci lui avait demandé de saboter l'enquête sur 522, puis, devant son refus, l'avait menacé de son arme. Pulaski avait frappé Whitcomb au visage avec son revolver de secours et ils s'étaient battus.

Pulaski regarda Brockton et Glenn.

– Pourquoi vous mêlez-vous de notre enquête ?

Brockton parut s'apercevoir à cet instant que Rhyme était invalide, et s'en désintéresser aussi vite. Il répondit de sa voix posée de baryton :

– On a essayé d'agir discrètement. Si l'officier Pulaski avait accepté notre offre, nous n'aurions pas eu besoin d'en venir là... Cette affaire a donné des migraines à beaucoup de monde. J'avais des réunions prévues pour toutes la semaine avec le Congrès et le ministère de la Justice et j'ai dû tout annuler et foncer ici séance tenante pour voir ce qu'il se passait... Bon. Ce que je vais dire maintenant doit rester entre nous. Vous m'écoutez, tous ?

Rhyme acquiesça d'un grognement, imité par Cooper et Pulaski.

– La section juridique analyse les menaces à la sécurité intérieure et assure la sécurité des entreprises privées qui pourraient être la cible de terroristes. Autrement dit, les acteurs importants de l'infrastructure du pays. Compagnies pétrolières, aéronautiques, financières. Extracteurs de données, comme SSD. Nous avons chaque fois des agents sur site.

Amelia Sachs avait indiqué que Brockton passait beaucoup de temps à Washington. Ceci expliquait cela.

– Mais pourquoi le cacher, pourquoi vous faire passer pour des employés de SSD ? s'écria Pulaski.

Rhyme n'avait jamais vu le jeune flic en colère. C'était incontestablement le cas.

– Nous devons jouer profil bas, expliqua Brockton. Vous pouvez comprendre pourquoi les compagnies pétrolières, par exemple, constituent des cibles de choix pour des organisations terroristes. Mais songez à ce que celles-ci pourraient faire avec la masse d'informations que détient une entreprise comme SSD. C'est l'économie tout entière qui serait en danger si on détruisait leurs ordinateurs. Ou si des criminels connaissaient dans leurs moindres détails la vie privée et les habitudes des grands patrons et des politiciens en pillant le contenu du CerclePremier.

– C'est vous qui avez fait falsifier les résultats du test de Lon Sellitto ?

– Non. C'est certainement le criminel que vous recherchez sous le nom de 522, répondit l'inspecteur Glenn. Et c'est lui qui a fait arrêter la femme de l'officier Pulaski.

– Mais pourquoi voulez-vous qu'on arrête l'enquête ? s'écria Pulaski. Est-ce que vous savez seulement à quel point ce type est dangereux ? ajouta-t-il à l'adresse de Mark Whitcomb.

Mais l'assistant de Brockton fixait le sol à ses pieds et ne répondit pas.

– Nous pensons qu'il s'agit d'une particule libre, dit Glenn.

– Une quoi ?

– Une anomalie. Un évènement non récurrent, expliqua Brockton. SSD a analysé la situation. Le profilage et le modèle prédictif nous ont appris qu'un psychopathe comme celui-ci allait maintenant atteindre d'un moment à l'autre le point de saturation. Et qu'il cesserait toute activité. Il va disparaître, tout simplement.

– Mais on n'en est pas encore là, n'est-ce pas ?

– Pas encore, admit Brockton. Mais il n'en est pas loin. Le logiciel ne se trompe jamais.

– Il se sera trompé s'il y a encore des victimes. Ne serait-ce qu'une seule.

– Soyons réalistes. C'est une question d'équilibre. Personne ne doit savoir que SSD est une cible potentielle de première importance pour des actions terroristes. Et personne ne doit connaître l'existence de notre section juridique. Il faut éviter de parler de tout cela, dans la mesure du possible. Une enquête pour meurtre les mettrait sous le feu des projecteurs.

– Usez des méthodes traditionnelles, Lincoln, ajouta Glenn. La police scientifique, la collecte de témoignages… Mais laissez SSD en dehors de tout ça. Cette conférence de presse a été une énorme erreur.

– Nous en avions parlé à Ron Scott au cabinet du maire, nous en avions informé Joe Malloy. Ils ont donné leur feu vert.

– Eh bien, ils n'ont pas contacté les bonnes personnes. Nos relations avec SSD risquent d'être gravement compromises. Andrew Sterling *n'a pas* à nous fournir une assistance informatique, voyez-vous.

Il parlait comme le patron de l'entreprise de fabrication de chaussures terrifié à l'idée de déplaire à Andrew Sterling et à SSD.

– Que ce soit clair, donc, enchaîna Brockton. Votre tueur n'a pas pris ses informations chez SSD. Il n'y a pas à sortir de là.

– Êtes-vous conscient du fait que Joseph Malloy est mort à cause de SSD et du CerclePremier ?

Les traits de Glenn se crispèrent.

– J'en suis désolé. Tout à fait désolé. Mais il a été tué au cours de l'enquête. C'est une tragédie. Pour un policier, ça fait partie des risques.

Soyons clairs…

– Donc, nous sommes d'accord, dit Brockton. SSD n'est pas impliquée dans cette enquête. C'est compris ?

– Vous pouvez le relâcher, maintenant, dit Glenn à l'agent du FBI.

L'homme retira ses menottes à Pulaski, qui se leva en se massant les poignets.

– Retirez les accusations contre Sellitto et faites libérer la femme de Pulaski, dit Rhyme.

Glenn regarda Brockton, qui secoua la tête.

– Faire ce que vous demandez à ce stade, ce serait admettre qu'il y a peut-être eu des fuites chez SSD et que la boîte est impliquée dans les meurtres. Il ne faut rien changer pour le moment.

– Foutaises ! Vous savez comme moi que Sellitto n'a jamais touché à la drogue !

– Et la suite de l'enquête permettra de le disculper, répondit Glenn. Laissons simplement les choses suivre leur cours.

– Non, bon Dieu ! D'après les informations que le tueur a introduites dans le système, il est *déjà* coupable. Tout comme Jenny Pulaski. Tous ces mensonges figurent dans leur dossier !

– On ne doit rien y changer pour le moment, dit calmement l'inspecteur.

Les agents fédéraux et Glenn se dirigèrent vers la porte.

– Eh, Mark ? lança Pulaski.

Whitcomb se retourna.

– Je regrette…

L'officier fédéral, surpris par ces excuses, porta la main au pansement qui lui recouvrait le nez.

– Je regrette de t'avoir seulement cassé le nez, continua Pulaski. Va te faire foutre, Judas !

Il avait du cran, finalement, le Bleu.

Dès qu'ils furent sortis, Pulaski appela sa femme mais ne put lui parler. Il raccrocha brutalement.

– Vous savez, Lincoln, je me fiche de ce qu'ils disent. Je ne laisserai pas tomber !

– Ne vous inquiétez pas. On continue. Ils ne peuvent pas me virer, moi, en tant que civil. Ils n'ont de prise que sur vous, et Mel.

– Eh bien, je… commença Cooper.

– Calmez-vous, Mel. J'ai de l'humour, quoi qu'on en pense. Personne ne saura rien, du moment que le Bleu cesse de frapper des agents fédéraux. Bon. Ce Robert Carpenter, client de SSD. Je le veux. Tout de suite.

CHAPITRE 42

Donc, c'est moi 522.

Je me demande pourquoi Ils m'ont choisi ce nom. Myra Weinburg n'était pas ma cinq cent vingt-deuxième victime (quelle jolie idée !). Ce numéro ne figurait dans aucune des adresses des victimes… Voyons. La date, bien sûr ! Elle a été tuée dimanche dernier, le vingt-deuxième jour du cinquième mois de l'année. Voilà la réponse à ma question.

Pour Eux, je ne suis donc qu'un nombre. De même qu'ils ne sont que des nombres pour moi. Et ils sont plus de quelques-uns à s'acharner contre ma personne ! J'en suis flatté. Me voici dans mon Placard, après avoir achevé ma recherche. C'est la fin de la journée de travail, les gens rentrent chez eux, sortent pour dîner ou pour se rendre chez des amis. Mais c'est bien ce qu'il y a de formidable avec les données : elles ne dorment jamais, et mes amis peuvent déclencher une attaque aérienne sur la vie de n'importe qui à l'heure qu'il me plaît, et là où il me plaît.

Alors nous passons un moment ensemble, les Prescott et moi, avant que l'attaque commence. La police ne tardera pas à garder les domiciles de mes ennemis et de leur famille… Mais elle ignore ce que sont mes armes. Grâce à ce pauvre Joseph Malloy, j'ai du pain sur la planche.

Le détective Lorenzo, par exemple – je veux dire Lon Sellitto (il s'en est donné du mal, pour cacher son véritable nom !) est suspendu de ses fonctions, mais ce n'est qu'un début. Il y a eu voici quelques années un malheureux accident lorsque le criminel qu'il poursuivait a été tué au cours de son arrestation… de nouvelles preuves vont apparaître pour révéler que le suspect n'était pas armé – le témoin a menti. Sa mère va l'apprendre. Et j'enverrai, signées de son nom, quelques lettres pleines de propos racistes à quelques sites d'extrême droite. Puis j'impliquerai le révérend Al – et ce sera le coup final. Ce pauvre Lon pourrait bien se retrouver pour un certain temps derrière les barreaux.

Je me suis aussi renseigné sur l'entourage de Sellitto. Je vais trouver quelque chose pour le fils de sa première femme, un ado. Quelques accusations pour usage ou trafic de drogue, par exemple. Tel père, tel fils. Ça me plaît bien, comme idée.

Et Pulaski, le petit Polonais ! Il pourra peut-être convaincre les gens de la Sécurité du territoire que sa femme n'est pas une terroriste et qu'elle a des papiers en règle. Mais ils seront bien étonnés tous les deux quand ils apprendront que leur fils n'a pas été déclaré à la naissance et qu'un autre couple, dont les deux enfants ont disparu à la maternité, pense désormais qu'ils sont chez les Pulaski… Sa petite sœur passera des mois dans une famille d'accueil en attendant que cette affaire se règle. Quant au papa, il ne s'en remettra jamais (j'en ai la certitude).

Venons-en maintenant à Amelia 7303 et à ce Lincoln Rhyme avec qui elle vit. Eh bien, comme je suis de mauvaise humeur, Rose Sachs, sa mère, qui doit être prochainement opérée du cœur, va perdre son assurance après qu'on aura découvert dans son passé des antécédents de fraude. Et Amelia 7303 est certainement furieuse pour sa voiture, mais attendez qu'elle reçoive de vraies mauvaises nouvelles à propos de ses dettes inconsidérées : dans les 200 000 dollars, pas moins ! Avec un taux d'intérêt quasiment usuraire…

Et ce ne sont que des hors-d'œuvre ! J'ai appris qu'un ancien petit ami d'Amelia avait été condamné pour agressions, vols et extorsion de fonds. Des témoins qui s'étaient tus jusqu'à présent vont la désigner comme complice, et déclarer qu'elle garde dans son garage une partie du butin, que j'y aurai déposé avant d'appeler le service des affaires internes de la police de New York.

Elle ne sera pas condamnée – il y a prescription –, mais le retentissement de cette affaire dans les médias ruinera définitivement sa réputation. Vive la liberté de la presse, et Dieu bénisse l'Amérique !

La mort fait partie des transactions les plus efficaces pour ralentir une enquête de police, mais les méthodes « douces » que j'emploie le sont aussi et sont, à mes yeux, tellement plus élégantes…

Quant à ce Lincoln Rhyme… Eh bien, voici une situation particulièrement intéressante. Évidemment, j'ai commis l'erreur de sélectionner son cousin. Mais j'ai consulté les fiches d'Arthur 3480 et me suis aperçu qu'il n'y avait rien concernant le criminologue. Ce qui est curieux. Ils sont proches parents, mais n'ont pas eu le moindre contact depuis une dizaine d'années.

J'ai sans doute commis une autre erreur en le titillant comme je l'ai fait. C'est le meilleur adversaire que j'aie jamais eu. Il a réussi à m'empêcher d'entrer chez DeLeon 6832 ; il m'a d'ailleurs pris sur le fait, ce que personne n'avait réussi à faire jusqu'ici. Et, si j'en crois ce que m'a dit Malloy entre deux râles d'agonie, il se rapproche un peu plus chaque jour.

Mais j'ai, bien entendu, des projets pour lui également. Je ne peux pas accéder au CerclePremier pour le moment – je dois redoubler de prudence –, mais les articles des journalistes et autres sources d'informations m'en apprennent largement assez. Problème : comment bousiller l'existence d'un homme qui est déjà bien bousillé de toute façon ? J'ai tout de même trouvé une solution : puisqu'il est dépendant de ceux qui l'entourent, je vais en détruire un. Thom Reston, son aide, devrait faire l'affaire. Si ce jeune homme meurt – d'une manière particulièrement désagréable –, je doute que Rhyme s'en remette. Et l'enquête ne s'en remettra pas non plus : personne ne saura jamais me traquer comme il le fait en ce moment.

Je vais fourrer Thom dans le coffre de ma voiture et on ira dans un autre entrepôt désaffecté. Là, armé de mon rasoir Krusius Brothers, je prendrai tout mon temps. J'enregistrerai la séance sur un disque que j'enverrai à Rhyme. Comme c'est un grand travailleur, et consciencieux avec ça, notre criminologue sera obligé de regarder le film jusqu'au bout, encore et encore, pour y rechercher des indices.

Je vous promets qu'après ça, il ne faudra pas compter sur lui pour l'enquête.

Je passe dans la salle numéro trois de mon Placard, où je range mes caméras vidéo et leurs batteries. J'y trouve également le rasoir dans son étui. Il reste quelques traces brunes de sang séché sur la lame. Nancy 3470. Il y a deux ans, déjà… (Le tribunal vient tout juste de rejeter l'appel final de Jason 4971 et de confirmer sa condamnation pour ce meurtre après avoir jugé que les éléments de preuves invoqués étaient truqués – comme son avocat lui-même devait le penser.)

La lame du rasoir est émoussée. J'ai eu un peu de mal, je m'en souviens, avec les côtes de Nancy 3470 ; elle m'a surpris en se débattant avec une énergie que je n'attendais pas.

Tel le chasseur en pleine action, Amelia Sachs sentait l'adrénaline courir dans ses veines.

L'indice découvert dans son jardin l'avait lancée sur une piste compliquée mais elle avait la sensation – pardon, Rhyme – que cette mission ne serait pas vaine. Elle stationna la voiture de Pam et se précipita vers le domicile de la prochaine personne dont l'adresse figurait sur sa liste – qui en comptait une dizaine – avec l'espoir d'y découvrir enfin la clé qui lui révélerait l'identité de 522.

Ses deux premières visites n'avaient rien donné. Allait-elle, cette fois, trouver la réponse ? Cette course à travers la ville au volant de la vieille voiture avait tout d'une macabre chasse au trésor, songea-t-elle.

Il faisait nuit maintenant. Elle vérifia l'adresse à la lumière d'un réverbère, trouva la maison et gravit quelques marches vers la porte d'entrée. À la seconde où elle tendait la main vers la sonnette, quelque chose la retint.

Elle se figea.

Était-ce la paranoïa qui ne l'avait pas quittée de la journée ? L'impression d'être épiée ?

Elle regarda vivement autour d'elle, les quelques hommes et quelques femmes présents dans la rue, les fenêtres des maisons, les petites boutiques proches… Mais rien ne semblait la menacer. Personne n'avait l'air de s'intéresser à elle.

Elle effleura le bouton de la sonnette, puis retira la main.

Quelque chose clochait.

Mais quoi ?

Puis elle comprit. Ce n'était pas qu'on l'épiait. C'était une odeur. Et elle l'identifia aussitôt : une odeur de moisissure. Elle venait de la maison devant laquelle elle se trouvait.

Coïncidence ?

Amelia Sachs redescendit les marches sans faire de bruit pour s'engager sur le chemin dallé qui longeait la maison sur son flanc. C'était un grand bâtiment – étroit de façade mais profond. Elle suivit rapidement l'allée pour s'approcher d'une fenêtre, qui était aveuglée par du papier journal collé à l'intérieur. Comme toutes les autres. Les mots de Terry Dobyns lui revinrent à la mémoire : *Et leurs fenêtres sont généralement aveugles. Ils s'isolent du monde extérieur.*

Elle n'était venue ici que pour chercher des informations – cette maison ne *pouvait* pas être le domicile de 522 ; les indices ne correspondaient pas. Mais elle comprenait maintenant qu'il y avait eu une erreur : le tueur habitait bien là.

Elle tendit la main vers son téléphone, mais entendit un bruit sur les dalles juste derrière elle. Abandonnant le téléphone pour son pistolet, elle fit volte-face. Mais avant que sa main ait atteint la crosse du Glock, elle fut projetée en avant par une poussée brutale, sa tête heurta le mur et elle tomba à genoux, sonnée.

Relevant la tête, le souffle coupé, elle vit le regard dur du tueur et la lame de rasoir tachée de sang qui approchait de sa gorge.

CHAPITRE 43

– *Commande ! Appeler ! Sachs !*

La voix du répondeur.

– Mais où est-elle, bon sang ? Trouvez-la… Pulaski ?

Rhyme fit rouler son fauteuil jusqu'au jeune flic, qui était au téléphone.

– Que se passe-t-il avec Carpenter ?

Pulaski leva la main. Puis raccrocha.

– J'ai enfin eu sa secrétaire. Carpenter a quitté son bureau de bonne heure, il avait des courses à faire. Il devrait être chez lui, maintenant.

– Je veux tout le monde ici. Tout de suite !

Mel Cooper tenta à son tour d'appeler Amelia et dit :

– Rien.

Il insista, donna plusieurs coups de fil.

– Toujours rien. Pas de chance.

– Vous croyez que 522 a fait couper sa ligne, comme pour l'électricité ?

– Non. On me dit que l'abonnement court toujours. Mais le téléphone est débranché. Peut-être que la batterie est épuisée…

– Quoi ? Ils en sont sûrs ?

La crainte pointait maintenant sous l'inquiétude.

La sonnette de l'entrée retentit et Thom alla ouvrir.

Lon Sellitto apparut sur le seuil, mal fagoté et le visage ruisselant de transpiration.

– On ne peut rien faire contre ma suspension. C'est une procédure automatique. Même si je me soumets à un autre test, elle ne sera pas levée tant que les Affaires internes n'auront pas enquêté sur mon cas. Saloperie d'ordinateurs ! J'ai fait appeler l'Association de défense des droits des citoyens. Réponse : ils vont étudier l'affaire. On sait ce que ça veut dire.

Se tournant vers Pulaski :

– Que devient ta femme ?

– Elle est toujours retenue.

– Seigneur !

– Et c'est de pire en pire, dit Rhyme.

Il lui raconta la visite de Brockton, Whitcomb et Glenn, et l'intervention de la section juridique de la Sécurité du territoire.

– Merde, alors ! Jamais entendu parler de ça.

– Ils veulent qu'on cesse d'enquêter, en tout cas du côté de SSD. Mais on a maintenant un autre problème. Amelia est introuvable.

– Quoi ?

– Je ne sais pas où elle est allée après être passée chez elle. Elle n'a plus appelé… Ah, mince, il n'y avait plus de courant… Écoutez le répondeur.

Cooper composa le numéro. Et ils apprirent qu'Amelia *avait* appelé. Elle disait simplement qu'elle suivait une piste, et demandait à Rhyme de la contacter pour qu'elle lui explique de quoi il s'agissait.

Le criminologue leva les yeux au ciel.

Une piste…

Vers quoi ? L'un des suspects. Il regarda le tableau.

Andrew Sterling, président-directeur général
Alibi : présence à Long Island confirmée par son fils

Sean Cassel, directeur des ventes et du marketing
Aucun alibi
Wayne Gillespie, directeur des services techniques
Aucun alibi
Samuel Brockton, directeur du service comptabilité
Alibi : présence à Washington confirmée par le registre de son hôtel
Peter Arlonzo-Kemper, directeur des ressources humaines
Alibi : était avec sa femme – confirmé par elle (sincère ?)
Steven Shraeder, chef de l'équipe technique de jour
Alibi : au bureau – confirmé par la feuille de présence
Farouk Mameda, chef de l'équipe technique de nuit
Aucun alibi
Alibi pour le meurtre du gardien du cimetière (à son bureau, d'après les feuilles de présence)
Client de SSD ?
Robert Carpenter (?)
Inconnu recruté par Andrew Sterling (?)
Coursier

Cette piste concernait-elle l'un d'entre eux ?

– Lon, va te renseigner sur ce Carpenter.

– Comment ça ? Je m'amène et je lui dis : « Salut, j'étais flic et je ne le suis plus, mais je voudrais vous interroger même si vous n'êtes pas obligé de répondre, parce que je suis un type vraiment bien » ?

N'obtenant pas de réponse, Sellitto se tourna vers Cooper.

– Mel, passe-moi ton insigne.

– Mon insigne ? répéta le technicien, inquiet.

– Je ne vais pas l'abîmer... marmonna le gros détective.

– C'est surtout que je ne voudrais pas qu'on me suspende, moi aussi.

– Bienvenue à ce putain de club !

Sellitto prit l'insigne, et l'adresse de Carpenter que lui donna Pulaski.

– Je vous dirai comment ça s'est passé.

– Sois prudent, Lon. 522 se sent traqué. Il va tenter de frapper fort. Et n'oublie pas que c'est…

– Un salopard qui sait toujours tout.

Sellitto sortit du labo. Rhyme vit que Pulaski regardait attentivement les tableaux.

– Détective ?

– Oui ?

– Je viens de penser à autre chose.

Pulaski pointa le doigt vers le tableau sur lequel figurait la liste des témoins.

– L'alibi d'Andrew Sterling. Il m'a dit que pendant qu'il était à Long Island, son fils faisait une randonnée du côté de Westchester. Il a appelé son père et on a vérifié l'heure de cet appel sur son téléphone. Ça correspondait.

– Et alors ?

– Eh bien, je me rappelle Sterling disant que son fils avait pris le train pour Westchester. Mais quand j'en ai parlé à Andy, il m'a dit qu'il y était allé *en voiture*. Et il y a autre chose, monsieur. Le jour du meurtre du gardien du cimetière, j'ai consulté les feuilles de présence. J'y ai trouvé le nom d'Andy. Il a quitté la boîte juste après Miguel Abrera, le concierge. À peine quelques secondes après. Je n'y avais pas pensé jusqu'à présent, parce qu'Andy n'était pas suspect.

– Mais le fils n'a pas accès au CerclePremier, fit observer Cooper, en hochant la tête devant la liste des suspects.

– Pas d'après ce qu'a dit son père. Mais monsieur… Andrew Sterling nous a tellement aidés qu'on a pris pour argent comptant tout ce qu'il nous racontait. Il nous a dit qu'aucun des suspects de notre liste n'avait accès au CerclePremier. Mais nous n'avons aucune preuve. Nous ne l'avons jamais vérifié.

– Le jeune Andy a pu aller sur le BlackBerry de son père, ou sur son ordinateur pour piquer le code, suggéra Cooper.

– À vous de jouer, Pulaski. Et vous, Mel, vous commandez les opérations. Envoyez une équipe tactique au domicile d'Andy Sterling.

La meilleure des analyses prédictives, réalisée par un cerveau artificiel aussi brillant que Xpectation, ne peut être juste à tous les coups.

Qui aurait prévu qu'Amelia 7303, présentement assommée et menottes aux poignets à cent mètres d'ici, viendrait tout droit frapper à ma porte ?

Un heureux hasard… À l'instant où je m'apprêtais à sortir pour mener à bien la vivisection de Thom, je l'ai aperçue par la fenêtre. Ainsi, semble-t-il, va ma vie, la chance compensant la nervosité.

Je réfléchis calmement à la situation. D'accord, ses collègues de la police ne me soupçonnent pas. Elle n'était venue chez moi que pour me montrer le portrait robot dont j'ai trouvé un exemplaire dans sa poche avec une liste de six autres personnes. Les deux premiers noms sont barrés. J'arrive malheureusement en troisième position. Quelqu'un va sans doute demander où elle est passée. Je dirai : « Oui, oui, elle est venue me montrer le portrait robot. » Et on en restera là.

J'ai démonté son téléphone pour ranger les pièces dans des boîtes. J'ai songé une seconde à m'en servir pour enregistrer les derniers moments de Thom Reston dans toute leur horreur. Ça ne manquerait pas de symétrie, ni d'élégance. Mais alors, évidemment, il faudra qu'elle disparaisse complètement. Elle dormira dans mon sous-sol, à côté de Caroline 8630 et de Fiona 4892.

Une disparition totale…

Les choses pourraient être plus nettes – les flics adorent avoir un cadavre –, j'aurai un trophée de choix, cette fois. Je ne me contenterai pas de quelques ongles de mon Amelia 7303…

CHAPITRE 44

– Alors ? demanda vivement Rhyme à Pulaski.

Le Bleu se trouvait à deux kilomètres de là, dans la maison d'Amelia Sachs à Manhattan.

– Vous avez pu entrer ? Amelia est là ?

– Je ne pense pas qu'Andy soit notre homme, monsieur.

– Vous ne le pensez pas ? Ou bien ce n'est pas lui ?

– Ce n'est pas lui.

– Expliquez, alors !

Pulaski dit à Rhyme qu'Andy Sterling, effectivement, avait menti à propos de ce qu'il avait fait le dimanche. Mais ce n'était pas pour couvrir ses activités de tueur et de violeur. Il avait fait croire à son père qu'il avait pris le train jusqu'à Westchester pour participer à une randonnée alors qu'il y était allé en voiture.

En voyant arriver Pulaski accompagné de deux agents de la brigade d'intervention rapide, le jeune homme avait tout de suite avoué son mensonge. Il était allé en voiture à Westchester et il avait dit à son père qu'il avait pris le train… parce qu'il n'avait pas son permis de conduire.

Mais son ami en avait un. Andrew Sterling était peut-être le plus grand pourvoyeur d'informations au monde, mais il ignorait que son fils était homosexuel, et Andy n'avait jamais eu le courage de le lui avouer.

Un appel au copain leur confirma qu'ils étaient tous deux loin de New York à l'heure des meurtres. Les relevés de passage aux péages attestèrent que c'était la vérité.

– Bon sang ! Revenez ici, Pulaski !

– Oui, monsieur.

En remontant le trottoir poussiéreux, Sellitto songeait : Merde, j'aurais dû prendre aussi l'arme de Cooper. Évidemment, emprunter un insigne alors qu'on est suspendu est une chose, et emprunter une arme en est une autre, beaucoup plus grave, si les Affaires internes venaient à le savoir.

De quoi justifier une suspension le jour où on apprendrait que le test de drogue était négatif.

La drogue. Merde !

Il trouva la maison de Carpenter, dans un quartier paisible de l'Upper East Side. Il y avait de la lumière à l'intérieur, mais il ne vit personne. Il s'approcha de la porte d'entrée et pressa le bouton de sonnette.

Il lui sembla entendre du bruit à l'intérieur. Des pas. Une porte qui se fermait.

Puis plus rien pendant une longue minute.

Sellitto porta machinalement la main à son arme… absente.

Merde.

Puis un rideau s'écarta, et retomba. La porte s'ouvrit et Sellitto vit devant lui un grand type solidement bâti, aux cheveux peignés en arrière. L'homme regarda l'insigne emprunté à Cooper. Il clignait des yeux, hésitant.

– M. Carpenter ?

L'homme ne disait toujours rien. Puis son embarras disparut, remplacé par de la fureur à l'état pur, et il rugit :

– Bordel de bordel !

Lon Sellitto ne s'était pas battu avec un client depuis des années, et il pensa qu'un individu comme celui-ci était sans doute capable de lui mettre une raclée et de lui trancher la gorge. Mais pourquoi n'avait-il pas pris l'arme de Cooper, après tout ce qui venait de se passer ?

Puis il s'avéra que le gros détective n'était pour rien dans cette fureur.

C'était, curieusement, le patron de SSD.

– Mais qu'est-ce qu'il lui prend, à Andrew Sterling ? C'est lui qui vous envoie ? Me voilà mouillé dans ces meurtres dont on parle partout ! Qu'est-ce que je vais faire, maintenant ? Je dois déjà être dans le système et Watchtower aura balancé mon nom sur des listes à travers le pays ! Ah, quel imbécile je suis, de m'être fait avoir par SSD !

Sellitto se sentit moins inquiet. Rempochant l'insigne, il demanda à l'homme de sortir. Ce qu'il fit.

– Donc, je ne me suis pas trompé. C'est bien Henry qui est derrière tout ça, n'est-ce pas ?

Sellitto ne répondit pas mais lui demanda ce qu'il faisait au moment du meurtre de Malloy.

Carpenter réfléchit.

– J'avais des rendez-vous.

Il indiqua le nom de plusieurs responsables de grosses banques, ainsi que leurs numéros de téléphone.

– Et dimanche après-midi ?

– J'ai reçu quelques personnes avec mes amis. À l'heure du brunch.

Un alibi facile à vérifier.

Sellitto appela Rhyme pour le mettre au courant. Il tomba sur Cooper, qui promit de faire les vérifications nécessaires. Après avoir raccroché, il se tourna vers un Bob Carpenter sérieusement agité.

– C'est le connard le plus vindicatif avec qui j'aie jamais été en affaires !

Sellitto ne put que lui confirmer que, oui, son nom leur avait été communiqué par SSD. En l'entendant, Carpenter ferma les yeux un instant. Le mépris fit place à la colère.

– Qu'a-t-il dit à mon sujet ?

– Il semble que vous ayez téléchargé des informations concernant les victimes juste avant qu'on les tue. À l'occasion de plusieurs meurtres au cours des quelques mois écoulés.

– Voilà ce qui arrive quand Andrew est en pétard ! Il perd le nord. Je n'aurais jamais cru qu'on en viendrait là…

Il se tut quelques secondes avant de reprendre, en fronçant les sourcils :

– Vous avez dit quelques mois ? Ces téléchargements… De quand date le dernier ?

– Il y a deux semaines.

– Eh bien, ça ne peut pas être moi. On m'a coupé l'accès au système Watchtower au début du mois de mars.

– Coupé ?

Carpenter fit oui de la tête.

– Sur ordre d'Andrew.

Le téléphone de Rhyme sonna. C'était Sellitto. Il expliqua que deux sources avaient confirmé les dires de Carpenter. Sellitto demanda au technicien d'appeler Rodney Szarnek pour vérifier les informations contenues dans le CD qu'on avait remis à Pulaski. Puis il referma sèchement son téléphone et dit à Carpenter :

– Pourquoi vous a-t-on interdit d'accès ?

– J'avais une entreprise de stockage de données, et…

– Qu'est-ce que vous entendez par là ?

– Nous stockons les données traitées par SSD.

– C'est comme un entrepôt dans lequel on conserve des marchandises ?

– Non, non. C'est du stockage informatique. Sur des serveurs situés dans le New Jersey et en Pennsylvanie. J'ai été… enfin, disons que je me suis laissé embobiner par Andrew Sterling. Sa réussite, sa fortune. Je voulais faire de l'extraction de données, moi aussi, comme SSD, et pas seulement du stockage. J'étais sur le point de me tailler une place sur le marché dans certains secteurs sur lesquels SSD n'occupe pas une position dominante. Je n'étais pas vraiment en concurrence, et ça n'avait rien d'illégal.

Sellitto sentait le désarroi dans la voix de Carpenter tandis que celui-ci cherchait à se justifier.

– C'était du menu fretin. Mais Andrew l'a appris et m'a coupé l'accès au CerclePremier de Watchtower. Il m'a menacé d'un procès. J'ai tenté de négocier, mais il m'a viré aujourd'hui même. Je veux dire qu'il a dénoncé notre contrat. Je n'avais vraiment rien fait de mal…

– Et vous pensez que Sterling a trafiqué les dossiers pour vous faire passer pour le tueur ?

– Il a bien fallu que quelqu'un de SSD s'en charge.

Conclusion, songea Sellitto, Carpenter n'est pas suspect et toute cette histoire n'est qu'une perte de temps.

– Je n'ai pas d'autre question. Bonsoir.

Mais Carpenter avait changé d'avis. Sa fureur était retombée, remplacée par une expression dans laquelle Sellitto voyait avant tout du désespoir.

– Attendez, détective, ne vous méprenez pas sur ce que j'ai dit. J'ai parlé trop vite. Je ne prétends pas qu'Andrew est un criminel. J'étais sous le coup de la colère, mais ça ne prouve rien. Vous ne le lui répéterez pas, n'est-ce pas ?

En s'éloignant, le détective jeta un coup d'œil en arrière. L'homme d'affaires semblait au bord des larmes.

Encore un suspect innocenté…

D'abord, Andy Sterling. Et maintenant, Robert Carpenter. En rentrant chez Rhyme, Sellitto appela immédiatement Rodney Szarnek, qui lui promit de chercher l'explication. Dix minutes après, il rappelait.

– Au temps pour moi, dit l'informaticien.

– Continuez, répondit Rhyme avec un soupir.

– Eh bien, Carpenter a téléchargé assez de listes pour avoir les informations dont il avait besoin pour cibler les victimes et les faux coupables. Mais il l'a fait sur une durée de deux ans. Dans le cadre de campagnes parfaitement officielles. Et plus rien depuis début mars de cette année.

– Vous nous avez dit que les données avaient été téléchargées juste avant les meurtres.

– C'est ce qui figurait sur le tableau. Mais les métadonnées montrent que quelqu'un, chez SSD, a modifié les dates. Il y a deux ans, par exemple, qu'il a des informations sur votre cousin.

– Et quelqu'un, chez SSD, aurait changé les dates pour se mettre hors de cause et nous aiguiller sur Carpenter ?

– Exactement.

– D'où la question : qui a fait ça ? 522, bien sûr.

– Mais il n'y a pas d'autres informations codées dans les métadonnées. Et les mots de passe root ne le sont pas non plus...

– C'est l'explication ?

– Oui.

– Vous en êtes certain ?

– Absolument.

– Merci, murmura Rhyme.

Ils raccrochèrent.

Le fils, éliminé. Carpenter, éliminé...

Où es-tu, Sachs ?

Rhyme sursauta. Il avait failli l'appeler par son prénom. Une règle tacite voulait qu'ils n'utilisent que leurs noms de famille respectifs lorsqu'ils s'adressaient à des tiers. Y déroger portait malheur. Et ce n'était pas le moment d'en rajouter.

– Linc, dit Sellitto en montrant du doigt la liste de suspects sur le tableau. Je ne vois pas ce qu'on pourrait faire sinon vérifier des dossiers de chacun d'eux. Tout de suite.

– Et comment allons-nous procéder, Lon ? Nous avons affaire à un inspecteur qui refuse l'existence même de cette affaire. On ne peut pas...

Il baissa la voix tandis que son regard se fixait sur le profil de 522, puis sur les tableaux répertoriant les indices.

Et sur le dossier de son cousin, tout proche.

Style de vie
Dossier 1A. Articles préférés
Dossier 1B. Services préférés
Dossier 1C. Déplacements

Dossier 1D. Santé
Dossier 1E. Loisirs

Finances / Éducation / Profession
Dossier 2A. Cursus scolaire
Dossier 2B. Cursus professionnel / revenus
Dossier 2C. Crédits / situation bancaire
Dossier 2D. Achat de titres et d'actions

Administration / Justice
Dossier 3A. État civil
Dossier 3B. Inscriptions listes électorales
Dossier 3C. Antécédents judiciaires
Dossier 3D. Antécédents criminels
Dossier 3E. Immigration et naturalisation

Rhyme parcourut plusieurs fois le document. Puis il regarda celui qui était collé sur les tableaux d'indices. Quelque chose clochait.

Il rappela Szarnek.

– Dites-moi, Rodney : quelle place occupe un document de trente pages sur un disque dur ? Comme le dossier de SSD que je suis en train d'examiner ?

– Un dossier… Ce n'est que du texte, je suppose ?

– Oui.

– S'il est dans une base de données, il est compressé… Disons, vingt-cinq kilo-octets, maximum.

– Ce n'est pas grand-chose, n'est-ce pas ?

– Oui. Un pet dans l'ouragan du stockage de données.

Rhyme leva les yeux au ciel.

– Je n'ai pas d'autre question à vous poser. Zut, alors !

Sa tête lui faisait horriblement mal et elle avait un goût de sang dans la bouche après le choc contre les pierres du mur.

Tout en maintenant le rasoir sur sa gorge, le tueur lui avait pris son arme et l'avait traînée jusqu'à la porte du sous-sol avant de lui faire monter un escalier du côté « façade » de la maison. Celle-ci avait, à l'avant, un aspect moderne et un peu raide qui rappelait le décor noir et blanc de SSD.

Puis il lui fit franchir une autre porte qui s'ouvrait dans le mur noir du salon.

Et donnait, bizarrement, sur un placard. Il la poussa à travers des vêtements malodorants vers une nouvelle porte dans la paroi du fond, puis de l'autre côté, avant de lui prendre son BlackBerry, son bipeur, son téléphone, ses clés et le couteau à cran d'arrêt qu'elle avait toujours dans une poche arrière de son pantalon. Il la plaqua contre un radiateur, entre de hautes piles de journaux, et l'y attacha avec des menottes. Elle parcourut du regard l'antre du tueur, humide, sombre, imprégné par des odeurs de vieilleries et bourré du sol au plafond d'un invraisemblable bric-à-brac. L'homme déposa ses effets sur un grand bureau aussi encombré que le reste. Il entreprit de démonter les appareils avec la pointe d'un couteau. Il travaillait avec méticulosité, en saluant d'un sourire satisfait chacune des pièces qu'il retirait, comme s'il avait disséqué un corps pour en étudier chaque organe l'un après l'autre.

Puis elle vit le tueur taper sur son clavier. Il avait autour de lui des piles de journaux, de véritables tours de sacs en papier, des verres, des boîtes sur lesquelles on lisait « cigarettes », « boutons », « coupures de presse », de vieilles boîtes de conserve vides et des emballages de plats à emporter datant des années 1960 et 1970. Et des centaines d'autres emballages en tout genre.

Mais ce n'était pas cet inventaire qui l'intéressait. Elle se demandait, abasourdie, comment il avait pu les tromper. 522 ne faisait pas partie de leurs suspects. Ils s'étaient trompés sur le compte des cadres arrogants de SSD, des techniciens, des clients, des pirates, des seconds couteaux employés par Sterling pour attirer la clientèle.

Et pourtant c'était *forcément* quelqu'un de SSD.

Pourquoi, grands dieux, l'évidence ne lui avait-elle pas sauté aux yeux ?

522 n'était autre que le vigile qui lui avait fait visiter les enclos le lundi précédent. Elle se rappelait le nom qui figurait sur son badge : John. John Rollins. Il l'avait sans doute vue arriver avec Pulaski au poste de garde qui se trouvait dans le hall d'entrée et s'était précipité à leur rencontre pour proposer de les accompagner au bureau de Sterling. Puis il était resté dans les parages pour se renseigner sur le motif de leur visite. À moins qu'il n'ait su à

l'avance qu'ils allaient venir et se soit arrangé pour être de service ce matin-là ?

L'homme qui savait tout…

À partir du moment où il l'avait accompagnée dans le Rocher gris, elle aurait pu comprendre que les agents de sécurité jouissaient d'un libre accès aux entrepôts et au CerclePremier. Elle se souvenait qu'une fois dans les entrepôts, on n'avait plus besoin de code pour y accéder. Mais elle ne savait toujours pas comment il avait subtilisé des disques contenant des données – il avait même été fouillé pour ressortir avec eux. Mais il y était parvenu d'une façon ou d'une autre.

Elle ferma à demi les yeux, en un effort pour repousser les élancements douloureux dans son crâne. En vain. Elle regarda le mur face au bureau, et la toile qui s'y trouvait : un portrait de famille hyperréaliste. C'était évidemment le tableau d'Harvey Prescott pour lequel il avait assassiné Alice Sanderson avant de faire accuser Arthur Rhyme.

Ses yeux s'accoutumant à la pénombre, Amelia Sachs observa son ennemi. Ce qu'elle n'avait pas fait pendant qu'il l'escortait dans les locaux de SSD. Mais maintenant, elle le voyait clairement : un homme assez maigre, pâle, au physique ordinaire mais assez beau de visage. Les yeux enfoncés dans leurs orbites allaient et venaient avec vivacité, il avait de longs doigts effilés et des bras musclés.

Le tueur se sentit observé. Il tourna vers elle son regard fiévreux. Puis il se remit à taper sur son clavier d'ordinateur. D'autres claviers, aux touches brisées et aux caractères effacés, s'empilaient sur le sol. Inutilisables par qui que ce soit. Mais 522, bien sûr, n'était pas capable de les jeter. Il y avait aussi autour de lui des milliers de carnets au papier jauni, couverts d'une petite écriture appliquée – l'origine des fibres de papier qu'ils avaient trouvées sur l'une des scènes de crime.

L'odeur de moisissure et de linge sale était suffocante. Sans doute était-il tellement habitué à cette puanteur qu'il ne la sentait plus.

Amelia Sachs ferma les yeux, la tête appuyée à une pile de journaux. Sans arme, réduite à l'impuissance… Que pouvait-elle faire ? Elle s'en voulait terriblement de ne pas avoir laissé à Rhyme un message plus détaillé lui disant où elle allait.

Impuissante…

Quelques mots lui vinrent à l'esprit. La véritable devise de 522 : *Savoir, c'est pouvoir.*

Eh bien, tâche de savoir, bon Dieu ! Trouve quelque chose dont tu puisses faire une arme contre lui.

Réfléchis !

John Rollins, vigile chez SSD… Ce nom ne lui disait rien. Il était apparu à plusieurs reprises au cours de l'enquête. Quel était le lien entre lui et SSD, les crimes, les données ?

Elle scruta la pièce plongée dans la pénombre et le fatras innommable qui l'encombrait.

Bruit…

Concentre-toi. Un problème à la fois.

Quelque chose sur le mur le plus éloigné d'elle attira son attention. C'était l'une des collections de 522 : un amas de tickets récupérés dans des stations de sports d'hiver.

Vail, Copper Mountain, Breckinridge, Beaver Creek…

Était-ce possible?

– Peter, dit-elle, il faut qu'on discute, vous et moi.

À son nom, il cligna des yeux et se tourna vers elle. Elle vit dans son regard ce qui pouvait ressembler à du désarroi – l'espace d'un éclair. Comme s'il avait reçu une gifle.

Elle ne se trompait pas. John Rollins était un nom d'emprunt. Elle avait devant elle Peter Gordon, le fameux pirate informatique voleur de données. Celui qui était mort… Ou plutôt, qui avait prétendu être mort quand SSD avait pris le contrôle de l'entreprise pour laquelle il travaillait, dans le Colorado, plusieurs années auparavant.

– Nous nous posions des questions au sujet de cette prétendue disparition. Mais le test ADN ? Comment avez-vous fait ?

Il avait cessé de taper et regardait fixement le tableau de Prescott. Puis il dit :

– Vous ne trouvez pas que c'est ça, le plus drôle, avec les données ? Cette façon qu'on a de les croire sans se poser de questions ?

Se tournant vers elle :

– Du moment que c'est dans un ordinateur, on le croit. Quand ça concerne la divinité ADN, alors c'est *forcément* vrai. N'en demandez pas plus. Fin de l'histoire.

– Vous, par exemple, dit Amelia. Vous êtes porté disparu. La police découvre votre vélo et un cadavre décomposé qui porte vos vêtements. Il ne reste pas grand-chose après le passage des animaux, n'est-ce pas ? On prélève chez vous des cheveux et des échantillons de salive, et bingo, l'ADN correspond. Aucun doute possible. Vous voilà mort. Mais ce n'étaient pas vos cheveux ni votre salive dans la salle de bains, n'est-ce pas ? Vous les aviez prélevés sur l'homme que vous aviez tué. Vous lui aviez arraché quelques cheveux et vous lui aviez brossé les dents, c'est bien ça ?

– Il y avait aussi un peu de sang sur la lame Gillette. Vous autres policiers, vous adorez le sang, n'est-ce pas ?

– Qui aviez-vous tué ?

– Un gamin, en Californie. Il faisait de l'auto-stop sur la Route 70.

Ne le lâche pas. L'information est ton arme. Sers-t'en !

– On n'a pas compris pourquoi vous aviez fait ça, Peter. Pour saboter la prise de contrôle de Rocky Mountain Data par SSD ? Ou pour une autre raison ?

– Saboter ? répéta-t-il, surpris. Vous n'y êtes pas du tout ! Quand Andrew Sterling et sa bande sont venus à Rocky Mountain pour l'acheter, j'ai épluché toutes les données que j'ai pu pirater sur lui et sur sa boîte. Et ce que j'ai découvert m'a sidéré. Andrew Sterling, c'est Dieu. C'est l'avenir des données, autrement dit l'avenir de la société. J'ai découvert des choses dont j'ignorais jusqu'à l'existence et dont je pouvais me servir comme d'une arme, comme d'un médicament, comme de l'eau bénite ! Il *fallait* que j'en sois, il *fallait* que je participe à ce qu'il était en train de faire.

– Mais vous ne pouviez pas être un *scrounger* pour SSD, étant donné vos autres projets, n'est-ce pas ? Étant donné vos autres… activités. Et votre mode de vie.

Elle montra d'un geste les pièces pleines à craquer.

Il se rembrunit.

– Je voulais être de l'aventure SSD. Vous comprenez ? Ah, tous les endroits où j'aurais pu aller ! Mais ce n'était pas ce qu'on me proposait.

Il se tut, et d'un geste, à son tour, désigna la masse de ses collections.

– Vous croyez que j'ai choisi de vivre comme je vis ? Vous croyez que ça me plaît ? (Sa voix s'étrangla.) Non ! Ma vie est forcément ailleurs. À part.

– Vous avez donc simulé votre mort et volé une nouvelle identité. Vous avez pris le nom, et le numéro de Sécurité sociale de quelqu'un que vous avez tué.

Il n'y avait plus trace d'émotion dans sa voix.

– Un enfant, un enfant de 3 ans, oui. Jonathan Rollins, de Colorado Springs. C'est facile de changer d'identité. Les survivalistes font ça tous les jours. Vous pouvez acheter des livres là-dessus... (Un bref sourire.) Pensez seulement à les payer en liquide.

– Et vous vous êtes fait embaucher comme vigile. Mais vous ne risquiez pas d'être reconnu, chez SSD ?

– Je n'avais jamais rencontré quelqu'un de chez eux. C'est ce qu'il y a d'étonnant en matière d'extraction des données. On peut en collecter sans jamais quitter son propre Placard.

Il se tut. Il semblait embarrassé en pensant à ce qu'elle venait de lui dire. Étaient-ils sur le point de découvrir le lien entre Rollins et Peter Gordon ? Allait-on venir chez lui pour savoir ce qu'il en était exactement ? Il se dit qu'il ne pouvait courir ce risque. D'un geste brusque, il prit la clé de la voiture de Pam sur le bureau où il l'avait posée. *Tout le monde* devait déjà relever le numéro d'immatriculation à cette heure...

– Où l'avez-vous garée ?

– Vous croyez que je vais vous le dire ?

Il haussa les épaules et sortit.

Sa stratégie avait payé. D'un fragment d'informations, elle s'était fait une arme. Ce n'était pas grand-chose, bien sûr, mais elle avait gagné un peu de temps.

Serait-ce suffisant pour faire ce qu'elle voulait faire : attraper la clé des menottes enfouie au fond de la poche de son pantalon ?

CHAPITRE 45

– Écoutez. Ma partenaire a disparu. J'ai besoin de consulter certains fichiers.

Rhyme s'adressait à Andrew Sterling par liaison vidéo haute définition.

Le P.-D.G. de SSD avait retrouvé son bureau austère du Rocher gris. Il se tenait bien droit dans ce qui semblait être un fauteuil en bois, et sa posture semblait imiter celle du criminologue dans son fauteuil roulant TDX.

– Vous avez vu Sam Brockton, ainsi que l'inspecteur Glenn, et vous savez ce qu'ils vous ont dit, répondit Sterling d'une voix douce.

Pas l'ombre d'une gêne dans sa voix. Ni d'une émotion, derrière son sourire aimable.

– Je veux voir le dossier de ma partenaire. La détective Amelia Sachs, que vous avez rencontrée. La *totalité* du dossier.

– Que voulez-vous dire par « la totalité », capitaine Rhyme ?

Le criminologue nota que Sterling employait son grade, que tout le monde ne connaissait pas.

– Vous savez ce que je veux dire.

– Non, je ne le sais pas.

– Je veux voir son dossier juridique 3E.

Une autre hésitation.

– Pourquoi ? Ce n'est rien. Quelques informations administratives. Couvertes par la loi qui protège la vie privée des individus.

Mais il mentait. Grâce à Kathryn Dance, l'agent du CBI, le bureau californien du FBI, Rhyme avait acquis quelques connaissances de base en matière de psychologie comportementale. Une telle hésitation était souvent un signe précurseur de dissimulation, le sujet s'efforçant de formuler une réponse crédible, mais fausse. On parle vite quand on dit la vérité.

– Pourquoi refusez-vous que je le voie, alors ?

– C'est simplement que ça ne vous servirait à rien.

Les yeux verts de Sterling ne trahissaient aucune nervosité, mais Rhyme remarqua qu'il avait jeté un bref regard de côté, à l'endroit où Pulaski venait d'apparaître à l'écran ; le jeune policier était entré dans le laboratoire et se tenait derrière Rhyme.

– Dans ce cas, répondez à une question.

– Laquelle ?

– Je viens de consulter le spécialiste en informatique de la police de New York. Je lui ai demandé la place que prenait le dossier de mon cousin.

– Oui ?

– Il m'a dit qu'un dossier de trente pages occupait environ vingt-cinq kilo-octets.

– Je suis aussi soucieux que vous de la sécurité de votre partenaire, mais...

– J'en doute fortement. Alors, écoutez-moi. (Sterling haussa imperceptiblement les sourcils.) Un dossier ordinaire représente vingt-cinq kilobits de données. Mais votre brochure de présentation dit que vous avez cinq petabits d'informations. Ce qui représente une quantité de données inconcevable pour la plupart des gens.

Sterling ne réagissait pas.

– Si un dossier d'importance moyenne représente vingt-cinq kilo-octets, la base de données rassemblant tous les habitants de la planète représente environ cinq cents *billions* de kilo-octets. Qu'y a-t-il encore dans l'espace restant du disque dur du CerclePremier, Sterling ?

Une autre hésitation.

– Mon Dieu, un tas de choses… Des schémas et des photographies qui occupent beaucoup de place. Et des données administratives, par exemple.

Mensonge.

– Et dites-moi pourquoi quelqu'un aurait un fichier juridique, d'abord ? Qui est censé accepter ça ?

– Nous veillons à ce que les fichiers de tous les citoyens soient conformes aux exigences de la loi.

– Sterling, si ce dossier n'arrive pas dans mon ordinateur dans les cinq minutes, j'informerai directement le *Times* de ce que vous avez aidé et protégé un criminel qui se servait de vos données pour violer et assassiner. Les gens de la section juridique, à Washington, ne vous éviteront pas de faire les gros titres des journaux. Et on n'en parlera pas seulement dans la presse écrite, je peux vous l'assurer.

Sterling se contenta de rire, l'air absolument sûr de lui.

– Je n'y crois pas une seconde, capitaine. Je dois maintenant prendre congé.

– Sterling…

L'écran s'éteignit.

Rhyme ferma les yeux, hors de lui. Il approcha son fauteuil des tableaux sur lesquels figuraient les indices et la liste des suspects. Il reconnaissait l'écriture d'Amelia et celle de Thom, parfois appliquée, parfois rapide.

Mais n'y voyait pas de réponse à ses questions.

Où es-tu, Sachs ?

Il savait qu'elle vivait dangereusement, qu'il ne lui conseillerait jamais d'éviter les situations à risque qui semblaient l'attirer. Mais il était furieux qu'elle ait suivi Dieu savait quelle foutue piste sans assurer ses arrières.

– Lincoln ? appela doucement Ron Pulaski.

Rhyme regarda le jeune policier et fut surpris par la froideur inhabituelle du regard qu'il posait sur les clichés de la scène de crime de Myra Weinburg.

– Quoi ?

Le Bleu se retourna vers le criminologue.

– J'ai une idée.

Le visage, avec son pansement sur le nez, emplissait la partie supérieure de l'écran.

– Vous avez accès au CerclePremier, n'est-ce pas ? demanda froidement Ron Pulaski à Mark Whitcomb.

L'adjoint au chef du service juridique soupira.

– C'est exact, dit-il en fixant l'objectif de la webcam.

Puis il détourna les yeux.

– Mark, on a un problème. Il nous faut votre aide.

Pulaski lui expliqua qu'Amelia Sachs avait disparu et que, d'après Rhyme, son dossier juridique leur permettrait peut-être de savoir où elle était allée.

– Qu'y a-t-il dans ce dossier ?

– Un dossier juridique ? murmura Whitcomb. Il est formellement interdit de le consulter. Si on s'en aperçoit, je risque la prison. Quant à la réaction de Sterling… je n'ose pas y penser. Ce sera pire que la prison.

– Vous n'avez pas été honnête avec nous et des gens sont morts, rétorqua Pulaski.

Puis, moins durement :

– Nous n'avons pas de mauvaises intentions, Mark. Aidez-nous. Sinon, il y aura encore des victimes. Je vous en prie.

Il se tut, laissant le silence s'installer.

Bon travail, le Bleu, pensa Rhyme, pas mécontent de laisser les manettes au copilote en la circonstance.

Whitcomb fit une grimace. Il regarda autour de lui, leva les yeux au plafond. Craignait-il la présence de micros ou de caméras cachés ? se demanda Rhyme. C'était apparemment le cas, car il y avait dans sa voix un mélange de résignation et d'angoisse quand il dit :

– Notez ce que je vais vous dire. Nous n'avons pas beaucoup de temps.

– Mel, venez ici. Nous allons pénétrer dans le système de SSD et dans le CerclePremier.

– Ah ? Voilà qui ne me dit rien de bon. D'abord, c'est Lon qui me pique mon insigne et maintenant, ça…

Le technicien s'installa en toute hâte à côté de Rhyme. Whitcomb lui indiqua l'adresse du site, qu'il appela aussitôt. Un message, sur l'écran, leur annonça qu'ils étaient en contact avec le serveur sécurisé de SSD. Whitcomb lui donna ensuite un nom d'utilisateur temporaire, puis dicta trois longues séries de caractères composant les codes d'accès.

– Chargez le fichier de décryptage dans le cadre qui s'inscrit au centre de l'écran et tapez ENTRÉE.

Cooper s'exécuta et un autre écran apparut.

Bienvenue, NGHF235. Tapez (1) le code du sujet 16-digit SSD ; ou (2) le pays et le numéro de passeport du sujet ; ou (3) le nom du sujet, son lieu de résidence, son numéro de Sécurité sociale et un numéro de téléphone.

– Tapez l'information souhaitée sur la personne qui vous intéresse.

Rhyme dicta les informations demandées à propos d'Amelia Sachs. Une phrase s'inscrivit sur l'écran : *Confirmez-vous l'accès au dossier juridique 3E ? Oui-Non.*

Cooper cliqua sur Oui et on lui réclama un autre code.

– Vous êtes prêt ? demanda Whitcomb, après un nouveau coup d'œil au plafond.

Comme si quelque chose d'important était sur le point de se produire.

Whitcomb leur donna encore un code à seize chiffres, que Cooper tapa. Puis il frappa la touche ENTRÉE.

– Oh, mon Dieu, dit le criminologue à mi-voix en voyant le texte emplir l'écran.

Et il en fallait beaucoup pour étonner Lincoln Rhyme.

ACCÈS RÉSERVÉ

LA POSSESSION DE CE DOSSIER PAR TOUTE PERSONNE NON TITULAIRE D'UNE AUTORISATION A-18 CONSTITUE UNE VIOLATION DE LA LOI FÉDÉRALE

Dossier juridique 3E
Sujet SSD Numéro 7303-4490-7831-3478
Nom : Amelia H. Sachs
Pages : 478

Table des matières
Cliquez sur le sujet souhaité
NB : L'accès aux archives peut prendre cinq minutes.

PROFIL

- Nom / Pseudonyme(s) Surnom(s) Autres
- Numéro de Sécurité sociale
- Adresse actuelle
- Vue satellite de l'adresse actuelle
- Adresse précédente
- Nationalité
- Race
- Histoire familiale (noms)
- Nationalité d'origine
- Description physique / signes particuliers
- Relevé biométrique
  - *Photographies*
  - *Vidéo*
  - *Empreintes digitales*
  - *Empreintes pédestres*
  - *Image scanner de la rétine*
  - *Image scanner de l'iris*
  - *Cliché de profil*
  - *Image scanner de la face*
  - *Empreinte vocale*
- Échantillons de tissu
- Antécédents médicaux
- Inscription à un parti politique
- Organisations-syndicats professionnels
- Organisations-syndicats étudiants
- Religion, appartenance à une ou plusieurs Églises

- CV militaire
  - *Service / dispense*
  - *Évaluation ministère de la Défense*
  - *Évaluation garde nationale*
  - *Entraînement au maniement des armes*
- Dons à des organisations
  - *Politiques*
  - *Religieuses*
  - *Médicales*
  - *Philanthropiques*
  - *Radios ou télévisions publiques*
  - *Autres*
- Antécédents psychologiques / psychiatriques
- Profil de personnalité Myers-Briggs
- Préférences sexuelles
- Loisirs / intérêts
- Clubs / associations

ENTOURAGE

- Époux, Épouse(s)
- Relations intimes
- Enfants
- Parents
- Grands-parents paternels
- Grands-parents maternels
- Autres parents, vivants
- Autres parents, décédés
- Parents par le mariage ou le concubinage
- Voisins
  - *Actuels*
  - *Cinq dernières années (archivé, attente possible pour accéder)*
- Relations
  - *Personnelles*
  - *Via Internet*
- *Personnes objets d'intérêt*

FINANCES

- Activité professionnelle actuelle
  - *Catégorie*
  - *Évolution salariale*
  - *Absences au travail / motif(s) des absences*
  - *Licenciement(s) / inscription(s) au chômage*
  - *Distinctions / blâmes / sanctions*
  - *Incidents discriminatoires au titre de l'Article 7*
  - *Incidents discriminatoires au titre de la santé et de la sécurité au travail*

Autres actions

- Cursus professionnel (archivé, attente possible)
  Statut
  Évolution salariale
  Jours d'absence / motifs des absences
  Licenciement(s) / inscriptions au chômage
  Distinctions / blâmes / sanctions
  Récompenses
  Incidents discriminatoires au titre de l'Article 7
  Incidents discriminatoires au titre de la santé et de la sécurité au travail
  Autres actions
- Revenus actuels
  Retards d'impôts
  Impôts réglés
  À l'étranger
- Revenus passés
  Retards d'impôts
  Impôts réglés
  À l'étranger
- Patrimoine actuel
  Biens immobiliers
  Véhicules, bateaux
  Comptes bancaires / titres et actions
  Polices d'assurance
  Autres
- Biens au cours des dix derniers mois, dispositions particulières ou acquisition de
  Propriétés immobilières
  Véhicules, bateaux
  Comptes bancaires / titres et actions
  Polices d'assurance
  Autres
- Biens au cours des cinq dernières années, dispositions particulières de (archivé, peut prendre du temps)
  Biens immobiliers
  Véhicules, bateaux
  Comptes bancaires / titres et actions
  Polices d'assurance
  Autres
- Crédits en cours
- Transactions financières, institutions opérant aux États-Unis
  Aujourd'hui
  Depuis 7 jours
  Depuis 30 jours
  Depuis 1 an
  Depuis 5 ans (temps d'attente)

- Transactions financières, institutions basées aux États-Unis
  - *Aujourd'hui*
  - *Depuis 7 jours*
  - *Depuis 30 jours*
  - *Depuis 1 an*
  - *Depuis 5 ans (temps d'attente)*
- Transactions financières, Hawala et autres opérations en liquide, États-Unis et étranger
  - *Aujourd'hui*
  - *Depuis 7 jours*
  - *Depuis 30 jours*
  - *Depuis 1 an*
  - *Depuis 5 ans (temps d'attente)*

COMMUNICATIONS

- Numéros de téléphone actuels
  - *Portable*
  - *Fixe*
  - *Satellite*
- Numéros de téléphone précédents depuis 1 an
  - *Portable*
  - *Fixe*
  - *Satellite*
- Numéros de téléphone depuis 5 ans (archivé, temps d'attente)
  - *Portable*
  - *Fixe*
  - *Satellite*
- Numéros de fax
- Numéros de bipeur
- Appels reçus et donnés sur téléphones / bipeurs / assistant personnel
  - *Depuis 30 jours*
  - *Depuis 1 an (archivé, temps d'attente)*
- Appels donnés et reçus sur téléphones, assistant personnel, fax
  - *Depuis 30 jours*
  - *Depuis 1 an (archivé, temps d'attente)*
- Communications interceptées sur écoute
  - *Loi sur la surveillance des Services de renseignements étrangers*
  - *Registres des entrepôts*
  - *Article 3*
  - *Autres, collatéraux*
- Activité téléphonique via Internet
- Fournisseurs de services actuels sur Internet
- Fournisseurs de services sur Internet depuis 12 mois
- Fournisseurs de services sur Internet depuis 5 ans (archivé, temps d'attente)
- Sites Internet favoris
- Adresse e-mail Internet

  Actuelle
  Précédente
- E-mails envoyés et reçus depuis 1 an (archivé, temps d'attente)
  Adresses e-mails reçus
  Adresses e-mails envoyés
  Contenus (un mandat peut être nécessaire pour visionner)
- E-mails reçus et envoyés depuis 5 ans (archivé, temps d'attente)
  Adresses des e-mails reçus
  Adresses des e-mails envoyés
  Contenus (un mandat peut être nécessaire pour visionner)
- Sites Internet actuels
  Personnel
  Professionnel
- Sites Internet depuis 5 ans (archivé, temps d'attente)
  Personnel
  Professionnel
- Blogs, réseaux sociaux, sites Internet (voir en annexe POI pour connexions GPS)
- Réseaux sociaux (mySpace, Facebook, OurWorld, autres) (voir en annexe texte des POI)
- Avatars / autres personnes en ligne
- Listes de contacts
- Sélection d'« Amis » sur Internet
- Participations à des chats sur Internet
- Appels à des moteurs de recherche Internet, et résultats
- Techniques de saisie au clavier
- Grammaire, syntaxe, ponctuation des interrogations de moteurs de recherche
- Récapitulatif des commandes avec livraison
- Boîtes postales
- Courriers express / recommandés / contacts avec les Services postaux américains

ACTIVITÉS LIÉES AU STYLE DE VIE

- Achats du jour
  Sécurité personnelle
  Habillement
  Véhicules
  Alimentation
  Alcools
  Équipement du domicile
  Appareils électroménagers
  Autres
- Achats depuis 7 jours
  Équipement de sécurité
  Habillement
  Véhicules
  Alimentation
  Alcools

  Équipement du domicile
  Appareils électroménagers
  Autres
- Achats depuis 30 jours
  Sécurité personnelle
  Habillement
  Véhicule
  Alimentation
  Alcools
  Équipement du domicile
  Appareils électro-ménagers
  Autres
- Achats depuis 1 an (archivé, temps d'attente)
  Sécurité personnelle
  Habillement
  Véhicule
  Alimentation
  Alcools
  Équipement du domicile
  Appareils électro-ménagers
  Autres
- Achats en ligne de livres et périodiques
  Douteux ou subversifs
  Autres
- Achats en magasin de livres et périodiques
  Douteux ou subversifs
  Autres
- Livres et périodiques consultés en bibliothèque
  Douteux ou subversifs
  Autres
- Lecture en avion de livres et périodiques observée par le personnel
  Douteux ou subversifs
  Autres
- Autres activités en bibliothèque
- Cadeaux de fêtes, mariages, anniversaires
- Films
- Émissions de la télévision payante à la demande regardées depuis 30 jours
- Émissions de la télévision payante par câble regardées depuis 1 an (archivé, temps d'attente)
- Souscriptions à des stations de radio
- Voyages
  En voiture
    Véhicule personnel
    Véhicule de location
  Transports en commun

Taxi / limousine
Bus
Train
Avions de ligne
Territoire des États-Unis
Étranger
Avions privés
Territoire des États-Unis
Étranger

• Présence sur des sites particuliers
Région
Mosquées
Autres, États-Unis
Mosquées
Étranger

• Présence ou passage en transit sur des sites communistes ou subversifs : Cuba, Ouganda, Libye, Yémen du Sud, Liberia, Soudan, République démocratique du Congo, Indonésie, Territoires palestiniens, Syrie, Iraq, Iran, Égypte, Arabie Saoudite, Jordanie, Pakistan, Érythrée, Afghanistan, Kenya, Somalie, Soudan, Nigeria, Philippines, Corée du Nord, Azerbaïdjan, Chili.

POSITIONNEMENT GÉOGRAPHIQUE DU SUJET

• GPS, trajets de la journée
Véhicule
Manuel
Téléphones portables

• Appareils GPS, tous trajets depuis 7 jours
Véhicule
Manuel
Téléphones portables

• Appareils GPS, tous trajets depuis 30 jours
Véhicule
Manuel
Téléphones portables

• Appareils GPS, tous trajets depuis 1 an (archivé, temps d'attente)
Véhicule
Manuel
Téléphones portables

• Observations biométriques
Aujourd'hui
Depuis 7 jours
Depuis 30 jours
Depuis 1 an (archivé, temps d'attente)

• Identification par mouchards électroniques autres que ceux des péages autoroutiers
Aujourd'hui

  Depuis 7 jours
  Depuis 30 jours
  Depuis 1 an (archivé, temps d'attente)
- Identification par mouchards électroniques autoroutiers
  Aujourd'hui
  Depuis 7 jours
  Depuis 30 jours
  Depuis 1 an (archivé, temps d'attente)
- Infractions au Code de la route (signalées par photo, vidéo)
- Photos, vidéos en circuit fermé
- Photos, vidéos sous mandat policier
- Photos, vidéos sous surveillance collatérale
- Opérations financières en personne
  Aujourd'hui
  Depuis 7 jours
  Depuis 30 jours
  Depuis 1 an (archivé, temps d'attente)
- Communications par téléphone portable, organiseur personnel
  Aujourd'hui
  Depuis 7 jours
  Depuis 30 jours
  Depuis 1 an (archivé, temps d'attente)
- Incidents pour proximité avec des cibles (sites ou personnes sensibles)
  Aujourd'hui
  Depuis 7 jours
  Depuis 30 jours
  Depuis 1 an (archivé, temps d'attente)

JURIDIQUE
- Antécédents criminels – États-Unis
  Détention, interrogatoires
  Arrestations
  Condamnations
- Antécédents criminels, étranger
  Détention, interrogatoires
  Arrestations
  Condamnations
- Présence sur une liste de citoyens sous surveillance
- Ordonnances restrictives

DOSSIERS ADDITIONNELS
- FBI
- CIA
- Agence de sécurité nationale
- Organisation de surveillance par satellite

- Actions de dénonciation
- NPIA pour l'amélioration de la police
- Services de renseignements militaires
  - *Armée de Terre*
  - *Marine*
  - *Air Force*
  - *Marines*

ASSURANCES

- Risques personnels
  - *Secteur privé*
  - *Secteur public*

Et ce n'était que la table des matières… Le dossier d'Amelia Sachs comportait presque cinq cents pages.

Rhyme parcourut la liste et cliqua sur plusieurs chapitres. Les textes étaient denses.

– C'est donc ça, l'information de SSD, murmura-t-il. Sur tous ceux qui vivent en Amérique ?

– Non, répondit Whitcomb. Il y a peu de choses sur les enfants de moins de 5 ans. Et pour beaucoup d'adultes, il y a de nombreuses lacunes. Mais les collaborateurs de SSD font de leur mieux. Il apportent tous les jours des améliorations.

Des *améliorations* ? se demanda Rhyme.

Pulaski montra la brochure de présentation que Mel Cooper avait téléchargée.

– Quatre cent millions d'individus ?

– C'est exact. Et ça ne cesse d'augmenter.

– Et c'est actualisé heure par heure ? demanda Rhyme.

– Souvent en temps réel.

– Donc, votre officine, Whitcomb, cette fameuse section juridique, ne se contente pas de *conserver* les données. Vous les *exploitez* aussi, n'est-ce pas ? Pour débusquer les terroristes ?

Whitcomb resta un instant silencieux. Mais comme il avait déjà envoyé le dossier à quelqu'un qui n'était pas autorisé, il se dit sans doute que les conséquences ne seraient pas pires s'il en révélait un peu plus.

– C'est exact. Et il ne s'agit pas seulement de terroristes. Nous repérons aussi d'autres types de criminels. SSD utilise des *logiciels prédictifs* pour savoir qui est susceptible de commettre des crimes, quand et où. De nombreux renseignements qui parviennent aux services de police et aux services spéciaux semblent provenir de citoyens anonymes, mais sont en réalité des avatars. Des interventions dues à Watchtower et au CerclePremier. Il arrive même qu'on touche des récompenses, qui sont restituées à l'administration pour être réutilisées.

– Mais si vous êtes un organisme officiel, pourquoi confiez-vous cette tâche à une entreprise privée ? Pourquoi ne vous en chargez-vous pas vous-même ? demanda Cooper.

– Nous sommes dans l'*obligation* de passer par le privé. Le ministère de la Défense a voulu faire ce genre de travail après le 11-Septembre, avec un programme baptisé Total Awareness, sous la direction de John Poindexter, l'ancien conseiller pour la Sécurité. Mais il a fallu tout arrêter au prétexte d'infraction à la Loi sur la protection de la vie privée. L'opinion publique y a vu une ingérence insupportable de Big Brother. Mais SSD n'est pas soumise aux mêmes contraintes que l'administration.

» Par ailleurs, poursuivit Whitcomb avec un rire cynique, et avec tout le respect que je dois à mon employeur, ils n'étaient pas très doués à Washington. Chez SSD, on l'est. Les deux mots les plus importants du vocabulaire d'Andrew sont le mot « efficacité » et le mot « savoir ». Et personne ne sait les combiner avec autant de talent que lui.

– Ce n'est pas illégal ? demanda Cooper.

– Disons que nous sommes dans la « zone grise ». Je ne veux pas en savoir plus.

– Est-ce que ça va nous servir à quelque chose ? C'est tout ce qui m'intéresse, dit Rhyme.

– Peut-être.

– Comment ?

– Nous allons étudier les trajets effectués aujourd'hui par la détective Sachs, expliqua Whitcomb. Laissez-moi faire.

Il se mit à taper sur son clavier.

– Vous allez voir ce que je fais dans un cadre situé en bas de votre écran.

– Ça va prendre beaucoup de temps ?

Un rire étouffé sous le pansement.

– Non. C'est assez rapide.

Il n'avait pas fini sa phrase que le texte envahissait déjà l'écran

DÉPLACEMENTS DU SUJET
7303-4490-7831-3478

Laps de temps : plus de quatre heures.

- 16 h 32. Appel du téléphone portable du sujet au téléphone fixe du sujet 5732-4887-3360-4759 (Lincoln Rhyme, individu de son entourage). 52 secondes. Le sujet se trouvait à son domicile de Brooklyn, New York.
- 17 h 23. Repérage biométrique du sujet sur TV en circuit fermé, commissariat n° 84, Brooklyn, New York. 95 % de certitude.
- 17 h 23. Repérage biométrique du sujet 3865-6453-9902-7221 (Pamela Willoughby) (entourage) TV en circuit fermé, commissariat n° 84, Brooklyn, New York, 92,4 % de certitude.
- 17 h 40. Appel téléphonique du téléphone portable du sujet au téléphone fixe du sujet 5732-4887-3360-4759 (Lincoln Rhyme) (entourage). 12 secondes.
- 18 h 27. Mouchard électronique. Carte de crédit de Manhattan Style Boutique, 9, Huitième Rue Ouest. Aucun achat.
- 18 h 41. Repérage biométrique. TV en circuit fermé, Station Service Prescot Gas and Oil, 546 Quatorzième Rue, Pompe 7, Honda Civic, immatriculée MDH459, au nom de 3865-6453-9902-7221 (Pamela Willoughby) (entourage).
- 18 h 46. Achat par carte de crédit. Station-service Prescot Gas and Oil, pompe 7. Achat de 7 gallons, essence ordinaire. 43,86 dollars US.
- 19 h 01. Scanner de plaque d'immatriculation, TV en circuit fermé, Avenue of the Americas et Vingt-Troisième Rue, Honda Civic MDH459 en direction du nord.
- 19 h 03. Appel téléphonique. Du téléphone portable du sujet au téléphone fixe du sujet 5732-4887-3360-4759 (Lincoln Rhyme) (entourage).
- 19 h 07. Mouchard électronique, carte de crédit Associated Credit Union, Avenue of the Americas et Trente-Quatrième Rue. 4 secondes. Aucun achat.

– Bon. Elle est dans la voiture de Pam. Pourquoi ? Où est passée la sienne ?

– Qu'est-ce qu'elle a comme immatriculation ? demanda Whitcomb. Ne cherchez pas, on ira plus vite avec son code. Voyons…

Une fenêtre s'ouvrit et ils lirent que la Camaro avait été saisie devant le domicile d'Amelia et conduite à la fourrière. L'adresse de cette fourrière n'était pas indiquée.

– C'est 522 qui a manigancé ça, marmonna Rhyme. Évidemment. Comme pour votre femme, Pulaski. Et comme la coupure de courant. Il ne nous lâche pas.

Whitcomb frappa quelques touches et un plan apparut, montrant les déplacements d'Amelia de Brooklyn au centre-ville. Puis la piste s'interrompait.

– Quel est le dernier repérage ? demanda Rhyme. Le repérage par mouchard électronique. C'était où ?

– Dans un magasin, avec ses cartes de crédit. Mais très bref. Elle est probablement restée dans sa voiture. Il aurait fallu qu'elle marche très vite pour être repérée pendant un temps aussi court.

– A-t-elle continué vers le nord ? se demanda Rhyme.

– Nous n'avons pas d'autre information. Il devrait y avoir maintenant une mise à jour.

– Elle a pu prendre la Trente-Quatrième Rue vers la Douzième Avenue, observa Cooper. Et filer en direction du nord, pour sortir de la ville.

– Il y a un pont à péage, dit Whitcomb. Si elle l'emprunte, on aura un signalement de sa plaque d'immatriculation. La propriétaire de la voiture – Pam Willoughby – n'a pas d'E-ZPass, le CerclePremier nous l'aurait dit.

À la demande de Rhyme, Cooper – l'officier de police le plus gradé d'entre eux – communiqua à un loueur de véhicules d'urgence le numéro d'immatriculation et la marque de la voiture de Pam.

Rhyme appela le commissariat de Brooklyn, où on lui confirma simplement que la Camaro avait été enlevée. Amelia et Pam s'y étaient rendues et en étaient reparties très vite, sans dire où elles allaient. Rhyme appela le portable de la jeune fille. Elle était en ville avec une amie. Elle lui confirma qu'Amelia avait découvert une piste après l'intrusion d'un inconnu dans sa maison de Brooklyn mais ne lui avait pas dit de quoi il s'agissait, ni où elle allait.

Rhyme raccrocha.

Whitcomb dit :

– On va entrer tous les repérages et tout ce qu'on sait dans FORT, le programme d'analyse relationnelle, puis dans Xpectation, le logiciel prédictif. S'il y a moyen de savoir où elle est passée, on le saura.

Whitcomb jeta un nouveau coup d'œil au plafond. Il se leva et se dirigea vers la porte. Rhyme le vit qui fermait à clé, et approchait une chaise pour bloquer la poignée. Puis il revint à son clavier.

– Mark ? dit Pulaski.

– Oui ?

– Merci. Et cette fois, c'est sincère.

CHAPITRE 46

La vie est un combat. Bien sûr.

Mon idole – Andrew Sterling – et moi partageons la même passion pour les données, et apprécions tous deux leur mystère, leur séduction, leur immense pouvoir. Mais avant de pénétrer dans cet univers je n'appréciais pas à sa juste valeur l'usage des données comme d'une arme pour élargir notre vision au monde entier. Réduire la vie, l'existence dans sa totalité, à des nombres puis les regarder enfler et tourbillonner pour produire quelque chose de transcendant.

Âme immortelle…

J'étais amoureux du langage de requête SQL et de ses bases de données relationnelles, avant d'être séduit par Andrew et Watchtower. Qui ne l'aurait été ? Il y a quelque chose d'ensorcelant dans son pouvoir et son élégance. Et j'ai ainsi pleinement compris et aimé – grâce à lui, bien qu'indirectement – l'univers des données. Il ne m'a jamais rien offert de plus qu'un aimable hochement de tête quand nous nous croisions dans le hall d'entrée et une question sur mon week-end, sans même jeter un coup d'œil à l'insigne épinglé sur ma poitrine pour connaître mon nom (quel esprit brillant !). Quand je pense aux soirées que j'ai passées dans son bureau jusqu'à deux heures du matin et plus, assis dans son fauteuil et sentant sa présence tandis que je dévorais les livres de sa bibliothèque ! On n'y trouvait pas un seul de ces ouvrages pédants dans lesquels les hommes d'affaires croient dénicher les clés de la réussite, mais des volumes et des volumes porteurs d'une vision infiniment plus large sur le pouvoir et la géographie : le continent nord-américain sous la doctrine de la Destinée manifeste au début du XIXe siècle, l'Europe sous le IIIe Reich, *mare nostra* sous les Romains, le monde entier sous l'Église catholique et l'islam (et tous les auteurs n'ignoraient pas, d'ailleurs, le pouvoir des données).

Ah, tout ce que j'ai appris en écoutant Andrew, en me régalant de ses notes, de ses lettres, et de ses maximes !

« Les erreurs sont du bruit. Le bruit est contagieux. Il faut éliminer toute contamination. »

« C'est seulement dans la victoire qu'on peut se permettre d'être généreux. »

« Seuls les faibles pratiquent le compromis. »

« Ou bien tu trouves une solution à ton problème, ou bien tu cesses de le considérer comme un problème. »

« Nous naissons pour le combat. »

« Celui qui comprend gagne ; celui qui sait comprend. »

Quand je pense à ce que je fais, je me dis qu'Andrew serait content de moi.

Et maintenant, le combat contre Eux s'accélère.

Dans la rue, non loin de chez moi, je presse le porte-clés et je finis par entendre l'appel étouffé d'un klaxon.

Voyons, voyons... Nous y voici. Une Honda Civic. Voyez-moi ce tas de ferraille ! Empruntée, évidemment, puisque la voiture d'Amelia 7303 se trouve maintenant à la fourrière – je suis assez fier de ce coup-là. Je n'y avais jamais pensé jusqu'ici.

Mes pensées me ramènent à ma superbe rouquine. A-t-elle bluffé à propos de ce qu'ils savent sur moi ? À propos de Peter Gordon, je veux dire ? C'est ce qu'il y a de drôle avec le savoir :

la frontière semble si ténue entre vérité et mensonge… Mais je ne peux pas prendre de risque. Il faut planquer cette voiture.

Mais c'est d'abord à elle que je pense.

Ce regard intrépide, cette chevelure flamboyante, ce corps… Je ne sais pas si je pourrai attendre plus longtemps.

Des trophées…

Rapide examen du véhicule. Quelques livres, des magazines. Des Kleenex, quelques bouteilles d'eau vitaminée, vides, des chaussures de sport aux semelles usées, un journal pour ados sur le siège arrière et un recueil de poèmes… À qui appartient cette magnifique réalisation de la technologie japonaise ? Le fichier des immatriculations me dit que c'est à une certaine Pamela Willoughby.

Je vais prendre quelques renseignements supplémentaires dans le CerclePremier, puis je lui ferai une petite visite. Comment est-elle ? Poussons un peu plus loin la recherche, pour savoir si elle vaut le déplacement.

La voiture démarre sans problème. Allons-y doucement, pour ne pas agacer d'autres conducteurs. Ce n'est pas le moment de se faire remarquer.

Un demi-pâté d'immeubles, et me voici dans la ruelle.

Quels sont les goûts musicaux de Miss Pam ? Rock, rock alternatif, hip-hop, radio publique et un peu de techno… De quoi vous apprendre pas mal de choses sur la personne.

Je réfléchis déjà à un plan pour une transaction avec cette jeune personne. D'abord, faire connaissance. On se rencontrera au service funèbre célébré à la mémoire d'Amelia 7303 (faute de corps, il n'y aura pas d'enterrement). Je lui témoignerai ma compassion. J'ai connu Amelia à l'occasion de l'enquête qu'elle menait avant de mourir. Je l'ai trouvée vraiment sympathique. Oh, ne pleure pas, petite. Ça va aller. Écoute, voyons-nous et je te raconterai mes souvenirs communs avec Amelia. Son père. Et l'histoire extraordinaire de l'arrivée de son grand-père dans ce pays. (Quand j'ai appris qu'elle se mêlait de mes affaires, je me suis renseigné sur elle en consultant son dossier. Intéressant !) Soyons amis. Je suis vraiment bouleversé… Que dirais-tu d'un café ? Tu aimes les Starbucks ? J'y vais toujours, en fin de journée, après mon jogging dans Central Park. Pas possible ! Toi aussi ?

On a des choses en commun, c'est sûr.

Ah, voilà que j'éprouve à nouveau cette sensation en pensant à Pam. Est-ce qu'elle est vilaine ?

J'attendrai peut-être un peu avant de la fourrer dans le coffre de ma voiture… Je dois d'abord m'occuper de Thom Reston, et de deux ou trois autres choses. En tout cas, j'ai Amelia 7303 pour ce soir.

J'entre dans le garage et j'y laisse la voiture – elle restera là en attendant que je change les plaques, puis elle finira au fond du Croton Reservoir, au pied de l'aqueduc. Je n'ai pas le temps de penser à ça pour le moment. Je suis terriblement excité à l'idée de la transaction avec mon amie la rouquine qui m'attend chez moi dans le Placard, comme l'épouse qui attend son époux au soir d'une journée harassante au bureau.

« Désolé, aucune prédiction possible. Veuillez entrer plus de données et essayer à nouveau. »

Malgré l'appel à la plus puissante base de données au monde, malgré le logiciel dernier cri qui examinait à la vitesse de la lumière le moindre détail de la vie d'Amelia Sachs, le programme restait muet.

– Rien à faire, dit Mark Whitcomb en se tapotant le nez.

Le système de vidéo-conférence haute définition offrait une vue assez impressionnante de son appendice nasal malmené. La blessure paraissait sérieuse. Ron Pulaski ne l'avait pas raté.

– On manque d'éléments, poursuivit-il en reniflant. Ce qu'on obtient de ce programme dépend de ce qu'on y met. Il est plus efficace avec un modèle comportemental. Il nous apprend seulement qu'elle s'est rendue à un endroit où elle n'est jamais allée jusqu'à présent, en tout cas par cet itinéraire.

Directement au domicile du tueur, pensa Rhyme qui rongeait son frein.

Mais où était-ce, bon sang ?

– Une seconde… On va avoir une mise à jour…

L'écran clignota et changea.

– Je l'ai ! s'écria Whitcomb. Elle a été repérée par un mouchard il y a vingt minutes.

– Où ? demanda Rhyme.

Whitcomb leur expliqua ce qu'il voyait à l'écran. Ils étaient dans un coin tranquille de l'Upper East Side.

– Repérée à deux reprises devant des magasins. La première fois pendant deux secondes. La deuxième fois un peu plus longtemps – huit secondes. Elle s'était peut-être arrêtée pour vérifier une adresse.

– Appelez Bo Haumann ! Vite ! tonna Rhyme.

Pulaski pressa la touche d'un numéro pré-enregistré et le chef du service d'urgence répondit presque aussitôt.

– Bo, on a une piste pour Amelia. Elle a suivi 522 et elle est introuvable depuis. Mais l'ordinateur nous a donné ses déplacements. Il y a vingt minutes, elle se trouvait dans la Quatre-Vingt-Huitième Rue à la hauteur du n° 64.

– On peut y être dans dix minutes, Linc. C'est une prise d'otage ?

– J'appellerais ça comme ça. Appelle-moi dès que tu auras du nouveau.

Ils raccrochèrent.

Rhyme se rappelait le message laissé par Amelia sur son répondeur. Ces quelques données informatiques semblaient si fragiles…

Il entendait encore sa voix : *Je tiens une piste, une bonne, Rhyme. Rappelle-moi.*

Il ne pouvait s'empêcher de se demander si ce ne serait pas leur dernière communication.

La brigade d'intervention rapide A, sous le commandement de Bo Haumann, avait pris position devant une grande maison de l'Upper East Side : quatre policiers en uniforme, armés de leurs MP5 – de courtes mitraillettes noires. Ils se tenaient soigneusement à l'écart des fenêtres.

Haumann se disait qu'il n'avait rien vu de tel depuis des années qu'il était dans la police. Lincoln Rhyme avait suivi Amelia Sachs jusque-là, mais sans l'aide de son téléphone ni d'un GPS. C'était peut-être ainsi que travailleraient, demain, ses collègues.

Le système n'avait pas indiqué précisément l'adresse de la maison devant laquelle ils se trouvaient à cet instant – une résidence privée. Mais un témoin avait vu une femme répondant au signalement d'Amelia s'arrêter devant les deux boutiques munies du système de surveillance qui l'avaient repérée, avant de traverser la rue pour se diriger vers cette maison.

Où elle était probablement retenue prisonnière par l'homme qu'ils avaient baptisé 522.

L'équipe postée à l'arrière du bâtiment appela.

– Équipe B à équipe A. Sommes en position. On ne voit rien du tout. À quel étage est-elle, K ?

– Aucune idée. On y va et on ratisse. Faites vite. Elle est là depuis un moment. Je vais sonner à la porte et dès qu'il ouvre, on entre.

– Reçu, K.

– Équipe C ? On sera sur le toit dans deux ou trois minutes.

– Allez-y !

– Oui, chef.

Haumann travaillait avec Amelia Sachs depuis plusieurs années. Elle était plus gonflée que la plupart des hommes qui avaient servi sous ses ordres. Il n'aurait pas su dire s'il l'appréciait – cette fille était une vraie tête de mule, avec un caractère impossible, et il lui arrivait de foncer quand elle aurait mieux fait de rester tranquille –, mais il avait de l'estime pour elle, incontestablement.

Et il ne la laisserait pas aux mains d'un violeur comme ce 522. Il adressa un bref signe de tête au détective qui se tenait en haut des marches, en complet-veston pour ne pas éveiller la méfiance de l'occupant de la maison si celui-ci jetait un coup d'œil par l'œilleton. Dès qu'il ouvrirait la porte, les hommes qui attendaient, accroupis devant la façade, bondiraient pour se ruer à l'intérieur. Le policier boutonna son blouson et hocha la tête.

– Bon Dieu ! lança Haumann dans sa radio à l'adresse des hommes planqués à l'arrière. Vous y êtes, ou pas ?

CHAPITRE 47

La porte s'ouvrit et elle entendit les pas du tueur qui entrait dans la pièce hermétiquement fermée où régnait une atmosphère nauséabonde.

Amelia Sachs était accroupie, ses genoux la faisaient horriblement souffrir, et elle luttait pour atteindre la clé des menottes. Mais, coincée entre des piles de journaux, elle n'avait pas réussi à se retourner suffisamment pour atteindre le fond de sa poche. Elle en sentait la forme en palpant l'étoffe mais ne parvenait pas à glisser les doigts dans l'ouverture.

Elle enrageait.

Les pas se rapprochaient.

Où, où ?

Encore un effort… Elle y était presque.

Puis elle comprit qu'il arrivait. Elle se figea.

Bon, c'était le moment de se battre. Elle était prête. Elle avait vu son regard. Affamé, lubrique. Elle savait qu'il allait se jeter sur elle d'une seconde à l'autre. Elle ignorait comment elle pourrait le frapper et lui faire mal avec ses mains menottées et la violente douleur que lui avait laissée leur premier affrontement. Mais que ce salaud la touche, et elle ne lui ferait pas de cadeau.

Où était-il ?

Le bruit de pas avait cessé.

Où ? Amelia Sachs ne voyait quasiment rien de la pièce dans laquelle elle se trouvait. Le corridor qu'il devait emprunter pour arriver jusqu'à elle était un boyau de moins d'un mètre de large entre des montagnes de papier moisi. Elle pouvait apercevoir son bureau et une partie des monceaux de bric-à-brac empilé.

Viens, viens donc !

Je suis prête. Je vais faire celle qui a peur. Les violeurs veulent d'abord dominer. Il va se sentir fort, et commettra peut-être une imprudence en voyant ma frayeur. Et quand il sera assez prêt, je le mordrai à la gorge. Tiens bon et ne le lâche pas, quoi qu'il arrive. Je…

C'est alors que la maison s'écroula, comme sous l'explosion d'une bombe.

Elle fut jetée au sol, où elle resta sans bouger.

Elle gémit de douleur.

Elle ne tarda pas à comprendre ce qui lui arrivait. Prévoyant peut-être qu'elle allait se battre, il avait poussé les piles de journaux, qui lui étaient tombées dessus.

Les jambes et les mains paralysées, la poitrine, les épaules et la tête à découvert, elle était coincée sous des centaines de kilos de papier puant.

En proie à une horrible sensation d'étouffement, elle sentit la panique la gagner et laissa échapper un cri en tentant de respirer. Elle luttait pour contrôler sa peur.

Peter Gordon apparut à l'extrémité du tunnel. Elle vit luire l'acier de la lame qu'il tenait d'une main – un rasoir ? Et dans l'autre, il avait un petit magnétophone. Il se pencha pour la regarder de près.

– Je vous en supplie, dit-elle d'un ton plaintif.

Son affolement n'était pas tout à fait feint.

– Tu es adorable… murmura-t-il.

Il allait continuer, mais ses paroles furent couvertes par la sonnette de l'entrée, qui déchira le silence de la maison.

Gordon s'immobilisa.

La sonnette retentit à nouveau.

Il se redressa pour s'approcher du bureau, frappa quelques touches sur le clavier de l'ordinateur et regarda l'écran – une caméra de surveillance filmait sans doute le visiteur. Il fronça les sourcils.

Le tueur parut réfléchir. Il regarda à nouveau Amelia, et replia lentement le rasoir, qu'il fourra dans la poche arrière de son pantalon.

Puis se retourna vers la porte du placard et sortit. Elle entendit le bruit sec du verrou qui retombait derrière lui. Elle reprit ses contorsions pour glisser une main dans sa poche et attraper le petit objet métallique qui se trouvait au fond.

– Lincoln ?

La voix de Bo Haumann semblait venir de très loin.

– Alors ?

– Ce n'était pas elle.

– Quoi ?

– Les signaux des mouchards et des caméras étaient bons et le programme informatique ne s'est pas trompé, mais il ne s'agissait pas d'Amelia.

Et Haumann d'expliquer que la détective avait confié sa carte de crédit à Pamela Willoughby, qui devait acheter de quoi leur préparer à manger pour toutes les deux afin qu'elles puissent dîner ensemble et discuter de « problèmes personnels ».

– Le système a bien fonctionné. Elle s'est rendue dans un magasin et a fait un peu de shopping avant de s'arrêter ici – c'est la maison d'un ami de Pamela. Ils étaient en train de travailler ensemble pour préparer un contrôle à la fac.

Rhyme ferma les yeux.

– Bien, merci, Bo. Il ne nous reste plus qu'à attendre.

– Désolé, Lincoln, dit Ron Pulaski.

Un hochement de tête lui répondit.

Le regard du criminologue s'attarda sur le dessus de cheminée, où était posée une photo d'Amelia au volant d'une Ford équipée pour la course de stock-cars, un casque noir cachant sa chevelure ; et à côté une photo d'eux deux, Rhyme dans son fauteuil roulant et Amelia debout, un bras lui entourant les épaules.

Puis, incapable de regarder plus longtemps ces images, il reporta son attention sur les tableaux blancs.

INCONNU 522 – PROFIL

- Sexe masculin
- Probablement non-fumeur
- Probablement célibataire sans enfant
- Probablement blanc ou clair de peau
- Corpulence moyenne
- Vigoureux – capable d'étrangler ses victimes
- Dispose d'un matériel d'altération de la voix
- Féru d'informatique. Fréquente OurWorld. Autres réseaux sociaux ?
- Prend des trophées sur ses victimes
- Mange des plats à emporter / sauce piquante
- Porte des chaussures Skechers de pointure 44
- Accumulateur, atteint de troubles obsessionnels compulsifs
- A une vie « secrète » et une vie « de façade »
- Personnalité publique à l'opposé de sa véritable personnalité
- Domicile : n'est pas locataire. A deux résidences distinctes, l'une normale et l'autre secrète
- Fenêtres aveugles
- Devient violent en cas de menaces sur ses « collections » ou sur son « trésor »

INDICES NON FABRIQUÉS

- Vieux carton
- Cheveux de poupée, Nylon polyamide B35
- Tabac de cigarettes Tareyton
- Tabac ancien, de marque inconnue
- Particules de moisissure de *Stachybotrys chartarum*
- Poussière du World Trade Center : possibilité d'un domicile dans Manhattan
- Nourriture à emporter / poivre de Cayenne
- Fibres de corde contenant :
    - soda avec cyclamate (ancien ou de provenance étrangère)
    - particules de boules de naphtaline (anciennes ou de provenance étrangère)
- Débris de feuilles de dieffenbachia (plante d'intérieur)
- Fibres de papier provenant de 2 blocs-notes de couleur jaune
- Empreinte de chaussure Skechers pointure 44
- Plantes d'intérieur : ficus et aglaonema – origine chinoise
- Marc de café

Où es-tu, Sachs ?

Il regardait fixement les tableaux, comme pour les faire parler. Mais ces maigres indications ne lui disaient toujours pas grand-chose. Pas plus que le CerclePremier et l'ordinateur de SSD.

« *Désolé, aucune prédiction possible pour le moment…* »

CHAPITRE 48

Un voisin.

Mon visiteur habite non loin de chez moi, au 697 de la Quatre-Vingt-Onzième Rue. Il vient de rentrer de son travail. On devait lui livrer un paquet et le paquet n'était pas là. Il pense que le magasin a pu le déposer chez moi, au 679, à la suite d'une erreur sur le numéro.

Je lui dis qu'aucun paquet n'est arrivé ; il faut qu'il appelle le magasin. J'ai envie de lui trancher la gorge pour avoir interrompu mon tête-à-tête galant avec Amelia 7303 mais, bien sûr, je souris aimablement.

Il est désolé de m'avoir dérangé. Bonne soirée, vous devez être content qu'on en ait fini avec ces travaux dans la rue, n'est-ce pas…

Je n'ai qu'Amelia en tête. Mais à la seconde où je referme la porte, la panique me saisit : je viens de penser que j'ai pris tout ce qu'elle avait sur elle – téléphone, armes, couteau – sauf la clé des menottes. Elle est certainement dans sa poche.

Ce voisin m'a distrait. Je sais où le trouver, et il me le paiera. Mais pour le moment je fonce vers mon Placard et prends le rasoir dans ma poche. Vite ! Que fait-elle ? Est-elle en train de Les appeler pour Leur dire où elle se trouve ?

Elle veut tout me prendre ! Je la déteste, je la déteste tellement…

En l'absence de Gordon, Amelia Sachs n'avait réussi qu'une chose : contrôler son affolement.

Elle avait fait des efforts désespérés pour attraper cette clé, mais elle avait les bras et les jambes coincés et restait bloquée sous le poids des journaux sans pouvoir tourner assez les hanches pour atteindre la clé dans sa poche.

Oui, la claustrophobie était maîtrisée, mais la douleur l'avait vite remplacée. Elle souffrait de crampes aux jambes et l'angle d'une pile de papier s'enfonçait durement dans son dos.

L'espoir qu'avait fait naître cette visite était retombé – elle ne serait pas le prélude à son salut. La porte de l'antre du tueur s'ouvrit à nouveau, et elle entendit le pas de Gordon. Un instant plus tard, en levant les yeux – elle était toujours par terre –, elle le vit qui la regardait. Contournant la montagne de papier, il l'observa attentivement et constata que les menottes étaient intactes.

Il sourit, soulagé.

– Alors, comme ça, je suis le n° 522 ?

Elle hocha la tête, en se demandant comment il avait découvert le nom qu'ils lui donnaient. Sans doute en torturant le capitaine Malloy, ce qui accrut encore la fureur de la jeune femme.

– Je préfère un nombre qui corresponde à quelque chose. La plupart des chiffres sont choisis au hasard. Il y a trop de hasard dans la vie. C'est la date à laquelle vous vous êtes intéressés à moi, n'est-ce pas ? Ça a un sens. J'aime bien ça.

– On pourrait passer un accord.

– Passer un accord ?

Il éclata d'un rire entendu qui rendait un son étrange.

– Quel genre d'accord pourrait-on passer avec moi ? Les meurtres ont été prémédités. Si j'allais en prison, ce serait pour ne plus jamais en sortir. Allons !

Il disparut un court instant pour revenir avec une bâche en plastique qu'il étala sur le sol devant elle.

Amelia Sachs regarda la bâche maculée de sang coagulé brun-rouge et sentit son cœur s'affoler dans sa poitrine en se rappelant ce que leur avait dit Terry Dobyns au sujet des accumulateurs : il craignait de tâcher sa collection avec son sang.

Gordon prit le magnétophone pour le poser sur une petite pile de journaux, à la bonne hauteur pour lui. Le *New York Times* de la veille se trouvait au sommet, et on avait inscrit d'une main appliquée le nombre 3 529 au coin supérieur gauche.

Quoi qu'il tente, il allait lui faire mal. Mais elle pourrait se servir de ses dents, de ses genoux ou de ses pieds, et ça lui ferait mal aussi. Laisse-le s'approcher. Prends l'air affolé, désarmé, vulnérable.

Laisse-le s'approcher.

– Je vous en prie ! Je ne peux plus bouger les jambes. J'ai mal ! Aidez-moi à les allonger.

– Mais non. Vous dites que vous ne pouvez pas bouger les jambes pour que je m'approche, et vous essaierez de me mordre à la gorge.

Exactement.

– Non… S'il vous plaît !

– Amelia 7303… Vous croyez que je ne vous connais pas ? Je me suis renseigné sur vous dès le jour où vous êtes venue chez SSD avec Ron 4285. Et j'en ai appris, des choses ! On vous aime bien, d'ailleurs, dans la police. Je crois que vous leur faites peur, aussi. Vous avez un caractère indépendant, vous êtes un électron libre. Vous conduisez trop vite, vous tirez bien, vous êtes une spécialiste de scène de crime mais vous vous êtes également fait depuis deux ans une réputation dans les commandos d'assaut… Alors je n'ai pas intérêt à m'approcher de trop près sans prendre quelques précautions, n'est-ce pas ?

C'était à peine si elle l'écoutait déblatérer. Viens, pensait-elle. Approche ! Approche donc !

Il s'éloigna quelques secondes et revint avec un pistolet Taser.

Oh, non… Non !

Évidemment. En tant que vigile, il disposait de tout un arsenal. Et il ne pouvait pas la rater à cette distance. Il fit sauter le cran de sûreté et avança d'un pas… puis s'immobilisa.

Amelia avait entendu quelque chose, elle aussi. Un bruit d'eau ?

Non. Un bris de vitre, quelque part, assez loin.

Gordon fronça les sourcils. Il fit un pas vers la porte qui donnait accès au Placard et, soudain, recula précipitamment tandis que celle-ci s'abattait avec un énorme fracas.

Un homme, armé d'une courte barre de fer, fit irruption en clignant des yeux pour s'orienter dans la pénombre.

En tombant, le souffle coupé, Gordon avait lâché le Taser. Il parvint à se mettre à genoux avec une grimace de douleur, la main tendue vers son arme, mais l'intrus lui donna un coup violent sur le bras. On entendit craquer l'os et le tueur poussa un hurlement.

– Non, non !

Dans le regard de Gordon, la stupéfaction le disputait à la souffrance.

– Tu n'as plus rien du dieu tout-puissant maintenant ! cria l'homme. Espèce d'ordure !

Robert Jorgensen, le médecin victime de vol d'identité, l'ermite de l'hôtel meublé. Il continua à frapper Gordon sur l'épaule et sur la nuque avec la barre de fer qu'il tenait à deux mains. La tête de Gordon heurta le sol. Il roula des yeux et perdit connaissance.

Amelia Sachs, abasourdie, regardait Jorgensen.

Qui ? Eh bien, Dieu, évidemment ! Et moi je suis Job…

– Vous n'avez rien ? demanda-t-il en s'approchant.

– Dégagez ces journaux. Puis prenez les menottes et passez-les-lui. Vite ! La clé est dans ma poche !

Jorgensen tomba à genoux et entreprit de repousser les journaux.

– Comment êtes-vous arrivé ici ? demanda-t-elle.

Jorgensen était tel qu'elle l'avait vu dans l'hôtel minable de l'Upper East Side, avec son regard étrange.

– Je vous ai suivie depuis le jour où vous êtes venue me voir. J'ai vécu dans la rue comme un clochard. Je *savais* que vous me mèneriez jusqu'à lui.

Il regardait Gordon, toujours immobile, qui respirait à peine.

Tout en parlant, Jogensen prenait des journaux à poignées pour les rejeter de côté.

– C'était donc vous qui me suiviez ! Au cimetière, puis sur le quai de chargement dans le West Side !

– Eh oui, c'était moi. Je vous ai suivie de l'usine désaffectée à votre maison, puis à cet immeuble de bureaux dans le centre, celui qui est tout gris. Et enfin ici. Je vous ai vue entrer, et vous n'êtes pas ressortie. J'ai fait semblant de m'éloigner, mais je l'ai vu entrer à son tour et ouvrir une porte dans le salon, armé d'un couteau.

– Il ne vous a pas reconnu ?

Jorgensen éclata d'un rire amer en tirant sur sa barbe.

– Je suppose qu'il n'avait vu de moi que la photo de mon permis de conduire. Elle date de l'époque où je prenais encore la peine de me raser, et où je pouvais me payer le coiffeur… C'est lourd, ces journaux, dites donc !

– Dépêchez-vous.

– Vous étiez mon seul espoir de le retrouver, continua Jorgensen. Je sais que vous devez l'arrêter, mais je veux d'abord passer un moment avec lui – un moment, c'est tout ce que je demande. Vous ne pouvez pas me le refuser ! Tout ce qu'il m'a fait, je veux le lui faire payer !

Elle commençait à retrouver des sensations dans ses jambes ankylosées. Elle ne quittait pas Gordon des yeux.

– La poche avant… Vous pouvez attraper la clé ?

– Pas bien. Attendez que je vous dégage.

D'autres paquets de journaux volèrent vers la porte. Un gros titre annonçait : MILLIONS DE DOLLARS DE DÉGÂTS CAUSÉS PAR LES ÉMEUTES. Un autre : AUCUN PROGRÈS DANS LA CRISE DES OTAGES À TÉHÉRAN.

Elle parvint enfin à s'extraire du dernier amas de journaux et se leva maladroitement, les jambes douloureuses et les poignets toujours menottés. Appuyée contre une autre pile de papier, elle lui tendit les mains.

– La clé des menottes. Vite !

Plongeant une main dans sa poche, Jorgensen trouva la clé et passa derrière elle pour la délivrer. La première menotte s'ouvrit avec un léger clic et elle put se redresser.

– Vite, dit-elle. Maintenant…

Une détonation assourdissante l'interrompit et elle sentit de petits impacts sur son visage et ses mains quand la balle – tirée par Peter Gordon avec le Glock qu'il lui avait confisqué – frappait Jorgensen dans le dos, l'éclaboussant elle-même de sang et de lambeaux de chair.

Elle poussa un cri et s'accroupit, son dos heurtant violemment la cloison dans laquelle la deuxième balle s'enfonça, à quelques centimètres de son épaule.

CHAPITRE 49

Amelia Sachs n'avait pas le choix. Il fallait attaquer. Faisant du corps de Jorgensen un bouclier, elle se jeta sur Gordon, attrapa le Taser sur le sol et tira dans sa direction.

Les électrodes n'ayant pas la vélocité des balles, il les évita en basculant en arrière, avant de se relever sur un genou. Amelia fonçait déjà sur lui, armée de la barre de fer de Jorgensen. Mais alors qu'elle était à trois mètres, il parvint à lever le pistolet à l'instant où elle frappait. La balle s'écrasa sur le gilet pare-balles. Amelia éprouva une douleur fulgurante, mais elle avait été atteinte bien au-dessous du plexus solaire, où un tel coup, tiré à bout portant, lui aurait coupé le souffle en la paralysant.

La barre de fer frappa Gordon en pleine face avec un bruit mou, et il poussa un hurlement de douleur. Mais il ne tomba pas, et ne lâcha pas le pistolet qu'il tenait d'une main ferme. Amelia Sachs se tourna vers la seule direction dans laquelle elle pouvait s'enfuir – à sa gauche, pour foncer tête baissée entre deux falaises d'objets hétéroclites.

Seul le mot « labyrinthe » pouvait décrire un tel endroit. Un chemin étroit circulait entre les collections de 522 : peignes, jouets (des foules de poupées, dont l'une avait sans doute perdu les quelques cheveux découverts sur une scène de crime), vieux tubes de dentifrice emballés avec soin, produits cosmétiques, mugs, sachets en papier, vêtements, chaussures, boîtes de conserve vides, clés, stylos, magazines, livres… Elle n'avait jamais vu une telle accumulation de vieilleries.

La plupart des lampes étaient éteintes, mais quelques ampoules de faible puissance diffusaient une lumière jaune, et celle des réverbères de la rue passait difficilement à travers les stores baissés et le papier journal qui tapissait les vitres. Toutes les fenêtres étaient aveuglées. Amelia trébucha à plusieurs reprises et se rattrapa avant de s'étaler sur une pile d'objets en porcelaine et un gros coffre débordant de cintres.

Attention, attention… !

Une chute serait fatale.

Le cœur au bord des lèvres après le coup qu'elle avait reçu au ventre, elle plongea entre deux piles de *National Geographic* à la seconde où Gordon surgissait à une dizaine de mètres de distance et, grimaçant de douleur à cause de son visage fracassé et de son bras cassé, tirait deux fois de la main gauche, manquant deux fois sa cible. Il s'élança en avant. Amelia s'appuya de l'épaule à l'une des deux piles et les revues sur papier glacé dégringolèrent dans le couloir, l'obstruant complètement. Elle reprit la fuite en titubant et entendit deux autres coups de feu.

Sept, pensa-t-elle – elle comptait toujours. Mais c'était un Glock, qui avait encore huit cartouches dans le chargeur. Elle chercha des yeux une échappatoire, même une fenêtre à travers laquelle plonger, mais il n'y en avait aucune de ce côté de la maison. Les murs étaient tapissés d'étagères chargées de statuettes chinoises et autres figurines. Amelia entendit Gordon qui donnait des coups de pied furieux dans les revues pour s'ouvrir un passage en jurant sans discontinuer.

Sa tête apparut au-dessus de l'amas de revues qu'il essayait de franchir, mais il glissa à deux reprises sur le papier glacé avec un cri chaque fois qu'il tentait de se retenir en se servant de son bras blessé. Puis il réussit à se hisser au sommet, et comme il s'apprêtait à tirer, se figea sur place, horrifié.

– Non ! S'il vous plaît, non !

Amelia avait les deux mains sur un grand meuble à étagères bourré de vases anciens et de statuettes chinoises.

– N'y touchez pas, je vous en prie !

Elle se rappela ce qu'avait dit Terry Dobyns à propos de l'attachement maladif des accumulateurs à leur collection, et de leur terreur d'en perdre la moindre pièce.

– Jetez votre arme. Immédiatement, Peter !

Elle n'y croyait pas une seconde, mais vit bien que, face à ce qui était pour lui le pire des dangers, Gordon hésitait.

Savoir, c'est pouvoir.

– Non, non, je vous en prie…

Un murmure pathétique.

Puis son regard changea, ses traits se durcirent et elle comprit qu'il allait tirer.

Le meuble et ses étagères basculèrent et cent kilos de porcelaine s'écrasèrent au sol en mille morceaux en une douloureuse cacophonie, couverte par le hurlement inhumain de Peter Gordon.

Deux autres meubles pleins de figurines, coupes et autres soucoupes suivirent.

– Jetez cette arme, où je casse *toutes* les cochonneries qui sont ici !

Mais il était complètement hors de lui.

– Je vais te tuer, je vais te tuer, je vais te tuer, je…

Il tira deux fois, mais Amelia avait déjà plongé pour se mettre à couvert. Sachant qu'il allait charger à nouveau dès qu'il aurait franchi le tas de *National Geographic*, elle réfléchit brièvement à leurs positions respectives. Il fallait absolument qu'elle atteigne, sur l'avant, la porte du Placard pendant qu'il était encore à l'arrière de la maison.

Mais il lui faudrait pour cela passer devant le corridor menant à la pièce dans laquelle il se trouvait – d'après ce qu'elle entendait – et continuait à avancer parmi les meubles renversés et les débris de porcelaine. Se rendait-il compte de la position de la jeune femme ? Attendait-il, son arme pointée vers le passage qu'il lui fallait emprunter pour atteindre la porte du Placard, et lui échapper ?

Ou avait-il franchi l'obstacle et s'apprêtait-il à la surprendre en empruntant un passage qu'elle ne connaissait pas ?

Cette partie de la maison avait tout d'une grotte, une grotte sinistre pleine de bruits divers. Était-ce ses pas qu'elle entendait ? Ou des craquements dans la charpente ?

Prise de panique, elle fit volte-face. Elle ne le voyait plus. Il fallait qu'elle bouge, elle le savait. Allons-y ! Tout de suite ! Elle prit en silence une profonde inspiration, ordonna à la douleur qui la tenaillait aux genoux de se faire oublier et, courbée en deux, fonça droit devant elle, en passant devant le tas de revues.

Pas de coups de feu.

Il n'était plus là. Elle s'arrêta net, adossée au mur, pour tenter de maîtriser sa respiration.

Du calme, du calme…

Mais où était-il ? Où ? Où ? Dans ce renfoncement tapissé de boîtes à chaussures, ou cet autre, plein de boîtes de tomates en conserve, derrière ces étagères chargées de vêtements soigneusement pliés ?

Nouveaux craquements. Impossible de savoir d'où ils venaient.

Un léger souffle – un courant d'air ?

Elle prit une décision – foncer. Maintenant ! Directement jusqu'à la porte d'entrée !

Espérons qu'il n'est pas derrière moi, ou qu'il n'a pas pris un autre chemin pour m'attendre à la porte.

Allons-y !

Elle se précipita en avant, longea de nouveaux corridors, des falaises de livres, de verroterie, de tableaux, d'appareils électriques, de boîtes de conserve. Était-ce la bonne direction ?

Oui ! Le bureau de Gordon était devant elle, couvert de carnets jaunes. Là, par terre, le corps de Robert Jorgensen. Plus vite ! Fonce ! Laisse tomber le téléphone posé sur le bureau, se dit-elle après avoir songé un instant à appeler le 911.

Sors ! Sors vite !

Plus la porte du Placard se rapprochait, plus la panique la gagnait. Elle attendait le coup de feu à chaque seconde qui passait.

Plus que dix mètres…

Gordon la croyait peut-être cachée à l'arrière. Peut-être qu'il était à genoux, pleurant la destruction de ses chères porcelaines.

Trois mètres…

Elle tourna à l'angle du corridor, en se baissant au passage pour ramasser la barre de fer, que son sang rendait visqueuse.

Vite, dehors !

Puis elle se figea, le souffle coupé.

Elle le voyait juste devant elle, en contre-jour à la faible lumière du corridor menant au Placard. Il avait donc pris un autre chemin, se dit-elle, accablée. Elle brandit la lourde barre de fer.

Il ne la vit pas aussitôt, mais son espoir de passer inaperçu fut de courte durée. Comme il se tournait vers elle et se laissait tomber à genoux en pointant son arme, une image de son père, puis une autre de Lincoln Rhyme surgirent à l'esprit d'Amelia Sachs.

La voilà. Amelia 7303, bien en vue devant moi.

La femme qui vient de détruire mes trésors par centaines, la femme qui veut m'enlever tout ce que je possède, et me priver de toutes mes transactions à venir, montrer mon Placard à la terre entière ! Le temps me manque pour m'amuser avec elle. Pour enregistrer ses cris. Il faut qu'elle meure. Tout de suite.

Je la déteste je la déteste je la déteste je la déteste je la déteste…

Personne ne me prendra quoi que ce soit, plus jamais !

Vise et tire !

Amelia Sachs recula en trébuchant et le coup de feu partit.

Puis un autre. Et encore deux.

Elle se couvrit la tête de ses bras en heurtant le sol, étourdie d'abord, puis consciente d'une douleur grandissante.

Je meurs, je meurs…

Mais… mais la seule douleur qu'elle ressentait était celle de ses genoux arthritiques, sur lesquels elle s'était durement reçue, et ne venait pas des balles qui l'avaient certainement frappée. Elle se tâta le visage, le cou. Pas de blessure, pas de sang. Il ne *pouvait* pas l'avoir manquée en tirant d'aussi près.

C'était pourtant le cas.

Mais il se précipitait maintenant sur elle. Le regard fixe, les muscles durs comme du fer. Amelia Sachs bloqua sa respiration et brandit la barre de fer.

Il passa à côté d'elle, sans même un regard.

Quoi ? Elle se redressa lentement, avec une grimace de douleur et vit distinctement, à la faible lueur qui venait du Placard, la silhouette dressée entre elle et la porte d'entrée. Ce n'était pas Peter Gordon mais John Harvison, un détective du commissariat voisin, qu'elle reconnut aussitôt. Son Glock tenu à deux mains, il s'approcha prudemment du corps de l'homme qu'il venait d'abattre.

Peter Gordon, comme Amelia le comprenait maintenant, l'avait tout simplement suivie sans faire de bruit et s'apprêtait à lui tirer dans le dos. De l'endroit où il se trouvait, il n'avait pas vu Harvison entrer.

– Amelia ? Tu n'es pas blessée ?

– Non. Ça va.

– Il n'y a personne d'autre ?

– Non, je ne crois pas.

Elle rejoignit le détective. Toutes les balles qu'il avait tirées semblaient avoir atteint leur cible ; l'une d'elles avait atteint Gordon en plein front. Elle avait fait des dégâts impressionnants et la famille d'Américains peinte par Prescott, au-dessus du bureau, était éclaboussée de sang et de matière sanglante.

Harvison était un homme d'une quarantaine d'années, plusieurs fois décoré pour le courage dont il avait fait preuve en arrêtant des trafiquants de drogue à la gâchette facile. Mû par des réflexes strictement professionnels, il ne prêta aucune attention à l'étrange décor dans lequel s'était déroulée la scène. Prenant le Glock dans la main ensanglantée de Gordon, il l'ouvrit et le fourra dans sa poche ainsi que le chargeur. Il prit soin, également, d'écarter le Taser, bien qu'il n'y ait aucune résurrection miraculeuse à attendre du côté de l'homme qui ne respirait plus.

CHAPITRE 50

– D'accord, l'ordinateur n'y a pas été pour rien, reconnut Lincoln Rhyme.

Il faisait allusion à la base de données du CerclePremier et aux autres programmes de SSD.

– Mais pour l'essentiel, ce n'étaient que des indices, poursuivit-il en élevant la voix. L'ordinateur m'a indiqué, en gros, une direction. C'est tout. On est partis de là.

Minuit était passé depuis longtemps et Rhyme, dans le laboratoire, s'adressait à Amelia Sachs et à Ron Pulaski. Elle était revenue de la maison de 522 après que les médecins eurent déclaré que Robert Jorgensen survivrait à sa blessure, la balle ayant évité les organes vitaux et les principales artères. On l'avait transporté au service de soins intensifs de l'hôpital Columbia-Presbyterian.

Rhyme continua à expliquer comment il avait découvert qu'Amelia se trouvait au domicile d'un vigile de SSD. Il lui apprit l'existence de son épais dossier personnel. Mel Cooper l'appela sur son ordinateur pour qu'elle y jette un coup d'œil. Tandis qu'elle le parcourait, ils la virent pâlir devant la masse d'informations contenue dans ces pages. Pendant qu'ils regardaient l'écran, on voyait encore apparaître des mises à jour.

– Ils savent tout, murmura-t-elle. Je n'ai plus le moindre secret !

Rhyme lui expliqua que le système avait enregistré ses déplacements après son départ du commissariat de Brooklyn.

– Mais les ordinateurs ne pouvaient qu'indiquer la direction générale de tes trajets successifs. Rien sur ta destination. À force d'étudier le plan, j'ai fini par me dire que tu allais vers SSD – ce que, d'ailleurs, leur maudit ordinateur n'était pas fichu de deviner. Je les ai appelés, et le vigile de l'entrée m'a dit que tu étais passée une demi-heure plus tôt, pour poser des questions sur certains collaborateurs. Mais personne ne savait où tu étais allée ensuite.

Elle expliqua que sa piste l'avait conduite chez SSD. L'homme qui avait fait intrusion à son domicile avait laissé tomber un ticket de caisse en provenance d'un snack voisin de la compagnie.

– J'en ai déduit que celui qu'on cherchait était forcément un employé de SSD ou qu'il avait un lien quelconque avec eux. Pam avait noté sa tenue – blouson bleu, jean et casquette, et je me suis dit que les vigiles devaient se souvenir des employés habillés comme lui. Comme ils n'avaient remarqué personne, j'ai pris les noms et les adresses de ceux qui n'étaient pas de service ce jour-là. Et je me suis lancée à leur recherche.

Une grimace.

– Je n'aurais jamais cru que l'un d'entre eux était 522. Et toi, Rhyme, comment as-tu appris que c'était un vigile ?

– Et bien, je savais que tu cherchais quelqu'un de chez eux. Mais s'agissait-il de l'un de nos suspects, ou de quelqu'un d'autre ? Comme cet ordinateur de malheur ne me donnait pas le moindre indice, je me suis rabattu sur nos tableaux. Notre homme était costaud, il portait des chaussures de sport ordinaires et avait sur lui des traces de Coffee-mate. Faisait-il partie du petit personnel affecté à des travaux physiques ? Courrier, courses, gardiennage ? Puis je me suis souvenu du piment de Cayenne.

– Bombe à poivre, dit Amelia avec un soupir. Évidemment sans rapport avec l'alimentation.

– Exactement. L'arme traditionnelle du vigile. Et l'appareil à altérer la voix ? Tous les magasins spécialisés dans la sécurité en vendent. J'ai appelé le chef du service de sécurité de SSD : Tom O'Day.

– En effet. On l'a rencontré, Ron et moi.

– Il m'a appris qu'un grand nombre de vigiles ne travaillaient qu'à temps partiel, ce qui laissait à 522 tout le temps de pratiquer son violon d'Ingres. J'ai indiqué à O'Day les autres indices que nous avions collectés. Les fragments de feuilles de plantes vertes pouvaient provenir du réfectoire des vigiles. Et on n'y trouvait pas de lait véritable mais uniquement du Coffee-mate. Je lui ai fait part du profil tracé par Terry Dobyns et lui ai demandé la liste des vigiles célibataires et sans enfants. Il a ensuite comparé leurs feuilles de présence avec les heures des meurtres commis au cours des deux derniers mois.

– Et tu as trouvé celui qui n'était pas au travail à ces heures-là. John Rollins, alias Peter Gordon.

– Non. J'ai trouvé que John Rollins *était* au travail à ces heures-là.

– Mais alors ?

– Alors, c'est clair. Il est allé dans le système de gestion de la boîte et a falsifié ses feuilles de présence pour se donner un alibi. Si Rodney Szarnek avait piraté les métadonnées, on l'aurait coincé. C'est ce que j'ai fait.

– Mais, Rhyme, je ne comprends toujours pas comment 522 a pu accéder aux dossiers. Il avait accès à tous les entrepôts mais tous ceux qui sortaient de la boîte étaient fouillés. Lui comme les autres. Et il n'avait pas d'accès en ligne au CerclePremier.

– Eh oui, on a bloqué un moment sur ce point. Mais on peut dire merci à Pam Willoughby. Elle m'a aidé à comprendre.

– Pam ? Comment ?

– Rappelle-toi : elle nous a dit que personne ne pouvait télécharger les pages du site OurWorld mais que les gamins photographiaient tout simplement l'écran.

Oh, ne vous inquiétez pas, M. Rhyme. Les gens ne voient pas toujours les choses les plus simples…

– Ça m'est revenu à l'esprit et j'ai compris comment 522 stockait les informations. Il n'avait pas besoin de télécharger des milliers de pages de dossiers. Il se contentait de copier ce dont il avait besoin au sujet des victimes et des faux coupables, tard dans la nuit, au moment où il n'y avait presque plus personne dans les entrepôts. Tu te souviens de ces fragments de papier jaune qu'on a trouvés ? Au poste de contrôle, les détecteurs de métal et les détecteurs à rayons X laissaient passer ce papier. Personne ne s'en serait douté.

Amelia pouvait confirmer la présence d'environ un millier de carnets jaunes empilés sur son bureau dans le Placard secret du tueur.

Lon Sellitto arriva à son tour.

– Ce salaud est mort, dit-il. Mais pour le système, je suis toujours un camé. Tout ce que j'ai pu obtenir comme réponse, c'est : « On y travaille. »

Mais il avait aussi quelques bonnes nouvelles. Le procureur allait rouvrir les dossiers des meurtres pour lesquels 522 avait apparemment fabriqué des preuves. On avait déjà relâché Arthur Rhyme, et les personnes condamnées pouvaient espérer une remise en liberté d'ici un mois.

– Je me suis rendu à la maison de 522.

La résidence de l'Upper West Side valait dans les dix millions de dollars. Comment Gordon, avec son salaire de vigile à mi-temps, se l'était-il offerte ? La chose restait un mystère.

Or, le détective avait une réponse.

– Ce n'était pas lui le propriétaire, mais une certaine Fiona McMillan, une veuve de 85 ans sans relation de parenté avec lui. C'est elle qui continue à payer les charges et les impôts. Mais personne ne l'a vue depuis cinq ans. Étrange, non ?

– En gros, depuis que 522 vit à New York.

– Je suppose qu'il s'est procuré toutes les informations nécessaires pour se faire passer pour elle et qu'il l'a… éliminée. Les collègues vont rechercher le corps dès demain. D'abord dans le garage, puis dans la cave.

Et le gros détective d'ajouter :

– J'organise un service religieux à la mémoire de Joe Malloy. Samedi. Si vous voulez venir…

– Bien sûr, dit Rhyme.

Amelia pressa la main de Sellitto.

– Flics de base ou grands flics, on fait tous partie de la même famille et on a tous de la peine quand c'est l'un des nôtres qui tombe.

– Ton père aurait pu dire ça, observa Rhyme.

Une voix s'éleva dans le couloir, interrompant leur conversation.

– Eh ! Trop tard ! Je suis désolé. Je viens d'apprendre que l'affaire était bouclée.

Rodney Szarnek fit son entrée dans le laboratoire. Il avait à la main une liasse de feuilles imprimées et s'adressait une fois encore au système de commande vocale de Rhyme et non aux êtres humains.

– Trop tard ? demanda Rhyme.

– L'unité centrale a fini de rassembler les fichiers dans l'espace libre du CD que Ron a piqué chez SSD. Pardon, qu'il a *emprunté*. J'étais en route pour vous les montrer et j'ai appris que vous aviez finalement chopé le type. Vous ne devez plus en avoir besoin ?

– Il reste des questions sans réponse. Qu'avez-vous découvert ?

Il étala ses feuilles devant Rhyme. C'était incompréhensible. Des mots, des chiffres et des symboles, séparés par de grand espaces vides.

– Je ne lis pas le grec.

– C'est drôle, ça ! Vous ne lisez pas le grec ?

Rhyme ne prit pas la peine de répondre.

– Qu'est-ce que ça signifie, en gros ?

– Le « Coursier » – c'est le nom que j'avais déjà découvert – a bel et bien téléchargé secrètement une foule d'informations du CerclePremier, puis il a effacé ses traces. Mais ce n'étaient pas des dossiers concernant les victimes ni quiconque en rapport avec les cinq meurtres de 522.

– Vous avez trouvé le véritable nom de ce « coursier » ? demanda Amelia.

– Oui. Un certain Sean Cassel.

La détective réfléchit une seconde en fermant les yeux.

– Le coursier… Et il a dit qu'il s'entraînait pour courir le triathlon. Je n'ai pas pensé une seconde…

Cassel, le directeur des ventes, figurait sur leur liste de suspects, pensa Rhyme. Il vit que Pulaski réagissait à ce qu'il venait d'entendre. Le jeune flic clignait des yeux, l'air surpris, et regardait Amelia en haussant les sourcils avec le sourire amer de quelqu'un qui a mis longtemps à comprendre. Le criminologue se rappelait sa réticence à retourner chez SSD et sa gêne de ne pas connaître Excel. Un affrontement entre Pulaski et Cassel semblait l'explication.

– Que cherchait Cassel ? demanda le jeune flic.

Szarnek feuilleta ses papiers.

– Je ne le sais pas exactement.

Il tendit une feuille à Pulaski, avec un haussement d'épaules.

– Jetez-y un coup d'œil vous-même, si vous voulez. Voilà une partie des fichiers qu'il a consultés.

Pulaski secoua la tête.

– Je ne connais aucun de ces types-là.

Il lut plusieurs noms à voix haute.

– Attendez ! s'écria Rhyme. Vous pouvez répéter le dernier ?

– Dienko… Son nom figure encore, là. Vladimir Dienko. Vous le connaissez ?

– Merde ! lâcha Sellitto.

Dienko, l'accusé dans l'affaire de la mafia russe, qui avait échappé aux poursuites faute de preuves et de témoignages.

– Et celui que vous avez cité juste avant ? demanda Rhyme.

– Alex Karakov.

C'était l'informateur qui avait dénoncé Dienko, et se cachait sous une fausse identité. Il avait disparu deux semaines avant le procès et on l'avait supposé mort, mais on s'était toujours demandé comment les hommes de Dienko avaient fini par le trouver. Sellitto parcourut les feuilles que lui passait Pulaski.

– Seigneur, Linc ! Il y a tout là-dedans ! Les adresses, les retraits d'argent aux caisses automatiques, les immatriculations de véhicules, les numéros de téléphone. Tout ce qu'il fallait à un homme de main pour lui régler son compte… Et ça, regarde : Kevin McDonald !

– Il n'était pas accusé dans une affaire dont tu t'es occupé à Porto Rico ?

– Mais oui. Hell's Kitchen, trafic d'armes, complot, drogue et racket. Il a évité la condamnation, lui aussi.

– Mel ? Entrez ces noms dans votre système.

Sur les huit individus cités par Rodney Szarnek et dont les dossiers avaient été visités par Cassel, six étaient des accusés dans des affaires criminelles au cours des trois derniers mois. Tous les six avaient été acquittés, ou les charges les plus graves retenues contre eux avaient été levées au dernier moment à cause de problèmes de preuves ou de témoignages.

– Le hasard fait bien les choses ! dit Rhyme en riant. Il nous a fait débusquer un lièvre tout à fait *intéressant*. La police de New York a des fichiers dans les serveurs de SSD par l'intermédiaire de PublicSure, et Cassel a téléchargé des informations sur des enquêtes en cours pour les vendre aux accusés avant d'effacer toutes les traces.

– Ah, je le vois très bien faire ça, dit Amelia. Pas toi, Ron ?

– Je n'en doute pas une seconde, répondit le jeune flic. Mais attendez… C'est Cassel qui nous a donné un CD avec la liste des clients. C'est lui qui a dénoncé Robert Carpenter !

– Bien entendu, acquiesça Rhyme avec un hochement de tête. Il a modifié les données pour le mouiller. Il fallait qu'il détourne l'enquête qui s'orientait vers SSD. Pas à cause de l'affaire de 522, mais parce qu'il ne voulait pas qu'on mette le nez dans les fichiers et qu'on découvre qu'il avait vendu des rapports de police. Et quelle meilleure proie offrir aux loups qu'un homme qui a déjà tenté de faire concurrence à la compagnie ?

– Il n'y a pas d'autres collaborateurs de SSD impliqués ? demanda Sellitto à Szarnek.

– Je n'en ai pas trouvé, en tout cas.

Rhyme observait Pulaski, qui s'était planté devant le tableau des indices. Il avait le regard dur que Rhyme lui avait déjà vu.

– Dites-moi, le Bleu, vous la voulez ?

– Quoi ?

– L'affaire Cassel ?

Le jeune policier réfléchit. Puis ses épaules s'affaissèrent et il dit en riant :

– Non, je ne crois pas.

– Vous en êtes capable.

– Je le sais. C'est seulement que… Le jour où je ferai ma première enquête en solo, je veux être sûr que ce sera pour de bonnes raisons.

– Bien dit, le Bleu, marmonna Sellitto dans sa barbe, en portant un toast à Pulaski avec sa tasse de café. On fera peut-être quelque chose de toi, finalement… Bon, si je suis suspendu, je pourrai toujours m'attaquer à tous les travaux de bricolage que Rachel n'arrête pas de réclamer.

Et le gros détective de marcher vers la porte en ramassant au passage un biscuit rassis.

– Salut, tout le monde !

Szarnek rassembla ses fichiers pour les poser sur la table. Thom signa les fiches de réception des indices en provenance du bureau du procureur. L'informaticien prit congé à son tour, après avoir rappelé à Rhyme, en montrant les ordinateurs :

– Quand vous serez prêt à entrer dans le XXIe siècle, détective, passez-moi un coup de fil !

Le téléphone de Rhyme sonna. Quelqu'un voulait parler à Amelia Sachs, dont le portable, en pièces détachées, resterait encore un certain temps hors-service. Rhyme comprit que l'appel venait du commissariat de Brooklyn et qu'on avait localisé sa voiture dans une fourrière du quartier.

Amelia appela Pam et convint avec celle-ci qu'elles iraient toutes deux récupérer le véhicule le lendemain, avec la Honda de la jeune fille – retrouvée dans le garage de Peter Gordon. Amelia monta à l'étage afin de se préparer pour la nuit, et Cooper et Pulaski partirent à leur tour.

Rhyme avait entrepris la rédaction d'une note à l'intention de Ron Scott, l'adjoint au maire, dans laquelle il décrivait le mode opératoire de 522 et proposait d'enquêter pour trouver d'autres meurtres commis par celui-ci et pour lesquels il avait fait condamner des innocents. La maison du tueur promettait évidemment d'être une source d'indices, mais il n'avait pas idée de la somme de travail qu'allait représenter l'examen de *cette* scène de crime.

Il acheva de rédiger cet e-mail et l'envoya. Alors qu'il se demandait quelle allait être la réaction d'Andrew Sterling quand il apprendrait que l'un de ses collaborateurs avait vendu des données, son téléphone sonna. Un numéro inconnu s'afficha sur l'écran.

– *Commande ! Décrocher !*

Clic.

– Allô ?

– Lincoln ? C'est Judy Rhyme.

– Bonjour, Judy.

– Je ne sais pas si tu es au courant : on a abandonné toutes les charges contre Arthur. Il est libre.

– Déjà ? Je m'y attendais, mais je pensais que ça prendrait un peu plus de temps.

– Je ne sais que dire, Lincoln. Et je ne trouve qu'un mot. Merci.

– De rien.

– Ne raccroche pas, s'il te plaît.

Rhyme entendit une voix étouffée – elle avait mis la main sur l'appareil, et il pensa qu'elle parlait à l'un des enfants. Comment s'appelaient-ils, déjà ?

Puis il entendit :

– Lincoln ?

Comme cette voix qu'il n'avait plus entendue depuis des années lui semblait familière !

– Eh bien, salut, Art.

– Je suis en ville. On vient de me relâcher. Et il n'y a plus aucune charge contre moi.

– Bien.

Quel embarras entre eux deux !

– Je ne sais que dire. Merci. Merci, vraiment.

– De rien.

– Toutes ces années… Il y a longtemps que j'aurais dû appeler. Mais je…

– Ça va.

Qu'est-ce que ça signifiait, bon sang ? Ce n'était pas une réponse au fait que son cousin avait été absent de sa vie. Ça n'allait pas du tout. Tout cela n'était que des mots, et il avait envie de raccrocher.

– Rien ne t'obligeait à faire ce que tu as fait.

– Il y avait des anomalies. C'était une situation bizarre.

Ce qui ne signifiait rien non plus. Et Lincoln Rhyme se demanda pourquoi lui-même déconstruisait la conversation. C'était une sorte de mécanisme de défense, se dit-il – et cette pensée était aussi pénible que les autres. Il voulait raccrocher.

– Comment vas-tu après ce qui s'est passé pendant ta détention ?

– Oh, ce n'était pas très grave. C'était effrayant, mais un type m'a secouru à temps. Il m'a décroché de ce mur.

– Bien.

Silence.

– Bon. Merci encore, Lincoln. Personne n'aurait fait ce que tu as fait pour moi.

– Je suis content que ça ait marché.

– Il faudra qu'on se voie…

Un long silence.

– Je dois te laisser maintenant. On va rentrer chez nous pour retrouver les gosses. Bon, prends bien soin de toi.

– Toi aussi… *Commande ! Raccrocher !*

Rhyme regarda le dossier SSD de son cousin, posé devant lui.

L'autre fils…

Et il comprit qu'ils ne « se verraient » plus. Fin de l'histoire, pensa-t-il. Impressionné, d'abord, à l'idée que le bruit sec d'un téléphone qu'on raccroche avait peut-être mis fin à quelque chose qui aurait pu être, et ne serait jamais. Puis il se dit que ce n'était après tout que l'aboutissement logique des évènements de ces trois derniers jours.

Il pensa au logo de SSD. Oui, leurs vies s'étaient croisées une nouvelle fois après toutes ces années, mais comme si les deux cousins avaient été séparés par une fenêtre scellée. Ils s'étaient observés mutuellement, avaient partagé les mêmes mots, mais ce bref contact n'irait pas plus loin. Ils existaient dans des mondes distincts et le moment était venu, pour chacun, de retrouver le sien.

CHAPITRE 51

À onze heures du matin, Amelia Sachs se trouvait dans un terrain vague de Brooklyn et regardait le cadavre en retenant les pleurs qui l'étouffaient.

Cette femme qui avait déjà essuyé des coups de feu, qui avait déjà tué en service, qui avait réussi, par la seule force de la parole, à mettre fin à de dangereuses prises d'otages, était à cet instant anéantie par le chagrin.

Elle se balançait d'avant en arrière sur ses genoux arthritiques, l'ongle de l'index s'enfonçant sous l'ongle rongé du pouce jusqu'à ce que jaillisse une goutte de sang. Elle vit la tache rouge apparaître, mais ne cessa pas pour autant. C'était plus fort qu'elle.

Oui, on avait retrouvé sa chère Chevrolet Camaro SS de 1960.

Mais la police, qui devait l'ignorer, avait omis de lui dire que la voiture n'avait pas été simplement mise en fourrière pour défaut de paiement sur un crédit, et qu'on l'avait purement et simplement livrée à la casse. L'endroit où elles étaient, Pam et elle, aurait pu servir de décor à un film de Scorsese, ou à un épisode des *Sopranos* : l'enclos d'un ferrailleur, empuanti par la fumée âcre d'un feu de poubelle qui se mêlait aux relents de graisse de moteur, survolé par des mouettes criardes et menaçantes. Elle se retint de tirer son arme et de vider un chargeur vers le ciel pour les mettre en fuite.

Un sinistre parallélépipède de métal broyé : voila tout ce qu'il restait de la voiture qui l'avait accompagnée depuis ses années d'adolescence. Ce véhicule comptait parmi ce que son père lui avait légué de plus précieux, avec sa force de caractère et sa vocation de policier.

– J'ai les papiers. Tout est en règle, dit le ferrailleur, mal à l'aise, en brandissant les quelques feuillets qui faisaient de sa voiture ce misérable déchet.

Une partie des pièces serait vendue, et le reste irait à la décharge. Ce qui était idiot, évidemment : que pouvait-on gagner à vendre des morceaux d'une voiture vieille de quarante ans dans quelque sinistre marché aux puces du Bronx ? Mais comme elle ne le savait que trop bien après cette affaire, quand un ordinateur décide avec toute son autorité, on ne peut que s'exécuter.

– Désolé, madame.

– Elle est officier de police, dit Pam, sèchement. Et détective.

– Ah, fit l'homme, vaguement inquiet, en entrevoyant des suites à cette affaire. Désolé, détective.

Mais il était couvert par la paperasse. Il n'était pas si désolé. Il resta un moment à côté d'elles en se dandinant d'un pied sur l'autre. Puis s'éloigna.

La souffrance d'Amelia était pire que ce qu'elle avait ressenti en encaissant la veille au soir l'impact d'une balle de 9 millimètres dans son gilet pare-balles.

– Ça va ? demanda Pam.

– Pas vraiment…

– Allons. Tu n'es pas du genre à te laisser abattre !

Non, pensa Amelia. C'est pourtant le cas.

Le jeune femme fit rouler entre ses doigts une mèche de ses cheveux roux, gagnée, peut-être, par la nervosité de son amie. Et regarda à nouveau le sinistre bloc de métal d'environ un mètre sur un mètre vingt, posé parmi des dizaines d'autres.

Les souvenirs affluaient maintenant. Son père et Amelia, adolescente, passant des après-midi entiers dans leur minuscule garage à travailler sur un carburateur ou sur un embrayage. À la fois pour le plaisir de bricoler ensemble, et pour échapper au mauvais caractère du troisième membre de leur petite famille : la mère d'Amelia.

Elle se souvenait d'un autre jour, important, pendant sa première année de fac. Elle avait retrouvé le garçon, qui s'appelait C.T., dans un snack de Brooklyn réputé pour ses hamburgers. Ils avaient été surpris par leurs véhicules respectifs – elle avec Camaro, jaune à l'époque avec des bandes noires soulignant la ligne de la carrosserie, et lui avec une 850 Honda.

Les hamburgers et les sodas avaient été prestement expédiés, étant donné qu'ils n'étaient qu'à quelques kilomètres d'une piste d'atterrissage abandonnée et qu'une course s'imposait.

Il avait démarré en tête, ce qui n'avait rien d'étonnant compte tenu de la tonne et demie que pesait la Camaro, mais elle l'avait rattrapé en cinq cents mètres – il était prudent et elle ne l'était pas, elle prenait les virages en dérapage contrôlé, et avait mené la course jusqu'à l'arrivée.

Et il y avait aussi le meilleur de tous ses souvenirs au volant de la Camaro. Après qu'ils eurent bouclé leur première enquête ensemble, elle avait emmené Rhyme, déjà paralysé et solidement maintenu par sa ceinture de sécurité. Toutes vitres baissées et le vent s'engouffrant dans l'habitacle. Tandis que, la main sur le levier de vitesse, elle faisait rugir le moteur pour pousser les régimes, il s'était écrié : « Je crois que je sens ! Vraiment ! »

Et désormais, la Camaro n'était plus.

Désolé, madame…

Pam se dirigea vers le remblai.

– Où vas-tu ?

– C'est interdit par là, mademoiselle ! cria le patron dans son porte-voix, en agitant les papiers qu'il avait toujours à la main.

Mais elle ne l'écouta pas. Amelia la vit se pencher au-dessus du bloc de ferraille et tirer sur quelque chose. Puis elle revint vers elle.

– Tiens, Amelia.

C'était le bouton du Klaxon orné du logo de la marque Chevrolet.

Amelia sentit monter ses larmes mais parvint à les retenir.

– Merci, ma chérie. Allons, viens. Ne restons pas ici.

Elles repartirent dans l'Upper West Side, avec un arrêt pour s'offrir des glaces. Amelia avait proposé à la jeune étudiante de prendre une journée de vacances. Elle préférait l'éloigner momentanément de Stuart Everett, et Pam avait accepté l'idée avec enthousiasme.

Amelia se demandait comment le professeur allait accepter la rupture. Après les nombreuses soirées passées avec Pam à regarder des séries télévisées à quatre sous, elle savait que les anciens amoureux, comme les assassins dans les films d'horreur, avaient souvent tendance à revenir d'entre les morts.

Laisse-moi t'emmener dans le monde de l'étrange...

Pam acheva sa glace et se donna une petite tape sur l'estomac.

– Il me fallait ça !

Puis, avec un soupir :

– Comment ai-je pu être aussi bête ?

Dans le rire – étonnamment adulte – qui suivit, Amelia entendit tomber la dernière pelletée de terre dans la tombe du tueur masqué.

Elles quittèrent le *Baskin-Robbins* pour rejoindre à pied la maison de Rhyme à quelques pâtés d'immeubles de là, en parlant de la sortie que la jeune fille projetait de faire en compagnie d'une amie d'Amelia, une femme policier qu'elle connaissait depuis plusieurs années.

– Cinéma ou théâtre ? demanda la jeune femme.

– Oh, théâtre...

Comme elle approchaient de Central Park West, un piéton attira l'attention de la détective. Il traversait la rue derrière elles, et semblait les suivre.

Refusant de s'inquiéter, elle mit sa nervosité sur le compte de la paranoïa dans laquelle elle avait vécu toute l'affaire de 522.

Du calme. Il est mort et bien mort.

Elle ne prit pas la peine de se retourner.

Contrairement à Pam, qui poussa soudain un cri.

– C'est lui, Amelia !

– Lui qui ?

– Le type qui est entré chez toi le jour où j'y étais. C'est lui !

Amelia Sachs fit volte-face. L'homme à la veste écossaise bleue et à la casquette de base-ball venait vers elle en pressant le pas.

Elle se frappa la hanche de la main, cherchant son pistolet.

Qui n'y était pas.

Non, non, non…

Depuis que Peter Gordon s'en était servi pour tirer, le Glock était sous scellés en tant que pièce à conviction – tout comme le couteau d'Amelia – au siège de la brigade des scènes de crime dans le Queens. Elle n'avait pas eu le temps de se rendre en ville pour faire une demande officielle de remplacement.

Elle se figea en le reconnaissant. C'était Calvin Geddess, qui travaillait pour l'association Privacy Now. Elle n'y comprenait plus rien et se demandait s'ils ne s'étaient pas trompés. Geddess et 522 étaient-ils complices ?

Il n'était plus qu'à quelques mètres. Amelia Sachs fit la seule chose qu'elle pouvait faire : elle se plaça entre lui et Pam. Et serra les poings tandis que l'homme s'arrêtait à son tour et plongeait la main dans la poche de sa veste.

CHAPITRE 52

La sonnette de l'entrée retentit et Thom alla ouvrir.

Rhyme entendit un échange de propos assez vif dans l'entrée. Une voix d'homme, furieuse. Un cri.

Il fronça les sourcils et regarda Ron Pulaski, qui avait tiré son pistolet de l'étui et le pointait vers la porte du laboratoire. Il maniait cette arme avec dextérité. Il avait été à bonne école avec Amelia.

– Thom ? appela Rhyme.

Pas de réponse.

Un instant plus tard, un homme portant une affreuse veste écossaise et la tête coiffée d'une casquette de base-ball apparut sur le seuil. Il cligna des yeux, stupéfait, en voyant le pistolet de Pulaski braqué sur lui.

– Non ! Attendez ! s'écria-t-il en levant la main.

Thom, Amelia et Pam entrèrent sur ses talons. La détective vit aussitôt l'arme et dit :

– Non, non, Ron. Tout va bien… C'est Calvin Geddess.

Rhyme mit un moment à se rappeler. Ah, c'est donc ça : il milite à Privacy Now, l'association qui nous a mis sur la piste de 522.

– Que se passe-t-il ?

– C'est lui qui est entré chez moi le jour où Pam s'y trouvait, expliqua Amelia. Ce n'était pas 522.

Pam confirma en hochant la tête.

Geddess s'approcha de Rhyme et sortit de la poche de sa veste quelques feuilles blanches, mais bleues au verso, qui avaient tout l'air de documents officiels.

– Conformément au code de procédure de l'État de New York, je vous remets cette assignation à témoigner dans le cadre du procès Geddess et consorts contre Strategic Systems Datacorp, Inc.

Il lui tendit les papiers.

– J'en ai une aussi, Rhyme, dit Amelia en brandissant sa propre assignation.

– Et qu'est-ce que je suis censé *faire* avec ça ? demanda Rhyme à Geddess, qui continuait à lui tendre les documents.

L'homme fronça les sourcils, puis regarda le fauteuil roulant et parut découvrir la condition du criminologue.

– Je, enfin…

– C'est lui mon avocat par procuration, dit Rhyme en montrant Thom, qui prit les papiers.

– Je suis… commença Geddess.

– Vous permettez qu'on lise ? l'interrompit Rhyme d'un ton acerbe, avec un signe de tête vers son factotum.

Thom s'exécuta, à haute voix. Il s'agissait d'une assignation à témoigner, réclamant tous les papiers, fichiers informatiques, notes et informations que Rhyme avait en sa possession au sujet du service juridique de SSD, et les preuves des relations de SSD avec toute administration d'État.

– Elle m'a parlé de cette section juridique, dit Geddess en regardant Amelia. C'était incompréhensible. Andrew Sterling n'accepterait jamais de collaborer avec l'administration sur des questions d'ordre privé s'il n'espérait pas en tirer un important bénéfice. Il se battrait bec et ongles pour l'éviter. Du coup, j'ai eu des soupçons. La section juridique a un autre objectif. Mais nous allons savoir lequel.

Et d'expliquer que la plainte s'appuyait sur les lois fédérales et locales et le droit constitutionnel visant à la protection de la vie privée.

Rhyme se dit que Geddess et ses avocats auraient une assez agréable surprise en prenant connaissance des dossiers de la section juridique. Comme celui qui se trouvait dans un ordinateur à moins de trois mètres de l'endroit où se tenait Geddess à cet instant. Et qu'il se ferait un plaisir de le lui communiquer puisque Sterling avait refusé de l'aider à retrouver Amelia Sachs après sa disparition.

Il se demandait qui serait le plus embarrassé, des gens de Washington ou des responsables de SSD, quand les médias seraient mis au courant.

Ils le seraient autant les uns que les autres, conclut-il.

– Bien entendu, intervint Amelia avec un regard noir à l'adresse de l'intéressé, M. Geddess, ici présent, va devoir mener de front cette affaire et son propre procès.

Elle faisait allusion à l'intrusion à son domicile de Brooklyn, qui avait sans doute pour objectif la découverte d'informations au sujet de SSD. Elle ajouta que, par une ironie du sort, c'était Geddess et non 522 qui avait laissé tomber au passage le ticket de caisse qui l'avait mise sur la piste de SSD. Il se rendait fréquemment dans ce snack du centre, d'où il pouvait surveiller discrètement l'immeuble de l'entreprise en notant les allées et venues de Sterling, de ses collaborateurs et des clients de la boîte.

– Je ferai tout ce qu'il faudra pour mettre fin aux agissements de SSD, dit Geddess avec passion. Je me fiche de ce qui peut m'arriver. Je suis prêt à me sacrifier si c'est pour la défense de nos droits de citoyens !

Rhyme respectait son courage mais il trouvait ces explications insuffisantes.

Le militant des libertés publiques se lança dans un grand discours en répétant à peu près tout ce qu'Amelia avait déjà dit à propos du réseau tissé par SSD et d'autres extracteurs de données – la fin de la vie privée dans ce pays, les risques pour la démocratie…

– Bon, nous avons de la paperasse à éplucher, dit Rhyme, coupant cours à la péroraison. Il va falloir discuter de tout cela avec nos propres avocats et, s'ils estiment que tout est en règle, vous recevrez en temps utile un filet garni.

La sonnette de l'entrée retentit. Deux fois. Puis des coups violents furent frappés à la porte.

– Mais enfin, qu'y a-t-il, encore ?

Thom alla ouvrir. Il revint avec un homme de petite taille, l'air sûr de lui dans son complet noir et sa chemise blanche.

– Capitaine Rhyme ?

Le criminologue fit pivoter son fauteuil pour se placer face à Andrew Sterling, qui le fixait de ses yeux verts sans montrer la moindre surprise à la vue de son handicap. Rhyme songea que son dossier chez SSD devait comporter tous les détails possibles sur son accident et sur sa vie, et que Sterling n'avait certainement pas manqué d'en prendre connaissance avant de venir.

– Détective Sachs, officier Pulaski… dit Sterling en adressant à chacun un signe de tête. Puis il revint à Rhyme.

Derrière lui se tenaient Sam Brockton, le chef du service juridique, et deux autres individus. Avec leurs complets-veston et leurs coupes de cheveux impeccables, ils auraient pu passer pour des assistants parlementaires ou des dirigeants d'entreprise, mais Rhyme ne fut pas surpris d'apprendre qu'ils étaient avocats.

– Salut Cal, lâcha Brockton en se tournant vers Geddess d'un air las.

Le militant des droits du citoyen lui lança un regard noir.

Sterling dit d'une voix douce :

– Nous avons appris les agissements de Mark Whitcomb.

En dépit de sa petite taille, Andrew Sterling en imposait toujours par son regard, son maintien, son timbre de voix.

– Je ne pense pas qu'il fasse encore partie du personnel. Pour commencer.

– Parce qu'il a fait ce qu'il fallait ? demanda froidement Pulaski.

Les traits de Sterling ne trahirent pas la moindre émotion.

– Et je ne pense pas non plus que nous en ayons fini avec cette question, dit-il avec un signe de tête à l'adresse de Brockton.

– Remettez-leur ça, dit le chef du service juridique à l'un des avocats.

L'homme y alla de sa liasse de feuillets blancs et bleus.

– *Encore ?* s'exclama Rhyme à cette vue. Il va falloir lire tout ça ! Qui va trouver le temps ?

Il était de bonne humeur, encore tout à sa joie d'avoir retrouvé Amelia saine et sauve et d'en avoir fini avec 522.

Il s'agissait d'un arrêt du tribunal leur interdisant de remettre à Geddess tout ordinateur, disque, document ou matériel en liaison avec les activités de la section juridique. Et de déposer l'ensemble de ce matériel auprès de l'administration.

– Tout manquement à cette obligation vous exposerait à des sanctions devant la justice civile, annonça l'un des hommes de main.

– Et soyez certains, commenta Sam Brockton, que nous déposerons dans ce cas tous les recours possibles.

– Vous ne pouvez pas faire ça, dit Geddess, furieux.

Sa peau luisait de transpiration et ses yeux lançaient des éclairs.

Sterling fit l'inventaire des ordinateurs dans le laboratoire de Rhyme. Il étaient au nombre de douze.

– Quel est celui qui contient le dossier que Mark vous a communiqué, capitaine ?

– Je ne m'en souviens plus.

– Avez-vous fait des copies ?

Rhyme sourit.

– Sauvegardez toujours vos données. Et conservez-les en lieu sûr. En lieu sûr. N'est-ce pas le message du nouveau millénaire ?

– Il nous suffit d'obtenir un arrêt de confiscation générale et d'inspecter tous les serveurs sur lesquels vous avez téléchargé des données, rétorqua Brockton.

– Mais cela prendra du temps et de l'argent. Et qui sait ce qui peut encore se passer dans l'intervalle ? Il se pourrait, par exemple, que des e-mails ou des lettres soient envoyés aux médias. Par accident, bien sûr. Mais c'est une possibilité.

– Nous venons tous de vivre une période difficile, M. Rhyme, dit Sterling. Personne n'a envie de jouer à ces petits jeux.

– Nous ne jouons pas, répondit Rhyme, calmement. Nous négocions.

Le P.-D.G. laissa échapper, pour la première fois, un sourire qui semblait sincère. Il était maintenant sur son terrain, et il approcha une chaise du fauteuil roulant.

– Que voulez-vous ?

– Je vous donnerai tout ce que vous voulez. Mais pas de procès, et rien aux médias.

– Non ! (Geddess était hors de lui.) Vous n'allez pas céder !

Ignorant le militant lui aussi, Rhyme poursuivit :

– À condition que vous fassiez le ménage dans les dossiers de mes collaborateurs.

Il précisa qu'il s'agissait de Sellitto, accusé d'usage de drogue, et de l'épouse de Pulaski, poursuivie comme étrangère en situation irrégulière.

– Je peux le faire, convint Sterling, comme si c'était aussi simple que couper le volume d'un poste de télévision.

– Et il faudra aussi régler les problèmes de Robert Jorgensen, intervint Amelia.

Elle lui expliqua brièvement comment 522 avait complètement détruit l'existence du médecin.

– Donnez-moi toutes les informations et je veillerai à ce qu'on s'en occupe. Il n'aura plus à s'inquiéter.

– Bien. Dès que toutes ces questions seront réglées, vous aurez ce que vous demandez. Et il n'y aura pas une ligne dans la presse sur la section juridique et votre collaboration avec l'administration. Vous avez ma parole.

– Non, il faut vous battre ! s'écria Geddess. Chaque fois que vous vous inclinez face à eux, il y a des perdants !

Se tournant vers lui, Sterling répondit, en élevant à peine la voix :

– Calvin, permettez-moi de vous dire une chose. Trois de mes proches amis ont été tués lors des attentats du 11-Septembre. Quatre autres ont été gravement brûlés, et leur vie ne sera plus jamais la même. Et notre pays a perdu des milliers de citoyens innocents. Mon entreprise possédait la technologie qui aurait permis de repérer certains pirates et, grâce aux logiciels prédictifs, nous aurions pu savoir ce qu'ils s'apprêtaient à faire. Nous aurions – j'aurais – pu empêcher cette tragédie. Je me reprocherai jusqu'à mon dernier jour de ne pas l'avoir fait.

Il se tut une seconde en secouant la tête avant de poursuivre.

– Franchement, Cal, vous et votre façon de voir la politique en noir et blanc… Vous ne comprenez donc pas ? C'est pour *ça* que SSD existe. Il ne s'agit pas d'envoyer des policiers frapper à votre porte au milieu de la nuit parce qu'ils n'aiment pas ce que vous faites au lit avec votre petite amie, ni de vous arrêter parce que vous avez acheté un livre sur Staline ou le Coran, ou parce que vous avez critiqué le Président. SSD est là pour garantir votre liberté, votre sécurité, pour vous permettre d'être tranquille chez vous, d'acheter ce que vous voulez, de lire ce que vous voulez. Le jour où vous sautez dans un attentat suicide à Times Square, vous n'avez plus d'identité à protéger.

– Épargnez-nous vos sermons, Andrew, siffla Geddess.

– Cal, si vous ne vous calmez pas vous allez avoir des ennuis, lança Brockton.

Geddess éclata d'un rire glacial.

– Des ennuis, on en a déjà, et beaucoup ! Bienvenue dans le monde nouveau…

Tournant les talons, il se rua vers la sortie. La porte claqua.

– Je me félicite que vous ayez compris, Lincoln. Ce que fait Andrew Sterling est formidable. Grâce à lui, nous sommes plus en sécurité.

– Je suis heureux de l'entendre.

L'ironie de la réponse échappa complètement à Brockton. Mais pas à Sterling. C'était lui, après tout, l'homme qui savait tout. Mais il réagit par un sourire, amusé et sûr de lui. Comme s'il savait que son discours finissait toujours par faire son chemin dans l'esprit de ses interlocuteurs, même quand ils n'en appréciaient pas le message sur le moment.

– Au revoir, détective Sachs, capitaine, officier Pulaski, messieurs.

Il lança un regard ironique au jeune policier.

– Vous allez me manquer quand je ne vous verrai plus dans les couloirs de SSD. Mais si vous voulez prendre un peu de temps pour vous perfectionner en informatique, notre salle de réunion vous est ouverte.

– Ma foi, je…

Mais déjà, Andrew Sterling se détournait de lui sur un dernier clin d'œil et sortait, suivi de sa troupe.

– Vous croyez qu'il savait ? demanda le Bleu. Pour le disque dur ?

Rhyme ne put que hausser les épaules.

– Mais enfin, Rhyme ! dit Amelia. Je suppose que l'ordre du tribunal a été fait dans les règles, mais après tout ce qu'on a passé avec SSD, tu étais obligé de t'incliner aussi vite ? Mince, quand je pense à mon dossier… Je ne suis pas ravie qu'ils disposent de toutes ces informations sur moi.

– Une ordonnance du tribunal est une ordonnance du tribunal, Sachs. On n'y peut pas grand-chose.

Mais en le regardant attentivement, elle surprit une lueur dans ses yeux.

– D'accord. Qu'y a-t-il ?

Rhyme appela son aide.

– Thom, puis-je faire appel à votre bel organe pour nous lire encore une fois le texte de cette ordonnance ? Celle que nos amis de SSD viennent de nous remettre ?

Thom s'exécuta.

Rhyme écoutait en hochant la tête.

– Bien… Il y a là quelques mots en latin, Thom. Vous savez ce qu'ils signifient ?

– Oh, vous savez, je le *devrais*, Lincoln, avec tout le temps libre que j'ai ici pour étudier mes classiques. Mais je crains de ne pas comprendre.

– Le latin… quelle langue ! Quelle précision admirable ! Où trouver ces cinq déclinaisons par nom ? Et ces incroyables conjugaisons ? Eh bien, la phrase en question, c'est *Inclusis unis, exclusis alterius.* Ce qui veut dire qu'en incluant une catégorie on exclue automatiquement l'autre. Vous êtes perdu ?

– Pas vraiment. Pour être perdu, il faudrait écouter.

– Excellente réponse, Thom. Mais je vais vous donner un exemple. Supposons que vous soyez membre du Congrès et que vous rédigiez une loi qui dit : « La viande fraîche est interdite à l'importation. » Par ce choix de mots, vous autorisez automatiquement l'importation de viande en conserve ou de viande cuisinée. Vous comprenez ?

– *Mirabile dictu*, dit Ron Pulaski.

– Seigneur ! s'exclama Rhyme, surpris pour de bon. Un latiniste parmi nous !

Le Bleu éclata de rire.

– Je l'ai été pendant quelques années. Au lycée. Et comme enfant de chœur, on apprend certaines choses.

– Où tout ça va-t-il nous mener, Rhyme ? demanda Amelia.

– L'ordonnance du tribunal de Brockton a seulement interdit de communiquer les informations sur la section juridique recueillies par l'association Privacy Now. Mais Geddess a demandé tout ce que nous avions sur SSD. Donc – et par conséquent –, nous pouvons divulguer tout ce que nous avons d'autre sur SSD. Les fichiers que Cassel a vendus à Dienko venaient de PublicSure, pas de la section juridique.

Pulaski éclata de rire. Mais Amelia Sachs fronçait les sourcils.

– Ils obtiendront une autre ordonnance.

– Je n'en suis pas si sûr. Que diront la police de New York et le FBI quand ils s'apercevront que quelqu'un travaillant pour leur propre fournisseur de données a vendu des fichiers d'affaires ultrasensibles touchant au grand banditisme ? Quelque chose me dit qu'ils nous soutiendront sur ce coup-là.

Cette idée en amena une autre, qui n'était pas des plus rassurantes.

– Attendez, attendez… À la prison… ce type qui a attaqué mon cousin, vous vous rappelez… Antwon Johnson ?

– Et alors ? demanda Amelia.

– Je n'ai pas compris pourquoi il voulait tuer Arthur. Judy Rhyme elle-même s'en est étonnée. Lon nous a dit qu'il était en détention provisoire. Je me demande si quelqu'un de cette fameuse section juridique n'aurait pas passé un contrat avec lui. S'il n'était pas là pour voir si Arthur soupçonnait quelqu'un de s'être procuré des informations sur lui afin de les utiliser. Dans ce cas, Johnson était chargé de l'éliminer. En échange, peut-être, d'une réduction de peine.

– L'administration, Rhyme ? L'administration essayant d'éliminer un témoin ? Tu ne trouves pas ça un rien paranoïaque, comme hypothèse ?

– Nous parlons de dossiers de cinq cents pages, Sachs, et de caméras de surveillance à tous les coins de rue… Mais, bon. Je leur laisse le bénéfice du doute : peut-être ce Johnson a-t-il été contacté par quelqu'un de SSD. Quoi qu'il en soit, il faut maintenant appeler Calvin Geddess et lui donner toutes ces informations. Laissons le pitbull courir où il lui plaira. Et attendons que tous les fichiers aient été nettoyés. Donnons-leur une semaine.

Ron Pulaski prit congé et partit retrouver sa femme et son bébé.

Amelia s'approcha de Rhyme et se pencha pour l'embrasser sur la bouche. Elle se redressa avec une grimace, en se tâtant l'estomac.

– Ça va ?

– Je te montrerai ça ce soir, Rhyme, dit-elle, espiègle. Les balles de 9 millimètres font de très jolis bleus.

– Tu veux dire, sexy ?

– Seulement si on trouve les tests de Rorschach érotiques.

– C'est justement mon cas.

Amelia s'éloigna sur un léger sourire, et sortit dans le couloir pour appeler Pam, qui s'y était installée pour lire.

– Viens. On va faire les magasins !

– Bonne idée ? Qu'est-ce que tu cherches ?

– Une voiture. Je ne peux pas m'en passer.

– Super. Quel genre ? Pourquoi pas une Primus ? Ce serait cool !

Rhyme et Amelia éclatèrent de rire. Pam les regarda avec un sourire hésitant et Amelia lui expliqua que si elle était écolo à bien des égards, elle n'était pas pressée de réduire sa consommation d'essence pour la protection de l'environnement.

– On va chercher une voiture qui ait du muscle.

– Qu'est-ce que ça veut dire ?

– Tu vas voir.

Elle fit apparaître à l'écran la liste des véhicules qu'elle avait présélectionnés sur Internet.

– Tu la veux neuve ? demanda la jeune fille.

– Ne jamais, au grand jamais, acheter une voiture neuve, déclara Amelia sur un ton sentencieux.

– Pourquoi ?

– Parce que les voitures, de nos jours, ne sont que des ordinateurs sur roues. On n'a pas besoin d'électronique. On a besoin de mécanique. On n'a jamais les mains dans la graisse avec un ordinateur.

– Dans la graisse ?

– Tu vas adorer la graisse. Tu es une fille à ça.

– Tu crois ?

Pam paraissait contente.

– Mais bien sûr. Allons-y. À tout à l'heure, Rhyme !

CHAPITRE 53

La sonnerie du téléphone retentit.

Lincoln Rhyme regarda l'écran d'ordinateur proche de lui et vit s'afficher le nombre 44.

Enfin.

– *Commande. Décrocher.*

– Détective Rhyme.

L'inspecteur Longhurst. Sa voix de contralto à l'impeccable accent britannique ne trahissait jamais la moindre émotion.

– J'écoute.

Une hésitation.

– Je suis vraiment désolée.

Rhyme ferma les yeux.

– Non, non, non…

– Nous ne l'avons pas encore annoncé officiellement, mais je tenais à vous informer avant que vous l'appreniez par la presse.

Le tueur était donc parvenu à ses fins.

– Le révérend Goodlight est mort, donc ?

– Oh, non, il va très bien !

– Mais…

– Mais Richard Logan a eu celui qui était sa véritable cible, détective.

– Il a eu… ?

La voix de Rhyme s'étrangla tandis que les pièces du puzzle commençaient à s'assembler dans son esprit. Sa *véritable* cible.

– Oh non… Qui voulait-il abattre ?

– Danny Krueger, l'ancien trafiquant d'armes. Il est mort, et deux de ses gardes du corps avec lui.

– Ah, oui… Je vois.

– Il semble, reprit l'inspecteur, que depuis qu'il avait abandonné ses activités illicites, Danny était considéré comme une menace potentielle par certains groupes agissant en Afrique du Sud, en Somalie et en Syrie. Un trafiquant d'armes repenti, c'était plus qu'ils n'en pouvaient supporter. Ils ont chargé Logan de l'exécuter. Mais comme Danny était trop bien protégé à Londres, il fallait l'attirer ailleurs – à découvert, disons.

Le révérend Goodlight n'avait servi que de diversion. Le tueur avait fait circuler lui-même la rumeur d'un contrat sur lui. Et il avait forcé les Britanniques et les Américains à se tourner vers Danny pour qu'il les aide à le sauver.

– Et ce n'est pas tout, ajouta Longhurst. Il a mis la main sur tous les dossiers de Danny. Ses contacts, tous ceux qui avaient travaillé avec lui – informateurs, chefs de guerre susceptibles de se laisser retourner, mercenaires, pilotes de brousse, commanditaires… Tous les témoins potentiels vont désormais se terrer. Ceux qui sont encore en vie, je veux dire. Il va falloir refermer une dizaine de dossiers criminels.

– Comment s'y est-il pris ?

Un soupir.

– Il se faisait passer pour notre agent de liaison français sous le nom de d'Estourne.

Ainsi, le renard était dans le poulailler depuis le début.

– Je pense qu'il avait intercepté le véritable d'Estourne en France, alors que celui-ci s'apprêtait à traverser la Manche, l'avait tué et avait enterré son corps ou l'avait jeté à la mer. Je dois dire qu'il est très malin. Il s'était bien renseigné sur la vie du Français et sur son organisation. Il parlait parfaitement sa langue – et l'anglais avec un excellent accent français.

» Il y a quelques heures, à Londres, un type a pénétré dans la cour d'un immeuble. Logan l'avait chargé de livrer un colis. Il travaillait pour Tottenham Parcel Express ; les employés portent un uniforme gris. Vous vous rappelez, les fibres qu'on a trouvées ? Et le tueur avait demandé un coursier qu'il disait avoir déjà employé – et qui se trouvait être un blond.

– La teinture pour cheveux.

– Exactement. Un garçon de confiance, avait dit Logan. C'était la raison pour laquelle il demandait ce coursier plutôt qu'un autre. Comme tout le monde était concentré sur l'opération montée à cet endroit, cherchant à repérer des complices et redoutant des bombes de diversion, ceux qui se trouvaient à Birmingham avaient relâché leur surveillance. Le tueur a tout simplement frappé à la porte de Danny, à l'*Hôtel du Vin*, pendant que le gros de son équipe de sécurité se trouvait dans le bar du rez-de-chaussée. Il a immédiatement ouvert le feu – il tirait avec des balles dum-dum, qui font d'affreuses blessures. Danny et deux de ses hommes ont été abattus en quelques secondes.

Rhyme écoutait en fermant les yeux.

– Donc, les faux papiers…

– Une diversion, un leurre comme le reste… Toute cette affaire est un fiasco sans nom. Et les Français… ils ne prennent même plus mes appels… Je ne veux même pas y penser.

Lincoln Rhyme ne pouvait s'empêcher de se demander ce qui se serait passé s'il avait pris lui-même l'affaire en mains, en fouillant la scène de crime à l'extérieur de Manchester avec le système vidéo haute définition. Y aurait-il découvert de quoi comprendre la véritable nature des projets du tueur ? Se serait-il aperçu que les indices relevés à Birmingham y avaient été déposés intentionnellement ? Quelque chose lui aurait-il fait deviner que l'individu qui avait loué la chambre – l'homme qu'il voulait tant arrêter – se faisait passer pour un agent des services secrets français ?

Aurait-il trouvé, en étudiant l'attentat contre le bureau de l'ONG à Londres, quelque chose d'anormal qui lui aurait mis la puce à l'oreille ?

– Et ce nom, Richard Logan ? demanda-t-il.

– Ce n'était pas le sien, apparemment. Il avait volé l'identité d'un autre. C'est d'une étonnante facilité, apparemment.

– Il paraît.

– Il y a quelque chose d'assez étrange, détective. Ce colis qui devait être livré par un coursier de Tottenham. Il contenait…

– Un autre colis à mon adresse.

– Eh bien, oui, en effet.

– Ce n'était pas une montre ou une pendule, par hasard ? demanda Rhyme.

L'inspecteur Longhurst éclata d'un rire incrédule.

– Une assez jolie pendule, de style victorien. Comment diable le saviez-vous ?

– Une idée, comme cela…

– Nos experts en explosifs l'ont examinée. Elle n'était pas piégée.

– Non, et je n'en suis pas surpris… S'il vous plaît, inspecteur, mettez-la dans un sachet en plastique et envoyez-la-moi dès ce soir. Je voudrais bien, aussi, avoir votre rapport quand il sera terminé.

– Bien sûr.

– Et mon associée…

– Le détective Sachs ?

– C'est cela. Elle voudrait filmer tous les interrogatoires des personnes impliquées.

– Je vais faire le nécessaire. J'ai été honorée de travailler avec vous, détective.

– Moi de même, inspecteur.

Il raccrocha, poussa un soupir.

Une pendule de style victorien.

Il regarda le manteau de la cheminée, sur lequel était posée une montre à gousset Breguet, ancienne et d'une certaine valeur, cadeau du même tueur. Elle lui avait été livrée après que l'homme lui eut échappé, peu de temps auparavant, par une journée glaciale de décembre.

– Thom ! Scotch, s'il vous plaît !

– Qu'est-ce qui ne va pas ?

– Tout va bien. Ce n'est plus l'heure du petit déjeuner et je veux un scotch. Mon dernier bilan médical affiche d'excellents résultats et la dernière fois que je vous ai regardé vous n'aviez rien d'un Baptiste militant de la ligue anti-alcoolique. Pourquoi me demandez-vous ce qui ne va pas ?

– Parce que vous avez dit « s'il vous plaît ».

– Très drôle. Vous ne manquez pas d'esprit, certains jours.

– J'essaie.

Mais Thom regarda Rhyme attentivement.

– Un double, peut-être ? demanda-t-il doucement.

– Ce serait *adoraaable*, répondit Rhyme à la manière de ses correspondants britanniques.

L'aide versa un grand verre de Glenmorangie et lui mit le chalumeau dans la bouche.

– Vous ne m'accompagnez pas ?

Thom le regarda en clignant des yeux. Puis se mit à rire.

– Plus tard, peut-être.

C'était la première fois, pensa Rhyme, qu'il proposait un verre à son aide.

Il but à petites gorgées en fixant la montre à gousset. Il se rappelait le mot que le tueur avait joint à son envoi. Il le connaissait par cœur.

Cette montre à gousset est une Breguet. C'est celle que je préfère à toutes les autres. Elle a été fabriquée dans les années 1880 et comporte un échappement cylindrique de rubis, un calendrier perpétuel et un dispositif antichoc de type parachute. J'espère que vous apprécierez, à la lumière de vos récentes aventures, la fenêtre qui donne les phases de la lune. Il existe un très petit nombre d'exemplaires de cette montre dans le monde. Je vous l'offre, en signe de respect. Personne ne m'a jamais arrêté dans l'une de mes opérations. Vous êtes aussi fort qu'il est possible (j'allais dire aussi fort que moi, mais ce n'est pas tout à fait vrai. Après tout, vous ne m'avez pas attrapé).

N'oubliez pas de remonter la Breguet (en douceur, toujours) ; elle comptera les heures et les secondes jusqu'à notre prochaine rencontre.

Un conseil : si j'étais vous, je profiterais au maximum de chacune de ces secondes.

Tu es fort, dit silencieusement Rhyme au tueur.

Mais moi aussi je suis fort. La prochaine fois, nous terminerons le match.

Quelque chose interrompit le cours de ses pensées. Rhyme plissa les paupières pour regarder par la fenêtre.

Un homme en tenue de sport hésitait sur le trottoir, face à la maison. Rhyme fit manœuvrer le TDX et s'approcha de la fenêtre. Il but une gorgée de whisky. L'homme se tenait à côté d'un banc de couleur sombre aux angles adoucis par de multiples couches de peinture, devant le mur d'enceinte en pierre de Central Park. Les mains dans les poches, il regardait la maison, et ne se rendait visiblement pas compte qu'on l'observait derrière l'une des grandes baies vitrées.

Son cousin, Arthur Rhyme.

L'homme s'avança, comme pour traverser. Puis il s'arrêta. Il repartit vers le parc et s'assit sur un autre banc à côté d'une femme en survêtement qui buvait au goulot d'une bouteille d'eau et tapait du pied en écoutant son iPod. Arthur sortit un papier de sa poche, y jeta un coup d'œil et l'y remit. Son regard revint se fixer sur la maison.

Curieux. Il me ressemble, songea Rhyme. Pendant toutes ces années de camaraderie, puis de séparation, il ne s'en était jamais rendu compte.

Les paroles de son cousin, prononcées une dizaine d'années auparavant, lui revinrent soudain en mémoire.

As-tu seulement essayé avec ton père ? Qu'est-ce que ça lui faisait, à ton avis, d'avoir un fils cent fois plus intelligent que lui ? Un fils qui n'était jamais chez lui parce qu'il préférait passer son temps chez son oncle ? As-tu jamais laissé une chance à Teddy ?

– Thom ! cria le criminologue.

Pas de réponse.

Plus fort.

– Quoi ? répondit l'aide. Vous avez déjà tout bu ?

– J'ai besoin de quelque chose. Au sous-sol.

– Au sous-sol ?

– Je viens de le dire. Il y a quelques vieux cartons là en-bas. Vous verrez « Illinois » écrit sur l'un d'eux.

– Ah, ça ! Il y en a bien une trentaine, Lincoln.

– Peu m'importe.

– Ce n'est pas rien !

– Je veux que vous cherchiez quelque chose dedans.

– Quoi ?

– Un morceau de ciment dans une petite boîte en plastique. Ça doit mesurer environ dix centimètres.

– Du ciment ?

– Je dois l'offrir à quelqu'un.

– Écoutez, je peux attendre jusqu'à Noël, pour mes cadeaux. Quand… ?

– Non, maintenant. S'il vous plaît.

Un soupir. Thom sortit.

Rhyme continua à observer son cousin, qui ne quittait pas des yeux la porte de la maison. Mais il ne bougeait pas.

Une longue gorgée de scotch.

Quand Rhyme regarda à nouveau, il n'y avait plus personne sur le banc.

Il se sentit inquiet – et peiné – après ce brusque départ. Il fit précipitamment avancer son fauteuil roulant, le plus près possible de la fenêtre.

Et vit Arthur qui se faufilait entre les voitures en direction de la maison.

Un long silence. Puis la sonnette de l'entrée.

– *Commande !* dit vivement Lincoln Rhyme. Ouverture porte !

MOT DE L'AUTEUR

La remarque de Calvin Geddess à propos du « meilleur des mondes » se réfère bien entendu au titre du roman futuriste d'Aldous Huxley décrivant, en 1932, la perte d'identité de l'individu dans une société soi-disant utopique. Ce livre n'a rien perdu de sa force et de sa pertinence, tout comme le *1984* de George Orwell.

Les lecteurs désireux d'en savoir plus sur les questions liées à la protection de la vie privée pourront visiter, entre autres, les sites Internet d'un certain nombre d'organisations : Electronic Privacy Information Center (EPIC.org) ; Global Internet Liberty Campaign (www.indefenseoffreedom.org) ; Internet Free Expression Alliance (http://ifea.net) ; The Privacy Coalition (http://privacycoalition.org) ; Privacy International (www.privacyinternational.org) ; Privacy.org (www.privacy.org) ; et Electronic Frontier Foundation (www.eff.org).

Je pense que vous serez également intéressé – et troublé – par l'excellent ouvrage dont j'ai tiré plusieurs citations, *No Place to Hide* (*Nulle part où se cacher*) de Robert O'Harrow Jr.

Ceux qui voudront savoir comment Amelia Sachs a connu Pam Willoughby pourront lire *Le Désosseur* et *Clair de lune*. Sachant que *Clair de lune* raconte aussi la première rencontre de Lincoln Rhyme avec le tueur qu'il tente de capturer, dans ce nouveau roman, avec l'aide de l'inspecteur Longhurst.

Ah, et n'oubliez pas de rester vigilant en ce qui concerne votre identité. Si vous ne l'êtes pas, d'autres le seront pour vous.

REMERCIEMENTS

Mes remerciements à une formidable équipe : Will et Tina Anderson, Louise Burke, Lisa Colicchio, Jane Davis, Julie Deaver, Jamie Hodder-Williams, Paolo Klun, Carolyn Mays, Deborah Schneider, Vivienne Schuster, Seba Pezzani, Betsy Robbins, David Rosenthal, Marysue Rucci… et, bien sûr, Madelyn Warcholik.

Dans la même collection

Jodi Compton

La 37e Heure

Les jeux sont faits

Patricia Cornwell

Jack l'Éventreur

Signe suspect

Sans raison

Tolérance zéro

Registre des morts

Scarpetta

Trompe-l'œil

L'Instinct du mal

Jeffery Deaver

Le Rectificateur

La Carte du pendu

Clair de lune

La Belle Endormie

Jilliane Hoffman

Justice imminente

Ultime témoin

Alexander McCall Smith

Le Club des philosophes amateurs

Amis, amants, chocolat

Une question d'attitude

Ruth Rendell

Rottweiler

La 13e Marche

Deux Doigts de mensonge

Et l'eau devint sang

Tu accoucheras dans la douleur

On ne peut pas tout avoir

Ni chair ni sang

Jô Soares

Meurtres à l'Académie

Du même auteur

Dix-huit heures pour mourir
Calmann-Lévy, 1996
Le Livre de Poche, 1998

Le Désosseur
Calmann-Lévy, 1998
Le Livre de Poche, 1999

Tir à l'aveugle
Calmann-Lévy, 2000
Le Livre de Poche, 2002

Épitaphe pour une star du porno
Le Livre de Poche, 2002

La Place du mort
Calmann-Lévy, 2002
Le Livre de Poche, 2004

Meurtre.com
Calmann-Lévy, 2003
Le Livre de Poche, 2005

New York City Blues
L'Archipel, 2004
Archipoche, 2007

Le Singe de pierre
Calmann-Lévy, 2004
Le Livre de Poche, 2006

L'Homme qui disparaît
Calmann-Lévy, 2006
Le Livre de Poche, 2007

Le Rectificateur
Éditions des Deux Terres, 2006
Le Livre de Poche, 2007

Spirales infernales
Éditions des Deux Terres, 2007

Sangs innocents
L'Archipel, 2007

Les Trottoirs de Manhattan
Calmann-Lévy, 2007

La Carte du pendu
Éditions des Deux Terres, 2007
Le Livre de Poche, 2008

Clair de lune
Éditions des Deux Terres, 2008
Le Livre de Poche, 2009

La Belle Endormie
Éditions des Deux Terres, 2009
Le Livre de Poche, 2010

RÉALISATION : NORD COMPO
IMPRESSION SUR ROTO-PAGE PAR L'IMPRIMERIE FLOCH À MAYENNE
DÉPÔT LÉGAL : OCTOBRE 2010. N° D'IMPRESSION : 77799
Imprimé en France